本歌取り表現論考

小山順子〈著〉
KOYAMA Junko

勉誠社

本歌取り表現論考◎目次

第二部　漢詩文摂取

第三部　物語摂取

例言

本書に引用する本文ならびに使用する歌番号について、和歌の歌番号は『万葉集』は旧国歌大観番号、他は新編国歌大観番号を使用する。和歌本文の引用は特に記さない限り新編国歌大観に依る。引用に際し、見せ消ちや傍書がある場合は、訂正後の本文のみを示した。以下に示す底本に欠脱する和歌は新編国歌大観に依る。

『古今集』序章・第一部・終章…冷泉家時雨亭叢書『古今和歌集　嘉禄二年本・貞応二年本』（朝日新聞社・一九九四年）所収嘉禄二年本、第二～四部…国立歴史民俗博物館蔵貴重典籍叢書『勅撰集一』（臨川書店・一九九九年）所収俊成永暦本

『新古今集』（巻一～十五）…冷泉家時雨亭叢書『新古今和歌集　文永本』（朝日新聞社・二〇〇〇年）

『後拾遺集』『散木奇歌集』『拾遺愚草』『拾遺愚草員外』『俊成家集』『残集』『御裳濯河歌合』『俊頼髄脳』『古来風体抄』『五代簡要』…冷泉家時雨亭叢書（朝日新聞社）

『新勅撰集』…日本古典文学影印叢刊（貴重書刊行会・一九八〇年）

『千載集』…陽明叢書国書篇（思文閣出版・一九七六年）

『万葉集』…『校本万葉集　別冊一～三廣瀬本』（岩波書店・一九九四年）

『秋篠月清集』『聞書集』『河海抄』…天理図書館善本叢書（八木書店）

『長秋詠藻』…筑波大学附属図書館蔵本（ル216―166、国文研マイクロ資料6―266―2）、「右大臣家百首」は冷泉家時雨亭叢書『中世私家集四』（朝日新聞社・二〇〇〇年）

『俊成五社百首』…『藤原俊成全歌集』（笠間書院・二〇〇七年）

『壬二集』『千載佳句』…国立歴史民俗博物館蔵貴重典籍叢書（臨川書店）
『為忠家初度百首』『為忠家後度百首』…『為忠家両度百首 校本と研究』（笠間書院・一九九九年）
『久安百首』…『久安百首 校本と研究』（笠間書院・一九九一年）
『御室五十首』…日本古典文学影印叢刊15（貴重本刊行会・一九八一年）所収穂久邇文庫本
『内裏名所百首』…『内裏名所百首　曼殊院蔵』（臨川書店・一九八三年）
『六百番歌合』…新日本古典文学大系『六百番歌合』（岩波書店・一九九八年）
『千五百番歌合』…有吉保『千五百番歌合の校本とその研究』（風間書房・一九六八年）
『水無瀬恋十五首歌合』…有吉保『水無瀬恋十五首歌合 日本大学図書館蔵親長自筆本』（笠間書院・一九七三年）
『後京極殿御自歌合』『慈鎮和尚御自歌合』…細川家永青文庫叢刊8『歌合集』（汲古書院・一九八四年）
『山家集』『西行上人家集』…久保田淳編「西行全集」（貴重本刊行会・一九九〇年）
『拾玉集』…多賀宗隼編『校本拾玉集』（吉川弘文館・一九七一年）
『八雲御抄』…『八雲御抄 伝伏見院筆本』（和泉書院・二〇〇五年）
『無名抄』『古今問答』…『平安鎌倉歌書集』（八木書店・一九七八年）
『瑩玉集』…『鴨長明全集』（貴重本刊行会・二〇〇〇年）
『近代秀歌』『詠歌大概』『毎月抄』…新編日本古典文学全集『歌論集』（小学館・二〇〇一年）
『和歌童蒙抄』…『和歌童蒙抄』（古辞書叢刊刊行会・一九七五年）所収尊経閣文庫蔵本
『綺語抄』…徳川黎明会叢書（思文閣出版・一九八九年）
『詠歌一体』…『冷泉為秀筆詠歌一体』（和泉書院・二〇〇一年）所収今治美術館本
『正徹物語』…角川ソフィア文庫（角川学芸出版・二〇一一年）
『愚問賢注』…歌論歌学集成（三弥井書店）
『和歌用意条々』…日本歌学大系（風間書房）

『土佐日記』『蜻蛉日記』『伊勢物語』『大和物語』『源氏物語』『松浦宮物語』…新編日本古典文学全集（小学館）
『狭衣物語』…『狭衣物語諸本集成3伝慈鎮筆本』（笠間書院・一九九五年）
『浜松中納言物語』…日本古典文学大系（岩波書店・一九六四年）
『今物語』…講談社学術文庫（講談社・一九九八年）
『三十六番相撲立詩歌合』…島原図書館松平文庫蔵本（SⅠ26）
『和漢朗詠集』…『鎌倉墨流本和漢朗詠集』（二玄社・一九七七～七八年）
『新撰朗詠集』…『鎌倉新撰朗詠集』（二玄社・一九八四年）
『文選』…藝文印書館・一九五五年
『藝文類聚』…上海古籍出版社・一九七九年
六朝詩…『先秦漢魏晋南北朝詩』（中華書局・一九八三年）
『白氏文集』…大東急記念文庫編『金沢文庫本　白氏文集』（勉誠出版・一九八三～八四年）、欠巻は平岡武夫・今井清　楊『白氏文集歌詩索引』（同朋舎・一九八九年）

序章

はじめに

古歌を自身の歌に摂取し、新たな和歌を創造する方法である本歌取りは、新古今時代の和歌表現の特徴として取り上げられるものだ。本歌取りについて考える際、必ず引用されるのが、以下に挙げる藤原定家の記述である。

詞は古きを慕ひ、心は新しきを求め、及ばぬ高き姿をねがひて、寛平以往の歌にならはば、自らよろしきこともなどか侍らざらむ。古きをこひねがふにとりて、昔の歌の詞を改めずよみすゑたるを、即ち本歌とすと申すなり。かの本歌を思ふに、たとへば、五七五の七五の字をさながら置き、七々の字を同じく続けつれば、新しき歌に聞きなされぬところぞ侍る。五七の句はやうによりて去るべきにや侍らむ。(中略)今の世に肩を並ぶるともがら、たとへば世になくとも、昨日今日といふばかり出で来たる歌は、一句もその人のよみたりしと見えむことを必ず去らまほしく思う給へ侍るなり。

(『近代秀歌』)

古典的な詞を使用しつつも、内容は新しいものを希求する。〈古〉を理想とする上で、古歌の詞を改めずに詠み込むのが本歌取りであるという。「本歌とす」が本歌取りと全面的に一致するのかは問題となるところではあるが、この記述が本歌取りの基本と考えられていることは動かない。

『詠歌大概』ではさらに細かく述べる。七〜八十年前の近代歌人の歌の詞・心は用いないこと、五句のうち三句まで取っては取り過ぎで、二句プラス三〜四字が本歌から取る詞の上限である。四季歌を恋歌へ、逆に恋歌から四季歌への主題の転換が、本歌から変化を付ける上で有効である。古歌を模範とする上で特に学ぶべき対象は、三代集・『伊勢物語』・三十六人集の特に名人の歌であり、また『白氏文集』も和歌を詠む際の参考になるので味読すべきである。

この定家の準則は、現在われわれが本歌取りの方法を用いた和歌を読む上での指針となる。しかし、ここから外れる本歌取りを、枚挙に暇がないほど見出すことができるのも事実だ。定家の準則のみでは本歌取りの実態を把握することができないことは、早くから指摘されている(1)。では、なぜ定家の歌論と、特に新古今時代の本歌取りの実際との間に食い違いがあるのだろうか。『近代秀歌』の成立は承元三年(一二〇九)、『新古今和歌集』の長い切継も終盤の頃である。定家は当時、四十二歳。『詠歌大概』の成立は、さらに後の承久三年(一二二一)年以後と推定されている。『近代秀歌』の時点で、定家の歌人としての始発にあたる「初学百首」から数えて二十三年が経過している。この間は、定家だけにとどまらず、藤原良経を主催者とする良経家歌壇、それを吸収発展させた後鳥羽院歌壇において、本歌取りが積極的に用いられ、数多の本歌取り歌が詠み出された時代である。新古今時代における本歌取りの多様な挑戦と展開を承けて、一定の基準を設けようとしたのが『近代秀歌』『詠歌大概』の本歌取り論である。

本書の目的は、定家が『近代秀歌』『詠歌大概』において本歌取りの準則を定めるに至る過程で、なぜこのような準則が設けられたのか、準則が必要とされたのかを明らかにすることである。さらに、それを考える上で「本歌取りとはいかなる方法か」という基本的な問いに立ち返りたい。本歌取りとは、日本の文学のみならず、文化全般、建築、美術などの諸分野で用いられる方法である。(2) しかし、「本歌取り」という用語に対する共通理解は確立しているのだろうか。序章では、「本歌取り」がどのように説明されてきたのかを、研究史を追いながら、基本的な問題を整理してゆく。

一、本歌取りとはいかなる方法か

本歌取りとはどのような効果を持つ技法であるのだろうか。本歌取りの基本的な方法と効果を述べた藤平春男の記述を引用する。

本歌取は周知の古歌を取るのであって、その「昔の詞を改めずよみすゑた」るのは、本歌が創り出した美的小世界を、いま新たに創ろうとする世界の中に吸収するということである。単に豊かなイメージを持つ歌詞を用いるというのではなく、完成した一首を想起させるのが、少くとも定家の本歌取である。（中略）本歌に新歌のなかで背景乃至部分としての役割を与え、新歌の設定する場面構成に奥行や拡大しつつ溶暗する部分を設定する効果を持ったのである(3)（傍線は引用者による、以下同）。

藤平が述べるのは、本歌の表現の一部を取り入れることによって、本歌が喚起されることで、背景として一首全体の内容が揺曳されるということだ。藤平の本歌取り論は、現在に至るまで本歌取りに関する基礎的な研究として必ず参看されるものであり、基本的にこの説明が踏襲されている。たとえば高等学校の国語教科書では以下のように説明されている。

本歌（古歌）の一節を巧みに取り入れる技法。本歌の内容世界が重なり、余情・余韻を深める。

（『高等学校　古典探求　古文編』第一学習社・二〇二三年）

有名な古歌（本歌）の一部を用いて、本歌の内容を重ね合わせ、新しい趣を生み出す表現技法。

（『高等学校　古典探求』文英堂・二〇二三年）

藤平の本歌取りに関する基本的な考えを、簡略に要約したような文である。今、高等学校の古典探求教科書から解説を引用したのは、専門的な学術研究としてではなく、一般的な教育・教養の場において「本歌取り」がどのように教えられているかを確認するためだ。高等学校の国語教育でも、本歌取りを説明する際に難しさを感じるという話はしばしば聞き、それは大学教育においても同様である。国語教育に関する問題についてはこれ以上触れないが、本歌取りの説明しにくさ、分かりづらさはどこに起因しているのだろうか。本歌取りが、古歌から句や詞を取り入れて用いる方法は、模倣や剽窃とどう違うのだろうか。

この点について考える上で、本歌取りの方法がどのように説明されているのかを、注釈書からも見てみよう。本歌取りについては、藤原定家の詠作を中心に検討するのが本来ではあるのだが、筆者の持つ問題意識に触れる例として、ここでは俊成卿女の歌を例として挙げる。

水無瀬恋十五首歌合に、春恋のこゝろを　　皇太后宮大夫俊成女

おもかげのかすめる月ぞやどりけるはるやむかしのそでのなみだに　（『新古今集』恋二1136）

この歌の本歌が、次の一首であることに注釈書間で異論は無い。

五条のきさいの宮のにしのたいにすみける人に、ほいにはあらで物いひわたりけるを、む月のとをかあまりになむほかへかくれにける。あり所はきゝけれど、え物もいはで、又のとしの春、梅の花さかりに月のおもしろかりける夜、こぞをこひてかのにしのたいにいきて、月のかたぶくまであばらなるいたじきにふせりてよめる　在原業平朝臣

月やあらぬ春や昔の春ならぬわが身ひとつは本の身にして　（『古今集』恋五747）

業平歌は、『古今集』に入集するだけでなく、『伊勢物語』四段でも著名な歌だ。俊成女歌は「春や昔の」の句を本歌から取ることで、破れた恋に対する未練を春の月に訴えかけるという本歌の内容を踏まえて、春の朧に霞んだ月が、自身が流す涙で濡れた袖に宿る、さらにその涙は「春や昔の」――つまり、時間が経っても自分だけは何も変わらない嘆き、過去の恋への未練から流れるものであることを詠んでいる。

さて、この歌を久保田淳『新古今和歌集全注釈 五』（角川学芸出版・二〇一二年）は「恋しい人の面影の霞んで浮かぶ月が宿ったよ。あの人と逢った昔の春を偲んで流す袖の涙に……」と現代語訳している。注目したいのは、下句の訳し方だ。「春や昔の袖の涙に」とは、「春や昔」が「袖」を連体修飾する形であり、直訳するなら「『春は昔…』の袖の涙に」となる。しかしこれでは意味が分からない。そのため、【語釈】に「在原業平の本歌の句を裁ち入れたもの。（略）この句だけで本歌の世界、状況の全体を暗示していると見る」と説明し、本歌の意味

を現代語訳にも反映させて「あの人と逢った昔の春を偲んで流す袖の涙に」と訳出している。

一方、この点を新日本古典文学大系『新古今和歌集』（田中裕・赤瀬信吾校注、岩波書店・一九九二年、以下「新大系『新古今和歌集』」と略す）では、下句を「「春や昔」と嘆く袖の涙の上に」と訳し、【脚注】で「本歌に基づく成語として、昔のままの春の意、またそれに比べ自分の境遇は変わった意を含めて用いる」と説明している。

ここで注目されるのは、新大系『新古今和歌集』の現代語訳が、「「春や昔」と嘆く」と、「春や昔」の部分にカギ括弧を付け、本歌から引用された詞として扱っている点だ。より詳しく説明するならば、「春や昔」の部分は本歌から引用した詞であり、この引用した部分によって一首全体を喚起させ、本歌の業平歌の嘆きを含ませた上で、「袖の涙」を修飾する働きをさせている、ということだ。しかし新大系『新古今和歌集』では、「春や昔」を本歌からの、または著名句の引用として扱っているにもかかわらず、「成語」であるとは述べているものの、解説に「引用」という語は用いていない。『新古今和歌集全注釈』で久保田も「裁ち入れた」という表現をしている。「成語」や「裁ち入れる」という用語により、この「春や昔」という詞続きが、作者の俊成女の創り出したものではなく、周知のもの・他者が創出した詞続きを利用したものである、という意を含んでいる。

しかし、そのような意を持つ用語としては「引用」がある。「引用」は「自分の論のよりどころなどを補足し、説明、証明するために、他人の文章や事例または古人の言を引くこと」（『日本国語大辞典』）の意であり、学術用語としては一般的にこちらの意で用いられることが多いが、文芸用語としては「他の文章や詩句を自分の文章中に用いること。（下略）」（『角川類語新辞典』文芸用語・表現や形式に関するもの）の意を持つ。すなわち、以下のように「春や昔」は本歌から「引用」した句であると説明すれば、もっと分かりやすいのではないだろうか。

本歌から「春や昔」の詞を引用して詠み込むことで、優れた詞続きを自詠に取り入れるだけではなく、本歌一首全体および『伊勢物語』四段の内容を喚起させる役割を担わせて、一首の主人公が、過去から現在への時間の経過にもかかわらず、自分だけは変わらないという嘆きを抱えることを表す。

このような説明をわたくしに試みた上で、なぜ「引用」の語を説明に使わないのか、というのが、注釈書の解説から長年抱き続けてきた疑問だった。

ちなみに、本歌取りの説明に「引用」という用語を使わないのは、前掲の二書だけではない。本歌取りの説明について『和歌文学大辞典』（古典ライブラリー・二〇一四年）の「本歌取り」項目（執筆担当・渡部泰明）を見ても、「周知の和歌の表現を意識的に取り入れて、新しい和歌を詠む技法。取り入れる和歌を、本歌という」と冒頭に述べられている。また別の部分では「古歌の言葉を明示的に取り込んで」と書かれている。代表的な辞典や解説書の本歌取りに関する説明も確認した。井上宗雄『和歌の解釈と鑑賞事典』（旺文社・一九七九年）、『和歌大辞典』（明治書院・一九八六年）「本歌取」（大岡賢典）、久保田淳『古典和歌必携』（學燈社・一九九〇年）「本歌取」、『国史大辞典』（吉川弘文館・一九九一年）「本歌取」（有吉保）、『日本大百科全書』（小学館・一九九四年）「本歌取」（田中裕）、『和歌のルール』（笠間書院・二〇一四年）第六章「本歌取り」（錦仁）、いずれも「取り入れる」「摂取する」の語が使われているが、「引用」という語は見えない。

「取り入れる」「摂取する」という言葉は、他者のものを取って自分のものとして利用する、という意味だ。つまり、「取り入れる」「摂取する」で説明すると、何のためにその詞を取り入れるのか、摂取するのか、目的までは示されない。一方、「引用」は、古人の言や他人の文章、また他人の説や事例などを自分の文章の中に引いて説明に用いることを指す。「取り入れる」「摂取する」とは違い、他者の文章や表現を「他者のものである」という意識のもとに、何らかの目的を持って利用しているということがはっきりする言葉である。

「引用」の語を用いることで、模倣や剽窃とは異なる表現行為であると説明しやすくなるのではないか、本歌取りが模倣や剽窃と異なる点は、この「引用」という意識にあると説明すれば、方法として理解しやすいのではないだろうか。

二、レトリックとしての本歌取り

和歌文学研究において、本歌取りの説明に「引用」の語が使われていないことを確認してきたが、それではレトリック研究ではどうだろうか。中村明『日本語の文体・レトリック辞典』（東京堂出版・二〇〇七年）の「本歌取り」項目を代表として挙げる。

和歌における表現技法であるが、レトリックとして見れば、〔多重〕の原理に立つ文彩の一つで、著名な先行短歌作品の一部やその趣向などを借りて自分の短歌に組み入れる修辞技法。古典尊重の時代精神に乗って、『新古今和歌集』の時代に盛んに試みられた。散文作品における《隠引用》や《暗示引用》に相当する。

なお「〔多重〕の原理」とは、同書に「《比喩法》のようなイメージ転換の手続きを経ずに、濃淡二重のイメージを映し出す修辞的言語操作に共通する原理」と説明されている。ここでは、本歌取りが「散文作品における《隠引用》や《暗示引用》に相当する」と述べられている。隠引用と暗示引用がどのようなものなのか、同書の「隠引用」「暗示引用」の項目を見る。

隠引用
〔多重〕の原理に立つ文彩の一つ。《引用法》のうち、何らかの引用であるかを明確に示す《明示引用》とは違って、引用であることを示すだけで、それに関する細部の情報を明かさない修辞技法。広く《暗示引用》などをも含める場合もあるが、修辞的言語操作の手段を純粋にとらえるため、ここでは、出所その他に関して特にことわらない引用という範囲に限定してこの語を用いる。
暗示引用
〔多重〕の原理に立つ文彩の一つ。著名な原表現をそのまま引用するのではなく、それを連想する契機となるような言語表現を用意することにより、表面上の意味がひととおり通るようにしながらも、同時にその裏に別の映像をフラッシュのように流す修辞技法。表の言述に別の作品の影をちらつかせて、文意の二重性、あるいは、読者が頭に思い浮かべる映像の二重性を誘う趣向である。
改行や引用符などによって引用範囲を限定していないだけでなく、それが引用であるということさえ示さず、原作の題も作者の名も伏せてあり、まったく引用という形式をふんでいないが、暗示することで実質的に引用と似た表現効果をあげる。その際に影を添わせる手段は、原作品の発想である場合もあり、そのイメージである場合もあり、その中の特定の語句である場合もあって一定ではない。

中村の説明によると、隠引用は、引用であることは示しつつも出典の情報を示さない方法である。つまり、たとえば「『古今集』業平歌に「春や昔」とあり」と出典元を明記する形で示すのが明示引用である。一方、「古歌に「春や昔」とあるように」「古人が「春や昔」と詠んだが」のように、出典は示さず引用であることを示すのが隠引用である。一方、和歌の限られた字数の中で引用する本歌取りは、基本的に、暗示引用の形を取ることになる。暗示引用は、出典や引用であることを示さず、新たな文章の中に溶け込ませる形で、一見引用であるかどうか分からないようにしながらも、知識がある人が見れば引用であることが理解できるというものだ。

そして、傍線部「表の言述に別の作品の影をちらつかせて、文意の二重性、あるいは、読者が頭に思い浮かべる映像の二重性を誘う」という効果は、藤平が指摘する「本歌に新歌のなかで背景乃至部分としての役割を与え、新歌の設定する場面構成に奥行や拡大しつつ溶暗する部分を設定する効果」のことだ。両者ともに、暗示引用と本歌取りの表現機能については同様の結論に達している。藤平の論は、この指摘の後、「そのような効果は、より古典美を濃厚にし複雑繊細にしつつ、新古今歌人たちの参入しようとする美的世界を形成するためのものであった」と、新古今的な表現理念の問題に展開する。藤平の述べるように「古典的な美的小世界」を取り込む技法として本歌取りを考察することは、新古今和歌および本歌取りの本質を考える上で欠かせない視点ではあるが、では、こうした文意・映像の二重性や、藤平が指摘する「背景乃至部分としての役割」「奥行きや拡大しつつ溶暗する部分を設定する効果」が発揮されるには、何が必要となるだろうか、という点に立ち止まりたい。また、本歌取りが暗示引用の方法であるとすれば、パロディとも共通するが何が異なるのか。そして模倣・剽窃とどこで一線を画しているのだろうか。

まず、「引用」が読者に効果を及ぼすには何が必要なのか、また剽窃との違いを、引用のレトリックについて論じた宇波彰[(4)]の論を参考に整理しておこう。宇波はフランスの社会学者モーリス・アルバックスの打ち出した《集団的記憶》の概念を用いて整理を行っている。

（1）プレテクストがただひとつのものであり、しかもそれがテクストが働きかける対象の集団的記憶の回路に入っていず、単に制作者の個人的記憶の回路にだけあると想定されている場合、この引用は狭義の剽窃であり、受け手の側はテクストだけを見て、その裏側にあるプレテクストを見ることができない。（2）プレテクストが集団的記憶の回路に入っている場合、それを引用することによって成り立つテクストである引用のモザイクの特徴は、プレテクストに対していかなる態度を取るかによって決定されてくる。

（下略）

宇波は（2）をさらに（イ）再生、（ロ）模倣、（ハ）カリカチュアの三段階で考えているが[5]、この分類については、宇波が論の対象としているのがあくまでも現代作品における「引用」であり、本歌取り（および日本古典文学における「引用」）と同一線上で分類することができないため、ここでは取り上げない（現代における「引用」と本歌取りの違いについては後述する）。しかし、剽窃と引用がどのように異なるのか、という問題についての基本的な整理は、宇波の論に首肯される。すなわち、「引用」のレトリックがどのように受け手に作用するかは、受け手の「記憶」の如何にかかっている、ということである。（1）を作者の側から敷衍して述べると、受け手がプレテクストを「記憶」していることを作者が想定しないままにプレテクストを引用するとすれば、それはプレテクストの持つオリジナリティを自身のものとして利用しようとする、剽窃行為となる。この場合、作者としては受け手にプレテクストに関する「記憶」が無い方が望ましい。しかし（2）の場合は、テクストに引用されたプレテクストを受け手が再認することによって、作者がいかなる態度をもってプレテクストを引用したのかが受け手に理解され、それによって効果を発揮するということだ。宇波が「受け手」と呼ぶ存在は、文学作品に即して考えれば「読者」ということになる。引用のレトリックが読者に働きかける時、それは必ず読者の「記憶」の問題と不可分であることを確認しておく。

三、引用論と本歌取り

さて、宇波の整理について、「記憶」の作用が重要であることに首肯しつつ、現代における「引用」と本歌取りが異なることを先に述べた。この点について、本歌取りをレトリックの一つとして位置づけ、その方法や効果を考える上で、引用に関する言説や文芸批評を本歌取りに単純に援用することを避けなくてはならないということを述べたい。

本歌取りの研究史を振り返る時、和歌文学分野以外の研究者による本歌取り研究が、一九七〇年代から盛んになったことに注目される。浅沼圭司（美学者）「本歌取について――テキスト論の観点から」（『美学』26―3、一九七五年一二月）、宇波彰（記号論学者）「引用の理論」（『講座日本語の表現5 日本語のレトリック』〈筑摩書房・一九八三年〉所収）、尼ヶ崎彬（美学者）『日本のレトリック』（筑摩書房・初版一九八八年）等がある。いずれも、引用の技法として本歌取りにアプローチした研究である。

この背景には、当時、ポストモダンの思潮の中で「引用」が注目されたことがあった。

> どのようなテクストもさまざまな引用のモザイクとして形成され、テクストはすべて、もう一つの別なテクストの吸収と変形にほかならないという発見である。相互主体性という考え方にかわって、相互テクスト性〔intertextualité＝テクスト連関〕という考え方が定着する。そして詩的言語は少なくとも二重のものとして読み取られる。
>
> ジュリア・クリステヴァ「言葉、対話、小説」（『記号の解体学――セメイオチケ1』〈原田邦夫訳、せりか書房・一九八三年〉、原著一九六六年発表）

> テクストとは多次元の空間であって、そこではさまざまなエクリチュールが、結びつき、異議をとなえあい、

そのどれもが起源となることはない。テクストとは、無数にある文化の中心からやって来た引用の織物である。

ロラン・バルト「作者の死」(『物語の構造分析』〈花輪光訳、みすず書房・一九七九年〉所収。原著一九六八年発表)

テキストとは「引用のモザイク」「引用の織物」であるとするこの二つの論文は、テキスト論の基本となる非常に有名なもので、発表後、文学研究のみならず様々な分野に多大な影響を与えた。一九七〇年代以後、本歌取りに関する研究や発言が増えたのは、「引用」が文芸およびその他の文化における重要かつ基本的な方法であるというポストモダンの思潮が世界を席巻したからだった。それゆえ、日本では古来、「引用」の技法である本歌取りが和歌において完成されていること、また日本文化の特徴として存在してきたことがクローズアップされ、注目されたためと考えられる。

しかし、テキスト論を無批判に本歌取り研究に援用してよいかどうかには、立ち止まって考慮する必要がある。佐々木健一[6]は、本歌取りがポストモダンの引用(以下、「ポストモダン的「引用」」と称す)と「その根本の思想において正反対のものである」と述べ、「引用の詩学は、素材とする作品を根底から異化し、異化することによって全く異なる意味を誘出しようとする」と説明している。「異化」とは、「熟知のもの、既知のものを、疎遠に、不可解に、不可思議に、不気味に見えるようにする芸術的方法」であり、「ヨーロッパの文学史、美術史の内部では特に反古典主義の時代が、異化へ(中略)と傾いてい[7]」ったという史的展開がある。「異化」は一九一〇年代から三〇年代にかけて、ロシア・フォルマリズムによって提出された概念で、慣れ親しんだ日常的な物事を非日常的なものとして表現するための手法である。つまり佐々木は、ポストモダン的「引用」とは、すでによく知られたプレテクストからまったく別の意味が導かれることを可能とするように、プレテクストを断片化した上で組み合わせ、新たなテクストを生み出す手法であると述べている。プレテクストを伝統や知識から引きはがす形で利用する方法が、反古典主義と結びついたという指摘だ。

一方、本歌取りが古典主義に基づくことは、藤原定家『近代秀歌』の「古きをこひねがふにとりて、昔の歌の詞を改めずよみすゑたるを、即ち本歌とすと申すなり」に明らかだ。古歌から詞を取って用いる行為は、〈古〉の時代および和歌表現を理想とするという思想に基盤を持つ。そして『近代秀歌』は、手本とすべき歌書が三代集・『伊勢物語』であると位置づける。規範（カノン）から詞を引用することで、自身の詠歌が伝統に立脚することを示しつつ、さらに創造の出発点とするのが本歌取りである。本歌取りがポストモダン的「引用」と違うのは、引用されたプレテクストが確固たる価値を持つものであり、それぞれの詞が伝統の蓄積を内包することが意識され、また、断片化されたプレテクストを引用する営為それ自体が、歴史や伝統の破壊ではなく継承に連なっているからだ。そして『詠歌大概』では、「近代之人所二詠出一之心・詞、雖レ為二一句一謹可レ除二棄之一［七八十年以来人之歌、所二詠出一之詞努々不レ可二取用一］」とも記している。定家歌論において、用いられるプレテクストの位相はまずは時代によって明確に差別されている。ポストモダン的「引用」が、古典・規範の価値観を破壊し、「引用」されるすべてのものを等価のものとして扱うものであるのとはまったく異なる意識がある。このような、本歌取りとポストモダン的「引用」との間にある違いを意識し、ポストモダン的「引用」との混同を回避する必要は不可欠である。

また、古典主義というキイワードは、本歌取りのみならず、日本古典文学における「引用」を考える上で重要なものだ。先ほど、宇波彰の分類をそのまま本歌取り・日本古典文学に援用することを避けたが、それは宇波が（イ）再生、（ロ）模倣、（ハ）カリカチュアと三つの下位分類を立てる上で、「風刺・批判の意図と効果」があることがカリカチュア（パロディを含む）とそれ以外の違いであるとしている点に立ち止まる必要があるからである。ツベタナ・クリステワ(8)は、西洋的なパロディの定義に沿って風刺性に眼目を置くと、日本的「パロディ」が必ずしもあてはまらないことを指摘する。さらに、日本的「パロディ」は「表現志向」が強いものである点を重視し、また「笑い」が必要不可欠な条件であるという考え方も、「笑い」の存在自体を確認することが困難である以上、絶対条件とはしがたいと述べる。ツベタナは、日本的「パロディ」において主要な機能を持つものは「もじり」であるとし、「もじり」が伝統伝達と教育の手段であり、「文化の発展を促進する一方、文化の連続性とアイデンティティを維持する」ものであったと論じている。この「文化の連続性とアイデンティティ」とは、日本文学・文化において、正統・規範と位置づけられてきたものが明確に存在しており、またそれを教養体系とする受容・教育があったことに支えられてきた。

ツベタナの論に付言すると、正統・規範に連なりつつ、それを「もじる」ことによって、雅から俗への転化を図りつつもその転化が〈もと〉の表現に即して行われるという、表現と内容の乖離に面白さを見いだしてきたのが日本的「パロディ」だったと考えられる。つまり、日本的「パロディ」とは、正統・伝統的なものとの表現面における連続性と、内容を俗へと転化することで生じる正統からの乖離、この二つを合わせ持つ「引用」である。すなわち、本歌取りとパロディとは、ともに、伝統との連続性を意識する「引用」の方法であることが共通している。但し、本歌取りが、〈もと〉が持つ正統性・伝統性をそのまま自らの作品に利用するものであるのに対して、パロディは、〈もと〉の正統性・伝統性を俗で非伝統的なものへとずらすことによって生じる差が眼目となる、という違いがある。無論、劃然とした線引きができるものではなく、その分かれ目はグラデーションをなしていると思われるが、本歌取りとパロディの違いを如上のようにまとめておく。

ここまで、他分野の研究成果を参照しつつ、西洋的・ポストモダン的「引用」との違いを示しながら、本歌取りをレトリックとして考察してきた。これまで、本歌取りは新古今的な美意識や情緒を表現する方法という面が強調されてきた。無論、それは本歌取りを考える上で重要なのではあるが、レトリックの面から本歌取りがどのような方法であるかを考えることによって、より多角的なアプローチをはかることも必要であろう。

四、和歌文学研究上の本歌取り論

ここまで、和歌文学研究の枠内にとどまらず、レトリック論・引用論の研究成果を踏まえ、本歌取りがどのような方法であるのかを整理してきた。和歌文学分野の本歌取り研究を俯瞰すると、普遍的なレトリックの一つとして本歌取りを捉え、説明しようという姿勢がほとんど見出せないことに気づく。換言すると、和歌文学分野の本歌取り研究は、他分野の研究成果をほとんど参照せずに進められてきた。本歌取りを「和歌の修辞技法」という枠の中で考察し、説明しようとしてきた一方で、普遍的なレトリックの視点から、どのような方法であるのか、どういった効果をもたらすのか、という視点から説明しようとされてこなかったのではないかと思われるのである。

繰り返すが、現代（一九七〇代～二〇二四年現在）の和歌文学研究において、本歌取りを説明する際に、「引用」の語は用いられていない。しかし、かつては本歌取りを「引用」の修辞であるという視点から論じたものがあったことも確認できる。

> 本歌どりといふのは歌作の際に、古歌の用語・語法・思想等を、引用して修飾とするものをいふのであつて、鎌倉時代の初葉から最も盛んに行はれた修辞上の技巧の中の主なるものである。
>
> 谷鼎「藤原定家の歌学思想（附）本歌取の意識的使用に至る変遷」
>
> （『国語国文の研究』18、一九二八年三月）

この小篇の稿を起した目的は古歌の引用法について、上は萬葉集より平安期の歌集・物語・日記を経て本歌取り全盛期の新古今集に及ぶまでの之が史的展開の経路を研究し、併せて歌論書・歌合中の本歌取の論議を査覈しようとするのであるが、（下略）

植村文夫「中世以前の歌文に於ける古歌引用に関する研究――本歌取への経路」

（『三重大学学芸学部教育研究所研究紀要』1、一九四九年一一月）

凡そ、本歌取は古歌の引用と言ふ意味では修辞学的には引喩法であり、従つて明らかに「・・・・と」と引く引用法と、本文中に隠して引く隠引法とあり、更に後者は古歌の知得を前提し、古歌を故事としてそれに依拠してゐる引拠型と、古歌の章句を引用して修飾する引飾型とに区別しうる。

栗花落栄「本歌取考」（『国語国文』20―7、一九五一年九月）

傍線を付して示したように、これらの論は、本歌取りを「引用」の視点から説明しようとしている。かつては本歌取りを説明する際に「引用」の語を用いた研究者がいたことも確認できるのである。

しかしその後、本歌取りを「引用」の一つとして考える研究はほとんど進展しなかった。その中で川平ひとしは、一九九一年発表の「本歌取と本説取――もとの構造」（和歌文学論集8『新古今集とその時代』風間書房 所収）(9)脚注において、本歌取り研究の各領域の概要と近年の研究動向を、Ⅰ原理論、Ⅱ史的展開論、Ⅲ作品論・表現論、の三領域に分けて摘記している。特に「Ⅰ原理論」の課題の第一に、以下のように述べている。

①〈本歌取的方法〉は、〈引用〉の問題として、より修辞論的な範疇で言えば、文学における、そして詩歌における〈引喩〉（allusion）の問題として捉えることができる。文学を含めて広く芸術表現の種々のジャンル

（美術・音楽・演劇・映画・写真など）で用いられる手法の一つとして理解しうるだろう。

本書、特に序章の問題意識は、この川平の問題提起に沿ったものである。こうした川平の問題提起もあり、また当時のテキスト論・引用論の議論を敷いて、テキスト論・引用論としての本歌取り研究も発表された[10]。しかしそれらの研究は本歌取り研究において主流とはならなかった。先述したように、一九七〇年代後半から、本歌取りは世界的に見ても早くに「引用」がレトリックとして成立し、また日本文学の中で脈々と受け継がれてきたものであることから、他分野の研究者からも注目を集めていた。他分野から注目され、本歌取りが研究の俎上に載せられたにもかかわらず、和歌文学研究は他分野の研究成果を参照することが乏しく、自己の内部で本歌取り研究を進めることが主流であったと言ってよい。

紙宏行は先掲の浅沼圭司「本歌取について――テキスト論の観点から」（『美学』26―3、一九七五年一二月）および『映ろひと戯れ――定家を読む』（小沢書店・一九七八年）について「R・バルトやJ・クリステヴァらの方法を援用し、（中略）魅力的かつ難解な論文ではあり、どこか異端的に受けとめられているように思われる。しかし、この論文から学ぶべきところはきわめて多い[11]」と述べている。この「異端的」という語は示唆的で、これは浅沼圭司の論にとどまらず、テキスト論を援用した研究に関する和歌文学研究界の反応として、おおむね当てはまるように思われる。さらに小峯和明は、院政期の本歌取り・本説取りに関する研究展望の中で、「どちらかといえば、従来の和歌研究は特権的で閉鎖的な傾向が強く、他の分野との相関を捨象したところで遂行され、相対化の視座を内部にもたない場合が多い[12]」と批判している。

では、本歌取り研究が他の分野と切り結ばずに、和歌文学分野の内部で研究が進んできた理由について考えたい。この点を考えるにあたっては、名木橋忠大「本歌取り論の近代[13]」が参考になる。名木橋の論は、近代におけるる本歌取りの評価と研究を史的に考察したものだ。名木橋の指摘をまとめると、明治時代は芳賀矢一『国文学史十講』（冨山房・一八九九年）が本歌取りについて「昔の人の歌を本歌として、少しもぢつてつくること」「唯昔の人の歌を諳んじて、その歌を変化して、換骨奪胎する所に手際を用ひた」「文学の思想の衰へた証拠」と述べるように、否定的評価が主だった。しかし第二次世界大戦前後にかけて、国体思想が称揚される機運の中、「古」回帰の価値が上昇し、本歌取りの方法にも積極的な価値が付与された。戦後、国体思想が消去された後も、歌人の「古典世界への主体的投企の発想を根底にした本歌取り論」（名木橋論文）が展開され、本歌取りが「主体性を基盤とする美創出の体系として改めて定位されることになった」（同）。名木橋は、「古典世界への主体的投企の発想を根底にした本歌取り論」を展開した戦後の和歌研究者の代表として、田中裕と藤平春男を挙げている。

田中裕と藤平春男の研究手法と姿勢について考える上で、示唆的なのが田中裕の記述である。田中裕『中世文学論研究』（塙書房・一九六九年）の冒頭、第一章第一節「歌論の性格」に、「たゞ一つ言つておきたいことは、審美論の領域を捨てて専ら表現論に視野を限らうとすることである。（中略）歌論研究の現状を観ればあまりに審美論に偏しすぎる極みがある」と述べ、審美論すなわち美学的研究手法ではなく、表現論によって歌論を研究するという自らの研究方法を明記している。この自らの研究姿勢について田中は、同書の「あとがき」でさらに詳しく言及している。

私が歌論研究を志した時、学界の大勢は審美論的研究にあつた。最も方法的なものとしては日本文芸学があり、美学者からの発言もめだつてゐた。そこから多くの影響を受けたことも確かであるが、一方不満も小さくはなかつた。（中略）一層大きな理由は、中世の諸論書が主張してゐる諸説の核心が審美論に帰結しようとは、到底考へられなかつたからである。

これに対して私の理会したものは、不十分な用語ではあるが表現論であり、それを自分の言葉で素樸に、そして資料に即して的確に語りたいと思つたといはなければならない。

田中は、審美論的に歌論を論じるのではなく、資料に即した実証的な表現論を目指したと書いている。田中が不満を抱いた当時の「審美論的研究」とは、田中が記すように、具体的には主に岡崎義恵が提唱した日本文芸学の方法だった。日本文芸学の研究理念は、一九六三年十月一日の日本文芸学会設立の趣意書(14)に示されている。

従来の国文学の研究の中から文芸としての研究領域を純粋に考え、真の日本文芸の研究を行ないたいと切望しております。日本文芸の学的研究は一個人や一学派の方法論に終始するのではなく、日本文芸を対象とする普遍的な研究方法によるもので、そこでは色々な方法論が可能であるところに真の日本文芸研究の学会が存在するものと思います。

岡崎は、文献学・書誌学偏重の国文学研究に対して、文学・文化・歴史・哲学・芸術等の諸分野を横断する学問領域として、日本文芸学を提唱した。しかしこの横断的な研究理念・研究方法は、ややもすれば美学偏重の抽象論へと傾き、「審美論」として歌論を扱う傾向を生んだ。それに対する抵抗・反論として、田中は自身の和歌研究を「表現論」として打ち出したのだった。

田中の研究姿勢および方法は、他の研究者にも大きな影響を与えた。藤平春男による『中世文学論研究』の書評(15)には、「この二論（引用者注、田中裕の「妖艶」「有心」を指す）の影響が審美的研究から表現論的研究へと研究者の視点を変えさせる原動力となった、といえないこともない」と、田中の研究の影響力の大きさを指摘している。

他にも、横断的な研究から距離を置いて和歌を研究する必要を説いた研究者の言を挙げよう。谷山茂は『風巻景次郎全集』第七巻（桜楓社・一九七〇年）解説で、風巻の研究手法を評価して、抽象的な理論による歌論分析を戒めている。

文芸以外、または自国の文芸以外の範疇や思想をそのまま和歌の世界に持ち込んだと思われるような観念論もときたま見られないではないが、それにしても、西欧の観念論などにくらべると、すでに観念そのものの内容や性格が甚だしく具体的・主体的・体験的なのである。（中略）歌論を究明するための理論体系は、他の分野からの借りものであってはならず、やはり和歌の世界そのものから帰納された理論体系でなければならない。

谷山は一九一〇年生まれ、田中は一九一八年生まれで、ともに京都帝国大学文学部で学んでいる。谷山の方が八才年長で、田中は谷山から多大な影響を受けている。谷山の記述からも、戦後の歌論研究が抽象論・審美論ではなく、資料に即した具体的な実証にもとづいて行われなければならないという意識のもとに進められたことが窺われる。またその際には、形而上的な議論としてではなく、作者主体、そして「和歌の世界そのものから機能された理論体系」であることが旨とされた。

このように、戦後の中世和歌文学研究者には、和歌研究は和歌そのものに即して実証的に進めねばならないという問題意識があり、審美論や海外の文学理論への傾斜を戒める姿勢があった。この姿勢は、谷山・田中・藤平の後も、和歌文学研究の主流となった。このことを踏まえるならば、審美論へと傾いた歌論研究に対する反省・批判から発した戦後の和歌文学研究の在り方から考えれば、本歌取り研究と「引用」論との距離も、必然的に生じたものだったのではないかと想像される。かつては「引用」の修辞として本歌取りが説明されていたにもかかわらず、一九七〇年代を境に「引用」の語が用いられなくなったのは、戦後の西欧で広がったポストモダンの思潮・芸術・文芸の中に見られる「引用」がきわめて現代的であり、さらにはテキスト論・引用論が諸分野を席巻したために、古典和歌の技法である本歌取りをポストモダン的「引用」と同一線上の方法として捉える、または捉えられることを危惧し、そのような解説を避けようとする意識が和歌研究者にあったからではなかったか。和歌文学研究以外の分野では、古典文学研究においても、テキスト論に基づいた研究が盛行したが[16]、和歌文学研究では、西欧の文芸批評理論を日本の古典文学研究に援用することに対する懐疑や抑制が他分野より強かったと推測される[17]。

筆者は、テキスト論や美学的アプローチを和歌研究に導入すべきだ、と主張したいのではない。しかし、ポストモダン的「引用」との違いを認識した上で、「引用」の技法として本歌取りを考えることは、本歌取りがどのような方法であるかを把握するために有益であると考えている。戦後の和歌文学研究は、実証的に堅実・着実に進められ、大きく進展してきた。しかしその一方で、他分野との架橋が意識されてこなかったことを顧みる必要があろう。

近年、美術学者・土田耕督による『「めづらし」の詩学――本歌取論の展開とポスト新古今時代の和歌』（大阪大学出版会・二〇一九年）が刊行された。同書の「はじめに」には、「本歌取論の重要性は古さそのものにでなく、むしろ広義の「引用」をめぐる問題をも射程に収める」と指摘されている。改めて本歌取りを引用論として捉え直し、他分野研究と接点を持ちながら研究を進める時期に来ているのではないかと思われるのである。

五、作者主体中心の本歌取り論からの脱却を目指して

現在に到るまで、和歌文学研究の主流は資料や作品の注釈的読解・実証的手法にあることを述べてきた。文献学的・実証的な研究が、一九六〇年代以後の和歌文学研究の主流だったことは、和歌史研究会の活動やその成果にも看取される。文献学的・実証的研究が主流であることは、二〇二四年現在においても変わりはない。

このような潮流の中で、本歌取り研究は、主に作者主体の方法論として進められてきた。定家以前・以後の歌論書の記述を参照しながら本歌取り形成を考察した論文は多い。特に松村雄二「本歌取り考――成立に関するノート」（和歌文学の世界10『論集　和歌とレトリック』〈笠間書院・一九八六年〉所収）、渡部泰明『中世和歌史論　様式と方法』（岩波書店・二〇一七年）第2篇第4章「藤原清輔にみる本歌取り形成前史」、佐藤明浩『院政期和歌文学の基層と周縁』（和泉書院・二〇二〇年）Ⅲ部「「古歌」「本歌」をめぐって」が、院政期歌人たちの評価軸や意識を明らかにしたことで、院政期の俊頼・基俊・清輔から俊成への展開については見通しが明瞭になった。定家の歌学書や詠作から、定家が本歌取りをどのように定位したかを論じた研究も数多ある。代表として、藤平春男「本歌取」（藤平春男著作集2『新古今とその前後』〈改訂版・笠間書院・一九九七年〉第一章Ⅱ）、田中裕『後鳥羽院と定家研究』（一九九五年・和泉書院）第七章「定家における本歌取――準則と実際と」、錦仁『中世和歌の研究』（桜楓社・一九九一年）第三篇第二章「藤原定家の表現」を挙げる。また定家以後の歌論書における本歌取りの分類から、本歌取りの方法・効果・評価・規定を考えるものに、文弥和子「本歌取りへの一考察――定家以後の歌論における」（『立教大学日本文学』29、一九七二年一二月）、北裕江「『井蛙抄』における本歌取論について」（『中世文芸論稿』4、一九七八年五月）、久保田淳『中世和歌史の研究』（明治書院・一九九三年）所収「本歌取の意味と機能」、土田耕督『「めづらし」の詩学　本歌取論の展開とポスト新古今時代の和歌』（大阪大学出版会・二〇一九年）がある。定家

以後の歌人たちが、本歌取りをどのように定位し理解していたのかを腑分けしながら、本歌取りの方法を具体的に明らかにする方法である。また、歌人ごとの本歌取り論に関しては、作品の読解と不可分なものでもあり、それぞれの歌人論として進められてきた。数も非常に多いので、ここでは省筆する。

作者主体で本歌取りを検討するとなると、詞の摂取利用という直接的な方法面から考察を進めることになる。平安中期以後の歌論書において、古歌の詞の利用は、模倣・剽窃とに陥らないようにすること、また具体的な利用方法が論点になってきた。歌論書の記述や分類は、実際に和歌を作る歌人の立場からの言説であり、また、詠歌はその実践としての側面を持つ。歌論書が、歌人の実作に供する実践的心得として書かれるものである以上、安易に古歌の歌句や詞を摂取した歌作りが戒められたのは当然だ。歌論・歌学書・歌合判詞、そして実作の分析から導かれるのは、当時の歌人たちがどのように本歌取りを意識し、それに取り組んだのか、ということだ。これは、先掲した田中の「資料に即して的確に語りたい」という志向に沿うものであり、谷山の「和歌の世界そのものから帰納された理論体系」による本歌取り研究だった、と言ってよい。歌論書の記述や分類は、実際に和歌を作る歌人の立場からの言説として大いに参考になるが、歌論書に基づいた従来の本歌取り研究が、あくまで作者主体の視角を出ず、読者の読解という視点を捨象しがちであったのは否めない。

ここで注目されるのが、紙宏行[18]による批判である。紙は藤平春男の本歌取り論について以下のように述べる。

氏の論理展開は、心的態度論に遡及する方向に進んでしまい、表現されたテキストそのものから離れていく傾向があるように思われる。そこには、一個の確たる詠歌主体というものが、自明の存在として位置づけられているが、詠歌主体とは、必ずしも確乎として存在するものではないであろう。

紙は、テキスト論を援用して本歌取りを論じており、テキストの側から本歌取りの表現構造を考える文脈の中で如上の批判を述べている。先述したように、筆者は本歌取りを論じる上で、テキスト論は参照しつつもそれを援用することには全肯定はしない立場なのだが、「詠歌主体」中心の本歌取り論に対する批判は、重要なものであると考えられる。紙の指摘は、決して藤平の本歌取り論のみに対するものにとどまらず、「古典世界への主体的投企の発想を根底にした本歌取り論」（先掲名木橋論文）を展開してきた戦後の本歌取り研究にも広く当てはまるものだと思われるからだ。

「和歌の世界そのものから帰納された理論体系」（谷山茂）から和歌を論じる上で資料とされたのが、先述したように、歌人による歌論書や歌合判詞であり、詠作だった。歌人という「詠歌主体」を中心とした論は、作者の表現意図および表現意識という視角を出ない。歌論書や歌合判詞が、歌人から歌人に向けて書かれた、具体的な方法と心構えの指南、批評を主とするものである以上、そこから導かれるのは「歌人による歌人のための方法論」である。無論、本歌取りが「引用」のレトリックであると位置づけるのは、現代の我々なのであり、中古中世の歌人たちが「引用」の意識を明確に持っていたかどうかは分からない。しかしそれが、表現意図を理解できる読者を得て初めて成立・成功する方法である、という意識は、平安時代中期から自然と醸成されてきたものであったと考えられる（この点については後述）。読者の存在・読者の認識が、本歌取り研究の上で表立って議論されてこなかったのは、同時代読者と現代のわれわれとの間に存在する知識のずれという問題を解消できないからという理由もあるが、「詠歌主体」を中心に据えた本歌取り論が展開されてきたことが最大の理由であると思われる。

では、本歌取りにおける読者の問題について、和歌文学研究からはどのようにアプローチされてきただろうか。『日本古典文学大辞典』（岩波書店・一九八六年）「本歌取」項目（佐藤恒雄執筆）には、「本歌認定の問題は結局、享受者の主観や鑑賞力などに左右される微妙な一面をもっていて、客観的で完全な基準は求めにくい」という一文がある。本歌の認定は、中世和歌の注釈において常に問題となるが、ある和歌を本歌取りとして認定するかどうかが、享受者の主観や鑑賞力などに左右されるのはなぜなのか。それは暗示引用という修辞技法が、はっきり示されない引用に気付き、気づいたときに想起される二重性に面白さを見いだすという効果を持つものだからだ。つまり、本歌取りが成功しているかどうか、効果を発揮しているかどうかを決定するのは、読者にそれと了解されるかどうかであるという見方ができる。

読者の問題も、本歌取り研究の中で意識されていなかったわけではない。丸山嘉信「新古今集の本歌取」（『国文学』2―9、一九五七年八月）でも、「表現上どういう場合に本歌取が成功しているか、を冷静に考え直してみる必要があろう。（例えば巻十二、一〇八四番などが、本歌の予備知識なくしては全然理解出来ないような場合に、当時の頽廃的遊戯的態度だと批難しても、本歌取の効果があつたとは言えぬ。）」と、読者が本歌の存在や意味に気付き理解しえたかどうかを、本歌取りの成功の分け目と捉えている。しかし、丸山の論は、本歌に対する知識について、作者と現代の我々との間にずれがあることを危惧し、結局は歌人の発想という視点から論を進めている。

作者と現代の読者との間に知識の差があること、そして本歌取りの鑑賞批評が主観に左右される、というところが、本歌取り認定の困難を生んでいる。しかしこの点について、中川博夫(19)は以下のように述べる。

作者ではなく読者の認識がむしろその営為の評価を決する要因である。（中略）「本歌取」成立の条件として、読者の認識が要求される。（中略）いっそ本歌取成立の目安をむしろ読者側に置き、一応は作者との関係づけを同時代の読者に焦点を絞ることに求めれば、同時代読者がその本歌たる古歌を認識し得たか否かを、もとよりそのこと自体に相当の困難を伴うにしても、本歌取あるいは本歌を認定する一つの基準とする方途も、あり得てよいのではないかと考えるのである。

中川の問題提起は、「相当の困難を伴う」ことを前提に置きながらも、同時代読者の認識を考える重要性を説いている。このように「読者の認識」を本歌取り成立の条件とする、ということを正面切って述べたのは、管見の範囲では、中川が最初だと思われる。こうした中川の問題提起および提出した方法は、本歌取りが暗示引用の一つであるという視点からは、当然ありうべきだというのが筆者の考えである。

レトリックという観点で本歌取りを見る時、中村明が「暗示引用」について「いずれにせよ、そういう表裏の二重性に気づくだけの予備知識や教養や常識などをそなえた読者を得て、はじめてその伝達効果が発揮できる」（中村明『日本語の文体・レトリック辞典』）と述べるように、本歌取りおよび暗示引用には、読者の知識や気付きが必要不可欠だ。レトリックとして効果を発揮するか否か、という問題は、同時代読者によってどのような読解が可能だったのか、同時代読者との知識の共有を前提としうるか、という問題を考えなくてはならない。

引用における知識という点について宇波彰[20]は「プレテクストの神話度、換言すれば、プレテクストがどの程度の集団的記憶性をもっているかということが重要な構成要素になっている」と指摘している。これは、引用されるプレテクスト＝〈もと〉が広く知られていることが必要であり、その知識が個人的な知識の域を超えて「集団的記憶性」を有していなくてはならない、ということだ。また佐藤信夫[21]は「修辞的《暗示引用》は、どうしてもある種の選別作用をともなわないわけにはいかない」と指摘する。引用されるプレテクストに気づくか気づかないか、気づけるか気づけないかが、選別作用として働くというのだ。そういう意味で、暗示引用の一つである本歌取りとは、知識の無い読者を排除する排他的な技法であるということができる。さらに佐藤は、日本文化の中ではかつては安定的に教養体系が存在したことが、暗示引用を可能としてきたとも述べている。

中村明[22]は暗示引用についての説明の後に、以下のように指摘している。

これ（暗示引用、引用者注）は引用という形式をふまずに、実質的には引用に似た効果をあげる。だが、現代では、中世の《本歌取り》の場合のように、映像の二重性自体がその一首の趣向として本格的な文学的価値を生み出すような例はめったに見られない。文面にたくみに仕掛けられたヒントを手がかりに、読者がそこにひそんでいるものの正体をあばく、そういった謎解きに似た趣向が中心になっている。あるいは、わかる人にはわかる、といった優越感を伴う、隠語めいた陰湿な楽しみと化した感もある。

この、謎解きに似た趣向や、「わかる人にはわかる、といった優越感」は、本歌取りも有する性質である。とはいえ、暗示引用の中でも、本歌取りが特に文学的価値を生み出す方法であるという点が、やはり重要なのである。本歌取り形成史において、従来の和歌文学研究では、作者主体にとって、本歌取りが模倣を乗り越える創造の方法として確立されてゆく過程を追ってきた。筆者の問題意識は、句の単位での引用が最も端的な方法として確立し、本歌取りが「暗示引用」の効果を発揮することが可能になる過程、そして、それがいかに自覚化されていったのかを考えることにある。

さらに、中村が指摘する「映像の二重性自体がその一首の趣向」となる、ということだけが、本歌取りの効果や特性ではない。それを細かに検討し、析出してゆくのは、和歌文学研究者の役目であろう。歌人たちが本歌取りを文学的価値を生み出すものとして自覚的に詠歌方法として確立していった過程を追い、本歌取りによって「作者」は何を表現しようとしたのか、そして「読者」はどのような読解が可能だったのか。和歌が詠作された時代の読者の教養体系を考慮しながら、読者が本歌に気づき、その二重性を理解できたかどうかという問題に向き合いながら、新古今時代に至るまでの本歌取りについて、方法と表現について考えてゆきたい。

結びに——本書の方法と目的

本書では、本歌取りを暗示引用のレトリックとしてとらえ、作者と読者の共通理解を想定した上で、作者の意図と読者の読解の双方の視点から作品を分析してゆく。そして、暗示引用の効果を持つ本歌取りが表現技法として成立する過程を明らかにすることを目的とする。そこで、本歌取りが「引用」の修辞技法であるという視点から、以下を本歌取りの条件として設定する。

①その詞や発想が基づく本歌に対する作者と読者による共通理解を前提としており、作者と読者双方に〈もと〉が存在することで生じる二重性を投影した読解の共有が可能であること。すなわち、暗示引用が機能していること。

②踏まえられている古歌が、単に時間的に先行するというだけではなく、引用する上で「古」に属するものであるという意識のもとに踏まえられており、価値のある規範としての地位を獲得したものであると、作者・読者の双方が認識していること。

これは、定家の準則を本歌取り論の始発に置くのではなく、定家の準則が定められた意味を問いたいからだ。それゆえ、本歌取りの基本を句の単位での引用に置くのではなく、引用が効果を発揮していることを①として設定し、引用が成立する上でどのような方法が用いられているかを検討する。また①は、暗示引用としての条件となる。暗示引用は読者（受け手）を選別する作用を有している。つまり、暗示引用に気づける読者だけを対象とするという閉鎖性を帯びるものであるだけに、②が必要となる。暗示引用が機能しても、内輪受けやペダントリーに堕さないためには、少なくとも貴族・宮廷社会の中で知識や教養が共有されていることが必要である。特殊な知識ではなく、「教養」として求めうる範囲に共通知があることが必要である。さらに②は、川平が「本歌取と本説取――もとの構造」（前出）において指摘する意識である。ポストモダン的〈引用〉と区別する点として、伝統に立脚する姿勢・理念が、本歌取りの基本である。

作者のみならず、読者との共通理解を念頭に置きつつ本歌取りを考察する。この視点に立つためには、まずは作者の表現意図に迫る必要がある。何を踏まえ、引用し、どういった読解を読者に求めているかを明らかにせねばならない。その上で、読者がどのようにその和歌を理解し、評価したかを考察してゆく。

なお本書では、古歌を引用して新たな和歌を詠む本歌取りだけではなく、特定の漢詩文を踏まえて、それを想起させるように詠んだ和歌についても併せて考察する。但し、古歌を踏まえてそれを背景に揺曳する詠法は「本歌取り」という述語が歴史的に定着している一方で、特定の漢詩文の句を踏まえて詠む方法については術語が定まっていない。迂遠ながら、まず「本歌」に相当する漢詩文を指す用語について確認しておく。「本歌」に相当する用語としては、「本説」「本文（ほんもん）」が用いられる。「本説」「本文」の用語の履歴については、赤瀬信吾・佐藤恒雄・川平ひとしが整理している。(23) 概略をまとめると、「本文」は中国において、〝漢籍中の典拠となる確かな句、出典〟の意として用いられた語で、それが日本の古典にも広がったものだ。「本説」は、〝根拠となる確かな説〟の意で、本文と重なる意味で用いられ、「本説本文」と一括りにされることもある。「本説」が歌学用語として確定したのは南北朝期のことで、二条良基は『愚問賢注』において、漢詩文・漢故事・物語を「本説」と規定し、本歌と区別する意識を示している。実際の用例では「本歌」「本文」「本説」に明瞭な区別を付けがたく、「本文」

「本説」が漢籍に由来しない典拠、または証歌と同じ意で用いられることもあるが、良基に倣って本歌との区別を付けるため、和歌の場合を「本歌」、それ以外を「本文」「本説」とすることが通行だ。但し「文」が本来漢詩文を指す語であったことは、『枕草子』一九七段「文は」を見ても確かなので、本書では特に漢詩文の典拠を「本文」、それ以外の物語類を「本説」と分けて称することとする。では、特定の漢詩文の句を踏まえて詠む場合についてだが、「本説取り」（たとえば『和歌大辞典』「本説」寺田純子執筆）や、準本歌取り（『和歌大辞典』「新古今調」峯村文人執筆）などと呼ばれ、述語として定着していない。取られる句は必ずしも詩のみに限定されていないことを考量して、本書では近藤みゆきに倣い(24)、詩文の句を取る和歌を「佳句取り」と称す。また漢詩全体の内容を踏まえる場合は「漢詩取り」の語も用いる。

本歌取り成立の過程を考察する上では、俊成・定家父子の言説・実作を追う手法が主となってきた。しかし俊成・定家父子だけを対象として論を進めると、歌道家として歌人を導き、本歌取りを完成させた二人の問題に限定される可能性もある。二人の理念や詠作方法を同時代歌人の詠作と照合し、新古今和歌・新風和歌への波及を考える。また、定家歌論における本歌取り準則の規定を考える上で、新古今時代の他の歌人による表現技法の具体相を確認する必要があるため、藤原良経の詠歌作品を主に対象とした。

良経を取り上げるのは、以下の理由による。御子左家の和歌の理念・方法を受け継ぎ、他の歌人たちもそれに倣っているという同時代性を見る上で、俊成の弟子にあたり、定家・家隆ら新風歌人の詠歌活動を支えたパトロン的存在であった良経が適するという点である。さらに、『新古今集』に集中三位の歌数である七十九首が入集するなど、歌人としての評価も高く、作品の質が保証されており、俊成・定家から波及した本歌取りの様相を、新古今時代の一般論として把握する上で適していると判断される。加えて、家集『秋篠月清集』が存し、各歌の詠歌年次も多くの場合特定が可能であるので、歌人相互の影響関係・前後関係を緻密に論証し、また歌人個人における方法の熟成を考察することができる。主に第二部については、漢詩文摂取（佳句取り）の展開を辿るにあたり、摂関九条家の後継者として高い質の漢籍教育を受け、それを和歌に活かす才にも恵まれていたため、新古今時代の漢詩文摂取を検討する上で、最適な対象であると考えられる。

作者の意図を明らかにしながら、本歌または漢詩文の本文を踏まえて読んだ和歌が、どのような読解を読者に求め、また可能になっているのかを徹底的に追求すること。その先に、新古今時代の本歌取りの方法の到達点と臨界点を見極めようとするのが、本書の目的である。

注

（1）田中裕『後鳥羽院と定家研究』（和泉書院・一九九五年）第七章「定家における本歌取――準則と実際と」

（2）書籍のタイトルを挙げるだけでも、建築で、村野藤吾『伝統の昇華　本歌取りの手法』（建築資料研究社・二〇〇〇年）、絵画で、杉本博司『本歌取り　日本文化の伝承と飛翔』（くま書店・二〇二二年）・同『本歌取り　東下り』（くま書店・二〇二三年）がある。

（3）藤平春男著作集2『新古今とその前後』（改訂版・笠間書院・一九九七年）第一章II「三　本歌取」

（4）宇波彰『引用の想像力』（冬樹社・一九七九年）所収「引用のレトリックと記憶」

（5）中村明『日本語レトリックの体系』（岩波書店・一九九一年）第七章「多重」（三二〇頁）も暗示引用の下位に模擬・模作・パロディーの三種を立てているが、中村は「要するに、表現様式の模倣」と説明している。

（6）佐々木健一「引用をめぐる三声のポリフォニー」（『現代哲学の冒険5　翻訳』〈岩波書店・一九九〇年〉所収）

（7）『美学のキーワード』（W．ヘンクマン・K．ロッター編、武藤三千夫・利光功監訳、勁草書房・二〇〇一年）「異化（Verfremdung）」項目

（8）ツベタナ・クリステワ「果たして「パロディ」とは?」（『パロディと日本文化』〈笠間書院・二〇一四年〉所

収）

（9）後に川平ひとし『中世和歌論』（笠間書院・二〇〇三年）所収

（10）紙宏行「「詮とおぼゆる詞」について」（『文教大学女子短期大学部研究紀要』37、一九九三年一二月）、同「本歌取の表現構造」（『文教大学女子短期大学部研究紀要』38、一九九四年一二月）、Bonaventura RUPERTI「文学と演劇の「引用」の差異について——本歌取・本説・素材をめぐる一考察」（『国際日本文学研究集会会議録』19、一九九六年一〇月）、Rein RAUD「新古今時代における本歌取りの遣い方」（『国際日本文学研究集会会議録』20、一九九七年一〇月）、下西善三郎「本歌取りの〈もと〉と〈かさね〉」（『上越教育大学国語研究』17、二〇〇三年二月）

（11）紙宏行「本歌取の表現構造」（『文教大学女子短期大学部研究紀要』38、一九九四年一二月）

（12）小峯和明『院政期文学論』（笠間書院・二〇〇六年）Ⅶ七「〈もと〉の指向——院政期の研究展望」

（13）名木橋忠大「本歌取り論の近代」（『中央大学文学部紀要 言語・文学・文化』115、二〇一五年三月）

（14）日本文藝學會創立準備委員會「日本文藝學會創立趣意書」。日本文芸学会ＨＰ、ＵＲＬ：http://bungeigaku.jp/gakkai.html#top、最終閲覧日二〇二五年一月八日

（15）藤平春男「書評『中世文学論研究』」（『解釈と鑑賞』35—5、一九七〇年五月）

（16）そうした状況をよく示すものとして、一九八三年に発表された三谷邦明「引詩・引歌」（『国文学』28—16、一九八三年一二月）を挙げる。

あらゆる本文（テキスト）は本文は虚空に浮かんでいるごとく、個的に存在することは不可能で、他の本文（テキスト）との関係においてのみその特性を現象させることができる。この相互本文性（インターテクステュアリティ）が顕在的に表出されるのが、引用、パロディ、剽窃、モンタージュ、模倣等といった前本文（プレテキスト）の透視できる本文（テキスト）で、源氏物語研究において中世以来執拗に追求されてきた典拠・準拠・引歌・引詩・話型・常套句・源泉・影響等々は、そうした顕在的な相互本文性、所謂〈引用〉論の射程距離内にあると言ってよいだろう。

一読、用いられている用語にテキスト論の影響が明らかだ。一九八〇年代以後、物語研究ではテキスト論を援用した研究が盛んであり、引歌研究にも「引用」の語が用いられている。「引用」を用いずに本歌取り研究が進

められた和歌文学研究とは、大きく異なる。

(17) 一九八八年の『日本の美学』第12号における「引用」特集には、和歌・音楽・絵画・演劇・物語の専門家の、それぞれの分における「引用」についての論考が収められている。筆者・専門分野・論文タイトルを掲出すると、久保田淳（和歌）「本歌取の意味と機能」、徳丸吉彦（音楽）「日本音楽における引用――あるいは間テキスト性」、小林忠（絵画）「見立絵――浮世絵師鈴木春信の場合」、渡辺保（演劇）「獅子の乱曲――もう一つの引用論」、島内景二（物語）「源氏物語と引用――話型が作者に引用される時」の諸論である。

論文の題にも「引用」が用いられているのは、音楽・演劇・物語の論文だ。この特集で和歌に関する論考は、久保田淳「本歌取の意味と機能」である。しかし久保田論文には、題だけではなく、本文中にも一度も「引用」の語は用いられていない。「模倣（傍点、引用者による）は芸術の宿命である。してみれば本歌取的方法は、おそらく文学や芸術のあらゆる分野に見出だされるであろう」という一節にあるように、模倣の言葉は見られても、本歌取りを「引用」として論じていない。この論文は後に『中世和歌史の研究』（明治書院・一九九三年）に収録されているが、「引用」の語が見られないのはここでも同様だ。「引用」の特集であるにもかかわらず、本歌取りを「引用」の視点からは論じていない久保田の論考は、和歌文学研究の傾向・姿勢を考える上で示唆的に思われる。

(18) 注（11）紙論文

(19) 中川博夫『中世和歌論　歌学と表現と歌人』（勉誠出版・二〇二〇年）序章1「中古「本歌取」言説史論」

(20) 宇波彰『引用の想像力』（冬樹社・一九七九年）所収「引用のレトリックと記憶」

(21) 佐藤信夫『レトリック認識』（講談社学術文庫・一九九二年）第8章「暗示引用」

(22) 注（5）中村明著書三一八頁

(23) 赤瀬信吾「本歌取り・本説・本文」（『国文学』30―10、一九八五年九月）、佐藤恒雄「本文・本歌（取）・本説――用語の履歴」（『国文学』49―12、二〇〇四年一一月）、川平ひとし『中世和歌論』（笠間書院・二〇〇三年）Ⅰ3「本歌取と本説取――もとの構造」

(24) 近藤みゆき『古代後期和歌文学の研究』（風間書房・二〇〇五年）第二章第一節「摂関期和歌と白居易」

第一部　本歌取り成立前史

第一章　佳句取りと句題和歌

はじめに

先行する和歌から表現・発想を摂取し、自身の和歌に利用することで、読者に二重の文脈やイメージを喚起させるのが本歌取りである。本歌取りが自覚的に詠法として用いられるのは院政期からで、それを完成させたのが俊成・定家父子で新古今時代のことである、というのが本歌取りの通史的な把握である。本書では次章以下で、院政期以前、平安中期の本歌取りについて考察するが、それに先立ち、本章では漢詩文摂取について検討する。

先に、院政期から本歌取りが自覚的に用いられ始めると述べた。しかし既存の漢詩文を踏まえ、その発想・内容・表現を摂取して和歌を詠むという方法は、先行和歌を和歌に摂取する方法に先んじて用いられていた。『万葉集』にすでに、漢詩文摂取という方法が、創作に係る技法として自覚的に用いられている。『万葉集』において他の和歌と表現が複数句にわたって一致する類歌が、創造性よりも類同性・集団性に基づく方法であると位置づけられているのとは対照的である。

詳しくは本書第一部第二～四章で考察するが、古歌から和歌への本歌取りは、発想や表現を〈本〉の古歌に依拠するため、院政期までは模倣・剽窃と見なされ批難の対象となる傾向が強かった。しかし一方、漢詩を踏まえ発想・表現を摂取する漢詩取りは、異なる言語である漢文、異なる文芸形式である漢詩を、和文・和歌へ翻訳・翻案するという階梯が存在するため、模倣・剽窃と見なす意識が薄かった。多くの部分を本文に依拠して和歌を詠んだとしても、翻訳・翻案を経ているため歌人の創意工夫の存在が基本的には保証されたのだ。本歌取りよりも特定の漢詩文の句を踏まえる詠法の方が、先に方法として成立したのは、異質なものを摂取して和歌に転換する方法であると見なされたためだった。

この佳句取りの和歌をまとめて収める作品として早い時期のものが、『大江千里集』（以下、『千里集』と略）所収の句題和歌である。『千里集』は、序文によると、寛平六年（八九四）二月十日に宇多天皇から「古今和詞、多少献上」の命を受けたが、「臣儒門餘孽、側聴二言詩一、未レ習二艶辞一、不レ知レ所レ為」と、儒者の家柄である自身は漢詩については聞き覚えていても、和歌についてはよく分からない。そのため、「今臣纔捜二古句一、構二成新詞一」と、古い漢詩句を探しそれをもととして新たな和歌を詠んだ、と述べている。奏上したのは寛平六年四月二十五日。下命からおよそ二ヶ月半で詠み上げた和歌ということになる。

『千里集』全一二五首のうち、末尾の詠懐部十首を除いた一一五首が、「今臣纔捜二古句一、構二成新詞一」にあたる、句題和歌として詠まれている。句題として用いられている「古句」の原拠詩は、白居易が七十五句、元稹が十句、他に上官儀と章孝標がそれぞれ二句、『初学記』から二句、朱慶余が一句で、いまだ不明のものも十八句（うち、句題が脱落しているところに後代に記された句が五句）ある。(1) これまでにも千里の句題和歌については、句題和歌の濫觴、そして漢詩文と和歌との交渉が活発であった『古今集』時代の所産として注目され、多くの先行研究が積み重ねられている。漢詩句題を和歌に移す方法についての分析、またその表現の位置づけに対する研究が多く、直訳・翻案という評価が主ではあるが、それに留まらない再評価の試みもなされている。(2) しかし本章は、千里の句題和歌の具体的な表現方法や、その評価を論じるものではない。千里の句題和歌の享受の在り方、さらに言えば、どのような点に創作性を認められているのか、既存の漢詩句に表現・発想を依拠した佳句取りの和歌が創作性を認められるためには何が必要なのか、という問題を、主に勅撰和歌集への入集状況から考察する。

一、千里「句題和歌」の創作性

千里の句題和歌のうち、勅撰和歌集に入集する和歌は十五首ある。そのうち、三首は赤人作とされる(3)。これは千里の句題和歌が『赤人集』に混入しているためであるが（この点については後述）、「よみ人知らず」として入集する和歌も三首ある。特に注目されるのは、千里の生存した時代にほど近い『古今集』『後撰集』に「よみ人知らず」として入集することである（一例については後掲する）。

題しらず　　よみ人しらず
おほかたの秋くるからにわが身こそ悲しき物と思しりぬれ　　（『古今集』秋上・一八五）
※『千里集』38・句題「秋来転覚此身衰」／原拠詩『白氏文集』巻一九1243「新秋早起、有懐元少尹」

題しらず　　よみ人しらず
鶯のなきつるこゑにさそはれて花のもとにぞ我はきにける　　（『後撰集』春上・三五）
※『千里集』2・句題「鶯声誘引来㆓花下㆒」／原拠詩『白氏文集』巻一八1159「春江」

ちなみに諸氏によって既に指摘されているが、大江千里作として『古今集』『後撰集』に入集する歌は十三首あるが、『千里集』所収の句題和歌は一首も含まれない。勅撰和歌集に入集する千里の句題和歌で、作者が千里であることかつ句題を示して入集するのは、いずれも『新古今集』以後の勅撰集のみである（この問題については後述）。千里の句題和歌が『古今集』『後撰集』に採られる場合は、千里作ではなく、読人不知として採られており、また、題も示されない。

しかし、特に同時代の『古今集』撰者たちが、句題和歌として詠まれたものであったことを知らなかったとも考えにくい。『千里集』所載和歌のうち、句題和歌ではなく、詠懐部所収の一首は、千里作として『古今集』に採られているからである。

寛平御時、歌たてまつりけるついでにたてまつりける　　大江千里

あしたづのひとりをくれてなくこゑは雲のうへまできこえつがなむ　（『古今集』雑下998）

詞書は、この一首が含まれる『千里集』が宇多天皇に献上したものであったこと、そして998番歌が、句題和歌に添えられた詠懐部の一首であったことまで、『古今集』撰者がその詠作事情を熟知していたことを示している。であるならば、特に『古今集』の場合、千里の句題和歌を採る上で、そもそもの詠作事情、句題和歌として詠まれていたことも知った上で、句題和歌の形式を採らずに採歌したと考えざるを得ない。なぜ、『古今集』『後撰集』には、句題和歌が句題を示されず、さらには「よみ人知らず」で入集するという扱いなのであろうか。

早く、金子彦二郎は、古今時代に「句題を掲出し又は句題和歌たることを明示することを避け、且つ其の種類の和歌には作者名をも韜晦せしめて置く傾向のあつたこと」(4)を指摘する。さらに金子は、和歌の復興、国風文化

の賞揚を目指した『古今集』において、〈漢〉に倣って詠み出された句題和歌という形式を残すことが憚られたと指摘する。[5]勅撰和歌集において、句題和歌の形式で〈漢〉と〈和〉が対等のものとして並置されるには、次の『拾遺集』を待たねばならなかった。[6]そこに、和歌という文学に対する自信の確立と、〈和〉と〈漢〉とはあくまでも同等の表現形式であるという認識の成熟を見ることができるのである。

また一方、千里の名を付さなかった理由を、片桐洋一は「『句題和歌』はあくまでも翻案であって千里の創作ではなかったと考えて（傍線引用者、以下同）「よみ人しらず」として採ったと考える[7]」「「句題和歌」の歌が千里の創作とは認められていなかったせいであろう[8]」と、創作性の観点から指摘する。片桐の指摘は、句題和歌が翻訳・翻案と見なされ、それは「創作」とは認められなかった、という踏み込んだものである。翻訳・翻案が、作者の創作と認められない、というのは、確かにその通りであろう。翻訳・翻案は、中心となる発想や構想が原拠作品に依る以上、作者の十全たる創作とはいえない。であるならば、『古今集』『後撰集』は、なぜ「題知らず」「よみ人知らず」の処置を取ってまで、千里の句題和歌を入集させたのであろうか。句題和歌がその詠作方法から創作と認められないのであれば、では、句題を示さなければ「創作」と認められうるのはなぜなのか、という疑問が起こる。また能登敦子は、[9]「詠作の過程を披瀝しすぎるのが理由ではないか。和漢の結びつきを可視化するという『千里集』の方法は、いわば工房の内を暴露する営為である。それは、歌作に実用的ではあっても、『古今集』撰者から見たときには、独立した和歌文学とは呼べなかった」と述べる。片桐・能登の論は妥当なものと考えられるが、単に原拠である漢詩句を示さなければ発想・詞遣いの拠り所を隠せる、そして和歌の独立性を保てるという問題に過ぎないのであろうか。翻訳・翻案した和歌の〈本（もと）〉を示さないことが「創作」として認められうることとなる、という意識については、さらに踏み込んだ検討が必要だろう。そこに、千里の句題和歌が持つ問題があり、またそれは、佳句取りを評価する指標は何かという問題にもつながる。

二、千里「句題和歌」の先取性

『古今集』『後撰集』は千里の和歌から「句題和歌」という形式を排除した。しかし、同時代、句題和歌という形式それ自体が排除されたのではなかった。それは、他ならぬ『古今集』撰者たちの家集に、句題和歌による詠作の例が見いだせることに表れている。

　清涼殿のみなみのつまに、みかはみづながれいでたり、その前栽に松浦沙あり。延喜九年九月十三日に
　賀せしめたまふ、題に月にのりてささらみづをもてあそぶ、詩歌こころにまかす
ももしきのおほみやながらやそしまをみるここちするあきのよの月　（西本願寺本『躬恒集』10）
　よるの雲をさまりて月のゆくことおそしといふだいを人のよませ給ふに
あま雲のたなびけりともみえぬよは行く月影ぞのどけかりける　（『貫之集』795）

『躬恒集』歌は、「乗レ月弄二潺湲一」（『文選』巻二六・行旅上・謝霊運「入二華子崗一是麻源第三谷」）を、『貫之集』歌は「秋水漲来船去速　夜雲収尽月行遅」（『千載佳句』四時部・秋夜191／『和漢朗詠集』秋部・月253野展郢）を用いたもので、これらは明らかに漢詩句題和歌である。詠歌年次は未詳であるが、このように、『古今集』撰者による漢詩句題和歌の作例が見いだせることには注目される。すなわち、『千里集』における漢詩句題和歌の詠法は、『古今集』『後撰集』という勅撰和歌集には受け入れられないものであったが、その時代にあっても、詠法としては排除されなかった。漢詩句題和歌の詠法は受け入れられ、広がりを見せていたことが窺われるのである。しかも、『躬恒集』詞書によると、内裏の御溝水を前にしての賀歌（『拾遺集』1106詞書によると屏風歌）という、晴の場におけ

る詠歌である。また、『後撰集』時代、村上天皇の御世には「(天徳二年三月)卅日。於二禁中一有二和歌会一。御製落照送二残春一」(『日本紀略』後篇四)という例も見られる(句題が取られた原拠詩は『白氏文集』巻六六3263「春尽日天津橋酔吟、偶呈二李尹侍郎一」)。句題和歌が千里の個人的な実験的詠法から、公的な場へも流入している様相が表れている。(10)

しかしここで注目されるのは、躬恒の句題和歌の詠作状況である。内裏の御溝水、前栽の松浦沙を実景として眼前にしつつ、「乗レ月弄二潺湲一」を句題として詠むという、時宜に適った即事性がそこにはある。つまり、句題和歌という題詠ではありながらも、そこには当座に即した感興が和歌に詠み込まれているのだ。貫之歌については詠作状況は不明であるが、(11)天徳二年(九五八)禁中和歌会の「落照送二残春一」についても、それが用いられた和歌会が開かれたのが三月三十日であったことから、やはりその場に即した句題であったのである。その場に即した漢詩句を題とすることで、漢詩句との重なりを意識しつつ、さらにその場の情景や感興を和歌へと昇華させることを求め、制約を課しつつ主題や方向性を示していると考えられる。

こうした句題の用いられ方は、句題和歌の歴史を振り返る時、そして、句題の持つ機能を考える上で重要であると思われる。句題和歌が句題詩から派生したものであるというのは、既に指摘のあるところである。小沢正夫(12)は句題詩の歴史について、金子の調査(13)を踏まえて、厳密な意味で句題といえ、同時に年代の分かるものは清和天皇の貞観年間(八五九〜八七七)まで下ること、そのころから句題詩が急速に発展することを指摘する。金子や小沢の掲出例を見ても、やはり句題はその場の季節や景物に即したものが用いられている。これは、「句題者五言七言詩中取下叶二時宜一句上」(『作文大体』)に沿っている。更には同句題が複数の詩人によって用いられるか、もしくは別々の句題を賦すなど、詩会や宴で詠まれている。その点で、『躬恒集』や天徳二年三月三十日の句題和歌の例は、詠法としては千里という先蹤を抜きにしては考えがたいとはいえ、むしろ従来の句題詩に極めて近い性質を持っているのである(なお『躬恒集』の句題「乗レ月弄二潺湲一」は詞書によると同題で詩作もあった。また『菅家文草』巻六437に「北堂文選竟宴、各詠レ史、句、得三乗レ月弄二潺湲一」の句題詩の例が見いだせる)。

また小沢正夫は、千里の句題和歌と『紀師匠曲水宴』『平貞文家歌合』(14)の句題和歌との間にある違いについて、千里の句題和歌は「作歌環境からみると、いわば個人の机上の作であり、歌会または贈答の席で題を出された題詠の作ではない(百首和歌のような個人的な題詠歌が作られるのは、はるかに後世である)」と指摘している。小沢の指摘は、「千里の句題和歌はどうしても漢詩に依存せざるをえなかった」という結論へとつながるのだが、この、千里の句題和歌が、個人的詠作であり、現実に関わらない「机上」での「題詠」であったという点は、句題和歌の発展の在り方、そして、千里の句題和歌が同時代に全面的に許容されなかった理由としても重要であると考えられるのである。千里の句題和歌は、句題が用いられる〈場〉が無い。いわば、現実の〈場〉から切り離された、純粋な題詠であるという点が、先行の句題詩や古今時代の句題和歌と大きく異なる点であることは、強調しておきたい。

句題詩の盛行した宇多朝にあって、その技法を和歌にも転用した試みとして、千里の句題和歌は捉えられる。しかし、句題詩において句題は、先述のように「句題者五言七言詩中取下叶二時宜一句上」(『作文大体』)(15)というのが基本であった。それを考えると、千里の句題和歌は、そこから大きく逸脱する。吉川栄治は「貫之のそれ(引用者注、句題和歌)が具体的な「場」を持つ単発的作品であったのに対し、権力者の要請によってではなく作者自身の発意に係る、前後に例を見ないような整然とした部立を持った組織的作品である点に大きな隔たりがある」と指摘する。春・夏・秋・冬・風月・遊覧・離別・述懐・詠懐(詠懐部のみは句題和歌ではないが)の九部門に分かたれ、その部門に沿って句題を配列し、和歌を詠む。歌数は春部二十一首(1〜21)、夏部十二首(22〜33)、秋部二十二首(34〜55)、冬部十二首(56〜67)、風月部十一首(68〜78)、遊覧部十一首(79〜91)、離別部十二首(92〜103)、述懐部十二首(104〜115)、詠懐部十首(116〜125)、全一二五首という構成である。後世の定数歌の整然とした構成から見ると、歌数配分も揃っておらず、雑然としたところが残されている。五十首ないしは百首を基本とする「定数歌」の濫觴として位置づけられるのは、天徳四年（九六〇）に詠出された曾祢好忠の「ももちの歌」（好忠百首）である。千里の句題和歌は、定数歌の歴史には含まれない。また、歌数をそれぞれの部門に配分し、しかも一首につき一題を設けて詠むという方法は、和歌の歴史ではその後、百題百首の『堀河百首』まで待たねばならない。おそらくは、各部門に分けて、[16] そして一題につき一首を詠む（詠懐部には各題が無いとはいえ）という形式は、『李嶠百二十詠』を参考にしたものではないか。そのように考えると、千里の発想の源は、『李嶠百二十詠』の詠物詩の形式に、句題詩をミックスしたところにあったと推測されるのである。とはいえ、『堀河百首』にみる定数歌形式の完成と、それにともなう題詠の一般化が十二世紀に至ってからであったことを考えると、千里の句題和歌のような、定数歌形式で各歌に題が設けられた「題詠」は、相当に時代を先んじたものである。千里の句題和歌が、部類された題によって詠じるという、定数歌の形式を持つものであったという面も、その先駆性の一つに数えなくてはならない。和歌の歴史から見る時に、千里の句題和歌は、九世紀後半の作品でありながらも、〈中世的〉な性質を多分に持つものなのである。

三、佳句取りと即事性

千里の句題和歌が、宇多朝の所産でありながら、定数歌形式しかも一題一首の題詠である点に、その特異性を認めた上で、千里の句題和歌が時宜と無関係な題詠であることがなぜ問題となるのか、そしてそれが和歌の創作性とどのように関わるのかについて、漢詩文を踏まえた和歌全体を俯瞰した上で考えたい。

万葉時代から、漢詩句を摂取した和歌は数多く詠まれてきたし、『古今集』を繙けば、漢詩文の翻案であることを示さずとも特定の漢詩文を踏まえている和歌は散見する。漢詩句を踏まえた和歌がなぜ古今時代に好まれ、またそれはどのように評価されたのか。金子[17]は古今時代に白居易詩を和歌に摂取する際の歌人の態度を、次のようにまとめている。

①　白楽天の詩文依拠と其の詩示的傾向

②　新奇なる思藻への追求と発見

③　翻案醇化の営と其の巧緻性（③―A）・敏速性（③―B）

これをわたくしに言い換えるなら、①教養主義、②表現の開拓、③―A和様化、③―B即事性となる。この金子の指摘は、白居易詩摂取にのみ限定されるものではなく、広く佳句取り歌（および詩文全体まで踏まえた漢詩取り歌）の全般に敷衍できるものである。また、これらが作歌の際に歌人にとって意識されたものであったとすれば、この①から③までの全てが同時に顕現する時に、漢詩文を踏まえた和歌が評価されると考えられるのである。すなわち、踏まえるべき漢詩句の知識を豊かに有しており、それを和歌における新たな表現として活かすことができる。と同時に、時宜に適った当意即妙の機知を有する。これらを兼ね備えた時、漢詩文摂取和歌として成功していると評価されるのである。

そして、漢詩句を踏まえた上での工夫をそれとして了解し、これらを正しく評価するためには、読者も同様に漢詩の知識を有していなくてはならない。作者と読者が、共通の知識の基盤を持っていて初めて理解が成り立つのである。であるから、漢詩文摂取――中でも、特定の漢詩句を踏まえた佳句取りは、歌人の工夫に気づくことができるか、工夫の在処を正しく把握することができるか、という読者への挑戦でもある。漢詩句の存在に気づかなければ、和歌の上に表れた新味（②の要素）のみに目を奪われる。実はそこに深く豊かな教養と、それを時宜に即して引用する機知があることに気づいた時、新味を生み出した創意に対する評価は幾分低くなるだろう。

しかし、それに代わる評価軸を、漢詩文から和歌への転換という①・③―Aに見いだすのである。

千里自身の意図は、漢から和への転換を明示することによって、①（自身の豊かな漢詩文の知識の誇示）と③―A（漢詩の和様化の技巧）を前面に押し出して、和歌を見せることであった。②が自身の創意として評価されずとも、それは千里にとっては拘るところではなかった。しかし、それでもなお残る問題がある。千里の句題和歌は、現実の場に即さず作られたものであるゆえに、③―Bの即事性が欠如しているのである。

時宜に適った漢詩文の摂取とはどのようなものかを、次の『土佐日記』の例から見てみたい。

（承平五年一月）十七日。曇れる雲なくなりて、暁月夜いともおもしろければ、船を出だして漕ぎ行く。このあひだに、雲の上も、海の底も、同じごとくになむありける。むべも、昔の男は、「棹は穿つ波の上の月を、舟は圧ふ海の中の空を」とはいひけむ。聞き戯れに聞けるなり。また、ある人のよめる歌、

水底の月の上より漕ぐ舟の棹にさはるは桂なるらし

これを聞きて、ある人のまたよめる、

かげ見れば波の底なるひさかたの空漕ぎわたるわれぞわびしき（下略）

二十七日。風吹き、波荒ければ、船出ださず。これかれ、かしこく嘆く。男たちの心なぐさめに、漢詩に「日を望めば都遠し」などいふなる言のさまを聞きて、ある女のよめる歌、

日をだにも天雲近く見るものをみやこへと思ふ道のはるけさ（下略）

この三首は、特定の漢詩句を想起しながらそれを翻案する形で詠まれた和歌ということで、句題和歌と重な

る方法のものである。引用されている詩句は、本文に小異があるが、「棹穿波底月、船圧海中天」は賈島の聯句（『詩人玉屑』『詩話総亀』『漁隠叢話』『詩林広記』などに所載）、「遥望㆓長安日㆒、不㆑見㆓長安人㆒」は李白の詩（『李太白文集』巻一四「単父東楼秋夜、送㆓族弟沈之㆒㆑秦」）である。踏まえられた漢詩句との重なりに、和歌の面白さや価値を見いだすという姿勢は、千里の句題和歌と共通するものでもある。この『土佐日記』の叙述は、佳句取りが生み出される過程を具体的に窺わせる。まずは、眼前の景を眼にしながら、その感興から特定の漢詩句が想起され、引用されている。その漢詩句は、眼前の景や自身の覚える感興と「むべも」重なり合うものである。その重なり合いにこそ、漢詩句が引用される意味があり、当意即妙の機知が発揮される。引用とは、現実と既在の文学とを二重写しにする。それによって、いにしえの詩人（漢詩の引用の場合であるが）の心情や感興を引き寄せ、自身の置かれた現実を対象化・普遍化し、掘り下げることになる。漢詩の知識が机上の学問ではなく、自身の血肉となり、現実との回路を開くのが、こうした引用であると言えよう。それゆえ、漢詩句の引用が現実としっかりと嚙み合った場合、その引用は、原拠から離れ、引用者の当意即妙の機知として評価されることになるのである。貫之は、漢詩句を引用した上で、さらに引用を一ひねりする形で、和歌へと翻訳・翻案する。〈古（いにしえ）〉に〈漢〉の形式（漢詩）によって表現されたのと同じ発想や状況を、〈今〉、〈和〉の形式（和歌）によって表現することに、貫之は創意と価値を認めていると解される。(18)

　つまり、貫之が漢詩句を引用し、それに依拠した和歌を詠む上で、③―Bの時宜に適った引用、という要素がこの和歌を成立させる上で重要なのである。引用が引用としての力を発揮するのは、時宜に適っていることが条件となる（この点については本書第一部第三・四章でも詳述する）。一首の発想が明らかに漢詩に依拠し、更にはその詞も漢詩から摂取するという依存度の高い佳句取りが、単なる翻案ではなく創作と認められるためには、その漢詩句が想起されるような状況があり、漢詩句が歌人の直面する〈今〉の現実と心情に合致し、景や心情を表現する上で一つの契機となる、そしてその漢詩句が持つ対象の表現方法を借りて和歌を詠むという過程が必要とされたと考えられるのである。

古今時代の和歌の本質は、自然の直接描写にあるのではなく、対象に心を寄せ、それを理智的に批評し、細かな心の動きを詠むことにある。対象そのものではなく、対象をいかに捉え、表現するかに重きを置いた古今時代、漢詩句を踏まえて和歌を詠むことは、対象へのアプローチ方法を既存の漢詩文に学び、漢から和への転換をはかることだった。対象の捉え方、アプローチを漢詩文に倣うという方法は、何を詠むか、すなわち対象があってこそ、その工夫が活きる。自身が詠みたい対象があり、それと合致する漢詩句がある。その漢詩句を重ね合わせることで、対象の表現が複雑・巧緻になるのである。『寛平御時后宮歌合』のような題詠の場合でも、四季や恋といった題によって対象の大枠が定められ、それに基づいて和歌を詠む上で、適した漢詩句を想起し、踏まえるのである。

前節に挙げた句題詩や古今時代の句題和歌では、題として句題が用意されていた。句題が用意されているということは、眼前の詠むべき対象へのアプローチ方法が先に定められており、その枠内での工夫を求めるのである。しかし、千里の句題和歌の場合、和歌を詠ずる上での対象そのものが漢詩句題である。つまり、何を詠むか・如何に詠むか、その両方が、題によって規定されている。しかも、千里が句題として用いた句の多くは、律詩の頷聯・頸聯、絶句の結句という、何を表現するかよりも如何に表現するかに重点が置かれた部分だった[19]。となれば、こうした箇所を句題に用いた千里の句題和歌の詠歌の対象は、対象の表現方法そのものとなる。対象へのアプローチ方法としての漢詩句の利用であったはずが、利用することそのものを目的とするという倒錯を起こしているのである[20]。

千里の句題和歌が句題を示さず勅撰和歌集に入集する理由は、確かに、句題和歌といういまだ定着しない実験的詠法によるということが大きいだろう。しかし、それだけではなく、千里が句題和歌を詠んだのが、実感や現実を背景としないものだったことによって、佳句取りとして評価しにくいものだったことが考えられる。即事性を持たず、現実を離れた「引用」は、浮き上がった存在だった。千里の句題和歌が『古今集』『後撰集』では、それと示されなかったのは、当時の眼から見た時、あまりにフィクショナルで、ペダントリーに堕したものと映ったからではなかったかと考えられるのである。

　そのような観点から見る時、注目されるのが、次のような形で『後撰集』に入集する例である。

宮づかへしける女の、いその神といふ所にすみて、京のともだちのもとにつかはしける
よみ人しらず
神さびてふりにし里にすむ人は都にゝほふ花をだに見ず　（『後撰集』春下116）

　この『後撰集』入集歌は、『千里集』春部5で「不㆑見㆓洛陽花㆒」（『白氏文集』巻五八2813「恨㆓去年㆒」）の句題によって詠まれたものである。状況説明の詞書を付して千里の句題和歌が採られる現象について、金子[21]は、句題による詠歌がなじまなかったため、作者名を伏せ、歌物語的詞書を付すことによって入集させたという、撰者の意図的改変であると解している。「題知らず」すなわち詠作事情不明の和歌として入集させるよりも、より作為の垣間見える方法である。

　では、この『後撰集』に入集する形で詞書とともに一首を読む時、「不㆑見㆓洛陽花㆒」という句題はどのような働きをするだろうか。詞書によると、宮仕えする女が、大和国石上に住み、都の友人へと贈った和歌だ。一首の歌意は、〝神々しいまでに古びた里に住む私は、都で美しく咲き匂う桜花さえも見ることがない〟。原拠詩の全

文は「老去猶耽レ酒、春来不レ著レ家。去年来校晩、不レ見二洛陽花一」で、〝去年は来るのが遅かったために都・洛陽の花を見ることができなかった〟の意であるのを、自身の住まいと都との距離という物理的な理由へと転じているところに、原拠詩からの乖離がある。原拠詩を踏まえて読まねば理解できないということは無い。しかし「不レ見二洛陽花一」の詩句を知っている人が読む時、「不レ見二洛陽花一」という詩句と下句「都に匂ふ花をだに見ず」との重なり合いに気づき、石上から都へ贈る和歌の中に、白居易詩句の面影を見る。詞書によって「宮仕へしける女」が「石上」に住み、「京」へ贈るという具体的な情報が付与されることで、「不レ見二洛陽花一」という詩句を踏まえ、京の友人に向けて、京を離れた寂しさ（対象・心情）を表現していることが了解される。更には、白居易は「洛陽の花」を見ないと言った、しかし〝私〟は、石上に住んでいるから日本の都である京の花を見ないのだ、そのような漢と和の対比を〈引用〉によって創り出していることを認めることも可能だろう。

　このような作為は、千里の句題和歌に物語的背景を付与することで、現実との回路を開くもの、〈対象〉を補完するものであったとも言いうるのではないだろうか。つまり、単なる題詠、現実から遊離した形で詠まれたフィクショナルな和歌ではなく、あくまでも、現実を背景として詠まれたものであるという仮装が、勅撰和歌として必要とされた、という側面が考えられる。であるならば、『古今集』『後撰集』で「題知らず」という詞書を付して入集することには、従来考えられてきた以上に、積極的な意味を見いだせる。元来、句題和歌として詠まれたにもかかわらず「題知らず」とされることは、原拠となる句題を示すことが和歌の創作性・独立性を損なうためであると考えられてきた。しかし、「題知らず」とは、詠作事情不明の意であり、そのような詞書を付すことは、詠作事情を明確にせず、読者に詠作の状況を自由に想像させることにもなる。すなわち、句題和歌という「題詠」として詠まれた背景を隠すことで、その和歌が現実に即した詠であり、「現実→漢詩句の想起→漢詩に密着した和歌」というプロセスを辿って詠まれたものであったのかもしれないという、読解の余地を残すことにもなるのだ。虚構から生み出された和歌ではなく、時宜に適った引用として、そして〈対象〉へのアプローチとして、漢詩句が踏まえられ、それによって目新しさを生んでいる和歌である、という形で提示することによって、千里の句題和歌は〈創作〉として認められ得た。それが『古今集』『後撰集』時代の句題和歌享受の在り方だったと考えられるのである。

結びに

千里の意図は、和漢の結び付きを可視化することで、漢から和への転換の妙を見せることにあった。和と漢の重層をまず先に立てた読解を求めたのである。しかし、転換の妙を見せることを目的とした千里の句題和歌は、当時、あまりにペダントリーに満ちたものであり、創作のための創作、表現のための表現として、対象を欠如したものと映った。しかし、そうした評価から解き放つのが、句題和歌が題詠ではなく、「題知らず」もしくは実詠であったという仮装だった。対象を備える和歌である、という体裁を取ることが、『古今集』から『後撰集』にかけての時代には必要だったのである。

句題和歌のように、一首そのものを漢詩句に依拠して詠む詠法は、その後、後拾遺時代から本格的になる[22]。また、句題和歌であることを示し勅撰和歌集に入集するのは『拾遺集』から始まるが[23]、『後拾遺集』では、句題のみならず原拠詩の出典まで明示する例が現れる。

文集の、蕭々暗雨打」窓声といふ心をよめる　大弐高遠
こひしくはゆめにも人をみるべきをまどうつあめにめをさましつゝ
（『後拾遺集』雑三　1015）

原拠詩は『白氏文集』巻三131「上陽白髪人」で、この箇所は特に和歌・物語に好んで取り入れられた。(24) 発想や表現の依拠したところを明かしても、作者の創造であることが保証され、その和歌が評価される。こうした評価軸の確立は、題詠しかも机上での私的な題詠が一般化したことと関わる。さらに、『千里集』の書承の状況から、千里の句題和歌が注目を集めたのが、題詠や句題和歌に関心が寄せられた院政期から新古今時代前後であることを藏中さやか(25)が指摘している。題詠が詠作の中心となり、創作のための創作、表現のための表現が、方法として普遍的になり、千里の句題和歌が奇異に映らない状況が到来した。そして千里の句題和歌は、句題を明示し、句題和歌として『新古今集』に入集する。

文集、嘉陵春夜詩、不㆑明不㆑暗朧々月といへることをよみ侍ける　　大江千里
てりもせずくもりもはてぬはるのよのおぼろづきよにしくものぞなき　　（『新古今集』春上55）

丁寧に原拠詩（『白氏文集』巻一四765「嘉陵夜有㆑懐二首（ノ二）」）の題まで示した上で、句題を記し、句題和歌であることを明らかにする。このように、原拠すなわち発想の在処を明示して和漢の結び付きを見せるのは、元来の千里の作意に沿ったものである。新古今時代は、言うまでもなく、俊成・定家父子によって本歌取りの方法が確立された時代である。既存作品（古典）に表現や内容を依拠した詠作が、即事性と切り離された題詠として成立し、評価されうる時代が到来していた。

一方、いまだその段階に至る前、『古今集』に読人不知・題知らずで入集する先掲の「おほかたのあきくるからに我身こそかなしきものとおもひしりぬれ」（『千里集』36秋部「秋来転覚此身衰」）が、次のように収められている例もある。

あきのはじめつかた、物おもひけるによめる
おほかたのあきくるからにわが身こそかなしきものとおもひしりぬれ　（御所本系『猿丸集』37）

ここからは、勅撰和歌集の撰者における意図的改変というだけではなく、句題和歌という詠法を離れ、詳細な詞書を付して和歌が流布する状況があったことが窺われるのである。私家集全釈叢書36『千里集全釈』（平野由紀子・千里集輪読会著、風間書房・二〇〇七年）の5番歌（「神さびて…」歌）補説には、「千里の翻訳した和歌が人々の間に広まり、状況にあった時、別人がそっくりそのまま用いることは他にも例がある」とあるが、『猿丸集』への混入も、このような一例と捉えられる。

句題和歌である以上、句題を題として明示するのが元来の姿である。しかし、西本願寺本『赤人集』の冒頭部には、句題を除き、和歌のみを抜粋した『千里集』が付加されている。[26] 藏中は、句題和歌という異端の詠法の『千里集』は、放置され、それによって本文の混乱を引き起こし、『赤人集』への混入などが生じたと考察する。句題和歌が享受される際に、異端の色合いを払拭するために句題を示さない形で流布する状況があった。それは逆に言えば、そうした享受が可能であったことを照射している。そもそもの千里の意図は、句題を題として示す形で、漢詩と和歌の対応関係や翻訳の技巧を明示することにあった。典拠となる漢詩句と一対で鑑賞することで、その作意や工夫が理解されるのだ。しかし、そのように生まれた和歌であっても、享受する際には、必ずしも句題を必要としない。むしろ、示されない方が、踏まえられた漢詩句に自身で気づき、対照して翻案・和様化の妙を味わいうる。題として用いられた漢詩句を詞書に示す句題和歌の形式が一般的になるまでの時代に、読者自身が踏まえられた漢詩句に気づく方が良い、興がある、だからあえて句題を削除して歌集に収めるという意識があったことも考えておく。そして、原拠を示さずにおくことが意図的であるとすれば、引用を引用として楽

しみたい、暗に投げかけられた引用を「分かる人だけが分かる」という状況にとどめておこうとする意識が窺われるのである。

千里の句題和歌がそれと示されない在り方は、一方で、千里の和歌を自由に鑑賞し、活用するものであったと思われる。中世以後の歌集は、千里の句題和歌を、忠実に句題和歌であると示して収載した。その潔癖さは、逆に、中古の時代の自由さを奪ってしまった側面もあろう。千里の句題和歌が虚構の題詠から離れ、詳しい詠歌事情を付した実詠として享受されるのは、千里の句題和歌が、句題和歌という形式から離れても、様々な詠歌の状況に即して利用・解釈することが可能であったということであるとともに、佳句取りとして暗示引用に気づく楽しむ余地を残したものでもあった。

注

（1）金子彦二郎『平安時代文学と白氏文集 句題和歌・千載佳句研究篇 増補版』（培風館・初版一九四三年・増補版一九五五年、以下、金子著書と略）第二第五章第三節一「典拠の発見せられたる句題と其の和歌に関する統計」、藏中さやか『題詠に関する本文の研究 大江千里集・和歌一字抄』（おうふう・二〇〇〇年）第一章「『大江千里集』の二句題の出典詩の発見」、陳茵「『大江千里集』の句題原拠不明歌について」（『愛知淑徳大学国語国文』18、一九九五年三月）

（2）津田潔「『大江千里集』に於ける白詩の受容について」（『國學院雜誌』80―2、一九七九年二月）、半沢幹一「大江千里『句題和歌』における和歌――その評価の見直しのために」（『伝統と変容 日本の文芸・言語・思想』〈ぺりかん社・二〇〇〇年〉所収）

（3）うち、「鵲の峰飛こえてなきゆけば夏の夜渡月ぞかくるゝ」（『後撰集』夏207読人不知「題しらず」）は「かささぎのみねとび越えてなきゆけばみやまかくるる月かとぞみる」（『千里集』73風月部「鵲飛山月曙」）と上句が一致し、「かくるる」「月」も共通するが、類想の別歌と考え、例には含めなかった。また、「神さびてふりにしさとにすむ人はみやこにゝほふ花をだに見ず」（『新勅撰集』春下74「題しらず」）は赤人作として入集するが、『後撰集』春下116には読人不知としても入集している（数としては延べ数で挙げた）。

（4）金子著書一四〇頁

（5）金子著書第二第七章第一節「千里の和歌と勅撰集との関係」。なお『古今集』には、既存の和歌を題として詠んだ次の一首は、詞書にそれと示して収められていることからも、この指摘は認められよう。

寛平御時、ふるき歌たてまつれとおほせられければ、「龍田河もみぢばながる」といふ歌をかきて、そのおなじ心をよめりける　おきかぜ

み山よりおちくる水の色見てぞ秋は限と思しりぬる　（『古今集』秋下310）

なお詞書が示す歌は、「龍田河もみぢばながる神なびのみむろの山に時雨ふるらし」（『古今集』秋下284読人不知「題しらず」）である。この古歌を題とする興風歌については次章で詳述する。

（6）『拾遺集』に入集する句題和歌は、次の三首である。

野の宮に斎宮の庚申し侍りけるに、松風入二夜琴一といふ題をよみ侍りける　斎宮女御

ことのねに峰の松風かよふらしいづれのをよりしらべそめけん

松風のおとにみだるることのねをひけば子の日の心地こそすれ　（『拾遺集』雑上451・452）

延喜十九年九月十三日御屏風に、月にのりて翫二潺湲一　よみ人しらず

ももしきの大宮ながらやそしまを見る心地する秋のよの月　（同・雑秋1106）

（7）『古今和歌集全評釈（上）』（講談社・一九九八年）一八五番歌【鑑賞と評論】

（8）新日本古典文学大系『後撰和歌集』（岩波書店・一九八九年）三五番歌脚注

（9）能登敦子「『大江千里集』の方法」（『和漢比較文学』46、二〇一一年二月）

（10）この点については、金子著書第二第七章第一節三「和歌に於ける句題の諷詠」、吉川栄治「大江千里集小考――句題和歌の成立をめぐって」（『国文学研究』66、一九七八年一〇月）に指摘がある。

（11）金子著書三一四頁には「蓋し勅題の句題和歌であつたのであらう」と推測されている。

(12) 小沢正夫『古今集の世界 増補版』(塙書房・初版一九六一年・増補版一九七六年) 第九章「句題考」

(13) 金子著書第一第二章第二節「平安時代の詩題と白氏文集」

(14) この『紀師匠曲水宴』『平貞文家歌合』については、まさに『古今集』撰者による句題和歌なのではあるが、偽書である可能性が高いこと（吉川栄治「句題和歌の成立と展開に関する試論——紀師匠曲水宴・延喜六年貞文歌合の偽書説と併せて」『国文学研究』68、一九七九年六月参照)、また句題に原拠が見いだせず、既存の漢詩句を句題として用いたものとは異なることから、本章では取り上げなかった。

(15) 吉川栄治「大江千里集小考——句題和歌の成立をめぐって」(『国文学研究』66、一九七八年一〇月)

(16) 部門の立て方には、『文華秀麗集』の影響があることが、金子著書三三〇頁に指摘されている。

(17) 金子著書第一第二章第四節「白楽天詩文の摂取醇化と文学者の理念・態度」

(18) 一月二十日夜条で、阿部仲麻呂が唐から帰朝する際に「青海原ふりさけみれば春日なる三笠の山に出でし月かも」を詠み、「かの国人、聞き知るまじく思ほえたれども、言(こと)の心を、男文字にさまを書き出だして、ここのことば伝へたる人にいひ知らせければ、心をや聞き得たりけむ、いと思ひのほかになむ賞でける。唐土とこの国とは、言異なるものなれど、月のかげは同じことなるべければ、人の心も同じことにやあらむ」と記していることにも、貫之の意識は表れている。

(19) 注(2)津田論文

(20) 千里の句題和歌の特徴に、述懐性が従来指摘されている。しかしこの述懐性は宇多天皇献上に際して流露した副産物であり、句題和歌の目的ではない。

(21) 金子著書三一七頁

(22) 近藤みゆき『古代後期和歌文学の研究』(風間書房・二〇〇五年) 第二章「漢詩文の受容と和歌」参照。

(23) 注(8)参照。

(24) 三木雅博『和漢朗詠集とその享受』(勉誠社・一九九五年)「聴雨考——表現素材の獲得と定着をめぐって」

(25) 注(1)藏中著書第一章第二節「現存二系統本成立に関する一試論」

(26) 後藤利雄「赤人及び千里両集の研究」(『山形大学紀要(人文科学)』1—2、一九五〇年一二月)、田中登「私

家集の増補・混入について（下）」（『帝塚山短期大学紀要 人文・社会科学編』18、一九八一年一月）

第二章　『古今集』時代の〈本歌取り〉

はじめに

和歌表現の展開において、本歌取りを自覚的に方法化したのは藤原俊成であり、技法として完成させたのが定家だったと位置づけられている。[1]しかし、本歌取りに類する方法がすでに万葉・古今の時代から存在することは、順徳院『八雲御抄』巻六・用意部に指摘がある。「第四に、古歌をとる事」として、以下のように述べられている。

心をとりて物をかふとは、たとへば古今歌に「月よゝし夜よしと人につげやらば」とよめるは、万葉に「わがやどのむめさきたりとつげやらばこてふににたりちりぬともよし」といへるをとれり。これは心も詞もかへずして、梅を月にかへたる許也。かゝるたぐひこれにかぎらず。詞をとりて心をかへたるは、又おほし。『万葉集』歌などをば、本歌とるやうとしもなくて、すこしをかへてよめるもおほし。

『古今集』恋四692を『万葉集』巻六1011から「心をとりて物をか」えた歌の例として挙げ、詞を取って心を変えた例も多いこと、さらに古今時代の本歌取りが、本歌取りという意識を持たない自然発生的なものや言い換えであること、万葉歌を摂取した古今歌があることを指摘する。万葉・古今時代を本歌取りの萌芽期とする見方は、『愚問賢注』『井蛙抄』など他の歌論書にも見いだせ、本歌取りの史的展開や方法の分類を考える上で必ず取り上げられてきた(2)。

俊成・定家以前の本歌取りの形成については、これまで主に院政期を対象として研究が進んできた(3)。これは本歌取り形成の過程において、用例が増えるだけでなく、歌合判詞や歌論書に本歌取りに言及する記述が増加することから、本歌取りに対する意識を追う材料に恵まれていることも理由だろう。

しかし一方で、平安時代中期、すなわち三代集時代の本歌取りに関する研究は乏しい(4)。利根川発「平安朝における本歌取り」（『王朝文学』2、一九五九年六月）が古今時代から院政期に至るまでの本歌取り作や言説を整理しており、形成過程を見る上で有益だが、取り上げられた用例が持つ意味や表現に関する具体的な検討はほとんどなされていない。それぞれの用例をどのように位置づけるか、果たして「本歌取り」と見なしてよいかどうかは検討を要する。

一、本歌取り認定の要件

『古今集』時代の本歌取りについての検討に先立ち、まず、本書における本歌取りの認定基準を再び確認しておく。

本歌取りの認定は、研究者の解釈によるところが大きく、客観的な基準を設けにくい。A歌の本歌としてB歌を認めるか否か、という問題は、新古今時代のみならず中世和歌の注釈に常に付随する。そこで、「A歌がB歌の本歌取りであると認定するには、どのような条件が必要となるか」という視点から考えてゆきたい。

本歌取りについて考える上で、渡部泰明(5)は類歌と参考歌との別を以下のように述べている（傍線は引用者による、以下同）。

> 本歌取りの概念を把握するためには、①類歌、②参考歌、③本歌の三者を区別しておくとわかりやすい。①は、たんに表現が似通っている歌である。様式的な文芸である和歌特有の類型表現に基づくことが多く、したがって意識的に踏まえているかどうかは問題とされない、もしくはしがたい歌である。②は、意識的に前提とされている歌と想定はされながら、踏まえていることが明示されていないか、あるいは明示されていても作者がその歌を前提に味わうことを要求しているとはいえず（踏まえ方が部分的だったり、著名な古歌でなかったりするなど）、したがって新歌と響き合って作品世界を構築する要件にまでは至っていない先行歌である。

この「新歌と響き合って作品世界を構築する」とはどういうことなのか。それについて詳細に論じたのが藤平春男(6)である。藤平は「本歌取は周知の古歌を取るのであって、（中略）本歌が創り出した美的小世界を、いま新たに創ろうとする世界の中に吸収するということである。単に豊かなイメージを持つ歌詞を用いるというのではなく、完成した一首を想起させるのが、少くとも定家の本歌取である」「新しい歌のなかで、本歌は当然背景となったり新歌のつくり出している場面の一部に吸収されたりすることになる。しかも、本歌のなかの取られていない詞の表現している内容は、連想乃至暗示としてフェードアウト（溶暗）している」と述べる。藤平は定家の本歌取りに関して述べているのだが、本歌取りの達成を定家の本歌取りに置くことについて、異論は出まい。このような、引用であると明示せずに共通する知識によって〈もと〉への「連想乃至暗示」を導く方法は、レトリックの分野では暗示引用と呼ばれており、本歌取りもその一つと位置づけられている。(7)そこで、連想による二重性を働かせる暗示引用としての本歌取りがどのように形成されたのかという点が、本歌取り形成において問題になる。

また、先に引用した渡部の記述に「作者がその歌を前提に味わうことを要求しているとはいえず」とあったが、ではこれは誰に対する要求だろうか。はっきり書かれていないが、無論それは、読者に対する要求である。本歌取りは、主に作者の側の作歌方法の面から論じられてきたが、読者という存在が本歌取りには重要な働きをする。それについて明確に論じたのが、次に挙げる中川博夫(8)の論である。

「本歌取」成立の条件として、読者の認識が要求されることは、(本歌取りに関わる、引用者注)各言説の表裏に揺曳していると思うのである。(中略)いっそ本歌取成立の目安をむしろ読者側に置き、一応は作者との関係づけを同時代の読者に焦点を絞ることに求めれば、同時代読者がその本歌たる古歌を認識し得たか否かを、もとよりそのこと自体に相当の困難を伴うにしても、本歌取あるいは本歌を認定する一つの基準とする方途も、あり得てよいのではないかと考えるのである。

中川の指摘は、本歌取りの認定に同時代読者の認識の有無を問うものだが、筆者もこれに首肯する。作者の個人的・閉鎖的な営為ではなく、文学として本歌取りが成立する上で、読者の理解と読解が必要なのだ。作者が意識する「読者」とは、第一に同時代読者であるのだから、まずは同時代読者の認識を問題としなくてはならない。そこで、作者と同時代読者の双方に、踏まえられた本歌が共有され、読者にも本歌が喚起・想起された上で、本歌への連想から生じる二重性が読解に働くということを、一つ目の本歌取りの成立要件として設定する。

従来、本歌取りの基本は、本歌からの句単位での摂取であると考えられている。これは、藤原定家の以下の記述を、本歌取りの基本的方法と捉えるからである。

　古きをこひねがふにとりて、昔の歌の詞を改めずよみすゑたるを、即ち本歌とすと申すなり。（『近代秀歌』）

　取二古歌一詠二新歌一事、五句之中及二三句一者、頗過分無二珍気一、二句之上三四字免レ之。（『詠歌大概』）

詞を改めずに取り入れて詠むのが「本歌とす」であり、『詠歌大概』では二句をそのまま続けて取ると新しい歌に聞こえなくなると戒め、以下、取る分量が問題とされている。『近代秀歌』『詠歌大概』ともに、引用箇所の後に古歌の著名な五七句を挙げていることから、定家が問題にしているのが句の単位での摂取であることが読み取れる。それゆえ、本歌取りを認定するにあたっては、基本的に句の単位での一致・摂取がその判断指標となってきた。

しかし一句ないし複数句の摂取利用を本歌取りの基本とする従来の本歌取り観は、本歌取りの形成過程を考える上では適さない。定家が本歌取りする上で一句ないし複数句の引用を打ち出したのは、本歌取りが自覚的な技法として完成された後のことだ。本歌を踏まえることを読者に暗示的に示す効果的な方法が、一句ないし複数句の引用である（無論、その句がすぐれた詞遣いだから取り入れるという側面も重要なのだが）。定家以前の本歌取りが句の単位での引用を条件としていたわけではないし、定家自身の詠作に歌論における規定に沿わないものが散見することもすでに指摘されている[9]。むしろ、本歌取りが一句ないし複数句の引用という方法に収斂してゆく過程の検討が、本歌取りの形成過程の考察に必要だと考えられる。

二重性に加えて設定する条件が、『近代秀歌』の「古きをこひねがふにとりて」の部分、すなわち古典主義・

尚古主義である。これは、本歌取りを和歌文学研究の枠内で考えるのではなく、「引用」というレトリックとして捉える時に必要な要件となる。「引用」は時代や国を問わず普遍的に存在する方法だが、特に一九七〇年代以後にポストモダンの文芸思潮において注目されてきた。ポストモダンにおける「引用」（これを、以下「現代的「引用」」と称する）と本歌取りとを峻別する点が、この古典主義である。プレテクストから引用された箇所が、切り取られ組み合わされた引用の織物・モザイクとしてテキストを作り出しているという考え方が、現代的「引用」の基本である。現代的「引用」は、古典を断片化・異化し、古典や規範が持つ価値を破壊する意図を持つ反古典主義の手法だ。(10)

一方、本歌取りの根底には、古典を仰ぎ、それに依拠して詠歌するという時代意識・規範意識が常に存在する。古典意識を明確に歌論・詠作技法の中核に置いたのが、「うたのほんたいには、たゞ古今集をあふぎ信ずべき事なり」（『古来風体抄』）と揚言した藤原俊成だった。さらに定家は『詠歌大概』において、三代集・『伊勢物語』・三十六人集が古典・規範であると明確に位置づけた。つまり、引用するプレテクストが古典であり、プレテクストが有する伝統や規範性を積極的に利用するという古典回帰の思想を主軸とする点に、現代的「引用」と本歌取りの本質的な違いがある。本歌取りを引用のレトリックとして考える上で、いたずらに現代文学理論にあてはめる危険を避けるためにも、現代的「引用」との違いを明確にしておくことは重要である。本章で検討の対象とするのは古今時代だから、俊成・定家と同様の古典主義や時代意識が当の三代集時代にあったはずはない。しかし、本歌取りの本質である、〈古〉に詠まれた和歌に対する敬意を抱えつつ踏まえるという意識を持ち、歴史認識に基づいた摂取であることを、第二の条件として設定する。

以上をまとめると、句単位での一致・摂取をもって本歌取りの基本としてきたのが従来の本歌取り研究だが、句単位での引用によって生じる連想・暗示へと本歌取りの方法が収斂してゆく過程を追うことを目的として、本書では、①同時代読者に古歌を踏まえたものであることが理解され、本歌を想起することによって生じる二重性を持つ読解を作者・読者が共有できること、②踏まえた歌が〈古歌〉であるという歴史意識を有するものであること、以上二点を、本歌取りの認定要件として設定する。

また三代集における〈もと〉となる古歌を踏まえて詠まれた歌は、必ずしも後世の本歌取りの準則に沿うものではない。こうした和歌を、俊成・定家の完成させた技法としての本歌取りと区別し、以下、プレ本歌取り、または〈本歌取り〉と表記する。

二、『古今集』の万葉歌摂取

『八雲御抄』に記されるように、『万葉集』『古今集』には一句ないし複数句が先行和歌と一致したり、一首の構成を襲用して題材を変えた例が散見する。しかし、先行和歌から句の単位で表現摂取されたものが、すべて本歌取りと見なされるわけではない。

『万葉集』の場合は、一首のうちの大部分が共通したり共通句を持つものを「類歌」として、佐佐木信綱『萬葉集の研究　第三　萬葉集類歌類句攷』（岩波書店・一九四八年）などが例を整理している。『万葉集』類歌の歌句の共通については、「古代的な集団性に保証されながら、各個人の詠歌を容易ならしめるための発想形式」[11]と位置づけられている。類同性・共同性に詠歌の基盤を置く類歌は、類型の文学として本歌取りと共通点もあるが、連想・暗示を導くことを意図する本歌取りとは性質が異なる。

では、『古今集』はどうだろうか。冒頭に引用した『八雲御抄』には、「みわ山をしかもかくすか、ゆくみづにかずかく、みなせがはありてゆくみづ、ことにいでゝいはぬ、などいへる、みな『万葉集』のふるきことばをとれり」と例を挙げている。ここに挙げられるのは、『古今集』の「三輪山をしかも隠すか」（春下94貫之）「行く水に数書く」（恋一522読人不知）「水無瀬川ありて行く水」（恋五793読人不知）「言に出でて言はぬ」（恋二607友則）の四例だ。(12)『八雲御抄』が指摘するように、『古今集』作者の歌に『万葉集』の表現を摂取利用して詠んだ和歌が散見することについては、諸氏の調査・論(13)があるが、中でも万葉歌摂取が多いのが貫之と友則だったことも指摘されている。(14)

特に万葉摂取の例が著しく多いのが、貫之である。貫之の万葉歌利用については、古く契沖『万葉代匠記』『古今余材抄』に指摘され、大久保正等の詳細な調査がある。(15)そこで貫之の94番歌を取り上げて検討する。

はるのうたとてよめる　　　　つらゆき

三わ山をしかもかくすか春霞人にしられぬ花やさく覧

（『古今集』春下94）

この歌の初二句は、次の万葉歌から摂取されたことが明らかだ。

三輪山乎　然毛隠賀　雲谷裳　情有南武　可苦佐布倍思哉

みわやまをしかもかくすかくもだにもこゝろあらなむかくさふべしや

（『万葉集』巻一18雑歌・額田王）

『類聚古集』から本文を引いたが、元暦校本でも第四句が「情有南畝」である以外の異同は無い。貫之は額田王歌から初二句を摂取し、隠す主体を「雲」から「霞」へ転じている。それによって、万葉歌を古今時代の好尚に適う歌に仕立てている。

では、こうした貫之の万葉歌摂取について、先ほど設定した要件にあてはまるか、という点を確認する。①の二重性については、後ほど検討する。②の歴史意識については、『古今集』が「古」から「今」へと続く和歌を総括しようとする歌集であり、「古」の代表に『万葉集』を置くことは、仮名序に表れている。『古今集』仮名序には繰り返し「いにしへ」の語が登場し、特に「いにしへよりかくつたはるうちにも、ならの御時よりぞひろまりにける。かのおほむ世や歌の心をしろしめしたりけむ」の部分に、「ならの御時」から和歌が広まり、この時代に和歌が興隆したのだと記されている。「ならの御時」「ならの帝」が誰を指すのかという、古来より論点となってきた問題を含んでいるが、今は歴史意識が有ることを確認するにとどめる。

また、『万葉集』に対する歴史意識が現れているのは仮名序だけではない。

　貞観御時、「万葉集はいつばかりつくれるぞ」ととはせたまひければ、よみてたてまつりける
　　　　　　　　　　　　　　　　　文室ありすゑ（有季）
　神な月時雨ふりをけ（お）るならのはの名におふ宮のふることぞこれ
　　　　　　　　　　　　　　　　　（『古今集』雑下997）

嵯峨天皇から文屋有季に、『万葉集』成立に関する下問があったと詞書に記されており、有季の歌からは『万葉集』が「ふること」つまり古のものであるという意識が看取される。

②の歴史意識については、貫之および『古今集』という歌集が、『万葉集』について、自身の生きる時代とは別の〈古〉の時代のものであり、さらには和歌興隆の時代の産物として尊崇の意識を持っていたことが確認できる。

では、貫之歌に①の二重性は認められるだろうか。貫之歌が額田王歌をどのように摂取利用しているかについて、竹岡正夫(16)は以下のように指摘している。

ところが、この九四の歌においては、「しか」の指すところがどこにも示されていないのである。よって思うに、この歌は、万葉の一八の歌（中略）を本歌としているゆえ、貫之は万葉・一七の長歌の内容を反歌一八と同じくそのまま受けて「しかも隠すか」と表現していると解さざるをえない。一七の長歌のように自分は見て行こうと思うのに、「情(こころ)なく雲の隠さふべしや」と言うのを受けて、一八と並べる気持でこの歌を詠んでいると解するのである。

竹岡は、貫之歌は額田王歌を前提とした内容であり、「本歌としている」と指摘している。同歌について中西進[17]はさらに、万葉歌に逆に問い返す趣を持つ「一つのパロディ」であると述べる。「本歌」「パロディ」と用いている用語は異なるが、もととなる歌を前提とする読解を求める詠歌方法であると考えているのは同様だ。さらに小川靖彦[18]は、「雲に対して恨み嘆く額田王の傍(かたわ)らに、あたかもすっと並んで立って、〝それは三輪山の人知を超えた神秘によるものですよ〟と歌いかけているようです。額田王の歌の心に寄り添い、貫之なりに三輪山の神聖さを讃美して、〈古代〉の世界に参入してゆこうとする姿が見えます」と、貫之の歴史意識とその姿勢について踏み込んで述べている。

竹岡・中西・小川の読解は、額田王歌を背景に置いて貫之歌を読んだものだ。貫之歌が額田王歌を踏まえ、いかにその詞や発想を利用しながらも転換・変容して自身の和歌に活かしているかに加え、額田王歌を背景においた時に浮かび上がる対比を読解に持ち込み、貫之歌を額田王歌の〈本歌取り〉として解釈している。なお奥村恒哉[19]は、貫之歌が額田王歌を「本歌にしている」とはっきり述べ、「この例あたりを（本歌取りの、引用者注）早いものとして、少しずつ例が増加する」と述べている。

先述したように、古今時代には万葉摂取の例が散見するのだが、貫之の『万葉集』への関心の高さと親炙は、同時代の中で群を抜いていた。藤原清輔・顕昭・経平編『和歌現在書目録』抄集家には、「万葉集抄五巻。／右一説紀貫之。一説梨壺五人抄レ之云々」という記述がある。この『万葉集抄』または『万葉五巻抄』という書名およびそれが貫之の撰であるという記述は、他にも顕昭『古今集序注』『袖中抄』『柿本人麻呂勘文』、順徳院『八雲御抄』、四辻善成『河海抄』などにも見える。現存しない『万葉五巻抄』が果たして貫之の撰したものであったのかどうか、今となっては不明だが（顕昭は貫之撰であると記しておらず、貫之撰説に疑義を抱いていたか）、このような伝承が生じたのも、貫之が『万葉集』に詳しかったと見なされていたからだろう。また菊地靖彦は、古今歌に影響している万葉歌が、巻四・七・八・十・十一・十二に偏在していること、『古今集』撰者の歌に関わる万葉歌が巻八・十・十一所収歌であることを指摘した上で、[20]貫之歌と関わる『万葉集』歌が現行『万葉集』二十巻のうち十七巻にわたっていると指摘する。[21]貫之が摂取する万葉歌の範囲は、当時の万葉歌摂取において突出して広い。また貫之の万葉摂取が、それぞれの歌だけではなく、歌群の配列にまで目を配ったものであるという加藤幸一[22]の論もある。こうした点から、貫之が『万葉集』を繙読していたのは確かだと考えられており、貫之は古今撰者の中でも『万葉集』に対する関心が特に高く、豊富な知識を持っていたと判断される。

なお、「かのおほむ時に、おほきみつのくらゐ（正三位）かきのもと（柿本）の人まろなむうたのひじり（聖）なりける」の記述について、人麿が正三位についた歴史的事実は認められず、明らかな誤記である等、『古今集』仮名序には『万葉集』への理解の浅さや誤認を指摘しうる記述が含まれる。[23]しかし近年の研究では、池原陽斉[24]がこうした記述について、単なる誤認としてではなく、貫之の姿勢として考えるべきだという見解を提示している。

但し、貫之の発想の在処や転換が額田王歌を背景にした時に明らかになるとして、その意図を読者がどこまで理解できたか、という①の要件に関わる問題が浮上する。換言すれば、貫之歌が額田王歌を〈本歌〉とすること、および踏まえられた〈本歌〉の表現内容を、当時の読者がどこまで理解し、読解に反映できたか、という問題だ。

『後撰集』撰者によって訓読研究が行われる以前の『万葉集』の流布・享受については、『万葉集』『古今集』研究上で問題とされてきた。そもそも『古今集』仮名序に「万えふしふにいらぬふるきうた、みづからのをもてまつらしめたまひてなむ」と、『万葉集』の撰に漏れた歌を取ったと明言しながらも、『万葉集』所収歌と完全に、または大部分が一致する入集歌があるという点は、古来問題となってきた。安田喜代門[25]はそれらの重複歌について、別の歌集や伝承歌から採ったものが『万葉集』を出典とする歌であるかのように見えたと推測し、さらに『万葉集』との重複の確認不足について「編者らの編纂法が宣言ほどに厳密に行つてゐない証拠である」と結論づけている。安田の論は、撰者の姿勢のみならず、『万葉集』が現行のような全二十巻のテキストを完備した状態で人々の閲覧に供されていたのかどうか、という問題にも発展する。後撰時代の和歌所において『万葉集』の訓読研究が行われる以前、『古今集』撰者および人々がどのような『万葉集』に接していたのか、さらには訓読できていたのかは不明というより他無い。先述したように、古今時代の歌人が影響を受けた万葉歌は巻四・七・八・十・十一・十二に集中しており、直接『万葉集』を繙読したのではなく、抄出本または口誦・伝誦に依ったのではないかと考えられている[26]。

水谷隆[27]は貫之の万葉歌摂取について、古語の使用によって非日常のイメージを持たせようとしたと論じている。『万葉集』の詞を利用することで生じる古めかしさや非日常性は、たとえ〈もと〉の万葉歌の本文を知らずとも、当時の読者も充分に感得しえただろう。しかし、〈本歌取り〉は〈もと〉を想起することを前提とする。貫之が『万葉集』に対して持つ関心と知識を背景に、万葉歌から表現や発想を摂取し詠歌に活かしたとして、同時代読者はその意図にどこまで気付き、二重性を理解できただろうか。

古今時代に、『万葉集』が〈古〉のものであり、〈今〉とは異なる時代に属するものだという時代意識が存在したことは、仮名序に何度も万葉時代を「いにしへ」と述べることからも窺われる。但し、その歴史意識は共有されていても、規範となるようなテキストは存在せず（少なくとも広く流布しておらず）、訓読が困難[28]で読むことができるのはごく限られた一部の人々だけだった。このような状況下で、万葉歌が共通知として共有されていたとは考えられない。『古今集』の同時代読者層の問題とも関わるのだが、当時の『万葉集』享受のあり方を鑑みると、貫之が万葉歌を踏まえたことを理解できる人はきわめて限られており、貫之も連想・暗示による二重性を持った読解を読者に求めたり期待することはできなかったと判断される。

但しそれは一般論としてであって、『古今集』撰者および撰進下命者である醍醐天皇は別だったかと思われる。片桐洋一[29]は、『古今集』撰者たちの万葉歌語への傾倒ぶりと『万葉集』讃仰、万葉歌語を競って用いていたことを指摘している。また、『河海抄』若菜上巻所引の『太后御記』（醍醐天皇中宮・藤原穏子の日記）承平四年十二月九日条の逸文には、「せんだいの御ての万葉集、今ひとつには本五まき」とあり、この逸文から醍醐天皇筆の『万葉集』が存在していたことが判明する。こうした徴証から、貫之の万葉摂取歌について、『古今集』撰者や醍醐天皇はその意図を理解し、また読解に本歌との二重性を反映させられた可能性がある。とはいえ、〈本歌取り〉として、万葉歌を共通知として共有し、二重性を読解に反映させられる読者層は、極めて薄く、限定されたものだったと推測される。

つまり、貫之の万葉歌摂取は、和歌の詠歌方法として自覚的に行われたものだったとしても、本歌取りとは別のものとして位置づけるのが適当だろう。本歌を背景に置いた読解を求めるには、読者との間に共通する知識基盤が成立していないため、貫之の万葉摂取歌には、暗示引用としての本歌取りが成立していないと見なされる。

土屋文明[30]は貫之の万葉摂取について、「貫之は所謂歌学に通じて、ひそかに古歌を知って居り、人に知れぬやうにこつそり盗用して居つたとも疑へるのである」と厳しい評価を下している。しかし、『万葉集』からの摂取であることに気づける歌人もごく少ないとはいえ想定しうるに加え、それが貫之にとって歌人としての技量を競う相手である『古今集』撰者、また評価を下す側の醍醐天皇であることから、「盗用」とまで断ずることはできない。貫之の万葉摂取歌については、『万葉集』から貫之の時代へ脈々と受け継がれる和歌の歴史と類型を継承したものとして、類歌性という観点から捉えるのが適当だと考えられる。

三、「古今和歌」献上と藤原興風歌

前節では、貫之の万葉摂取歌を本歌取りとして認定するには、②の歴史意識は認められるとはいえ、①を満たすための、〈もと〉を踏まえるという理解を共有できる対象がはなはだ限定的であるために、認定できないと考えた。それでは『古今集』に①②をともに満たす歌はあるのだろうか。『古今集』の中で①②の要件を満たす和歌が、次の一首である。

寛平御時「ふるき歌たてまつれ」とおほせられければ、「龍田河もみぢばながる」といふ歌をかきて、そのおなじ心をよめりける　おきかぜ
み山よりおちくる水の色見てぞ秋は限と思しりぬる　（『古今集』秋下310）

詞書に示される「龍田川もみじ葉流る」は、次の一首である。

題しらず　よみ人しらず
龍田河もみぢばながる神なびのみむろの山に時雨ふるらし

又は、あすかゞはもみぢばながる。（『古今集』秋下284）

284番歌は、『拾遺集』（冬219）には柿本人麿作として「奈良のみかど竜田河に紅葉御覧じに行幸ありける時、御ともにつかうまつりて」の詞書で入集する。また『人丸集』（178）にも「みかどたつた河のわたりにおはします御ともにつかうまつりて」の詞書で取られている。人麿作の伝承があった歌で、『金玉集』（33）でもやはり人丸が作者だが、『古今和歌六帖』第六4090「紅葉」は「ならのみかど」を作者としている。『古今集』では読人不知歌だが、人麿または「ならの帝」の作と伝えられてきた歌だった。『大和物語』一五一段にも、次のように入っている。

おなじ帝（引用者注、ならの帝）、龍田川の紅葉、いとおもしろきを御覧じける日、人麻呂、
　龍田川もみぢ葉流る神なびのみむろの山にしぐれ降るらし
帝、
　龍田川もみぢみだれてながるめりわたらば錦なかや絶えなむ
とぞあそばしたりける。

「ならの帝」が誰を指すのかについては、昔から聖武天皇・文武天皇・平城天皇と諸説あるが、いずれにせよ人丸は持統天皇時代の歌人だから時代が合わない。しかし「ならの帝」と人麿は、『古今集』仮名序にも「いにしへよりかくつたはるうちにも、ならの御時よりぞひろまりにける。（中略）かのおほむ（御）時におほきみつのくらゐ（正三位）かきのもと（柿本）の人まろなむうた（歌）のひじり（聖）なりける。これはきみも人も身をあはせたりといふなるべし」と記され、

万葉時代における和歌を介した君臣関係の象徴と認識されていた。

つまり284番歌は、古今時代の歌人たちにとって、自分たちの時代とは異なる〈古〉に属する歌であると意識されていたのだから、〈古〉の時代の歌を踏まえるという②の歴史意識が確かに認められる。

興風歌には、踏まえた古歌が詞書に明示されている。初二句しか引かれていないが、どの歌か特定するには充分だし、同じ『古今集』に収載されている和歌だから、読者も全文を参照して古歌とともに興風歌を読むことができる。古歌を背景に置いて〈今〉の歌を読解することを求め、またそれが可能になっている点で①②の要件を満たしており、この歌こそ『古今集』の〈本歌取り〉歌だと位置づけられる。

興風は284番歌と「同じ心」を詠んだというが、では二首を比べて内容を検討しよう。まず284番歌の歌意は、〝龍田川に紅葉した葉が流れている。上流にある三室山に時雨が降って木の葉を散らしているらしい〟だ。上句でまず眼前の龍田川に紅葉の葉が流れていることを詠み、下句で上句の景色を作り出した原因となる三室山の状況を推測している。一方、興風歌の歌意は、〝奥山から流れてくる川の水の色を見ると、秋はもう終わりだということが思い知らされる〟である。上句で眼前に紅葉が流れる川を見ており、下句で上句の景色を作り出した原因に思いを馳せるという一首の構造は同じだ。

但し、興風歌では上句で眼前の川が詠まれてはいるが、その情景がどのようなものなのか具体的には示されていない。山から流れる川水の色に秋の終わりを感じ取っていることから、「水の色」が紅葉で赤く染められているらしい、と想像させる。はっきりと紅葉を詞に出さずに詠んでいる点が284番歌と異なっている。また、284番歌は上句の情景から〝上流の三室山に時雨が降っている、だから紅葉が流れてきているのだ〟と想像しており、一方の興風は、同じように紅葉に染められる川を見ながら、秋という季節の終わりに思いを馳せている。山から散った紅葉が川を流れる情景を目にしているのは同じだが、そこから導かれる推測は異なる。詞書に「同じ心を詠めりける」とあるが、比較すると、内容が重なるのは上句だけだ。同じ情景を目にしても、そこから何を想像するのかは変えている。

なお、宇多天皇が興風に、特定の和歌を題として歌を詠ませた例は『後撰集』にも見いだせる。

寛平御時、「花の色霞にこめて見せず」といふ心をよみてたてまつれとおほせられければ

藤原興風

山風の花のかゝどふゝもとには春の霞ぞほだしなりける

（『後撰集』春中73）

詞書に見られる「花の色霞にこめて見せず」[31]とは、「花の色は霞にこめて見せずともかをだにぬすめ春の山かぜ」（『古今集』春下91良岑宗貞「はるのうたとてよめる」）の上句を指している。「竜田川もみぢ葉流る」が人麿歌の伝承を持つ「古歌」だったのと比べると、宗貞は六歌仙の一人の僧正遍昭（八一六生〜八九〇没）の俗名であり、仁明天皇から光孝天皇時代に活躍した歌人だから、時代としては近接する。但しこの歌は俗名で入集していることから、遍昭が嘉祥三年（八五〇）三月に出家する以前の詠で、寛平時代（八八九〜八九八）から見ると四〜五十年前の和歌となる。『古今集』310番歌と同じ折に詠まれたかどうかは不明だが、特定の歌の内容を新たに詠むという同じ方法で詠まれた和歌として、表現方法を検討しておく。

宗貞歌の歌意は〝花の色は霞に閉じ込めて見せないとしても、せめて香りだけでも盗んできておくれ、春の山風よ〟で、目に見えない隠された桜花の香りを盗んできてほしいと山風に訴える。『後撰集』詞書では、上句だけが歌題として示されているが、興風も「山風」「香」を詠んでいるので、一首全体を踏まえるのは明らかだ。興風歌の歌意は〝山風が花の香を誘い出そうとするその山の麓では、春の霞が花を包み隠す障害物となってい

る〟。つまり、宗貞歌が、花を視覚的に捉えられないことを前提として、せめて香だけでも感じたいと山風に訴え呼び掛ける体で詠まれていたのを反転し、山風によって誘い出された香りを感じてから、霞のために花が見えなかったことに気づくという順序にしている。「花の色」は直接には詠み込まず、霞が障害物となるということで、視覚的に捉えうる美が包み隠されていることを推測させる。もしくは、宗貞歌を想起することではっきりと分かる仕掛けになっている。また、宗貞歌では主人公がどこにいるかは明らかでないが、興風は「麓」にいると設定している。

詞の面では、『後撰集』73番歌は、山・風・花・香・春・霞が重なっているので、『古今集』310番歌ほど徹底的に詞の重なりを避けているわけではない。但し、宗貞歌の特徴的な表現である第四句「香をだに盗め」の「盗む」を用いず、「誘（かど）ふ」によって山風が香りを運んでくることを表している。さらに、詞書にも示されている「霞にこめて見せず」は、「霞ぞほだしなりける」に置き換えている。

興風歌二例を検討した。興風歌は、本歌として示されている古歌を踏まえ、内容を敷いた上に自詠を詠んでいるが、詞は重ならないようにしている。ここで注目されるのが、『古今集』『後撰集』が題となった古歌を詞書に明示引用している点である。ちなみに『古今集』310番歌は、『古今和歌六帖』第一197「秋のはて」と『新撰朗詠集』秋部・九月尽263に、『後撰集』73番歌は『古今和歌六帖』第一606「かすみ」に採られている。それらにはいずれも本歌との関わりは示されていないから、一首だけでも鑑賞できる優れた歌であると評価されていたのは確かだ。しかし『古今集』『後撰集』は、単に興風歌を優れた歌として入集させただけでなく、詞書に本歌を示した。『古今集』310番歌のみを見ても、「み山」が何処の山であるのか分からない。また「川の水」が何色か、何によって変化がもたらされたのか明瞭でない。しかし本歌が詞書に示されることで、「み山」が三室山であること、「み山より落ちくる水」が龍田川であること、また「水の色」が紅葉の赤色であることが理解できる。『後撰集』

73番歌は、「盗む」は「誘ふ」に言い換えられ、花の「色」は直接詠み込まず暗示にとどめられているが、宗貞歌を踏まえて読むと、そもそも主人公が「花の色」を求めていたことが分かる。発想の源となる歌を明示引用することは、独創性を損ないかねないとも思われるが、撰者は、もととなる古歌と並べた時に違いがはっきりし、古歌によって情報が補完されて一首の狙いが十全に伝わると考えて示したのだろう。

題として踏まえる歌が「古歌」つまり歴史的に「古」と認識されている歌であり、さらにその古歌を背景とすることを前提とした詠歌と享受のあり方は、設定した本歌取りの条件に当てはまる。『古今集』『後撰集』の注釈書では、興風歌について本歌取りとして注目した記述は見あたらない。第一節に述べたように、本歌取りの基本的な方法と考えられてきた句の単位での摂取が見られず、それどころか、特に『古今集』310番歌は本歌と共通する詞は「山」のみだから、歌句の一致を本歌取りの基本と見なす従来の本歌取り観に合致しなかったからだろう。しかしこのような、詞が共通しない、別の詞での言い換え・朧化が、特定の古歌と「同じ心を詠め」という要求に応えながらも模倣にとどまらない、古今時代の〈本歌取り〉の方法だったと考えられる。

四、宇多天皇の「古今和歌」献上

興風が古歌を題として詠んだ和歌の表現を検討してきたが、この詠歌は宇多天皇の求めによるものだった。そこで宇多天皇に注目し、その和歌事跡から、興風歌が生まれた背景を探ってみたい。

『古今集』310番詞書には、宇多天皇より古歌献上の下命があったと記されている。この古歌献上の命については、『古今集』雑下の二首との関連が指摘されている。

寛平御時、歌たてまつりけるついでにたてまつりける

大江千里

あしたづのひとりを（お）くれてなくこゑは雲のうへまできこえつがなむ　（雑下998）

ふぢはらのかち（勝臣）をむ

人しれず思心は春霞たちいでゝきみがめにも見えなむ　（同999）

藤原勝臣歌については、村瀬敏夫(32)は「題知らず」とする古本系の諸本があること、片桐洋一(33)は勝臣が宇多朝に歌人として遇せられた明徴が無く寛平期に古歌献上を命じられた可能性は低いことを理由として、998番歌の詞書を承けて読解しがたいと指摘している。勝臣の和歌献上は存疑としても、大江千里は興風と同様に歌を献上していた。この時の千里による献上和歌が『句題和歌』である（998番歌はそれに付された述懐歌）。『句題和歌』序文には、詠作事情が次のように記されている。

臣千里謹言。去二月十日、参議朝臣伝レ勅曰、古今和歌多少献上。臣奉レ命以後、魂神不レ安、遂臥レ莚以至レ今。臣儒門余孽、側聴二言詩一、未レ習二艶辞一、不レ知レ所レ為。今臣僅捜二古句一、構二成新詞一、別今加三自詠二古今物百廿首一、悚恐震慴、謹以挙進。豈求レ駭レ目、欲レ解レ頤。千里誠恐懼誠謹言

寛平六年（八九四）二月十日に、「古今和歌多少献上」の命が、参議朝臣（道真か）を通じて下った。千里は、自身は儒者であるので、古歌の代わりに漢詩句を題として詠んだ和歌を献上した、という経緯を述べている。古歌の献上だけが宇多天皇の求めだったのではなく、それとともに歌人自身の詠も求めたということだ。

興風歌についても、山口博[34]・徳原茂実[35]ともに、古歌と自詠を並べて献上したと考えている。『古今集』310番歌の『興風集』詞書を併せて確認しよう。

おなじ御時に、「うたゝてまつれ」とおほせられければ、「たつたがはもみぢばながる」といふうたかきて、のちにおなじ心を
（『興風Ⅰ（冷泉家時雨亭文庫蔵七十四首本）』10詞書）

寛平御時、「ふるうたゝてまつれ」と仰ごとありければ、「たつたがはもみぢばながる」といふうたをかきて、なかにおなじこゝろを
（『興風Ⅱ（西本願寺本三十六人集）』16詞書）

おなじ御時に「ふるうたたてまつれ」とおほせられければ、「たつたがはもみぢばながる」といふ歌かきて、おくにおなじ心を
（伝俊頼筆「興風集切」解題10詞書）

『興風集』詞書の傍線部は、書写の過程で本文異同が生じており事情が明瞭でないが、古歌献上の命が下り、その古歌と同じ内容の歌を詠んだ、という点は一致する。西本願寺本三十六人集の詞書には「なかにおなじこゝろを」とあるから、これによると古歌と興風歌は同時に献上されたものとなる。「古今和歌多少献上」の「今」の和歌とは、近代に詠まれた秀歌の意ではなく、新たに和歌を詠むことだったと考えられる。

千里と興風に「古今和歌多少献上」の命があった理由について、滝川幸司[36]は、千里は儒家大江氏出身の文人だったこと、興風は宇多天皇の母・班子に仕えており天皇とも近しい関係だったのに加え、『歌経標式』作者・藤原浜成の曾孫という重代の歌人だったことを挙げている。「古今」の和歌献上が求められ、重代の歌人だった興風はそれを果たしたものの、儒者の千里は「古」の「和歌」の代わりに漢詩の「古句」を抜粋し、それを題として和歌を詠んだという経緯だったと推測できる。

付言すると、千里『句題和歌』から『古今集』(185)『後撰集』(35・116)に入集しているが、すべて読人不知、詞書に句題は示されていない。『古今集』『後撰集』撰者は、千里の句題和歌を入集させても、それが基づく漢詩句も、作者が千里であることも示さなかった。しかし、興風歌には〈もと〉となる歌も興風の名も付されている。この違いはどこに起因するのだろうか。

句題が示された場合、単に漢詩句をなぞって作られた和歌であり、和歌が漢詩に従属・付属するものに映りかねない。それは漢詩文が宮廷の公的文学の第一だった時代、和歌の地位を向上させようとしていた『古今集』においては、避けねばならない危険だった。[37] 一方、興風歌に本歌を明示したのは、〈古〉に対峙する〈今〉を打ち出そうとする歴史意識・競合意識を前面に打ち出す意図があったと考えられる。山口博は興風歌について「古歌と今歌の競い、この二首にみられる宇多天皇と興風の行為は単なる遊びではなく、歌を創ることにおける火花を散らしての戦いである」[38]「古歌と今歌の対比、(中略)古来の名歌にいどむ中堅気鋭の歌人という感がある。(中略)古歌を超克しようと努力する宇多天皇や興風のパトスを感じるのである」[39]と指摘する。古今時代の歌人である興風が、宇多天皇からの「古今和歌」献上の下命を機として、古歌と格闘し新たな歌を詠み出す様を浮かび上がらせるため、『古今集』の詞書は〈もと〉となる和歌を明示したのだ。

さらに、和歌としての創作性・独立性を保つために、千里の句題和歌には句題を示さなかったという指摘もある。[40] しかし興風歌も、古歌を踏まえ、自身を古歌と同じ視点に置いて新たな和歌を詠むことを求める題詠だ。これは、千里の句題和歌が一首の発想だけではなく、詞の面においても、〈もと〉となる漢詩句の訓読を詠むという形で踏襲しているからだろう。句題を示さず、通常の佳句取りの和歌として鑑賞する場合、漢詩文の知識を持つ読者であれば、訓読された和語や一首の発想から踏まえられた漢詩句の存在に気付き、訓読・翻訳の妙を鑑賞できる。しかし興風歌の場合は、重なる詞がほとんど無いため、詞書に明示されていないと、踏まえられている歌があることや、何を踏まえているのか、どういう所に興風歌の工夫があるのかに気づけない。〈もと〉と対照比較した上で読者に鑑賞させるためには、〈もと〉の存在を明かす必要があった。

佳句取りや句題和歌は、漢語を和語へと翻訳・転換するという段階において、歌人の手腕が発揮される。それゆえ、同じ内容を和歌に移したとしても模倣にあたらないが、同じ形式である和歌を踏まえて新たな和歌を詠もうとすれば、意図的に違いを出さないと、古歌をなぞった模倣になる、または模倣と評価される危険性が高い。踏まえた〈本歌〉を読者に喚起させ、対照比較しながらの鑑賞・批評を求める和歌を詠む上で、内容は〈もと〉を踏まえつつも詞を〈もと〉から変えることで、〈もと〉と差異化し乗り越えるという意識があったと考えられる。『古今集』時代の〈本歌取り〉は、本歌の内容を踏まえながらも詞を変えることで独創性を保証する、「心を取る」本歌取りから始まったのではないか。

なお、「心を取る」本歌取りを考える上で、院政期の「心を取る」詠法についても付言しておく。「心を取る」詠法について、藤原清輔『奥義抄』の「盗古歌証歌」条に「ふるうたのこゝろをばよむまじきことなれど、よくよみつればみなもちゐらる」とある。しかしここに挙げられる事例について、田中裕[41]は「「心を取る」とは言わず語らずに詞を取ることを含意する、いひかへれば心詞を併せて取ることにほかならなかつた」「心詞を取ることは、主軸となる意想と主要な景物並びにそれを支へる詞とを取ることで、副次的な意想や景物を替へ、乃至は添加することが詠み益すことと解される」と述べ、また渡部泰明[42]は、「「古歌」を踏まえて歌を詠む行為も、その歌を享受する行為も、歌の言葉を共有しているという意識と強い相互関係にある」と指摘する。つまり清輔がいう「盗古歌」すなわち「古歌の心を詠む」詠法は、詞の襲用と不可分だった。

ちなみに前掲の宗貞歌は、花が霞に籠められて見えないことから、「香をだに」（せめて香りだけでも）という表現が生じるのだが、この「香をだに＋（命令形）」は『古今集』に他にも「ちりぬともかをだにのこせ梅花こひしき時の思いでにせむ」（春上48読人不知「題しらず」）「花の色は雪にまじりて見えずともかをだにゝほへ人のしるべく」（冬335小野篁「むめの花に雪のふれるをよめる」）が見られる。なお篁歌は、『奥義抄』に「盗古歌体」の例歌として、宗貞歌と並べて挙げられている。前後関係は不明ながらも、『奥義抄』では篁歌が先に挙げられており、清輔は宗貞が篁歌を「盗」んだと理解していたらしい。清輔が「盗古歌」として考えていた歌と、古歌との詞の重なりを避けながら新たな表現を生み出す興風歌の方法とは異なる。

実は、清輔の父・顕輔は、久安五年（一一四九）『右衛門督家歌合』において、自詠について「心詞ともにとりたるを古歌とは申也。心をとりてよめるはをかし」（秋月・三番判詞）と評している。この判詞について渡部泰明(43)は、「「心を取りて詞を取らず」という方法が、古歌を生かして模倣に終わらぬ、新たな歌を詠む手立てとして認識されつつあった」「表現の「心」の面での根拠を古歌にもちながら、しかも詞の面で新しい境地を開いたもの」と論じている。詞を取らずに心だけを取る詠法は、興風歌と同様である。しかし注目すべきは、顕輔は「心詞ともにとりたるを古歌とは申也」として、古歌を踏まえる〈古歌取り〉と、心だけを取る詠法は異なる詠法だと捉えていることが窺われる点だ。息子の清輔およびそれ以後、古歌を取る詠法が詞の襲用へと収斂する問題については後述する。

五、宇多天皇と〈本歌取り〉

本歌取り形成を考える上で、和歌の持つ普遍性という点についても付言しておきたい。本歌取りとは、和歌の内容を普遍的なものとして自詠にも共通させる方法である。それには、和歌が個人的なコミュニケーションから離れて鑑賞・批評され共有されるものでなくてはならない。

『万葉集』に収められる和歌で、判明する最も新しい詠歌年次は天平宝字三年（七五九）年である。以後約百年の間、和歌は日常的なコミュニケーションツールとして、また宮廷の宴や行幸の際に副次的・遊戯的に詠まれ続けてきた。宮廷で公的文学として重視されたのは漢詩文であり、和歌の地位は高くなかった。しかし宇多天皇は、宮廷の雅事に和歌を取り入れ、『寛平御時后宮歌合』を代表とする大規模な歌合を催し、廷臣達に行幸和歌を詠ませ始めた。山口博(44)は、公的文学へと和歌の地位を上げるにあたって宇多天皇が意識したのが、普遍性を獲得することであり、その結果、宇多朝和歌の傾向として「フィクシャスな芸術的な方向」があることを指摘する。和歌に普遍性を求める方向性は、「古歌」に対する姿勢にも共通すると考えられる。

その一端は、次に挙げる例にも認められる。

「かきほにおふる」と、后にきこえさせたまひければ
かけてだにたのまれぬかなとこなつのなになぞらふるわが身ならねば
（『寛平御集』7）

ここで引歌として用いられる「かきほにおふる」とは、「あなこひしいまもみてしかやまがつのかきほにおふる山となでしこ」（『古今集』恋四695読人不知「だいしらず」）の第四句だ(45)。宇多天皇が引歌で伝えたいのは、一首全体の歌意〝ああ恋しいことだ。今も見たいものだ。山賤の家の垣に生えている大和撫子のように愛らしいあなたを〟である。それに対して后は、〝これまででさえ頼みにすることはできなかったのですよ。常夏の花、つまり撫子（撫でし子）という名に準えられるような、可憐な我が身ではありませんから〟と返した(46)。普遍性を持つものとして、自身の心情を代弁させるために和歌が引用され、相手もその意図を理解して返歌している。こうした技法については第四章にて詳しく述べるが、『後撰集』時代に盛んになったものであり、それは『古今集』とい

う初の勅撰和歌集の成立を経たことで可能になった。この『寛平御集』の例は引歌の最初期のものとして注目される。宇多天皇の時代、すでに後宮で引歌を用いたやり取りが行われていた事例は、和歌が知識として蓄積され、普遍性を持つものとして共有されていたことを示す。さらに、それが新たな和歌を生む土壌となるという点で、興風歌と共通する基盤を持つ詠歌方法である。

もう一つ、宇多天皇の和歌事跡として注目される事例に『京極御息所歌合』がある（第三章にて詳述する）。延喜二十一年（九二一）三月、宇多上皇と京極御息所・藤原褒子が春日社に参詣した折、大和守・藤原忠房が献上品とともに二十首の和歌を奉った。後日、忠房の和歌に対する返歌を女房たちに詠ませ、左右に分けて歌合を開催した。これが『京極御息所歌合』だ。歌合は、忠房歌を「本」とし、それに対する返歌を合わせた二十番に夏の恋二番が加えられたものだ。『京極御息所歌合』は「本」の語の使用例で最も早いものとして、本歌取りの歴史からも注目されている。[47]「本」とされた忠房歌は二ヶ月前に詠まれた歌であり歴史意識は伴わない。さらには『古今集』成立より後の催行だが、特定の和歌を題として新詠を作るという詠歌方法は、興風歌と共通している。『京極御息所歌合』や后との引歌を介した贈答は、和歌が共有され、新たな詠歌を生み出してゆく方向性を示している。

荒井洋樹[48]は、宇多・醍醐朝の文化施策において、和歌の価値が段階的に付与されていったと論じている。和歌の価値を付与し、認識してゆく中で、和歌そのものが持つ蓄積や歴史、優れた歌の存在および評価が、必然的に意識されたと推測される。宇多天皇の「古今和歌多少献上」については、『古今集』撰集への階梯と関わって注目されてきたが、[49]和歌に対する歴史意識が表れた事象であることにも留意しておきたい。

結びに

特定の和歌を踏まえて新たな和歌を詠む際に、本歌と差別化するため詞の襲用を避けようとしたのが、興風歌に見る『古今集』時代の〈本歌取り〉だった。和歌の持つ普遍性を利用し、自詠に取り入れつつも、競合し、新たな和歌を詠むためには、意図的に詞または詞続きを変える必要があった。

詞を取らずに心だけを取ることが、興風の挑戦した詠歌方法だった。しかし「心」だけを取る本歌取りは、詞の重なりを避けたために、何に基づいたものなのか読者と理解を共有することが難しい。〈本歌〉を暗示的に引用できず、二重性を持った読解・鑑賞・批評を読者に求められない。そのために、本歌を読者の想起・連想に任せるのではなく、詞書に明示引用したのが、『古今集』に見られるプリミティブな形の本歌取りだった。

定家の『近代秀歌』に「古きをこひねがふにとりて、昔の歌の詞を改めずよみすゑたるを、即ち本歌とすと申すなり」と書かれるように、本歌取りは詞を取る方法へと収斂してゆき、心を取る技法が中心にはならなかった。同書に「詞は古きを慕ひ、心は新しきを求め」とあるように、詞は伝統に倣いつつも、内容は新しく独創的なものを求める。詞を古歌から摂取し、引用しつつ、内容は自身の詠としての創意工夫をするのが、後の本歌取りの基本である。心のみを取る本歌取りは、詠法として存在はし続けても、詞書に本歌を明示引用するか、歌合判詞などの自注が無いと二重性を喚起しえなかった。詞にたよらない本歌取りは、暗示引用として本歌取りを成立させる上で困難を伴い主流となりえなかったということを、本歌取り形成史から確認しておきたい。

注

（1）藤平春男著作集2『新古今とその前後』（笠間書院・一九九七年）Ⅱ三「本歌取」、久保田淳『中世和歌史の研究』（明治書院・一九九三年）所収「本歌取の意味と機能」

（2）本歌取りに関する分類から本歌取りの方法・効果・評価・規定を考えるものに、文弥和子「本歌取りへの一考察――定家以後の歌論における」（『立教大学日本文学』29、一九七二年一二月）、北裕江「『井蛙抄』における本歌取論について」（『中世文芸論稿』4、一九七八年五月）、注（1）久保田著書、土田耕督『「めづらし」の詩学　本歌取論の展開とポスト新古今時代の和歌』（大阪大学出版会・二〇一九年）第六章2「頓阿の分類の完成」がある。

（3）主な先行研究に、松村雄二「本歌取り考――成立に関するノート」（和歌文学の世界10『論集　和歌とレトリック』〈笠間書院・一九八六年〉所収）、川平ひとし『中世和歌論』（笠間書院・二〇〇三年）Ｉ3「本歌取と本説取――〈もと〉の構造」、渡部泰明『中世和歌史論　様式と方法』（岩波書店・二〇一七年）第二編第四章「藤原清輔にみる本歌取り形成前史」、佐藤明浩『院政期和歌文学の基層と周縁』（和泉書院・二〇二〇年）Ⅲ部「「古歌」「本歌」をめぐって」、中川博夫『中世和歌論　歌学と表現と歌人』（勉誠出版・二〇二〇年）序1「中古「本歌取」言説史論」がある。

（4）個別の歌に関する論としては、鎌倉暄子「「きのふこそさなへとりしか」の考察――古今和歌集における本歌取り的要素をめぐって」（『文芸と思想（福岡女子大学）』50、一九八六年一月）がある。

（5）『和歌文学大辞典』（古典ライブラリー・二〇一四年）「本歌取」

（6）注（1）藤平著書

（7）中村明『日本語の文体・レトリック辞典』（東京堂出版・二〇〇七年）「本歌取り」

（8）注（3）中川著書

（9）田中裕『後鳥羽院と定家研究』（和泉書院・一九九五年）第七章「定家における本歌取――準則と実際と」

（10）現代的「引用」が反古典主義に根ざすことについては、佐々木健一「引用をめぐる三声のポリフォニー」（『翻訳（現代哲学の冒険5）』〈岩波書店・一九九〇年〉所収）に詳しい。

（11）鈴木日出男『古代和歌史論』（東京大学出版会・一九九〇年）第一篇第二章「和歌形式の成立」

（12）94番以外の三例の、『古今集』歌と依拠する万葉歌の本文を挙げる。『万葉集』の本文・訓は類聚古集により、同書に見えない歌は西本願寺本による。

行水にかずかくよりもはかなきはおもはぬ人を思ふなりけり　（恋一522読人不知「題しらず」）

↓水上　如数書　吾命　妹相　受日鶴鴨　（『万葉集』巻十一2433作者未詳、寄物陳思）

みなせ河ありてゆく水なくはこそつゐにわが身をたえぬとおもはめ　（恋五793読人不知「題しらず」）

↓浦触而　物者不念　水無瀬川　有而毛水者　逝云物乎　（『万葉集』巻十一2817作者未詳、問答）

事にいでゝいはぬ許ぞみなせ河したにかよひてこひしき物を　（恋二607紀友則「題しらず」）

↓言出而　云者忌染　朝貌乃　穂庭開不出　恋為鴨　（『万葉集』巻十2275作者未詳、秋相聞）

言出　云忌ゝ　山川之　当都心　塞耐在　（『万葉集』巻十一2432作者未詳、寄物陳思）

（13）安田喜代門『古今集時代の研究』（六文館・一九三二年）第四章「萬葉集から観た古今集」、田中常正『万葉集より古今集へ　第二――六歌仙・編纂者の恋歌の構成』（笠間書院・一九八九年）、川口常孝『万葉歌人の美学と構造』（桜楓社・一九七三年）所収「万葉から古今へ」、菊地靖彦『古今的世界の研究』（笠間書院・一九八〇年）第一篇第二章「『万葉集』と『古今集』の間」

（14）注（13）川口著書

（15）大久保正「古代萬葉集研究史稿（その二）――古点以前の萬葉研究」（『北海道大学文学部紀要』10、一九六一年一一月）、水谷隆「紀貫之にみられる万葉歌の利用について」（『和歌文学研究』56、一九八八年六月）、加藤幸一「紀貫之の作品形成と『万葉集』」（『奥羽大学文学部紀要』1、一九八九年一二月）、中野方子「貫之歌の表現――『万葉集』と漢詩文の影響」（『立正大学国語国文』32、一九九五年三月）、服部一枝「貫之の歌――万葉歌の影響を受けたもの」（『源氏物語の時空　王朝文学新考』笠間書院・一九九七年）、菊地靖彦「『万葉集』と紀貫之」（『萬葉集の世界とその展開』白帝社・一九九八年）

（16）竹岡正夫『古今和歌集全評釈 上』（右文書院・初版一九七六年・増訂版一九八一年）94番歌【釈】

（17）中西進「貫之の方法」（『文学』54―2、一九八六年二月）

（18）小川靖彦『万葉集と日本人　読み継がれる千二百年の歴史』（角川選書・二〇一四年）第二章四「紀貫之と『万葉集』――〈古代〉世界への参入」
（19）『改訂新版　世界大百科事典』（平凡社・初版一九五五～六〇年・改訂新版二〇〇七年）「本歌取り」
（20）注（13）菊地著書
（21）注（15）菊地論文
（22）注（15）加藤論文
（23）注（13）川口著書、山口博「古今撰者の万葉意識」（『三代集の研究』〈明治書院・一九八一年〉所収）
（24）池原陽斉「『新撰和歌』の万葉歌――「弘仁より始めて」は何を意味するか」（『日本文学研究ジャーナル』5、二〇一八年三月）
（25）注（13）安田著書
（26）注（13）菊地著書
（27）注（15）水谷論文
（28）なお『新撰万葉集』序文の「文句錯乱、非㆑詩非㆑賦、字対雑揉、難㆑入難㆑悟」について、『万葉集』の読解が困難になっていたことを示していると解するものもあるが、吉川栄治「古歌と『万葉』――『新撰万葉集』序文の検討」（『和歌文学研究』46、一九八三年二月）の、『万葉集』に限らず古歌一般の詠歌状況を指したものであるという読解に従う。但し、『後撰集』撰進時代に訓読研究が行われていたことから、『万葉集』の訓読が困難だった点は動かない。
（29）片桐洋一『古今和歌集の研究』（明治書院・一九九一年）Ⅱ四「古今集歌壇と歌語」
（30）土屋文明『萬葉集私見』（岩波書店・一九四三年）所収「貫之の萬葉模倣」
（31）『興風Ⅰ（冷泉家時雨亭文庫蔵七十四首本）』19番詞書は「寛平御時、『花の色はかすみにこめて』といふ心を、よみてたてまつれとあるに」。
（32）村瀬敏夫『古今集の基盤と周辺』（桜楓社・一九七一年）第二章「宇多朝和歌の性格」
（33）片桐洋一『古今和歌集全評釈』（講談社・一九九八年）998番歌【鑑賞】

（34）山口博『王朝歌壇の研究　宇多醍醐朱雀朝篇』（桜楓社・一九七三年）第一篇第二章第一節「芸術化の胎動」・同書第一篇第六章第一節「藤原興風」
（35）徳原茂実『古今和歌集の遠景』（和泉書院・二〇〇五年）所収「宇多・醍醐朝の歌召をめぐって」
（36）滝川幸司『天皇と文壇　平安前期の公的文学』（和泉書院・二〇〇七年）第三編第一章「宇多・醍醐朝の歌壇」
（37）金子彦二郎『平安時代文学と白氏文集 句題和歌・千載佳句研究篇　増補版』（培風館・初版一九四三年・増補版一九五五年）第二第七章第一節四「古今・後撰に句題和歌を採らざりし理由の考察」
（38）注（34）山口著書第一篇第二章第一節「芸術化の胎動」
（39）注（34）山口著書第一篇第六章第一節「藤原興風」
（40）注（33）片桐著書一八五番歌【鑑賞と評論】、同・新日本古典文学大系『後撰和歌集』（岩波書店・一九八九年）三五番歌脚注、能登敦子「『大江千里集』の方法」（『和漢比較文学』46、二〇一一年二月）。なお第一章では、詞書に句題を付さないことで、機知の発露や知識を自在に活用した即時性のある佳句取りとしての享受を求めたと考察した。
（41）注（9）田中著書
（42）注（3）渡部著書
（43）渡部泰明「「紅葉せぬ常盤の山」の変奏――本歌取り生成史一面」（『フェリス女学院大学国文学論叢』〈フェリス女学院大学文学部日本文学科・一九九五年〉所収）
（44）注（38）山口著書
（45）いま、『古今集』本文を関戸本によって引用したが、多くの諸本は第四句「かきほにさける」の本文を有しており、「かきほにおふる」は、関戸本の他に、本阿弥切・大江切・寛親本傍記が有する本文である。しかし平安時代中～後期には、「垣ほに生ふる」の本文も、引歌としてしばしば用いられ、また共通知を形成するほどに広まったものだったと判断できる。今西祐一郎「「垣ほに生ふる撫子」――引き歌再考」（『国語国文』93―3、二〇二四年三月）参照。
（46）なおこの歌は、『続後撰集』恋三853に「かきほにおふると奏しける人に　亭子院御製」として入集している。

この詞書・作者名によると、「垣ほに生ふる」と伝えたのが相手で、返歌が宇多天皇のものとなるが、「撫子」に譬喩されるのは、本来、女性がふさわしい。木船重昭『続後撰和歌集全注釈』（大学堂書店・一九八九年）〔注釈〕と和歌文学大系37『続後撰和歌集』（佐藤恒雄校注、明治書院・二〇一七年）脚注がともに、大和撫子に準えた皇女に逢いたいと仄めかした人に対し、皇女に代って答えた歌と解するのも、男性かつ貴人である宇多天皇を「撫子」に準える不自然さを解消するための解釈だと推測されるが、『寛平御集』が示すように「撫子」とは后を指していたのが元来の形だったのだろう。

(47)　注（9）田中著書、赤瀬信吾「本歌取り・本説・本文」（『国文学』30—10、一九八五年九月）、注（3）川平著書、佐藤恒雄「本文・本歌（取）・本説——用語の履歴」（『国文学』49—12、二〇〇四年一一月）、菊地仁『職能としての和歌』（若草書房・二〇〇五年）第一章第一節「〈本〉の思想——院政期歌学史粗描」

(48)　荒井洋樹『紀貫之と和歌世界』（新典社・二〇二三年）第一部第一章「和歌勃興の基盤——宇多・醍醐朝の文化施策」

(49)　熊谷直春「宇多朝和歌の役割について」（『古代研究』40、二〇〇七年二月）

第三章　贈答歌と本歌取り
──返歌形式の歌合・題詠──

はじめに

本歌取りの形成過程について、渡部泰明は「本歌取りの方法には、贈答歌における返歌、王朝物語における引歌、縁語、漢詩文における典故などの方法が、複合的に流入していると見られる」(『和歌文学大辞典』〈古典ライブラリー・二〇一四年〉「本歌取り」。傍線は引用者による、以下同)と述べる。

本歌取りが、「周知の和歌の表現を意識的に取り入れ、新しい和歌を詠む方法」(先掲渡部執筆項目)であるとするならば、贈答歌における返歌は、その踏まえる和歌があくまで個人間でのやりとりであり「周知の」ものではない点で異なる。しかし逆に言えば、「周知の和歌」であるかどうかが異なるだけで、先行して存在した歌の内容を踏まえ、その詞を取り入れて詠む方法である点は共通するのである。

以下、贈答歌における返歌が、本歌取りの形成とどのように関わっているのかを考察してゆく。

贈答歌における返歌がどのように本歌取りに関わっているかを具体的に論じた先行研究は管見に入らないが、両者に何らかの関わりがあるだろうことは、すでに諸氏によって指摘されている。「本歌」の用語の履歴をたどると、「証歌」と同じ意味で「本歌」が用いられている以外に、贈答歌における贈歌を指すものがあることに注意が喚起されてきた。(1)

　源俊頼『俊頼髄脳』には、古歌との類似を戒める文脈で、贈答歌についても記している。

> うたをよむに、ふるきうたによみに(似)せつればわろきを、いまのうたよみましつれば、あしからずとぞうけたまはる。(中略)よみまさむ事のかたければ、かまへて、よみあはせじとすべきなり。
>
> うたの返しは、本のうたによみましたらば、いひいだし、おとりなば、かくしていひいだすまじきとぞ、むかしのひと申ける。(中略)
>
> 歌の返に、鸚鵡返しと申事あり。かきをきたるものはなけれど、ひとのあまた申ことなり。あうむがへしといへる心は、本のうたの、心ことばをかへずして、おなじことばをいへるなり、え思よらざらんおり(を)は、さもいひつべし。

中略した箇所には、それぞれの例歌とその分析が記されている。古歌との類似を忌避する意識に続けて贈答歌に関して記している。両者は、「詠みまし」すなわち、類似していてもより優れた歌を詠むことができればよい、という点において結びついているのだが、中川博夫はそれに加え、「本歌取の詠み方は本来的に贈歌に対する返歌の詠みように通じるものであったことを、示唆しているのではないだろうか」(2)と述べている。

　中川の指摘にさらに踏み込んで述べると、本歌取りと贈答歌は、既存の和歌を踏まえ、その詞・内容を新歌に取り入れながら詠む点で共通する技法である。異なるのは、贈答歌があくまで個人間のやり取りであり、両者にその詞と内容が共有されていれば、ひとまず成立する方法であるのと違い、本歌取りは時間の隔たりがあり、個人的なつながりの無いところで成立するものである点である。しかし、本歌取りは取られる本歌に、贈答歌の場合は贈歌に詞・内容面で寄りかかり存在するのは共通する。詞も内容も変えずに変化する鸚鵡返しに論が展開するのも、詞・内容の一致が見られる歌のオリジナリティーまたは存在意義を問題にする上で、避けられない話題だったからだろう。

さて、この『俊頼髄脳』以前の作品においても、「本」が贈答歌における贈歌を指し、さらには贈答歌における返歌と本歌取りとの類似を示唆するものがある。田中裕[3]が「本歌」の用語の履歴を調査検討した際、「本」が贈答歌の「返し」に対する語として「本の歌」があることを指摘し、この「本」の古い用例として挙げた、延喜二十一年（九二一）『京極御息所歌合』である。

次節では、この『京極御息所歌合』について検討する。

一、『京極御息所歌合』

『京極御息所歌合』の概略をまとめる。延喜二十一年（九二一）三月、宇多上皇と京極御息所・藤原褒子が春日社に参詣した。その折、大和守・藤原忠房が菓子などの献上品とともに、二十首の和歌を奉った。後日、忠房の和歌に対する返歌を詠ませて、左右に分けて歌合を開催した。歌合は、忠房歌を「本」とし、それに対する返歌を合わせた二十番に夏の恋二番が加えられた。類聚歌合二十巻本仮名日記によると、時は二ヶ月後の五月、場所は河原院だった。歌合の判者には忠房が任じられた。左は赤色、右は青色と衣の色を分け、州浜を作るなど盛儀の歌合だった。

なお、「本」となった忠房の二十首の中、五首は『拾遺集』神楽620（一番）・雑春1056（二番）・同1045（五番）・同1044

（六番）・同1046（十八番）に取られている（但し、1056番（二番本歌）は読人不知として入集している）。また、四番・七番・八番・十番・十一番・十二番・十八番の本歌七首は、『躬恒集（西本願寺本）』322〜328に「法皇六条の御息所かすかにまうつるときに大和守忠房朝臣あひかたらひて、このくにのなのところを倭歌八首（ママ）よむべきよしかたらふによりて二首（ママ）おくる、于レ時延喜廿一年三月七日」の詞書で収められている。この七首は、忠房の代作として詠まれたものであるらしい。返歌は、二十番・左の作者が「伊勢」とある他は記されておらず、他の作者は未詳である。十巻本仮名日記によると「左みかどの御女源氏、右はみやすむどころ（御息所）の御おとうと（妹）五君、ごたち（御達）もみなかた（方）わきてなむありける」とあるので、宇多天皇の内親王や上級女房が作者だった。和歌を読み上げる講師は、「をむなわらは（女童）べよくうちよまざりければ、左これひら（伊衡）の中将、右少納言きのよしみつ（紀淑光）といふなむよみける」とあり、女童の代わりに藤原伊衡と紀淑光が務めた。

さて、『京極御息所歌合』の形式を確認するため、一番の本文を掲出する。

本

めづらしきけふのかすがのやをとめをかみもこひしとしのばざらめや（1）

返　左持

やをとめをかみししのばばゆふだすきかけてぞこひむけふのくれなば（2）

右

ちはやぶるかみしゆるさばかすがのにたつやをとめのいつかたゆべき（3）

歌意や「本」と「返」の詞・内容の対応については、日本古典文学大系『歌合集』（萩谷朴他校注、岩波書店・一九六五年）と岡田博子・小池博明・西山秀人「京極御息所褒子歌合注釈（一）」（『上田女子短期大学紀要』27、二〇〇四年）を参考にする。1番歌は〝めったにはない今日の御幸に際して、神楽舞を披露する春日の八少女を見て、神も恋しいと思わないことがあろうか。（行幸に供奉する美しい女官たちを見て、神もきっと心を動かすに違いない）〟の意で、春日詣でに供奉した女官たちを「春日の八乙女」に喩え、神も心を動かすに違いないと称揚する。それに対する返歌として詠まれたのが、2・3番歌である。2番歌は〝本当に八少女を神様が慕うのなら、木綿襷をかけてではありませんが、ひたすら心にかけても恋慕いましょう。今日が暮れてしまったら、来て下さい（お姿をお現しください）〟の意で、本歌の「八乙女」「神」「恋し」「今日」を詠み込んでいる。忠房の1番歌に対して、〝神が慕ってくれるなら、八乙女（女官）も一途に慕いましょう〟と恋歌仕立てで返している。3番歌は〝神様がお許しになるなら、春日野に立つ八少女が絶えましょうか、いや絶えるようなものではありません〟の意で、「神」「春日野」「八乙女」の語を詠み込む。1番歌の「神も恋しと思はざらめや」という反語形式の問い掛けに対して、神が許すのならば八乙女はいつまでも絶えることはないと、神の意向を受け入れると応答する。返歌として詠まれた左右の歌はどちらも、春日野の八乙女に喩えられた女官が、忠房の挨拶を受けてそれに応答するものだ。

返歌を詠んでいるのが上級女房たちであるのは、出詠した女房たちのすべてが春日詣でに実際に供奉していたかどうかはともかくとして、挨拶に対して女官が歌を返すのが本来であるからだろう。二ヶ月という時間を挟み、歌合の形式を取ってはいるが、そこには忠房との贈答が成立している。判者に忠房が任じられたのは、贈歌を詠み返歌を受け取る人物がどのように評価するかを問う意図もあるからだろう。付言すれば、工藤重矩(4)によると、宇多上皇の和歌行事の参加者は、血縁者・近臣などを中心としており、忠房もまた宇多上皇と親しかった（『後撰集』恋四881によると、宇多上皇の第五皇女・成子内親王と恋愛関係にあった）。『京極御息所歌合』は、晴儀の歌合ではあったが、その一方で、宇多上皇にとって身近で親しい相手（忠房）に対して、身近に仕える女房たちが返歌するという私的性格・社交性が強い行事であることも加えておく。

この『京極御息所歌合』は、萩谷朴が「返歌合」[5]・「本歌返しの歌合」[6]、峯岸義秋が「本歌取り形式の歌合」[7]と名付け、特殊な形式の歌合として注目している。萩谷は「本歌合が抽象的な季節や風物、もしくは詞句を題とせず、贈呈の和歌一首をそれぞれの題とした返歌合の最古のものとして、歌合の歴史に占めている大きな意義をも見逃すことは出来ない」と指摘している。前章において、宇多天皇の後宮で引歌を介した贈答歌があったことを述べた。『京極御息所歌合』も、既存の和歌を利用しての贈答歌という性質が共通していることに注目される。

二、『陽成院一親王姫君達歌合』

『京極御息所歌合』の返歌合の形式を襲用して催されたのが、『陽成院一親王姫君達歌合』だった。[8]『陽成院一親王姫君達歌合』は、仮名日記に「陽成院、九月十五日かのえさるありけるに、一宮大君中君左右の(頭)とうにて、あきのはてのこころあるふるうたのかへしを左右として合はさせたまふ」と記されている。九月十五日が庚申だったことから、天暦二年（九四八）の開催だったと知られる。なお陽成院第一親王は元良親王であるが、天慶六年（九四三）に没しており、歌合は元良親王の死後に、遺児である大君・中君のために、当時八十一歳の陽成院が行ったものだ。

この『陽成院一親王姫君達歌合』は、『京極御息所歌合』の形式に倣い、「本」とした一首に対する返歌を歌合として番えている。但し『京極御息所歌合』が、藤原忠房から奉られた歌に対する返歌を詠んだのとは異なり、『陽成院一親王姫君達歌合』で「本」とされたのは、「秋の果ての心ある古歌」だった。出典不明のものも八首あるが、『古今集』『寛平御時中宮歌合』『左兵衛佐定文歌合』に見られる歌が七首あり、およそ『古今集』時代に詠まれた歌が選ばれていると考えられる。

ここでは「本」が『古今集』所収歌である六番の本文を掲出し、それぞれの和歌について検討する。

本　　　　　　　　　　　　　　坂上是則

さほやまのははそのいろはうすけれどあきはふかくもなりにけるかな（15）

左勝

さほやまのみねのもみぢばいろいろにたつあさぎりぞそらにしるらむ（16）

右

うすきこきいろのかぎりぞさほやまはあきはつるまであさきとなみそ（17）

六番の本歌は、『古今集』（秋下267）に「秋のうたとてよめる」の詞書で入集する坂上是則歌である。〝佐保山の柞の色は薄いけれど、秋はすっかり深くなったものだ〟の意で、色は「薄い」が秋は「深い」という対照が一首の眼目である。この歌の返歌として詠まれた左歌は、〝佐保山の峰の紅葉の葉は様々な色に染まっていることを、立っている朝霧は上空で推測しているだろう〟の意である。本歌が「柞の色は薄けれど」と片付けてしまったのに対して、濃いも薄いもあるだろう、と朝霧の向こうに存在する柞の様子を推測するのだ。しかも、一首の中で推測する主語は、柞を隠している朝霧そのものである。右歌は、〝薄い色も濃い色もそれぞれ極限の美しさなのだ、佐保山は。秋が終わってしまうまで浅いままだと見ないでください〟の意だ。どちらも、本歌が「佐保山の柞の色は薄けれど」と一刀両断しているのを、「色々に」（左歌）「薄く濃き」（右歌）と、薄いだけではなく濃淡が美しいことを詠んでいる。左歌は、その美しさが朝霧に隠されていると詠み、右歌は下句で「秋果つるまで浅きとなく見そ」と、本歌に対して決めつけるなと異を唱えている。
『陽成院一親王姫君達歌合』は、このように、本歌の詠んだ内容に対して別の視点を設定したり、異を唱えたりするものが多い。「左右の歌は本歌に対して同調や共感するのではなく、揶揄したり反論する体であったりするものが多い」(9)と総括される。『京極御息所歌合』が、「本」の忠房歌を受け入れ、心情を共にする体で詠まれていたのに比べると、いわゆる切り返し・反発の要素が強い。

贈歌に対する返歌の応じ方の原則は、①贈歌と共通する表現を用いること、②贈歌に反発する内容で詠むこと、の二点であることが久保木哲夫・増田繁夫(10)によって指摘されている。①については、贈歌と共通する表現を用いることが、心情イメージの共有に重要であるからだ。②については、これは歌垣以来、伝統的に男女間における恋愛贈答歌が、男性からの贈歌に対して女性が反発を示すことで、相手を圧倒し合うように互いの心情を吐露し、また機知的・遊戯的な挨拶となることに根ざしている(11)。いま注意したいのは、こうした否定的な反撥・切り返しの発想が、贈歌に対する批判性を内包し、自己の内省を促すことになるという点だ(12)。相手の歌に対して疑義を呈したり否定するだけではなく、自分の考えや心情を示そうとすると、自ずから自分の詠もうとする内容を深く掘り下げることになる。相手の歌を契機・立脚点とし、否定することから自分の歌を発想して掘り下げてゆくことにより、自分自身の歌が生まれてくるのだ。

なお、『京極御息所歌合』にも反撥・否定的切り返しの要素も認められるとはいえ、主眼は同調・共感に置かれていた。『京極御息所歌合』は、忠房という個人への返歌であり、さらにはその忠房の歌が宇多上皇と褒子の御幸に合わせて奉られたものであったため、その返歌も、挨拶や祝賀の意が込められた（込めることが求められた）。そのため、忠房の歌に対して対立的・否定的に詠むよりは、同調・共感が主となったと考えられる。否定的・切り返しに主眼が置かれた和歌は、祝賀性が弱まり歌合の主旨から離れかねないからである。しかし『陽成院一親王姫君達歌合』は、本来は贈答性を持たない歌を「本」とし、それに対する返歌を詠んだものである。そのため、『京極御息所歌合』に見られたような、忠房の贈歌に対する挨拶であるとか、そもそもの御幸および歌合の主催者である褒子・宇多上皇に対する忖度といった個人的・社交的な性質は必要とされない。

『京極御息所歌合』の形式が、『陽成院一親王姫君達歌合』では古歌を題とすることで、「本」となった贈歌の内容や状況に縛られない普遍性・一般性のある題詠となったのだ。『陽成院一親王姫君達歌合』における反論・切り返しは、古歌を〈本〉とし、それに立脚しながらも自身の新たな視点や認識を提示するものだ。この頃に贈答歌の基本的形式が完成されたことを背景として、贈答歌の方法を題詠に応用することで〈本〉からの展開が生まれていることが、返歌合（または本歌返し・本歌取り形式）のもたらした作用だった。菊地仁(13)は、『京極御息所歌合』を「〈本歌〉の初見」として取り上げ、「「本（歌）」という形で歌合における題詠が贈答と同一視できる構造を有する点にだけは留意しておかねばならない」と述べている。この、贈答歌の形式を借りた題詠という構造は、個人性・社交性を払拭した『陽成院一親王姫君達歌合』において、より明確に顕在化している。

また、『京極御息所歌合』より切り返し・反撥の要素が『陽成院一親王姫君達歌合』に強く出ているのは、『後撰集』時代に確立した贈答歌の基本的な形式に沿っているという側面もある。先述したように、贈答歌の基本的な方法は、①贈歌と共通する表現を用いること、②贈歌に反発する内容で詠むこと、の二点であるが、この形式が確立したのが『後撰集』前後であることも、久保木・増田が指摘している。『陽成院一親王姫君達歌合』が開催されたのは天暦二年（九四八）で、『後撰集』撰集の三年前、まさに後撰時代である。『京極御息所歌合』は、「本」と「返」が詠まれるまでに二ヶ月という時間差があり、また「返」を歌合形式で番えるという特殊性はあるが、「本」は忠房から褒子・宇多上皇に奉られたもので、「返」はその忠房に対する返歌として詠まれたものだ。つまり、贈答歌であるという枠組みを本質的に有したものだ。しかし、『陽成院一親王姫君達歌合』で「本」として用いられたのは、本来、贈答歌として詠まれたものではない（詠歌事情が未詳のものもあるが）。形式面では確かに『京極御息所歌合』に倣っているとはいえ、「古歌」を「本」として返歌を詠む――敢えて「贈答」という形式に当てはめて古歌を用いるという発想は、本来の贈答歌の有する挨拶性・社交性を捨象した一方、贈答歌の形式・発想や贈答歌に要請される表現に注目し、それを活かす題詠として企画したものである。前章で取り上げた『古今集』『後撰集』の興風歌は、やはり古歌を題としたものだったが、「おなじ心」を詠むことが求められた。しかし『陽成院一親王歌合』は、同じく古歌を題としても「返し」として詠むことが求められている。こうした贈答歌の形式面・表現面に目を向けた催しは、贈答歌に対する関心の高まりを背景にしていると考えられる。

『陽成院一親王姫君達歌合』において、否定的発想が多く見られるのは、贈答歌の形式や基本的発想が要請するものだったとも言いうる。『陽成院一親王姫君達歌合』のように、本歌に対して異を唱えるところから発想する、返歌としての本歌取りは、後世、本歌取りの一つのパターンとして捉えられている(14)。二条為世『和歌用意条々』には、「又本歌に贈答したる体あるべし。「有り」といふに「無し」といひ、「見る」といふに「見ず」といへる、是也」と端的に説明されている。そもそも、本歌を踏まえて自分の歌を詠む時に、自分の歌と本歌との違いを出そうと思えば、否定するところから発想するのは、単純ではあるが、効果的である。先行する和歌の表現・発想を踏まえつつも、それに対する批判的視点から自身の歌を詠むという本歌取りの方法が、贈答歌の発想と通底するものであるという史的認識があることを確認しておく。その点においても、『陽成院一親王姫君達歌合』は平安時代の本歌取り――方法化・自覚化される以前の本歌取り、プレ本歌取りとして注目されるのである。

特定の「古歌」を本歌としながら、それに対する返歌の体で和歌を詠むという『陽成院一親王姫君達歌合』の試みは、本歌取りの形成過程を考える上で重要なものとして注目される。但し、後世で言うところの本歌取りと比べると、『陽成院一親王姫君達歌合』の歌は、本歌と詞が重ならない、換言すれば、脇に〈本〉として本歌が並べられていないと、何の歌を踏まえたかが分からないものが多いことには注意される。掲出した六番の場合は、佐保山の柞を詠む著名歌が、〈本〉の『古今集』267番歌に限定されるため、本歌に遡ることが可能であるが、他の場合は本歌が示されていないと特定しえないものもある。

たとえば、三番の本歌は「やまざとはふゆぞさびしさまさりけるひとめもくさもかれぬとおもへば」で、『古今集』（冬315に）入集する源宗于歌である。三番右は「やまざとはいつともわかじいとどしくあきはしかこそかなしかるらめ」（8）であるが、詞としては「山里」しか一致しない。本歌が示されなければ、山里の秋のわびしさを鹿の鳴き声に感じるという「山里は秋こそことにわびしけれ鹿のなくねにめをさましつゝ」（『古今集』秋上214忠岑「是貞のみこの家の歌合のうた」）を本歌だと判断してもおかしくない。〈本〉として示されないと、本歌が何か判断が付きにくいほど表現が重ならない点については、後述する。

三、源順「万葉集和し侍りける歌」

『後撰集』時代における贈答歌への関心の高さを考えると、注目されるのが、源順の「万葉集に和し侍りける歌」だ。これは『拾遺集』に採られているが、順は『後撰集』撰者の一人であり、時代としては『後撰集』時代の詠作である。

　　万葉集和し侍りけるに　源順

A　おもふらむ心の内をしらぬ身はしぬばかりにもあらじとぞ思ふ

（『拾遺集』恋二757／抄・恋上288初句「おもふとも」）

万葉集和せるうた　　　したがふ

Bひとりぬるやどには月の見えざらば恋しき事のかずはまさらじ

（恋三794／抄・恋下361下句「恋しきときのかげはまさらじ」）

万葉集和し侍りける歌　源したがふ

Cなみだ河そこのみくづとなりはててこひしきせぜに流れこそすれ　（恋四877）

源順は梨壺の五人として『後撰集』撰者であるとともに、『万葉集』の訓読研究にも従事した人物である。順は文章生でもあり、漢詩も作り、著書『和名類聚抄』（九三一～八年成立）の序文に「類聚国史。万葉集。三代式等所レ用之仮字」と記すように、『後撰集』撰集以前から『万葉集』の訓読に通じていた。『順集』161詞書に「抑、したがふ（順）、なしつぼには、ならの都のふるうた、よみときえらびたてまつりし時には」とあることから、順の仕事は『万葉集』訓釈にあり(15)、五人いる撰者の中でも訓釈研究のリーダーをつとめていたと考えられている(16)。「万葉集和し侍りける歌」が梨壺における、およびそれ以前からの順の『万葉集』研究を反映したものであるのは確かだろう。なお、『万葉集』は『古今集』の時代にすでに「古万葉集」と呼ばれていたし、この呼称は『順集』117番詞書の「古万葉集よみときえらばしめ給ふなり」にも見いだせる（同119番詞書にも見える）。古歌を踏まえるという歴史意識を有して詠まれた歌としても注目される。

「万葉集和し侍りける」という詞書から、順が『万葉集』の特定の歌を踏まえて詠んでいるのは確かであるが、注釈書を見ても、どの歌が踏まえられているのかについてははっきりせず、確定していない。この「万葉集和し侍りける歌」について、十二世紀の歌人・歌学者の藤原清輔は、『袋草紙』上に次のように書いている。本文には、先に付したA～Cの記号と、それぞれの歌の出典と指摘される和歌をa～cとして対応させて示した。

拾遺集　和歌千三百五十一首。
同抄　和歌五百八十六首。
花山院の勅撰なりと云々。この集の中に源順の「万葉集に和せる歌」と云ふ物有り。あるいは万葉の古語を翻和になせるなりと云々。あるいは万葉の歌を本歌となして返歌を詠ずるなり。予これを案ずるに、返歌の儀か。一は藤経衡の「後撰に和する歌」と云ふ物あり。後撰の中に優なる歌を百首ばかり書き出だし、その返歌を詠ずるなり。これをもつてこれを思ふに、かの順が所為を摸するか。一は『万葉集』にこれを和げたるとみゆる歌なし。これを返したると見ゆる歌は間々有り。いはゆる、順が「万葉集に和せる歌」に云はく、

A おもふとも心のうちをしらぬ身は死ぬばかりにもあらじとぞおもふ

万葉に云はく、

a1 あさぎりのほのにあひみし人ゆゑに命死ぬべく恋ひわたるかな
a2 恋ひ死なんのちは何せん生ける身のためこそ人は見まくほしけれ

順の歌に云はく、

B ひとりぬるやどには月の見えざらば恋しき事のかずはまさらじ

万葉に云はく、

b1 たまだれの小簾のまとほりひとりゐて見るしるしなき夕月夜かも
b2 ますかがみ秋よき月のうつろへば思ひはやまでこひこそまされ

順云はく、

C なみだ川そこのみくづとなりはてて恋しきせぜにながれこそすれ

万葉、

c1わぎもこがわれをおくると白妙の袖ひづまでに泣きしおもほゆ
c2思ひいでて音をばなくともいちじるく人のしるべくなげきすなゆめ
これ等の類なり。
追つて勘ふ。順が和するところ、出所を尋ねて見るなり。
c3 本歌 君恋ふる涙のとこにみちぬればみをつくしとぞわれはなりぬる
C 和 泪川そこのみくづとなりはててー
b3 本 ひとりぬるやどのひまよりいづる月涙のゆかに影ぞうつらむ
B 和 ひとりぬるやどには月の見えざらばー
件の歌等、経衡が「後撰に和せる歌」と書きまぜたり。また本歌等万葉の歌に非ざるは、少しくもつて不審有り。ただし和せる歌においては相違なし。これを如何となす。

清輔は、順の歌について、「万葉集に和せる」とは、万葉の古語を和らげた表現にした歌という説と、万葉歌を本歌としてそれに返歌したものという説の二つを挙げ、清輔自身は返歌説を取っている。返歌説の根拠として挙げられるのが、藤原経衡の「後撰に和する歌」である。これは現在では残っていないが、後拾遺時代の歌人である経衡が、順に倣ったらしく「後撰に和する歌」を詠んでいた。しかし『後撰集』の歌は『万葉集』とは違い、古語で作られてはいない。であるならば、「和する」とは、必ずしも古語を「和らげる」という意味ではないと清輔は考えた。もう一つの理由は、詞を和らげたものだとすると、『万葉集』に内容がぴたりと一致する歌があるはずである。しかしそれは見あたらず、返歌だとすれば該当する歌が見いだせる、という。なお、そもそも『万葉集』において「和」とは、相手からの問いかけに対して応答する、または単独に歌われた独立歌に対して唱和する意で用いられている。(17) それを考えると、『万葉集』訓読研究に従事していた順が、『万葉集』における「和」の使用法に倣って、万葉歌に対する贈答歌を詠んだと考えられる。

ここで注目されるのは、清輔も順の歌の本歌として一首だけを限定するのではなく、それぞれの歌についてまず二首ずつを挙げ、さらに「追勘」以下、BとCの本歌を『新撰万葉集』からも加えていることである。返歌した体だとしても、これが本歌だと確定できるほどに合致した歌は、清輔も見つけられなかったのだ。これは現代における『拾遺集』注釈書でも同様で、新日本古典文学大系『拾遺和歌集』（小町谷照彦校注、岩波書店・一九九〇年）、和歌文学大系32『拾遺和歌集』（増田繁夫校注、明治書院・二〇〇三年）、竹鼻績『拾遺抄注釈』（笠間書院・二〇一四年）は『袋草紙』の指摘に倣っている。

順歌A「思ふとも心のうちを知らぬ身は死ぬばかりにもあらじとぞ思ふ」の本歌として挙げられているのが、a1・a2の二首である。『万葉集』のa1「朝霧之（アサギリノ）　鬱相見之（オホニアヒミシ）　人故尓（ヒトユヱニ）　命可死（イノチシヌベク）　恋渡鴨（コヒワタルカモ）」（巻四相聞599）とa2「恋死（コヒシナム）　後何為（ノチハナニセム）　吾命（ワガイノチ）　生日社（イケルヒニコソ）　見幕欲為礼（ミマクホリスレ）」（巻十一正術心緒2592／『古今和歌六帖』第四1981「こひ」／『拾遺集』恋一685）である。どちらも、恋心のために死んでしまいそうだという激しい思いを詠んだ歌である。一方の順歌は、〝思っているというあなたの心の中を知らない私は、まさか死ぬほどではないと思いますよ〟という内容だ。「恋心のために死にそうだ」と詠む万葉歌に対して、「私はそれほどとは思わない」という。相手の訴える内容に対して否定的発想から切り返している。

Bの順歌の本歌として指摘されるb1は「玉垂之（タマダレノ）　小簾之間通（コスノマトホシ）　独居而（ヒトリヰテ）　見験無（ミルシルシナキ）　暮月夜鴨（ユフヅキヨカモ）」（巻七1073雑歌／『和歌童蒙抄』巻一・巻六）で、歌意は〝簾の隙間が疎らに空いているので、独りで座って見ていてもあの人が来る前兆の無い月夜であるよ〟。b2は「真素鏡（マソカガミ）　清月夜之（キヨキツキヨノ）　湯徙去者（ウツロヘバ）　念者不止（オモヒハヤマジ）　恋社益（コヒコソマサレ）」（『万葉集』巻十一2670寄物陳思／『袋草紙』下巻）で、歌意は〝鏡のように澄み渡って美しい月が移ろってゆくので、私の物思いは止まず恋しさが増さる〟。独りで月を見ていて月の移動に時間の経過を感じつつ恋しさが増さってゆく様を詠む万葉歌に対して、順歌は〝私の家では月が見えないから恋しさも増さらない〟と詠み切り返す内容だと、清輔は考えた。しかし対応がよくないと見たのであろうか、「追勘」ではb3「独寝　屋門之自隙　往月哉　涙之岸丹　景浮濫」（『新撰万葉集』下・恋448）を本歌として加えている。

　Cの順歌の本歌と指摘される二首、c1は「吾妹子之　吾呼送跡　白細布乃　袂漬左右二　哭日所念」（『万葉集』巻十一2518正述心緒）は、c2「念出而　哭者雖泣　灼然　人之可知　嘆為勿謹」（『万葉集』巻十一2604正述心緒）。いずれも、相手が自分を思って激しく涙を流しているという内容の歌で、順はその涙を流す恋人の視点で〝私の身は涙川で溺れ死んで水屑となってしまい、あなたを恋しく思う折々に泣かれて瀬に流れてしまうでしょう〟と詠んだと、清輔は考えた。しかし「追勘」で加えられたc3は「君恋留　涙之浦丹　満沼礼者　身緒筑紫砥曾　吾者成塗」（『新撰万葉集』下・恋446／『古今集』恋二567藤原興風「寛平御時きさいの宮の歌合のうた」第二句「涙のとこに」）で、こちらは自身が流す涙が作った浦の澪標となり「身を尽くし」ている、というもので、それに対して順は〝じっと立つ澪標ではなく、瀬に流れてしまう〟と詠んだと、清輔は解釈し直したものと考えられる。

　いずれも、本歌と推測される万葉歌（および新撰万葉歌）に対して、否定的発想から切り返すという内容で順が歌を詠んでいる。しかし清輔が明確な本歌を指摘できなかったのは、順が贈答歌として詞や表現をしっかり対応させて和歌を詠んでいないからだ。Aとa1・a2で重なるのは、「死ぬ」という詞と〝恋死に〟という主題だけである。いわば、〝あなたに恋するあまり死にそうだ〟という内容を詠んでいる歌でさえあれば、どの歌でも本歌としてあてはまってしまうことになる。Bは月のために恋しさや孤独が増幅されるという内容であれば、Cは激しく涙を流すという内容であれば本歌にあてはまる。BとCの場合は、それでは本歌との対応が茫洋としすぎていると考えて、清輔は『新撰万葉集』にまで本歌を探す対象を広げ、本歌との対応を考え直したのだろう。

清輔の義弟である歌学者・顕昭は、『拾遺抄注』の757番歌の注に、詞書に関する考察を記している。

詞云、万葉集ノ和ニハベリケルニ

或人云、『万葉集』ノ歌ノコハキヲヤハラゲヨミナシタル歟。清輔朝臣云、『万葉集』ノ歌ヲ少々書出テ返ヲシタルナリ。和トイフハ返ナリ。経衡ガ後撰ノ和トイフハ、即返ナリ。順ガ万葉ノ和ヲ模歟。顕昭云、万葉中ニ、此集ニ入順歌三首ガ本歌トミユル歌モ無如何。又ヤハラグト見タル歌モ無乎。

（顕昭『拾遺抄注』757番歌注）

顕昭は清輔の返歌説を引いた後に、傍線部で、詞を和らげたにせよ返歌にせよ、順がどの歌を念頭に置いて作ったのか、踏まえられている本歌がはっきり分からないことを批判的に述べている。顕昭は、清輔の時代よりも、本歌取りが技法として歌人たちに意識され、積極的に使われ始めていた新古今時期の歌人である。だから、順の歌のように、本歌がはっきりと分からないような本歌取りは、意図が明確でなく、隔靴掻痒の感があったのだと思われる。

結びに

返歌合形式における歌合での詠とは、本歌を題として詠む題詠であるという点では、前章で取り上げた『古今集』の興風歌と共通している。しかし、本歌の内容を前提としながらも、同じ詞・表現を使わずまったく別の歌を詠む挑戦であるというよりは、本歌の内容に対して、別の視点を提示したり、批判性を内包するものである。

それは、贈答歌の形式が完成されていった『後撰集』時代、反撥・切り返しが贈答歌の基本として認識され、それが贈答歌として詠む面白さであり特性だと考えられたからだろう。返歌という形式の歌合や題詠へと展開したのは、贈答歌の形式が完成されてゆく過程を背景にする。また、「古歌の心を詠む」ことを「返歌」という形式に乗せることで、本歌の内容をなぞるのではなく、基本的な状況設定や趣向を本歌に基づきながらも新たな展開を詠むことを求めたのだろう。「古歌の心」を詠みつつ、よりオリジナリティを出せる方法へ。つまり、「古歌の心」を踏まえて詠む本歌取りが、詞の面のみならず内容の面でも本歌に新しさを付け加えることを明確に意識し始めたのだ。「心を取る」本歌取りの展開として、贈答歌が持つ反撥・切り返しという方法は、「古歌の心」に付きすぎず、離れすぎず、新しい和歌を詠むための有用な方法だった。

しかし、源順「万葉集和し侍りける歌」に関する藤原清輔・顕昭の言説を見ると、「心を取る」本歌取りが、「詞」に頼らないがゆえに、本歌が示されていないと本歌を明確に同定することが困難になっていることも窺われるのである。詞書に明示しないと作意が充分に理解されない、この時代のプレ本歌取りが抱える問題が表れているのが、「万葉集和し侍りける歌」なのである。

注

（1）　田中裕『後鳥羽院と定家研究』（和泉書院・一九九五年）第七章「定家における本歌取――準則と実際と」、赤瀬信吾「本歌取り・本説・本文」（『国文学』30―10、一九八五年九月）、川平ひとし『中世和歌論』（笠間書院・二〇〇三年）Ⅰ3「本歌取と本説取――〈もと〉の構造」（初出・一九九一年）、佐藤恒雄「本文・本歌（取）・本説――用語の履歴」（『国文学』49―12、二〇〇四年一一月）、『和歌文学大辞典』（古典ライブラリー・二〇一四年）「本歌」項目（執筆・渡部泰明）

（2）中川博夫『中世和歌論――歌学と表現と歌人』（勉誠出版・二〇二〇年）序論1「中古「本歌取」言説史論」
（3）注（1）田中著書
（4）工藤重矩「宇多院歌壇の構造――平安前期貴族文壇の構造」（『福岡教育大学紀要（第一分冊）』29、一九八〇年二月）
（5）萩谷朴『平安朝歌合大成　第一巻』（初版・萩谷朴・一九五七年、復刊・同朋舎出版・一九九五年）
（6）萩谷朴『平安朝歌合概説』（私家版・一九六九年）第二章第十一節（ハ）「本歌返しの歌合」
（7）峯岸義秋『歌合の研究』（三省堂出版・一九五四年）第三編第二章二「本歌取形式の歌合」
（8）なお『京極御息所歌合』も『陽成院一親王姫君達歌合』も、返歌の詠者は女性だった。女性が返歌を詠む上で求められた技法を磨くために開催された歌合だったと考えられる。ジェンダー面からも注目される催しであるが、その点についていては指摘にとどめておく。
（9）和歌文学大系48『王朝歌合集』（明治書院・二〇一八年）解説「陽成院一親王姫君達歌合」（執筆・岸本理恵）
（10）久保木哲夫『折の文学　平安和歌文学論』（笠間書院・二〇〇七年）所収「贈答歌の方法」、増田繁夫「贈答歌のからくり」（和歌文学の世界10『論集 和歌とレトリック』〈笠間書院・一九八六年〉所収）。なお、後撰時代に贈答歌の形式が確立しただけではなく、『後撰集』は贈答歌に対する関心が非常に高い勅撰集だった。『古今集』から『後撰集』へ、入集する贈答歌の歌数は、十九組三十八首から一八八組三八一首へと激増し、『後撰集』において贈答歌に対する関心が非常に高いことが指摘されている（樋口芳麻呂「『後撰集』の贈答歌」『三代集の研究』〈明治書院・一九八一年〉所収）。
（11）鈴木日出男『古代和歌史論』（東京大学出版会・一九九〇年）第一篇第五章「相聞歌の展開」
（12）注（11）鈴木著書序第三章「女歌の本性」
（13）菊地仁『職能としての和歌』（若草書房・二〇〇五年）第一章第一節「〈本〉の思想――院政期歌学史粗描」
（14）但し、後世の「本歌に贈答したる体」が否定的発想を指標とするといっても、本歌取りする上で本歌に贈答する発想のもとに詠まれた歌が、必ずしも否定的発想を伴うわけでもない点には注意が必要である。例えば新古今時代の例ではあるが、「かきやりしそのくろかみのすぢごとにうちふすほどはおもかげぞたつ」（『新古今集』恋五1390藤原定家「題しらず」）は、「くろかみのみだれもしらずうちふせばまづかきやりし人ぞこひしき」（『後拾遺集』恋三755和泉式部「題不知」）を本歌取りしている。女性の側から、〝黒髪の乱れるのも構わずに臥すと私の髪を掻きのけた人が恋しい〟と詠んだ本歌に対して、〝掻きのけた黒髪の一筋ごとに、独りで臥す時はあの人の面影が浮かぶ〟と、定家は男性の側から詠んだ。この本歌取りは、女性視点の恋歌に対して男性視点からの返歌の体で詠まれていると解せるが、否定的発想ではなく、相手と心情をともにしている。

(15) 佐藤謙三「源順と万葉集」（『国学院雑誌』53―1、一九五二年四月）

(16) 芦田耕一「坂上望城考――経歴および梨壺の五人としての役割をめぐって」（『国文学研究ノート』8、一九七七年七月）

(17) 伊藤博『万葉集の表現と方法　上』（塙書房・一九七五年）「歌の転用」、平敏功「『万葉集』における「和」歌――題詞・左注の「和」字考察から」（『駒沢大学大学院論輯』6、一九七八年二月）。但し吉井祥「「和す」ということ――古代において返歌はいかに記されたか」（『和歌文学研究』120、二〇二〇年六月）は、「和」が必ずしも返歌に限定されないと論じている。

第四章　『後撰集』時代の〈本歌取り〉

はじめに

第二・三章では、題詠として詠まれた和歌から、心を取る〈本歌取り〉について考えてきた。その一方で、『後撰集』時代には、実詠においても贈答歌と〈本歌取り〉の関わりに関する興味深い事例が散見する。本章では、実詠において、古歌が引用された上にその引用を踏まえて返歌を詠む例を取り上げる。返歌合または先行歌集所収歌に対する返歌という発想が生まれた背景を、『後撰集』および同時代の贈答歌からさらに検討する。また、『後撰集』時代におけるプレ本歌取りがいかなるものだったのかを見てゆこう。

一、引歌に対する贈答歌

『陽成院一親王姫君達歌合』および源順「万葉集和し侍りける歌」は、古歌に対する返歌の体で詠まれたものだった。但し、古歌に対する返歌という形式は、単なる文芸上の試みにとどまらない。題詠のみならず実詠においても用いられる詠法だったことが、『後撰集』から窺われる点に注目されるのである。『後撰集』に次のような例がある。

① 「はるさめのふらば思ひのきえもせでいとゞなげきのめをもやすらん」といふふるうたの心ばへを、女にいひつかはしたりければ

もえ渡る歎は春のさがなればおほかたにこそあはれとも見れ

（『後撰集』春中66読人不知）

詞書に引かれる和歌は出典未詳であるが、「古歌（ふるうた）」とあるので、当時伝わっていた古歌だったのだろう。「思ひ」に「火」、「嘆き」に「投げ木」、「燃やす」に「萌やす」を掛けており、〝春雨が降っても「思ひ」の「火」は消えるどころか、いっそう「嘆き」を「投げ木」として、木の芽を「萌やす」ように火を「燃やす」のでしょう〟という歌意である。この古歌を引用することで、男は女に、自身の嘆きを伝えた。それに対して女は、〝投げ木が一斉に芽を出させるのは春の性質ですから、嘆きの思いの火を燃やしているあなたのことも、一般論としてお気の毒に思います〟と返した。

このように、古歌を引き寄せて自身の状況や心情の表現として用いる「古歌誦詠」が『万葉集』から見られるものであり、これが引歌の営為につながることを、渡部泰明(2)が指摘している。渡部は「古歌誦詠」から類歌を経て、本歌取りの問題へと結びつけているのであるが、贈答歌の面からも、こうした古歌利用がそれに対する返歌を促すものであり、古歌を「本」と見なして和歌を詠作するという詠歌方法へ展開するものだったという点に注目したい。

さらに、折や場に即した古歌の誦詠は、古歌の知識が共有されることで、全文でなくその一部のみを引用した

引歌の技法にも展開する。引歌とは、和歌の一部を引用することにより、それを発した側と受け手との間に和歌の全文を想起させて、コミュニケーションを成立させる技法である（次章にて詳述する）。『後撰集』には、①のように古歌の全文を引く形ではなく、一部のみを引用する形で詞書に示されるものが多い。

②　ふみつかはしける女のはゝの、「こひをしこひば」といへりけるが、年ごろへにければつかはしける
たねはあれど逢事かたきいはのうへの松にて年をふるはかひなし
（『後撰集』恋四807）

詞書に見える「こひをしこひば」は、次の和歌の第四句である。

たねしあればいはにも松はおひにけり恋をしこひばあはざらめやも
（『古今集』恋一512読人不知「題しらず」）

この古今歌を引歌として「女の母」が男に意を伝えた。引用されている「恋をし恋ひば」は〝一途に思いつづけていれば〟の意で、その部分だけでは、一途に思い続けていればどうなるのかということまでは分からない。引歌として用いられている古今512番歌の歌意は、〝種さえあれば、堅い岩の上にでも松は生い育つ。一途に思い続けていれば、逢えないなどということはない〟である。すなわち、古今歌を引歌として「女の母」が男に伝えようとした意は、〝一途に娘のことを思ってくださるのなら、いつか逢わせてあげますよ〟ということである。男も、引歌の全文を喚起して、女の母が伝えようとした主旨を理解したことが、男の詠んだ歌に表れている。
女の母が「恋をし恋ひば」と伝えたものの、そのまま年月だけが過ぎた。男はそこで、807番歌を「女の母」に送ったのだった。〝種があって（一途に思い続けて）もお嬢さんに逢いがたく、堅い岩の上の松のように「待つ」だ

けで年月が経ってしまうのは、甲斐の無いことですよ〃の意である。「種しあれば」と仮定条件で提示された内容を敷き、〃種はあるけれど〃と返した。「恋をし恋ひば」という句から、引かれた和歌が何であるかを理解し、歌の全文を喚起した上で、引用されなかった部分にある「種しあれば」「岩」「松」を用いて、切り返しの体で、約束の不履行を嘆いたのだ。母からの文には古今512番歌の全文が引用されていたのかもしれない。しかし、少なくとも『後撰集』のテキストでは一句のみが引用されており、それだけで一首全体が想起できるという前提を取っている。

『後撰集』には、このように詞書に先行和歌の一部が引かれ、その引歌に対する返歌として詠まれた和歌が、②を含め全五例見いだせる。

③　せうそこ（消息）つかはしける女のもとより、「いなぶねの」といふことを返事にいひ侍ければ、たのみていひわたりけるに、猶あひがたきけしきに侍ければ、「しばしとありしをいかなれば、かくは」といへりける返ごとにつかはしける

流よるせゞの白浪あさければとまるいな舟かへるなるべし

返し　三条右大臣

もがみ河ふかきにもあへずいな舟の心かるくも帰なる哉　（恋四838・839）

↓

もがみ河のぼればくだるいな舟のいなにはあらずこの月ばかり　（『古今集』東歌1092陸奥歌）

④　女のもとに、おとこ、「かくしつゝ世をやつくさむたかさごの」といふ事をいひつかはしたりければ

高砂の松といひつゝ年をへてかはらぬ色ときかばたのまむ　（恋四864読人不知）

↓

かくしつゝ世をやつくさむ高砂のを（を）のへにたてる松ならなくに　（『古今集』雑上908読人不知「題しらず」）

⑤

あひしりて侍ける人のもとにひさしうまからざりければ、「忘草なにをかたねと思しは」といふことを

いひつかはしたりければ　　よみ人しらず

忘草名をもゆゝしみかりにてもおふてふやどはゆきてだに見じ　（恋六1050）

↓

寛平御時、御屏風にうたかゝせたまひける時、よみてかきける

忘草なにをかたねと思しはつれなき人の心なりけり　（『古今集』恋五802素性法師）

⑥

女ともだちの、つねにいひかはしけるを、ひさしくを（お）とづれざりければ、十月許に、「あだ人の思ふと

いひし事のはゝ」といふゝることをいひかはしたりければ、竹のはにかきつけてつかはしける

よみ人しらず

うつろはぬなにながれたるかは竹のいづれの世にか秋をしるべき　（雑四1272）

↓

女のもとに

いで人のおもふといひしことの葉はしぐれとゝもにちりやしぬらん　（『兼輔集（冷泉家時雨亭文庫蔵伝阿仏尼本）』76）

③は、引歌に対する贈答ではないが、引歌の「稲舟の」を一貫して踏まえた贈答歌となっているので含めた。女からの返事「稲舟の」は、古今1092番歌において「稲舟の」が同音反復で「否」を導き、「否にはあらずこの月ばかり」という下句が一首の主旨を表すことを踏まえている。つまり女は、古今1092番歌を引歌とすることで、それと同じく〝「否」ではないのですが、今月は都合が悪いのです〟という意を伝えたのだ。しかし女に会えないまま時間が経ったことについて、三条右大臣・藤原定方が女を詰った。すると女は、以前引歌として用いた「稲舟の」を用いて「否にはあらず」と伝えたことを前提としつつ、〝流れて寄ってきた瀬々の白波が浅いので、停泊していた稲舟は帰ってしまったようです――あなたのお心が浅いので、受け入れるつもりでいたけれど私の気持ちも翻ったようです〟と、気が変わったのは定方の心の浅さゆえだと詠んだ。

④は「かくしつつ世をや尽くさむ高砂の」の箇所を引用し、〝このように過ごしながら人生を終えるのだろうか〟という嘆きを直接的に表すが、引用されなかった部分にある「松ならなくに」を想起すれば、〝松でもないのに、待ち続けている〟という意が含まれていると解せる。それに対して女は、〝高砂の松のように「待つ」と言いながら年月が経って、それでも色が変わらない――あなたの心が変わらないとお聞きしたなら、将来を期待しましょう〟と返した。初・二句「高砂の松といひつつ」は、引歌の「高砂の」に続く引用されていない箇所「尾上に立てる松ならなくに」までを踏まえて、〝高砂の松でもないのに、とあなたはおっしゃるけれど〟と、引歌の否定表現を切り返した表現となっている。

⑤は、女のもとへ長らく訪れなかったところ、相手の女から「忘れ草何をか種と思ひしは」と送られてきた。これは〝忘れ草は一体何を種とするのかと思っていましたところ〟の意で、謎かけの体を取っている。果たして何を種とするのか、答えは引歌の下句「つれなき人の心なりけり」すなわち薄情な恋人の心である。女が男に伝えたい主旨も、この下句にある。〝あなたは私のことを忘れてしまったようだけれど、忘れ草とは何を種にする

ものだったかしら――薄情なあなたの心ですよね〟と伝えようとしているのだ。それに対して男は、〝忘れ草とは名前も不吉なものだから、その忘れ草を「刈り」にだとしても、仮初めにも忘れ草が生えているという宿には行って見ようと思いませんよ〟と答えた。女が用いた「忘れ草」を一首の中心に据えながら、忘れ草が生えたというのは、自分が女を忘れたのではなく、女が自分を忘れたからだと切り返している。

⑥の引歌は「あだ人の思ふと言ひし言の葉は」も、〝いい加減な人が「あなたを思っています」と言った言葉は〟の続き、「時雨とともに散りやしぬらん」つまり〝今は十月、時雨とともに散るようにむなしくなってしまったのでしょうね〟が伝えたい主旨である。

②〜⑥のやり取りは、それぞれ、引用箇所よりもむしろ引かれなかった部分にこそ相手に伝えたい意がある。だからこそ、引用された句がどの和歌の一部であるのか、全文は何であるのか、何を意味するのかが、贈答の双方に共有されていなくてはやり取りが成立しない。引歌と本歌取りの問題とも関わるものであるが、引歌が自身の心情表現として用いられた上に、それに対して返歌が詠まれることで、結果として返歌は引歌に対する返歌の体となっている。自身の状況や心情と重ね合わされる前代の和歌を介した贈答が歌人の現実の位相でも行われていたという点は、古歌に対する返歌を詠むという『陽成院一親王姫君達歌合』『万葉集和し侍りける歌』の発想の背景としても考え合わせる必要がある。

但し、本歌取りとの関わりという視点から見る時、②〜⑥は引歌との贈答の体であるが、後世の本歌取りと比較すると、〈本〉の歌との詞の重なりは少ない。引歌において一首の中心となる題材を軸として和歌が構築されているとはいえ、詞書に引歌が示されていなければ、踏まえられた和歌が何であったのか気づけない可能性は高い。引歌との詞の重なりが多い②、また「いな舟」という特徴的な題材を詠む③は、踏まえられた古今歌を想起することはできるが、④〜⑥は、詞書による情報が無ければ、何を念頭に置いた和歌であったのか理解することは困難であると思われる。引歌の利用は贈答の上での機知にとどまっており、その意を汲んで返歌を詠んでも、引歌の表現を本格的に襲用して自身の詠（返歌）に活かすことは、ほとんど行われていない。

なお、散文作品における引歌の発生と展開については、村川和子(3)の調査と整理がある。村川は、『伊勢物語』『土佐日記』において引歌が用いられ始めるが、この段階ではまだ地の文にしか引歌は登場せず、『宇津保物語』『落窪物語』に至って、引歌は数量が増加するだけではなく、会話文・消息文に用いられるようになることを指摘している。十世紀末に成立の『宇津保物語』『落窪物語』において、会話文・消息文に引歌が用いられる例が登場するのは、九五一年成立の『後撰集』に引歌を用いた贈答歌が見出だせることと照応する現象である。現実でのやり取りにおいて引歌を介したコミュニケーションが増えたことが、散文作品における引歌の増加につながっていると考えられる。

二、村上天皇後宮の贈答と『古今集』

①〜⑥の例から、古歌との贈答が現実においてもなされていたこと、但し、返歌は内容では確かに古歌の利用とその意味・意図を理解して詠まれたものではあるが、表現にはさほど古歌のそれが活かされていないことを見てきた。古歌を利用した贈答において、本格的に表現を古歌から踏襲して詠んだ返歌が見出せるのは、『後撰集』撰集下命者である村上天皇の後宮である。

⑦　六月のつごもりに給へりける御返しを、桔梗につけて、「秋ちかう野は成りにけり、人の心も」ときこえ給へりければ

秋ちかうなるもしられず夏のゝにしげる草葉とふかき思は　（『村上天皇御集』16）

↓

きちかうのはな

あきちかうのはなりにけり白露のをける草ばも色かはり行　（『古今集』物名440紀友則）

⑧　うへより、「まどをにあれや」ときこえ給へる御返に

なれゆけばうきめかればやすまのあまのしほやきごろもまどをなるらん　（『斎宮女御集』84）

↓

すまのあまのしほやき衣おさをあらみまどをにあれや君がきまさぬ　（『古今集』恋五758読人不知「題しらず」）

他にも引歌を介した贈答はあるが、端的な例として二例を挙げた。『斎宮女御集』は新編私家集大成『斎宮女御Ⅰ』から引用した。また⑦⑧ともに、後に村上天皇からの返歌が続くが省略する。

二首とも村上天皇からの引歌に対して、斎宮女御・徽子が返したものである。⑦の「秋ちかう野はなりにけり」は古今440番歌の初・二句、⑧の「間遠にあれや」は古今758番歌の第四句を引用したものである。

特に⑦の「秋ちかう野はなりにけり」を引いた文は、桔梗の花に付けられている。「秋ちかう野はなりにけり」は、詞書にあるように「六月のつごもり」に送られたのだから、季節にも合致している。それだけではなく、古今歌は「きちかうのはな」を物名として詠み込んだ歌だったから、村上天皇はそれをも踏まえて桔梗の花に付けたのだ。また引用されているのは初・二句のみであるが、それに加えて「人の心も」と記されている。これは、古今758番歌の下句にある「草葉も色変はりゆく」を踏まえ、〝あなたの心も変わったのでしょうね〟という意を

暗に示したのだ。それに対して徽子は、〝秋が近くなったとも分かりません。夏野に繁る草葉と、草葉のように深くお慕いする思いは変わらないので〟と返した。村上天皇が引歌に託した意を充分に理解した上で、〝草葉も、私の心も、秋（飽き）が来たなど気づかないくらいに変わらない〟と切り返したのだ。

⑧では、まず村上天皇は古今758番歌の第四句を引いて徽子に贈った。これが意味するところは、「私たちの間にも隙間があいているのだろうか」という嘆きである。それに対して徽子は、〝馴れていくと飽きがくるのは憂き世の常なので、須磨の海人の塩焼き衣の織り目が粗く隙間が空いているように、あなたにお目に掛かることが間遠なのでしょうか〟と返した。

徽子の返歌は、いずれも贈歌・引歌として用いられている本歌の「秋ちかう」「須磨の海人の塩焼衣」を句の単位でそのまま用いていることに注目される。贈答歌が贈歌の表現の一部を用い、それを軸として返歌を構成するのが基本であることを考えれば当然とも言えるが、前章で指摘した、『陽成院一親王姫君達歌合』や源順「万葉集和し侍りける歌」が句の単位では本歌と詞が一致していなかったこととは対照的だ（この点については後述する）。しかしこれは、村上天皇と徽子の和歌が現実のやり取りにおいて交わされたものだったことを考え合わせねばならない。相手が何の歌を踏まえ、どのような意を相手が発したのかを、自分が受け取め理解できたことを示すためには、踏まえられた和歌が何なのかがはっきり分かるように返さなくてはならない。矛盾を抱えた言い方になるが、確実にほのめかす必要があるのだ。そのために、後世の本歌取りのような一句引用が用いられた、もしくは用いる必要があったと考えられる。前節で取り上げた①〜⑥とは異なり、⑦⑧は新古今時代の本歌取りと比較しても類似したものとなっている。定家の本歌取り準則「昔の歌の詞を改めずよみすゑたるを、即ち本歌とすと申すなり」（『近代秀歌』）に、さらには「取二古歌一詠二新歌一事、五句之中及二三句一者、頗過分無二珍気一、二句之上三四字免レ之」（『詠歌大概』）という本歌との一致の上限規定にも適っているのだ。

なお、徽子が村上天皇に入内したのは天暦二年（九四八）十二月三十日のことである。村上天皇との贈答歌も、『後撰集』が撰進された後のものであった可能性が高い。杉谷寿郎(5)は、『後撰集』には村上天皇後宮からは一首も入集していないことを指摘し、『後撰集』が後宮が楽しむために撰集した歌集であったと考察している。そのように考えると、『後撰集』に見出だせる引歌を介した贈答歌が、より表現を洗練し完成度を高めたものが、村上天皇と徽子の贈答だったと位置づけられよう。

受け手はまず、引歌として投げかけられた古歌の詞の全容を喚起する。そして、やり取りには引用はされておらずとも、引歌に用いられていた和歌全文の詞を導き出して、自身も返歌に詠み込み利用する。徽子の和歌の作り方は、村上天皇からの投げかけを理解するだけではなく、自身の和歌にも古歌の表現を取り入れたものである。前章で取り上げた『陽成院一親王姫君達歌合』・源順「万葉集和し侍りける歌」は、題として用いられた〈本〉が何であるかの情報が無いと、踏まえられたものに気づくのが困難だったが、徽子の村上天皇への返歌は、一首だけを見ても踏まえられた〈本〉が理解できる。発想や内容面のみならず、表現にも〈本歌〉が踏まえられる徽子の段階に至ると、贈答歌における返歌で、贈歌に古歌が引用される（全体・一部を問わない）場合、その表現方法は後世の本歌取りと同様のものとなっている。後世、本歌取りの分類に「本歌に贈答する体」が立てられるが、まさしくそれが現実での贈答歌において発生している。贈答歌における返歌が本歌取りの形成過程に関わることを端的に示すものである。

なお付言すると、ここで注目したいのは、①～⑧の詞書に引用される和歌が、①⑥以外は『古今集』所収歌である点だ。これは、人々がやり取りをする際に引歌として用いた和歌の代表が、『古今集』であったことを物語る。初の勅撰和歌集『古今集』が編纂されたことで、特に『古今集』が後撰時代に知識・教養として重要なものとなり、個々人の知識の範囲を越えて人々に共有されるようになったことを示している。

それはたとえば『枕草子』二〇段「清涼殿の丑寅の隅の」において、定子が紹介するエピソードからも窺われる。村上天皇の宣耀殿女御・藤原芳子が、父・師尹から「さては古今の歌廿巻を、みなうかべさせ給を御学問にはせさせ給へ」と訓育されていたことを聞いた村上天皇が、覚えているかどうか芳子を試したところ、最後まで間違うことがなかったという話だ。

師尹が芳子にとって『古今集』が必要な知識であると暗誦させたのはなぜか。上坂信男は、[6]作歌の規範を修得するためという目的を挙げつつも、「今一面の、そしてさらに重要な、本質的な「学問」の意味があったのではないか、と思われる。（中略）およそ、教養とは知性の開発にほかならない。（中略）他人の経験と感情を知り、人の心を推量するときの規矩にするという積極的な効用がもたらされる。和歌学習を掲げた師尹の意図もここにあったのではないか」と論じている。上坂が述べるような、知性の開発、他人の経験・感情への理解といった学習意図があっただろうことには、基本的に首肯される。

加えて⑦⑧のように、『古今集』歌の引用を契機とする贈答歌のやり取りが村上天皇後宮で行われていたことを顧みれば、宣耀殿女御・芳子にも同様の知識と機知が求められたと見てよい（但し芳子関連の和歌でこうした引歌による贈答歌は見られない）。『古今集』所収歌の引用を介した贈答歌は、後宮女性の知識・機知が試され、発揮されるものであったと考えられる。そして、こうした『古今集』歌を引用した贈答が、村上天皇後宮にとどまらず広く行われていたことが『後撰集』所収歌から窺われるのである。[7]『後撰集』時代の後宮および社会に、引歌として『古今集』が用いられているということは、前代の勅撰和歌集である『古今集』の和歌が、社交の上でも必須となる知識であったことを物語っている。

三、『後撰集』の〈本歌取り〉

徽子の和歌に見られる〈本歌〉からの本格的な表現の摂取利用を、『後撰集』時代の古歌を用いたコミュニケーションの洗練・完成されたものと位置づけてきた。但しこの点については、そもそも『後撰集』には、読者と知識基盤を共有しつつ、それを利用して自詠を詠むプレ本歌取り（以下、新古今時代に技法として自覚化・完成する以前の本歌取りを「プレ本歌取り」または〈本歌取り〉と称す）が散見すること、およびその評価についても考え合わせねばならない。

『後撰集』に「本歌取り」が多いことを指摘したのは、片桐洋一(8)だった。片桐は、『後撰集』に『古今集』および既存和歌の表現を踏まえた歌が多いことを指摘し、方法をA〜Eの五種に分類している。A種は二・三句を利用したもの、B種は一語一句のみの利用で言葉を借りただけのもの、C種は明らかに本歌を意識し、本歌と切り離しては考えられないもの、D種は一首の全体ないし部分の内容を一つの語句に凝縮したもの、E種はD種をさらに凝縮して新しい単語を造るもので、本歌に全面的に依拠しつつも独立したものである。ここで特に問題としたいのが、C種である。

片桐がC種として挙げたうち、一例を挙げる。

⑨　ひさしうとはざりける人の、思いでゝ、「こよひまうでこん、かどさゝであひまて」と申て、までこざりければ　　よみ人しらず

やへむぐらさしてし門を今更に何にくやしくあけてまちけん　（『後撰集』恋六　1055）

↓

今更にとふべき人もおもほえずやへむぐらしてかどさせりてへ　（『古今集』雑下975読人不知）

⑨は題材・表現を本歌から摂取するのみならず、はっきりと本歌の文脈を踏まえて詠まれた歌である。恋人から〝今宵訪ねよう、門を閉じずに待っていてくれ〟と言われたから開けて待っていた。けれどやはり来なかったという状況が詞書に記される。歌意は〝門を八重葎で閉じていたのに、今更どうしてこんな悔しい思いをするのに開けて待ってしまったのだろうか〟である。「八重葎鎖してし門」は、本歌の第四句「八重葎」と結句「門鎖せり」を襲用した表現である。但し、この〝八重葎で門を閉ざす〟という行為は、本歌の上句「今更に問ふべき人も思ほえず」という箇所を踏まえたものである。つまり、「八重葎鎖してし門」という詞に、〝今更私を訪ねる人があるとは思われない〟という文脈が籠められ、諦めと覚悟を持っていたことを暗に示しているのだ。本歌によって、〝今更私を訪ねる人があろうとは思えないから八重葎で門を閉ざしている〟という文脈があってこそ、「今更に何にくやしく開けて待ちけむ」がある。上句「八重葎鎖してし門を今更に」は、状況説明であるとともに、本歌を喚起する役割も担っている。⑨のような種の〈本歌取り〉は、〈本歌〉の発想や表現を利用しつつ、〈本歌〉を喚起してその文脈を踏まえながら読解することを求めるものである。

但し片桐は、このような『後撰集』に多用される〈本歌取り〉が、言葉中心の取り方であり、またそれは素人の和歌の集成であるからだと論じている。片桐は、『後撰集』が褻の歌を集成する勅撰集であり、私的な場における和歌が会話的性格を持つことから、対者と共通した知識を前提とし、対者に理解されることがすべての前提となるために、既存和歌に全面的・部分的に依拠することが多く、発想が一般的・類型的・非個性的であると述べる。作者・読者の共有する知識基盤に基づいて詠まれた『後撰集』の〈本歌取り〉は、「ハーフメイド」の和歌である、というのが片桐の指摘だ。

片桐が指摘する『後撰集』和歌の方法は、『万葉集』に見出せる類歌に通じるものである。類歌とは、作者の個人・個性ではなく、個的なものの母体としての歴史的な共同体の性格を持ち、社会の同質性を示すものである。(9)さらに、類似語句を取りこむことにより、その言葉に導かれて歌を詠むことができる表現形式だ。(10)『後撰集』に見られる非個性的・類型的な詠歌は類歌と重なる部分が大きいと考えられる。しかしC種のような、特定の先行歌を踏まえ、その表現・文脈を利用し、受け手（読者）にもそれを喚起した上での読解を求める〈本歌取り〉は、類歌の枠に収まるものではない。

前節まで、古歌との贈答をめぐって、本歌取りと贈答歌における返歌との関わりを検討してきた。しかし贈答歌のみならず、『後撰集』時代にはすでに、人々の間で知識として共有された著名歌の表現・文脈を利用し、それを会話的やり取りの機知とする発想・方法があり、詠歌方法として広まっていた。露わに〈本〉から表現を摂取することで〈本歌〉を喚起させ、詞書や題による情報が無くとも読者に〈本歌〉を踏まえた理解・読解が可能なプレ本歌取りが存在していたのだ。これは類歌の延長線上にありつつも、そこからさらに踏み込んだ方法である。⑦⑧の徽子の和歌表現については、贈答歌としての洗練だけでなく、こうした『後撰集』時代の表現傾向も合わせ持つものとして位置づけられる。

但し、新古今和歌の本歌取りが作者の独創性の発露として評価されるのとは逆に、『後撰集』のプレ本歌取りが「ハーフメイド」と評されるのはなぜか。またこうした評価は片桐個人のものでなく、広く認められるものなのか、それを考える上で、『後撰集』の成立から約半世紀を隔てた、『拾遺集』時代の代表歌人である藤原公任の『新撰髄脳』の次の記述に注目される。

古く人の詠める詞をふしにしたるわろし。一ふしにてもめづらしき詞を詠み出でむと思ふべし。古歌を本文にして詠めることあり。それは言ふべからず。惣じて我はおぼえたりと思ひたれども、人の心得難きことはかひなくなむある。昔の様を好みて今の人ごとに好み詠む、われひとりよしと思ふらめど、なべてさしもおぼえねばあぢきなくなむあるべき。

（『新撰髄脳』）

先行歌からの表現摂取およびプレ本歌取りに関する警鐘だ。公任は、人が詠んだ詞を目立つように詠むことは良くない、珍しい詞を詠みだそうと思わなくてはならないと述べる。「古く人の詠める言葉をふしにしたるわろし」というのは、『後撰集』に既存和歌の表現を摂取・利用した和歌が散見したことによく当てはまる。直近の勅撰和歌集である『後撰集』に、先行歌の特徴的な詞続きを摂取した和歌が多数入集していることは、半〜一世紀後に活躍した公任（公任は九六六年生、一〇四一年没）にとって看過しえない、オリジナリティの欠如と映ったのではなかったか。『後撰集』のような詠法が良しとされないようにという抑止の意図もあったのかもしれない。

しかし一方で、『後撰集』時代のプレ本歌取りには、前章で指摘したように『陽成院一親王姫君達歌合』「万葉集和し侍りける歌」に見出だせる、〈本〉として踏まえた和歌の詞続きを踏襲しないという方向性も明らかにあったことにも、改めて注意される。『陽成院一親王姫君達歌合』においては、題に「本」として、贈答歌の贈歌に相当する和歌が示されているから、踏まえられた〈本歌〉が何か分かるが、それを示さない源順「万葉集和し侍りける歌」は、どの歌を〈本歌〉にしているのか不明瞭だ。詞書に示されて初めて踏まえられた〈本〉の歌が分かるような後撰時代のプレ本歌取りは、同じく『新撰髄脳』の掲出箇所の「古歌を本文にして詠めることあり」以下の記述にに合致する。公任は、本歌を踏まえて詠むという方法は、作者だけではなく、読者も同じように理解できないと独りよがりになると警鐘を鳴らしているのである。〈本〉が何であるかを読者が理解できないような〈本歌取り〉は、作者の意図や詠歌内容が充分に伝わらないのだ。公任の『新撰髄脳』の掲出箇所は、

〈本〉の詞続きを露わに取ってはオリジナリティーが欠如し、それを避ければ詞書や題の情報が無いと〈本〉に気づけないという、『後撰集』時代のプレ本歌取りが抱えた問題を浮かび上がらせているように思われる。

では、同時代のプレ本歌取りにおいて、相反する方向性が存在するのはなぜか。

それは、「ハーフメイド」・オリジナリティの欠如と評価されるような後撰的〈本歌取り〉が、基本的に即事性・贈答と分かちがたく結びついたものだったからだと考えられる。『後撰集』におけるプレ本歌取りの例には「題しらず」も含まれており、すべてが社交の具として詠まれたものだったかは分からない。とはいえ、『後撰集』においてプレ本歌取り歌が多数入集することは、撰者をはじめとする当代専門歌人の詠を採らず、素人や権門歌人が多く入集し、褻の歌を中心とする歌集であるという『後撰集』の性質を背景にするものと考えられる。恋愛を主とする私的なやり取りにおいて、既知の和歌を媒介として自身の状況や心情を表現し、その内容が作者と受け手双方に理解を共有された時に生じる面白さは、コミュニケーションとしては強い意味を持つ。発せられた和歌が何を踏まえたものなのか・何に依拠しているのか、受け手に理解されないとコミュニケーションが成立しない。そのため、踏まえられた〈本〉をはっきり分かるように示す必要があった。オリジナリティの欠如と見なされるような、句の単位での引用を代表とする露わな詞の摂取は、コミュニケーションという視点からは、踏まえられた和歌を相互理解する上で有益だった。さらには、既存の和歌を場に応じて即座に引用できる機知も、作者の手腕として評価される。また、〈本歌取り〉歌の意味・意図するところを正しく理解できることが、当時の教養として求められてもいた。作者・受け手(読者)が同等・同質の知識を有する者同士であるという連帯意識・選別意識も強まる。こうした和歌の評価は、その和歌を引用する〈場〉、機知を発揮する即事性、受け手が誰であるかが明確なコミュニケーションであることと強固に結びついたものだったと考えられる。

であるならば、古歌に対する返歌を詠むという形式のもとに詠まれた『陽成院一親王姫君達歌合』「万葉集和し侍りける歌」で、詞続きまで踏襲するような露わな表現の摂取が避けられたのは、コミュニケーションの場から切り離された題詠だったから、という見通しが立つ。主題や個々の歌ことばを一致させて対応を示しつつ切り返すにとどまっているのは、和歌一首の出来が問われる題詠においては、あらわな表現摂取・利用がオリジナリティーの欠如と見なされる詠歌方法だったからだと考えられる。歌合の場において古歌との一致が批難された一方で、状況に応じた古歌の利用は評価されたことを佐藤明浩[11]が指摘しているが、これは歌合のみならず題詠一般にも敷衍しうる評価指標である。古歌との詞の一致は、それを引用する状況と不可分だったのが、『後撰集』時代の和歌の詠歌方法だった。

結びに

『後撰集』時代の〈本歌取り〉は、状況と不可分の詠歌技法であり、同質の教養を基盤とした相互理解を生むという面において、コミュニケーションの上では評価される一方で、オリジナリティーの欠如した「ハーフメイド」の方法だった。しかし、同様の方法が用いられた新古今時代の本歌取りは、作者のオリジナリティーとして評価される。両者の評価が真逆であるのはなぜだろうか。

藤平春男[12]は、定家の本歌取りについて「単に豊かなイメージを持つ歌詞を用いるというのではなく、完成した一首を想起させるもの」であると論じた。特定の本歌を踏まえ、本歌の内容を新歌の背景として二重映しにし、それが作者・読者の双方に理解されることが本歌取りの要件であると設定すると、『後撰集』時代のプレ本歌取りは、少なくとも第三・四説で取り上げた⑦〜⑨や片桐の分類するところのC種については、本歌の詞・表現を用いることで、本歌の一首全体を想起させるものであり、この要件にはあてはまっている。

　では、新古今時代に完成した本歌取りとどこが異なるのか。踏まえられ引用される古歌が、歌人と受け手（読者）に知識として共有され、その内容を想起した上での読解が前提とされているかどうか、という問題にとどまらず、古歌に対する歴史意識・規範意識の有無にあると考えられる。松村雄二[13]は、新古今時代の本歌取りが古歌との競合意識を越えて、「全体として古今伝統の再生ということを本旨として成立しているとすれば、この古歌との意識的な表現連繋を梃子とする本歌取りの手法こそは、伝統再生のための最も直線的かつ有効的な方法」だったと論じる。川平ひとし[14]は、〈もと〉という概念の中に、①懐旧と尚古、②〈本―末〉の価値観、③〈古・旧〉〈今・新〉の共在と拮抗、④〈今〉〈新〉に対する批判と否定、⑤〈本への回帰〉と〈新しい価値の創出〉との相克、があることを指摘した上で、本歌取りを完成させた定家において「本歌は直ちに古歌・旧歌と同一ではなく、また同次元に並ぶものでもない」と述べる。これらの指摘を踏まえると、新古今的な本歌取りとは、本歌を、単なる先行和歌・既知の和歌としてのみならず、古典的世界に自己を投企するための媒介として捉えているということになる。こうした本歌に対する意識を基盤とすることで、本歌取りは模倣や非個性的な「ハーフメイド」の和歌ではなく、積極的に評価される新たな詠歌方法として確立したのだ。

　『後撰集』時代は、『古今集』という初の勅撰和歌集の成立を経て、先行する著名和歌を作者・読者の双方で共有できる知識基盤が形成されていた。『古今集』入集歌とは、初の勅撰和歌集に収められた著名な和歌であり、宮廷社会において教養として必要な知識となっていたのである。さらに、『古今集』入集歌は、単なる先行和歌というだけではなく、〝勅撰和歌集に入集した優れた歌〟として、引用されるにふさわしい表現と内容を持つものであるという保証もあった。そうした位置づけのもとに引歌に用いられたり、「本」として題詠に用いられたのである。『古今集』の成立、そして流布は、以後の宮廷社会におけるコミュニケーションにおいて大きな転換点になった。〈本歌取り〉が詠歌方法として広まるのは、『古今集』という勅撰和歌集が宮廷に共有される知識基盤となったという経緯が不可欠だったのである。

　前章に述べたように、「本（歌）」の古い例として注目される『京極御息所歌合』『陽成院一親王姫君達歌合』において、「本」は、贈答歌における贈歌の意であり、〝踏まえて詠む歌〟〝時間的に先行する歌〟という意は持つが、古典意識・規範意識は持たない。『古今集』が規範・古典であると明確に意識・定位されるのは、俊成の「うたのほんたいには、たゞ古今集をあふぎ信ずべき事なり」（『古来風体抄』）の揚言まで待たねばならない。『後撰集』およびその時代における『古今集』が、どのような意味を持つものであったのかは、さらなる検討が必要となるが、敬意や尊崇が垣間見えるとしても、古典意識が明確に存在する段階ではなかった。いまだ本歌取りを支える理念や歴史意識、古典意識が成熟しない段階ではあるが、引用の意識が作者・読者の双方に存在し、〈本〉の表現を意識的に自詠に取り入れ、読者に対して一首全体を想起した上で〈本〉との重なりや対比を意識した読解・解釈を求め、またそれが可能だったのが『後撰集』時代の〈本歌取り〉だった。そのため、心を取る本歌取りから詞を取る本歌取りへ、本歌取り技法の発生期としては重要な時期である。

　但し、『後撰集』時代のプレ本歌取りが、詠歌の状況と不可分の機知の発露として評価されるだけではなく、和歌として後世に評価を受けたものもあったことにも目を向けておきたい。⑧の『斎宮女御集』84番歌は、後に『新古今集』（恋三1210）に「天暦御時、『まどを（ほ）にあれや』と侍ければ」の詞書で入集している。久保田淳『新古今和歌集全注釈 四』（角川学芸出版・二〇一四年）の1210番歌鑑賞には、「聡明な返事のし方、優雅な王朝の会話乃至（ないし）は消息の一つの典型であろう」と評されており、『新古今集』に採られた理由として、王朝時代の後宮における優雅なコミュニケーションとしての評価があったと考えられる。但し、この⑧は『俊成三十六人歌合』56、『時代不同歌合』165、『女房三十六人歌合』20にも採られている。これらの秀歌撰では、詞書は付されていない。即事性・贈答から切り離し、一首だけで独立させても、古今歌の本歌取りとしての読解・享受からも評価されえたことが窺われる。

『後撰集』のプレ本歌取りに見る露わな表現摂取、〈本歌〉に依存した詠歌方法や表現は、公任の『新撰髄脳』の記述と照らせば、コミュニケーションの場を離れ、和歌そのものの出来を評価する上では、平安時代後期にはオリジナリティーの欠如した安易な詠歌方法と低く見られたものだったと推測される。先行和歌からの詞続きの摂取は、一首の完成度や出来を問う歌合や題詠においては避けられたとはいえ、その一方で、詞書や題にたよらずとも先行和歌の内容を喚起させつつ、自詠に二重性をもたらす引用のレトリックとして働いている。古典意識の未成熟な段階においては評価が低かったとしても、新古今時代の本歌取りの先駆けとしても注目されるものなのである。

注

（1）第三句「きえもせで」、二荒山神社宝蔵本・烏丸切「きえなくて」

（2）渡部泰明『中世和歌史論　様式と方法』（岩波書店・二〇一七年）第三篇第三章「『古来風躰抄』における『万葉集』の抄出」

（3）村川和子「引歌の発生、育生期における表現技巧――伊勢物語、土左日記、宇津保物語、落窪物語を中心に」（『国文目白』9、一九七〇年一月）

（4）森本元子『私家集と新古今集』（明治書院・一九七四年）に、『斎宮女御集』Ⅲ類本（正保版本）14〜23の歌群に、詞書に短い詞句が置かれ、その詞句が『古今集』『後撰集』の一節であるという指摘がある。

（5）杉谷寿郎『後撰和歌集研究』（笠間書院・一九九一年）第四章第一節「村上天皇と後宮」

（6）講談社学術文庫『枕草子 上』（上坂信男他校注、講談社・一九九九年）

（7）但し、『村上御集』『斎宮女御集』に見られる引歌は、『古今集』入集歌だけではない。『斎宮女御集』66番歌に付加された「たれにいへとか」の一句は、『古今和歌六帖』第四・2097番歌「世の中のうきもつらきもかなしきもたれにいへとか人のつれなき」に依る。

（8）片桐洋一『古今和歌集以後』（笠間書院・二〇〇〇年）Ⅱ三「『後撰集』の表現」

（9）高木市之助『古文芸の論』（岩波書店・一九五二年、高木市之助全集第六巻〈講談社・一九七六年〉に収録）所収「短歌の古代性」

（10）鈴木日出男『古代和歌史論』（東京大学出版会・一九九〇年）序第一章「和歌における集団と個」

（11）佐藤明浩『院政期和歌文学の基層と周縁』（二〇二〇年・和泉書院）Ⅲ部第二十二章「「古歌」の再生ということ」

（12）藤平春男著作集2『新古今とその前後』（笠間書院・一九九七年）Ⅱ三「本歌取」

（13）松村雄二「本歌取り考——成立に関するノート」（『論集　和歌とレトリック』〈笠間書院、一九八六年〉所収）

（14）川平ひとし『中世和歌論』（笠間書院・二〇〇三年）Ⅰ3「本歌取と本説取——〈もと〉の構造」

第五章　引歌と本歌取り

はじめに

『和歌文学大辞典』（古典ライブラリー・二〇一四年）「本歌取り」（渡部泰明執筆）には、本歌取りの成立について「本歌取りの方法には、贈答歌における返歌、王朝物語における引歌、縁語、漢詩文における典故などの方法が、複合的に流入していると見られる」と述べられている。引歌とは、物語や日記の本文中に、既知の和歌を引用する表現技法だ。引歌と本歌取りはともに引用の方法である。王朝物語における引歌の方法は十世紀半ばから見られ、引歌が技法として先行している。引歌がどのように本歌取り形成に関わっているか、また、二つの技法はどのような点で共通しているのか、という問題については、主に藤原定家が『源氏物語』の引歌を指摘した『奥入』との関わりから論じられてきた。田中（鬼束）隆昭・藤平春男・上野順子は、定家、特に『奥入』と『源氏物語』の関係から、本歌取りとの関わりを論じている。[1]『源氏物語』引歌と定家の本歌取りとの共通点、および定家の本歌取り技法の方法論的自覚に引歌がもたらしたものについては、如上の先行研究が論じているのだが、本章では、その前提となる引用としての「引歌」と「本歌取り」との共通点を明瞭にすることで、本歌取りの形成過程に引歌がもたらした意味を考えたい。本歌取りの本格的な成立に先立って散文作品に用いられてきた引歌について、その意図や効果を確認した上で、それが本歌取りの形成にどのように関わっているかを検討する。

一、『土佐日記』と『蜻蛉日記』の引歌

前章では、後撰時代に詠まれていた、プレ本歌取り（後世の本歌取りの準則には当てはまらないが、本歌と新歌の二重性があり、本歌が〈古〉に属するものという歴史意識を有するもの）について検討した。注目したいのは、プレ本歌取りが詠まれるのと平行して、同時代すなわち十世紀後半の散文作品で引歌技法が形成・成熟していったことである。引歌は『源氏物語』で洗練・完成されるが、十世紀初めの散文作品である『伊勢物語』や『土佐日記』あたりから表れる技法である(2)。

まずは、引歌の初期の例として、『土佐日記』から見てみよう。

A　この、羽根といふところ問ふ童のついでにぞ、また昔へ人を思ひ出でて、いづれの時にか忘るる。今日はまして、母の悲しがるることは。下りし時の人の数足らねば、古歌に「数は足らでぞ帰るべらなる」といふことを思ひ出でて、人のよめる、

世の中に思ひやれども子を恋ふる思ひにまさる思ひなきかな

といひつつなむ。

（『土佐日記』承平五年〈九三五〉一月十一日）

作者は亡くなった娘のことを思い出し、都から下った時から人数が減ってしまったという状況から、波線部A

の「数は足らでぞ帰るべらなる」の歌を想起する。この歌は、『古今集』羇旅部に取られている一首である。

A′　題しらず　　よみ人しらず
北へ行雁ぞなくなるつれてこしかずはたらでぞかへるべらなる
このうたは、ある人、おとこ女もろともに人のくにへまかりけり。おとこ、まかりいたりてすなはち身まかりにければ、女ひとり京へかへりけるみちに、かへるかりのなきけるをきゝてよめるとなむいふ
（『古今集』羇旅412）

左注によると、恋人もしくは夫婦が下国し、男はその国で亡くなったため、女だけが一人で都へと帰る途上、雁の鳴き声を聞いて詠んだ歌だという。都から下った国で愛する人を失った悲しみを抱えながら帰京する、という状況が、旅の途上で娘を亡くした貫之と重なる。その重なりから、貫之はこの歌を想起し、和歌の下句を引用する。この箇所は、〝旅の往路よりも復路の方が人数が少なくなった〟と、愛する者の死を嘆く箇所にあたる。いわば状況を述べる部分をそのまま引用しており、古歌が詠む状況および心情が作者と重なっていることを示す。このように古歌を引用することによって、自身が直面する状況や心情が古から普遍的にあるものだと客観的に示し（①。以下、引歌による効果を丸数字で示し整理してゆく）、自身の言葉よりもさらに的確で、非日常的な和歌の言葉によって表現・代弁させることができる（②）。また、既知の和歌が引用されることで、読者にとってもその心情を鮮明に想像・喚起しやすくなり（③）、加えて、作者がその場に応じた古歌を自在に引用できる知識・教養と機知の持ち主であることが示される（④）。自身の体験や心情が、古歌を引き寄せ、それと重ね合わされること[3]で、古歌が単なる知識ではなく、作者の血肉となっていると言うこともできる。

引歌の方法は『蜻蛉日記』になるとさらに洗練・複雑化して用いられる。

B　かくて、つねにしもえいなびはてで、ときどき見えて、冬にもなりぬ。臥し起きはただ幼き人をもてあそびて、「いかにして網代の氷魚に言問はむ」とぞ、心にもあらでうちいはるる。（『蜻蛉日記』上・天暦十年冬）

兼家の訪れが間遠になった作者が、自身の状況と心情を語っている箇所である。波線部Bに引かれている歌は、『大和物語』八九段に見られる和歌である。

修理の君に、右馬の頭すみける時、「方のふたがりければ、方たがへにまかるとてなむえまゐり来ぬ」といへりければ、

これならぬことをもおほくたがふれば恨みむ方もなきぞわびしき

かくて、右馬の頭いかずなりにけるころ、よみておこせたりける。

B′　いかでなほ網代の氷魚にことゝはむなにによりてかわれをとはぬと

といへりければ、返し、

網代よりほかには氷魚のよるものか知らずは宇治の人に問へかし（下略）

（『大和物語』八九段）

なおこのB′は、『拾遺和歌集』（雑秋1134）に「蔵人所にさぶらひける人の、ひをのつかひにまかりにけるとて、京に侍りながらおともし侍らざりければ」の詞書で入集しているが、『拾遺集』は『蜻蛉日記』より後の成立なので、道綱母が依ったのは『大和物語』であったと推測される。

B′の内容を詳しく見てみよう。修理の君の恋人・右馬頭が方向が悪いので行けないと伝えてきた。修理の君の歌は、〝今回以外にも約束を破り続けているから今さら恨みようがない〟と非難するものだ。次の二首目が引歌として用いられている。「方塞がりで行けない」と言い訳をしていた右馬頭は、もはや修理の君のもとに来なくなっている。二首目の歌意は〝今さらこんなことを聞いても仕様がないけれど、それでもやはり網代の氷魚に尋ねてみたい。どうしてあなたは私を訪れてはくれないのか〟。自分のもとへ足が向かなくなった恋人に対して、来ない理由を詰問する内容だ。言い訳ばかりしていた恋人が、もはや来なくなってしまった。この状況は兼家と結婚して二年が経ち、別の女性のもとへ通う兼家が言い訳ばかりしていたことを考え合わせると、道綱母の状況と重なる。また『拾遺集』の詞書によれば、右馬頭は氷魚を受け取る役目に当たったと言い訳をして、都にいるのに修理の君を訪ねて来なかったという説明がある。それを考えると、なぜこの歌に「網代の氷魚」が出てくるのか分かりやすい。〝あなたが受け取るという網代の氷魚に聞いてみましょうか〟ということだ。

『蜻蛉日記』のBの引歌が、『土佐日記』のAと比べると方法として深化していることについては、木村正中(4)による詳しい論がある。『土佐日記』では、引用する上で、Aの歌と自分の状況とが重なる下句「数は足らでぞ帰るべらなる」の箇所を引用していた。一方Bの場合、状況と重なる古歌を引用して自分の気持ちを代弁させているのは同じで、①〜④の効果も同様に発揮されているが、方法としては異なっている。

『蜻蛉日記』の掲出箇所は、夫・兼家の訪れが間遠になった道綱母が、赤子の道綱をあやしながら和歌を口ずさむ場面である。しかしこの和歌が引用される理由は、文字通りに読んでも解することはできない。作者が本当に表現したい心情は、省略されている下句「何によりてか我を訪はぬと」——一体どうして、彼は私のもとを訪れてくれないのだろうか、だ。引歌の全文を想起して、初めて理解できる仕掛けである。

Aの場合は、引用されている箇所を読むだけで、内容や作者の心情が充分に理解できる。しかしBの場合は、引用されている箇所ではなく、むしろ引用されていない省略されている部分にこそ主旨が隠されている。引用されている上句は、直接的には作者の状況や心情には関わらない。最も言いたい核心部分を省略しながら、引用した上句から古歌全体を想起させて、作者と読者との間に共通理解を生み出すのがBの引歌である。引用されている部分は、喚起させるためのきっかけとなるキーワードの役割を担っている。そこから和歌一首の全文を頭に思い浮かべて、初めて、作者が何を言わんとしているかを理解できるのだ。

また、「何によりてか我を問はぬと」と直接的にはっきり記すのは、相手を難詰することになるが、引用箇所を「いかでなほ網代の氷魚に言問はむ」にとどめておくのは、間接的・暗示的で、慎みがあり雅やかな表現だとも言える。また、この場面の季節は冬であり、氷魚は時季に適ってはいるとは言え、文字通りに読んだ時、氷魚はこの場面には関係ない。なぜここに唐突に網代の氷魚が表れるのか、戸惑いを覚える。「何によりてか我を問はぬと」を導くためだと分かって初めて、ここで網代の氷魚が登場する意味が理解できる。このように、Aの方法よりも、Bの方が間接的・暗示的で、より凝った方法になっていることは明らかである。

このB『蜻蛉日記』の引歌の例については、諸氏[5]が注目し、引歌が持つ表現効果を考察している。『蜻蛉日記』のみならず、『源氏物語』における引歌に関する先行研究[6]も合わせて参照しつつ、先のA『土佐日記』で挙げた①〜④に続け、引歌が持つ効果をわたくしにまとめる。

一部だけを引用しながら、引かれた歌の全体を連想によって導くことができ（⑤）、直接心情を訴えるよりも、朧化することで婉曲かつ優雅な表現となっている（⑥）。また、引用されている部分の「網代の氷魚」が当時の季節（冬）の景物であり、キイワードとしてだけではなく、文飾としても働いている（⑦）。核心部分が隠され、共通知を持つ読者だけが意図を了解できることで、理解でき腑に落ちた時に知的な面白さが感じられる（⑧）。さらに、引用であることを理解できる読者（会話であれば聞き手）との間に、知識を共有しているという連帯意識が生まれる（⑨）。またこのＡＢの例にはあてはまらないが、古歌の言葉が言葉を呼び起こし、コミュニケーションが生まれる（⑩）こともある。⑩については、次節で詳説する。

二、引歌によるコミュニケーション・選別作用

引歌の発生期においては地の文にしか用いられなかったが、『宇津保物語』『落窪物語』から引歌は会話文・消息文にも用いられるようになる。(7)『宇津保物語』『落窪物語』の成立時期すなわち十世紀後半は、前章でも述べたように『古今集』という勅撰和歌集が成立して宮廷社会において教養として必須のものとなり、和歌詠作にもその表現が利用された時代だった。共通知が存在することで、引歌がコミュニケーションに利用される基盤が形成されたのである。

引歌は、会話や文のやり取りにおいて特に、引用された歌に気づける者同士が、面白さや言外の心情を共有するという効果（前節にてまとめた⑧⑨）を発揮した。発話者と受け手の相互の反応が即座に発せられることから、機知の発揮として働くのが、会話や文のやり取りである。

前節においてまとめた⑩の、古歌の言葉が言葉を呼び起こし、コミュニケーションが生まれる例を、『枕草子』から挙げる。『枕草子』には引歌によるコミュニケーションの例が多く書き留められており、当時の宮廷において引歌によるコミュニケーションが必須となっていたことが窺われる。ここでは、一三六段（三巻本による）を取り上げる。道隆没後、花山院を射かけた事件や東三条院呪詛の疑いなどで、道隆の二人の息子、伊周と隆家はそれぞれ大宰権帥・出雲権守に任ぜられて左遷され、定子は落飾して高階明順の小二条殿に里居する。清少納言は、政敵である道長方と関係があると噂され、里下がりをした。定子から度重なる出仕を要請されるが、清少納言は

里下がりを続ける。そのような折に、定子から文が送られてきた。

C人づての仰せ書きにはあらぬなめりと、胸つぶれてとくあけたれば、紙には物もかゝせ給はず。山吹の花びら、たゞ一重をつゝませ給へり。それに、「いはでおもふぞ」とかゝせ給へる、いみじうひごろの絶間なげかれつる、みなぐさめてうれしきに、……

（『枕草子』一三六段「殿などのおはしまさで後」）

紙に包まれた山吹の花びらに記された[8]「いはでおもふぞ」は、「こころにはしたゆく水のわきかへりいはで思ふぞいふにまされる」（『古今和歌六帖』第五 2648「いはでおもふ」）の第四句である。つまり定子は、『古今和歌六帖』歌の第四句を引歌とすることで、清少納言が、沈黙を守りながらも様々な思いを抱えているだろうと心中を思いやる意を伝えたのだ。定子の意を理解した清少納言は、返事を書こうとするが、この歌の上句を忘れてしまっていた。すると、長女（をさめ）（下級女官の監督役）が「下ゆく水」と返せばよい、と言った。長女は引歌の全文を想起できたのだ。

定子が引歌として用いたのと同じ歌から第二句を引用して返事とすることは、定子が引いた和歌が何であったかを理解していることを示す。さらには、「下ゆく水」が勢いよくわき出るように、自身の心は激しい感情――嫌疑を掛けられたことに対する憤懣や、定子に対する忠誠と思慕など――で動揺していることを示し、それは定子の推測の通りであると伝えた。ここには、引歌による投げかけが、同じ歌からの引歌による返答を呼びこみ、両者に引歌をめぐる理解が共有されることで、互いの意を交わし合うコミュニケーションが成立している。

『後撰集』時代にはすでに『古今集』が共通の教養・知識として広く共有され、本歌として用いられたり、機知を発揮するコミュニケーションの媒介となっていた。この『枕草子』一三六段でも、定子の意図を理解し、清少納言が思い出せない下句を示したのは、宮廷の下級女官の監督をつとめる人物だった。和歌の知識・教養が、下級女官にまで及んでいることには注意される。

　前章で詳述したように、引歌として一部が引用され、それに対して返歌を詠むという形で贈答が行われていた点に立ち止まろう。仮に、「いはで思ふぞ」と一句引用された引歌に対して、清少納言が、それを踏まえつつ自身で和歌を詠んだならば、前章で検討した『後撰集』や斎宮女御に見られたような応答になる。しかしこのように、同じ和歌の一句ずつを引用する形であっても、古歌を媒介としてコミュニケーションと相互の心情理解が成立するのだ。新たな歌を返歌として詠むのではなく、古歌の一部に対して同じ古歌の一部を返すのは、一見、言葉のやり取りとして発話者のオリジナリティーが加えられていないように見える。しかし、登場人物が直面している状況や抱える心情が共通する古歌を、折を得て引用するという行為そのものに、発話者の創意が発揮されているのだ[9]。日々の鬱屈した心情が、古歌の引用によって普遍性を与えられながら、古歌という非日常的な視角から捉え直される。こうした古歌の引用によるやり取りが心情表現として、新たな歌を詠む以上に効果を持つのは、発話者・受け手が直面する状況や抱える心情と古歌が重なっていること、引用された古歌が心情を代弁するにとどまらず非日常的な雅で美しい表現として働くこと、さらには時を置かず打てば響くように引用・応酬されることが必要となる。古歌引用の評価は、その時の状況に依存する。機知としては評価しえても、打てば響く応酬の面白さの域は出ない。

　ここで、引歌によるコミュニケーションが、相互に知識・教養が無いと成立しない点について注目したい。それをよく示すのが、『今物語』四四話だ。時代は十二世紀後半で院政期の話ではあるが、参考までに挙げる。

　下毛野武正という武士が、関白の北の対の局を通りかかったところ、局の雑仕の女から「あなゆゆし。『鳩吹く秋』とこそ思ひまゐらすれ」と言い掛けられた。武正は「つひふされ」（控えよ、の意か）と言い、女は悲しげに隠れてしまった。武正は秦兼弘という随身に会って、〝北の対の女の童に散々に罵られた〟と言ったところ、兼弘からどのように罵られたのか問われ、『鳩吹く秋』とこそ思へ」と言われた、と答えた。兼弘は和歌の知識を持っていたので、彼女は武正を思慕しており、「み山出でて鳩吹く秋の夕暮れはしばしと人をいはぬばかりぞ」の歌を引いて〝少し立ち止まってください〟と言いたかったのだ、何とも無愛想に罵ったものだ、と武正に教えた。武正は挽回しようと、局の出口に行って「物うけたまはらん。武正、鳩吹く秋ぞ、ようよう」と言い立てた、という笑話だ。

この話では、武正が「鳩吹く秋」が引歌であることに気づかず、相手の真意を汲み取れずに恋の機会を失ってしまった無教養さと、さらにその上、挽回しようと滑稽な振る舞いをしたことが笑いの対象となっている。引歌に用いられた「み山出でて」歌は『和歌童蒙抄』に引かれ、「鳩吹く秋」が難議語として注釈が加えられているが、どこまで著名な和歌であったのかは分からない。(10) 引歌として〝誰もが知る歌〟だったとは思えない。しかしそうであっても、引歌を理解できず、機を失したとなると、恋の相手として失格の烙印を押される。たとえ武正が美貌であった（『古今著聞集』五一三話）としてもだ。

引歌は基本的に隠引用または暗示引用に属する修辞技法である（序章参照）。特に、引用であることすら示さずに引用を行う暗示引用は、参照先が何であるかを作者と享受者が共に承知しておらねばならず、それゆえに享受者を選別する作用を持つことを、佐藤信夫が指摘している。(11) 人間関係において、引歌に対してどのように応答できるかは、相手がそれを理解しうる教養や、それに対して咄嗟に巧みに応えうる機知や風雅を持っているかどうかを試し、選別する作用を持っていたのである。

なお、先に挙げたA『土佐日記』・B『蜻蛉日記』の引歌は、ともに二句を引用していたが、C『枕草子』と『今物語』で引用されるのは一句のみである。一句のみであっても、何の和歌が引かれているのかを、充分に理解しうることが前提となっている。引用される部分が短く的確であればあるほど、それが通じた時の効果が高い。一句のみにまで切り詰められたやり取りの成立は、引歌の洗練された形を示している。また、一句のみで引歌の同定が可能になることについては後述する。

三、『源氏物語』の引歌

さらに、引歌技法がより洗練されたのが、『源氏物語』である。『源氏物語』の研究は引歌の指摘から始まったほど、全編にわたり引歌が多用され、引用については中世の注釈書以来、厚い研究史がある。引歌の認定やそれが用いられた本文の解釈は、常に揺れ動いている。

ここでは、散文に溶け込んだ例を『源氏物語』から挙げる。

須磨には、いとど心づくしの秋風に^D^、海はすこし遠けれど、行平の中納言の、「関吹き越ゆる」と言ひけん^E^浦波、夜々はげにいと近く聞こえて、またなくあはれなるものはかかる所の秋なりけり。（『源氏物語』須磨巻）

まず二つ目のEについては、分かりやすい引用である。〝在原行平が詠んだ「関吹き越ゆる」の歌に出てくる……〟とあるから、何に基づいているのかまで示す明示引用である。この行平歌は、後世になるが『続古今集』に「たび人はたもとすずしくなりにけりせきふきこゆるすまのうらかぜ」（『続古今集』羈旅868在原行平「つのくにのすまといふ所にはべりけるとき、よみ侍りける」）と入集する歌である。「関吹き越ゆる」の歌句が行平歌に依拠するものであることを示しつつ、「浦風」ではなく「浦波」に変えるのは、光源氏は「海づらはやや入りて、あはれにすごげなる山中」にある邸内におり、風を直接に「袂涼しく」感じる行平歌とは違い、波音に風を感じ、さらには「関吹き越ゆる」風に乗って波音が運ばれるのを感じているからである。(12) 光源氏の状況に合わせる形で、行平歌は変形されつつ引用されている。無論、「田むらの御時に事にあたりて、つのくにのすまといふ所にこもり侍けるに、宮の内に侍ける人につかはしける」(『古今集』雑下962詞書)とあるように、行平が須磨に蟄居した人物だったこと、さらには都人に「わくらばにとふ人あらばすまのうらにもしほたれつゝわぶとこたへよ」(『古今集』雑下962)の和歌を送ったことが、背景に強く意識されている。行平という古人を意識しつつ、同じく須磨で風を感じる光源氏の悲哀が表現されている。

さて、ここで注目したいのはDの引歌である。「須磨には、いとど心尽くしの秋風に」は、『古今集』の歌を引用している。

D′このまよりもりくる月の影見れば心づくしの秋はきにけり　(『古今集』秋上184読人不知「題しらず」)

先に挙げたA・B・Cの例と比較すると、このDの引歌の特徴が明らかになる。D′を引歌とする上で、A・B・Cとは異なり、引用伝聞を示す格助詞「と」が無く、地の文に溶け込むように「心尽くしの秋」という詞が使われている。「心尽くしの秋」という詞が『古今集』歌に使われているものだ、という知識があれば、この部分が引歌であることが分かるが、知識が無ければ、引用であることに気付けない。さらに言えば、引歌として用いられている『古今集』歌は「心尽くしの秋」だが、『源氏物語』ではそれを「心尽くしの秋風」と、「風」につなげてアレンジを加えている。もともとの『古今集』歌を知っている人が見ると、「木の間より漏り来る月の影見れば」と、月によってもたらされていた秋の切なさが、秋風に移し替えられていることに気付く。月ではなく風へと素材が変えられていることに気付けば、「いとど心尽くしの秋風」（ひときわ物思いをさせる秋風）という強調表現があるのは、月ではなく風こそが物思いをさせるものなのだという、本歌との比較および本歌への批評的視点をここに読み取ることもできる。

「心づくしの秋風」とは、文字通りに「物思いの限りを尽くさせる秋風」というだけではない。『古今集』歌と重ねることで、光源氏独りの感じ方ではなく、『古今集』以来の伝統として「心づくしの秋」を感じる受容共同体の中に、光源氏および作者・読者も属していること、すなわち個人ではなく共同体の感性によって「心づくしの秋」を受け止めていることが示されるのである。「げに古言ぞ人の心をのぶるたよりなりける」（『源氏物語』総角）と記されるように、古歌とは混沌とした心情を言葉として表現する上での媒介となるものだった。さらに、情景の中に心情や情調を溶け込ませ象徴性を有した歌ことばとしても機能しているのである。

ここで、引歌が成立するための要件について確認しておく。引歌の成立条件としては、次が挙げられる。

①背景に典拠の文脈が揺曳する二重構造がある

②引用であることが読者にも了解される

（1）「〜と」「さなり」などの教示語があり、引用であること示されている。

（2）作者・読者が理解しうる共通の知識基盤を有している。すなわち、引かれる和歌が規範・古典に属するものである。

まず①について、本居宣長『源氏物語玉の小櫛』『石上私淑言』は、『源氏物語』の解釈上、引歌の存在を求めないと解釈が不可能なもののみに限り、引歌として認定している。そもそも引歌が用いられるのは、その歌のもともとの内容を文章に投影するためである。歌の文との二重的言語表現として行われているのが引歌の表現効果の特色であるという、尾崎知光[13]の引歌論に首肯される。作者の文章だけでは言い尽くせない複雑な内容が、和歌の一部を引用することによって、引用された和歌全体の内容まで含みこみ、背景に立ち上がるのだ。
②に関しても、引歌論では様々な立場がある。玉上琢彌[14]は「読者が和歌を思い浮かべなくては本文が読みとれない場合ばかりではなく、作者が和歌を思い浮かべながら文を書いた場合のすべてを、わたくしは考察の対象としたいのである」という立場を取っている。玉上は作者主体で引歌認定を行っているが、その後、伊井春樹は「古歌の想像力をめぐっての作者と読者の間に不可避な乖離が存する[15]」ことを意識しつつも、伊井春樹『源氏物語引歌索引』（笠間書院・一九七七年）では「本文の解釈のために引用した和歌（引歌）、歌謡を、できるだけ広い立場から採録した」とし、古今の注釈書が指摘してきた和歌・歌謡の類を一望することができる索引となっている。『源氏物語』研究の上では、様々な読解の可能性を模索するためにはできるだけ多くの引歌を想定しつつ検討することが重要となるが、引歌が「引用」のレトリックであるという視点から考えると、引用された〈もと〉の知識を作者・読者の双方が共有し、二重性が共通理解として働くものだけが引歌の「引用」としての表現効果を発揮していると言いうるのである。

引用であることをはっきり示す最も単純な方法は、無論、引用した作品名や作者名を記載する明示引用ではあるが（Eの例）、多くの場合は、本文中で「古歌に〜と言ふ」と細部までは明かさずに引用であることを示したり（Aの例）、引用を示す助詞「と」（B・Cの例）や副助詞「など」、「さなり」のような指示語を用いて、何らかの引用であることがほのめかされる形式だ。

特にB・Cのように引用文のみが提示されたり、Dのように文章に溶け込ませるように使う形式は、暗示引用に属するレトリックである。これらは時代が下ると増えてゆく。しかしこれは、作者と読者が共通知を有し、理解を共有できることを前提としているからこそ使える方法である。このように、読者に対して、いわば「知っていて当然」と読解の前提となる知識を要求する表現方法が、独りよがりな行為ではなく、文学的な表現技法として通用するためには、引用されている〈もと〉の和歌がよく知られたものでなくてはならない。作者が提示し、読者がそれを理解するための基盤として、共通の知識基盤を有していることが条件となる。いずれにせよ引歌が用いられる際には、何から引用してきたのか、作品名や作者名まで示すことは少なく、多くの場合は、たとえ引用であると示すとしても「古歌に～」「古言に～」ほどの情報しか提供されない隠引用である。引用された部分から、典拠の本文にまで辿り着けるかどうかは、読者の知識と記憶に懸かっている。

暗示引用は、参照先が何であるかを作者と享受者が共に承知しておらねばならず、それゆえに享受者を選別する作用を持つことを、第二節に先述した。これを引歌に当てはめて付言すると、作者が投げかけた引歌によるほのめかしについて、期待される共通知識に則して古歌・漢詩を参照することができ、文脈の読解へと還元できる読者のみが、作者の表現意図や表現内容を理解できるということになる。コミュニケーションにおいて暗示引用は相手の機知や教養を試すものとなるが、文学作品においては、ほのめかしを理解できた時、読者の気づきの喜びと、それを可能にした自身の教養に対する矜持を与えるものとなる。こうした点も暗示引用がもたらす興である（一方で、読者を選別する閉鎖的な表現である側面もある）。

四、引歌と本歌取りの共通点

では、如上に検討してきた引歌の方法や表現効果を、本歌取りと比較し、共通点を考える。引歌と本歌取りが同じ句を引用することで同じ古歌を踏まえて二重の文脈を形成する例として、「春や昔の」を挙げる。「春や昔の」は、『源氏物語』に二箇所用いられている。

御前近き紅梅の色も香もなつかしきに、鶯だに見過ぐしがたげにうち鳴きて渡るめれば、まして、「春や昔の」と心をまどはしたまふどちの御物語に、をりあはれなりかし。（『源氏物語』早蕨）

閨のつま近き紅梅の色も香も変らぬを、「春や昔の」と、こと花よりもこれに心寄せのあるは、飽かざりし匂ひのしみけるにや。（『源氏物語』手習）

この「春や昔の」は、次の在原業平歌の引歌である。

五条のきさいの宮のにしのたいにすみける人に、ほいにはあらでものいひわたりけるを、む月のとほ(を)かあまりになむ、ほかへかくれにける。あり所はきゝけれどえ物もいはで、又のとしのはる、むめの花さかりに月のおもしろかりける夜、こぞをこひて、かのにしのたいにいきて、月のかたぶくまであばらなるいたじきにふせりてよめる　在原業平朝臣

月やあらぬ春や昔の春ならぬわが身ひとつはもとの身にして（『古今集』恋五747／『伊勢物語』四段）

藤原高子と恋をした業平だったが、高子の清和天皇入内によりその恋は終わってしまう。その翌年の一月、業平は高子が以前住んでいた五条后・藤原順子邸の西の対へ赴き、一晩中そこで伏して追懐に耽った。その時の歌が、「月やあらぬ…」である。

『源氏物語』早蕨・手習どちらも、初春に梅花のもとで過去を追懐する場面である。薫と中君は亡くなった大君を、浮舟はもはや会うことは無い匂宮もしくは薫（説が分かれている）を偲んでおり、愛した人の不在を嘆く心情が、「春や昔の」の引歌によって文章の背景に揺曳している。他作品においても、『栄花物語』巻五・浦々の別、

『夜の寝覚』、『浜松中納言物語』にも「春や昔の」が引用されている。過去を偲び、親しんだ人・愛した人の不在を嘆く文脈の叙述に引歌として用いられることが、『源氏物語』以後の散文作品では定着していた。

この「春や昔の」は、新古今時代、『伊勢物語』四段への注目や、当該章段の物語取りが流行したことを背景に、本歌取りに用いられる例が特に建仁期に急増する(16)（本書第三部第二章参照）。「春や昔（の）」を用いた本歌取りの早い例としては、以下のものがある。

またのとしの春、大納言まゐり給ひて、すびつ（炭櫃）のはひ（灰）にてならひに

a 花のかのにほふにもののかなしきは

とありしに

はるやむかしのかたみなるらん　（『弁乳母集』18・19）

この短連歌は、藤原長家と弁乳母とのものである。なおこの短連歌は、『続古今集』雑上1497に長家詠の一首の和歌として入集している。『続古今集』の詞書は「枇杷殿のむめの花ざかりなりけるを見てよみ侍りける」であり、この詞書によると、長家の父・道長の邸宅だった枇杷殿で詠まれたもので、「花の香」とは梅花の香りだったことになる。長家は俊成の曾祖父にあたり、一〇〇五年生、一〇六四年没である。弁乳母の生没年は不詳だが、長家と同世代の歌人である。散文よりやや遅れて、「春や昔の」が和歌にも用いられていることが分かる。この短連歌は、〝花の香りが芳しく匂うのに悲しく感じられるのは〟という上句に対して、〝「春は昔のままの春ではないのか」と嘆かれた、その形見だからなのでしょう〟と下句を付けたやり取りである。梅花の香りが心を楽しませるのではなく、物悲しくさせるのは、業平が「春や昔の春ならぬ」と詠んだことを思い出させる形見だから

だ、の意と解せる。「春や昔の」は、語義通りに解釈しても意が通らない。「春や昔の」を含む業平歌一首全体を想起させるために引用されたキイワードであり、業平歌および『古今集』詞書・『伊勢物語』四段の記す背景を文脈に含み込む役割を果たしている。業平の本歌を踏まえて初めて理解できる引用（本歌取り）である。散文とは異なり、引用の「と」は用いられておらず、「春や昔」が続く「形見」を連体修飾する形である。本歌の内容を投影する働きをしながら、歌ことばとして修飾的な役割も担う。古歌から引用した句を溶けこませるように用いるのは、D『源氏物語』の方法と共通する。「春や昔」の詞続きが業平歌の一部であることが理解できるかどうかは、短連歌の相手と読者の知識に掛かっている。

但し、引用であることが格助詞「と」によって示される、次のような例も見られる。

百七十一番　右　持　　内大臣（源通親）

bむめも梅我身もわが身宿もやど春や昔のとのみながめむ

（『千五百番歌合』春三　342）

cさきのこる吉野の山の花をみて春や昔と誰うらむらん

（『仙洞句題五十首』31後鳥羽院「故郷花」）

bは、〝梅も梅、我が身も我が身、宿も宿。「春や昔」とばかりぼんやりと眺めよう〟の意である。「春や昔」と眺める、とは、本歌の下句「我が身ひとつはもとの身にして」――自分だけは何も変わらない、という嘆きを抱えながら眺める、ということだ。「梅」も「我が身」も「宿」も昔のまま変わらないのである。cは、〝咲き残る吉野山の花を見て、「春や昔」と誰が恨んでいるだろうか〟の意で、花が咲いては散る時間の経過を恨み嘆く心情を「春や昔」の語で表現している。b・cは「春や昔（の）と」と、引用の格助詞「と」が用いられ、他者の詞であることが示されており、「『春は昔のままの春ではないのだろうか』と」の意である。「春や昔の春ならむ」まで想起しなくては理解できない。B『蜻蛉日記』の例と同様の方法である。但し、文脈を喚起させるといっても、b・cともに春歌であって恋情が主題ではない。本歌を背景にすることで情緒が漂う効果がある。ここでは、格助詞「と」が下接する例を挙げたが、それを用いず新歌の表現の一部として溶けこませるように用いる、Dに類する例はさらに多い。

挙げた例は少ないが、このように引歌と本歌取りを比較すると、両者が同様の方法・表現効果を持つことが分かる。散文における引歌は、文飾にも有効で、自己の感情を普遍的なものとして鮮明に浮かび上がらせられ、さらには引用しなかった部分も連想させることで言外の意味を含ませることができ、古歌の持つ比喩性を取り込める、という効果をもたらすことができる。複雑で豊かな内容を盛り込むことができる引歌は、三十一文字という限られた字数の中で表現する和歌にとって、きわめて有用な方法として参照され、本歌取りへと展開したという道程が想定されるのである。極論すれば、散文に和歌を引用すれば引歌となり、和歌を和歌に引用すれば本歌取りとなる、とも言ってよいのではないか、と思われる。両者の間には本質的な差異は認められない。

散文における引歌とは違い、本歌取りは三十一文字という限られた字数の中で引用を行うので、出典元を和歌の内部で示すことはできないため、基本的には暗示引用の形式を取らざるを得ない。暗示引用を機能させるには、そこに引かれる和歌が何であるかを同定できるほどに著名で特徴的なものである必要がある。たとえ日常語ではない歌ことばであったとしても、慣用的歌句として頻用される句であれば、その句からある心情や状況の喚起までは可能であっても、特定の文脈を喚起することはできない。

引かれた断片によって特定の和歌を示しうることが必要だ、という点を考える上で注目されるのが、同じ歌が引歌や本歌取りに利用される際には、決まった箇所が引用されるということである。[17]紙宏行はこの点について、歌の構想・表現において、他の歌との差違を際立たせ、享受者に印象的・効果的に訴える核となる部分が「詮」

であると述べている。また、本歌取りの基本的技術として、本歌の中から『毎月抄』で言うところの「詮とおぼゆる詞」（その部分だけで歌全体を想起させられる詞）を識別することがあったと指摘する。この「詮とおぼゆる詞」は、特定の歌を同定する指標となりうるものとなった。これは浅沼圭司[18]の「本歌を「アラハニ取ル」ためには、当然作者の側からする本歌の独自の読解が前提（ママ）されるのである。（略）一定の態度に基いた作品の任意的な切り取りを伴うという点で、明らかに批評（critique）としての性格をも内在させているのである」という指摘を踏まえている。しかし今井明[19]は、本歌取りするにあたって、本歌とした歌の取るべき詞は予め決定されていたのではないか、「詮とおぼゆる詞」の抄出・選定を外側から規制したのは『源氏物語』の引歌だったのではないか、と論じている。『源氏物語』に引歌としてすでに用いられていたということが、定家が本歌取りの「詮とおぼゆる詞」として用いる上での根拠を与えたという指摘である。引歌の文体・表現機能が本歌取りに影響を与えているだけでなく、どの句を用いれば暗示引用として働くかまで引歌を参考にしているという指摘は、引歌から本歌取りへの展開を考える上でも重要である。

五、本歌取りにおける詞・句の引用

第一部第三章で述べたように、平安時代中期から末期にかけては、先行する和歌の詞を使って、よく似た歌を詠んではならないという意識があった。

古く人の詠める言葉をふしにしたるわろし。一ふしにてもめづらしき詞を詠み出でむと思ふべし。
（藤原公任『新撰髄脳』）

和歌に古歌の詞を用いて趣向を立てることは良くないと、古歌の詞の引用は否定的に捉えられている。しかし、公任の記述とほぼ同時期に、散文では本文をそのまま引用する形で和歌の表現を用いていた。和歌に先行和歌を踏まえる上では避けられねばならなかった詞の一致は、散文では忌避されることなく、積極的に利用されている。

これは、散文の中に和歌の表現が組み込まれると、五七調の韻律を持つ和歌は明らかに他の文章と異質であることが分かること、さらには多くの場合、格助詞「と」や副助詞「など」によって、引用である――つまり他者による文を利用していることが示されており、作者自身の書いた文章と異なるものであることが了解されるからだ。和歌から和歌への引用では、摂取した部分と作者自身の表現とが渾然一体となり、作者自身のオリジナルなのか引用であるのかが分からなくなり、模倣・剽窃と見なされる危険が伴う。しかし和歌を散文に引用する引歌は、他者の表現を借りたものであることがはっきりと分かるために、模倣・剽窃に当たらないという保証があるのだ。さらに、引用を示す「と」「など」を使う方法から、本文中に特定の和歌から取った詞をちりばめてもとの歌を想起させる表現へと展開したが、それも模倣とは見なされなかった。和歌の表現を取り込みながら、作者自身の文章をより高度に磨かれたものにする方法として拓かれていったのである。散文と和歌は異なるものである、という意識が、引歌を模倣と見なす意識を生じさせなかったのだと考えられる。

出典を示さない暗示引用が機能するためには、引用箇所のみで読者が出典が何であるかに気づき、同定できるほどに、著名かつ特徴的である必要がある。先人が創出したオリジナリティーのある表現は、そのオリジナリティーや特徴ゆえに、散文の文章の中でキイワードの役割を果たすのだから、はっきり引用する方がよいのだ。

和歌においては、三代集時代から院政期まで、おおよそ十〜十二世紀には、先行和歌の特徴的な詞を摂取して詠歌することは、基本的に戒められるものだった。そのため、歌人たちは本歌取り的方法で和歌を詠む際にも、内容・主題は共通しても、あえて重なる詞は使わないようにしていたことを前章までに述べた。このようなプレ本歌取りから発展して、引歌と同じように、意図的に本歌の特徴的な詞を露わに取る本歌取りが行われるようになるのが新古今時代である。

たとえば、鴨長明『無名抄』「新古歌」は、次のように述べている。

一二ハ、古詞ヲトル事、又ヤウアリ。フルキ歌ノ中ニヲカシキ詞ノ、歌ニタチイレテカザリトナリヌベキヲトリテ、ワリナクツヾクベキナリ。（中略）シカルヲ古歌ヲヌスムハ一ノ故実トバカリシリテ、ヨキアシキ詞ヲモミワカズ、ミダリニトリテアヤシゲニツヾケタル、クチヲシキ事也。イカニモアラハニトルベシ。ホノカクレタルハ、イトワロシ。（鴨長明『無名抄』）

古歌を取る上では、いかにも露わに、はっきりと取るべきだ、隠すように取ることは良くないと言う。公任の時代とは逆の方向だ。但し、長明の記述では、古歌の詞を取り入れるのは「裁ち入れて飾りと」するためであって、文飾としての役割しか想定していないと思われる。しかし、定家は本歌取りを詞の摂取の次元ではなく、二重の文脈を喚起させる方法にまで推し進めていた。定家の歌論書に以下の記述がある。

詞は古きを慕ひ、心は新しきを求め、及ばぬ高き姿をねがひて、寛平以往の歌にならはば、自らよろしきこともなどか侍らざらむ。古きをこひねがふにとりて、昔の詞を改めずよみすゑたるを、すなわち本歌とすと申すなり。かの本歌を思ふに、たとへば、五七五の七五の字をさながら置き、七々の字を同じく続けつれば、新しき歌に聞きなされぬところぞ侍る。五七の句はやうによりて去るべきにや侍らむ。（藤原定家『近代秀歌』）本歌取り侍るやうは、（略）しかもその歌を取れるよと聞ゆるやうによみなすべきにて候。本歌の詞をあまりに多く取る事はあるまじきにて候。そのやうは、詮とおぼゆる詞二つばかりにて、今の歌の上下句にわかち置くべきにや。（『毎月抄』）[20]

『近代秀歌』で定家の古典主義を主張する有名な部分だが、「詞は古きを慕」うために「昔の詞を改めずよみすゑたるを、すなわち本歌とすと申すなり」というのは、示唆的な記述である。これは単に、〈昔〉に倣った詞を使う、というだけではない。詞にアレンジを加えず、そのまま詠み込むことが、本歌とするということだ。本歌取りする上で、何を踏まえて詠んだ歌であるかを理解できるようにするためには、そのまま本歌の詞を取り込む——引用することが必要だ、ということだと解せる。それは（定家偽書の可能性が高いが）『毎月抄』において明確に示される。その歌を取ったと理解できるように取らねばならないと言うのだ。また、本歌取りが、本歌から取る詞を要として一首を構成することを顧みると、「古く人の詠める言葉をふしにしたるわろし」（『新撰髄脳』）とあったのと逆であることも分かる。

長明や定家には、本歌の詞をはっきりと取り入れることに対する忌避意識は無い。むしろ、はっきりと取り入れることを良しとする。第一部第二・三章に述べたように、興風や順の歌が本歌と共通する詞を使わないために、何に基づいて詠んだ歌なのかが分かりづらくなりがちであったこと、公任の『新撰髄脳』に、本歌取りがしばしば独りよがりで読者に理解されがたくなる問題を挙げられていたことを顧みると、自身の拠る所を明確にし、読者にも気付かせることができる方法として、本歌から「詮とおぼゆる詞」を引用することが有効だったのである。はっきりと本歌の詞を取り入れることが肝心であると述べる新古今時代は、もはや古歌の詞を取る上での意識が逆であったことになる。

しかし、古歌の詞をはっきり目立つように取り入れるという方法では、似た歌ができてしまう。古歌よりも優れた歌を作る必要があるという意識もあったことは、『俊頼髄脳』の「うたをよむに、ふるきうたによみにせつ(似)ればわろきを、いまのうたよみましつれば、あしからずとぞうけたまはる」の記述から知られる。定家は、それを問題とはしなかったのだろうか。定家の『詠歌大概』を挙げる。

近代之人所㆓詠出㆒之心・詞雖㆑為㆓一句㆒謹可㆔除㆓棄之㆒［七八十年以来人之歌、所㆓詠出㆒之詞努々不㆑可㆓取用㆒］。於㆓古人歌㆒者多以㆓其同詞㆒詠㆑之、已為㆓流例㆒。但、取㆓古歌㆒詠㆓新歌㆒事、五句之中及㆓三句㆒者頗過分無㆓珍気㆒、二句之上三四字免㆑之。（中略）

常観㆓念古歌之景気㆒可㆑染㆑心。殊可㆓見習㆒者、古今・伊勢物語・後撰・拾遺・三十六人集之中殊上手歌、可㆑懸㆑心［人麿・貫之・忠岑・伊勢・小町等之類］。雖㆑非㆓和歌之先達㆒、時節之景気・世間之盛衰為㆑知㆓物由㆒、白氏文集第一・第二帙常可㆓握翫㆒［深通㆓和歌之心㆒］。

（藤原定家『詠歌大概』）

古人の歌から詞を取ることはよく行われている。七〜八〇年以内の近代歌人の歌は取ってはならないが、古歌であればよい。そして、定家は見習うべき具体的な対象を挙げる。ここで定家が挙げるのは、和歌を学ぶ上での〈古典〉である。序章から述べてきたように、本歌取りを成立させる上で必要なものが、〈古〉と〈今〉が異なる次元にあること、〈古〉が〈今〉より優れたものであり、絶対的な価値を持つものであるという《古典意識》だ。

公任や俊頼は、先行する歌の表現を取ってはならないと戒め、さらに俊頼は、古歌よりも優れた歌となれば許容されるがそれは難しい、と述べていた。こうした先行和歌との類似・模倣を避ける意識は、『後拾遺集』時代ごろから表れており、これが古歌に対抗し、古歌を凌駕しようとする思想に基づくものであると、松村雄二[21]が指摘する。さらに松村は、こうした競合思想は、新古今時代の中心理念であった、古典世界への精神的回帰が生まれる以前のものであると指摘する。すなわち、定家ら新古今時代の歌人にとっては、古歌とは自分の歌と比較して優劣を付けるようなものではない。競合意識は、自分たちと同じ位相に存在するものに対して抱くものだが、三代集や『伊勢物語』などは〈古典〉として定位された絶対的な規範であり、価値のあるものだった。だからこそ、その表現を取り入れて和歌を詠んだとしても、古典からの「引用」である限り、はじめから次元が異なるものだから、模倣にはあたらない。かえって、明瞭に取らなければ、その表現が基づくところが不明確となる。

「昔の詞を改めずよみすえたるを、即ち本歌とすと申すなり」（『近代秀歌』）とあるように、「改めず詠み据えたる」ことは、取る本歌を読者にそれと了解させるために必要なことであり、それによって作意（新歌として何を付け加えているのか、どこが本歌と違うのか、どういった心情や状況を表現しようとしているのか）が理解されやすくなる。つまり、本歌を背景に置いた二重性の読解が可能になるという、暗示引用の効果を保証するものとなるのだ。

散文における引歌が模倣と見なされなかったのは、散文と和歌が異なるものだという意識に支えられていたと、先に述べた。新古今時代の本歌取りは、〝〈古〉と〈今〉が異なる次元にある〟〝古典とは規範である〟という意識が古歌と新詠をまず区別し、模倣と一線を画す方法として積極的に用いられ、評価された。無論、三十一文字という字数の中で、あまりに多くを〈もと〉に拠ってしまうと、新しさを保証できない。しかし二句程度の利用であれば、それは自身の和歌の表現を磨き、内容に深みを持たせる表現になるという考え方を形作ったのだ。散文における引歌と同様の技法を和歌にも用いることが、古典意識の確立によって可能になったのである。

結びに

「源氏見ざる歌よみは遺恨のことなり」は、『六百番歌合』における俊成の有名な言だが（この言については、第三部第三章で論じる）、俊成・定家は『源氏物語』を作歌の上で必ず参看すべき書として位置づけていた。河内系源氏学の祖・源光行は俊成から『源氏物語』を教えてもらったと記しているし、定家は『源氏物語』を書写し、その本は青表紙本系統の祖本となり、本文として権威を持っている。俊成・定家父子は、『源氏物語』を愛読していただけではなく、「研究」と言いうる見識を備えていた。

さらに定家は、『源氏物語』の引歌を指摘する『奥入』を残している。田中隆昭[22]は『奥入』における引歌認定が、定家の本歌取り論と関係していると指摘した。さらに藤平春男[23]は、引歌が歌の文との二重的言語表現として行われており、そこに表現効果の特色があるという尾崎知光[24]の引歌論を踏まえつつ、この二重的言語表現を徹底させたのが定家の本歌取り論であり、定家の本歌取り手法は『源氏物語』の味読を媒介として自覚化したもので、和歌史の内部現象としてだけではその変革の契機を求めがたいと論じている。俊成や定家が、散文で開拓された引歌の暗示的・連想的な方法、そして踏まえられた内容と詞の一致が複雑で深みのある効果を生み出すことに意識を向け、その方法を和歌へと転用したのが本歌取りである。

藤平の論を踏まえ、第一部での考察を以下にまとめる。三代集時代のプレ本歌取り歌は、本歌と詞が重ならないように詠まれたため、本歌に対する否定的・批評的発想を打ち出すという方法で、新しさを作り出していた。模倣を避ける意識、本歌と同じ詞を用いることへの忌避意識が色濃くあり、そのため、本歌取りとしては、「心」つまり内容を取ることが中心だった。しかしこの方法には、本歌を並記しないと作意が明確にならない側面があった。

一方、散文でははっきりと古歌の表現を引用する引歌の技法が発達していた。散文における和歌の引用は、引用であることを示しやすく、また韻律から異質の文章であることが分かりやすいため、模倣・剽窃と見なされなかった。そのため、和歌に古歌を踏まえる方法よりも、古歌との差別化に固執するのではなく、引用による暗示・連想、内容の重層化といった複雑な効果を生み出しやすかったのだ。

　プレ本歌取りが抱えていた、模倣と映らないように「詞」の一致を避けると本歌に気づかれない、すなわち暗示引用の効果が発揮されないという困難な制約を、引歌の方法によって乗り越えたところに、現在、私たちがそれと認識する本歌取りがある。模倣への忌避意識を乗り越えるためには、散文中の引歌のように、作者自身の文章とは異質の「引用」であることが示されなくてはならない。和歌から和歌への詞の摂取が模倣ではなく、むしろ価値あるものであると評価されるためには、本歌取りされる和歌と自分の和歌とが異なるもので、決して同化しないものだという意識が必要だった。古典和歌は〈今〉とは別の次元のもの、絶対的な価値のあるものであるという意識が、古歌の表現を摂取しても、〈今〉生み出される歌の中にまぎれない作用をもたらした。それにより、古歌の表現を利用することは忌避されるものではなくなった。さらには和歌に二重性を作り出し、その意図を読者が理解した上で読解することを要請する上では、明瞭に引用する方がよい。『源氏物語』などの散文における引歌が、古歌の特徴的な詞を引用して典拠を同定させることを可能にしており、そうした散文における引歌技法の蓄積を参照しつつ、「詮とおぼゆる詞」の引用へと本歌取りの方法を確立させていったのである。

　本歌取りの成立・完成に古典主義が重要であることは指摘されてきた。加えて、模倣を乗り越え、新たな創作方法として本歌取りが定位するためには、本歌を背景とした二重性の獲得と、それを読者と共有することが保証される必要があった。共通知に根差した「引用」がそれを可能にしたのである。古歌の表現や発想を利用するだけではなく、引用することによって、〈もと〉が存在すること自体が自詠の表現の基盤となり拠り所となるという点に、従来の古歌摂取から本歌取りへの転換・発展があるのである。

注

（1）田中隆昭『源氏物語引用の研究』（勉誠出版・一九九九年）第四章「源氏物語の和歌の引用と藤原定家の引歌観」、藤平春男「新古今集と源氏物語――定家の本歌取と源氏物語の引歌」（古代文学論叢9『源氏物語と歌物語研究と資料』〈武蔵野書院・一九八四年〉所収）、上野順子「『奥入』攷――「引歌」から「本歌取」へ」（『和歌文学研究』84、二〇〇二年六月）

（2）村川和子「引歌の発生、育生期における表現技巧――伊勢物語、土左日記、宇津保物語、落窪物語を中心に」（『国文目白』9、一九七〇年一月）

（3）この後に貫之自身の和歌「世の中に思ひやれども子を恋ふる思ひにまさる思ひなきかな」が詠まれており、古歌が貫之が詠歌する契機ともなっている。「同じ心を詠む」プレ本歌取りの一例である。第一部第二章参照。

（4）木村正中「蜻蛉日記の文体――引歌について」（『東書高校通信国語』101、一九七一年一〇月）

（5）注（4）木村論文、秋山虔『王朝の文学空間』（東京大学出版会・一九八四年）Ⅱ7「蜻蛉日記の文体形成――地の文に融合する引歌」、鈴木日出男『古代和歌史論』（東京大学出版会・一九九〇年）第五編第三章「引歌の成立」

（6）伊井春樹『源氏物語論考』（風間書房・一九八一年）第二章第一節「源氏物語の引歌表現」

（7）注（2）村川論文

（8）「わがやどのやへ山吹はひとへだにちりのこらなんはるのかたみに」（『拾遺集』春72読人不知「題しらず」）を踏まえて山吹の花びらを用いているという指摘が、新日本古典文学大系脚注にある。

（9）渡部泰明『中世和歌史論　様式と方法』（岩波書店・二〇一七年）第三編第三章「『古来風体抄』における『万葉集』の抄出」、佐藤明浩『院政期和歌文学の基層と周縁』（和泉書院・二〇二〇年）Ⅲ部第二十二章「「古歌」の再生ということ」

（10）『今物語』（講談社学術文庫・一九九八年）四四「鳩吹く秋」〈解説〉（田渕句美子担当）には、「この歌は撰集類に見えず、求愛の呼びかけとしてはいささかマイナー過ぎるようだ。武正は和歌的素養に欠けていたのだが、『今物語』の女はよほど歌に詳しい相手を期待していたらしい。「み山出でて……」は古歌として散逸した私撰集か物語にあって、当時忠通周辺でよく知られている歌だったのか、あるいは歌壇での注目を受けて忠通家歌壇でも話題となった表現で、それをこの女が聞き、試しに使ってみたくなったのだろうか」と推測している。
(11) 佐藤信夫『レトリック感覚』（講談社学術文庫・一九九二年）第8章「暗示引用」
(12) 清水婦久子「『源氏物語』と和歌――本歌と引歌」（『王朝和歌を学ぶ人のために』〈世界思想社・一九九七年〉所収）
(13) 尾崎知光『源氏物語私読抄』（笠間書院・一九七八年）所収「源氏物語に於ける引歌表現――国語美論の一問題に対する試みとして」
(14) 玉上琢彌『源氏物語研究』（角川書店・一九六六年）所収「源氏物語の引き歌（その一）」
(15) 注（6）伊井著書
(16) 但し、俊成・定家・良経・家隆には「春や昔の」および「月やあらぬ」の句を用いた本歌取りは無い（長歌を除く）。これは、定家が『近代秀歌』に「月やあらぬ春や昔の」について「よむべからずとぞ教へ侍りし」と記していることから、俊成が摂取を禁じたからだと推測される。本書第三部第二章参照。
(17) 紙宏行「「詮とおぼゆる詞」について」（『文教大学女子短期大学部紀要』37、一九九三年一二月）
(18) 浅沼圭司「本歌取について――テキスト論の観点から」（『美学』26―3、一九七五年一二月）
(19) 今井明「本歌取りと本歌取りされる詞」（『国学院雑誌』95―11、一九九四年一一月）
(20) 『毎月抄』は定家仮託の偽書であるという説が通説であるが、定家の言説を模したものとして、定家歌論とさほど離れていないと考え、ここにも用いた。
(21) 松村雄二「本歌取り考――成立に関するノート」（『論集 和歌とレトリック』〈笠間書院・一九八六年〉所収）
(22) 注（1）田中著書
(23) 注（1）藤平論文
(24) 注（13）尾崎著書

第二部　漢詩文摂取

第一章　藤原良経の初学期

はじめに

新古今時代の前半期、新風歌人たちの活躍の場が、藤原良経を庇護者とした九条家歌壇だった。九条家歌壇の構成員、すなわち良経・慈円・定家・家隆・寂蓮は、その後の後鳥羽院歌壇の核となり、牽引する存在となった。そのため、九条家歌壇――新風歌人の特徴は、後鳥羽院歌壇の特徴の基盤となり、新古今的表現の中核を形成したのである。

九条家歌壇が新古今的表現の形成にもたらした成果の一つが、漢詩文の熱心な摂取である。この九条家歌壇に見られる漢詩文愛好の風潮は、一般的に良経を取り巻く摂関九条家という環境に由来すると考えられている(1)。良経の祖父・忠通は漢詩集『法性寺関白集』と歌集『田多民治集』を残している。父・兼実の詩集・歌集は残されていないが、漢文体日記『玉葉』を著しており、歌人としても『千載集』に十五首、以下、勅撰集に六十首が入集する。また、六条藤家の清輔を和歌師範として招き、その死後は御子左家の俊成を師とした。良経は夭折した兄・良通とともに、清原頼業に就いて漢学を学び、詩作に励んで、散逸しているが詩集一巻と『詩十体』三巻を残したらしい(2)。『玉葉』には、良通・良経が兼実主催の詩会にも出座していたことが記されている(3)。こうした経験が良経の詞藻を豊かにし、良経の和歌の中にしばしば見られる漢詩文摂取の淵源となっているのは疑いない。

良経は、和漢の学に通じるのに非常に恵まれた環境にあった。その結果、和漢兼作の歌人として、建久末年に自詠の詩句と和歌を歌合形式で番える『三十六番相撲立詩歌合』を編み、晩年には『元久詩歌合』の立案者となっている。更には、『千五百番歌合』の判詞を七言二句の漢詩で付し、和歌の内容を漢詩句に置き換える試みを披露している。こうした試みには、彼自身が『千五百番歌合』夏三と秋一の判詩の序文において、「蓋和漢之詞、同類相求之故也」と記したように、和歌と漢詩を異なる文学形態として両立するだけではなく、両者が詩歌として同類であるという認識を良経が有していたことが表れている(4)。

では、良経が漢文学を和歌に摂取することに、新たな表現の獲得へと結び付く可能性を見出したのは、一体いつの頃なのだろうか。九条家歌壇および良経の和歌における漢詩文摂取は、先述のような摂関九条家という環境に還元されることが多い。しかし良経が和漢を相通じるものとして、生涯にわたり融合を試みた問題意識は、環境に由来する、いわば無意識下で得たものであったとは考えにくいのではないか。第二部では古典摂取の方法として、本歌取りと佳句取りの共通点や相違点を良経の詠作から検討してゆく。そこでまず本章では、良経の初学期から「二夜百首」に至るまでの詠作の和歌表現の分析を通じて、和歌に漢詩文を摂取すること、そして佳句取りを本格的に方法として獲得してゆく過程について検討したい。

一、若年期の漢詩文摂取

良経の初学期の詠作における漢詩文摂取について検討する際、基本的な資料となるのは彼の家集『秋篠月清集』であるが、建久元年（一一九〇）九月「花月百首」以前の詠作について、『秋篠月清集』部類歌に収められる歌は、年次不詳のものが多い。ここでは、文治三年（一一八七）九月に奏上、翌年四月に奏覧された『千載集』入集歌を初めとして、年次を確定できるものを対象とする（以下、歌集を示さない歌番号は『秋篠月清集』の新編国歌大観番号）。

まずは、『千載集』入集歌から検討しよう。

ながむればかすめるそらのうきくもとひとつになりぬかへるかりがね　（春部1028「帰雁」／『千載集』春上37）

37番歌について、青木賢豪(5)は「一行斜雁雲端滅　二月余花野外飛」（『和漢朗詠集』雑部・眺望628源順）ならびに「かりがねは霞を分けてけふよりや八重雲がくれかへり行くらむ」（『堀河百首』193公実、春・帰雁）などの先行作から着想を得たものである可能性を指摘した上で、第三・四句の「浮き雲とひとつになりぬ」という表現に注目する。青木は、良経の「ひとつになりぬ」という、異なるものを融合・一体化して縹渺とした景を詠む表現が、漢詩の「浸ㇾ天秋水」「湖水連ㇾ天」「水連ㇾ雲」などの、空・水を一体化する表現を和歌表現として捉え直したものではないかと述べている。しかし『千載集』に続けて配列される「あまつそらひとつに見ゆるこしの海の浪をわけてもかへる雁がね」（春上38頼政）が、基づく本文「江霞隔ㇾ浦人煙遠　湖水連ㇾ天雁点遥」（『和漢朗詠集』雑部・眺望627橘直幹）と同様に、空と海を「ひとつに見ゆる」と一体化しているのと比較すると、良経は雲・霞・雁を「ひとつになりぬ」と詠んでいる。「浸ㇾ天秋水」以下の漢詩の表現の主眼が、上下に存する空と水との境が見分けがたくなっている点にあると考えれば、霞と雲の中へ雁が消えてゆく様を詠んだ良経の歌は、それとは隔たりがある。頼政歌から影響を受けていることは考えられるが、漢詩から学んでいるというには疑問が残る。その他の『千載集』入集歌についても、漢詩文との関係は稀薄であり、漢詩文摂取が本格的になされている明徴は認めがたい。

建久期以前の詠作の中で、良経が特定の漢詩に拠った漢詩取りを行っていると見なせるのが、次の一首である。文治五年（一一八九）九月に、慈円・寂蓮と交わした贈答歌(6)の中の一首である。

おほだけのたかねにみゆる秋の月やどの物とや君はながむる　（『拾玉集』5678）

この歌は、慈円の「おほだけのみねふく風に霧はれてかがみの山に月ぞくもらぬ」（『拾玉集』5117）に応えたものだ。良経歌が踏まえるのは、「老住二香山一初到夜　秋逢二白月正円時一　従レ今便是家山月　試問清光知不レ知」（『白氏文集』巻六六3274「初入二香山院一対レ月」）であると考えられる。なおこの詩は、前半部が『新撰朗詠集』秋部・月231に、後半部が同232に収められている。慈円が「鏡の山に月ぞくもらぬ」と清澄な月を詠んだのを踏まえ、それを詩の前半部に対応させた上で、秋の月を「宿の物—家山月」とあなたは眺めているのですね、と返した。時宜にもよく合った詩を踏まえて詠んでいる。建久期以前の良経の詠作において、現在のところ筆者が漢詩取りを看取しえたのは、この一首のみである。良経が漢詩文摂取に本格的に取り組んでいる段階とは、まだ言えないと考えられる。

二、「花月百首」の訓読語利用

建久元年（一一九〇）九月十三夜、良経は慈円・定家・寂蓮らとともに、花・月の二題各五十首で「花月百首」

を詠む。その後、二十日には撰歌合が行われた。(7)この「花月百首」が、同年二月に没した西行を追慕するものであることは、つとに久保田淳(8)によって指摘されている。「花月百首」は、その前年に行われた「雪十首歌会」に続く、良経歌壇の本格的な始発点とも呼べる催しとなった。

「花月百首」に見える漢詩文摂取については、大野順子(9)の指摘と考察がある。以下、「花月百首」に関しては大野論と重複する点が多いが、私見を付け加えながら検討してゆく。大野が指摘するのは、次の四例である。

なにとなく春の心にさそはれぬけふしらかはのはなのもとまで　(20花)
↓鶯声誘引来二花下一　草色拘留坐二水辺一　(『和漢朗詠集』春部・鶯67白居易)
花やどるさくらがえだはたびなれやかぜたちぬればねにかへるらむ　(34花)
たかねよりたにのこずゑにちりきつゝねにかへらぬはさくらなりけり　(42花)
↓花悔レ帰レ根無レ益レ悔　鳥期レ入レ谷定延レ期　(『和漢朗詠集』春部・閏三月61藤原滋藤)
くもきゆるちさとのほかにそらさえて月よりうづむ秋のしらゆき　(59月)
↓三五夜中新月色　二千里外故人心　(『和漢朗詠集』秋部・十五夜242白居易)

20番歌について、君嶋亜紀(10)と大野は、この詩句に合わせて「なにごとをはるのかたみにおもはまし今日しらかはの花みざりせば」(『後拾遺集』春上119伊賀少将「たかくらの一宮の女房花みに白河にまかれりけるによみはべりける」)が踏まえられていることを指摘する。また、朗詠詩句と後拾遺歌だけでなく、朗詠詩句の前半一句を句題とした、大江千里の「うぐひすのなきつるこゑにさそはれて花のもとにぞ我は来にける」(『千里集』2／『後撰集』春上35読人不知「題しらず」)も念頭にあったと考えられる。朗詠詩句やそれを句題とした千里が、鶯が花の下に誘うと詠んでいるのを、良経は「何となく春の心に誘はれぬ」と、自身の内面から生まれた行動に転換している。これは、「何となく」という西行の好んだ句を用いながら、西行的な行動を詠出する、君嶋が論じる〈西行ぶり〉であると解せる。

34・42番歌に見られる漢詩文摂取は、「根に帰るらむ」「根に帰らぬ」である。この二首についても大野は、朗詠詩句だけでなく、直接には34番歌は慈円の「春の花さくらが枝にやどかりていかに程なくねにかへるらむ」(『拾玉集』611厭離百首・春)を、42番歌は「たかねよりたにのさくらをみくだせばこずゑの花ぞしづえなりける」(『為忠家後度百首』20仲正、桜・澗底桜)を踏まえていると指摘する。特に34番歌と慈円歌は、「桜が枝」という詞、更には桜が旅をする趣向で「根に帰る」に「寝」を掛ける点が一致している。また、42番歌については仲正歌以外にも、高嶺の花が「根に帰らぬ」という表現から、西行の「よしのやまくもゝかゝらぬたかねかなさこそは花のねにかへりなめ」(『聞書集』136「花歌十首人々よみけるに」)からの影響が想定できる。[11]

59番歌は、第二句「ちさとのほかに」に漢詩文摂取を指摘できる。この句は、大野が指摘する掲出した朗詠詩句に限らず、「十二廻中　無レ勝二於此夕之好一　千万里外　皆争二於吾家之光一」(『和漢朗詠集』秋部・十五夜付月244紀長谷雄)などの訓読から生まれた詞である。これらの詩句を摂取して、天地をあまねく照らす月光を詠む際に「千里の外―月」の詞を用いた歌が院政期から見られ、良経の周辺歌人でも、定家(『拾遺愚草』42初学百首)・俊成(『五社百首』89・151)が用いている。良経自身も「花月百首」に先立つ「文治六年女御入内御屏風和歌」で、「ながめやる心のみちもたどりけりちさとのほかのゆきのあけぼの」(祝部1373第十二帖「山野竹樹などに雪ふりつみたる所、人家あり」)を詠んでいる。これは月を詠んだものではないが、「千里の外」を自詠に摂取したものだろう。

なお、この歌の一首全体に大きな影響を与えているのが、大野の指摘するように、定家が文治五年(一一八九)三月に詠んだ「月きよみよものおほぞらくもきえてちさとの秋をうづむしらゆき」(『拾遺愚草』550重奉和早率百首・

秋）である。用いられている詞の多くが重なっている上に、広々とした夜空から照らす月光が秋の雪に比喩されるという、詠まれた情景も一致している。

またこの歌には、もう一点漢詩文摂取を指摘しうる。第五句「秋の白雪」だ。これは漢語の「秋雪」の訓読から生まれた詞である。「秋雪」は劉禹錫「終南秋雪」詩およびそれに和した白居易「和三劉郎中望二終南山秋雪一」詩（『白氏文集』巻五六2624）から、本朝詩人が摂取した詩語である。「引二十分一兮蕩二其彩一　疑三秋雪之廻二洛川一」（『和漢朗詠集』秋部・九日263紀長谷雄）「薬欄日霽曝二秋雪一　雲碓水急舂二暁霜一」（『新撰朗詠集』雑部・仙家付道士505惟宗孝言）に見られ、これらはいずれも白菊を「秋雪」に見立てたものだ。和歌においては、貫之が「衣手はさむくもあらねど月影をたまらぬ秋の雪とこそ見れ」（『後撰集』秋中328紀貫之「月を見て」）「ひくことのねのうちつけに月影を秋の雪かとおどろかれつつ」（『貫之集』445「同じ年（天慶二年）さいさうの中将屏風の歌卅三首／月に琴ひきたるをききて、女」）と、月光を「秋の雪」に見立てる表現を用いている。[12] 59番歌も、月との見立てで「秋の白雪」を詠んでいる。詩語「秋雪」から生まれた「秋の雪」は、貫之の後ほとんど用いられることがなかったが、そこから「秋の白雪」という詞続きを新たに生み出したのが良経の創意である。後年、良経は59番歌を『後京極殿御自歌合』三十四番・右に自撰している。定家の模倣の色合いが濃いとはいえ、良経にとっては自信作であり、模倣に終わらない作と見なしていたことが窺われる。

大野は挙げていないが、次も漢詩文摂取の一例として加えることができる。

まどのうちにとき〲花のかほ（を）りきてにはのこずゑにかぜすさむなり　（19花）

この歌を漢詩文摂取の視点から検討すると、上句の〝窓の花〟という題材に漢詩文摂取が認められる。[13]〝窓の花〃は、「池凍東頭風度解　窓梅北面雪封寒」(『和漢朗詠集』春部・立春2藤原篤茂)や、詩題「梅近香入レ窓」など、漢詩文から摂取された題材である。和歌においても院政期以降、「東風の梅ふくかたに窓を明けて香をねやの内にいれつる」(『頼政集』25「梅花薫二窓中一」)「おいがよにまどのむめがえうつしうゑて花まつ我を人やあざむく」(『林下集』10「梅」)などの例が見られ、『為忠家初度百首』では「窓前梅」の歌題が設けられている。「窓」と組み合わされる花が主に梅であることは、先掲の朗詠詩句の影響である。(14) しかし良経は、「窓の花」と詠み、桜の花と組み合わせている。「花」を窓と組み合わせ、更に風が両者を結ぶという趣向は、「花月百首」より三ヶ月前、六月に定家が詠んだ「窓ごしに花ふく風の過ぬればあつめぬ雪ぞ袖に匂へる」(『拾遺愚草員外』12一字百首・春)から摂取したものと考えられる。定家が窓から吹き入って袖の上に積もる花を詠んだのに対して、良経は窓から花の香のみが吹き来る歌に転じた。

花ざかりよしのゝみねやゆきのやまのりもとめしにみちはかはれど　(31花)
わしのやまみのりのにはにちる花をよしのゝみねのあらしにぞ見る　(32花)
にごるよになを(ほ)すむかげぞたのもしきながれたえせぬみもすその月　(82月)

31番歌の「法求めし」は「求法」、32番歌「鷲の山」は「霊鷲山」、「御法の庭」は「法場」、82番歌「にごるよ」は「濁世」を訓読・和語化したものである。本来ならば風雅の象徴である花と月を主題とする「花月百首」の中に、仏教語の訓読・和語化が多く見られるのは、「花月百首」が西行を強く意識して詠まれたためである。特に31・32番歌の前後、30番から37番歌までは、君嶋が指摘する、西行的な花と仏心との相克というテーマが通底する仏教色の強い歌群である。仏教性を一首の主題とする限り、仏教語は内容と深く関わるものであり、他の詞に置き換えがたいため、これらの訓読語は避け得ないという側面が考えられる。また、西行がその詠歌の中で多くの仏教語を、訓読して、または訓読せずに詠み込んでいることを顧みると、ここにも大きな意味での西行からの影響が認めうるかもしれない。どのように仏教語を詠み込んでいるかではなく、何故詠み込んでいるかという点、すなわち、良経が「花月百首」において、西行的な花月と仏心との相克を詠もうとしたがゆえに、仏教語を詠み込んだ点が重要であると思われ、朗詠集などによる漢詩文摂取とは異なる意識があったと考えられる。

「花月百首」における良経の漢詩文摂取について、大岡賢典(15)は百首の展開・構成・配列に、連句の体験から学んだものがある可能性を論じている。しかし、一首ごとの表現を見てみると、そこに見られる漢詩文摂取は、詞の上でも発想の上でも、院政期以後に先行例を見出すことができる上に、大野も指摘するように、漢詩文から表現を摂取するというよりも、周辺歌人の先行例から表現を学ぶという側面が強い。20番歌「なにとなく…」のように、朗詠詩句を踏まえた上で〈西行ぶり〉へと転換する工夫の見られるものもあるが、概ねあくまでも周辺歌人の後背を仰ぐ形でなされているのである。

三、「二夜百首」の訓読語利用

「花月百首」に続き、同年十二月、良経は定家・慈円を誘って速詠で百首歌を詠んだ。『秋篠月清集』には「二夜百首」、慈円の『拾玉集』には「当座百首」と題して収められている百首である。定家の詠んだ百首は残されていない。

「二夜百首」について久保田淳(16)は、良経の詠作の中でも質の高いものではないことを指摘する。しかし「二夜百首」は、文治・建久期に数多く詠まれた速詠歌群の中に位置する点で、当時の流行を反映しており、また良経自身が詠んだ速詠で、『秋篠月清集』にまとめて残されているのはこの「二夜百首」だけである。筆者は別稿(17)において、慈円からの影響という視点から、良経の詠作における「二夜百首」の位置づけを試みたが、漢詩文摂取の点からも「二夜百首」は検討する余地がある。

　漢詩文摂取の方法について具体的に検討してゆこう。

　　ひをさふるまつよりにしのあさすゞみこゝにはくれぞまたれざりける　（121納涼）

121番歌の初句「日を礙ふる」の和歌の先行例は、覚性法親王の「ひをさふるまのゝわかたけ影うすしいつまでのこるこぞの雪ぞも」（『出観集』39竹畔残雪）のみである。但し、元来は漢詩文の訓読から生まれた表現であり、「礙レ日暮山青簇々　浸レ天秋水白茫々」（『和漢朗詠集』雑部・山水501白居易／『千載佳句』遊牧部・眺望874）「巌溜噴レ空晴似レ雨　林蘿礙レ日夏多寒」（『千載佳句』地理部・山中343方子）と、本朝の摘句集に取られている唐詩句に見られる詞で、日光を遮るという意味だ。白居易の詩句から影響を受けて、本朝詩人も「銜レ秋水上千巌冷　礙レ日林間六月寒」（『新撰朗詠集』夏部・納涼154橘直幹）と詠んでいる。特に橘直幹の詩句は納涼部に収められており、さらに陽光を遮り涼をもたらすものが樹木である点も、良経歌と共通している。良経が念頭に置いていたのは、直幹の詩句である可能性が高い。

　直幹の詩句、およびその基盤にある白居易の詩句が、良経の念頭にあったことは、続く122番歌を見ると、さらにはっきりとする。

　　おくやまになつをばとを（ほ）くはなれきて秋のみづすむたにのこゑかな　（122納涼）

ここには「秋の水」という詞が見える。「秋の水」は、前掲の白居易詩句に見える「秋水」の訓読だ。直幹の詩句にも「銜レ秋水」の形で用いられている。「日を凝ふる」から「秋の水」へという連想の背後に、朗詠詩句の存在を想定することができる。

「秋水」はもともと『荘子』に典拠を持つ詞であり、『和漢朗詠集』に限っても、先掲の白居易詩句以外にも四例が見られる。勢いよく流れる水や、五行で秋に相当する色が白であることから白い水を表す。秋らしくなり始めた頃の水を意味する漢語である。122番歌では、澄み切って勢いよく流れる水を表すと解せる。和歌における先行例は、「風にちる秋のもみぢのちつひに秋の水こそおとしはてけれ」（『躬恒集』202「もみぢおつ」）が古く、勅撰集初出は「てる月のひかりさえゆくやどなれば秋のみづにもこほりゐにけり」（『金葉集』193皇后宮摂津「宇治前太政大臣家歌合に月をよめる」）である。これらの先行例は、紅葉・月といった秋の景物と組み合せ、視覚的に「秋の水」を表現している。一方、良経は水音が澄んでいると、聴覚でも「秋の水」を捉えている。

また波傍線を付した「たにのこゑ」は、122番歌が新編国歌大観・新編私家集大成の範囲で初例である。漢語「澗声」もしくは「渓声」の訓読であると考えられる。特に良経が念頭に置いていた可能性が高いと考えられるのは、白居易の「……時逢二山水秋一、清輝如二古昔一。……独有レ秋澗声、潺湲空旦夕。」（『白氏文集』巻七0300「遊二石門澗一」）である。この詩は、俗世を離れた山中で谷水の音を聞き、その音に秋を感じると詠まれており、122番歌と場面設定が共通している。

あはれなりくもにつらなるなみのうへにしらぬふなぢをかぜにまかせて　（200海路）

この歌の第二句「雲に連なる」は、新編国歌大観・新編私家集大成の範囲で和歌に先例が無い。但し、朗詠詩句に「孤館宿時風帯ㇾ雨　遠帆帰処水連ㇾ雲」（『和漢朗詠集』雑部・行旅641許渾／『千載佳句』別離部・送別920）と例が見える。果てしなく広がる海湖が、水平線で空とつながる様を表現する詞である。この「水連ㇾ雲」を、良経自身も「堂宇有ㇾ図今見ㇾ昔　海湖無ㇾ岸水連ㇾ雲」（『三十六番相撲立詩歌合』47廿四番・左「於二天王寺一即事」）と漢詩に用いた例がある。「雲に連なる」は漢詩の訓読から得た詞続きであると考えられる。

以上に挙げて検討してきた漢詩文摂取は、漢語の訓読調をそのまま詠み込んだものだ。それも、同じ主題または関連の深い主題の漢詩文から詞を摂取している。但し次の例は、単に訓読語の摂取として片付けられない要素を含んでいる。

くもにふす人の心ぞしられぬるけふをはつせのおくのやまぶみ　（187仏寺）

初句「雲に臥す」の和歌における先行例は「月影はくまなき物を尋行人はいづくの雲にふすらん」（『出観集』417「月下問ㇾ僧」）のみが見られる。これは、漢語「雲臥」「臥雲」の訓読を詠み込んだものである。『文選』に「風餐委二松宿一　雲臥恣二天行一」（巻二八楽府下・鮑照「升天行」）と見え、本朝漢詩にも「草創主人雲臥後　竹編客舎雨隳時」（『新撰朗詠集』雑部・山家521公任）の例がある。ここでは特に、天に昇って仙道を修めたいという望みを詠んだ「升天行」を踏まえ、俗界を離れることを意味する。初瀬山の奥を行くことによって、神仙境を旅する隠者の気持ちを理解できる、の意であると解せる。そしてさらに「雲に臥す」は、初瀬山に懸かる雲を字義通りに連想させる機能も有している。

次の例も、同様のものである。

たえずたくかうのけぶりやつもるらむくものはやしにかぜかほるなり　（189仏寺）

この歌に見える「香の煙」は、漢語「香煙」の訓読である。またそれだけでなく、「香の煙や積もるらん」という表現の背景にあるのは、『維摩詰経』香積仏品の「香積」であると考えられる。この「香積」とは香積如来の名で、香気が辺り一面の空気に満ちている様を表す詞である。『維摩詰経』香積仏品には、「有ㇾ仏、名二香積如来一、至二真等正覚一。世界曰二衆香一。一切弟子及諸菩薩皆見二其国一。香気普薫二十方仏国諸天人民一」と、香積如来は言葉ではなく香によって教化すると記されている。「雲の林」すなわち雲林院に薫る香は衆生を教化するものであることを表していると解せる。

心ありしみやこのともゝやまびとゝなりておもへばいは木なりけり　（195山家）

結句の「岩木」とは、『白氏文集』巻四0160「李夫人」の「生亦惑、死亦惑。尤物惑ㇾ人忘不ㇾ得。人非二木石一皆有ㇾ情、不ㇾ如不ㇾ遇二傾城色一」の傍線部にある、人は木石とは違い情が有るという一節を踏まえたもので、無情のものとして「木石」すなわち「いは木」を詠んでいる。「李夫人」の傍線部は、平安時代の物語にもしばしば登場する。『源氏物語』蜻蛉巻に薫大将が「人木石にあらざればみな情あり」と誦ずる場面があり、また「おのづからゆるぶ気色もあるを、岩木よりけになびきがたきは」（夕霧巻）、「あはれなる御心ざまを、岩木ならねば思ほし知る」（東屋巻）と、「木石」を「いは木」と和語化して無情のものを指す例が見られる。和歌においても「いは木」を無情のものとして詠む例は摂関期から見られるが、ここでは特に「こころなきいはきのするゑをたのみてもよはすぎぬべしみよしのの山」（『寂蓮無題百首』89雑・山）を良経の発想の源として挙げる。寂蓮歌も195番歌と同様に、「李夫人」に基づいて無情のものとして「いは木」を用いている。また寂蓮歌において「いは木」は、結句「み吉野の山」の景物としても機能している。これは195番歌にも同様に見られる趣向で、無情の物である「いは木」を山家題に詠み込むことで、文字通りの岩や木を山家の景物としても連想させるように用いているのである。

この187・189・195番歌は、それぞれ「雲に臥す」「香の煙や積もるらむ」「いは木」によって、神仙境を旅する意・香積如来の名・無情の物を表すと同時に、それらの詞は景色の描写ともなっている。漢文訓読調を残して詠み込みながら、その詞の漢詩文における意味だけではなく、詞によって連想される景色が題意の表現としても適したものとなっている。佐藤恒雄(18)は、新古今的表現における漢詩文摂取と秀句表現の関わりについて、漢詩表現で用いられてきた詩語を下敷きにして、和歌表現に翻転された時、漢字とそれに当てた和語の間に意味のズレが生じ、それが秀句表現となりうる大きな要因となったことを論じている。このような意味のズレを、良経はこれらの歌で積極的に活かしているのである。

四、漢詩文摂取の展開

次に、訓読語を詠みこむ以外の方法で、一首全体に漢詩文を踏まえた歌について検討しよう。

あか月のかぜにわかるゝよこぐもをおきゆくそでのたぐひとぞみる　（155寄レ雲恋）

この歌の第二・三句は、西行の「よこ雲の風にわかるゝしのゝめにやまとびこゆるはつかりのこゑ」（『山家集』420「朝聞レ雁」／『西行法師家集』252「暁初雁を聞て」）から詞を摂取している。但し155番歌は、恋歌に明け方の雲を詠んでいる点から、『文選』情・宋玉「高唐賦」序文を踏まえていると考えられる。高唐山に遊んだ懐王は、昼寝の夢の中で巫山の神女と契る。去り際に女性が「妾在二巫山之陽、高丘之阻一。旦為二朝雲一、暮為二行雨一」と述べ、懐王が高唐山に廟を立てた際、その廟を「朝雲」と名付けたという故事である。また、「高唐賦」序文を踏まえて良経の下句「起き行く袖のたぐひとぞ見る」を見ると、刻々と移り変わる朝雲の形容として、美しい女性が袂で日光を遮って恋人のいる方向を見やっている情景に喩える「晰兮若二姣姫揚レ袂障レ日、而望レ所レ思」の部分に対応していると考えられる。「高唐賦」序文の記述から二箇所を踏まえた、本文との密着度の高い踏まえ方である。但し、明け方の雲を後朝の女性の衣服に喩える表現は、特に七夕を主題とする漢詩の隋・王眘「七夕詩」に「……落月移二粧鏡一、浮雲動二別衣一。懽逐今宵尽、愁随還路帰。……」（『藝文類聚』歳時中・七月七日／『初学記』歳時部下・七月七日）と、織女の衣と雲の比喩が見られる。和歌においても、「天漢(アマノガハ)　霧立上(キリタチノボル)　棚幡乃(タナバタノ)　雲衣能(クモノコロモノ)　飄袖鴨(カヘルソデカモ)」（『万葉集』巻十・2063）にその趣向が摂取されており、(19) 以下「七夕の雲の衣の袖ひちてをしむ空なき朝ぼらけかな」（『基俊集』150「たなばたあかつきをしむ」）「うらみをやたちそへつらむたなばたのあくればかへるくもの衣に」（『拾遺愚草』32初学百首・秋）の例が見られる。155番歌には七夕を示す詞が見られないので、織女に限定することはできないが、こうした漢詩から和歌へ展開する、後朝の織女の衣服と雲の比喩を、「高唐賦」序文の神女に応用したものと考えられる。

　　きみゆへもとらふすのべに身をすてむたけのはやしのあとをたづねて　（171寄レ竹恋）

この歌は、『金光明最勝王経』捨身品に見える薩埵王子の捨身説話を踏まえている。捨身説話は和歌にもしばしば詠まれる素材である。[20] 第三句「身を捨てむ」は、「捨身」の訓読であるが、ここでは「寄レ竹恋」題に捨身説話を取り上げ、第四句に「竹の林」を詠む意図を考えたい。これは、『金光明最勝王経』の「爾時王子摩訶薩埵。還二入林中一。至二其虎所一。脱二去衣服一置二於竹上一」の記述を踏まえたものであり、直接には慈円が建久元年四月に詠んだ「衣をば竹のさ枝にかけを(お)きてとらに身なげし人をしぞ思ふ」(『拾玉集』967一日百首・竹)が発想面で良経歌に影響を与えていると考えられる。

また、良経が恋歌に捨身説話を詠んだのは、「有りとてもいく世かはふるからくにのとらふすのべに身をもなげてん」(『拾遺集』雑恋1227読人不知「をとこもちたる女を、せちにけさうし侍りて、あるをとこのつかはしける」)「人づまはもりかやしろかからくにのとらふすのべかねてこころみん」(『古今和歌六帖』第五2978雑思・人づま)などから見られる、人妻への恋心を、捨身の危険を冒すことすらも厭わないと表現する伝統を踏まえている。このような捨身説話の日本の和歌における恋歌上の伝統と、経典の記述に依る景物と、二つをともに踏まえることで、本説である捨身説話と歌題との関わりを密にしているのだ。

　こぬ人をまつにうらむるゆふかぜにともおもふつるのこゑぞかなしき　(169寄レ松恋)

第四句「ともおもふつるの」は、直接には寂蓮の「山ふかくともおもふつるのけしきにもくものかよひぢうちながめつつ」(『寂蓮結題百首』85ざふ・せんのすみかにつるおほし)から摂取したものと考えられる。鶴の声は、「第三第四絃冷々　夜鶴憶レ子籠中鳴」(『白氏文集』巻三0141「五絃弾」/『和漢朗詠集』雑部・管弦463)を踏まえ、子を思って鳴くものとして和歌にも詠まれるのが通例である。寂蓮歌の「とも」は友人の意味で用いられている可能性があるが、良経歌における「とも」は、主題が恋であるので伴侶の意味である。

このように鶴が伴侶を想うものと捉える詠み方は、琴曲「別鶴操」に拠ると考えられる。「別鶴操」については、『藝文類聚』巻九〇鳥部上・鶴に引かれる、『琴操』を出典とする記事がある。

琴操曰。商陵牧子、取レ妻五年無レ子。父兄将レ欲レ為二改娶一。妻聞、中夜驚起、倚レ戸悲嘯。牧子聞、援レ琴鼓レ之。痛二恩愛之永離一。因弾二別鶴一以舒レ憤。故曰二別鶴操一。

子が無いために離縁されそうになった妻が、夜、悲しみにくれて嘯いていた。それを聞いた牧子は、琴を引いて妻に合わせた。その際、妻と引き裂かれる嘆きと憤りを表すために弾いた曲が「別鶴」という曲だった。この「別鶴操」の歌は、次のものである。

将下乖二比翼一兮隔中天端上、山川悠遠兮路漫漫、攬レ衣不レ寐兮食忘レ餐。（漢・琴曲歌辞「別鶴操」）

この「別鶴操」の琴曲および主題は、後代にもよく知られたものであり、白居易も「双鶴分離一何苦、連陰雨夜不レ堪レ聞。莫レ教二遷客孀妻聴一。嗟歎悲啼詆二殺君一」（『白氏文集』巻六六3258「雨中聴三琴者弾二別鶴操一」）と、もう一首、元稹の「聴三妻弾二別鶴操一」に和した「和四微之聴三妻弾二別鶴操一、因為解二釈其義一、依レ韻加二四句一」（『白氏文集』巻五一2215）と、「別鶴操」を主題とした詩を残している。すなわち、六朝詩から唐詩にかけて、鶴の声とは琴曲「別鶴操」の主題としてよく知られるように、引き裂かれたつがいの悲しみという意味を持つものだった。日本の和歌においては、『万葉集』に妻を呼ぶ鶴が詠まれる例があり(21)、これらは漢詩文における鶴の表現から影響を受けたものと考えられる。先述したように王朝和歌では白居易「五絃弾」を踏まえて、鶴の声は子を思って鳴くものという捉え方が主流だったが、『白氏文集』にも「別鶴操」を主題とした詩があることから、つがいを想って鳴くものとしてもよく知られていたと判断できる。良経の「とも思ふ鶴」の背景にあるのは、つがいを呼ぶ「別鶴操」のイメージであったと推測される。

なお、この歌は「寄レ松恋」題である。松に直接関わる表現としては、「松に怨むる夕風」が詠まれている。題とこの歌に見られる「別鶴操」の漢詩取りは、いかに関わっているのであろうか。これは、鶴と松が密接に関わる素材であることが一因として考えられる[22]。しかしそれだけではなく、「月影臨二秋扇一　松風入二夜琴一」(『李嶠百二十詠』風)、及びこの詩句を題とする「ことのねに峰の松風かよふらしいづれのをよりしらべそめけん」(『拾遺集』雑上451斎宮女御)など、松風の音が琴の音に聞きなされる伝統が背景にあると考えられる。それを踏まえて読むと、「とも思ふ鶴の声」とは、現実の鶴声ではなく、松に吹く夕風に琴曲「別鶴操」を聞くという趣向で詠まれていると解せるのだ。

これらの漢詩文摂取は、一首全体に漢詩文や経典の本文を踏まえており、その踏まえ方は、訓読調の残った詞ではなく、主に題材の組み合わせによってそれと判断できるものである。寄物恋題の表現にあたって、恋の表現に適した本文を用い、恋を寄せる物と恋の表現が密になるように巧まれているのだ。また、155・171番歌では本文の二箇所から場面を引き出し、169番歌では、松風と鶴の組み合わせの背後に琴曲「別鶴操」への連想が働くように詠まれている。すなわち、本文と題との密着度が高い踏まえ方であるといえる。

如上検討してきたことから、「二夜百首」の漢詩文摂取には、四季歌・雑歌に見られる、詩語の訓読をそのままに詠み込む技法から、恋歌に見られる本格的な漢詩取りまで、様々な位相があること、「花月百首」における漢詩文摂取と比較すると、工夫が凝らされ、技法として深化していることが看取できる。訓読を詠み込んだものの多くは、これらの詞が依拠していると推測される漢詩や摘句が、良経の詠んだ和歌と共通する主題を詠んだものであることからも、摂取の方法としては比較的単純なものである。また、同様に訓読語を詠み込んだ表現の中には、踏まえる漢詩文に基づく意味を詠み込む一方で、詞の字義通りに解した時、叙景としても機能して、より一層、題意にかなった表現となっている例も見出せる。これは、単純に漢語を和語に置き換えるだけではなく、和語としての意味と漢語としての意味を二重映しにしている。さらに、特に恋歌における漢詩文摂取に関しては、西行や慈円・寂蓮という同時代歌人の詞遣いを摂取しながら、そこに漢詩文から摂取した表現や素材を重ねて用いており、単なる詞の摂取にとどまらない工夫が見られる。

「二夜百首」の漢詩文摂取歌から、後に建久末年頃に編んだ『後京極殿御自歌合』に自撰しているのは、155番「あか月の…」歌のみである。他の歌を自歌合に採らなかったのは、「二夜百首」が速詠であったために、沈思や推敲を重ねずに詠んだ歌だったこと、さらには本格的に漢詩文摂取に取り組んだ経験が浅かったために、完成度が低いと自身で見なしたことが原因だろう。特に、訓読調の残った歌については、それが顕著であると思われる。良経の以後の詠作では、露わな訓読調よりも、恋歌に見られた漢詩文摂取のように、題材の組み合わせや詠出された情景によってそれと判断されるような形で佳句取りを行うことが比較的多いからである。良経歌において露わな漢文訓読調が多く残っているのが、「二夜百首」の特徴である。

但し、後の良経歌においても、このような漢語を訓読した例が見られないわけではない。谷知子[23]は、「治承題百首」「南海漁父百首」において漢語を訓読した表現が見られることを指摘し、新たな歌語を獲得しようとする意欲を看取している。これらの詩語の訓読という方法は単純な方法ではあるが、漢語の訓読が新たな歌語を生み出し、いわゆる新古今的表現と呼ばれる新風表現を形成したことは、佐藤恒雄の一連の研究[24]で指摘されている。漢詩文摂取が新たな歌語の獲得へと結び付く、さらには佳句取りという技法の可能性に、良経が目を開かされたのは「二夜百首」だったと位置付けられる。良経が速詠「二夜百首」で得た漢詩文摂取の可能性は、以後の良経にとって、大きな意味があったと考えられるのである。

結びに

本章冒頭で述べたように、良経の和歌に、漢詩文から摂取した表現が散見するのは、良経が育った摂関九条家という環境に裏打ちされた豊かな知識が基盤にある。漢詩文を積極的に取り入れ新風を生み出す性格は九条家歌壇の特徴であり、いわゆる新古今的表現の基盤の形成にも大きな意義を有している。良経は歌壇の庇護者として、漢詩文摂取に関しても牽引する立場であったと見なされるが、その初期の詠作においては、むしろ西行や周辺歌人の後を追うようになされたものであったことが、「花月百首」の表現から窺われる。

大野は、良経「花月百首」が、文治五年から建久元年八月頃までに詠まれた周辺歌人の詠作から、積極的に表現を摂取していることを指摘する。そして、文治五年末に「雪十首歌会」を催すなど、公私ともに和歌と関わる機会が増えた良経が、文治後期の周辺歌人による速詠の歌稿を手元に揃えていたことを推測している。この大野の見解は首肯できるものであり、良経の歌人としての形成過程を考える上でも重要な指摘である。また、良経が周辺歌人の最近の詠作からさかんに表現を摂取する傾向は、次の「二夜百首」においても同様に見られる。[25]

文治後期の周辺歌人による詠作の中でも、特に速詠に対する良経の関心は、単に近い時期に詠まれたからという理由のみではなかったらしい。「二夜百首」の後、良経は定家に命じてたびたび速詠を詠ませている。建久二年六月のいろは四十七文字を歌頭に置いた「いろは四十七首和歌」と「文字鎖歌二十首」、建久三年九月十三夜「今こむといひしばかりに長月の有明の月を待ちいでつるかな」・建久七年秋「秋はなほ夕まぐれこそただならね荻の上風萩の下露」をそれぞれ一字ずつ歌頭に置いた和歌がそれにあたる。こうした速詠に定家は「今みればうたにてもなかりけり」（『拾遺愚草員外』「秋はなほ…」三十一首跋文）という自己評価を下しており、『拾遺愚草』には収めていない。冒頭に「已上片時終篇狼藉左道、依レ有二其恥一、雖レ不レ加二入家集一、其中一両首有レ撰二取歌一、仍追書二入草紙奥一」と記す『拾遺愚草員外』に収めている。それでも、速詠の中には後の京極派の和歌に通じるような叙景歌があることや、漢詩文摂取が評価されている。(26)良経が速詠という形式に関心が高かったのみならず、定家の速詠は良経にとって、定家が斬新な表現を次々と生み出す機会として意識されていたと考えられる。

また定家の漢詩文摂取は、速詠のみに限定されない。ここで、定家の漢詩文摂取について確認しておこう。定家の詠作における漢詩文摂取が、文治・建久期に多く見られることは、長谷完治・富樫よう子の調査・論(27)によって明らかにされている。漢詩文摂取については、佳句取りと認定しうるかどうか、研究者によって差異が生じるが、ここでは佐藤恒雄(28)の調査から示す。佐藤が定家の漢詩文摂取歌として指摘する二百三十六首中に、養和元年（一一八一）「初学百首」から建久元年（一一九〇）六月「一句百首」までの間に詠まれた歌が五十九首ある。割合でいえば二五パーセント、定家の詠作期間の長さから考えると、四分の一の漢詩文摂取歌がこの十年間に見られることは重要だろう。長谷と富樫は、定家の詠作において、建久期に漢詩文摂取歌が多く見られることを指摘し、その理由を建久期の九条家歌壇の有した漢詩文を好む気風に求めている。定家の九条家歌壇における詠作、すなわち「花月百首」から建久七年秋までの詠作においては、六年間で七十首の漢詩文摂取歌が見えるから、長谷・富樫の指摘には首肯しうる。但し長谷と富樫は、文治と建久を区切って数値を出しているが、これを九条家歌壇の本格的な始発点である「花月百首」より前とそれ以後で分けた時、九条家歌壇が本格的に始発する以前から、定家が数多くの漢詩文摂取歌を詠んでいる点に注目されるのだ。こうした定家の速詠をはじめとする詠作における、積極的な漢詩文摂取への意欲が、良経に刺激を与えたと考えられるのではないだろうか。

速詠や漢詩文を摂取した和歌を詠んでいたのは、もちろん定家だけではない。良経に大きな影響を与えた慈円も多くの速詠を残しており、慈円の詠作に露わな漢詩文の訓読調があること、[29] 建久元年六月の「一句百首」において、現存する定家・慈円・公衡の三人の詠作に漢詩文摂取が認められることも[30]指摘されている。良経の和歌師範である俊成についていえば、「花月百首」と同年の文治六年三月（四月十一日に建久に改元）に清書し、順次奉納した『五社百首』において、漢詩文摂取が顕著に見られ、しかも翻訳調が露わであることが指摘されている。[31] このように、文治後期から建久元年前半、良経の周辺歌人達は、定家に限らず積極的に漢詩文摂取を試みていた。良経に影響を与えたのを、定家のみに早急に限定することは避けねばならない。

しかし、それでもなお、文治末年から建久元年までの定家の動向に、漢詩文への接近が顕著に見られることは目を引くのだ。富樫は、先行和歌に既に踏まえられたことがある漢詩文ではなく、新たな漢詩文を踏まえた和歌が、文治末頃の催しから増加することを指摘している。特に注目されるのは、「花月百首」の三ヶ月前に詠まれた建久元年六月の二種の速詠「一字百首」「一句百首」である。この速詠には漢詩文摂取も多く、「一字百首」において五首、「一句百首」では十三首の漢詩文摂取歌が見られる。なお「一字百首」「一句百首」は、『拾玉集』には「勒百字和歌」「勒句百首」と題して収められている。『拾玉集』の「勒句百首」跋文には、次のように記されている。

建久元年六月廿六日自二未初一至二于未終一、如法一時之間詠レ之。仍可レ謂二一時百首一。其間猶与レ人有二問訊事一乎。抑此百首ハ定羽林勧進シテ俊大徳相共詠レ之、其後送二題於隆阿闍梨之許一云々。仍阿闍梨廿六日午終来語則右筆終二篇於一時一了。一首五句之内ニ勒句也。

（「勒句百首」跋文）

この跋文によると、定家が「俊大徳」（俊成か）[32]を誘って和歌を詠み、その後「隆阿闍梨」（隆寛）に題を送ったという。隆寛は慈円とも親しく、同年の四月にはともに「一日百首」を詠んでいる。慈円は隆寛から題を見せられ、自らも詠歌したらしい。その後、公衡もこの二種の速詠を詠んだ。俊大徳と隆寛の詠は残っていない。慈円が参加したのは、試みの面白さに惹かれたのであろう。久保田淳[33]は、この試みが漢詩の勒韻からヒントを得たものであろうこと、また漢詩的な表現が著しいこと、さらにはこうした漢詩文への接近が良経やその周辺の九条家関係の文人の目に触れるであろうことを予想したものだった可能性を指摘している。定家の「一字百首」「一句百首」の試みが、隆寛を通じて慈円の目に触れ、慈円自身が参加していることや、さらには良経が定家の詠作の表現を摂取していることから、久保田の指摘は蓋然性が高い。前年末に「雪十首歌会」が催され、良経が本格的に和歌に取り組み始めていた時期であり、大野が述べるように、文治五年末頃から良経が周辺歌人の歌稿を集めていたとしたら、そのような良経の動向に定家が敏感に反応したのが「一字百首」「一句百首」であった可能性は高い。単に表現摂取の位相にとどまらず、定家が実践してみせた漢詩文と和歌の交流という試みが、良経の関心を引いたと想像されるのだ。その後、九条家歌壇の催しの中には、「十題百首」『六百番歌合』のように、組題に中国の類書的な部類が見られるものがある[34]。こうした催しの性格そのものに漢籍の影響があるという側面も、定家の「一字百首」「一句百首」に続くものであると位置付けられる。九条家歌壇の積極的な漢詩文摂取は、主催者の良経主導で押し進められたものである一方で、九条家歌壇の始発点において、漢詩文摂取が和歌にもたらす可能性を良経に示したのは、特に定家であったという方向性が想定できるのである。

　定家や慈円らの速詠に刺激を受けながら、良経が自ら詠んだ速詠が「二夜百首」であった。「二夜百首」は、和歌としての完成度は、他の百首歌と較べると高いものではないが、漢詩文摂取という視点から見ると、様々な成果を得たと考えられる。先述したように、「花月百首」と同様に、「二夜百首」においても周辺歌人からの表現摂取は著しい。しかし漢詩文摂取については、周辺歌人の漢詩文を摂取した表現をほぼそのまま取り入れ、詞のみならず一首全体の趣向まで一致するものが多い「花月百首」と較べると、表現・発想を摂取したものであっても、一首全体が先行歌に寄りかかるようなものではなく、自身の工夫を付け加えている。良経が定家の速詠表現に刺激を受けて、自らも独自の表現獲得に意欲をもって臨んだのが、この「二夜百首」だったのだろう。花月の二題のみだった「花月百首」より、二十題の「二夜百首」の方が、制約が少なく様々な題材に取り組むよい機会となりえただろうし、更には定家が特に「一字百首」「一句百首」などの速詠において漢詩文を和歌に摂取していたことを顧みれば、定家に倣って、速詠という遊戯的性格を有する形式の中で、良経がより自由に実験的に、自身の表現の幅を拡げようとしたと推測される。「二夜百首」に見られる漢詩文摂取は、良経が漢詩文を本格的に摂取し始める始発点にあたることを示している。

従来、和漢兼作歌人である良経の和歌に、漢詩文の影響が濃いことが指摘され、歌人・良経を考えるにあたって、漢詩文摂取は大きな問題として認識されてきた。そして、良経の和歌に漢詩文の影響があること、良経が漢詩的なものの見方をする歌人であるということは、もはや自明のこととして受け止められてきたように思われる。しかし、良経の漢詩文摂取が、歌人としての始発期から晩年まで変わらずに底流するという見方には修正が必要であろう。和歌と漢詩の両方に通じていたといっても、漢学の知識を自覚的に和歌表現として取り入れられるかは、当然のことではあるが、歌人としての成長や成熟による。第二節で検討したように、「花月百首」における良経の漢詩文摂取が、周辺歌人からの表現摂取と切り離せないものであることを顧みると、「花月百首」以前の詠作についても、第一節で取り上げたような『千載集』入集歌のように、漢詩文と良経の和歌の間に隔たりが認められ、周辺歌人に類似表現がある場合は、漢詩文との接点を見出そうとするよりも、周辺歌人からの影響を重視する方が妥当と考えられるのである。

良経が漢詩文摂取に本格的に取り組み始めるきっかけになったのが「二夜百首」であると位置付けると、その翌年、建久二年に「十題百首」を企画していることは示唆的だ。先述したように「十題百首」と、九条家歌壇最大の催しである『六百番歌合』はその組題に中国の類書的な部類意識が見られ、また表現にも漢詩文が積極的に摂取されている。(35) 良経の「花月百首」から「二夜百首」へという展開は、漢詩文との親炙という九条家歌壇の方向性を決定するのに、大きな意味を持つものであったと考えられるのである。

注

(1) 藤平春男著作集1『新古今歌風の形成』(笠間書院・一九九七年)第一章Ⅱ「建久期の歌壇と新古今への道」

(2) 太田青丘著作選集一『日本歌学と中国詩学』(桜楓社・一九八八年)中世篇・中世公卿の儒学的教養「附慈鎮・良通・良経・良輔」

(3) 久保田淳『新古今歌人の研究』(東京大学出版会・一九七三年)第三篇第一章第四節「後京極良経の少年時代――兄良通との関わりにおいて――」、青木賢豪『藤原良経全歌集とその研究』(笠間書院・一九七六年)研究篇、片山享「良経の歌風――初学期をめぐって(一)――」(『甲南国文』24、一九七七年三月)、大岡賢典「藤原良経(二)」(『流通経済大学論集』25―3《通巻90》、一九九一年二月)、櫻田芳子「初学期の後京極良経――兄の死をめぐって――」(『言語・文学研究論集(白百合女子大学言語・文学研究センター)』5、二〇〇五年三月)に詳しい。

(4) 寺田純子『古典和歌論集――万葉から新古今へ――』(笠間書院・一九八四年)所収「正治・建仁期の藤原良経――「千五百番歌合」良経判の序の意味するもの――」、見尾久美恵「良経の「蓋和漢之詞、同類相求之故也」について」(『解釈』47―9・10、二〇〇一年一〇月)

(5) 青木賢豪「千載集における良経の歌」(『古典論叢』27、二〇〇〇年一二月)

(6) この贈答歌については、櫻田芳子「文治五年秋、良経・慈円・寂蓮の贈答歌について」(『言語・文学研究論集(白百合女子大学言語・文学研究センター)』4、二〇〇四年四月)に詳しい。

（7）俊成筆本が尊経閣文庫に所蔵されている。翻刻が遠藤珠紀・渡邉裕美子「俊成本『春記』紙背文書紹介――解題と翻刻――」（『鎌倉遺文研究』32、二〇一三年一〇月）に収められている。
（8）注（3）久保田著書第三編第二章第三節三「花月百首」
（9）大野順子「藤原良経の『花月百首』について――初学期における本歌取りの状況を中心として――」（『古代文化』57―7、二〇〇五年七月）
（10）君嶋亜紀『中世和歌の情景　新古今集と新葉集』（塙書房・二〇二三年）第一篇Ⅱ第五章「良経「花月百首」の西行摂取」
（11）和歌における「根に帰る」の用例は、院政期から見られる。勅撰集には「ねにかへるはなのすがたのこひしくはたゞこのもとをかた見ともみよ」（『金葉集』雑下605中納言実行）が初出で、以下院政期に用例は数多い。中でも、西行に四例が見られるのは、個人別に用例を通覧すると目立つ歌数である。本論中で挙げた例以外の三例も掲出する。

ねにかへる花をおくりてよしの山夏のさかひに入て出ぬる　（『山家集』1462百首「花」）

花の歌十首、当座会しけるに
春は猶よし野ゝおくへ入にけりちるめる花ぞ根にぞかへれる　（松屋本『山家集』春）
ちる花もねにかへりてぞ又はさくおいこそはてはゆくへしられね　（『聞書集』99「老人ノ述懐」）

なお、西行の「根に帰る」表現については、拙稿「西行和歌のことばと漢文訓読」（『国語と国文学』95―11、二〇一八年一一月）で詳しく考察しているので、併せて参照されたい。「花月百首」が西行追慕の目的から企画された百首歌であり、良経歌における西行からの表現摂取が、特に顕著に見られるのがこの「花月百首」であることは、注（8）久保田論文以下、伊東成師「藤原良経の本歌取りについて」（『学習院大学国語国文学会誌』23、一九八〇年三月）、稲田利徳『西行の和歌の世界』（笠間書院・二〇〇四年）第四章第二節「西行と良経」、注（10）君嶋論文がそれぞれ詳しく検討している。それを踏まえると、西行が好んで用いた「根に帰る」を用いたものとも考えられる。
（12）金子彦二郎『平安時代文学と白氏文集　句題和歌・千載佳句研究篇』（培風館・初版一九四三年・増補新版一

九五五年）第一第二章第四節「白楽天詩文の摂取醇化と文学者の理念・態度」、渡辺秀夫『平安朝文学と漢文世界』（勉誠社・一九九一年）第一篇第四章（II）「紀貫之の和歌と漢詩材」《秋の雪》、本間洋一『王朝漢文学表現論考』（和泉書院・二〇〇二年）第一部II 2「道真の菊の詩の表現」参照。

（13）「窓」が澆詩文から摂取された題材であることについては、拙稿「藤原良経「西洞隠士百首」考——四季歌の漢詩文摂取を中心に——」（『人文知の新たな総合に向けて』第二回報告書IV［文学篇1］、二〇〇四年三月）において詳しく検討したので、合わせて参照されたい。

（14）歌合・定数歌全釈叢書『文集百首全釈』（文集百首研究会著、風間書房・二〇〇七年）【七】語釈（岩井宏子担当）参照。

（15）大岡賢典「藤原良経の漢詩的なもののはたらき——初学期の連句を中心にして——」（和漢比較文学叢書13『新古今集と漢文学』〈汲古書院・一九九二年〉所収）

（16）前掲注（3）久保田著書第三篇第二章第三節四「二夜百首と十題百首」

（17）拙稿「藤原良経「二夜百首」考——速詠百首歌から見る慈円との交流——」（『京都大学国文学論叢』13、二〇〇五年三月）

（18）佐藤恒雄『藤原定家研究』（風間書房・二〇〇一年）第四章第一節「空しき枝に・露もまだひぬ」

（19）新日本古典文学大系『萬葉集』（岩波書店）2063番歌脚注参照。

（20）田中宗博「捨身飼虎説話と和歌——『今昔物語集』『宇治拾遺物語』所収説話の読解のために——」（『古代中世和歌文学の研究』〈和泉書院・二〇〇三年〉所収）参照。

（21）「塩干者　葦辺尓蹉　白鶴乃　妻呼音者　宮毛動響二」（巻六1064）「暮名寸尓　求食為鶴　塩満者　奥浪高三　己妻喚」（巻七1165）他、1198・1453にも見られる。王朝和歌では、『伊勢集』128番詞書に「朱雀院にて、人の、心にもあらずつるをころしたりけるを、いまひとつのつるいみじうこひなきければ、あめのいみじくふる日」とあり、つがいの鶴が引き裂かれた様子に注目する和歌も見られる。

（22）片桐洋一『古今和歌集の研究』（明治書院・一九九一年）II 1「松鶴図淵源考」

（23）谷知子『中世和歌とその時代』（笠間書院・二〇〇四年）第二章第一節「「治承題百首」「南海漁父百首」の世

界――『新古今集』巻頭歌の生成――」
(24) 注(18)佐藤著書第四章「新古今的表現成立の一様相」
(25) 注(16)久保田論文、注(17)拙稿
(26) 注(3)久保田著書第三篇第二章第三節二「速詠の流行」
(27) 長谷完治「漢詩文と定家の和歌」(『語文(大阪大学)』26、一九六六年七月)、富樫よう子「藤原定家における漢詩文の摂取――文治建久期を中心に――」(『国文目白』22、一九八三年三月)
(28) 注(18)佐藤著書第五章〔資料〕「藤原定家漢詩文受容和歌一覧」
(29) 本間洋一「句題和歌の世界」(和歌文学の世界15『論集〈題〉の和歌空間』〈笠間書院・一九九二年〉所収)
(30) 田仲洋己『中世前期の歌書と歌人』(和泉書院・二〇〇八年)第三部第一章「建久元年「一字百首」「一句百首」について」
(31) 注(3)久保田著書第二篇第二章第四節五「五社百首」、柳澤良一「院政期和歌と白居易――藤原俊成の歌論・和歌について――」(白居易研究講座3『日本における受容(韻文篇)』〈勉誠社・一九九三年〉所収)、福留瑞美「俊成五社百首における漢籍の影響――春日社百首の特異性を見る――」(『和歌文学研究』108、二〇一四年六月)に詳しい。
(32)「俊大徳」を、多賀宗隼『校本拾玉集』(吉川弘文館・一九七一年)解説「拾玉集諸本について」は、覚快法親王の弟子の慶俊に比定しているが、山本一『慈円の和歌と思想』(和泉書院・一九九九年)第三章3「勒句百首・賦百字百首」は、俊成の蓋然性が高いとしている。
(33) 注(16)久保田論文
(34) 松野陽一『鳥帚――千載集時代和歌の研究――』(風間書房・一九九五年)Ⅵ(3)「六百番歌合の成立事情について」
(35) 注(16)久保田論文、本書第二部第二章参照。

第二章　藤原良経『六百番歌合』恋歌における漢詩文摂取

はじめに

「二夜百首」の翌年、建久二年（一一九一）閏十二月に行われた「十題百首」を経て、九条家歌壇の漢詩文摂取は、一層熱意を増した。新古今和歌の漢詩文利用について振り返ると、佐藤恒雄(1)が表現の基盤としての漢詩文摂取を一連の論考で指摘しており、いわゆる新古今的表現と称される新風表現の形成に、漢詩文が深く影響していることが認識されている。加えて、新古今時代の和歌を古典摂取と創造という観点から考える際、詞の面において漢詩文がどのような表現基盤を和歌に寄与したかという問題だけではなく、本歌取りと同様の古典摂取技法として、漢詩取りについて検討することも重要な課題であろう。

本章では、九条家歌壇の活動において最大の催しであり、更に建久期の新風歌人の詠作に大きな実りをもたらした『六百番歌合』（以下、本歌合と略）から、和漢兼作歌人として名高く、また本歌合の主催者・給題者である藤原良経の詠作（以下、本歌合の良経の百首歌を「本百首」と略）における漢詩文摂取について考察する。なお本歌合は、恋歌における新風表現の様相を窺う重要な詠歌群として位置付けられる。そこで、本歌合の恋歌における良経の新風表現の試みの中で、漢詩文がどのように用いられているかを、具体的に検討してゆこう。

一、発想の摂取

本百首で詠まれた恋歌で、漢詩文を踏まえて詠まれた歌の中、まず、発想を漢詩文から摂取したものをあげて検討する。難陳と判詞は良経歌に関する部分のみを掲出した。

①谷深みはるかに人をきくの露触れぬ袂よ何しほ(を)るらん　（恋一・十七番・聞恋・左・勝）

右方申云、左ノ歌、無シレ難。（左方難陳略）

判云、左の「谷の菊」、右の「菊の池」、共に事よりてお(を)かしくこそ聞え侍めれども、猶、「菊の露触れぬ袂よ」など言へる、今少し優に侍にや。

俊成判詞で「事よりてをかしくこそ聞こえ侍めれども」と、依拠する典拠の存在が示唆されている〝谷の菊〟とは、『初学記』宝器部花草・菊や『藝文類聚』薬香草部・菊に引かれている、南陽酈県の伝承を踏まえると考えられる。『初学記』より引用する。

風俗通曰、南陽酈県、有二甘谷一。水甘美。云其山上有二大菊一。水従二山上一流下、得二其滋液一。谷中有二三十余家一、不二復穿一レ井、悉飲二此水一。上寿二百二三十一、中百余、下七八十者、名二大夭一。菊花軽レ身益レ気。令二人堅彊一故也。

この伝承は、「谷水洗ㇾ花　汲二下流一而得二上寿一者三十余家」（『和漢朗詠集』秋部・九日264紀長谷雄）他、日本漢詩にも頻繁に詠まれ、日本でもよく知られたものであった。(2) また、原典では「其山上有二大菊一」と山上に菊が有るが、日本では紀長谷雄の「谷水洗ㇾ花」や、「きくのさくたにのながれをくむひとやおほくのあきをすぎむとすらむ」（『経信集』125菊契二遐年一）など、南陽酈県の伝承を表す際に、菊が谷に咲いていると詠まれることもあった。

良経が詠んだ上句「谷深み遥かに人をきくの露」とは、「聞恋」という題から「菊」を導いている。その菊が「谷」にあることによって、伝説上の南陽酈県に咲くものであることを想起させ、「深み」「遥か」と、隔たった存在であることを表現し、恋い慕う女性の存在の遠さに重ねられている。第三句以降、「聞く―菊」の掛詞によってつなげられ、恋心が伝聞によってかき立てられる状況を喚起させる。俊成は第三・四句「菊の露触れぬ袂よ」を、「今少し優に侍にや」と評価している。これは、伝聞だけで募る恋心ゆえに袖を濡らす涙を、長寿の秘薬である「菊の露」として詠んでいる点が、古来より伝わる伝説を喚起させる表現であるために「優」と評したものと考えられる。

②物思へばひま行く駒も忘られてくらす（家集「くらき」）涙を先おさふ（家集「さそふ」）らん　（恋四・十三番・昼恋・左・負）

右申云、「かきくらす」などこそ聞きよけれ、「くらす涙」、心ゆかず。（左方難陳略）

判云、左ノ歌、「ひまゆく駒も忘られて」といふならば、暮を待つ心のあるべきにやと思ひ給ふる程に、「くらす涙を先おさふらん」こそ、事違ひて侍にや。（下略）

「隙ゆく駒」は、「人生二天地之間一、若二白駒之過ㇾ郤、忽然而已」（『荘子』外篇・知北遊）や「人生一世間、如二白

駒過レ隙」（『史記』留侯世家第二五）に基づき、時間が瞬時に過ぎることを表す詞である。この白駒の比喩は、「寸陰景裏　将レ窺二過レ隙之駒一」（『新撰朗詠集』雑部・白745謝観）によってもよく知られたものであった。

和歌において「過レ隙之駒」を詠み込む早い例には、高遠の「…めぐるつきひは　ひますぐる　こまよりもとき　われがよの　つもれるとしを　かぞふれば…」（『大弐高遠集』178「つくしにくだるとてよめる長歌」）がある。その後、能因も「なにかおそきおいらくのちしわかければひまをすぎ行く駒にまされり」（『能因集』246「かげなる馬を人のかるにかしたれば、このむまいとおそしなどいふ歌よみておこせたるに、かういひやる」）と詠んでいるが、これら初期の例は「隙過ぐる駒」「隙を過ぎ行く駒」と、「過レ隙之駒」の訓読調を残して和歌に詠み込んだものである。その後『堀河百首』に仲実・俊頼の二例があり、以下、院政期から用例が散見するが、それらは次第に「隙行く駒」という形に落ち着き、時間の経過の早さを表す歌語として定着したと見られる。

「隙行く駒」は、院政期以後、頻繁に用いられ、歌語としても定着しており、良経の独創的な漢詩文摂取による表現とは言えない。しかし良経が「昼恋」題の当該歌で「隙行く駒」と詠んだ背景には、良経の創意が有る。それは、「隙行く駒」すなわち白駒が、時間の経過の早さだけではなく、太陽の比喩としても用いられるという、漢詩文の比喩表現を踏まえている点である(3)。「文峰按レ轡白駒景　詞海艤レ舟紅葉声」（『和漢朗詠集』秋部・九月尽276大江以言）は、秋の陽光を「白駒景」と表現し、それが詩に表現することによってのみかろうじて留まっていることを、「文峯轡に案ず」と詠んだものである。『和漢朗詠集』古注にも、この詩句について、「白駒者、日也」（東京大学本私注）、「日ヲバ、白駒ニタトウル也」（国会図書館本見聞系朗詠注）と記されている。太陽と「白駒」の比喩は、『荘子』成玄英疏に「白駒駿馬也。亦言レ日也」とあり、菅原為長撰述の類書『文鳳抄』第一・天象部にも「日　白駒易レ過　白駒ハ日ナリ。　日脚ノ過レ隙コトノ疾コト、駿馬ノ過ガゴトシ」と、太陽の比喩表現の一つに「白駒易レ過」を挙げている。歌学書にも『奥義抄』上に「白駒は日也」、『和歌色葉』に「白馬は日也」という記述が見える。

和歌において「隙行く駒」は、時間の過ぎるのが駿馬のように早い、という意味で用いられることが主であるが、少ないとはいえ、「白駒―太陽」の比喩を踏まえて詠まれたものもある。寂然の「いかにせむ隙行く駒のあしはやみ引きかへすべきかたもなき世を」(『法門百首』89無常・日出須臾入)は、付された自注に「春の日のながしとなにたてるも、はなのかげにて暮すはまことにほどなきを、まして冬の日のいづるかとすれば、やがていりぬるいそがしげさは、このよのはかなくすぎゆくほどなさを思ひしれとすすむるべし。(中略)もしこの事わりをしれらむ人、寸陰をきほひて日夜におこたらず教文をまなび、出要をもとめてむなしく光陰をすつる事なかれ」とあり、歌題の「日出須臾入」をまさに表す重要な詞として、「隙行く駒」が太陽を比喩することがわかる。

それを踏まえて良経の「昼恋」題詠を見ると、良経の意図は、「隙行く駒」に日中の陽光をも意味させることで、「暗す涙」と対応させて、昼間の陽光を忘れてしまうという意味を含ませて詠んでいると解釈でき、「隙行く駒」の二重の比喩を題の表現に活かしている点に創意が認められる。しかし俊成判詞は、「隙行く駒も忘られて」と詠むならば、暮を待つ心を詠むのが妥当であり、「暗す涙をまづ抑ふ」という下句は上句と食い違っていると批判している。これは「隙行く駒」を時間の素早さという側面からのみ捉えた言である。良経の意図を理解できなかったとも考えられるが、歌語としての「隙行く駒」が想起させるのが、まず第一に瞬く間に過ぎて行く時間であることを重視したものとも考えられる。

この①②は、ともに「谷の菊」「隙行く駒」という、当時すでによく知られていた題材や歌語を用いながら、単に題材や詞の摂取に留まっていない。漢詩文の典拠を想起させることで、歌題をどのように表現したかが明確となる、典拠と詠作が密に関わった比喩表現となっているのであり、そこに良経の創意を認めうるのである。

二、佳句取りの恋歌

次に、一首全体に漢詩文が踏まえられている、佳句取りの例を検討しよう。新日本古典文学大系『六百番歌合』（久保田淳・山口明穂校注、岩波書店・一九九八年。以下、「新大系」と略）の指摘と重なる部分も多いことを断っておく。

③君ゆへ(ゑ)もかなしき琴の音は立てつ子を思ふ鶴に通ふのみかは　（恋九・十一番・寄レ琴恋・左・持）

左右共ニ、不二難ジ申一サ。

判云、左右共ニ「子を思ふ鶴」といへり。これは『文集』の「五絃弾」の、「第三第四ノ絃は冷々たり、夜の鶴憶ヒテレ子ヲ籠中に鳴」といへる心なるべし。うちまかせたる七絃の琴にはあらざれども、これも琴の類なるべし。「寄レス琴ニ」といはん題に、和琴・箏など何事カ在ランヤ乎。但、互にいくばくの勝劣なかるべし。可レキ為レス持ト歟。

本文は判詞にも指摘されている通り、『白氏文集』巻三0141「五絃弾」（『和漢朗詠集』雑部・管弦463に摘句される）である。この詩句は、五絃の琵琶の音を鶴の鳴き声に喩えて表現した部分であり、それに基づき良経は「寄レ琴恋」題に「五絃弾」を踏まえた歌を詠んだ。またこの詩句は、鶴の声は子を思って鳴くものという本意を形成したものでもある。それを踏まえて良経も「子を思ふ鶴」と詠みながらも、その声に「通ふのみかは」と反語表現で否定し、自身の恋心にも琴の音が通じるものであると詠んでいる。良経歌に番えられた家隆歌も「よそになる人だにつらき琴の音に子を思ふ鶴も心知られて」と、「五絃弾」を踏まえて「子を思ふ鶴」を詠み込んでいる。

④恋路には風やはさそふ（家集「かよふ」）朝夕に谷の柴舟行帰れども　（恋十・十九番・寄二樵夫一恋・左・勝）

左右共ニ、無レキ難之由ヲ申ス。

判云、左ノ歌、風の「さそふ」や、「送る」などにてあるべからんと聞え侍れど、鄭大尉が渓の道思ひやられて、優には侍べし。（下略）

判詞が指摘する典拠の鄭大尉すなわち鄭弘の説話は、『後漢書』三三列伝二三に見られ、日本においては「春過夏闌、袁司徒之家雪応二路達一。旦南暮北、鄭大尉之渓風被二人知一」（『和漢朗詠集』雑部・丞相付執政680菅原文時）によってよく知られたものであった。漢の鄭弘が仙人に望むものを問われ、薪を採るため、若耶渓に朝は南風を、暮には北風を吹かせて欲しいと望んだ。若耶渓にはそのとおりの風が吹き、その風を鄭公風と呼んだという故事である。それを踏まえ②は、朝夕に吹く風によって柴舟は自在に往来できる、しかし恋路に関しては、そのように風が往来を誘ってくれるわけではない、と詠んでいる。俊成は判詞で、「誘ふ」に難色を示しているが、鄭弘の故事を想起させる点を「優」であると評価している。

⑤年深き入江の秋の月見ても別惜しまぬ人やかなしき　（恋十・三十番・寄二商人一恋・左・負）

両方ノ「琵琶引」、無レキ指セル難一之由、申レス之ヲ。

判云、左右ノ「琵琶引」、左は「年深き」など置けるは宜しきを、「別惜しまぬ」といへるわたり、事足らぬ様なる上に、偏尋（ママ）陽江を思ひたるばかりにて、我恋の心やなく侍らん。（下略）

難陳と判詞が指摘する通り、この歌の本文は『白氏文集』巻一二0603「琵琶引」である。上句の「入江の秋の月」は「唯見江心秋月白」を、「別れ惜しまぬ人」は「商人重レ利軽二別離一」を取っている。しかし俊成判詞は、良経の「別れ惜しまぬ」が言葉足らずであり、更に本文として踏まえる「琵琶引」を想起させるだけでは、恋の心が表現されていない点を批判している。続く部分で「右は『別を知らぬ』といへり。『人は問ひけり』ともいへれば、聊人の問はぬ恋の心もある成べし。仍リテ以レテ右ヲ為レス勝ト。」と述べている。右方の家隆も「ともすれば別を知らぬ浪の上にかきなす音をも人は問ひけり」と、良経と同様に「琵琶引」を踏まえ、「商人重レ利軽二別離一」を取って「別れを知らぬ」と類似した表現を取っているものの、「人は問ひけり」が恋の心を表現できていると評価し、こちらを勝にしている。

この三例は、俊成が判詞で本文を指摘しているが、次の一首は俊成が典拠不明としたものである。

⑥ます鏡うつしかへけむ姿ゆへ（ゑ）影絶えはてし契をぞ知る　（恋九・十七番・寄レ絵恋・左・持）

右申云、左ノ歌、無シ二指セル難一。（左方難陳略）

判云、「ます鏡うつしかへけん」といへる、何事にか侍らん。由緒ありげに侍れど、愚管不二覚悟一セ侍り。歌様は優ならざるにあらざるにや。（略）左の「ます鏡」、故あらば勝ちもし侍なん。子細不ル二分明一ナラ之間、勝負難レキ決シ歟。

この歌は、新大系が指摘するように、内容から王昭君の故事を踏まえて詠まれたものであると考えられるが、詞として典拠を指摘しうるものは管見に入らない。詞ではなく、心を取ったものと考えられる。但し「写し変へけん」という詞によって、王昭君が絵姿に醜く描かれたことを説明的に表現している。また、良経がここで「鏡」「影」の詞を詠み込んでいるのは、「みるからにかゞみのかげのつらきかなかゝらざりせばかゝらましやは」

(『後拾遺集』雑三1018懐円法師「王昭君をよめる」)、もしくは『唐物語』の王昭君詠「うき世ぞとかつはしるしるはかなくもかがみのかげをたのみけるかな」など、「鏡」「影」が王昭君説話に付随する詞であることを念頭に置いているのだろう。これは、王昭君が自分の美しい容貌を、もしくは胡国に行って後の衰えた容貌を鏡に映す様子を詠むことが、王昭君題詠の一つの典型であったからである。そうした王昭君説話に、良経は「影たえておぼつかなさのますかがみ見ずはわが身のうさもしられじ」(『拾遺集』恋四915「くにもち(国用)がむすめをともみつ(知光)まかりさりてのち、かがみを返しつかはすとて、かきつけてつかはしける」)を合わせて踏まえ詠んでいると考えられる。「ます鏡」に「映(うつ)」る姿を醜く絵に描かれたことを踏まえて「写(うつ)し変へ」ると詠み、「影」の詞を仲が絶えるという意味の「影絶ゆ」に転用しているのである。

俊成判詞は「ます鏡うつしかへけん」が、何らかの典拠を踏まえているのかもしれないが、自分には分からないと述べている。しかし王昭君説話はよく知られたものであった上、俊成も若き日に『為忠家初度百首』で王昭君題を詠んでいる。この判詞は、そのまま解釈すると、良経が王昭君を踏まえて詠んだことに俊成は気付かなかったということになる。しかし、著名な王昭君説話に気付かなかったとは考えにくく、絵を書き替えると直接詠むのではなく、王昭君説話に付随する「鏡」に『拾遺集』歌の表現を重ねることで、類型化を避けようとした「ます鏡写し変へけん」という良経の晦渋な表現では、典拠の王昭君を喚起させることが難しいという点を難じた批判と解しておく。

以上、本百首の恋歌における漢詩文摂取を、発想や題材の扱い方に漢詩文を踏まえていると看取できるものと、漢詩取りに分けて検討してきた。この検討を通じて、良経が踏まえている典拠が、⑥以外は恋の情趣を持たないもの、恋以外の人事が主題として強く意識されるものであるという特徴を指摘しうる。但し⑥は元帝と王昭君の悲恋を踏まえた点に恋の要素があるが、『拾遺集』歌を合わせることで王昭君故事題詠の類型化を避けている。

①は長寿を言祝ぐ漢詩・和歌で用いられる南陽酈県の伝承、②の「隙行く駒」は主に歳暮・述懐・嘆老詠で用いられる措辞であり、③は本来「子を思ふ」ものである。④は政治性や神仙性が強く、⑤は物語的ではあるが閨怨を主題とした詩ではない。これらの典拠の選択は意図的なものであり、恋の場面とは無関係な本文を取ることで、恋歌の新たな表現を模索するのが良経の本百首における試みであったと考えられる。

この試みを考える際に、重要であるのは本歌合の歌題を設定したのが、良経であると考えられる点だ。これは『拾遺愚草』の「詞合百首　建久四年秋、三年給題」という記述から推測されている。[4]本歌合は百題中半数の五十題が恋題であり、その中でも前例の無い恋題が二十八題ある。[5]また寄物恋題末尾の人倫五題は、遊女・傀儡・海人・樵夫・商人に寄せた恋題であり、全て前例が無い。この設題について、新名主祥子は源俊頼『散木奇歌集』からの影響を想定している。[6]民衆の生活の諸相を和歌に詠み込んだ前例として、俊頼という先蹤は無視できないが、個々の和歌表現でなく題の時点でなされた選択であることを顧みると、単に和歌表現の摂取という位相の問題ではなく、俗的題材への関心が根底にあることを重視しなくてはならない。院政期以降、武士・民衆の生活に接触した地下歌人によって「雅」「俗」の価値の転換が図られるなど、[7]俗的題材が和歌・漢詩双方の新たな題材として注目された。本歌合で取り上げられている遊女以下の職種は賤民層であり、俗的な題材である。雅ではない題材を恋の諸相の表現に組み込むことで、恋歌の新局面を拓こうとしたのが、給題者である良経の意図であったと考えられる。また本歌合の設題には、建久二年（一一九一）の「十題百首」に見られる中国の類書的な分類意識が引き続き表れており、特に寄物恋題の二十五題は、五題ずつ類書的分類がなされていることが松野陽一によって指摘されている。[8]つまり設題についても漢詩文に対する関心が表れているのだ。設題の時点で恋歌が重視され、更にこれまで恋歌に詠まれてこなかった題材を恋歌に取り込んで、新境地を拓こうという意欲が見られ、その意欲が和歌表現に表れたのが、従来恋歌に用いられなかった典拠を踏まえるという、良経の漢詩文摂取の方法であったと位置付けられる。

　良経の試みは、建久期の九条家歌壇が有していた漢詩文を好む気風が基盤になっていることは疑いない。良経個人の試みと考えるのではなく、九条家歌壇、ひいては新風歌人全体の試みと捉える視点が必要であるのは言うまでもない。本歌合において、他の新風歌人も恋歌に漢詩文摂取を試みている。③の「寄レ琴恋」題で、番えられた右方の家隆も「五絃弾」を本文として詠み、⑤の「寄二商人一恋」題では、番えられた家隆の他、慈円も「琵琶引」を本文として詠んでいる。特に家隆の場合は、③の「子を思ふ鶴」の一致、⑤の良経「別れ惜しまぬ」と家隆「別れを知らぬ」が類似するなど、表現に重なりが見られ、単なる偶合というよりも、家隆が良経から表現を学んだ可能性もあろう。[9] また③の「寄レ琴恋」題の場合、「松風入二夜琴一」(『李嶠百二十詠』風)というよく知られた詩句があり、これは「松—待つ」の掛詞を導き出せることから、恋歌の本文に適した詩句であった。事実、家房・寂蓮・経家・隆信・有家・慈円の六人が、この「松風入二夜琴一」を本文として詠んでいる。おそらくは「寄レ琴恋」題を設定した時点で、本文として用いられることが予想されたのは、「松風入二夜琴一」であったと推測される。良経は、それを敢えて用いず、「五絃弾」を本文として用い、家隆がそれに倣ったと考えられる。本百首恋歌の新風歌人詠に漢詩文摂取の試みは共通して見られるが、題を設定した良経主導で進んだものであり、更に良経自身は、その一歩先を行こうとしていたという側面があると考えられるのである。

三、『六百番歌合』以後の詠作

　本百首の恋歌における漢詩文について、良経が恋の情趣を持たない本文を敢えて用い、恋歌の新たな表現を模索していることを指摘してきた。それではこの試みは、以後の良経の詠作においてどのような位置を占めているのであろうか。本百首恋歌からは、『新古今集』に四首（1087・1141・1304・1310）が入集している。これは建久期の良経の定数歌から採られた恋歌として最多である。良経が詠んだ建久期の恋歌において、本百首が質量ともに大きな位置を占めているにもかかわらず、良経の漢詩文を取った本歌合恋歌は、『新古今集』に入集していない。

しかし、撰者の評価だけではなく、既に良経自身がこれらの漢詩文摂取歌を佳しとしていなかったことを窺わせる資料がある。建久九年（一一九八）五月二日に成立した『後京極殿御自歌合』（以下、「自歌合」と略）である。自歌合は、文治・建久期の良経の詠作から二百首の自信作を選び、歌合形式に番えて俊成に判詞を乞うたものであり、部立を有する点から、秀歌撰としての性格も有している。[10] この自歌合に、本歌合の漢詩文を摂取した恋歌①〜⑥は、一首も取られていない。①〜⑥の中には、歌合で勝を収めたものもあり、①④のように恋に無関係な典拠を用いていても、俊成が「優」であると評価したものもある。自歌合に採らなかったのは良経自身の判断による。また、自歌合はその後『新古今集』の撰集資料として用いられている。[11] つまり文治・建久期の詠作に関しては、良経がまず自信作として自撰した自歌合撰入歌から『新古今集』撰者が採択した歌が入集しているのである。自歌合の時点で既に漢詩文を踏まえた恋歌が採られていないということは、良経がそのような恋歌を秀歌と認めていなかった、そのために『新古今集』に入集しなかったという経緯があるのだ。

しかし良経が恋歌に漢詩文を踏まえること自体を否定した訳ではないことは、自歌合に採られた恋歌の中にも、漢詩文を摂取しているものが有ることから分かる。

⑦あか月のかぜにわかるゝよこぐもをおきゆくそでのたぐひとぞみる
（『月清集』155二夜百首・寄レ雲恋／自歌合122六十一番右負）

建久元年（一一九〇）十二月に詠まれた「二夜百首」における詠である。この歌については前章においても述べたが、踏まえる本文は『文選』情・宋玉「高唐賦」序文である。高唐山に遊んだ懐王は、昼寝の夢の中で女性と契る。去り際に女性は、「妾在二巫山之陽、高丘之阻一。旦為二朝雲一、暮為二行雨一」と述べる。そして懐王が高唐山に廟を立てた際、その廟を「朝雲」と名付けた。この故事を踏まえて、良経は⑦を詠んでいるのである。また下句「起き行く袖のたぐひとぞ見る」が、刻々と移り変わる朝雲を「晰兮若二姣姫揚レ袂鄣レ日而望レ所レ思」と、美しい女性が袂で日光を遮って恋人のいる方向を見やっている情景に喩えている部分に対応している。この⑦の場合、踏まえられている本文「高唐賦」序文が、懐王と神女の情交を描いたものであり、本文が恋の情趣を濃厚に有するものだ。

次の歌にも、漢詩文摂取が見られる。

⑧ふくかぜもゝのやおもふとゝひがほにうちながむればまつのひとこゑ

（『月清集』恋部1424「五首歌披講せし中に、こひを」／自歌合132六十六番・左・負）

この第五句「松の一声」は、新編国歌大観の範囲で、この良経の例が初例である。これは漢語「松声」を訓読した上で「一声」と詠んだものだ。「松声」は「入レ院松声共レ鶴聞」（『新撰朗詠集』雑部・松395楊巨源／『千載佳句』草木部・松竹626）「夜久松声似二雨声一」（『千載佳句』隠逸部・山居996傅温）などに見られる詩語である。この詩語「松声」の訓読「松の声」は新古今時代に好まれたものだった。(12) 更には、「松の一声」の背景として「池冷水無二三伏夏一　松高風有二一声秋一」（『和漢朗詠集』夏部・納涼164源英明）があると考えられる。但し、この歌は本歌として「しのぶれど色にいでにけりわが恋は物や思ふと人のとふまで」（『拾遺集』恋一622平兼盛「天暦御時歌合」）を踏まえている。つまり基本的な枠組みとして恋歌を本歌取りした上で、詩語「松声」の訓読から創出した「松の一声」を付け加えたものである。

この自歌合に取られている漢詩文摂取の恋歌⑦⑧は、踏まえられた漢詩文に恋の要素が濃いものであるか、もしくは恋歌を本歌取りした上で詩語の訓読を付け加えたものである。つまり、本歌合の恋歌における漢詩文摂取とは異なり、恋の情趣から離れないような漢詩文摂取である。建久末年の良経は、恋の情趣の無い典拠を踏まえて詠んだ恋歌を、成功作とは見なしておらず、恋歌としての情趣を損なわない本歌取り・漢詩取りの歌を自信作として認めていたのである。

また、自歌合以後の良経の恋歌においても、本歌合のような漢詩文摂取は認められない。良経がその後、同じ本文を踏まえて詠んだ歌と比較してみよう。

⑨たび人をゝ(お)くりし秋のあとなれやいりえのなみにひたす月かげ　（『月清集』983院句題五十首・江上月）

⑩くもはみなはらひはてたる秋かぜをまつにのこして月をみるかな　（『月清集』925院無題五十首・秋）

⑨は建仁元年（一二〇一）『仙洞句題五十首』における詠で、⑤「年深き…」と同様に「琵琶引」を本文とし、「別時茫々江浸ㇾ月」の箇所を踏まえている。⑩は建仁元年二月『老若五十首歌合』詠で、③「君ゆゑも…」と同じ「五絃弾」が本文であるが、取っているのは「第一第二絃索々　秋風払ㇾ松疎韻落」の箇所である。(13) しかしこの二首は秋歌であり、恋歌ではない。叙景として漢詩文の表現を摂取している。さらに、四季歌だけではなく、やはり恋歌にも同じ本文を踏まえた詠が見られる。

⑪こひわびてなくねにかよふことのねもこほれるみづのしたむせびつゝ　（『月清集』998院句題五十首・寄レ琴恋）
⑫せきかへすそでのしたみづしたにのみむせぶおもひのやるかたぞなき　（『月清集』恋部1453「同（院）影供に、依レ忍増恋」）

⑪は『仙洞句題五十首』詠、⑫は建仁二年八月二十日の「院影供歌合」における詠である。この二首も「五絃弾」を本文として踏まえている。但し、用いているのは「第五絃声最掩抑　隴水凍咽流不レ得」の箇所である。「子を憶ふ」本意が前面に押し出される「第二第三絃…」を踏まえた③とは異なり、「第五絃声最掩抑　隴水凍咽流不レ得」の箇所は人知れず泣く行為と景情一致させることが可能であるため、恋人を思うと詠んでも不自然ではない。更に、⑪は『源氏物語』須磨の光源氏詠「恋ひわびてなく音にまがふ浦波は思ふかたより風や吹くらん」（『物語二百番歌合』五十番・左にも）を(14)、⑫は「やまたかみしたゆくみづのしたにのみながれてこひむ恋はしぬとも」（『古今集』恋一494読人不知「だいしらず」）を本歌として合わせて踏まえている。都の恋人への思慕を詠んだ光源氏詠や、『古今集』恋歌を合わせて取ることで、恋歌の情趣を強調しているのである。このように、後年の恋歌における佳句取りは、恋歌としての情趣を損なわない工夫が見られ、良経が建久末年の自歌合の時点のみならず、本歌合の試みをその後自身で踏襲していないことが窺われるのである。

結びに

本歌合は、新古今的な恋歌表現を考える上で重要な節目となっている。新古今的な恋歌表現として、情景の心象風景化に見る景情一致があることが指摘されており(15)、これは本歌合の新風歌人による恋歌に顕著に見られる特徴でもある。(16)良経が自身で秀歌と認め、自歌合に採った恋歌、更には『新古今集』に入集した恋歌は、概ね本歌取りによって心象風景化・景情一致が見られ、新古今的な恋歌表現にあてはまるものである。恋歌に積極的に漢詩文を踏まえて詠んだ詠作は、九条家歌壇の漢詩文に対する好尚を背景とする新風表現の試みの一環ではあるが、新古今時代に先立って、恋歌の歌題が拡大した院政期の恋歌や旧風歌人の詠に見られる、趣向重視に傾いた理知的なものと同系であったと位置付けられる。また、第二節末尾でも触れたように、良経以外の新風歌人も、良経と同じ本文を取った恋歌を詠んでいるが、いずれも『新古今集』に入集せず、またそれぞれの自歌合にも採られていない。本歌合恋歌の漢詩文摂取の試みは、新古今時代の恋歌の主流とはなりえなかった。

しかし、本歌合恋歌の漢詩文摂取の試みが新古今的恋歌の主流となりえなかったのは、単なる一時的な試みに過ぎず、成功を収め得なかったためと片付けられない問題を含んでいるように思われる。漢詩文摂取において、典拠から和歌への主題の転換が、和歌から和歌への本歌取りよりも難しいという本質的な相違が、理由として求め得るのではないだろうか。

新古今時代の後、定家は本歌取りについての心得を『詠歌大概』に記している。

猶案レ之、以二同事一詠二古歌之詞一頗無レ念歟［以レ花詠レ花、以レ月詠レ月］。以二四季歌一詠二恋・雑歌一、以二恋・雑歌一詠二四季歌一、如レ此之時無下取二古歌一之難上歟。

（『詠歌大概』、［　］内は原文割注）

この定家の本歌取り論は、初心者に向けられた注意である。本歌取りという技法は、本歌と自詠が同一の主題である場合、本歌から変化を付けにくく、新しさを生み出すことが難しい。そのために、本歌を利用しながら新しい内容を詠出するために、簡単かつ有効なのが、本歌から主題をずらすという技法であった。主題の転換は、内容の新しさを生むとともに、本歌取りによって、自詠に本歌の内容を重層的に備えさせるという効果を生み出すことができる技法であった。

漢詩取りにおいても、閨怨的な内容を有する漢詩文を踏まえて叙景歌を詠む技法は、叙景の中に物語を連想させたり、またはそれによって景情一致をもたらすという、新古今的恋歌の表現と共通する効果を有する。物語性の強い漢詩文を取ることは、恋歌や物語を踏まえるのと同じ効果、すなわち表現に重層性を備えさせ、一首の物語性を高める効果をもたらすのであり、本歌取り・物語取りと差異の無い技法であったと考えられる。本歌合以前の詠作の中で、詠物的な題を設定した「十題百首」において、良経は物語性の強い漢詩を踏まえたり、漢詩文的な主題を詠む際に『源氏物語』の記述を踏まえて詠んでいる。[17]おそらく、「十題百首」の経験を経て、詠物に恋の情趣を備えさせる典拠を用いるのとは逆に、本歌合においては、恋歌に恋とは無関係の漢詩文を踏まえようとしたのであろう。しかしその試みには、漢詩取り・佳句取りが技法として有する困難が伴った。

本歌取りは本歌から句の単位でそのまま引用することで、本歌を想起させることができる。しかし漢詩文を本文として踏まえる際には、本文を想起させる表現を、そのまま漢語で引用するわけにはいかない。漢語から和語表現に翻案するという一つの階梯が存在するのである。更に本文から主題を転換する際には、重ねての工夫と操作が必要となる。しかも漢詩文の場合、一つの表現の背景にある典拠が一つの説話を為していることが多い。そのため本文の背景に堆積する典拠を想起させることは、本文の主題を強固に印象付けることになる。本文を喚起させる表現を漢語から和語へと翻案し、更に本文の主題を転換する、これを三十一文字の中で行いながら、恋歌としての情趣を損なわない工夫をするような詠作が容易であったとは考えられない。つまり漢詩取り・佳句取りの場合、和歌から和歌への本歌取りよりも経なくてはならない段階が多いために、主題の転換がより難しいということが考えられるのである。元来、漢詩文は文章経国を旨とするため、恋を扱うことが少ない。その少ない中から、恋の場面に相応しい本文を選択するか、もしくは主題が想起されてもその主題が恋歌の情趣を損なうことのないものを選択する配慮が必要であったと考えられる。

新古今時代の和歌に漢詩が与えた影響は大きく、重要なものであることを冒頭でも述べた。本歌取りと漢詩取りは、ともに古典摂取という面では共通する技法である。しかし本歌取りが主題を違えることで表現の幅を拡げる可能性を有していたのに対して、漢詩取りには、本歌取り・物語取りよりも、その主題によって大きな規制があったことを考える必要がある。本歌合は、和歌に漢詩文を積極的に取り入れようとしてきた良経および新風歌人が、和歌に漢詩文を摂取する際の、限界と課題に気付く契機となったのではないかと考えられるのである。

注

（1）佐藤恒雄『藤原定家研究』（風間書房・二〇〇一年）第四章「新古今的表現成立の一様相」

（2）本間洋一『王朝漢文学表現論考』（和泉書院・二〇〇二年）第一部Ⅱ「菅原道真の菊の詩」参照。

（3）新間一美『平安朝文学と漢詩文』（和泉書院・二〇〇三年）第三部Ⅰ「源氏物語葵巻の神事表現について——かげをのみみたらし川——」参照。

（4）松野陽一①『藤原俊成の研究』（笠間書院・一九七三年）第1篇第2章「(23)建久四年秋六百番歌合」、同②『鳥帚——千載集時代和歌の研究——』（風間書房・一九九五年）622頁・Ⅵ(3)「六百番歌合の成立事情について」592頁、久保田淳「『六百番歌合』の和歌史的意義」（新日本古典文学大系『六百番歌合』解説）

（5）三好かほる「『六百番歌合』恋歌題考」（『古典研究』15、一九八八年三月）

（6）新名主祥子「『六百番歌合』の恋題をめぐって」（『国語国文学研究』18、一九八三年二月）

（7）上野理『後拾遺集前後』（笠間書院・一九七六年）第八章五「堀河百首と源俊頼」

（8）注（4）松野②著書Ⅵ(3)「六百番歌合の成立事情について」528頁

（9）茅原雅之「六百番歌合における歌人の内部連関――家隆歌との関連を中心に――」（『語文（日本大学）』100、一九九八年三月）において、可能性が示唆されている。
（10）注（4）松野①著書第1篇第2章「(26)建久九年（一一九八）五月二日後京極殿（良経）自歌合」
（11）辻森秀英「『後京極殿御自歌合』の批判」（『国文学研究』15、一九五七年三月）、青木賢豪「『後京極殿御自歌合』について――特に新古今集重出歌をめぐって――」（『語文（日本大学）』44、一九七八年三月）
（12）拙稿「「風の声」の表現――和歌における「おと」「こゑ」試論――」（『京都大学国文学論叢』6、二〇〇一年六月）
（13）『新古今和歌集入門』（有斐閣・一九七八年）佐藤恒雄担当418番歌注、注（1）佐藤著書第四章第四節「霞に落つる・岩間に咽ぶ・払ひはてたる」
（14）大谷雅夫『歌と詩のあいだ――和漢比較文学論攷』（岩波書店、二〇〇八年）Ⅱ部四「聞き紛う音」
（15）有吉保『新古今和歌集の研究　続篇』（笠間書院・一九九六年）第二章「古今集と新古今集――恋歌の展開――」
（16）鈴木美冬「恋の歌における新古今歌風の形成――六百番歌合の恋の歌の考察――」（『国語と国文学』53―3、一九七六年三月）
（17）漢詩文と『源氏物語』を合わせて踏まえた例については、久保田淳『新古今歌人の研究』（東京大学出版会・一九七三年）第三篇第二章第三節四「二夜百首と十題百首」、川村晃生「「獣歌」考」（樋口芳麻呂編『王朝和歌と史的展開』〈笠間書院・一九九七年〉所収）、稲田利徳「象徴としての犬の声――中世隠遁文学表現考――」（『国語国文』72―4、二〇〇三年四月）参照。また、女性を主人公とした白詩を本文として詠んだ例は、以下のようなものがある。

よるのあめのうちもねられぬおくやまに心しほるゝさるのみさけび　（263獣部）

↓行宮見㆑月傷㆑心色　夜雨聞㆑猨断㆑腸声　（『和漢朗詠集』雑部・恋780／『白氏文集』巻一二0596「長恨歌」）

ながきよの人の心にを（お）くしものふかさをかねのを（お）どろかすかな　（209天象）

↓遅々鐘漏初長夜、耿々星河欲㆑曙天。鴛鴦瓦冷霜花重、旧枕故衾寒誰与共。

(『白氏文集』巻一二0596「長恨歌」／前半『和漢朗詠集』秋夜234、『千載佳句』四時部・秋夜186、後半『新撰朗詠集』恋733)

月きよみしぐれぬよはのねざめにもまどうつものはにはのまつかぜ　(245木部)

↓秋夜長、々々無レ睡天不レ明。耿々残灯背レ壁影、蕭々暗雨打レ窓声

(『和漢朗詠集』秋部・秋夜233／『千載佳句』四時部・秋夜186／『白氏文集』巻三0131「上陽白髪人」)

第三章　藤原良経「西洞隠士百首」の寓意と政治性

はじめに

新古今時代の代表歌人である藤原良経は、建久年間、定家や家隆、寂蓮らを構成員とする九条家歌壇を率いる存在だった。九条家歌壇は、その後、後鳥羽院歌壇の母胎となり、新古今風と呼ばれる表現を培う土壌となった。豊かな実りを生み出した九条家歌壇は、建久七年（一一九六）十一月突如として活動を停止せざるを得なくなった。いわゆる建久の政変のためである。源通親の策謀により、兼実をはじめとする九条家の人員は排斥の憂き目を見た。良経の妹の任子は後鳥羽天皇の後宮を退出、父・兼実は関白を罷免され、叔父・慈円は天台座主を辞した。良経自身は内大臣の任に留まったものの蟄居の身となる。

建久の政変は、それまで順調に政治家として歩んできた良経にとって、初めての挫折だった。本章で取り上げる「西洞隠士百首」（以下、本百首と略）が、政変によって蟄居していた最中に詠まれた百首歌であることは、既に久保田淳(1)によって指摘されている。更に寺田純子(2)・青木賢豪(3)は、建久九年（一一九八）五月二日成立の『後京極殿御自歌合』に、本百首から採られた歌が一首も見られないことから、自歌合成立後から正治元年（一二〇〇）

六月に政界復帰するまでの間に、本百首の詠歌年次を推定した。

本百首に籠居中の良経の失意や隠逸志向が表れていることは、久保田を初め、寺田・片山享[4]・石川一[5]・岡部寛子[6]・内野静香[7]によって指摘されている。寺田・片山・岡部は、本百首の雑歌に、露わに述懐性や政治批判が表出しており、本百首の特色となっていることを指摘している。それでは本百首の大部分を占める四季歌には、どのような特徴が表れているだろうか。久保田・石川は、『源氏物語』や源俊頼の表現を摂取した歌が見られることを指摘している。『源氏物語』・俊頼摂取も、後に詳述するようにそれぞれ不遇意識が表れた内容の表現を摂取したものであり、これも本百首が籠居中の良経の詠作であることと深く関わって、良経が自らの不遇意識を表現していることを看取しているのである。

本章では、良経が和漢兼作歌人であるという点を重視し、四季歌を中心として、漢詩文摂取から本百首の解読を試み、表現を考察することを目的とする。なお本章において、歌集を示さずに付す番号は、全て『秋篠月清集』の新編国歌大観番号である。

一、「秋風の紫くだくくさむら」の寓喩

本百首の表現を考察する際に、特徴的な歌として必ず取り上げられてきた歌を掲げる。

秋かぜのむらさきくだくゝさむらにときうしなへるそでぞつゆけき　（646秋）

この歌の第四句「時失へる」は、『源氏物語』須磨巻で光源氏が詠じた「いつかまた春のみやこの花を見ん時

うしなへる山がつにして」を摂取したものであることが注目されている。「時失へる」とは、時流から見放された我が身の表現であると同時に、須磨に蟄居することになった光源氏の失意に重ねられているのだ。

但し、光源氏詠が「春の都の花」を詠んでいるのに対して、良経の歌は秋歌である点が大きく異なる。島内景二(8)は「光源氏が散り過ぎてしまった桜の花にことよせて「春の嘆き」を歌っていたのに対して、風にくだかれる草むらにことよせて「秋の嘆き」を歌うというヒネリを加えている」と述べているが、単に季節と景物を違えたという理由だけであろうか。

そこでこの歌の表現について、「時失へる」以外についても見てみよう。まず、第二句の「紫くだく」は「蘭蕙苑嵐摧㆑紫後、蓬莱洞月照㆑霜中」（『和漢朗詠集』秋部・菊271菅原文時）から摂取したものである。すなわち、蘭（藤袴）が風に吹かれて散らされる様を「紫くだく」と表現している。詞はこの「蘭蕙苑嵐摧㆑紫後」から摂取したものであるが、上句全体が踏まえているのは、秋風が叢の蘭を散らすという趣向から、次の章句の後半部であると考えられる。

扶桑豈無㆑影乎、浮雲掩而忽昏。叢蘭豈不㆑馥乎、秋風吹而先敗。（『和漢朗詠集』秋部・蘭287兼明親王）

この章句の原拠は、『本朝文粋』（巻一・賦）所収の兼明親王「兎裘賦」である。「兎裘賦」は、序文に「為㆓執政者㆒、枉被㆑陥矣」とあるように、執政者すなわち藤原兼通に陥れられて西山に隠棲することになった怒りを陳べた賦である。

この句は、「文子曰、日月欲㆑明、浮雲蓋㆑之。叢蘭欲㆑修、秋風敗㆑之。」（『藝文類聚』歳時部上・秋、同・薬草部上・蘭／『初学記』宝器部花草附・蘭）や「日月欲㆑明、而浮雲蓋㆑之。蘭芷欲㆑脩、而秋風敗㆑之。」（『淮南子』説林訓・

十四）を踏まえていると考えられる。また、正安本『和漢朗詠集』の裏書には、『文子』の章句と『貞観政要』巻六・杜讒邪第二三の「叢蘭欲ㇾ茂、秋風敗ㇾ之。王者欲ㇾ明、讒人蔽ㇾ之。」が記されている。なお、『古事談』第一「道長破二一条天皇御手習反古一事」には、一条天皇の崩御後、手箱の反古に「叢蘭欲ㇾ茂秋風吹破、王事欲ㇾ章讒臣乱ㇾ国。」とあったのを道長が見て、「讒臣」とは自分のことを指すと思い破り捨てたという記事がある。『貞観政要』および一条天皇の反古では、蘭が象徴するものはそれぞれ「王者」「王事」すなわち帝王なのだが、『文選』巻三二と『楚辞』に収められる「離騒」では、蘭は高潔な人格を持つ忠臣の象徴として用いられており、以降の漢詩文における用例も忠臣・忠節を意味することが主である。蘭が表すのは、帝王そのものを指すというよりも、正しい政治を行おうとする身であると考えられる。

趙力偉(9)は、蘭が有する象徴的意味を漢詩文の用例から検討した上で、俊成の「ふぢばかまあらしたちぬる色よりもくだけて物は我ぞかなしき」（『長秋詠藻』143述懐百首・秋・蘭）に、漢詩文の「秋風―蘭」の比喩表現が摂取されており、讒臣に陥れられるがごとき不遇な状況を、嵐に吹き乱れた藤袴によって象徴させていると解している。俊成歌においても、趙が指摘するように「蘭蕙苑嵐摧ㇾ紫後　蓬莱洞月照ㇾ霜中」（『和漢朗詠集』秋部・菊271菅原文時）が踏まえられており、「嵐」「くだく」の詞が用いられている。その上で「秋風―蘭」の象徴性を用いて、自らの不遇意識を表しているのである。俊成歌は、蘭が吹き乱される様に不遇意識を象徴させた例として、和歌において最初期のものである上、「述懐百首」は青年期の俊成が自らの不遇意識を詠んだ百首歌であり、主題の点から言っても良経歌が参照した可能性は高い。しかし、俊成歌を良経646番歌と比較すると、良経は「秋風」と「草むら」を詠み込むことで、明確に「叢蘭豈不ㇾ馥乎　秋風吹而先敗」の佳句取りであることを示している。兼明親王と同様の不遇意識、すなわち讒臣によって失脚させられた自身の境遇とその嘆きを、よりはっきり表そうとしていると考えられる。

また第五句「袖ぞ露けき」は、「風ふけばまづやぶれぬるくさのはによそふるからにそでぞつゆけき」（『後拾遺集』釈教1189公任「維摩経十喩のなかに、此身芭蕉のごとしといふ心を」）が、風に破れ（砕け）た草を我が身によそえるという趣向も一致しており、ここから摂取したものと考えられる。なお、後述するように、本百首には良経自身を屈原に重ね合わせた歌が見られるが、646番歌も「離騒」第九段の「曾歔欷余鬱邑兮、哀二朕時之不一レ当。攬二茹蕙一以掩レ涕兮、霑二余襟一之浪浪。」の「時の当たらざる」「余が襟を霑して」などの表現が646番歌の「時失へる」「袖ぞ露けき」に近似しており、影響があると思われる。

すなわち、この646番歌で詠まれているのは、表面上は、〝秋風によって吹き散らされる蘭の叢に、失脚した私の袖は、蘭に置いていた露のような涙で濡れている〟の意であるが、そこに含まれているのは、讒臣のために忠臣である自身が不遇の状態に置かれているという嘆きだと考えられるのである。「時失へる」という失意表現のみではなく、それが讒臣の奸佞によって忠臣である自らが陥れられた結果であることを、蘭と秋風の象徴的意味を用い、一読すると叙景である上句によって表現したのである。一首を蘭と秋風の寓意するところを踏まえて読むと、「時失へる」という光源氏に重ねられた不遇意識を述べた不穏な句のみではなく、上句にも、叙景に暗喩された怒りや失意、政治批判を読みとることができる。良経は佳句取り技法を用いることで、叙景に現在の状況を生んだ理由を暗示させているのである。

646番歌と対をなす歌が、次の歌である。

てらす日をゝ（お）ほへるくものくらきこそうききみにはれぬしぐれなりけれ　（666冬）

この歌は、先掲の詩句の前半部を踏まえて詠まれたものだ。

扶桑豈無レ影乎、浮雲掩而忽昏。叢蘭豈不レ馥乎、秋風吹而先敗。　（『和漢朗詠集』秋部・蘭287）

後半部を踏まえた646番歌は、蘭が忠臣を、秋風が讒臣を象徴することを先に述べた。「扶桑」とは太陽のことであり、「太陽―浮雲」と「蘭―秋風」を対句で用いるのは、先掲の「文子曰、日月欲レ明、浮雲蓋レ之。蘭叢欲レ修、秋風敗レ之。」（『藝文類聚』歳事部・秋、同・薬草部上・蘭／『初学記』宝器部花草附・蘭）「日月欲レ明、而浮雲蓋レ之。蘭芷欲レ脩、而秋風敗レ之。」（『淮南子』説林訓・十四）においても同様に認められる表現である。

また、この〝浮雲が太陽を覆う〟という表現は、次の詩にも見られるものである。

行行重行行、与レ君生別離。相去万余里、各在二天一涯一。道路阻且長、会面安可レ知。胡馬依二北風一、越鳥巣二南枝一。相去日已遠、衣帯日已緩。浮雲蔽二白日一、遊子不二顧反一。思レ君令二人老一、歳月忽已晩。棄捐勿二復道一、努力加二餐飯一。（『文選』巻二九雑詩上「古詩十九首（ノ一）」／『玉台新詠』巻一「雑詩九首」三／枚乗、『藝文類聚』別上）

この詩は、遠行の夫を思いやる妻の詩である。それゆえ、傍線部も夫と隔てられている妻の悲しみと現代では解釈されている。しかし中国の古注では、この詩を讒言にあって国を追われた忠臣の情を陳べたものとし、傍線部も李善注は「白日」を忠臣、「浮雲」を讒臣の象徴と解する。但し五臣注の劉良は、「白日」を君主の、「浮雲」を讒臣の比喩と解している。[10] 兼明親王の章句について、『和漢朗詠集』の古注においてもこの『文選』詩句が引用されているが、院政期に成立した『和漢朗詠集私注（乙本）』（東京大学本）では、李善注を引用しながらも「白日」の解釈について二説を並記している。『文選』詩句および『和漢朗詠集』章句の解釈が揺れていたことを示しており、そのため、良経がいずれの解を取っていたのか不明である。ここでは、『和漢朗詠集新釋』（金子元臣校注、明治書院・一九一〇年）、新潮日本古典集成『和漢朗詠集』（大曾根章介・堀内秀晃校注、新潮社・一九八三年）、新編日本古典文学全集『和漢朗詠集』（菅野禮行校注、小学館・一九九九年）が解釈するように、「白日」を君主の喩と取り、「照らす日をおほへる雲の暗き」とは、後鳥羽院の英明を、讒臣・通親が曇らせている状況を指していると解しておく。下句の「憂き身に晴れぬ時雨」――我が憂き身の流す涙は、上句が暗喩する失政のためであると、現在の状況を生んだ理由を示して646番歌と同様の嘆きを詠んでいるのである。

この二首は、一読すると叙景に見える表現の背後に、象徴的意味を内包している。その象徴的意味とは、忠臣である我が身が、讒臣（直接には通親）によって政治から遠ざけられているということである。良経が自身の心情を佳句取りを用いて叙景に託す形を取り、直截的な表現を取らなかったのは、露わな形での批判が危険であると考えたことが一因としてあげられる。九条家の人々を退任・籠居へと追いやった通親に対する批判は、通親にとどまらず、その讒言を入れた後鳥羽院への批判にもつながるからだ。しかしそれだけではなく、叙景の中に政治批判をこめる、すなわち漢詩でいうところの比興に該当する和歌を試みているのではないか。単に「時失へる」――失脚したということを詠出しているだけではなく、それが讒臣（通親）に陥れられた結果であること、良経自身はあくまでも忠臣であるということを、叙景の象徴性を用いて表現しようとしているのだ。雑歌の「くもりなきほしのひかりをあふぎてもあやまたぬみをなを（ほ）ぞうたがふ」（692）は、無辜であるのに疑われた嘆きを直截的に表白し、自らの潔白を訴える。四季歌では、この嘆きの原因を通親が作ったことを、叙景に託して表現しているのである。

その後、本百首から『新古今集』には一首も採られておらず、良経自身が、本百首を撰集資料として提出しなかったと推測できる。久保田は、これは後鳥羽院に対する配慮からであり、また政界に復帰し摂政太政大臣を務める良経本人の古傷に触れることになるからだと指摘している。但し後鳥羽院だけではなく、通親に対する配慮も含まれていると考えられる。『新古今集』撰進時代、通親は和歌所の寄人であり、更には『新古今集』撰者の一人の通具は通親の息子であったから、讒臣として通親が糾弾の対象となっている本百首は、用いることを避けたと考えられるのである。

二、叙景にこめられた寓意

次の一首も、やはり叙景の中に寓意があると解せる歌である。

なつふかみいりえのはちすさきにけりなみにうたひてすぐるふな人　（633夏）

この歌の下句は、「松風のおともさびしきあかつきの月にうたひてすぐる山人」（『続詞花集』雑上781覚性法親王「樵路月と云ふ事を」）の詞遣いを襲用したものと考えられる。但し、「月」を「波」に、「山人」を「舟人」に移し替え、舟人が歌う姿を詠じた歌としたのは、単に趣向の問題だけであろうか。〝歌う舟人〟は、漢詩文では「棹歌」「櫂歌」などの熟語があり、よく見られるものである。但し「波に歌ひて過ぐる」という設定から、この歌の下句は、屈原の「漁父辞」を踏まえていると考えられる。

追放された屈原は、湘江のほとりで漁父に会う。自らの清廉のために放逐されたと語る屈原に、漁父は、衆人と同様に濁りに任せればよいと説く。

屈原曰、吾聞レ之。新沐者必弾レ冠、新浴者振レ衣。安能以二身之察察一、受二物之汶汶者一乎。寧赴二湘流一、葬二於江魚之腹中一、安能以二皓皓之白一、而蒙二世俗之塵埃一乎。漁父莞爾而笑、鼓レ枻而去、歌曰、滄浪之水清兮、可三以濯二我纓一、滄浪之水濁兮、可三以濯二我足一。遂去不二復予言一。（『楚辞』七「漁父」／『文選』巻三三騒下「漁父」）

たとえ死んだとしても、世俗の塵埃にまみれて潔白な我が身を汚すことはしないと述べる屈原に対して、漁父は笑って傍線部の歌を歌うのである。「滄浪の水清まば、以て吾が纓を洗ふべく、滄浪の水濁らば、以て我足を濯ぐべし」とは、政道が正しく行われておれば朝廷に仕えることができ、政道が誤っておれば官を辞して隠遁することができる、という意味である。

良経の「波に歌ひて過ぐる舟人」が意味するところは、舟人すなわち漁父が滄浪の歌を歌いながら過ぎて行く、の意であると考えられる。そして、その漁父が歌う政道の正誤を説く歌を聞く良経は、清廉であったが故に放逐された屈原と重ねられている。そのように考えると、上句の「入り江の蓮」とは、『法華経』従地涌出品の「不レ染二世間法一如二蓮華在一レ水」、またはそれを踏まえた「はちす葉のにごりにしまぬ心もてなにかはつゆをたまとあざむく」（『古今集』夏165遍昭「はちすのつゆをみてよめる」）に見られるように、濁りの中に咲いても清く美しいもの、すなわち清廉な人格の象徴である。清廉な人格を象徴する蓮を眼前にして、政道の清濁によって進退を決めればよいと歌う漁父の歌を聞く。それは、自らの潔白を確認するかのような情景であると考えられる。

この歌に続く634番歌も、「江」を詠んでいる。

みだれあしのつゆのたまゆら舟とめてほのみしま江にすゞむくれかな　（634夏）

この634番歌は、俊頼の「ながれあしのうきことをのみゝしまえにあとゝゞむべきこゝちこそせね」（『散木奇歌集』1475みをうらみうんをはづるざううた百首）から表現を摂取していることが、石川一によって指摘されている。俊頼歌は「恨レ躬恥レ運雑歌百首」という、我が身の不遇を嘆く百首歌で詠まれたものである。本百首が建久の政変後の籠居中に詠まれたものであるという背景を踏まえると、良経の歌に発想の面でも主題の面でも深く関わっていると考えられる。

この一首の表現を、俊頼歌の摂取という側面以外からも検討しよう。まず、三島江は蘆を景物として有する歌枕である。良経は本百首に先立って、「みしまえにひとよかりしくみだれあしのつゆもやけさはおもひをくごと」（481治承題百首・旅）を詠んでいる。この「みしまえに…」歌も、蘆に置いた露が詠まれている。

三島江の蘆に置いた露がはかなさを表すという趣向は、「みしまえのあしのうらつゆうちはらひあなかりそめのよのありさまや」（『行尊大僧正集』47「みしまえのわたりにをのこのあるが、あしの露をうちはらひつつかるをみて」）に先例が見られ、この歌から影響を受けていることも考えられる。更に第二句「露のたまゆら」は、定家が建久七年（一一九六）九月十八日に詠んだ「はるよたゞつゆのたまゆらながめしてなぐさむ花のいろは移ぬ」（『拾遺愚草』1614韻歌百廿八首和歌・春）から摂取したものである。634番歌は、これらの先行和歌から影響を受けたり摂取して形成されていると考えられる。

但し良経の634番歌には、これらの先行和歌のみでなく、次の漢詩句が踏まえられていると考えられる。

観レ身岸額離レ根草　論レ命江頭不レ繋舟　（『和漢朗詠集』雑部・無常790羅惟）

そもそも俊頼歌の、江に浮く流れ蘆に、足跡を留めない自らを重ねるという表現の背景に、この漢詩句の前半が揺影していることが指摘されている[11]。その上で634番歌を俊頼歌と比較すると、良経は江に泊めた舟を詠み込み、漢詩句の後半部「論レ命江頭不レ繋舟」も一首に取り込んでいることが分かる。「露のたまゆら舟泊めて」とは、蘆に置く露のように束の間、舟を泊めるという意味であるが、本文の「不レ繋舟」、すなわちしっかりと繋いでいない舟を和歌に翻案したものである。また、「ほのみしま江に」に「ほの見し間」が掛かっており、それが束の間であることが強調されている。634番歌に詠まれた「舟」は、俊頼歌に新たに題材を付け加えただけではなく、俊頼歌が踏まえる漢詩句を、本文として更にはっきりと踏まえるために詠み込まれているのである。

しかし、俊頼歌が「憂き事をのみみ（見）」「跡とどむべき心地こそせね」と直截的に嘆きを述懐しているのに対して、良経の634番歌は、表面的には心情の流露は見られない。一首は〝乱れ蘆に置く露のように束の間舟を泊めて、三島江で涼む夕暮れであるよ〟の意である。しかし、『和漢朗詠集』詩句を踏まえて読むと、「乱れ蘆」が「岸額離レ根草」に、「露のたまゆら舟とめて」が「江頭不レ繋舟」に対応し、更にそれが「身」「命」に喩えられていることから、良経自身の命運の象徴となっているのである。下句では、夏の夕暮れ、三島江のほとりで涼を楽しむ主人公の姿が詠まれている。しかし、主人公の眼前にある風景は、主人公の命運の頼りなさ・はかなさを象徴するものでもある。石川一は、良経が俊頼の述懐歌の表現を摂取することで、良経自身の暗い現実と慨嘆を表出していると指摘している。但し俊頼歌に見られるような述懐は直截に表現せず、本文の詩句が有する無常観は暗に寓されるに留まっている。前歌と合わせて詠む時、634番歌で詠まれた命運のはかなさとは、屈原のように政治の場を放逐され流浪する身のはかなさと解せる。雑歌の「かくてしもきえやはてむとしらつゆのをきどころなきみをゝしむかな」(696)に陳べられているのと同様の嘆きを、叙景に託したと考えられるのだ。

三、菱と蓬の情景

前節までに指摘してきたように、本百首には漢詩文摂取・佳句取りという技法を用いながら、叙景に良経自身の不遇意識や政治批判を寓意している歌が見られる。佳句取りのみならず、個々の題材についても、良経の境遇を暗に象徴させているると解せるものがある。

次の歌も、俊頼摂取が指摘されている歌である。

いけのうへのひしのうきはもわかぬまでひとつにしげるにはのよもぎふ　（628夏）

この歌も、俊頼の「あさりせし水のみさびにとぢられてひしのうきはにかはづなく也」（『千載集』夏203「題しらず」／『散木奇歌集』夏部278「中宮のみだう（御堂）にて人々うたよみけるに、かはづを」）からの表現摂取が久保田・石川によって指摘されている。後に良経は、俊頼歌を本歌取りして「みさびえのひしのうきはにかくろへてかはづなくなりゆふだちのそら」（828夏／『千五百番歌合』夏二842四百二十二番・左）を詠んでいる。この828番歌は、俊頼歌と同様に「みさび」「かはづ」を詠んでいるが、628番歌が俊頼歌から摂取しているのは「菱の浮き葉」という詞と題材のみである。

628番歌は、池上の菱と区別が付かなくなるまで庭の蓬が茂った情景を詠んでいる。「庭の蓬生」という措辞は新古今時代に流行し、その多くは「ならひこしたがいつはりもまだしらでまつとせしまのにはのよもぎふ」（『新古今集』恋四1285俊成女「千五百番歌合に」）のように、恋歌において恋人が通わなくなったことを示す題材である。これは、『源氏物語』蓬生巻の光源氏詠「たづねてもわれこそとはめ道もなく深き蓬のもとの心を」など、物語的な「蓬」の表現が背景にある。

一方「菱」は、薬草としての性格が強く、その実を採る様が「採菱歌」に描かれる(12)。終日菱を採りながら、またはその様子を眺めながら過ごすと詠まれることが多い。実以外も、「鏡中有レ浪動二菱蔓一、陌上無レ風飄二柳花一」(『千載佳句』四時部・暮春106温庭筠)「梧桐葉暗蕭々雨、菱荇花香澹々風」(同・四時部・夏興129許渾)と、暮春から初夏にかけてのうららかな情景を表す景物である。また菱は、宮殿の池に生えるものとして漢詩文に描かれることが多い。『藝文類聚』所引の漢代劉歆「甘泉宮賦」(巻六二居所部二・宮)には、「深林蒲葦、涌水清泉。芙蓉菡萏、菱荇蘋蘩」、魏代夏侯恵「景福殿賦」(巻六二居所部二・殿)にも「周覧菱荷、流彩的皪。微秀発レ華、纖茎葳蕤」とある。これらの記述から、「菱」が豪華な宮殿の池を連想させる植物であったことが窺われる。「菱」は過去の九条邸の明るく華やかな情景を象徴していると考えられる。

更に、『藝文類聚』(巻八二草部・萍)所引の晋代杜恕「篤論」には、「夫萍与菱之浮、相似也。菱植レ根、萍随レ波。是以下堯舜歎二巧言乱レ徳、仲尼悪上二紫之奪レ朱」とある。菱と萍とは水上に生じる浮き葉という共通点はあるが、菱は水中に根差すものであり、波に随って流れる根無し草の萍よりも優れたものと意識されていた。また『楚辞』離騒に「製二芰荷一以為レ衣兮　集二芙蓉一以為レ裳」(第七段)とあり、これは『藝文類聚』巻八二草部下・菱にも引かれている。菱は蓮と並んで清らかで高潔なものの象徴であった。

それを踏まえると、ヨモギが凡俗な人間や品性の象徴として漢詩文に表れることにも注目される。『楚辞』離騒で「艾」は、「戸服レ艾以盈レ要兮　謂二幽蘭其不レ可レ佩一」(第一二段)、「何昔日之芳草兮　今直為二此蕭艾一也」(第一四段)と、高潔な人格の象徴である「蘭」「芳草」と対比され、凡俗な人間を象徴している。このように「蘭」と対照して用いられることが多く、「香茎与二臭葉一、日夜倶長大。鋤レ艾恐レ傷レ蘭、溉レ蘭恐レ滋レ艾。」(『白氏文集』巻一0036「問レ友詩」)、「若然則、曲阜尼丘、比二培塿一而無レ別、紫蘭紅蕙、渾二蕭艾一而不レ分」(『本朝文粋』巻一二361論・都良香「弁㆓薫蕕㆒論」）など、唐詩・日本漢詩にも例は頻繁に見られる。628番歌が詠む、池の「菱の浮き葉」が「庭の蓬生」と区別が付かなくなるまでになったという情景は、時流から見放された良経の邸宅が荒れ果ててゆくことを表す。それとともに、優れた清廉さが、凡俗によって浸食されてゆくことを象徴する情景と解することができるのである。

　こうした、題材による象徴性を利用して不遇意識を表現するという方法は、俊成「述懐百首」にも見られる。俊成「述懐百首」は、俊頼「恨㆑躬恥㆑運雑歌百首」とともに、不遇感を百首歌に籠めた先蹤として注目される。良経が本百首を詠むにあたって、こうした先蹤を意識したことは充分に考え得る。しかし、俊頼と俊成の百首歌は、百首歌の表題そのものに不遇感が表出しており、また詠作にも露わな心情表現が見られる。これは、俊頼「恨㆑躬恥㆑運雑歌百首」や俊成「述懐百首」が、自らの不遇を貴顕へ訴えることで、現実的な効果を期待するという目的を有していたこととも関わると考えられる。良経の本百首は、四季歌には露わな心情表現はなされていない。不遇意識は叙景の背後に、象徴性や寓意によって表現されている。心情を情景や題材に寄せるという技法は、俊頼や俊成以上に効果的に用いられていると考えられる。

四、佳句取りと本文の主題

　ここで、本百首の佳句取り・漢詩取りを、本歌取りと比較する。本百首の本歌取り詠の特徴として、本歌から時間を後にずらして詠んだ歌が多いという点が指摘されている(13)。この技法については本書第四部第一章で詳しく述べるが、時間を後にずらすことにより、本歌より暗く荒廃した景が表現されている。これは蟄居中の良経の暗い心情が本百首に投影したものと解せる。本百首で詠じられた四季の景物とは、美しく心を楽しませるものとしてではなく、良経の心情の表現として機能するものであると考えられるのである。
　こうした本歌取りや、第一節・第二節で取り上げたような佳句取りの技法を並べて見てみると、本歌・本説取りが季節や時間をずらすことで暗い心情を暗喩しているのに較べ、本百首の佳句取りでは、本文の主題をずらさずに、ほぼそのまま用いている点に相違が認められる。これは、政治批判や寓意を含まない佳句取りでも同様である。

たにがはのいはねかたしくあをやぎのうちたれがみをあらふしらなみ　（608春）
→気霽風梳㆓新柳髪㆒　氷消浪洗㆓旧苔鬚㆒　（『和漢朗詠集』春部・早春13都良香）

たなばたにかせるころものあさじめりわかれのつゆをほしやそめつる　（641秋）
→露応㆓別涙㆒珠空落　雲是残粧鬟未㆑成　（『和漢朗詠集』秋部・七夕214菅原道真）

やま人のくむたにがはのあさぼらけたゝくこほりもかつむすびつゝ　（672冬）
→叩㆑凍負来寒谷月　払㆑霜拾尽暮山雲　（『和漢朗詠集』雑部・仏事598慶滋保胤）

まどのうちにあか月ちかきともし火のことしのかげはのこるともなし　（679冬）
→五声宮漏初明後　一点窓灯欲㆑滅時　（『和漢朗詠集』雑部・暁419白居易）
年光自向㆓灯前㆒尽　客思唯従㆓枕上㆒生　（『和漢朗詠集』冬部・冬夜357橘在列）

608番歌は、慈円が文治四年（一一八八）に詠んだ「たつたがは浪もてあらふ青柳のうちたれがみをけづる春風」（『拾玉集』507御裳濯百首・春）から詞遣いを取っている。慈円歌も、朗詠詩句の佳句取りであるが、朗詠詩句の後半部にある「浪洗」を、「旧苔鬚」ではなく「新柳髪」に続けている。この趣向を真似て、良経は更に「風梳」を省いたのであろう。641番歌は、定家が建久元年（一一九〇）六月に詠んだ「しのゝめの別の露を契りを（お）きてかたみとゞめぬあさがほの花」（『拾遺愚草員外』165一句百首・秋）から詞を摂取しているが、より直接には掲出の朗詠詩句を本文として、織女の別れの悲しみを詠む。672番歌の第四句「叩く氷」とは、「三笠山春はこゑにて知られけり氷をたゝく鶯のたき」（『西行法師家集』692「花山院の御庵室のほとりにて」／『残集』1「ならの法雲院の、こうよほうふげんのもとにて、立春をよみける」）に先行例が見られるが、もともとは掲出の朗詠詩句の傍線部から取った詞である。良経自身も『六百番歌合』で「清水もる谷の戸ぼそも閉ぢはてて氷を叩く嶺の松風」（563冬下・十二番・寒松・左・勝）と詠んでおり、判者の俊成からは「判云、両方の『峰の松風』『氷を叩く』、『音弱り行く』などいへる、甲乙なくは侍れど、なを（ほ）、『氷を叩く』、少しは勝るにや侍らん」と評価されている。いずれも、西行歌とは異なり、本文と同じく冬の景の表現として用いている。次の357番歌は、上句は「一点…」を、下句は「年光…」を踏まえたものである。二つの本文を踏まえ、冬の夜に灯火に向かいながら、夜が明けて行くのを感じる様を詠む。これらは、本文の主題や描かれた情景が、一首の表現と発想に深く関わっている。

良経の佳句取りを本歌取りと比較すると、季節や主題を本文とは違えたりずらしたりせずに取り込んでいることが分かる。これは、第二章で考察したように、佳句取りは本歌取りよりも、主題からずらして取ることが、詠作の主題を薄めてしまう結果になりがちであったことが背景にある。前章で述べたような、佳句取りにおける主題の問題についての反省は、本百首においては主題を違えずに踏まえることで、自詠の意味や主題をより強調するという方向性に活かされていると考えられるのである。

如上を確認した上で、次の一首を見よう。

たれにとてはるの心をつくばやまこのもかのもにかぜわたるなり（601春）

↓つくばねのこのもかのもにかげはあれどきみがみかげにますかげはなし（『古今集』東歌1095ひたちうた）

601番歌は、本歌が「君が御影にます影はなし」と、君主の影を頼みとすることを詠んだものであるが、「誰にとて春の心をつくば山」と、頼みとする君主の絶対性が失われたことを暗示している。下句「このもかのもに風渡るなり」は、筑波山の春の景ではあっても、誰をも頼みにすることができず、さまよう様の表現ともなっている。この歌に見る本歌取り技法は、踏まえる典拠は漢詩文ではないが、比興・諷諭に近似したものといえると考えられる。

五、佳句取りによる政治批判

本百首以前、建久年間の良経は、隠逸に憧れ、閑適生活を和歌に表現した。西行摂取に見られる隠遁志向、(14)官人生活と信仰生活の文人的な両立、(15)それらは良経の詠作の特徴ではあるが、良経だけではなく、中世歌人に普く共有された志向でもあった。順調に政治家として歩んでいた折には憧れの対象であった隠棲生活が現実のものになった時、それは良経にとって挫折としか呼べないものであった。政治の場を捨てたのではなく、放逐された。本百首で詠じられた「隠」とはあくまでも、自らが望まない状況の下で讒臣によって追いやられた環境である。

そもそも隠者とは、俗世を離れ、隠遁生活を楽しむ立場から表現するのが基本的な姿勢である。漢詩においても、白居易が「閑適」詩で詠んだ隠逸生活は、「士」を離れて個人的な安逸を楽しむ「独善」の姿勢を取っている。しかし良経が本百首で詠んだ隠逸生活とは、白居易の「閑適」とは異なり、安穏とした隠逸生活ではなかった。良経は「西洞隠士」として山中の洞＝閑居に住まう身にやつし、その視点から和歌を詠じているが、そこに表れた良経の心情は隠者のものではない。自らを閉め出した政治に憤り批判する。「隠士」と名乗っているにもかかわらず、良経が本百首で見せる立場は、讒臣によって政治の場から追われた悲憤を陳べる政治家であり、九条家の一員としてのものである。閑居に住まう視点から詠んでいるという点からは隠逸であるが、政治の中枢へと視線が向けられている点で隠者ではないという、双方の視線が存しているのである。良経は「隠」から、政治を批判し、鬱々とした感情を表現した。また「西洞隠士」という隠名も、西山に隠棲した兼明親王や、中国の西山（首陽山）に身を隠した伯夷・叔斉を意識したものであろう。すなわちこの隠名が、政治の場から退かざるを得なくなった先人を意識したものとも考え得るのである。

良経が「西洞隠士百首」と同じく隠名を付した百首に、「南海漁父百首」がある。漁夫とは漢詩文において、漁業に従事する卑賤の民でありながら、国家の制度や制約から自由な隠逸者でもあった(16)。「南海漁父百首」で良経が「漁父」を称したのは、漁夫（漁父）の象徴する自由な隠逸者に我が身を装え、政治の世界から離れた隠者を志向した表れと考えられる(17)。しかし、「南海漁父百首」に表れている良経の心情や立場は、たとえそれから逃れたいという志向を有しているとしても、政治家としてのものだ(18)。隠名と百首に表れている立場は一致しない。

政治家の立場を放擲せず、隠逸生活の中から政治批判を行う内容は、唐詩や和歌の隠逸表現の類型に収まらないものである。先例を探すとなると、本百首にも受容が窺われた屈原がいる。屈原は楚の王族であり、政治家としても文学的才能にも優れ、王の信任を得たものの、靳尚らの讒言にあって疎外され、更に襄王の代になってから再び讒にあって追放された。『楚辞』に収められた屈原作（伝承も含む）の詩は、濁世に憤り、讒臣と失政を批判する。慈円も「四季雑各二十首和歌」で「今はただから国人に身をなさむすつる命は心ならねば」（『拾玉集』3055雑）と屈原に自らを重ねた歌を詠んでおり、建久の政変によって政治から遠ざけられた自身を屈原に重ねる姿勢は、良経・慈円に共通している。

和歌において、政治批判とは本来ほとんど見られないものだ。文学によって政治を批判し、政治に関わってゆく機能は、和歌ではなく漢詩に託されていたからである。それは、中国においては文学が経世の具であり、政治に関わる機能を持っていたからだ。しかし日本において、和歌は花鳥風月や叙情などを詠むのが主で、基本的に風雅の域を出るものではない。政治に関わるといってもそれは、和歌を詠む場や編纂される勅撰集が政治的なものであるという意味においてだった。直接的に政治批判を行ったり、自らの志を述べる器としては、和歌という形式は発達しなかった。

兼通によって西山隠棲を余儀なくされた兼明親王も、「兎裘賦」を詠んで憤りを陳べた。本百首は和歌に政治批判、それも観念的なものではなく、自らを陥れた通親に向けられた具体的な批判が和歌に表出した例として、注目すべきものであろう。但し政治批判とはいえ、白居易が諷諭詩で表現したような、民衆の生活苦にまで及ぶものはほとんど見られない。しかしその中で次の一首は、良経自身の身を嘆くだけのものではない。

　このごろのをのゝさと人いとまなみすみやくけぶりやまにたなびく　（676冬）

この歌は炭焼きをを詠んだ歌で、「いとまなみ」と絶え間なく炭を焼く様子が詠まれている。これは、「このごろ」では絶え間なく炭を焼いているということであり、白居易の「売炭翁」（『白氏文集』巻四0156）を踏まえたものと考えられる。「売炭翁」は、「伐㆑薪焼㆓炭南山中㆒、満㆑面塵灰煙火色。両鬢蒼々十指黒、売㆑炭得㆑銭何所㆑営。」

と、炭が廉価であるために、いくら働いても稼ぎは微々たるものであることを嘆く。良経歌も、貧しさのために炭焼きが常に働き続けなくてはならない、ということを叙景に託して詠んでいると解せるのである。民の生活にまで目を及ばせ、白居易的な諷諭を試みていると考えられる。676番歌には、良経が政治家として、兼済の意識を持って和歌を詠んでいることが顕れているが、良経の詠もうとした政治批判とは、主に自身を籠居の状態に置いた通親や後鳥羽院、及び宮廷政治に対するものである。政治家としての自身を意識しながら詠んではいるものの、基本的には自身及び九条家の人間が直接関わる範囲での「政治」に限られていると考えられる。

　とはいえ、良経が本百首において、比興・諷諭の技法を用いて政治批判を行った和歌を詠んでいることは注目される。建久の政変という現実的な籠居生活を背景とした心情表現であるのは無論である。しかし、比興・諷諭の技法を用いた佳句取りが、本百首で詠もうとした良経の心情——政治批判・不遇意識を和歌に表すにあたって、最も適した技法であったことを見落としてはならない。

結びに

　自身の不遇感を百首歌に籠めるという方法は、先にも述べたように、俊頼「恨レ躬恥レ運雑歌百首」や俊成「述懐百首」という先蹤がある。俊成も題材の象徴性を用いて、不遇感を表現した。その際に、漢詩文から摂取した題材の象徴性も用いられていることは、趙が指摘するところである。良経は、それよりも更に進んで、佳句取りという本歌取りと共通する古典摂取の方法を行いながら、漢詩文と和歌の関わりをより密接にしようとしたのではなかったか。つまり、本百首における漢詩文摂取の在り方は、摂取される——本文として踏まえられる漢詩句の主題が、和歌の内容に深く関わっているのであり、それが想起されることで、良経の立場や心情が鮮やかに浮かび上がるという技法となっている。また、その漢詩取り・佳句取りの方法は、情景に寓意した心情表現の形で、直接的な表現を避けるという、比興・諷諭を模したものであったと解することができる。良経が本百首において、和歌にも漢詩の有する政治批判という機能を担わせることを可能にしたのが、漢詩取り・佳句取りの方法だった。

良経はその後、『千五百番歌合』では判詞を七言二句の形で付け、『元久詩歌合』の事実的な立案者ともなった。本百首とほぼ同時期に編まれたと考えられるのが『三十六番相撲立詩歌合』であることを考えると、和歌と漢詩という異なる形態の文学を融合しようとする良経の模索は、建久期の九条家歌壇における活動を経て、この頃に一段と深まったのではないか。本百首のように典拠と主題が密接に関わり、心情表現に活かした詠作を通じて、良経が『千五百番歌合』夏三と秋一の判詩の序文において、「蓋和漢之詞、同類相求之故也」[19]と記したような、和歌と漢詩を異なる文学形態として両立するだけではなく、詩歌として同類であるという認識を築いたのではないかと考えられるのである。

注

（1）久保田淳『新古今歌人の研究』（東京大学出版会・一九七三年）第三篇第二章第三節「南北百番歌合と治承題百首」

（2）寺田純子『古典和歌論集――万葉から新古今へ――』（笠間書院・一九八四年）所収「建久末年の藤原良経――その述懐歌をめぐって――」

（3）青木賢豪『藤原良経全歌集とその研究』（笠間書院・一九七六年）研究編「三、建久期」

（4）片山享「建久期における藤原良経の述懐歌」（『私学研修』96、一九八四年七月）

（5）石川一『慈円和歌論考』（笠間書院・一九九八年）Ⅱ第二章第六節「『四季雑各廿首都合百首』――『源氏物語』・俊頼などの受容を中心に」。以下、石川の論はすべてこの論文による。
（6）岡部寛子「建久末年における藤原良経――「西洞隠士百首」雑歌について「詠百首和歌」との比較における考察――」（『富山商船高等専門学校研究集録』29、一九九六年七月）
（7）内野静香「良経「治承題百首」「西洞隠士百首」考――九条家失脚を軸として――」（『日本研究』13、一九九九年一一月）。以下、内野の論はこの論文による。
（8）島内景二「藤原良経の人と歌12――「西洞隠士百首」に残されたもの、消え果てたもの――」（『炸』37、一九九六年九月）
（9）趙力偉「俊成の植物比喩表現とその方法――歌ことば「藤袴」と「蘭」とを中心に――」（『国語と国文学』81―8、二〇〇四年八月）
（10）各解釈については、新間一美『平安朝文学と漢詩文』（和泉書院・二〇〇三年）第三部Ⅲ「須磨の光源氏と漢詩文――浮雲、日月を蔽ふ――」に詳しい。なお、都留春雄「『浮雲蔽白日』について」（『入矢教授小川教授退休記念中国文学語学論集』〈入矢教授小川教授退休記念会・一九七四年〉所収）は、「浮雲蔽白日」が夫を思う妻であることを表現する他の例が見られないことから、当該詩も讒臣と人君を詠んだものとする古注に従うべきであると論じている。
（11）木下華子・君嶋亜紀・五月女肇志・平野多恵・吉野朋美共著『俊頼述懐百首全釈』（風間書房・二〇〇三年）
（12）山口爲廣「『採菱歌』について」（『漢文学会々報』29、一九八四年二月）参照。なお、『万葉集』に菱を採る様を詠じた歌が二首（1249・3876）見られ、採菱が漢詩から和歌にも摂取された題材であることが分かる。
（13）注（5）石川著書
（14）伊東成師「藤原良経の本歌取りについて」（『学習院大学国語国文学会誌』23、一九八〇年二月）、稲田利徳『西行の和歌の世界』（二〇〇四年、笠間書院）第四章第二節「西行と良経」、君嶋亜紀『中世和歌の情景　新古今集と新葉集』（塙書房・二〇二三年）第一篇Ⅱ第五章「良経『花月百首』の西行摂取」
（15）谷知子『中世和歌とその時代』（笠間書院・二〇〇四年）第二章第四節「良経の「隠遁」志向」

（16）後藤秋正・松本肇編『詩語のイメージ――唐詩を読むために』（東方書店・二〇〇〇年）「漁翁・漁夫」（安藤信廣担当）

（17）注（2）寺田著書は、「南海漁父百首」を建久の政変以後の成立と論じているが、石川泰水「『南北百番歌合』成立過程考」（『国語と国文学』60―11、一九八三年一一月）、注（5）石川著書II第二章第四節「『南海漁父北山樵客百番歌合』成立考――拾玉集伝本を踏まえて」以来、跋文にある建久五年（一一九四）八月に一次本が成立、その後、政変後に差し替えが行われて建久六年三月以降に最終稿が成立したと考えられており、「南海漁父百首」は政変以前の詠作と考えられている。

（18）岡部寛子「建久末年における藤原良経――「南海漁父百首」述懐歌について――『北山樵客百首』との比較における考察――」（『富山商船高等専門学校研究集録』27、一九九四年七月）、内野静香「良経「南海漁父百首」考――述懐性の分析を中心に」（『広島女子大国文』15、一九九八年九月）

（19）注（2）寺田著書所収「正治・建仁期の藤原良経――「千五百番歌合」良経判の序の意味するもの――」、見尾久美恵「良経の「蓋和漢之詞、同類相求之故也」について」（『解釈』47―9・10、二〇〇一年一〇月）

補説一　「時失へる」の持つ重み

中世和歌に用いられる表現で、「時失へる」という句に注目したい。

いかにして時うしなへる身のほどに春のみやこの花をみるらん　（『竹風抄』702文永六年五月百首歌・春）

正安三年春よみ侍りし歌の中に、春草

我のみぞ時うしなへる山かげやかきねのくさも春にあへども　（『伏見院御集』1963）

「時失へる」は、『源氏物語』須磨巻の光源氏詠「いつかまた春のみやこの花を見ん時うしなへる山がつにして」に依る句である。この歌は、朧月夜尚侍との密通が露見した光源氏が、須磨での謹慎を決意し、春宮に送った別れの挨拶の歌である。宗尊親王・伏見院、いずれの歌も春歌であり、特に宗尊親王詠は「春の都の花を見」の箇所も光源氏詠と重なる。どちらも光源氏詠を本歌取りと見なしうる。

題詠中心で、本歌取りが技法として一般的に用いられる中世和歌において、著名な句を取ることは珍しいことではない。しかし、この「時失へる」という句は、本歌取りの用例が少ない。『源氏物語』の中でも特に名高く、後世に大きな影響を与えた須磨巻に見える歌なのに、だ。

その少ない用例の中で、宗尊親王に先立つのが、藤原良経の次の一首である。

秋かぜのむらさきくだくゝさむらにときうしなへるそでぞつゆけき　（『秋篠月清集』646西洞隠士百首・秋）

注目されるのは、この歌が詠まれた背景である。この歌が含まれる「西洞隠士百首」を良経が詠んだ当時、九条家は建久七年（一一九六）の政変によって、政治的権力を失っていた。そうした状況で良経は、光源氏に自分をなぞらえ、時流から外れ謹慎を余儀なくされた嘆きを詠んだのだった。

では、この「時失へる」を用いた時の宗尊親王と伏見院の状況はいかなるものだったのか。

宗尊親王は、文永三年（一二六六）七月、北条氏への謀反を企てた嫌疑によって征夷大将軍を廃せられ、帰京。掲出の「いかにして」歌が詠まれたのは、その三年後、嫌疑は晴れたものの京都で失意の日々を送っていた頃のことだった。

一方の伏見院の「我のみぞ」歌は、正安三年（一三〇一）春の詠。永仁六年（一二九八）、息子の後伏見天皇に譲位して院政を始めたものの、正安三年一月二十一日に、大覚寺統の巻き返しにより後二条天皇に譲位することとなり、後二条の父・後宇多院が院政を開始する。伏見院歌は、後伏見が後二条天皇へと譲位させられた、まさにその直後の詠ということになる。二人とも、光源氏詠を本歌取りして「時失へる」という句を用いるにふさわしい、不遇の境涯にいたのだった。伏見院は、政治的実権を失った自身を、〝自分だけが春という時を失い山陰にいる――時流から外れ日の当たらない立場となった〟と詠む。征夷大将軍を廃され帰京した宗尊親王は、「いつかまた春の都の花を見む」と詠んだ光源氏とは異なり、自身は今「春の都の花」を見ている。しかしそれは、鎌倉から意に反して帰京して見ている「春の都の花」なのだ。〝いつか赦され、帰京したあかつきには見られるだろうか〟と光源氏が詠んだ、復権の象徴である「春の都の花」が、宗尊親王にとっては、逆に失意の象徴であるところに、本歌取りによって表された皮肉がある。

つまり、いずれの歌も、当時の作者が現実において時流から外れ、不遇の身をかこつ状況で詠まれたものなのである。そうした不遇意識が、光源氏詠を引き寄せ、「時失へる」の句を用いた本歌取りを詠ませたのだった。

しかし「時流に外れる」という現代語訳だけではこぼれ落ちた意識があるのではないだろうか。〝時流から外れる〟と一言で言っても、様々なケースがあろう。父祖の代に没落した、上手く時勢を判断することができないままに出世できない、など色々と想定できる。だが「時失へる」の句を用いた作者に、中下流の貴族はいない。上皇・親王・摂関家という、きわめて高位の人物に限定されている。「時失へる」を用いた本歌取りの作例が少ないのは、この句が不穏な響きを持つこと以外にも、いま一つの理由が求められるのではないだろうか。

実は「時失へる」には、『源氏物語』以前の典拠を求めうる。それは、『古今集』仮名序の一節「あるは、きのふはさかえをごりて、ときをうしなひよにわび、したしかりしもうとくなり」である。「時を失ひ世に侘び」は、「昨日は栄え驕りて」と対をなしている。光源氏詠もこの仮名序を意識して詠まれたものであったと考えられる。「時失へる」という詞は、単に「今」時流から外れてしまった、というだけではなく、かつては時流に乗って華やかにときめき、権力を手にした「昔」があった、にもかかわらず……という文脈を背後に担うと解せるのだ。「失ふ」の語は、かつては手にしていたものが無くなる、の意を持つ。であるなら、はじめから時流に取り残され、出世できない中下流の公家たちには、もとより「失ふ」と表すだけの栄華が無いのであり、ふさわしくない。

「時失へる」の詞を用いた良経・宗尊親王・伏見院には、失われた——我が手から離れた、もしくは、我が手からもぎ取られていった栄華があった。その栄華の時代を背景にする自負、そして、それゆえに痛感させられる「今」の不遇。もともとの『古今集』仮名序の文脈は、華やかな「昔」とうらぶれた「今」の、一般的な対比だ。しかしこの詞が光源氏と結び付いたことで、光源氏に匹敵するほどの「時」を得た経験がある、きわめて限られた高貴・高位の人物にのみ許された表現となった。また、本歌取りによって、光源氏といういわば王朝の理想像に自らを重ね合わせるだけの強い自意識をも垣間見せる。なお「時失へる」を用いた和歌を詠んだ当時、良経は三十歳前後、宗尊親王は二十八歳、伏見院は三十七歳。須磨巻の光源氏が二十代後半だったのと同様にまだ若く、老いた身の述懐ではない点にも注目される。意識的か無意識的だったかは分からないが、「昔」において華やかな立場にあった経験、権力の中枢に位置したのだという自負こそが、この「時失へる」を用いる上で必要だったのではないだろうか。

光源氏はその後、赦され帰京することができた。良経も左大臣に返り咲き、その後、摂政太政大臣にまで昇る。伏見院は、徳治三年（一三〇八）に第二皇子の花園天皇が帝位に就き、再び院政を執るようになる。一方、宗尊親王は、この歌を詠んだ三年後の文永九年（一二七二）に出家、さらに二年後、京で失意のままに生涯を閉じる。三十三歳の若さだった。人生の明暗のコントラストは、残酷なまでに鮮やかである。

本歌取りの詞が、単に古歌や物語になぞらえ、登場人物に成り代わって用いられるだけのものならば、もっと自由に、自在に詠まれてもよいはずだ。しかし、意識的にか無意識的にか、自由な使用が憚られ、ある種の限定がある句があった。本歌取りという文学上の営為が、作者の現実に縛られる現象として興味深い例である。

第四章　藤原良経『正治初度百首』の漢詩文摂取

はじめに

『正治初度百首』は正治二年（一二〇〇）秋に後鳥羽院の下命によって詠進された応制百首である。『正治初度百首』は、後鳥羽院歌壇の本格的な始発点として重要な位置を占める催しで、また『新古今集』に七十九首が採られており、『千五百番歌合』の九十一首に次ぐ撰歌資料となっている。詠進歌人は後鳥羽院・惟明親王・式子内親王・守覚法親王・良経・源通親・慈円・忠良・隆房・季経・経家・釈阿（俊成）・隆信・定家・家隆・範光・寂蓮・生蓮（源師光）・静空（実房）・信広（雅縁）・二条院讃岐・小侍従・宜秋門院丹後の二十三名であった。

有吉保は、(1)詠進の下命が三次に渡ってなされたと推測しており、良経は第三次の八月十五日下命により加えられたとする。山崎桂子は、(2)有吉論に補訂を加えているが、やはり良経は第三次下命による参加と推測している。その理由としては、七月十三日に妻・一条能保女が死去したことへの配慮もあろうが（第一次下命は七月十五日）、『明月記』と「正治和字奏状」に見られるように、当初、詠進歌人が四十歳以上に限るという年齢制限が設けられていたためとしている（良経は当時三十二歳）。

良経の本百首については、『明月記』正治二年九月五日条に「…秉燭之程帰廬。又参二大臣殿一。又見二御歌一。殊勝不可思議。…」、同月二十一日条「…巳時許参二南殿一。給二百首御歌一退出［可三持参二向入道殿御許一由有レ仰］。…」、『明月記略』同月二十七日条「又南殿に参る。今日御歌を院に進らせらる。百首御清書。…」とある。良経が九月二十一日の時点で百首を詠み終えており、二十七日に清書し院に進上したこと、定家・俊成に歌稿を見せていることが知られる。なお良経の本百首からは、『新古今集』に十七首が入集、以下、勅撰集に半数の五十首が入集しており、良経の定数歌の中でも評価が高い。

これまでの先行研究において、本百首における良経の表現については、主に、後鳥羽院歌壇における廷臣歌人としての姿勢・態度に関する視点と、本歌取り、特に物語摂取に関する視点から論じられてきた。廷臣歌人としての姿勢について、久保田淳[3]と山崎桂子[4]は、良経が後鳥羽院歌壇において、最高貴族としての立場にふさわしい内容の和歌を詠んでいることを認め、抑制の効いた姿勢で本百首に臨んだことを指摘している。

本歌取りについては、大野順子[5]と内野静香[6]の研究がある。特に大野は本百首の本歌取りを精査し、その技法について論じている。但し大野の調査から漏れているのが、佳句取り・漢詩文摂取である。良経の和歌表現を先行作品や古典摂取から考察する上で、漢詩文をどのように踏まえ利用しているかを、合わせて検討することが必要であると考えられる。

また漢詩文摂取に着目するのは、後鳥羽院歌壇の始発点における新風表現のあり方を、漢詩文摂取から検討したいからである。九条家歌壇の新風歌人たちの特徴として、しばしば指摘されてきたのが、漢詩文への親炙であり、その表現の熱心な摂取である。文治・建久期の新風歌人たちの漢詩文摂取については、これまでにも研究が積み上げられてきており、筆者も本書第二部第一〜三章で良経の漢詩文摂取について考察してきた。ここまで明らかにしてきた特徴が、後鳥羽院歌壇における詠作にどのように受け継がれているか、また、新たな展開があるかを考えたい。

定家の和歌表現の展開については、文治・建久期において活発に試みられてきた漢詩文摂取が正治・建仁期には激減し、明らかに表現の変化があることが指摘されている。(7) その理由は、漢詩文に関心が高かった九条家歌壇から後鳥羽院歌壇へと活躍の場が移ったため、また、実験的な表現を試みることが減少したためとされている。定家についてはそれを認めうるとしても、他の歌人についても同様であると敷衍できるかどうかは、これから確かめてゆかねばならない。

そこで本章では、建久期に九条家歌壇を主催し、熱心に漢詩文摂取の技法を培い、それによって新風を開拓しようとしてきた良経が、どのように漢詩文摂取の方法を用いているかを検討し、本歌取り技法との関わりを考察することを目的とする。

一、漢詩と和歌の重層的摂取

まずは、次の一首の表現から見てみよう。以下、歌集名を示さない歌番号は『秋篠月清集』所収歌のものである。

①こはぎさくやまのゆふかげあめすぎてなごりのつゆに日ぐらしぞなく　（740秋）

この歌の本文として、久保田淳は「蕭颯風雨天　蟬声暮啾啾」（『白氏文集』巻五0179「永崇里観居」）を指摘している。夕暮に雨が降った後、蟬の鳴き声が聞こえるという趣向は、確かにこの白居易詩句を敷いたものと見られる。

但しこの①には、白居易詩句に加えて、同時代歌人の影響が顕著に認められる。

小萩咲く片山陰に日晩の鳴すさびたる村雨の空　（『六百番歌合』秋中372寂蓮、六番・秋雨・左・持）

白居易詩句には見出せない要素である「小萩咲く山」の「陰」という場所の設定は、この寂蓮歌から摂取したものである。寂蓮歌は雨後を詠んだものではないが、蜩と雨の結び付きから白居易詩句をたぐりよせて、雨後へと時間を設定したのではないかと思われる。つまり、白居易詩句と寂蓮歌は、「雨―蝉」という共通する素材を詠んでいる。その共通点から、両者を結び付け、白居易詩句から「夕」という時間帯を、寂蓮歌から「小萩咲く山」の「陰」という場所の設定を設けたのである。また、寂蓮歌によるこの「小萩」は、初秋の景であることを強調することとなっている。

共通する素材を持つ先行和歌と漢詩句を合わせて取り、新たな一首を作り出すという方法は、古典和歌からの摂取においても同様に見出せる。

②さらしなのやまのたかねに月さえてふもとのゆきはちさとにぞしく　（746秋）

第五句「千里にぞ敷く」とは、「秦甸之一千余里　凛々氷鋪　漢家之三十六宮　澄々粉飾」（『和漢朗詠集』秋部・十五夜240公乗億）の傍線部を摂取したものである。この朗詠詩句に基づき、月光を氷が敷いた様に見立てる表現は、院政期から和歌にも詠まれている。特に、『千載集』秋上279に入集する「くまもなきみそらに秋の月すめば庭には冬の氷をぞしく」（『中宮亮重家朝臣家歌合』63雅頼、月・四番・左・持）について、判者の俊成は「左歌、銀漢雲尽秋月澄澄、沙庭霜凝冬氷凛凛、見二其文体一、已以二詩篇一、心匠之至尤可レ翫レ之」と、一首の内容を漢詩文に置き換えた判詞を付しており、漢詩文の風情を湛えた一首として評価している。良経は、秋月の光を千里に敷く氷に比喩した本文を、月光と雪の見立てに転化している。

但しこの②は、本歌として「わがこゝろなぐさめかねつさらしなやおばすて山にてる月をみて」（『古今集』雑上878読人不知「だいしらず」）を取っていることを指摘しうる。この本歌によって、月の名所である更級山を配置し、そこに照る月光が心を乱すものであることを背後に揺曳しながら、冴え冴えとした光が遍く麓を照らし出す情景を詠み出している。また、本文である朗詠詩句は「秦甸」すなわち都である長安に照る月を詠んだものである。同詩句を佳句取りした俊成の「月きよみ都の秋をみわたせば千里にしける氷なりけり」（『長秋詠藻』245「法勝寺の十首の中の、月二首」）もやはり「都の秋」を詠んでいる。それと比較すると、良経は同じ朗詠詩句を踏まえながらも、本歌取りによって場面を東国の更級の姨捨山に設定することで、本文で詠まれた都の月と、旅路における遠境の地の月を対比する狙いがあったと考えられる。

この二首は、共通する素材や場面を有する和歌と漢詩を合わせて踏まえることで、場面をより具体的に設定したり、内容に厚みを加える効果を有している。この技法は、本歌取りの方法とも関連するものである。大野は本百首の本歌取りについて、複数の本歌を取る技法が、類似した場面・素材を有する物語和歌・和歌を合わせるものであり、合わせられる本歌同士が密接な繋がりを獲得していること、更に「（合わせられる複数の本歌の、引用者注）発想が通底するということは、まったく異なるものを組み合わせるときほど詠歌世界の地平の広がりを見込むことはできないということであるが、代わりにその小世界の濃度は飛躍的に高まり、両歌の世界が拡散せずに縦方向に重なりあい融合・深化することで幻想的な世界が形成されるということである」と論じる。大野は、良経が『物語二百番歌合』の番を直接利用していることを指摘し、「良経は、定家が『物語二百番歌合』のなかで番の構成をするために仕掛けた方法を、本歌を複数取るという定家・家隆が創始した本歌取の方法とともに、自らが本歌取の和歌を詠ずる際に取り入れていた。定家の番の方法を実践しながら本歌取をすることで、複数の本歌の世界を自詠のなかに幾層にも重ねおいて共鳴させ、より濃密な情致を獲得した和歌を構築しようとしたのである」と指摘する。つまり、本歌取り・物語取りにおいても、良経は二首本歌取りの技法を用いて、本歌そのまま・物語そのままではない、重層的な和歌表現を試みていたのである。発想の通底する二首を本歌取りすることによって、本歌同士が互いに内容を深める作用をするのが、大野の指摘する良経の本百首における本歌取りの方法である。

複数の和歌・物語・漢詩を合わせて取り、重層性を持った一首を詠み出すこうした方法は、本百首において新たに試みられたのではなく、建久期に良経および新風歌人が開拓してきた技法であった。大野の指摘する重層的に複数の本歌を取るという技法は、佳句取りにおいても同様に認められるのである。それは、佳句取りを本歌取りと差異の無い方法として用いているからであると考えられる。

二、複数の本歌・佳句取り

しかし、共通した素材を有する複数の本歌・漢詩句を踏まえる方法を、本百首の本歌取り詠において、大野の指摘する「縦方向に重なり合い融合・深化すること」「より濃密な情致を獲得」することにのみその特徴と意図を限定することには躊躇される。詳細に見てゆくと、良経の本歌・本文の利用の方法には、本歌からの変化の付け方に複数の本歌・佳句取りを活かす方向性も認めうるのである。

先にあげた①②の二首は、それぞれ「蟬（蜩）」「月」という共通素材を核に据え、合わせて寂蓮歌・古今歌を摂取することによってその具体的な場面設定を加えていた。こうした場面設定の付加も、本文からの変化ということができるが、より明確に変化を付けた例として次の歌をあげる。

③ちりつもるもりのおちばをかきつめてこのしたながらけぶりたてつる　（781羈旅）

『校注国歌大系』・久保田淳・和歌文学大系『秋篠月清集／明恵上人歌集』（谷知子他校注、明治書院・二〇一三年）・同『正治二年院初度百首』（家永香織他校注、明治書院・二〇一六年）は、この781番歌に、「さとのあまのたきすさびたるもしほ草又かきつめてけぶりたてつる」（『続後撰集』羈旅1324寂蓮「旅の心を」）の影響を指摘している。確かに主題も同じく旅であり、第三・結句には寂蓮の影響を認めうる。

加えて、一首の趣向について、本文として次の詩句を指摘できる。

林間煖レ酒焼ニ紅葉一　石上題レ詩掃ニ緑苔一　（『和漢朗詠集』秋部・秋興221白居易）

「林間―もり・木の下」「紅葉―落ち葉」「焼―煙立てつる」がそれぞれ対応しており、〝木の下で落葉を集めて燃やす〟という情景設定は、この朗詠詩句の前半部に拠るものであると考えられる。

良経には、同詩句を踏まえた和歌として、詠歌年次未詳で先後関係は不明であるが、次の一首がある。

このしたにつもるこのはをかきつめてつゆあたゝむる秋のさか月　（秋部1233「秋歌よみける中に」）

この歌は、下句に〝酒を温める〟という趣向も詠み込まれており、朗詠詩句の佳句取りであることが明瞭である。そのため、「木の下」「積もる〜葉をかきつめて」という表現が共通する③も、やはり同詩句を踏まえたものと判断しうるのである。

旅路で、不用となった自然の物を集めて燃やし、暖を取るという趣向は、寂蓮歌から摂取したものであると考えられ、詞も多くを寂蓮歌から取っている。但し、朗詠詩句を合わせて踏まえることで、燃やす物を落葉とし、秋の景であることをはっきりと打ち出して、また海辺から山路の旅路へと転換した。山路で燃やすものを落葉としたことによって、単に侘びしくつらい旅路ではなく、秋の風雅を感じさせる趣向を設けたと考えられる。

こうした良経の佳句取りは、本文である漢詩句をそのまま和歌に移すのではなく、主題・素材をずらすことで、新しい内容を持った一首にしているのである。

この技法が、漢詩句を二つ重ねて取ることで用いられているのが、次の一首である。

④あけがたのまくらのうへにふゆはきてのこるともなき秋のともし火　（755冬）

④は、二つの漢詩句を本文として踏まえている。まず、④は冬歌の冒頭に置かれる、立冬の歌である。一夜のうちに季節が移り変わる、しかしまだ、前夜に点した灯火は燃え残っている、という発想は、次の詩句に拠るものだろう。

背レ壁灯残二経レ宿焔一　開レ箱衣帯二隔レ年香一　（『和漢朗詠集』夏部・更衣144白居易）

この詩句は、季節が変わる日の暁に、まだほのかに残る灯火を見ているという内容である。春から夏への季節の推移を詠んだものであるが、それを良経は、秋から冬への立冬に移し替えたものと考えられる。

更に、第四句「秋のともし火」は、次の漢詩句から摂取した表現である。

夕殿蛍飛思悄然　秋灯挑尽未レ能レ眠　（『和漢朗詠集』雑部・恋782／『白氏文集』巻一二0596「長恨歌」）

「秋のともし火」は「秋灯」の訓読をそのまま詠み込んだものである。「秋のともし火」の先行例には、清輔の「夜を残す老の寝ざめにおきゐつゝ秋のともしびかゝげ尽しつ」（『久安百首』946秋）がある。この清輔歌は、結句「かかげ尽しつ」も「挑尽」の訓読であり、下句が朗詠詩句に基づいたものであることが明瞭である。先掲の『和漢朗詠集』144番詩句「背レ壁灯残二経レ宿焔一」のように、立夏の灯火であるならば、夏の短夜では灯火も燃え尽きなかったことを意味する。しかし「秋のともし火」であるならば、秋の長夜、灯火を一夜の間ずっと点し続けていた、つまり、主人公は明け方まで眠ることができないままに、秋の長夜を過ごしたことを意味するのである。

また、この「秋のともし火」は、季節を特定する役割を担っているだけではない。本文は「長恨歌」であり、玄宗皇帝の楊貴妃への思慕を詠んだ部分であるから、「秋のともし火」は恋歌的な情緒が漂う詞であると言えよう。この「秋のともし火」は、訓読調を残すことによって、それが「長恨歌」の内容を敷いた一首であることを気付かせる、いわばキーワードの役割を担っているのである。本文の「長恨歌」は、物語的要素の濃い詩であり、恋歌の情趣を漂わせる上で、物語摂取と同様の性質の本文として扱うことができるものであったと考えられる。

秋から冬へ季節が移り変わった、その明け方、まだ灯火がかすかに消え残っている様を見る。『和漢朗詠集』

所収の「長恨歌」詩句を本文として踏まえて④を読むならば、主人公は「秋のともし火」を秋の長夜に眠ることができないまま、まんじりと明かした末に見ていることとなる。灯火という共通の題材によって二つの詩句は結び付けられ、季節の変わり目の暁という時間設定に、秋の夜長と叙情性を付加するという効果を生み出しているのである。

ここで検討した③④は、どちらも踏まえる和歌・漢詩が「焼く」という動作、「ともし火」という素材を共通して有する。共通点を核として複数の和歌・漢詩句を組み合わせて踏まえ、一首を構成するという方法は、①②と同様である。しかし①②は、その共通点となる「蟬（蜩）」「月」が、季節を限定・固定する素材であり、複数の本歌・本文を組み合わせたとしても季節や主題を変えることにはなっていない。しかし③④の場合、共通点が季節や主題を固定するものではないため、組み合わされた本歌・本文の相違点が一首の中で効果的に活かされ、際立つことになる。

複数の本歌・本文を取るという方法は、取り合わせる本歌・本文が共通点を持たないと、一首のまとまりを欠く危険も伴う。それぞれの本歌・本文の内容を活かしながら、一首の中にまとまりを持たせるには、複数の本歌・本文を取りつつも、それが共通点を有していることが望ましい。その共通点を核に据え、それぞれの本歌・本文から取った詞や趣向を詠み込むことにより、一首の中で踏まえた本歌・本文の持つ内容が、求心的に構成されることが可能になる。

複数の本歌・本文を取る技法は、確かに建久期に定家や家隆が切り開いてきたものであった。中でも、大野が特に注目するのは、『物語二百番歌合』の番の利用である。『物語二百番歌合』の直接的な利用については、その成立の問題とも関わるので慎重に臨みたいが、このような歌合形式での秀歌撰が、良経の周辺で建久期に注目を集めたことは確かである。その一つの表れが、自歌合の編纂である。西行の『御裳濯河歌合』『宮河歌合』から影響を受けて、良経自身、建久末年に『後京極殿御自歌合』を編んでいる。自歌合の結番は、共通する素材・主題を有する二首を左右に番え、その番の主題を強調しつつも、異なる点を浮き立たせるという基本的な手法を持つ(8)。自身の自歌合だけではなく、慈円の『慈鎮和尚御自歌合』の撰歌も良経が行った。こうした建久末年の自歌合の経験は、本百首における本歌取り技法にも影響していると考えられるのである。

三、『新古今集』入集歌――季節感と叙情性

こうした傾向は、『新古今集』に入集する良経の代表歌にも活かされている。詞の訓読などの位相ではない、発想面・趣向面における漢詩文摂取が、和歌的な叙情性に溶け込み、効果を発揮しているのである。漢詩文的な趣向・発想が、本歌取りと融合したものとして、『新古今集』にも入集し、『百人一首』にも採られる、良経の代表歌がある。

⑤きりぎりすなくやしも夜のさむしろにころもかたしきひとりかもねむ　（751秋／『新古今集』秋下518）

この⑤は、「七月在ㇾ野、八月在ㇾ宇、九月在ㇾ戸、十月蟋蟀入二我牀下一」（『詩経』豳風・七月）によって、秋になり、蟋蟀の鳴き声が、屋外から屋内へと次第に身近に感じられるようになるという発想をもとにしている。『詩経』の内容は、「秋ふかくなりにけらしなきりぎりすゆかのあたりにこゑきこゆなり」（『千載集』秋下332花山院「きりぎりすのちかくなきけるをよませ給うける」）と和歌にも詠まれるものであり、既に和歌においても親しいものであった。直截的に『詩経』を踏まえたものというよりも、漢詩文から摂取して培われた趣向・通念とした方が適

当であろう。その漢詩文による通念を踏まえると、蟋蟀の鳴き声が枕元に聞こえるというのは、秋の深まりを思わせる。鑑賞日本古典文学第17巻『新古今和歌集・山家集・金塊和歌集』（角川書店・一九七七年、有吉保氏担当）は、『詩経』の内容を引いた先行作として、先に挙げた花山院歌とともに、次の良経の建久二年（一一九一）「十題百首」における旧作を引いている。

秋たけぬころもでさむしきり〴〵すいまいくよかはゆかちかきこゑ　（278十題百首・虫部）

この歌は、初句「秋闌けぬ」によって秋の深まりを詠み、結句「床近き声」が『詩経』の「十月蟋蟀入二我牀下一」に対応している。時は既に晩秋で、「今幾夜かは床近き声」――その声を寝床の近くに聞くのも、あと幾夜なのであろうか、と秋の終わりを感じる内容である。また第二句「衣手寒し」には、晩秋の寒さが詠まれており、これは⑤の、「さむしろ」に「寒し」を掛けた第三・四句「さむしろに衣片敷き」にも通底する。⑤の背景に、自詠の旧作「秋闌けぬ…」があるのは確かであろう。

これらの歌や、良経に大きな影響を与えた歌人である西行の「きり〴〵す夜さむになるをつげがほにまくらのもとにきつゝなく也」（『山家集』455「むしの歌よみ侍けるに」）と⑤を比較してみよう。その違いが、きりぎりすの鳴き声によって単に秋の深まりや終わりを感じるだけではなく、独り寝をはっきりと打ち出したことによる孤独感にあることが浮かび上がる。それは、この歌が本歌取りを用いていることによって表現されているのである。

⑤には本歌が二首指摘されている。「さむしろにころもかたしきこよひもやわれをまつらむうぢのはしひめ」（『古今集』689読人不知「だいしらず」）と「吾恋（ワガコフル）　妹相佐受（イモニアヒサズ）　玉浦丹（タマノウラニ）　衣片敷（コロモカタシキ）　一鴨将寐（ヒトリカモネム）」（『万葉集』巻九1692雑歌「紀伊国作歌二首」）である。この二首の本歌は、「衣片敷き」という一句を共通して有している。それだけではなく、二

首とも恋人である女性に逢うことができずに独り寝をする男の心情を詠んだ歌であることも同じである。単に秋が深まり蟋蟀の鳴き声が間近に聞こえるという内容にとどまらず、そこに『古今集』・『万葉集』の二首から取った下句を合わせた、幾重にも重ねた本歌取りによって、恋人の不在、独り寝の伴として蟋蟀しかいないという孤独感の表現となっているのである。「衣片敷き」という独り寝を示す句を連結部とし、別々の本歌による「さむしろに」「独りかも寝む」を前後に置くことで、「衣片敷き」が一首の要となることが強調され、また本歌のすぐれた表現を取り込むことになる。こうした技法は、先に述べた大野の指摘に合致するものであり、内容や情趣の強調・濃密化へと結び付いている。

しかし強調しておきたいのは、『詩経』による、秋の深まりとともに蟋蟀の鳴き声が身近に聞こえるという発想が、晩秋という季節感を表現するにあたって、一首の重要な要素となっている点である。二首の本歌を取るだけでは、「さむしろ」に「寒し」が掛けられることで、秋冬の季節であることは示されるとはいえ、季節感は明確ではない。すぐそばまで冬が近付いていることを感じさせる晩秋という、より微細な季節感は、主人公の身近に聞こえる蟋蟀の鳴き声が表現しているのである。

次の例は、季節感の表現に漢詩文から摂取した趣向が認められるものの、一段の工夫を加えたものである。

⑥秋ちかきけしきのもりになくせみのなみだのつゆやしたばそむらむ　（733夏／『新古今集』夏270）

日本古典文学全集『新古今和歌集』（峯村文人校注、小学館・一九七四年）・新日本古典文学大系『新古今和歌集』（田中裕他校注、岩波書店・一九九二年）・角川ソフィア文庫『新古今和歌集』（久保田淳校注、角川書店・二〇〇七年）が、⑥の参考詩句として、「嫋々兮秋風　山蟬鳴兮宮樹紅」（『和漢朗詠集』夏部・蟬192／『白氏文集』巻四0145「驪宮高」）を掲

出する。この点について、詳しく検討したい。

蟬の鳴き声と紅葉の組み合わせは、他にも「鳥下二緑蕪一秦苑寂　蟬鳴二黄葉一漢宮秋」（『和漢朗詠集』夏部・蟬194許渾[9]）など漢詩文にしばしば見られるものである。和歌においても、早くには大江千里が「紅樹欲レ無レ蟬」（『白氏文集』巻一三0654「社日関路作」）を句題として「もみぢつつ色紅にかはる木はなくせみさへやなくはなりゆく」（『千里集』秋部46）を詠んでいる。平安期の例では、他に相模の「したもみぢひと葉づつちるこのしたにあきとおぼゆるせみのこゑかな」（『詞花集』夏80相模「題不レ知」／『相模集』31「せみのこゑ」、第四句「あきときこゆる」）がある。これらの和歌は、蟬と紅葉を組み合わせ、晩夏から初秋の季節を詠んでいる。

また、良経の周辺歌人では定家も詠んでいる。

山里はせみのもろごゑ秋かけてそともの桐の下葉おつ也　（『拾遺愚草員外』142一句百首・夏）

同（建久）七年の秋、内大臣殿にて、文字をかみにをきて廿首歌中に、秋十

なくせみも秋のひゞきのこゑたてゝ色にみ山のやどのもみぢば　（『拾遺愚草』秋部2331）

定家からの影響の大きさ[10]を勘案すると、⑥の発想にも、定家歌からの影響を想定しうるのかもしれない。しかしこうした先行例と比較すると、相模・定家の歌は、木々の紅葉と蟬の鳴き声に秋の到来を詠んでいるとはいえ、明確に木々の紅葉が蟬の「鳴き声」によると詠んでいるわけではない。良経の⑥は、紅葉させるのが蟬のためである、とはっきりと打ち出している。

では、朗詠192番詩句の解釈について検討してみよう。『和漢朗詠集』『白氏文集』の注釈書を見ても、この詩句の訳は、例えば「なよやかに秋風吹く頃ともなれば、山せみがないて、宮居の樹樹はまっかなもみじ」（高木正一

『中國詩人選集　白居易（上）』岩波書店・一九五八年）、「風そよぐ秋には蟬が鳴き御苑の樹がもみぢする」（佐久節『白楽天全詩集 第一巻』日本図書センター・一九七八年）など、[11] おおよそ、「嫋々たる秋風」が「山蟬鳴きて」「宮樹紅なり」の二つの現象を促すものとして意識されているようである。『和漢朗詠集』古注においても同様である。つまり、「山蟬鳴きて」と「宮樹紅なり」の二つは、秋の季節感を表現する現象として並列して詠まれていると解釈されているのであり、この二つを因果関係で捉えてはいない。⑥は、「鳴く―泣く」の連想から、蟬の「涙の露」が紅葉させると、蟬と紅葉の因果関係をはっきりと打ち出している点が新しいのである。[12]

この点については、和歌における蟬の季節の問題から注意しておきたい。日本において、蟬は『後撰集』以来、夏の景物として認識されている。『和漢朗詠集』『永久百首』でも、晩夏の素材として定位している。しかし、朗詠詩句にも顕著なように、蟬は唐詩では秋の景物として詠まれるのである。[13] 先掲の千里・相模・定家の作は、漢詩文の影響下で詠まれたものであるが、蟬の鳴き声と紅葉の取り合わせは、日本における蟬の捉え方と照らす時、季節が合致しないように感じられかねない。

良経は、同じ朗詠詩句を佳句取りした作を、後にも詠んでいる。

むらさめのあとこそ見えねやまのせみなけどもいまだもみぢせぬころ　（夏部1101「雨後聞レ蟬」）

この歌は、建仁三年（一二〇三）六月『影供歌合』における詠作である（75雨後聞レ蟬・二番・左・負）。これは⑥よりも更に明確な朗詠192番詩句の佳句取りで、「山蟬」を「山の蟬」と訓読して詠み込んでいる。この1101番歌において、良経は晩夏の季節を、蟬が鳴いてもまだ紅葉しないと詠んでいる。朗詠詩句の「山蟬」と「宮樹紅」を、並列・因果のいずれで解釈しているかにかかわらず、朗詠詩句の内容を日本の四季に置いて、夏の蟬と秋の紅葉の間にある季節のずれが、ここでは打ち出されている。

蟬と紅葉、その季節感の齟齬を解消するために、良経は「鳴く蟬の涙の露」が「下葉染む」と表現したのではなかったか。つまり、和歌において、紅葉を促すのは露や時雨であるという通念がある。蟬の鳴き声が紅葉を促すと詠むのではなく、蟬の鳴き声と紅葉し始めた下葉という二つの事象を結び付けるために、「蟬の涙の露」と詠むことによって、その二つの結び付きを自然なものとしたのである。また、「涙の露」は述懐・哀傷歌に用例が多い詞である。「鳴く蟬の涙や下葉染むらむ」については、蟬の涙とは、蟬が死の近づいていることを悲しんで泣く紅涙であり、それが「下葉染むらむ」によって暗示されているという解釈が、北村季吟『八代集抄』以来一般的である。蟬の鳴き声と紅葉、という漢詩文による発想の組み合わせに、露が紅葉させるという和歌の通念を重ねて取り入れ、更にはそこに蟬の悲しみを籠め、叙景歌の中に叙情性を高める効果を出している。

つまり良経は、晩夏の蟬から下葉の紅葉へという初秋の景への結び付きが、季節の変化として捉えられるように表現したのではないか。この季節の変化という点から見る時、⑥の初・第二句「秋近き気色の杜に」が一首の中で、まさに近付く秋を示す役割を担っている。「気色の森」は大隅国の歌枕であり、気配・予感を意味する「気色」との掛詞で用いられる。『新古今集』最古の本格的注釈書である常縁原撰本『新古今集聞書』以来、⑥には「秋のくるけしきのもりのした風にたちそふ物はあはれなりけり」（『千載集』秋上227待賢門院堀川「百首歌たてまつりける時、秋たつ心をよめる」）が踏まえられていると注される。この歌を踏まえているという指摘については、良経自身の⑥と類想の旧作によって裏付けられる。

　したくさにつゆを（お）きそへて秋のくるけしき（底本「しけき」）のもりにひぐらしぞなく　（秋部1104「立秋」）

1104番歌は、詠歌年次は未詳であるが、建久九年（一一九八）五月成立の『後京極殿御自歌合』（49廿五番・左・負「初秋の心を」、初句「下草も」）に自撰していることから、それ以前の作であることが分かる。⑥と同様に歌枕「気色森」を秋が近づく「気色」と掛詞で詠み、さらに蜩を合わせて詠んでいる。待賢門院堀川歌と「秋の来る気色の杜」という部分が一致する1104番歌を間に置くと、⑥にも待賢門院堀川歌が意識されている可能性は高い。晩夏に近付く秋の気配を感じる、それを歌枕「気色の杜」によって詞から連想させ、具体的な情景としては朗詠詩句によって蟬と紅葉によって表現する。また旧作の1104番歌は、蜩の鳴き声から、それによって「下草に露置き添」うと詠まれているのであり、蟬（蜩）の鳴き声から〝涙―露〟への連想が働いている点も⑥と共通している。その露に紅葉を促すものとしての役割を担わせ、朗詠詩句との関連を生んだのが⑥であると考えられる。

⑥は、朗詠詩句を踏まえながらも、和歌の伝統上に培われた、紅葉と露の関係、紅涙への連想、歌枕「気色の森」を織り交ぜて、一首の構想が成り立っている。和歌的な伝統に立脚することで、漢詩文から和歌へ移す際に生まれる季節感の齟齬を軽減し、また、叙情性を付加するという機能が見出せるのである。

良経の本百首における四季歌は、四季歌でありながらも、恋歌的な叙情性が漂うものが多い。それは、本歌取り技法に負うところが大きいのである。その点を、『新古今集』入集歌から一首取り上げて見てみよう。

さゝのはゝみやまもさやにうちそよぎこほれるつゆをふくあらしかな　（759冬／『新古今集』冬615、第四句「こほれる霜を」）

この冬歌は、「小竹之葉者（サヽノハヽ）　三山毛清尓（ミヤマモサヤニ）　乱友（ミダルトモ）　吾者妹思（ワレハイモオモフ）　別来礼婆（ワカレキヌレバ）」（『万葉集』巻二133柿本人麻呂）と「さかしらになつは人まねさゝのはのさやぐしもよはわがひとりぬる」（『古今集』雑体・誹諧1047読人不知「題しらず」）を本歌取りしながら、下句で一転して冬の情景を詠む。二首とも詠んでいるのは恋人の不在である。本歌を想起すれば、冬の嵐は、氷った露だけではなく、恋人の女性と共寝できずに独りで寝る男にも吹き付けているのであり、独り寝の孤独を強く感じさせることになる。一首の詞には表出していないが、本歌取りによって、上句は独り寝の孤独を感じさせる情景となるのである。この歌は、「笹の葉」が「乱る―さやぐ」という素材と、独り寝の孤独という感情を共通して有する二首の本歌を合わせる。そして「霜夜」を詠む『古今集』歌によって冬の季節へと結び付け、下句「氷れる露を吹く嵐かな」へと続けている（『新古今集』本文の第四句「氷れる霜を」に依れば、『古今集』歌との結び付きはよりはっきりとする）(14)。本歌から恋歌的な叙情性を取り、題にふさわしい季節は別の箇所によって表しているのだ。

四季歌に恋歌的な要素を揺曳する技法は、新古今時代の和歌の一つの特徴であり、また、本歌取りの方法としても確立してゆくものである。四季歌を恋歌に本歌取りし、恋歌を四季歌に本歌取りするという技法は、定家が『詠歌大概』において提唱している、本歌からの変化の付け方である。本歌と同じ主題で本歌取りすると、本歌との変化が付けにくい。この恋歌から四季歌への本歌取りは、初心者向けの基本的なものであるが、本歌から変化を付け、新しさを付ける方法として有効なものである。良経は、後に定家が提唱することになるこの技法を、本百首において意識的に用いているものと考えられる。それによって、恋歌的な情趣が四季歌に揺曳し、情感豊かな四季歌を生むことになったのである。

しかしこのように情趣・情感を湛えた四季歌を詠み出すには、佳句取りにのみ頼っては不可能であった。本百首における良経の佳句取りには、景物や季節の表現に関しては漢詩文からその軸を取り、叙情性に関しては本歌取りや和歌的発想・措辞によって表現しようとする基本的な方向性が見出せる。発想や趣向、素材に関しては漢詩文に依りながら、そこに本歌取りによって心情を揺曳させている。いわば、どのような心情をその情景から読み取るかという方向は、本歌取りによって導線が示されているのだ。漢詩文には、漢詩文の中で形成されてきた伝統がある。それは和歌に刺激を与え、和歌の表現に新しさをもたらし続けてきた。しかし、漢詩文の表現や趣向を摂取するだけでは、和歌表現として、新しさや珍しさを狙っただけになりやすい。優れた和歌表現を持つ一首を詠み出すためには、和歌の伝統から顧みてもあくまで自然でありながらも、新しさの感じられる工夫が必要になる。そこで、一首の中で同時に本歌・佳句取りし、本歌の持つ「和」の要素と、本文の持つ「漢」の要素を取り合わせることで、本歌そのままでも、本文そのままでもない、新しさを打ち出すという試みを行ったと考えられる。本文・本歌、どちらともそのままではない内容へと転化し、単なる叙景歌としてではなく、重層的に叙情性を付加することになっているのである。

本百首における良経の本歌取りにおける本歌からの変化の付け方については、第四部第三章でも取り上げる。本章ではまず、本歌取りや漢詩文摂取によって重層的に一首を構成するという建久期に培ってきた方法を、本百首において発揮していることが窺われること、そしてそれが、『新古今集』への入集歌の多さに顕著なように、本百首の質の高さに結び付いていることを述べておく。

四、その他の漢詩文摂取和歌

漢詩文摂取について、重層的構成の観点から検討してきた。但し、漢詩文摂取は、重層的な用い方だけではない。漢詩文から得た趣向や発想が、良経歌の中でどのように活かされているかを、別の視点からも検討しておく。

⑦あまつかぜみがきてわたるひさかたのつきのみやこにたまやしくらむ　（745秋）

傍線部は「瑩レ日瑩レ風　高低千顆万顆之玉　染レ枝染レ浪　表裏一入再入之紅」(『和漢朗詠集』春部・花116菅原文時)を敷いたものと考えられる。この朗詠詩句は、陽光や風にみがかれ、色彩・光を増して美しく輝く花を「玉」に比喩したものである。良経は朗詠詩句から「風」「みがく」「玉」の詞を摂取しながらも、風が「玉」に比喩される月をみがくことで、「月の都」が玉敷きとなっているだろうと詠むのである。「玉」に比喩される素材を花から月へ変え、それに伴い季節も春から秋へと移した。同詩句を佳句取りした先行作としては、「日にみがき風にみがける草むらの露こそ玉をぬきみだりけれ」(『堀河百首』735紀伊、秋・露)がある。これも季節を秋へと移し、「玉」に比喩されるものを露にしているが、初・第二句は本文の「瑩レ日瑩レ風」の訓読をそのまま詠み込んだものである。この紀伊歌と比較すると、良経歌は、時間も朗詠詩句が日中であるのを夜へと転じ、更には、地上と水面を詠んだ朗詠詩句から、「天津風」という初句により、天上へ向かう視線の方向を強調している。朗詠詩句から、風にみがかれて光を増すという趣向を摂取し、本文から「風」「瑩く」「玉」の詞を取りながらも、それを本文の詞続きから個々の詞として分解し、〝月―玉〟〝月―都〟〝都―玉敷き〟〝みがく―玉〟と、詞が鎖続きになるような縁語仕立てで一首をなしている。良経は、本文をそのまま翻案したり、訓読調を残すという露わな方法ではなく、和歌の中に自然な表現として溶け込ませながら、発想や詞を利用しているのである。

明確な本文を有するものではないが、漢詩的発想に基づくと考えられる見立て表現を用いたものもあげておく。

⑧くもはねや月はともし火かくてしもあかせばあくるさやの中山　(782羈旅)

⑧は、旅路における仮寝を詠んだ歌であり、雲を閨に、月を灯火に比喩して、戸外で一夜を過ごしたことを表現している。

この歌に見られる二つの見立て表現は、それぞれ漢詩文から摂取したものである。まず初句「雲は閨」について、雲を閨に見立てる表現は、和歌に先行例がみられず、また漢詩文にも多くの例を見出していない。しかし少ないとはいえ、唐詩に「紅粉蕭娘手㆓自題㆒、分明幽怨発㆓雲閨㆒」（李昌鄴「和㆓三郷㆒詩」／『唐詩紀事』巻六七／『五代詩話』巻一〇）の例が見え、また蘇東坡にも「若㆑有㆑人兮悵㆓幽栖㆒、石為㆑門兮雲為㆑閨」（『東坡全集』巻三二「清渓辞」）と例が見える。

第二句「月はともし火」について、月と灯火の見立て表現は『万葉集』から「保等登芸須（ホトヽギス）　許欲奈枳和多礼（コユナキワタレ）　登毛之備乎（トモシビヲ）　都久欲尓奈蘇倍（ツクヨニナソヘ）　曾能可気母見牟（ソノカゲモミム）」（巻十八4054大伴家持）と見出せる。これが漢詩から摂取したものであることについては、先学の指摘がある。[15] 建長八年（一二五六）『百首歌合』の「ともし火を月になぞへて春のよのやみにも見つるやどの梅が枝」（177行家、春・八十九番・左・持）について、判詞に「灯を月にかへたる心、ふることにはあれど」という記述が見られるほどに定型化したものであった。但し、直截的に月を灯火に見立てる表現は多くなく、良経のこの歌が早いものである。

初二句は、漢詩文から摂取した、もしくは漢詩的な発想から生まれた見立て表現を用いている。「雲は閨」「月はともし火」という表現は、訓読ではないものの、見立てを簡潔に言い表している。この発想は、戸外における旅寝の仮寝を表現するために用いられている。その旅路は、結句「さやの中山」によって場面が設定されている。「さやの中山」は、『古今集』の二首「あづまぢのさやのなかやまなか〳〵になにしか人をおもひそめけん」（恋二594紀友則「題しらず」）と「甲斐がねをさやにもみしがけゝれなくよこほりふせるさやのなか山」（東歌1097かひうた）を原拠とする歌枕である。良経も⑧に先立ち、「さやの中山」を二首詠んでいる。

まくらにもあとにもつゆのたまちりてひとりを（お）きゐるさよのなかやま

あけがたのさやの中山つゆみちてまくらのにしに月を見るかな　（374歌合百首・旅恋／『後京極殿御自歌合』130六十五番・右・勝・旅恋）（483治承題百首・旅）

遠江国の歌枕で、東海道の難所であった「さやの中山」は、旅寝の苦しさを詠む上でしばしば詠まれる地だった。良経のこの旧作二首も、旅の苦しさや独り寝の孤独を詠んでいる。詠み込まれている「露」は、戸外に寝ることの象徴であり、また旅人の流す涙でもある。旅路での寝苦しさは、「独り起きゐる」「明け方の……枕の西に月を見るかな」という部分から読み取れる。しかし⑧においては、こうした旅路の苦しさは直截的には詠み込まれていない。第三・四句「かくてしも明くれば明くる」は、やや説明的に過ぎるとも感じられるが、〝こうであっても夜を明かせば明かせるのだ〟とは、本来ならば夜を明かすのがつらいということを前提にする表現である。「雲は閨月はともし火」と、自然の景物を自分を囲み憩わせるものに見立てることによって、難所であるさやの中山での旅寝もどうにか凌ぐことができた、の意となる。この⑧では、結句「さやの中山」はそれまでに培われた歌枕としての伝統や地理的な特性が、他の表現の背景として重要な役割を担っているのである。これは、先掲の②が、更級山を詠むことによって遠境の地で見る月を表現していたのと同様である。

なお、初二句は対句のように並列して詠まれている。このように対句的な句の並列が漢詩的であることを長谷完治[16]が指摘していることも付け加えておく。

前節までに検討してきたように、良経の本百首における佳句取りには、同じ詩句を踏まえた旧作が見出せ、旧作を更に発展させる形で詠まれたものが多い。それは、建久期の経験を活かし、漢詩文に頼り過ぎない、露わに過ぎない摂取の仕方として、より和歌としてこなれた形で、漢詩文を用いようとしたものと考えられるのである。

本百首においては、概ね露わな訓読調はなりを潜め、漢語の訓読から新たな歌語を生み出してゆくというよりも、内容面・発想面においての摂取が主であるのが、良経の漢詩文摂取の傾向である。

但し、訓読調が濃厚に残され、また、先に検討してきたような主題・素材の変化を付けていないものも、皆無ではない。

⑨たまつばきふたゝびいろはかはるともはこやのやまのみよはつきせじ　（795祝）

この歌の本文は「徳是北辰　椿葉之影再改　尊猶南面　松花之色十廻」（『新撰朗詠集』雑部・帝王615大江朝綱）であり、上句は傍線部に依っている。これは「上古、有㆓大椿者㆒。以㆓八千歳㆒為㆑春、八千歳為㆑秋」（『荘子』内篇・逍遥遊篇）を踏まえ、その椿が色を変えるまでの長い時間、仙洞すなわち後鳥羽院の御代が末永く続くことを祈念する賀歌となっている。但しこの歌の表現は、朗詠詩句だけではなく、同詩句を踏まえた「君がよはかぎりもあらじはまつばきふたゝびいろはあらたまるとも」（『後拾遺集』賀435読人不知（左注によると藤原定頼）「題不㆑知」）を参照していると考えられる。御代の永続性を椿葉の故事に重ねて言祝ぐ発想も同じである。但し、詞遣いには微妙に違いがある。「浜椿」を「玉椿」という、美称を冠した祝意のより濃厚な表現へ変え、[17]また「改まるとも」という本文を訓読した詞を、「変はるとも」と言い換えている（七音句から五音句へ移したこともその理由であろう）。⑨の場合は、「椿葉之影再改」の本文を取ることが、祝歌として表現しなくてはならない賀意の要となっているのである。主題を移すことによって新しさを生み出す狙いは無い。

また、同じく祝題からもう一首を挙げる。

⑩くれたけのそのよりうつるはるのみやかねてもちよのいろは見えにき　（797祝）

この歌に見える「呉竹の園」「春の宮」とは、それぞれ竹園すなわち親王と、春宮すなわち東宮を意味する。竹園が親王を意味するのは、梁の孝王の故事を踏まえたもので、和歌においても「竹の園」「竹の園生」などと詠まれる。「春の宮」が東宮を意味するのは、五行で春が東に相当するためである。山崎が指摘するように、この一首の背景には、修明門院・藤原重子所生の第三皇子守成親王（後の順徳天皇）が、この年の四月十五日に立坊の儀が行われ皇太子（弟）となったことがある。つまり「呉竹の園よりうつる春の宮」とは、守成親王が、単なる親王から東宮となったことを意味している。その守成親王が「かねても千代の色は見えてき」――以前から、千年も続く御代を治められる方となるであろうことを予測していましたとは、父親である後鳥羽院に対する祝辞である。

⑨は主題の本文をそのまま用い、⑩には露わな漢語の訓読調が残されている。これは、賀歌に詠み込む上では訓読調を残し、本文や基づく漢語を確実に喚起させることが狙いだったためであると考えられる。良経は建久末年に、建久の政変による蟄居の最中、「西洞隠士百首」において、佳句取り・漢詩取りによって政治批判を詠み込んだ和歌を詠んでいた。この時には、政治批判は露わな形では表出せず、あくまでも漢詩取りによって詠み出した叙景の中にそれを託すという、比興・諷諭に類する技法を用いて表現していたことを本書第二部第三章で指摘した。さらにこれが、建久の政変による蟄居という自身の不遇を作り出した源通親、そして通親の讒言を入れた後鳥羽院に対する批判を、露わに表現することを忌避したことが一因であろうことを指摘した。政治批判の場合、その内容を露わに提示することは憚られても、⑨⑩のような賀歌の場合は、祝意を述べるのに何も憚ることはない。寧ろ、祝意ははっきりと表出させるべきであり、本文も露わに取る方が、祝意の宛先である後鳥羽院に

も狙いを理解されやすい。発想や趣向を和歌の伝統に融け込ませながら示す四季歌における摂取の方法とは異なり、雑歌における漢詩文摂取は、露わに取ることに意味がある、例外的なものと位置付けることができる。

しかし他の部立の歌の場合は、良経の本百首における佳句取りは概ね、本文そのままではなく、本歌取りを合わせて用いたり、または素材を変化させるという方法を用いて、単なる翻案や詞の摂取からは脱しようとする傾向が認めうる。また、複数の本文・本歌を合わせて取ることで、叙情性を揺曳する技法も見出すことができ、建久期から試みてきた佳句取りの技法が、本歌取りと融合する形で活かされているといえるのである。

結びに

本百首は良経にとって、建久の政変という挫折と鬱屈の時代を経て、再び政界へ復帰し、更には歌人としての再出発とも言える詠作であった。定家の『正治初度百首』詠は、文治・建久期における新風表現は比較的抑えられ、また、良経歌壇で積極的に行っていた漢詩文摂取も少なくなっている。しかし良経は、本百首において、建久期に試みてきた佳句取り及び重層的な本歌取りという新風表現を積極的に用い、継承していることが看取されるのである。

定家の消極的な態度は、『正治初度百首』の詠進に際して、当初は定家が外されるなど、後鳥羽院歌壇の始発において、新風は必ずしも理解を得ていたわけではないと推測されること、また和歌に関心を持ち始めた後鳥羽院の志向がまた明確でない時点では、動向を窺うという目的があったためであろう(18)。『正治初度百首』の詠進歌人については、当初、御子左家系の歌人を排斥するために、四十歳以上に限定するという方針が立てられたが、その後、俊成が「正治和字奏状」を後鳥羽院に提出し、定家が詠進歌人に加えられた事情はよく知られている。

定家が本百首に臨み、俊成の添削を受けたことも知られており[19]、極めて慎重な態度で百首を詠進したことも、そのあたりの事情をよく示している。山崎桂子[20]は、詠進までの状況から、九条家に関わる歌人たちの協力態勢に注目し、後鳥羽院の初めての応制百首に過剰なまでに慎重に対処する姿を看取している。六条家と御子左家との対立は、摂関家かつ左大臣の良経にとっても全く無関係であったわけではないが、歌壇において俊成・定家父子が臨んだ厳しい状況に、良経がいたわけではない。廷臣歌人としてスタートを切る上で、良経自身も九条家の晴の文事として『六百番歌合』を主催したという自負もあったことと思われ、気概を持って臨んだことが想像されるのである。「十題百首」や『六百番歌合』は、その組題に漢籍、特に類書の影響が顕著に見出せ、また表現にも様々に漢詩文摂取が試みられた。良経は漢詩文摂取に意欲的に取り組み、試行錯誤を重ねながら自身の和歌表現を模索してきたのである。後鳥羽院を主催者とする新たな歌壇においても、自身が今まで培ってきた表現技法を駆使し、更に彫琢しながら、優れた和歌を生み出そうという意識が強くあったと考えられる。

建久期の九条家歌壇において、良経は速詠や押韻を和歌に応用した遊技的な和歌を試み続けていた。そしてその中で、単なる遊戯的試みとしてだけではなく、漢詩文が和歌と詩歌として共通するという認識を得るようになった。建久末年には自作の和歌と漢詩を番えた詩歌合『三十六番相撲立詩歌合』を編んでいる。更には、本百首の翌年、『千五百番歌合』夏三・秋一の判詞を七言二句の漢詩句で付し、和歌の内容を漢詩句に移すという試みを披露している。この判詞では「蓋和漢之詞同類相求」と記し、和歌と漢詩の詞を相通じるものとする考えを述べている[21]。その後も、元久二年（一二〇五）『元久詩歌合』の主催者となるなど、和歌と漢詩を等価のもの・相通ずるものとして対置する意識は、建久末年から晩年に至るまで、良経に通底していたものであった。こうした意識は、良経の詠作にも反映されていると考えられる。その一端が、本百首における、本歌取りとともに用いた重層的な佳句取り表現に見出せると考えられるのである。

しかし和歌と漢詩を相通ずるものと捉える認識の一方で、和歌と漢詩が異なる特性を持つことも事実である。建久期に試み続けてきた佳句取りは、良経にとって、佳句取りがもたらす表現の開拓の一方で、佳句取りのみに依拠することの限界にも気づかせたものと考えられる。その一端が、例えば、本書第二部第二章で論じた、恋歌に漢詩文の典拠を踏まえることによって情趣が損なわれる結果を生んだ『六百番歌合』恋歌の経験であり、また は、本書第二部第三章で論じた、政治性を詠み込む上で佳句取りを効果的に用いて表現した「西洞隠士百首」四季歌だった。本百首において良経は、漢詩文摂取によって趣向・詞・題材の組み合わせ方に新しさを模索しつつ、本歌取りや和歌の伝統に立脚することによって叙情性や場面設定を付け加えるという工夫をしている。漢詩と和歌、二つの異なる文学の有する特性を活かしながら、一首を形成しようという試みが見出せるのである。

本百首に見られる、漢詩文の本文と和歌の本歌を合わせて取り、重層的に一首を構成する方法は、和歌の伝統に立脚しつつ、漢詩文の発想や趣向を加えるという形で、それぞれの特性を活かしながら融合を果たしており、佳句取りの和歌としての達成を示していると位置付けておきたい。

注

（1）有吉保『新古今和歌集の研究　基盤と構成』（三省堂・一九六八年）第一編第二章Ⅰ「後鳥羽院初期歌壇の形成――正治初度百首を中心に――」

（2）山崎桂子『正治百首の研究』（勉誠出版・二〇〇〇年）第一篇第二章第二節「詠進者と下命時期」

（3）久保田淳『新古今歌人の研究』（東京大学出版会・一九七三年）第三篇第二章第四節二「正治初度百首」

（4）注（2）山崎著書第四章第一節四「藤原良経」

（5）大野順子『新古今前夜の和歌表現研究』（青簡舎・二〇一六年）第三章第三節「良経『正治初度百首』におけ

る本歌取りの機能と方法」（初出・二〇〇〇年）。以下、大野の論はこの論文による。

（6）内野静香「良経の詠歌方法――「正治初度百首」を中心に――」（和歌文学会第七十三回関西例会（二〇〇〇年七月一日）口頭発表、『和歌文学研究』81、二〇〇〇年一二月掲載要旨）

（7）長谷完治「漢詩文と定家の和歌」（『語文（大阪大学）』26、一九六六年七月）、富樫よう子「藤原定家における漢詩文の摂取――文治建久期を中心に――」（『国文目白』22、一九八三年三月）

（8）草野隆「『定家卿百番自歌合』の結番方法」（『上智大学国文学論集』16、一九八三年一月）、川崎若葉「藤原良経『後京極殿御自歌合』の考察」（『香椎潟』41、一九九六年三月）

（9）『天文鈔本新古今倭謌集』は、朱書で「蟬鳴・黄葉・漢宮、秋と云句の心也」と、この朗詠詩句を引いて注している。

（10）良経に対する定家からの影響の大きさについては、拙稿「藤原良経「二夜百首」考――速詠百首歌から見る慈円との交流――」（『京都大学国文学論叢』13、二〇〇五年三月）、本書第二部第一章参照。

（11）管見に入った『白氏文集』『和漢朗詠集』諸注釈書間、この点について差異は認められなかった。高木正一『中國詩人選集　白居易（上）』（岩波書店・一九五八年）、佐久節『白楽天全詩集』（日本図書センター・一九七八年）、田中克己『漢詩大系　白楽天』（集英社・一九六四年）、同『漢詩選10　白居易』（集英社・一九九六年）、新釈漢文大系『白氏文集　一』（岡村繁校注、明治書院・二〇一七年）、柿村重松『和漢朗詠集考證』（初版・目黒書店・一九二六年、再版・パルトス社・一九八九年）、金子元臣・江見清風『和漢朗詠集新釋』（明治書院・一九四二年）、川口久雄他『日本古典文学大系　和漢朗詠集・梁塵秘抄』（岩波書店・一九六五年）、川口久雄『講談社学術文庫　和漢朗詠集』（講談社・一九八二年）、大曾根章介他『新潮日本古典集成　和漢朗詠集』（新潮社・一九八三年）、菅野禮行『新編日本古典文学全集　和漢朗詠集』（小学館・一九九九年）、佐藤道生他『和歌文学大系　和漢朗詠集・新撰朗詠集』（明治書院・二〇一一年）参照。

（12）鎌倉時代初期成立の見聞系（丙本）朗詠注（国会図書館本）は、朗詠192番詩句「山蟬鳴兮宮樹紅」に「宮樹紅者、蟬ノ涙ニ木葉モソメラレテ、紅ナルカト云ヘリ」と注している。同時代の当該詩句の解釈として、良経と同様のものがみられることに注目される。もしくは、良経歌から影響を受けた解釈である可能性もある。

(13) 小野泰央「『和漢朗詠集』の「蟬」について」(『白門国文』7、一九八八年三月)

(14) この歌については、本文に異同があるので、本論中には取り上げなかったが、漢詩文摂取の可能性がある。第四句「こほれるつゆを」は、『新古今集』・『正治初度百首』・教家本『秋篠月清集』では「こほれる霜を」となっている。但し定家本系統の『秋篠月清集』では「こほれるつゆを」で異同はない。
「こほれる霜を」の本文の優位性が高いのは確かであるが、「こほれる露を」の可能性を否定しきれないのは、「こほれる露」という詞が霜そのものを意味するからである。この歌の本歌としては、本論中に挙げた人麻呂歌と「さかしらになつは人まねさゝのはのさやぐしもよはわがひとりぬる」(『古今集』雑体・誹諧1047読人不知「題しらず」)が指摘されている。『古今集』歌から、「ささの葉」「さやぐ」と「霜」の結び付きが生まれ、その後、「さむしろに思ひこそやれささのはのさやぐ霜夜のをしの独ね」(『堀河百首』917顕季、冬・霜)や、『新古今集』で良経歌の次に配列される「君こずはひとりやねなむさゝの葉の深山もそよにさやぐ霜よを」(『久安百首』954清輔、冬/『新古今集』冬616)が詠まれている。「ささの葉」「さやぐ」と「霜」の結び付きは自明のものとして、「霜」を直接詠み込まず、「こほれる露」と表現した可能性は捨てきれない。なお、良経には「こほれる露」を用いた旧作に、建久元年(一一九〇)一一~一二月頃の慈円との贈答歌「よもすがらこほれるつゆをひかりにてにはのこのはにやどる月かげ」(冬部1308/『拾玉集』5224初句「見せばやな」第三句「影とめて」/『後京極殿御自歌合』94四十七番・右・負、結句「月かな」)がある。

(15) 本間洋一「王朝漢詩「月」の比喩表現――資料ノート――」(『北陸古典研究』1、一九八六年七月)、新日本古典文学大系『萬葉集』4054番歌脚注。

(16) 長谷完治「文集百首の研究(下)」(『梅花女子大学文学部紀要』12、一九七五年一二月)

(17) 浜椿・玉椿については、『八雲御抄』巻三・枝葉部・草部に「椿　たま　はまつばきは非二此椿一在レ浜物也」とある。

(18) 加藤睦「藤原定家「正治二年院百首」覚書――本歌取と掛詞の使用を中心として――」(『国語と国文学』69―5、一九九二年五月)

(19) 橋本不美男『王朝和歌　資料と論考』(笠間書院・一九九二年)所収「正治百首についての定家・俊成勘返状」、

Robert H.Brower "Fujiwara Teika's Hundred-Poem Sequence of the Shouji Era, 1200" (A Monumenta Nipponica Monograph, 55Sophia University1978)、兼築信行「藤原定家の正治院初度百首草稿」『研究と資料』8、一九八二年一二月、注（2）山崎著書第一篇第二章第三節三「『俊成・定家一紙両筆懐紙』」

（20）注（2）山崎著書第一篇第二章第一節「詠進過程――『明月記』から」

（21）寺田純子『古典和歌論集――万葉から新古今へ――』（笠間書院・一九八四年）所収「正治・建仁期の藤原良経――「千五百番歌合」良経判の序の意味するもの――」、見尾久美恵「良経の「蓋和漢之詞、同類相求之故也」について」（『解釈』47―9・10、二〇〇一年一〇月）参照。

補説二 「人住まぬ不破の関屋の」小考

『新古今集』に入集する藤原良経の七十九首の中で、次の一首について検討したい。

和歌所歌合、関路秋風といふことを

人すまぬふはの関屋のいたびさしあれにし後はただ秋のかぜ （雑中1601）

『自讃歌』にも採られ、良経の代表歌として名高い一首だ。詞書の「和歌所歌合」とは、建仁元年（一二〇一）八月三日に催された『和歌所影供歌合』で、この歌合の「関路秋風」題詠の十八番三十六首から『新古今集』に入集するのは、掲出した良経の一首のみである。しかもこの歌は、『新古今集』で、海辺の関所を並べる前後の配列を乱してまで入集する。良経歌が特に高く評価されたのは、何故だったのだろうか。

「関路秋風」題で詠まれた他の歌人の詠を見渡すと、詠まれた数が多いのは白河関十首、逢坂関七首、清見関・須磨関が六首である（あとは衣関三首、文字関・鈴鹿関・足柄関・音羽関一首。二種の関をともに詠みこむ場合があるため、延べ数は三十七になる）。白河関は能因の「みやこをばかすみと丶もにたちしかど秋風ぞふくしらかはのせき」（『後拾遺集』羈旅518「みちのくに丶まかりくだりけるに、しらかはのせきにてよみはべりける」）を本歌としたもので、そもそも結題「関路秋風」も、能因歌を念頭に置くものなのかもしれない。不破関を詠むのは良経一人であり、まずそこに良経の独自性が認められるが、表現の上でも、良経歌にしか見られない特徴がある。

それは、良経のみが歌題の「関路」を、無人の荒廃した関所として表している点だ。それが他の歌人の詠との差異であり、また成功の大きな要因となっていると考えられる。では良経は、「関路秋風」題になぜこのように荒廃した無人の関所を詠んだのか、発想を奈辺に求めうるだろうか。

良経歌の結句について、契沖書入が『本朝無題詩』の「楚沢閑行携二暁露一　呉江晴望只秋風」（巻五307・源経信）を引くことはよく知られている。(1) 他にも、久保田淳『新古今和歌集全評釈』（講談社・一九七七年）、『新古今和歌集入門』（片山享他校注、有斐閣・一九七八年）、新潮日本古典集成『新古今和歌集』（久保田淳校注、新潮社・一九七九年）、新日本古典文学大系『新古今和歌集』（田中裕他校注、岩波書店・一九九二年）、久保田淳『新古今和歌集全注釈』（角川学芸出版・二〇一六年）、角川ソフィア文庫『新古今和歌集』（久保田淳校注、角川学芸出版・二〇一七年）が、良経歌が影響を受けたと思しき先行作を指摘している。(2) 詳細は各書を参照されたいが、確かに良経は、先行作から個々の詞や表現の上で影響を受け、一首を詠んだのだろう。

また不破関を用いたのは、荒れた状態を詠むことで、「破れざる関」の名称との対比を試みたという理由も挙げられる。良経が不破関の破れた様を詠んだ和歌は、当該歌に先立って二首ある。

まばらなるふはのせきやのいたびさしひさしくなりぬあめもたまらで　（『秋篠月清集』224十題百首・居所）

ふるさとに見しおもかげもやどりけりふはのせきやのいたまもる月

（『秋篠月清集』383歌合百首・寄関恋）

建久二年（一一九一）十題百首では時雨と、建久四年『六百番歌合』では月と組み合わせて詠んでいる。特に十題百首の「まばらなる…」歌は、『新古今和歌集全評釈』・新潮日本古典集成・『新古今歌人の研究』679頁・『新古今和歌集入門』で、当該歌の習作・作者自身の旧作であると指摘されている。第二三句「不破の関屋の板びさし」がそのまま襲用されており、荒廃した不破の関を詠むという発想がすでに十題百首からあったことには注意される。その経験を活かし、「関路秋風」題に臨み、今度は秋風と組み合わせた。しかし、ただそれだけなのだろうか。無論、その可能性は否定しきれない。しかし、「関路秋風」という結題に、なぜ廃止された関所である「不破関」を持ち出したのか、という問いには充分答えられないように思われる。「関路秋風」と廃止された不破関を結ぶ、一首の構想に関わるという点で、次の詩句に注目される。

山川函谷路、遊子塵土顔。蕭条去二国意一、秋風生二故関一。

（『新撰朗詠集』雑部・行旅602白居易）

原詩は『白氏文集』巻九0410「出二関路一」。五言絶句で、全文が『新撰朗詠集』に採られている。「関路秋風」の題から、良経はこの詩の、傍線を付した結句を想起したのではないだろうか。

ここにいう「故関」とは、起句にある函谷関のことである。函谷関は、秦が東方に対する備えとして設置したが、始皇帝が天下統一した後は常に開かれるようになった。その後、新関と旧関に分かれたが、新関は魏代に廃止、旧関も隋代には寂れてしまった。函谷関とは、路が谷の中にあって、深く険しい様が函のようであることから名付けられ、その名が難攻の地であることを示している。

白居易「出関路」詩を発想の契機とすると、函谷関と不破関の共通点が浮かび上がる。不破関は、軍事上の重要な関所として設置された三関の一でありながらも、延暦八年（七八九）に停廃された。更には、その名に難攻不落の意を含みながらも、良経の頃には、既にその実質を失っていた。「出関路」詩の結句を和歌に移すにあたって、日本の地理歴史の中で「故関」を詠むならば、不破関が最適だった。廃止されて荒れ果てた「故関」を表現するという発想の核があり、「人住まぬ」「板庇」「荒れにし後は」によってそれを強調した、という詠作過程を想定できるのではないか。

『後鳥羽院御口伝』の結題のことを論じた一節に、良経の名が登場する。

結題をばよく〳〵思ひ入れて題の中を詠ずればこそ興もある事にてあれ、近代の様は念なき事也。必ず〳〵詠みならふべき也。故中御門摂政は、結題をば殊に題を宗とすべき事とこそ申されしか。

後鳥羽院は、良経が、結題は特に題をどのように表現するかが重要であると説いていたと記す。結題詠の成功には、結題が求める本意に沿いながらも、新たな趣向を付け加えることが必要となる。その際、誰もが想起する本歌とは別の本歌を選択したり、もしくは二首を本歌取りをするのも効果的な手法だ。良経が敷いたのは、誰も想起しえなかった詩句であり、しかも、〝旅路の孤独を煽る秋風〟という題の本意に齟齬しない、むしろそれを強調するような本文だった。唐土の地理を日本の地理に移しつつ、結題が求める本意を入れ、自然な詞遣いのもとに一首を成立させる。それが良経の「不破関」詠が成功した大きな要因だったと考えられるのである。

注

（1）結句「ただ秋の風」については、川平ひとし『中世和歌論』（笠間書院・二〇〇三年）Ⅳ3「「ただ」の修辞——良経歌一首の形成と享受——」に詳論がある。

（2）各注釈書が良経歌に影響を与えたと指摘する先行歌・詩句を挙げる。

法性寺入道前太政大臣、内大臣に侍ける時、関路月といへるこゝろをよみ侍ける

はりまぢやすまのせき屋のいたびさし月もれとてやまばらなるらん

（『千載集』羇旅499源師俊）…全評釈〔参考歌〕・新潮集成・全注釈〔参考歌〕

あられもるふはのせき屋にたびねして夢をもえこそとを（ほ）さゞりけれ

（『千載集』羇旅540大中臣親守「旅のうたとてよめる」）…全評釈〔参考歌〕・ソフィア〔語釈〕・全注釈〔参考歌〕

たびねするふはの関やの板びさし時雨する夜のあはれしれとや

（『拾玉集』790楚忽第一百首・雑・関）…入門

故郷有｣母秋風涙　旅館無｣人暮雨魂

（『新撰朗詠集』雑部・行旅606源為憲「代｢迁陵島人｣」）…新大系

建久五年夏左大将家歌合、深草雪

ゆきをれの竹のしたみちあともなしあれにしのちのふかくさのさと

（『拾遺愚草』冬2460）…新大系

第三部　物語摂取

第一章　藤原俊成自讃歌「夕されば」考

はじめに

百首歌たてまつりける時、秋のうたとてよめる　　皇太后宮大夫俊成
夕されば野べのあきかぜ身にしみてうづら鳴なりふか草のさと　（『千載集』秋上259）

久安六年（一一五〇）に、当時三十七歳、顕広と名乗っていた頃の藤原俊成が詠進した『久安百首』の一首である。俊成自身が撰者をつとめた『千載集』に自撰したのみならず、その後『古来風体抄』の勅撰集抄出歌に、自詠としてはただ一首この歌を選んでいること、また『無名抄』「俊成自讃歌ノ事」の記事によっても、俊成が終生、自身の代表歌として位置づけていたことがよく知られている。

この歌の表現意図については、俊成自身が後年、建久末年（一二〇〇）頃成立の『慈鎮和尚御自歌合』八王子七番の判詞に「たゞ『いせ物がたり』に、ふか草の里の女の「うづらとなりて」といへる事をはじめてよみいで侍しを、かの院にもよろしき御気しき侍しばかりにしるし申て侍しを」と記しており、俊成自身が本説として

『伊勢物語』一二三段を踏まえたと述べている。その『伊勢物語』一二三段の本文を掲出する。

むかし、男ありけり。深草にすみける女を、やうやう飽きがたにや思ひけむ、かかる歌をよみけり。

年を経てすみこし里をいでていなばいとど深草野とやなりなむ

女、返し、

野とならばうづらとなりて鳴きをらむかりにだにやは君は来ざらむ

とよめりけるにめでて、ゆかむと思ふ心なくなりにけり。

「夕されば」歌と共通する詞に傍線を付した。「夕されば」歌が『伊勢物語』一二三段をどのように踏まえているのか、表現・解釈については峯村文人(1)の論文に詳しいので、それを引用する。

俊成は、『伊勢物語』にある右の物語の「野とならば」の歌の鶉を詠んだのだといつてゐるのである。そこで俊成の選んださういふ詩法から見なほしてみると「夕されば」の歌においては、「深草の里」は物語の場面であつた深草でもあり「鶉」は深草に住んでゐた女の変身としての鶉でもあり、「野べの秋風」は「あきがた」になつた男のあきてしまつた心でもあるといふことになるのであつて、物語の世界全体を背景としつつ、しかも、中心を鶉にしぼつて、鶉がひとり秋風をしみじみと身に感じながら鳴いてゐるといふ情景を創造し、その背後の広がりとして物語の世界を暗示させるといふ歌境を形成してゐることがあきらかにされるであらう。

本説ではハッピーエンドとして物語は結ばれた。しかし俊成が詠んだ、秋風が吹く夕暮れの深草の里で鶉が鳴いているという情景は、女は結局、男に捨てられ、自身で「野とならば鶉となりて鳴きをらむ」と詠んだ通りに変身したのだという、悲恋の物語を背景に有することになる。この峯村の解釈は、おおむね現在まで通説となっている。

新古今時代に技法として完成される本歌取りの先蹤として、また、象徴的技法や物語的世界の揺曳を特徴とする新古今的表現への重要な一歩として、俊成自讃歌が持つ意義はきわめて大きい。先行研究では、俊成自讃歌を一首で独立した傑作として享受し、俊成の本歌取りの代表もしくは典型として位置づけている。しかしいま一度、この歌が詠出された当時、すなわち『久安百首』の時点において、俊成が一首をどのように発想したか、百首歌の配列から表現意図を改めて考えることが本章の目的である。

一、秋歌二十首の配列

「夕されば」歌が詠まれた『久安百首』は、四季・恋・雑の部を立てただけの部立て百首であることが特徴だ。それまでの応制百首は、百題百首であることが基本だった。部立て百首のゆるやかな拘束の中で、俊成が凝らした工夫と創意については、細川知佐子(2)による詳しい論考がある。細川は、俊成の春・秋各二十首を検討し、春歌では桜が、秋歌では月がそれぞれ十首、つまり春歌・秋歌それぞれの半数を占めるという大胆な構成になっており、春歌では色彩が、秋歌では聴覚が重視されていることを指摘している。俊成が部立て百首の特徴を活かして構成配列に周到に気を配り、創意を発揮していることを踏まえると、「夕されば」歌の発想や表現に配列が関わっている可能性は高い。

俊成『久安百首』秋歌二十首の本文を掲出する。俊成は歌集（または家集）を編纂するその折々、自詠に推敲を加えたことが判明しているが、(3)ここでは詠出時の意識を探るという目的のため、歌人別『久安百首』から本文を引用する。歌頭には、秋歌中における通し番号を付した。

1八重葎さしこもりにしよもぎふにいかでか秋のわけてきつらん
2荻の葉も契ありてや秋風のを(お)とづれそむるつまと成けん
3七夕の船路はさしもとを(ほ)からじなど一とせにひとわたりする
4みしぶつき植し山田にひたはへて又袖ぬらす秋は来にけり
5何事もおもひすつれど秋はなを(ほ)野辺のけしきのねたくも有かな
6夜もすがら妻どふしかのむねわけにあたらま萩の花散にけり
7身のうさもたれかはつらきあさぢふに恨みても啼虫の声かな
8夕されば野べの秋風身にしみて鶉なくなりふかくさの里
9露しげき華のえごとに宿りけり野はらや月のすみか成らん
10石ばしる水の白玉かずみえて清滝川にすめる月かげ
11月よりも秋は空こそ哀なれはれずはすまんかひなからまし
12月の秋あまたへぬれどおもほえずこよひばかりの空のけしきは
13いかにして袖にひかりの宿るらん雲井の月はへだてこし身を
14秋の月又もあひみん我心つくしなはてそさらしなの山
15月も日もわかれぬ物を秋くればよをながしともたれさだめけん

16夢さめむ後の世までの思出にかたるばかりもすめる月かな
17此世にはみるべきもなき光かな月も仏のちかひならずは
18衣うつひゞきは月のなになれやさえ行まゝにすみのぼるらん
19山川の水のみなかみたづねきて星かとぞみるしらぎくの花
20もとゆひの霜を(お)きそへて行秋はつらき物からお(を)しくも有かな

1から見てゆく。1「八重葎…」は立秋の歌だが、立秋の一般的な題材である秋風ではなく、荒れ果てた蓬生に秋の訪れを感じるのが特徴である。2「荻の葉も…」で、荻の葉によって秋の象徴である秋風を感じる。3「七夕の…」は七夕を主題とし、4「みしぶつき…」は山田に悲秋の訪れを感じる。5「何事も…」は、秋の野辺を詠んだ歌である。6「夜もすがら…」は萩と鹿を、7「身のうさも…」は浅茅生で鳴く虫を、8「夕されば…」は野辺の鶉を、9「露しげき…」は花の枝に置く露に映る月を詠み、その後9から18まで十首、月の歌群が続く。19で菊花、20で霜・嘆老・惜秋を詠み、秋歌は終わる。

俊成『久安百首』の配列構成について、先行研究では、檜垣孝(4)が「36（引用者注、引用者通し番号・6）では鹿の鳴き声に、37（同・7）では虫の鳴き声に「あはれ」を託し、38（同・8）へと情感が高められ、39（同・9）では野の露に宿る月を詠み、叙景歌の世界へさらりと移ってゆく。その一連の変化の中に38は一際際だっている」と、「夕されば」歌を頂点として哀感から叙景歌へ転換していることを指摘している。また細川は、「夕されば」前後の配列が、6の鹿の声、7の虫の音、8の鶉の声を詠んだ「動物の物悲しい声のする情景から」9の「静寂への転換がなされている」こと、「つまり「夕されば」は、音を重視した構成配列の中で生み出された秀歌ということもできよう」と指摘している。檜垣・細川はともに、鹿・虫・鶉という動物の鳴き声が連続して配列されている点に注目している。これは、秋歌二十首における「夕されば」歌の位相を考える上で重要な指摘だ。

檜垣・細川の指摘を踏まえ、前半十首の構成から「夕されば」の配列意図を、動物の鳴き声という点だけではなく、さらに詳しく見てゆこう。1～10までは、3の七夕の歌だけが空を詠んでいるが、1の蓬生から10の川の水しぶきに映る月まで、地上の秋の景色を詠んだ歌が並ぶ。4の山田から5の野辺へと場面が移り、その後、8・9が「野辺」「野原」を詠んでいる。そのため、間に並ぶ6・7もやはり野を舞台とした歌だと解せる。そして9で野原の露に映る月、10で川の水しぶきに映る月を詠んで、11では月が輝く空へと、視点が上空に移行する。そして19で星に見立てられる菊花を詠んで空中から地上へと戻り、20では霜に見立てられる元結の白髪を詠んで、地上の、それも人間に焦点が当てられる。つまり秋二十首は、1の蓬に閉じられた住まいと20の嘆老という人間の営為を頭尾に置き、前半は地上、後半は空中に、視点が定められているのだ。その前半の中でも、5～9の五首は野辺を舞台とし[5]、6～8は野辺で鳴く動物・虫・鳥の鳴き声を並べているのである。

「夕されば」歌にとって、野を舞台とする点が重要だったことは、俊成が部類を手がけた部類本『久安百首』（510～516）の配列からも窺われる。

あきの歌とてよめる　　季通朝臣
野分する野べの気色をみる時は心なき人あらじとぞ思
隆季朝臣
巣を恋てかへりわづらふつばめかなかなれさへ秋の風やかなしき
顕広
何事も思すつれど秋は猶野べの気色のねたくも有かな

夕されば野べの秋風身にしみて鶉なく也ふか草の里

秋の野は花の錦にとぢられて駒うちいれん道だにもなし　清輔

信濃にかとくさふくてふ秋風はつたへきくかにそゞろさむしも　季通朝臣

野べごとに人もゆるさぬわれもかうこや今やうのむさのことくさ

「秋の歌とて詠める」の詞書で配列される七首の四首目、つまり中心に「夕されば」歌が置かれているが、この七首は、野辺に始まり、野辺で終わる。「夕されば」歌の前後は、野辺の景色から鶉の鳴き声、そして野辺の花へと続く配列で、俊成『久安百首』秋二十首における8前後と同様だ。この510～516の歌群は、詞書には「秋の歌とて詠める」としか示されておらず、二首目・六首目には野という詞が含まれないが、野辺の秋の景色を主題としているのである。つまり8「夕されば」は、歌人別本・部類本どちらの『久安百首』においても、野辺の秋の景であることが重要な要素だと、配列に示されているのである。

俊成の秋二十首の配列構成から見ると、野で鳴く鹿・虫に続き、さらに野で見る月の9へと繋げるために、野で鳴く鳥の声を詠む必要があった、という意図が窺われる。鳴き声が詠まれる秋の鳥には、他に雁や鳩がいる。しかしこれらの鳥では、視点が野ではなく空中へと向かってしまう。配列から、8では鳥を詠むとしても、地上の野に視点を固定しておきたい。野から視点を外すことなく鳥の鳴き声を詠むためには、野で鳴く鳥である鶉が最も適当だった、という見方ができる。

つまり、鶉は、野を舞台とする秋歌前半十首の中で鳥の鳴き声を詠む上で選択された題材であり、鶉が鳴く野として「深草の里」が選択されたのではないか。このように考えると、『伊勢物語』一二三段を本説として用いた和歌を詠む意図がまずあって鶉の鳴き声を詠んだのではなく、配列から鶉を詠み込む必要があり、鶉という題材から『伊勢物語』が手繰り寄せられた、という発想の順序だった可能性が浮かび上がるのである。

二、「夕されば」歌と『後拾遺集』歌

　動物の鳴き声が続くことと、野辺を舞台とすることが、「夕されば」歌前後の配列の重要な点であることについて述べた。しかし、配列上の創意工夫を考える上では、各題材・主題が並べられるにあたり、いかなる関連を持つかを検討する必要がある。次に、「夕されば」歌の前後、7〜9の三首の配列に焦点を当てて検討する。この点については、鶉の表現史を追うことで考えたい。「夕されば」と鶉の表現史については、すでに先行研究で(6)も論じられているが、ここでは配列に関連して、7〜9までに見られる題材と鶉の結びつきについて検討する。

　先に、7と8「夕されば」は、動物の鳴き声で続く三首に含まれることを見てきた。さらに詳しく見ると、7「身のうさもたれかはつらきあさぢふに恨みても啼虫の声かな」には、「憂さ」「つらき」の語が用いられている。鶉は伝統的に「憂し」「辛し」と掛詞を形成して憂愁を表現する題材として用いられる。また鶉は荒蕪地や廃墟に生息する鳥として詠まれる。7の「浅茅生」は荒廃した秋の景を表現する題材である。7から8へは、「憂き」「辛き」から鶉、そしてともに荒れた土地であることを表現する浅茅生と鶉によって、緊密に結びついている。

　では、8「夕されば」歌の次に配列されている9「露しげき…」とは、どのように繋がっているのだろうか。野辺・野原による繋がりだけなのだろうか。また9の「花の枝」は、何の花を指すのだろうか。秋の野原で露が、それも花の枝にたわわに置く植物と言えば、萩が連想される。この萩とも、鶉は深い関連を持つ。「鶉鳴(ウヅラナク)

古郷之　秋芽子乎　思人共　相見都流可聞」（『万葉集』巻八1558秋雑歌・沙弥尼等）は、『古今和歌六帖』第二1192「うづら」、『和漢朗詠集』秋部・秋興228にも採られている（『古来風体抄』には採られていない）。本文に異同があるが、いずれも鶉と萩の組み合わせであることは動かない。俊成自身、『久安百首』に先立つ保延六～七年（一一四〇～四一）「述懐百首」で「みるからに袖ぞ露けき世中をうづらなくの丶秋はぎの花」（『長秋詠藻』139述懐百首・秋・萩）を、後に文治六年（一一九〇）にも「山ざとは野べの真萩をかぎりにて霧のまがきにうづらなく也」（『俊成五社百首』247春日社百首・秋・霧）を詠んでいる。俊成が鶉と萩の組み合わせに意識的だったことが、これらの例から確認できる。つまり、8から9へは、単に野辺・野原だけではなく、鶉と萩の結びつきにおいても、緊密な配列構成となっていることが判明する。

「憂さ」「辛き」の語と浅茅生を詠んだ7から、8の鶉、そして9の萩へ、題材同士の関係が緊密であることを見てきた。但し、鶉を中心に置く7～9の配列の背景には、直接に影響を与えたと推測される先行例がある。それが、『後拾遺集』秋上302・303の二首である。

だいしらず　　源時綱

きみなくてあれたるやどのあさぢふにうづらなくなり秋のゆふぐれ

藤原通宗朝臣

あきかぜにしたばやさむくなりぬらんこはぎがはらにうづらなくなり

勅撰和歌集における鶉の初例は、「夕されば」歌の本歌「野とならば…」（『古今集』雑下972）だが、三代集には他に例が見えず、その後登場するのが右の『後拾遺集』歌二首である。なお「野とならば…」は、『古今集』では雑歌に配列されており、人事的要素の強い歌だ。秋歌・叙景歌として鶉を用いた勅撰和歌集における初例は、掲出の『後拾遺集』二首である。題材に鶉を選んだ時、俊成が鶉の先行する勅撰集の表現として参照したのが、この二首であった蓋然性は高い。特に302「君なくて…」は、これまでにも俊成自讃歌に影響を与えた歌として指摘されてきた。(7) 加えて今、『久安百首』秋歌において、7で浅茅生、8で鶉、9で萩を詠み、緊密な配列構成をなしていることを顧みると、浅茅で夕暮れに鳴く鶉から、秋風・萩・鶉へと続く連続性が、『後拾遺集』歌二首と重なることに注目されるのである。

いま一度、『後拾遺集』の二首と、7〜9の三首の本文とを並べて掲出する。

○『後拾遺集』秋上

302きみなくてあれたるやどのあさぢふにうづらなくなり秋のゆふぐれ

303あきかぜにしたばやさむくなりぬらんこはぎがはらにうづらなくなり

○俊成『久安百首』秋歌

7身のうさもたれかはつらきあさぢふに恨みても啼虫の声かな

8夕されば野べの秋風身にしみて鶉なくなりふかくさの里

9露しげき華のえごとに宿りけり野はらや月のすみか成らん

それぞれ、一致する詞に各種傍線を付し、関連・類似する表現に破線を付した。302・303二首に共通する「鶉鳴くなり」を持つ8を挟んで、302と同じく「浅茅生」を詠む7、303の「小萩が原」を連想させる9の「露しげき華の枝」がある。さらに8は、「鶉鳴くなり」だけでなく「秋風」が303と共通しており、初句「夕されば」は302の「秋の夕暮」と同じ時間設定だ（次の月歌へと繋げる上でも有効に機能している）。また「秋風身にしみて」は、303の「秋風に下葉や寒くなりぬらん」を意識した表現であると考えられる。つまり、『後拾遺集』の二首が持つ要素を分解して7〜9の三首に組み込んでいる、という見方ができるのである。

三、物語取り和歌として

しかし、『後拾遺集』との語句・題材の重なりを見ても、俊成「夕されば」歌の結句「深草の里」は出て来ない。ちなみに、鶉と組み合わされる野は、他にも磐余野・粟津野・来栖野が詠まれる伝統が和歌にはある。磐余野は先掲した万葉歌の『和漢朗詠集』所収本文「うづらなくいはれのゝべの秋はぎをおもふ人ともみつるけふかな」（『和漢朗詠集』秋部・秋興228丹比国人）を背景とし、この歌を証歌として『綺語抄』下にも「うづらなくふりにしさと　いはれのゝべ」の項目が立てられている。また、粟津野・来栖野が詠まれるのは、「鷹の子は　麿に賜ばらむ　手に据ゑて　粟津の原の　御来栖のめぐりの　鶉狩らせむや　さきむだちや」（催馬楽・鷹子）があるからだ[8]。つまり、俊成が鶉が鳴く野を詠む際に、磐余野・粟津野・来栖野が舞台として選ばれた可能性もあったということである。

では、俊成は8の舞台になぜ深草を選んだのだろうか。『後拾遺集』302・303の二首が、俊成「夕されば」を中心とする7〜9の配列の背景に意識され、発想の源にあったと考えるならば、重要なのが302の初二句「君なくて荒れたる宿」である。「君」の不在ゆえに荒れた宿で鳴く鶉、という設定は、『伊勢物語』一二三段で、男が〝自分がここを出て行ったならば、草深い野となるだろう〟と宿の荒廃を予言したのを、女が〝（あなたが出て行って私の住む家が）野となったならば、鶉となって鳴いていましょう〃と受けた贈答を思わせる。先行研究においても、302の背景に『伊勢物語』一二三段が指摘されており(9)、302から『伊勢物語』一二三段へと連想を働かせる回路は、充分に開かれていると判断される。野辺で鳴く鶉が題材として選ばれ、秋の景としての鶉の表現に、秋歌に鶉を詠んだ勅撰集初例の『後拾遺集』が参照された。そして俊成の連想は、『後拾遺集』が参考とする『伊勢物語』一二三段へと遡及したのではなかったか。鶉が鳴く野として深草の里が選ばれた時に、本説として『伊勢物語』一二三段が手繰り寄せられ、一首の全ての詞が本説を背景とする二重性を持つようになった、という一首の形成過程が想定できるのである。

本説の『伊勢物語』一二三段以外に「夕されば」歌に影響を与えた先行和歌としては、俊成が『古来風体抄』勅撰集抄出歌にも採る「うづらなくまののいりえのはまかぜにをばななみよる秋のゆふぐれ」（『金葉集』秋239源俊頼「堀河院御時御前にて各題をさぐりて歌つかうまつりけるに、すすきをとりてつかまつれる」(10)）や、俊成の大叔父・道経の「うづらなくしづ屋におふる玉こすげかりにのみきてかへる君哉」（『千載集』恋四853藤原道経「おなじ家に十首の恋歌よみ侍ける時、来不」留恋といへる心をよみ侍ける」(11)）などが指摘されている(12)。俊成が先行する様々な和歌から影響を受けていること、鶉の蓄積された表現史の上に俊成歌が立っていることは無論で、それぞれの先行研究による指摘は蓋然性を持つ。しかし、秋の叙景に鶉を詠んだ歌として勅撰集初例であること、また前後に配列された歌も含めて一致点が多いことから、『後拾遺集』二首は、従来の指摘以上に重要なものであり、俊成自讃歌の発想の源として大きな位置を占めていると考えられるのである。

ここまで、「夕されば」歌は、配列構成から題材が選択され、表現が形成されたという仮説を述べた。「夕されば」歌を挟んだ三首の配列構成の背景には『後拾遺集』の鶉を詠んだ二首が参照されており、特に302から『伊勢物語』一二三段が想起されて、本説として呼び込まれたという発想過程をたどった。すなわち、初めから物語を踏まえることを念頭に置いて作ったのではなく、いわば結果として、詞と詞の組み合わせが物語を想起させる効果を生んだ可能性を考えた。

この私見には、次のような反論も可能である。すなわち、俊成はやはり初めから『伊勢物語』一二三段を本説として「夕されば」歌を構想した。そして会心の出来だったこの歌を中心として、配列構成を後で考えた、という反論である。筆者自身、その可能性は否定しないし、充分に考え得ると認識している。

しかし、『久安百首』およびそれ以前に俊成が詠んだ物語取りの他の和歌と比較すると、「夕されば」歌は特異なのだ。俊成の物語取り和歌についての概略を述べておく。俊成の物語取りは基本的に、一首の主人公が物語の登場人物と一致することが明らかだ。物語の内容に忠実に即したもので、たとえ物語から逸脱する内容を含んでいるとしても、物語の内容を敷いて、登場人物の心情を推量して表現するものである。[13]さらに、物語に密着し、作中人物の視点から詠まれている和歌では、説明的と言えるほどに明確な心情表現が詠み込まれているという特徴がある。「夕されば」歌のように「身にしみて」という一語が心情表現の全てであり漠然としているという点や、[14]秋風を身にしみているのが誰なのか、解釈に揺れを生じさせるような曖昧さは、[15]俊成の他の物語取り和歌には認められない。また「秋風」「鶉」の詞が、叙景の表現であるのみならず、物語の別の結末を暗示するという二重構造や象徴性の高い方法は、『久安百首』までの俊成の物語取りの方法において突出し、また異質なものであるように思われるのである。

こうした異質さ、方法の突出を考えると、俊成が意図して構想した物語取りと見るよりも、それまでの俊成には無かった技法や表現効果が、結果として獲得され、発揮されたものだったのではないだろうか。配列構成という制約から要請された、〝鶉の鳴く野〟を中心に据えた一首を構想する過程で、物語が呼び込まれたと考える仮説を提示しておきたい。

結びに

冒頭に述べたように、今、我々は『慈鎮和尚御自歌合』の俊成判詞から、俊成の表現意図が、初めから『伊勢物語』一二三段を踏まえることにあったという前提に立って考えがちである。

しかし『慈鎮和尚御自歌合』は、『久安百首』から半世紀後、一二〇〇年前後に書かれたものである。この半世紀の時間経過が持つ意味は、決して小さくない。『久安百首』詠出時から、俊成自讃歌は高く評価されたが、その評価は、叙景性が中心であったと判断される。(16)『久安百首』から近い時期の言説を書き留めた(17)『無名抄』「俊成自讃歌事」には、俊成が「夕されば」歌を「身にとりてのおもて歌」であると考えていることは記されていても、その自己評価がどの点に由来するのかまでは書かれていない。時が流れ、「夕されば」歌は『千載集』等の歌集に収められ、配列構成から切り出されて、独立した一首として享受された。その際、特に『伊勢物語』一二三段との関わりが前面に押し出される形で読解されるようになったのではなかったか。

俊成自讃歌が定家・良経などの新風歌人たちに大きな影響を与えたのは、建久期のことである。「建久五年良経邸名所題歌合」における「深草里冬」題詠が、その最も顕著な例として先行研究で注目されてきた。(18)この名所題歌合で深草里は、俊成が詠んだ秋よりも先の季節である冬と組み合わされている。季節の進行は、すなわち物語の時間が「夕されば」歌からさらに進んだ段階であると示すこととなる。「深草里冬」題では「ふかくさはうづらもすまぬかれのにてあとなきさとをうづむしらゆき」（『秋篠月清集』冬部1321「深草里冬」）「すみたえぬうづらのとこもあれにけりかれ野となれるふか草の里」（『壬二集』2593「同家御会に深草里冬」）と、女が変身した鶉もすでに消え去ってしまった情景が表現されている。新風歌人たちは、俊成自讃歌の持つ物語性や悲劇性を膨らませる形で表現を拓いていった。これには、俊成自身の表現意図を超えたところで、物語の後日談、悲劇性という側面が特に注目され、新たな和歌表現の開拓として新風歌人たちに高く評価された、という側面があったのではないだろうか。

『慈鎮和尚御自歌合』判詞が、建久期を経た後、物語内時間の再構築という方法が広く行き渡り、流行していた時期に書かれたものだった、という点を見落としてはならない。題材に導かれるように本説の物語を呼び込み、それぞれの要素が結びついて豊かな物語性を生み出し、本歌取りという技法の完成に大きな意味を持つ事になった一首を、初めから自分が意図して作り上げたように述べる。そこには、新風歌人たちの向かう方向、表現技法として獲得しようとする物語取りの方法に先鞭を付けた存在として、自身の詠を位置づけようとする、俊成の主張と自己演出を読み取ることもできると思われる。

俊成自讃歌が新古今歌人たちに与えた影響は非常に大きく、次の四首の「深草里」詠が『新古今集』に入集している。

ふかくさのつゆのよすがをちぎりにてさとをばかれずあきはきにけり　（秋上293良経「千五百番歌合に」）
ふかくさのさとのつきかげさびしさもすみこしまゝの野辺のあきかぜ　（秋上374通具「千五百番歌合に」）
あきをへてあはれもつゆもふかくさのさとゝふものはうづらなりけり　（秋下512慈円「千五百番歌合に」）
おもひいるみはふかくさのあきのつゆたのめしすゑやこがらしのかぜ　（恋五1337家隆「水無瀬恋十五首歌合に」）

四首はいずれも、後鳥羽院歌壇時代に入ってから後、建仁期（一二〇一〜〇三）の詠作である。この頃には既に、深草里とは、女が自分を捨てた男を絶望的に待ち続ける悲恋の地であるという本意を確立し、この伝統は、その後も生き続けることになる。

新古今的な「深草里」の詠み方が俊成自讃歌の影響下にあることは無論である。しかし、これまで新古今時代の「享受」のあり方を前提として、または新古今時代の詠歌方法をフィルターとして、俊成自讃歌の形成過程を考えてきたのではないか。本章は、そのような前提を外して考える試みである。

注

（1）峯村文人「藤原俊成の自讃歌の問題」（『国語』4―2、一九五五年九月）

（2）細川知佐子「俊成の『久安百首』「春」と「秋」の歌材と構成――顕輔との比較を中心に――」（『国語国文』76―10、二〇〇七年一〇月）

（3）松野陽一『藤原俊成の研究』（笠間書院・一九七三年）、拙稿「『長秋詠藻』から『俊成家集』へ」（『中世文学』55、二〇一〇年六月）、拙著『和歌のアルバム――藤原俊成 詠む・編む・変える』（平凡社、二〇一七年）など。

（4）檜垣孝『俊成久安百首評釈』（武蔵野書院・一九九九年）解説Ⅰ「俊成久安百首の成立とその世界」

（5）寺本直彦『源氏物語受容史論考』（風間書房・一九七〇年）前編第一章第二節三「久安百首の物語取の歌」が、5は「野辺のけしき」の総括であり、6～9は「野辺のけしき」を個別的・具体的に展開したものと指摘する。

（6）鈴木徳男「鴨長明『無名抄』「俊成自讃歌事」の段をめぐって」（『国文学論叢』30、一九八五年三月）、田中幹子『和漢・新撰朗詠集の素材研究』（和泉書院・二〇〇八年）第一章三「「夕されば野辺の秋風身にしみて」歌の「鶉」について」

（7）後藤祥子「平安和歌の屈折点――後拾遺集の場合――」（『和歌文学の世界2』〈笠間書院・一九七四年〉所収）、上條彰次『千載和歌集』（和泉書院・一九九四年）259番補注、注（6）田中著書

（8）俊成も、後年「うづらなくあはづのはらのしの薄すぎぞやられぬ秋の夕暮」（『俊成五社百首』488日吉社百首・雑・野）と粟津野の鶉を詠んでいる。同じ『久安百首』に「うづらなくくるすのをのゝ夕まぐれほのめきたてる女郎花哉」（『久安百首』636親隆、秋）という来栖野の鶉を詠んだ例がある。

（9）注（7）後藤論文。藤本一惠『後拾遺和歌集全釈 上巻』（風間書房・一九九三年）302【参考】には、「時綱のこの歌も、『伊勢物語』の右の歌をおもかげにしたものであるようにもうけとれる」、犬養廉・平野由紀子・いさら会『後拾遺和歌集新釈 上巻』（笠間書院・一九九六年）302【語句】「うづら」項は、『伊勢物語』歌を引用し「鶉に「憂・辛」の意をかけ、荒れた庭で恋人の来訪を待ちながら鳴く鶉の姿を詠む。本歌はこれらをふまえながら、荒廃・寂寥をあらわす歌材の一つとして用いている」と指摘している。

（10）赤瀬信吾「新古今和歌集――精神そのものを表す「本歌取」――」（京都アカデミア叢書2『歌のこころ ひとの心』〈財団法人大学コンソーシアム京都・二〇〇六年〉所収）

（11）田仲洋己『中世前期の歌書と歌人』（和泉書院・二〇〇八年）第一部第三章「藤原道経の和歌」

（12）他にも俊成自讃歌への影響を指摘される先行和歌については、上條彰次『千載和歌集』（和泉書院・一九九四年）259補注に詳しい。

（13）渡部泰明『中世和歌の生成』（若草書房・一九九九年）第一章第二節「久安百首について」、家永香織『転換期の和歌表現――院政期和歌文学の研究――』（青簡舎・二〇一二年）第一篇第五章「『為忠家両度百首』と俊成」

（14）俊恵から批判を浴びたこの「身にしみて」の表現に、俊成の意識的・戦略的な表現意図を見ようとする論に、注（13）渡部著書、五月女肇志『藤原定家論』（笠間書院・二〇一一年）第二編第一章「藤原俊成自讃歌考」がある。

（15）「身にしみて」の主語が誰なのかという問題については、注（1）峯村論文以来、陸続と論が出されている。個々の論文はここに挙げないが、脇谷秀勝「俊成「夕されば」詠考」（『日本文芸研究』22―3・4、一九七〇年一一月）と森澤真直「俊成「夕されば」と『伊勢物語』――言説の位相とコンテクスト連関――」（『日本文芸論叢』11、一九九七年三月）が、先行研究をまとめており詳しい。

（16）同時代で俊成歌から影響を看取できる三首を挙げる。

ゆふされば うづらなくなりいはれののくさのねごとにつゆやさむけき　（『林下集』106）

うづらなくおり（を）にしなればきりこめてあはれさびしきふかくさのさと　（『山家集』425「霧」）

承安二年なが月の十日ころに、ふしみの山庄に御幸なりて侍りしに、女房のつぼねをすぎてとほり侍り

しに、「ふしみのおもしろさはいかに」とたづねいだされて侍りしかば、かみのはしにかきてつぼねへさしいれて侍りし

とふにいとどおもひかねぬようづらなくふしみのさとのあきのゆふぐれ（『広言集』42）

いずれも傍線部に俊成自讃歌の影響が認められるが、秋の夕暮れに鶉が鳴くもの寂しさという叙景を摂取している。なお先行研究では、『無名抄』「俊成自讃歌事」について、俊恵は俊成の本説取りに気付いていなかったのか否か、ということが問題にされる。当時の「夕されば」歌の評価が、本説取りとしてではなく、叙景歌としての秀逸さにあったとすれば、一概に理由を俊恵の理解不足に帰結できないだろう。

（17）注（6）鈴木論文

（18）谷知子『中世和歌とその時代』（笠間書院・二〇〇四年）第三章第四節「「消失」の景――イメージの重層法の形成――」、小林一彦「歌をつくる人々」（『野鶴群芳』〈笠間書院・二〇〇二年〉所収）、本書第五部第一章、浅岡雅子「「深草の里」の「鶉」をめぐる一考察――俊成自讃歌の影響を中心に――」（『北星論集』44―2、二〇〇七年三月）

第二章　『伊勢物語』と藤原俊成の歌論・実作
――建久期後半、特に『御室五十首』をめぐって――

はじめに

『伊勢物語』取りが新古今和歌において流行し、多くの本歌取り歌を生み出したことは、『新古今集』を繙けば明らかである。『新古今集』の注釈書では、多くの和歌について『伊勢物語』との関連が指摘されている。但し『伊勢物語』への指向・好尚は、新古今時代から始まったのではなく、『千載集』から見いだせるのであり、藤原俊成の関与が大きい(1)。

『伊勢物語』取りにおいて、俊成が果たした意味とはいかなるものであったのか。特に、俊成が三十七歳の時、『久安百首』で詠んだ自讃歌「夕されば野べのあきかぜ身にしみてうづら鳴なりふか草のさと」(『千載集』秋上259／『久安百首』838秋)は、後年、『慈鎮和尚御自歌合』八王子七番判詞において「この右、崇徳院御時百首の内に侍り。これ又ことなる事なく侍り。たゞ『いせ物がたり』にふか草の里の女の「うづらとなりて」といへる事をはじめてよみいで侍しを、かの院にもよろしき御気しき侍しばかりにしるし申て侍しを」と記し、自ら『伊勢物語』一二三段を踏まえたものであると言明していることから、俊成の『伊勢物語』取りにおいて最も広く知られ、取り上げられるものである。またこの自讃歌を通じて、一二三段がその後の新風歌人たちに好んで摂取されたこと、またそれが新古今的表現の形成に及ぼした意義については、これまでも諸氏によって論じられ(2)、本書の前章でも詳しく述べた。

但し、俊成の『伊勢物語』への好尚・指向が、後進の新古今歌人たちに影響を与えているという問題を掘り下げるにあたっては、俊成自讃歌以外の例についても考えねばならない。本章では、特に俊成歌論の完成期と見なされる建久期後半の歌論と実作、およびそれが新古今歌人たちへ与えた影響という視点から、俊成の『伊勢物語』受容・利用について考察したい。

一、「月やあらぬ」歌と建久期後半の俊成歌論

まず取り上げるのは、俊成の幽玄論との関わりから注目されてきた、『伊勢物語』四段とその受容である。『伊勢物語』の本文を掲出する。

むかし、東の五条に、大后の宮おはしましける西の対に、すむ人ありけり。それを、本意にはあらで、心ざしふかかりける人、ゆきとぶらひけるを、正月の十日ばかりのほどに、ほかにかくれにけり。あり所は聞けど、人のいき通ふべき所にもあらざりければ、なほ憂しと思ひつつなむありける。またの年の正月に、梅の花ざかりに、去年を恋ひていきて、立ちて見、ゐて見、見れど、去年に似るべくもあらず。うち泣きて、あばらなる板敷に、月のかたぶくまでふせりて、去年を思ひいでてよめる、

月やあらぬ春やむかしの春ならぬわが身ひとつはもとの身にして

とよみて、夜のほのぼのと明くるに、泣く泣くかへりにけり。

（『伊勢物語』四段）

この「月やあらぬ…」は、『古今集』恋五747にも採られ、また仮名序でも取り上げられている。しかし、この「月やあらぬ…」は、『古今集』に入集するとはいえ、高く評価されたものではなかった。藤原公任『新撰和歌』や『三十六人撰』にも採られておらず、かろうじて『古今和歌六帖』2904第五「むかしをこふ」に入る。

それが評価されるようになったのは、院政期に入ってからのことだった。『無名抄』「俊恵謌スガタヲ定ル事」には、「俊恵云、ヨノツネノヨキ歌ハ、タトヘバカタ（堅）文ノヲリ（織）物ノゴトシ。ヨク艶スグレヌル歌ハ、ウキ（浮）文ノヲリ物ヲミルガゴトク、空ニケイキ（景気）ノウカベルナリ」の後に、「ほの〴〵とあかしのうらのあさぎりにしまがくれ行ふねをしぞ思ふ」（『古今集』羈旅409）とともに「月やあらぬ…」を挙げ、「コレラコソ余情ウチニコモリ、ケイキソラ（景気空）ニウカビテ侍。又サセル風情モナケレド、詞ヨクツヾケツレバ、ヲノヅカラスガタニカザラレテ、コノ徳ノグ（具）スル事モアルベシ」と述べる。また俊恵の影響下であろう、鴨長明は『瑩玉集』の「幽玄を姿とする歌」の例歌に「月やあらぬ…」を挙げ（もう一首、やはり業平の「ねぬるよのゆめをはかなみまどろめばいやはかなにもなりまさるかな」〈『古今集』恋三644／『伊勢物語』一〇三段〉も挙げられている）、「こゝろこと葉たしかならず。たとへばみどりのそらに遊糸をのぞむがごとし。あるにもあらず、なきにもあらず、かすかにしてさかひにいらざらむ人のえがたきなるべし」と評する。俊恵と長明の二人に共通しているのは、「幽玄」の語によって「月やあらぬ…」を評価している点である。なお、『西行上人談抄』にも「月やあらぬ…」が見られるが、秀歌例として挙げられているのみで、詳しい批評は記されていない。

しかし、この「月やあらぬ…」を大きく取り上げ秀歌中の秀歌として位置づけたのは、俊成だった。

・『古今問答』

わが身ひとつは／もと(おなじ)の身にして

いみじき歌也

・『民部卿家歌合　建久六年』跋文

大形は歌は必しも、絵の処のものの色色のに(丹)の数をつくし、つくもづかさ(作物司)のたくみ(匠)のさまざまのき(木)のみち(道)をえ(選)りすゑ(据)たる様にのみよむにはあらざる事なり。ただよみもあげ、うちもながめたるに、艶にもをかしくも聞ゆるすがたのあるなるべし。たとへば、在中将業平朝臣の「月やあらぬ」といひ、紀氏の貫之「雫に濁る山の井の」などいへるやうによむべきなるべし。

・『古来風体抄』勅撰集抄出歌・左注

「月やあらぬ」といひ、「はるやむかしの」などつゞけるほどの、かぎりなくめでたきなり。

・『慈鎮和尚御自歌合』十禅師十五番判詞

つねに申やうには侍れど、かの「月やあらぬ春やむかしの」といひ、「むすぶてのしづくにゝごる」などいへる也。なにとなくめでたくきこゆる也。かやうなる姿詞によみに(似)せんとおもへるうたは、ちかき世には有がたき事なるを、(下略)

これらの記述から、俊成が自身の歌論を開陳する際に、貫之の「むすぶてのしづくにゝごる山のゐのあかでも人にわかれぬるかな」(『古今集』離別404)とともに、代表的秀歌として「月やあらぬ…」を特に賞揚していたことがわかる。また「月やあらぬ…」は、『俊成三十六人歌合』20にも採歌されている。『俊成三十六人歌合』は公任『三十六人撰』を基本的に踏襲するが、業平歌は三首とも差し替えられており、業平歌の見直しをはかっている。(3)

しかしここで注意したいのは、「月やあらぬ…」に対する、次のような顕昭の批判を『古今集注』747注に見いだせることである。

（…略…）貫之ガ歌ナドノヤウニ、タシカニヨマバ、アヒシ人ニアハヌヨシヲイヒアラハスベシ。又カヤウニイヒソラシタルヲ業平ガ歌ノ幽玄ナルコトニイヒテ、ソノヤウヲマネバムトオモヘル人モアレド、ソレハマタコヽロモコトバモオヨバズ、ヨモクダリテイトヾコヽロエガタクナムアル。サレバ古今序ニモ、「在原ノナリヒラ、ソノ心アマリテコトバタラズ。シボメル花ノイロナクテニホヒノコレルガゴトシ」トイヘリ。上代ニダニソレヲトガトイヘリ。マシテ末代ヲヤ。凡ハコノヤウヲコヽロエテ、業平ガ歌ヲモ、又ソレナラヌムカシノウタノコヽロコトバ（言葉）カスカナラムヲバオモフベキナリ。（以下略）

ここで顕昭は、「月やあらぬ…」を「幽玄」と評価し、それを真似ようとする人がいるが、不分明なところを真似ようとしても内容が理解しづらくなるだけだ、という批判を述べている。顕昭もあげているように、『古今集』仮名序において説かれるような業平歌の欠点「その心余りて詞足らず」が、「月やあらぬ…」にはよく当てはまるだろう。文治元年（一一八五）注進、建久二年（一一九一）献上の『古今集注』で批判されている「ソノヤウヲマネバム人」が具体的に誰を指すのかについて、峯村文人[4]は俊成を指すと言い切っている。谷山茂[5]も、『古今集教長注』に「月やあらぬ…」が取り上げられていることから、治承頃から「月やあらぬ…」に対する評価の問題が萌し、文治頃には俊恵や長明のように「月やあらぬ…」に意義を見いだす人々が表れたことを踏まえつつも、やはり俊成を対象としたものだったと考えている。また『古来風体抄』左注について渡部泰明[6]は、顕昭のような「月やあらぬ…」に対する批判的な立場への対抗から、俊成が意識的に「月やあらぬ…」を言挙げしているとも指摘する。確かに『慈鎮和尚御自歌合』の先掲箇所の前の部分にある「おほかたは、歌はかならずしもお(を)かしきふしをいひ事の理をいひきらんとせざれども、本自詠歌といひてたゞよみあげたるにもうちながめたるにも、なにとなくえんにも幽玄にもきこゆる事有なるべし」という記述は、くっきりと明確に内容を詠出するのではない業平歌を「幽玄」と評する人に対する顕昭の批判に、さらに加えた反論という意図があるように思われる。

但し、顕昭の批判が俊成に対するものであるとするならば、文治頃には既に俊成が「月やあらぬ…」に対する傾倒を示していたということになるが、その明徴を資料の上から知ることはできない（谷山もこの点は指摘している）。現存する資料で最も早い記述は、建久二年（一一九一）『古今問答』だが、本格的・具体的に「月やあらぬ…」を最上級の秀歌と位置づけるのは、建久六年（一一九五）『民部卿家歌合』判詞が最初だ。それに次いで、建久八年『古来風体抄』、建久九～正治元年『慈鎮和尚御自歌合』と、建久期後半に、俊成が繰り返し「月やあらぬ…」をについて言及している点にはやはり注目される。錦仁[7]は、「月やあらぬ…」に対する批評の方法が、『月やあらぬ』といひ、『はるやむかしの』などつゞけるほどの」（『古来風体抄』左注）に見られるように、詞句と詞句が繋がって表現全体の「姿」を形成してゆく、その語構成の仕方にあり、こうした構成批評によって歌の価値が認められているとする。また渡部泰明[8]は、初句と第二句を引用することにより、係助詞「や」の重要性、初句・第二句との関係によって「姿」を切り出し評価していると論じる。錦・渡部ともに、俊成の判詞と関わらせて考察するもので、判者としての経験が「月やあらぬ…」の評価を確固たるものへと導いていったという筋道が立てられる。「月やあらぬ…」を再発見し、業平の代表歌として、もしくは『伊勢物語』中の秀歌として位置付けたのは、建久期後半の俊成だった。

二、『御室五十首』における「月やあらぬ」の本歌取り

では、歌学・歌論以外での「月やあらぬ…」の受容を見てみよう。物語においては、「春や昔の」の句が、『源氏物語』では夕霧・早蕨・手習の三箇所、『夜の寝覚』でも三箇所、『浜松中納言物語』で一箇所に引用され、(9)引歌として用いられている。過去を懐かしみ、現状に対する苦悶を表現する際に、「月やあらぬ…」を引歌として用いることが、物語においては定型化していた。しかし文治・建久期に至るまで「月やあらぬ…」の本歌取りは少なく、和歌における「月やあらぬ…」の利用は遅れていた。中には、『西行上人談抄』において「月やあらぬ…」を秀歌例に挙げている西行が「月すみし宿も昔の宿ならで我みもあらぬ我みなりけり」(『西行法師家集』441「ふるさとのこころを」)という「月やあらぬ…」の本歌取りを詠んでいることに注目されるが、積極的に利用されていたとは言い難い。

しかし、新古今時代には「月やあらぬ…」の本歌取りが急増し、『新古今集』春上に一歌群を形成している。

百首歌たてまつりし時　　藤原定家朝臣

むめの花にほひをうつすそでのうへにのきもるつきのかげぞあらそふ　(44)

藤原家隆朝臣

むめがゝにむかしをとへばはるのつきこたへぬかげぞゝでにうつれる　(45)

千五百番歌合に　　右衛門督通具

むめのはなたがそでふれしにほひぞとはるやむかしの月にとはゞや　(46)

皇太后宮大夫俊成女

むめの花あかぬいろかもむかしにておなじかたみのはるのよのつき　(47)

全て梅花と春月が主題であり、45〜47の三首には「昔」の詞が詠み込まれている。この四首の背後に「月やあらぬ…」および『伊勢物語』四段の物語世界が揺曳しているのは明らかであり、また『新古今集』入集歌では他にも恋二1136（俊成女）・雑上1542（二条院讃岐）が「月やあらぬ…」の本歌取りである。但し、これらの和歌はいずれも後鳥羽院歌壇が始発した正治期以後の詠である。

浅岡雅子[10]は、「月やあらぬ…」摂取歌を調査して正治・建仁期に歌数が急増することを指摘し、それが建久期後半に著述された俊成歌論の影響であると論じる。確かに浅岡の指摘の通り、新古今時代の前半、文治・建久期においても、「月やあらぬ…」の本歌取りは稀である。皆無というわけではないものの、例えば『伊勢物語』一二三段を本説とし、俊成自讃歌から強い影響を受けた深草里詠[11]が、建久期後半に流行したような明徴は見いだせない。「月やあらぬ…」摂取の流行は、やはり正治・建仁期以後であり、それに関して建久期後半に繰り返し「月やあらぬ…」を称揚した俊成歌論の影響があることにも、異論はない。

しかし、歌論とは和歌を作る上での論であり、実作が伴わない歌論は無い、という点において、歌論の影響のみではなく、俊成自身の実作に視点を及ぼせたい。

俊成が「月やあらぬ…」を踏まえた作例は、建久三年（一一九二）後白河院哀傷長歌に見いだせる。

かのうたは、三月つごもりに、ほういんにつかはしたりしを、左衛門督通親の卿きゝて、これは四月十五日を（お）くられて侍し、又ながうた

…またもあひみじ　とおもふより　春やむかしの　はるならぬ　わが身ひとつの　かなしさを　おもひそむ

れど　ふぢごろも…　　（『俊成家集』161）

亡き後白河院を偲ぶ懐旧の念を、業平歌から「春や昔の春ならぬ我が身一つ」と三句までをも摂取して詠んでいる。これは俊成が建久二年『古今問答』で「月やあらぬ…」に「いみじき歌也」と注記していることを考え合わせると、やはりこの頃に「月やあらぬ…」に対する関心が高まっていたことを窺わせる。

更に注目されるのが、俊成が建久末年に詠んだ『御室五十首』において、「月やあらぬ…」の本歌取りが見いだせる点である。

梅がゝも身にしむころはむかしにて人こそあらね春の夜の月　（『御室五十首』255春／『新勅撰集』春上43）

『御室五十首』は守覚法親王の主催で、守覚法親王・実房・隆房・公継・兼宗・俊成・季経・賢清・隆信・有家・定家・家隆・顕昭・禅性・覚延・生蓮・寂蓮の十七名が詠進した。後にこの『御室五十首』から和歌を選んで番えた『御室撰歌合』には、勝蓮の詠が加えられている。『御室撰歌合』は衆議判の要素も強いが[12]、判詞を記したのは俊成だった。「梅が香も…」歌は春・三番・右に配されており、俊成は自詠について「此番、右歌は愚老が詠にて侍りけり。『月やあらぬ春やむかしの春ならぬ』の在中将朝臣のふることを、わづかにひろひあつめたるばかりにて、わが力入りたるふしもなく侍れば、『よしののおくの花の盛』やさしと申し侍りて、以レ左為レ勝」と評して負にしている。判詞に述べられるように、詞や発想の多くを『伊勢物語』四段に寄りかかった歌ではあるが（この問題については後述する）、俊成自身が「月やあらぬ…」を取ったものであると言明しているのである[13]。

俊成の『御室五十首』（以下、「本五十首」と略）についての考察は、わずかに久保田淳の論が見出せる程度である。しかし、建久末年に詠進した『御室五十首』は、『六百番歌合』『民部卿家歌合』における判者としての充実した活動、更には建久八年の『古来風体抄』の著述を経た、俊成歌論の完成期に詠まれた定数歌でもある。本五十首からは、『新古今集』に四首が入集、以下の勅撰集に十一首が入集しており、評価も高いことを鑑みると、本五十首は俊成の歌論と実作の関係を考える上で、注目すべき定数歌であると思われる。久保田は、本五十首に見られる『万葉集』の本歌取りが、『古来風体抄』万葉抄出歌と関連していることから、『古来風体抄』の著述のために『万葉集』を繙読した経験が結実していると指摘する。同様のことは、「月やあらぬ…」にも言えよう。先述したように、「月やあらぬ…」に関する言説が記されたのは建久期後半から正治初年にかけてであり、本五十首はそれと重なる時期の詠作なのである。そうした点を顧みても、「梅が香も…」は、俊成の歌論を反映した実作として位置づけられる。

なお本五十首は、文治六年（一一九〇）の『五社百首』以来、俊成にとって約十年ぶりのまとまった詠作だった。おそらく俊成の門弟にあたる新風歌人達は、指導者であり、大歌人でもある俊成がどのような新作を詠むか、注目し、期待も寄せていたことと想像される。判者として、また歌壇指導者としての活動を経た後、俊成歌論の完成期に詠まれた本格的な定数歌である本五十首が、後進の歌人たちから注目された結果として、正治期以後「月やあらぬ…」の本歌取りが急増したのではないか。「月やあらぬ…」の本歌取りが急激に増える流行の背景には、俊成の言説だけではなく、実作の影響が見られるのではないかと考えられるのである。

三、『伊勢物語』八〇段の本歌取り

俊成の歌論と『御室五十首』の関わりが新風歌人に与えた影響として、もう一例の『伊勢物語』取りを挙げる。

むかし、おとろへたる家に、藤の花植ゑたる人ありけり。三月のつごもりに、その日、雨そほふるに、人のもとへ折りて奉らすとてよめる。

ぬれつつぞしひて折りつる年のうちに春はいく日（か）もあらじと思へば　（『伊勢物語』八〇段）

この八〇段の業平歌も、『古今集』春下133に入集する。詞書は「やよひのつごもりの日、あめのふりけるにふぢのはなを丶りて人につかはしける」となっている。しかし「濡れつつぞ…」は、他に『業平集』64にも見えるが、平安期の秀歌撰・類題集には採られていない。また、俊成以前の歌論書においても取り上げられた形跡はなく、「月やあらぬ…」よりも更に注目されていなかった歌だった。

しかし俊成は、「濡れつつぞ…」を高く評価した。『古来風体抄』勅撰集抄出歌に採り、左注も付している。左注には「『しゐ（ひ）て』といふことばに、すがたもこゝろも、いみじくなり侍なり。うたは、たゞひとことばに、いみじくもふかくもなるものに侍なり」と記されている。「強ひて」という詞に注目し、それが一首の要となるものであると説くものだが、それについては、次の片桐洋一[14]の指摘が参考になる。

三月の末つ方に、今年の春はあとわずかということで、雨に濡れつつ藤の花を折って人に奉ったという内容である。ただ『伊勢物語』の場合、藤の花と歌を贈った人が「衰へたる家」の人であり、贈られた相手は貴い人であったらしく、「折りて奉らす」という受手尊敬の言葉づかいがなされている。（中略）それに対して、『古今集』の場合、相手の身分や地位を想像させるものは全くない。三月つごもりの頃、もはや今年は藤の花も終わりという状況下で、雨に濡れつつ藤の花を折って奉ったという誠意が、みごとに描かれているというだけでよいのである。

確かに、この歌とこの詞書は、春の終わりという季節感覚よりも、歌を贈り藤の花を贈った作者の誠意に焦点が当たっている。あえて言えば、春部の歌とするよりも、雑部の歌と位置づけた方がよさそうである。かの藤原俊成の『古来風躰抄』が、『「しひて」といふことばに、すがたもこころもいみじくなり侍なり。歌はただひとことばに、いみじくもふかくもなるものに侍なり」と言っているのは、その意味において至言である。雨が降っているにもかかわらず「しひて折」ったところに、この歌の眼目がある（傍線、引用者）。また和歌が言語芸術である限り、そのように最も感じるところに焦点をあてて解釈するのが正しい方法であることも当然である。

片桐の指摘に尽くされているが、俊成が特に注目した「強ひて」の詞によって表されるのは、たとえ雨に濡れても構わずに相手のために藤の花を折り取ったという、行動の背後にある主人公の真心の深さ・厚さであり、また、過ぎゆく季節を惜しむ心情の深さである。

そしてこの詞こそが一首の詠み柄も内容をも優れたものとしているのだという『古来風体抄』の記述は、俊成の本歌取りにも反映している。それが、やはり『御室五十首』の一首に見られる。

暮ぬべししゐ(ひ)てもおら(を)む藤花雨そほふれば春のつくる日　（『御室五十首』262春）

八〇段の「……藤の花植ゑたる人ありけり。三月のつごもりに、その日、雨そほふるに、……ぬれつつぞしひて折りつる年のうちに春はいく日もあらじと思へば」の二重傍線部がそのまま取られた詞であり、「三月の晦日」は「春の尽くる日」と言い換えられている。

注目されるのは、第二句「強ひても折らむ」に、『古来風体抄』左注で取り上げた「強ひて」が取られていることだ。「濡れつつぞ強ひて折りつる」という完了表現を、これから折ろうという意志表現へと転じているものの、「強ひて折」るという行為の背後にある心情の深さが表現されているのである。

ちなみに俊成は、八〇段の本歌取りを本五十首よりも前にも詠んでいる。

藤の花雲にまがひてちりしだに雨そほふれるゆふぐれの空　（『五社百首』118賀茂社百首・夏・藤）

この歌では、「藤の花」「雨そほふれる」が八〇段から取った詞であり、また特に「雨そほふれる」は地の文を取った箇所としても注目される。(15) また「暮れぬべし…」も『五社百首』詠も、ともに夕暮れという時間設定を持つ。これは本説に明示されていない要素だが、八〇段が踏まえると指摘されている(16)「惆悵春帰留不レ得　紫藤花下漸黄昏」（『白氏文集』巻一三0631「三月三十日題二慈恩寺一」／『千載佳句』四時部・送春115／『和漢朗詠集』春部・三月尽52）を念頭に置くのだろう。しかしここではまだ「強ひて」は用いられていない。「藤の花」と「雨そほ降れる」という八〇段による詞・景物の連繋を中心に一首が構成されている。文治六年（一一九〇）『五社百首』詠作当時、俊成は既に「濡れつつぞ…」の歌そのものに対する関心を持っていたのだろうが、まだ「強ひて」の詞に対する注目は表出していない。『古来風体抄』著述の過程で、「強ひて」に対する注目が明確になったものと推測される。ここにもやはり、本五十首の詠作に、自身の歌論・言説の実践という意識を看取できるのだ。

さて、では俊成の『古来風体抄』および本五十首を、八〇段の受容の上での転換点と見なせるかどうかを検討しよう。「濡れつつぞ…」もやはり、俊成以前には特に注目された徴証の認められない歌である。但し、『伊勢物語』八〇段の影響下にあると思われるのが、院政期から見られる「雨中藤花」題である。但し院政期の例は、

「ぬるるさへうれしかりけりはるさめにいろますふぢのしづくとおもへば」（『金葉集』春87神祇伯顕仲「雨中藤花といへることをよめる」）、「あめふるとふぢのうらはにそでふれて花にしほるゝわが身とおもはん」（『散木奇歌集』春部177「ほりかはの院の御とき、御前にて雨中藤花といへることをよめる」）のように、あくまでも、雨の中で咲く藤花という景に注目し、それを表現したものである。俊成が注目した「強いて」の詞は詠み込まれていない。

しかし、やはり後鳥羽院歌壇以後、八〇段の本歌取りが散見するのだ。その早い例が、建仁元年（一二〇一）三月十六日『通親亭影供歌合』における「雨中藤花」題詠である。二十人の歌人のうち、『伊勢物語』八〇段を四名が本説取りしている（なお俊成自身の詠は「はるさめのあまねき時は藤の花しづ枝をわくるむらさきの雲」（95八番・左・勝）で、特に八〇段との関連は見いだせない）。まず、長明・有家・後鳥羽院の詠をあげる。

としどしの春をかぞへてわれもけふながめし花をぬれつつぞ折る　（89鴨長明・五番・左）

色ふかき池の藤なみたちかへりぬれてもをらむはるさめの空　（94七番・有家・右）

たそかれのたどたどしさに藤の花折りまがふ袖に春雨ぞふる　（100女房〈後鳥羽院〉・十番・右・持）

「強ひて」は用いていなくとも、長明・有家・後鳥羽院の詠の〝春雨に濡れながら藤花を折る〟という趣向そのものに八〇段が踏まえられているのは明らかだ。「濡れつつぞ折る」（長明）・「濡れても折らむ」（有家）は、「強ひて」の詞を省略してはいるが、それぞれ本歌の「濡れつつぞ強ひて折りつる」を踏まえて詠んだものである。

中でも、特に注目されるのが定家の一首である。

しひて猶袖ぬらせとやふぢのはな春はいく日の雨にさくらむ　（82定家・一番・右・持／『拾遺愚草』2194）

ここには、濡る・藤の花・雨および「春は幾日も」が業平歌からの引用であるとともに、「強ひて」の詞が取られている。これは息子の定家が、俊成の言説・実作から影響を受けて詠んだものと推測されるのである。また、定家は『千五百番歌合』においても、八〇段の本説取りを詠んでいる。

けふのみとしひてもおらじ藤の花さきかゝる夏の色ならぬかは（『千五百番歌合』春四581定家・二百九十一番・右・勝／『拾遺愚草』1020）

判者は俊成であり、俊成は「右歌、『しゐてもおらじ藤の花』といへる、『春はいくかも』といへる心は業平朝臣の歌の心よろしくや侍らん」と判詞を付けている。「濡れつつぞ…」を本歌として指摘し、「強ひても折らじ藤の花」が本歌の内容を上手く踏まえたものであると評価して勝としている。「強ひて」の詞が『伊勢物語』八〇段の本説取りに深く関わるものとして取られるのは、建仁期のこの定家の詠が、俊成の次に早い。定家は俊成の説いた所を忠実に実践しているのだ。この傾向は、定家の後、他の歌人たちにも広がりを見せてゆく。

昨日こそしいてをりしかふぢのはなけふはかたみのむらさめのそら（『壬二集』2215「夏の歌とて」）
すぎにけり春も程なくしひてをる昨日の藤の露もひぬ間に（『後鳥羽院御集』521建保四年二月御百首・夏）
しひてをる袖さへふかくにほふらし藤のうら葉につたふ春さめ（『後鳥羽院御集』695詠五百首和歌・春）
ころも手に井でのかはなみかくれどもしひて折りつる山ぶきの花（『道助法親王家五十首』257覚寛「河款冬」）
ぬれつゝもしゐてぞをらんたごの浦の底さへ匂ふ春の藤なみ（『内裏名所百首』217順徳天皇、春・田籠浦）
君がため出づる野原のかたみにやしひても春のわかなつむらん（『紫禁集』805「同比（建保四年三月）、二百首和歌」）

春よりも花はいく日もなき物をしひてもをしめうぐひすの声　（『順徳院百首』15）

これらの例から、俊成以後、八〇段への関心が高まり、また「強ひて」の詞が本歌取りされるべき詞として詠み込まれていることが看取できる。藤の花だけではなく、山吹や若菜に素材が転じられているものもあるが、覚寛歌はやはり晩春の花である山吹を春の形見として名残を惜しむ心情を詠む。順徳院「君がため…」歌は「きみがためはるのゝにいでゝわかなつむわがころもでにゆきはふりつゝ」（『古今集』春上21光孝天皇）を合わせて本歌取りしながら、「君」のために若菜を摘むという真心の強調として、「強ひて」が用いられている。ここで歌人たちは、八〇段を本説として用いる上で、「強ひて」の詞に表される、過ぎゆく春を深く惜しむ心情、植物を贈る相手に対する誠意を強く意識しているのである。こうした詠作の背景には、俊成が『古来風体抄』において業平歌の優れた点として「強ひて」の詞を賞揚したこと、さらには実作においても「強ひて」を用いた本歌取りを実践していたことがあると考えられるのである。

四、歌論と実作

建久期を通じて、俊成は歌合判詞によって、新風表現に対する理解を示しながらも、新風歌人を戒め、導き続けてきた。それを顧みれば、本五十首は自身の歌論の実践という意味で、格好の場であったと考えられるのだ。俊成は、本五十首を、単なる新作としてのみならず、それが後進の歌人達にとって規範となるように、自らの歌論を実践したものとして位置付けていたと考えられるのである。そうした俊成の意識は、次の例からも窺われる。

夏かりのあしのかりやもあはれなり玉江の月の明がたの空　（『御室五十首』296旅）

『新古今集』羇旅932にも採られるこの俊成歌は、本五十首の直後に編纂された『慈鎮和尚御自歌合』三宮十四番に慈円歌と番えられている。その判詞で俊成は、「此旅の歌、又、『玉江の蘆をふみしだき』といふ歌ののちいともみえ侍らぬと思たまへて、『玉江の月』はよろしくやとおもひたまへ侍しを、（中略）同じと申侍。例のかたはらいたさかぎりなく侍り」と記している。俊成は、「なつかりのたまえのあしをふみしだきむれゐるとりのたつそらぞなき」（『後拾遺集』夏219源重之「だいしらず」）を本歌取りしたことを述べ、「玉江の月」という詞を自讃している。この歌と『慈鎮和尚御自歌合』判詞は、俊成判詞が持つ後進歌人たちへの影響力という観点から注目されている。安井重雄[17]は、俊成が判詞によって、自詠の表現意図を明らかにし、後進歌人に影響を与えることを意図したという。安井の論は、俊成判詞の影響力を見る上で、重要な視点である。しかし、安井も述べるように、その判詞は俊成の実作とともに享受されるものであったということも、改めて強調しておきたい。俊成の表現意図を、今われわれは『慈鎮和尚御自歌合』判詞から明瞭に知ることができるのだが、俊成はまず実作において、自らの歌論にもとづいた表現を試み、後進歌人たちへの規範を示そうとしたのである。このような俊成の意識が、本五十首のみならず、建久期後半の他の詠作にもあることを示す例が、やはり『慈鎮和尚御自歌合』小比叡三番の判詞にある。

又やみんかたのゝみのゝさくらがり花の雪ちる春の明ぼの

此右の歌、又しるしたてまつり侍しうちなり。これは「桜がり」と申事を人のあしく申かたの侍れば、事のつゐでに申きらむとてつかふまつれりしうへに、すこしはよろしきにやと思たまへ侍しを、（中略）

「かたのゝみの」もさすがにおぼえ侍りて、同科にてや侍るべからん。

この「又や見む…」は後に『新古今集』春下114に入集する、建久六年（一一九五）二月の「良経邸五首歌会」で詠まれた歌である。判詞に記されているように、この歌の詠作背景には、「さくらがり雨はふりきぬおなじくはぬるとも花の影にかくれむ」（『拾遺集』春50読人不知「だいしらず」）について、六条藤家の歌学では「桜狩り」を「小暗がり」と解する説を主張していたことがある。[18]この歌の詠作意図が、そうした難儀を「申し切らん」とするところにあったと、俊成自身が明記しているのだ。この歌も建久期後半に詠まれた和歌であり、俊成が後進歌人に対して、自らの歌論・歌学を実作において示したものである。『慈鎮和尚御自歌合』は、慈円歌だけではなく、俊成歌も慈円歌に番えられることで、俊成は自詠それも自讃歌に対しても判詞を付け、自詠の表現意図について言及する機会となった。視点を変えると、『慈鎮和尚御自歌合』判詞は、建久期後半の俊成が、[19]後進歌人に対して、自詠を通じて自らが正しいと信じる表現、規範を示そうとしてきたことを、逆に照射しているものではないか。こうした意識が強く表れているのが、本五十首だったと考えられる。

特に、本五十首詠進当時、俊成が置かれていた立場は決して明るいものではなかった。庇護者であった主家・九条家が、建久の政変によって失脚したために、御子左家の歌壇における立場が危うくなった時期にあたる。俊成には、定家の歌壇における立場を確立せねばならないという切実な夜鶴の思いがあった。定家の『御室五十首』詠について、俊成・寂蓮が添削を加えた「軸物之和歌」が残されており、定家の詠が念入りな推敲を経て詠進されたものであることも知られている。[20]こうした緊張感は、俊成自身が詠作する際にもあったことと推測される。優れた和歌を詠むことこそが、専門歌人としての面目であり、歌壇における立場を確かなものにできる。既に老年に入った俊成が、安寧としてはいられない歌壇の状況の中で、自己の歌学や歌論と向き合い、それに立脚した実作を後進の新風歌人に対して示した実作として、本五十首は位置付けることができると考えられるのである。

五、俊成の『伊勢物語』取りの方法

自らが示してきた歌論を、実作において後進の歌人に示すという意味が本五十首にあった、そして俊成の歌論と実作に導かれる形で、正治期以後の新風歌人たちが『伊勢物語』取りに取り組んでいるとするならば、俊成が『伊勢物語』取りにおいて重視したものとはどのような事であったのか、という問題について考えたい。(21)

そこで顧みたいのが、先に検討した本五十首の二首、四段・八〇段の本説取りの方法である。

梅がゝも身にしむころはむかしにて人こそあらね春の夜の月　（『御室五十首』255春）
暮ぬべししゐ(ひ)てもおら(を)む藤花雨そほふれば春のつくる日　（『御室五十首』262春）

「梅がゝも…」については、俊成自身が『御室撰歌合』判詞において「『月やあらぬ春やむかしの春ならぬ』の在中将朝臣のふることを、わづかにひろひあつめたるばかりにて、わが力入りたるふしもなく侍れば」と記したように、本説に内容・詞の多くを依っている。〝梅の香が身にしみたのは昔のことであって、(私は昔のままだが)あの人は以前とは違ってしまったのだ、春の夜の月よ〟と、恋の相手(高子)に対する恨みを述べる体で詠まれている。また「暮れぬべし…」は、〝暮れてしまうだろう。構わずに折ろう、藤の花を。雨がしとしとと降っている、それは春が終わる日なのだ〟と、こちらも本説と季節・景物・心情も共通している。時間をまだ暮れてしまう前に置くことで、これから花を手折ろうとしているのが本説から付けられた変化である。

本歌取り・本説取りの方法としては、俊成自身の『御室撰歌合』における判詞を謙遜であると割り引いたとしても、本歌本説に密着し過ぎている感が否めない。しかし、『御室五十首』が後進歌人に対して示した自己の歌論の実践としての詠であるという点を考えると、これも俊成の意図的な方法だったのではないだろうか。本五十首の『伊勢物語』取りが本説に密着し過ぎである点は、失敗であると捉えるのではなく、俊成歌論が反映したものとして、俊成が庶幾した『伊勢物語』取りとは何かを考える上で示唆を与えてくれるものではないか。

そこで、俊成以前に摂取例がほとんど見いだせない八〇段ではなく、四段の他の歌人による摂取例と比較して検討する。四段を踏まえた注目される先行例として、次の二首を挙げる。

月やあらぬ春やあらぬとなげきけむ人のおもひをいまぞしりぬる　（『重家集』582「人人あつまりて歌よみしに、被ㇾ押ㇾ権恋」）

そのよ、いとふくるほどに、あひたりし所へ行きてうつぶしたりしに、五でうわたりにてなげきけんも、かぎりあれば、これほどはあらじとおぼえて

なげきつつ春やむかしにかはらじといひけん人をよそにやはきく　（『艶詞』37）

重家歌は、題に「被ㇾ押ㇾ権恋」とあることから明らかなように、摂関家という権力の前に高子と引き裂かれた業平を、「月やあらぬ春やあらぬと嘆きけむ人」という直截的な引用により表し、業平と同様の嘆きを自身も抱えていると表現している。また隆房歌は、詞書波線部そして「嘆きつつ春や昔に変はらじと言ひけむ人」という箇所によって、業平のことを想起しつつ詠んでいることが示されている。『艶詞』に『伊勢物語』の摂取が散

ものが目立つこと、それは小督・高倉天皇・隆房の関係を、高子・清和天皇・業平の関係に重ね合わせ、隆房が自身の恋を業平と高子の禁忌の恋に重ねたものではないかと論じている。この二首に共通するのは、失った恋、それも権力者によって引き裂かれた恋の嘆きを、業平と高子の恋に重ね合わせて詠むという構図である。

ここで中心となっているのは、業平と高子との恋愛事件そのものへの関心である。言うなれば、有名な史実であるがゆえに、自身の状況を説明し、嘆きの深さを表現するために対比的に用いられているのだ。なお「月やあらぬ…」は、『宝物集』巻五・第三持戒・三 不邪陰にも取られており、ここでも高子の恋が問題とされている。「月やらぬ…」が、業平と高子の恋愛事件を代表する和歌であると享受されていたことは確かだろう。

しかし、俊成の本歌取りはそれとは異なり、業平・高子の恋愛事件の持つ特殊性・ドラマ性を問題とするのではない。焦点が当てられているのは、梅花の香り・春月という春の景物であり、それを前にして表白される、過去から現在まで変わらぬ自身の心情である。特殊で個人的な恋愛事件から離れ、景物によって促される心情――梅花・春月という景物と懐旧の心情との結び付きを普遍化することが、俊成の狙いだったのではないだろうか。

他の歌人では、慈円の「かぜやあらぬ月日やあらぬ物思ふわが身ひとつの荻のゆふ暮」（『拾玉集』1761南北百番歌合・秋・二十八番・右）のように、四段を本説取りし、懐旧の心情は取っても、季節を秋へと転じ、梅から荻へと素材を変えたものもある。しかし、俊成の本説取りを見ると、四段も八〇段も、どちらも景物と心情とが分かちがたく結び付いている。本歌から特徴的な措辞を引用しつつ、季節や主題を変えるのは本歌取りとして有効な方法ではあるが、俊成にとって『伊勢物語』取りとは、景物と心情の結び付きが強固かつ重要なものだったのではないか。

無論、こうした普遍化された心情として四段を本歌取りする例が、俊成より先に無かったわけではない。四段の摂取例としては最も早い「昔みし春はむかしの春ながら我が身ひとつのあらずも有るかな」（『深養父集』37／『新古今集』雑上1450）は、業平歌を反転させ、春を不変のもの、自身を変化したものと詠むが、春と懐旧の結び付きは業平歌と共通する。また、新風歌人としては最も早く四段を本説取りした家隆の文治三年（一一八七）詠「梅の花なれしたもとの匂ひかな月や春ともわかぬむかしを」（『壬二集』261殷富門院大輔百首・遇不会恋）も梅・月・春と懐旧の心情を詠む。四段の本歌取り・本説取りとしては、重家・隆房のように、著名な恋愛事件という側面に注目する方法もあり、また慈円のように、措辞と心情を利用するという方法もある。しかしそのような多様な本歌取りの方法の中で、景物と心情との結び付きを重視し、景物を『伊勢物語』の章段およびそこで描かれる心情の象徴として捉え、景物と心情を融合させながら和歌一首へと再構築するという方向へと、俊成は導こうとしたと考えたい。

　もう一つ注目されるのは、句の単位での引用という形で本歌取りしていない点である。「月やあらぬ…」への批評について振り返ると、先述したように、俊成は『古来風体抄』左注において「『月やあらぬ』といひ、『はるやむかしの』などつゞけるほどの、かぎりなくめでたきなり」と、初・第二句を引用して、一首の構成・詞の続け方を評価していた。しかし、本五十首における自身の本歌取りでは、句の単位での引用という典型的な形で取り込むことはしなかった。

　その理由について考えると、定家『近代秀歌』の以下の記述が顧みられる。

五七の句はやうによりて去るべきにや侍らむ。たとへば、「いその神ふるきみやこ」「郭公なくやさ月」「ひさかたのあまのかぐ山」「たまぼこのみちゆき人」など申すことは、幾度もこれをよまでは歌出で来べからず。「年の内に春はきにけり」「そでひちてむすびし水」「月やあらぬはるやむかしの」「さくらちるこのしたかぜ」などは、よむべからずとぞ教へ侍りし。

本歌取りするに際して、二句連続した句を用いることができるかどうかは、句の性質によるという部分である。「いその神ふるき都」以下の四例については、むしろ詠歌の上で繰り返し用いるべきであるが、「年の内に春はきにけり」以下の四例は、詠むべきではないとしている。引用箇所の末尾に「教へ侍りし」とあるので、如上の例に関しては俊成の教えを継承したものだったと判明する。何度でも用いるべきとされる四例は、枕詞とそれが導く句の関係だ。一首の主題や趣向を拘束するものではない。一方、用いるべきでないと挙げられた四例については、それぞれの二句の続け方が優れたものであるだけでなく、一首の主題・趣向の要となっている。そのためこれらの句を利用した歌は、その句が要となって展開する一首の内容や趣向まで本歌から襲用することになる。これらの句を摂取すると、本歌にあまりに依存した歌しか作り出せなくなるということだ。俊成自身、建久三年後白河院哀傷長歌では「春や昔の春ならぬ我が身一つの」と三句を引用していたが、これは長歌かつ実詠ゆえの例外であるのだろう。題詠和歌では、「月やあらぬ春や昔の」の二句連続どころか、一句の引用もしていないのは、章段の内容や心情を本歌取りによって取り込むとしても、句まで取ると本歌から新しい展開を創れない、自身のオリジナリティを加える余地が無くなるという考えに基づいたものだったと考えられる。なお、俊成だけではなく定家も「月やあらぬ」「春や昔の」の句を用いて本歌取りを詠んではいないことも付言しておく。

俊成の「梅が香も…」も「暮れぬべし…」も、ともに『伊勢物語』の地の文からも詞を取ることで、章段全体の内容と心情を取り込んでいる。田中まきは、[23]俊成が『伊勢物語』取りにおいて、本歌の世界に適っていることを重視したと述べている。俊成は物語からの乖離ではなく、物語の再構築を目指したと考えられる。物語の再構築という方法は、章段の内容・心情に密着し、本歌本説の在処を示しながらも、新しい和歌を創ることができる。

典型的な句の単位での引用という形ではなく、各詞を取り込むことにより、一首の中に章段のエッセンスを凝縮した歌を作るのが、俊成が本五十首で示そうとした『伊勢物語』取りの方法であったと考えられるのである。

結びに

俊成の『伊勢物語』摂取は、歌人としての最初期から見いだせる。そのため、俊成の長い歌歴の中で本歌取り・本説取りの方法が変遷していることも想定される。しかし、繰り返し『伊勢物語』を取る中で、俊成が培った『伊勢物語』取りとは、景物と心情との結び付きを活かし、特殊なドラマ性を求めるのではなく普遍的心情へと展開すること、また地の文からも詞を取り、章段の内容そのものをも取り入れて和歌一首に再構築することだったと考えられる。冒頭にあげた「夕されば…」歌が俊成にとって終生の自讃歌であった理由としては、そうした方法を自身がいち早く――もしかすれば技法を自覚する以前から――用いたものだったという面もあったのではないだろうか。俊成が新古今時代の『伊勢物語』取りに果たした役割は、単なる措辞や詞の摂取の位相にとどまらず、その章段の内容にまで踏み込み、詞と景を通じての心情描写に重きを置いたこと、その心情描写を特殊な状況から普遍化したものへと展開することにあったと、見通しを立てておきたい。

注

（1）　吉海直人「新古今集の伊勢物語享受」（『日本文学論究』41、一九八一年一一月）

（2）　谷知子『中世和歌とその時代』（笠間書院・二〇〇四年）第三章第四節「「消失」の景――イメージの重層法の形成――」、小林一彦「歌をつくる人々」（『野鶴群芳　古代中世国文学論集』〈笠間書院・二〇〇二年〉所収）、浅岡雅子「「深草の里」の「鶉」をめぐる一考察──俊成自讃歌の影響を中心に──」（『北星論集』44─2、二〇〇七年三月）、本書第五部第一章

（3）谷山茂著作集2『藤原俊成　人と作品』（角川書店・一九八二年）第三章 文学的系譜「業平と俊成」。なお『俊成三十六人歌合』は、俊成真作に疑義が呈されてもいる。松野陽一『藤原俊成の研究』（笠間書院・一九七三年）第一篇第二章第三節「秀歌撰　古三十六人歌合」は、不審を示しながらも一応真作と見なしているが、小沢正夫「俊成の古今集批評」（愛知県立大学『説林』18、一九六九年一二月）・新藤協三『三十六歌仙叢考』（新典社・二〇〇四年）第三部所収「三十六歌仙絵所載和歌」・田仲洋己『中世前期の歌書と歌人』（和泉書院・二〇〇八年）第二部第七章「『俊成三十六人歌合』について」が真作と認定するのに留保の立場を取っている。筆者は、ひとまず俊成真作もしくは俊成の秀歌意識が反映されたものと考えておく。また、俊成真作説を取る樋口芳麻呂『平安・鎌倉時代秀歌撰の研究』（ひたく書房・一九七三年）は、『俊成三十六人歌合』の成立時期を、建久六年をあまり遡らない建久年間と推定している。

（4）峯村文人「幽玄美の形成過程」（『東京教育大学紀要 日本漢学文芸史研究』1、一九五五年六月）

（5）注（3）谷山著書

（6）『歌論歌学集成 第七巻』（三弥井書店・二〇〇六年）「古来風躰抄」補注一一四

（7）錦仁『中世和歌の研究』（桜楓社・一九九一年）第三篇第一章3「構成批評の成立」

（8）渡部泰明『中世和歌の生成』（若草書房・一九九九年）第二章第一節2「引歌と〈一句引用〉の姿」

（9）堀口悟・横井孝・久下裕利編『平安後期物語引歌索引 狭衣・寝覚・浜松』（新典社・一九九一年）参照。

（10）浅岡雅子「「月やあらぬ」をめぐる一考察──新古今期の摂取を中心にして──」（『北星論集』41、二〇〇四年三月）

（11）注（2）の諸論文参照。

（12）『御室撰歌合』判詞が俊成単独判と扱えないことについては、有吉保『新古今和歌集の研究 基盤と構成』（三省堂・一九六八年）第一章Ⅱ「建久後期の歌壇──守覚法親王家五十首・御室撰歌合をめぐって──」、注（3）松野著書第一篇第二章第二節(27)「正治二年御室撰歌合」、田村柳壹『後鳥羽院とその周辺』（笠間書院・一九九八

年）Ⅲ一「『御室撰歌合』の考察――諸本の合点と俊成の批評態度について――」に考察がある。
（13）久保田淳『新古今歌人の研究』（東京大学出版会・一九七三年）第三篇第二章第三節七「御室五十首」
（14）片桐洋一『古今和歌集全評釈（上）』（講談社・一九九八年）133番歌解説
（15）田中まき「藤原俊成の『伊勢物語』享受」（『文林』35、二〇〇一年三月）参照。『五社百首』の118番の第四句は、底本（冷泉家時雨亭文庫本）「雨そほろふる」だが他本により校訂した。
（16）金子彦二郎『平安時代文学と白氏文集 句題和歌・千載佳句研究篇』（培風館、初版・一九四三年、増補版・一九五五年）
（17）安井重雄『藤原俊成 判詞と歌語の研究』（笠間書院・二〇〇六年）Ⅱ第七章「俊成判詞の影響力と規制――源重之歌一首の享受をめぐって――」
（18）日本古典文学大系74『歌合集』（岩波書店・一九六五年）所収「慈鎮和尚自歌合」の谷山茂による補注に、六条家の「さくらがり」に関する言説が、詳しく挙げられている。なお「さくらがり…」歌は『古来風体抄』勅撰集抄出歌に採られているが、左注で「さくらがり」について特に言及は無い。
（19）俊成が自詠の表現意図を歌合判詞によって明らかにし、さらにそれが後進歌人に影響を与えている建久期後半の詠作・判詞の例は、建久六年（一一九五）『民部卿家歌合』にも見いだせる。

　　久恋　廿三番　左　　　　皇太后宮大夫入道

ふりにけりとしまのあまの浜びさし浪間に立ちもよらましものを

　　右　　　　　　　　　　少納言法印

むかしより心づくしに年はへぬ今はしらせよあふのまつばら

左歌、「はまびさし」といへり。彼「浪間よりみゆるこじまのはまひさぎ久しくなりぬ君にあはずして」といふ歌は、『万葉集』にも宜しき本と申すにも、多くは「久木」とぞ書きて侍るを、郢曲などにうたふ歌に、「はまびさし」とうたふにつきて、歌絵などに、あまの家などを書きて「久し」とかくなり。されば「ひさぎ」ぞ正説には有るべき。但、「はまひさぎ」は久しくなりて朽ちもうせにけん。あまのしほやなどのひさしは、今もこじまにも有るものなり。一説につきて、ことさらよめるなるべし。又

『万葉集』にも、「楸」とはかかず、「久木」とかけるなり。少しは覚束なきことなるべし。（中略）左歌は古事取りすぐしてもみえ侍れど、是も判者に事よせて不レ加レ判、夫是非定は判者の群義にあるべし。

判詞でも言及があるように、俊成歌の本歌は『万葉集』の「浪間従(ナミマヨリ)　所見(ミユル)少嶋(コジマ)之(ノ)　浜久木(ハマヒサギ)　久成奴(ヒサシクナリヌ)　君尓(キミニ)不相四手(アハズシテ)」（巻十一2753寄物陳思、底本第四句「成奴」、諸本により校訂／『古今和歌六帖』第六4313ひさぎ／『拾遺集』恋四857）である。俊成自身にも、「我恋は浪こすいそのはまひさぎしづみはつれどしる人もなし」（『長秋詠藻』314「おなじ院の御会に、思不レ言恋といふ事を」）という旧作があり、「久木」が正説であることは熟知していた。なおこの本歌は、『伊勢物語』一一六段にも取られているが、第三句は「浜びさし」となっている。『万葉集』を重視する六条家からの反論が出ることを予測して、『伊勢物語』を証歌として提出することもできたはずだ。しかし、「久木」は久しい時を経て朽ちてしまうものであり、自分はここでは、「久し」を掛詞にしながらも、年が経ても小島に残っているものとして「ひさし」を用いたのだと述べる。「浜ひさぎ」ではなく「浜びさし」と詠んだ理由を、詠作内容と詞の連繫から主張している（この判詞については、注（3）松野著書第一篇第二章第二節(24)「建久六年正月二十日民部卿経房歌合」にも詳しい）。なお「浜びさし」についての言及も、やはりこの『民部卿家歌合』以後、新風歌人に影響を与えたらしく、多くの作例が見られる。用例は多いが、以下、「浪(ナミ)間従(マヨリ)…」を本歌取りした例に限って、歌集と歌番号を掲げておく。『壬二集』484、同1831、同1973、『拾遺愚草』1075、同2042、同2910、『式子内親王集』284、同1144、『正治後度百首』577家長。

中でも『千五百番歌合』で、後鳥羽院の「はまびさし久しくもみぬ君なれや逢ふ夜をなみの波まなければ」（恋三2550千二百七十六番・左・持／『後鳥羽院御集』486）に対して、顕昭は以下のような判詞を付けている。

左歌は『万葉』に、「なみまよりみゆるこじまの浜ひさぎひさしくなりぬ君にあはずして」と侍歌に、常には「浜ひさぎ」とよみ侍べきを、『伊勢物語』もしは『雑芸集』などにあるひは「はまびさし」とかける本も侍につきて「はまびさし」ともよむことの侍るに、ひとへに『万葉』を本として「みゆるこじまのはまひさぎ」とよみつゞけ侍らんときは、左右に及侍らず。たゞ「浜びさし久」とばかりつゞけられん時は、「はまびさし」くるしみ侍まじ。「ひさぎ」にても「ひさし」にても心にまかせ侍べし。「浜びさし〳〵」とては、いますこしなびやかにいひくださるゝかたも侍ぬべし。（下略）

対象が後鳥羽院であるからだろうか、「久し」に続けるのであれば「浜びさし」であってもよいと、批判するというよりは、俊成の『民部卿家歌合』判詞に寄せた意見を述べている。

(20) 注(13)久保田著書、佐藤恒雄『藤原定家研究』(風間書房・二〇〇一年)第七章第一節「御室五十首の草稿『春之歌十二首』」、兼築信行「宮内庁書陵部蔵『京極黄門詠五十首和歌』――『軸物之和歌写』の原巻を復元する――」(『国文学研究』77、一九八二年六月)、同「〈影印〉宮内庁書陵部蔵『京極黄門詠五十首和歌』」(『研究と資料』7、一九八二年七月)同「藤原定家『御室五十首』草稿について」(『国文学研究』79、一九八三年三月)

(21) なお本五十首には、もう一首の『伊勢物語』取りがある。「又もこん秋のたのむのかりがねもかへるはおし(を)きみよし野の春」(『御室五十首』256春)であり、これは『伊勢物語』一〇段を踏まえている。但し、俊成の歌論書・判詞で特に言及が無いため本論では触れなかった。

(22) 注(2)谷著書第五章第五節「『艶詞』試論」

(23) 注(15)田中論文

第三章　「源氏見ざる歌詠みは遺恨の事也」考

――歌語「草の原」と物語的文脈――

はじめに

『六百番歌合』の女房すなわち良経の詠「見し秋をなにゝのこさん草の原ひとつにかはる野べのけしきに」（505冬部・十三番・枯野・左）に対する俊成の判詞は、『六百番歌合』の膨大な判詞の中でも最もよく知られたものである。

右方申云、「草の原」聞きよからず。（略）

判云、左、「何に残さん草の原」といへる、艶にこそ侍めれ。右方人、「草の原」難申之条、尤うたゝあるにや。紫式部、歌詠みの程よりも物書く筆は殊勝也。其上「花の宴」の巻は殊に艶なる物也。『源氏』見ざる歌よみは遺恨事也。（略）左歌、宜、勝と申べし。

この判詞は藤原俊成が、『源氏物語』が歌人にとって必読の書であるという旨を宣言し、その後の和歌における『源氏物語』の位置づけを決定的なものにした著名なものである。

さて、俊成がここで「草の原」の典拠として指摘するのは、『源氏物語』花宴の以下の場面である。

……ほどなく明けゆけば、心あわたたし。女は、まして、さまざまに思ひ乱れたる気色なり。（源氏）「なほ名のりしたまへ。いかでか聞こゆべき。かうてやみなむとは、さりとも思されじ」とのたまへば、

（朧月夜）うき身世にやがて消えなば尋ねても草の原をば問はじとや思ふ

と言ふさま、艶になまめきたり。（源氏）「ことわりや。聞こえ違へたるもじかな」とて、

（源氏）「いづれぞと露のやどりをわかむまに小篠が原に風もこそ吹け

わづらはしく思すことならずは、何かつつまむ。もし、すかいたまふか」とも言ひあへず、……

宮中の花宴の後、弘徽殿の細殿で光源氏と女君（朧月夜）が逢瀬を持った後朝、名乗りを求める光源氏に対して朧月夜が和歌で返す。〝つらい私の身がこのまま消えてしまったとしたら、あなたは探し求めて墓所までは訪れてくださらないと思います〟の意で、「草の原」は墓所を意味する語である。「草の原」は後にも、女君と交換した扇を見ながら、源氏が「「草の原をば」と言ひしさまのみ心にかかりたまへば」と女君を思い返す場面にも登場する。

俊成が判詞で「艶」という評語によって良経歌を評価し、それが『源氏物語』花宴巻にある「艶になまめきたり」を背景にしており、『源氏物語』の持つ情趣美や物語の文脈を含んだ和歌表現に対するものであることは、先学[1]によって縷々論じられてきた。また、「源氏見ざる歌詠みは遺恨の事也」という激しく感情的な物言いで、「草の原」を批判した方人を非難している背景としては、六条家への対抗意識や美福門院加賀哀傷歌との関わりが指摘されている。

これらについては一旦措き、俊成判詞について注意されるのが、良経の詠歌意図と齟齬がある点である。良経詠の背景にあるのが、『源氏物語』花宴巻よりも、直接には以下の『狭衣物語』の場面と和歌であることが、早くに谷山茂(2)によって指摘されている。『狭衣物語』巻二冒頭である。

物思ひの花のみさきまさりて、みぎはがくれのふゆくさは、いづれともなき中に、あるにもあらぬお花のもとの思ひぐさはなを（ほ）よすがとおぼさるゝを、むげにしもにうづもれはてぬるは、こゝろぼそく思しわびて、
（狭衣）たづぬべきくさのはらさへしもがれてたれにとはましみちしばのつゆ

谷山は、朧月夜詠を「面影にしているであろう」「詞としては源氏物語の歌に証拠をもっているわけである」とした上で、良経がこの狭衣詠を「より直接的な本歌としているかもしれない」と述べている。冬の「霜枯れ」た「草の原」の情景も季節感も、波線を付けた箇所と共通しており、良経詠が朧月夜詠より狭衣詠に近似することは明らかだ。『六百番歌合』の冬部「枯野」の設題から、初冬の場面の狭衣詠を引き寄せたと考えるのは自然であり、狭衣詠との近似に気づくと、むしろ『源氏物語』朧月夜詠へと直結させた俊成の判詞に対して違和感を覚える。

以下、歌語「草の原」について、『源氏物語』花宴巻と『狭衣物語』という二つの典拠をめぐって、俊成の意識と良経の意図のずれという観点から検討したい。

一、作り物語から和歌へ

俊成は「草の原」という詞の典拠として『源氏物語』花宴巻を指摘した。まず、「草の原」の『六百番歌合』以前の例を検討することで、歌語としての形成過程をたどる。

そもそも、「草の原」を墓所の意味で用いる例は、『源氏物語』朧月夜詠までしか遡りえない。用例も『源氏物語』以前にはほとんど見いだせず、先行する例は次の一首のみである。

紫の野辺のゆかりの君により草の原をも求めつるかな　（『宇津保物語』蔵開上・朱雀院后宮）

「紫のひともとゆゑにむさしのの草はみながらあはれとぞ見る」（『古今集』雑上867読人不知「題しらず」）を踏まえたもので、この「草の原」は紫草の生える武蔵野を意味している。墓所の意は含まれていない。

但し、『源氏物語』以後の作り物語には、「草の原」は朧月夜詠を踏まえて用いられる。『狭衣物語』以外にも使用例が散見する。(3)『風葉集』哀傷623～625の三首には全て「草の原」が詠まれている。

一条院かくれさせ給へりけるに、冷泉院の一品宮とぶらひ給へりければ
　　　玉もにあそぶの一条院女一宮
ありとてや人のとふらん消えはてし露もとまれる草のはらかは　（『風葉集』哀傷623）
弘徽殿女御わづらひ侍りけるに、御ここちもれいならで遣はされける
　　　袖ぬらすの女院

とどまらば草の原までとはましをあらそふ露の哀なるかな　（同624）

宣旨なくなりて後、女院にまゐりてよみ侍りける

おなじ太政大臣

有りしよのくさのはらぞとみるからにやがて露とも消えぬべきかな　（同625）

特に623番歌の出典である散逸物語『玉藻に遊ぶ』が、『狭衣物語』の作者と目される六条院宣旨による点に注目される。また624・625番歌の出典である散逸物語『左も右も袖ぬらす』も、『物語二百番歌合』の後百番歌合に取られており、『玉藻に遊ぶ』と同時期の成立と推定されているものである。すなわち、いずれも『源氏物語』と『狭衣物語』の間に成立した作り物語なのだ。この三首は『風葉集』哀傷部に採られており、詞書が示す場面状況も誰かの死後（623・625）または死を予兆した状況（624）で詠まれている。623は娘が父の死を悼んで、624の場合は女性同士のやり取り、625は人物関係が不分明だが、やはり女性が亡くなったことを詠む内容である。必ずしも過去に愛し合った相手に限定されず、親しい相手・親愛の情を持った相手の墓所と捉えるのが適当だろう。

作中和歌ではないが、『浜松中納言物語』巻五にも以下のように用いられている。

かくてありと中納言のきゝつけ給はぬほどに亡くなり果てばや。さてのち、くさの原を尋ね給はんほどのあはれ、さりとも、あさくはおぼさじ。（後略）

式部卿宮にさらわれた吉野姫君が、〝そうと中納言に知られないうちに死んでしまいたい、その後、中納言が自分の死悼んで墓所を訪ねてくれるだろう〟と考える場面である。

『源氏物語』以後の作り物語の中で、「草の原」は〈親しかった人物の墓所〉を意味する歌語として定型的に用いられていたことが確認できる。そして「草の原」が、さらに限定的に〈愛した女性の墓所〉の意味を示したのが、『狭衣物語』の「たづぬべきくさのはらさへしもがれてたれにとはましみちしばのつゆ」だった。これは行方不明になった飛鳥井女君の死を覚悟しつつ、彼女の「草の原」を尋ねたいという点で、朧月夜詠とは違い、物語内の現実において〈愛した女性の墓所〉をはっきりと指し示している。乾澄子が(4)「その詠歌状況は、『源氏物語』をふまえているものの、仮定であったことを現実化してとらえ直すというように、発展的な継承が見られる」、さらに後藤康文が(5)「このことばが歌語として深化してゆく過程で狭衣歌の担った役割には、まさに画期的な意味があったと考えるべき」と指摘するとおりである。『源氏物語』から『狭衣物語』への過程で、「草の原」には、単なる〈親しかった人の墓〉というだけでなく、〈愛した女性の墓〉というより限定された文脈が付与されたのである。

このように作り物語の中では「草の原」が墓所の意で繰り返し用いられたが、一方、現実世界における詠歌の中ではほとんど用いられていなかった。勅撰和歌集に「草の原」が登場するのは『新古今集』を待たねばならず、それ以前の用例としても、藤原実定の以下の二例を見るのみである。

いかにせんかくてきえなばつゆのみのくさのはらにもゝえじものかは（『林下集』206「恋廿首よみしに」）

兵衛やまひにわづらひて、申おくりたりし
きえはてんくさのはらまでとはずともつゆのあはれはかけむとすらむ（『林下集』290）

実定(6)は俊成の甥にあたり、一一三九年生、一一九一年没で、一一一四年生の俊成と一一六九年生の良経の中間の世代にあたる。「いかにせん…」歌は、〝どうしようか。このまま死んでしまったら、この露のように儚い身は草の原の墓所で燃えないものであろうか、そんなはずはない〟と、恋死にして墓所で火葬される我が身を想像する内容である。花宴巻の朧月夜詠を、朧月夜の思慕に焦点を当てて詠みなしたと解せる。「消え果てん…」歌は、上西門院兵衛が病にあった時に贈ったもので、〝あなたがお亡くなりになったら、あなたが消え果ててしまうだろうお墓までは訪れないとしても、哀れを感じて露のような涙は掛けますよ〟の意である。あなたが死んでも墓までは訪れない、という冷淡にも思える内容は、実定と兵衛が「たはぶれにおやこなど申しやくしたる人」（『林下集』331左注）と記す程に親しく、また兵衛が実定より約三十歳年長であったことを顧みると、〝自分とあなたは恋仲にあったわけではないから〟という意を含んでいるのだろう。どちらも死を予感しつつ墓所を「草の原」の語で表現している。

このように「草の原」という歌語は、作り物語の表現において〈親しい相手の墓所〉または〈愛した女性の墓所〉という物語的文脈を示す詞として機能していた。この点を思量すると、『六百番歌合』において右方人が『草の原』聞きよからず」と難じたのは、谷山茂が指摘する「おそらく「草の原」という言葉が、ただ先行勅撰集に見られなかったため、あるいは先蹤のあることに気づかなかったからであろう。「草の原」は墓場を意味するので忌々しい詞だというような固定観念はまだできあがっていなかったであろう」という理由が妥当だと考えられる。新日本古典文学大系『六百番歌合』脚注が「「草の原」というと、墓所を暗示するようでよくない」とする程には、「草の原」は墓所という意味を取れるまでに〈物語外〉の和歌の世界に行きわたった詞でなかったからである。

但し、「草の原」の詞は、作り物語から現実の和歌へと広がりを見せ始めていた。それとともに、作り物語ではすでに定型化していた〈親しかった人の墓所〉の意も、『狭衣物語』という決定打を経て〈愛した女性の墓所〉

の意で、現実の和歌においても、――物語を愛好する歌人の間という限定は付くが――共有可能な表現だったのである。

二、美福門院加賀哀傷歌

前節で検討した、作り物語における「草の原」の使用と定型化、およびそれが現実の和歌でも共有可能となり始めていたという観点から、俊成自身の詠作についても検討する。俊成の「源氏見ざる歌詠みは遺恨事也」という強い物言いの背景に、『六百番歌合』の直前、建久三年（一一九二）二月十三日に亡くなった愛妻・美福門院加賀への哀傷歌があることは、寺本直彦(8)によってつとに指摘されている。

又法性寺墓所にて
おもひかね草の原とて分きても心をくだく苔の下哉　（『俊成家集』179）
草の原分る涙はくだくれど苔の下にはこたへざりけり　（同180）
苔の下とゞまる玉もありといふゆきけん方はそことをしへよ　（同181）

妻の死という現実的な体験を、『源氏物語』の作中人物の悲しみに重ね合わせることによって表現する俊成の方法は、先行研究(9)においても注目されてきた。

179・180番歌にはともに朧月夜詠「うき身世にやがて消えなば尋ねても草の原をば問はじとや思ふ」に見える「草の原」の語が用いられている。但し朧月夜詠の「草の原」は、光源氏と朧月夜が一夜を過ごした後朝に詠まれた歌であり、物語内の二人の状況とは関わらない、想像上の世界にすぎない。朧月夜が「やがて消え」ることはなかったし、光源氏が「草の原」を訪ねることもない。俊成詠と花宴巻の距離は、朧月夜詠が詠んだ仮定を現実化したもの、すなわち、愛した女性が亡くなった後に、その墓を訪ねずにはいられないという行動によって自らの愛の深さを証明する、という意味において埋められる。

しかし、「草の原」という詞に、花宴巻のみを背景にしてそこまでの意味を取れるかというと、疑問が残る。渡部泰明[10]は「朧月夜の君のいう「草の原」は、「長恨歌」の世界が引き寄せられたことによって一瞬浮かび上がり、すぐに消え去っていった、いわば幻影であった。俊成は、そういう幻影として物語内に現れた死の表象を、現実の妻の死に引き寄せたのである」と指摘する。渡部が言う「「長恨歌」の世界」とは、上野英二[11]が指摘する、「楊貴妃非業の地に、浅茅を配し、風をあしらい、玄宗がそこを訪れる季節を秋とする」理解が形成されたという、「長恨歌」の日本的な受容の展開の上に「草の原」もあることを指す。さらに高柳祐子[12]も、加賀哀傷歌が「六月つごもり」に詠んだ歌群の後に配列され、秋の初めの出来事であることが暗示されている点から、「草の原」を訪れるという行為が玄宗と重ね合わされていると論じている。愛した女性の墓所を訪れるという行為が「草の原」の詞に表象される上で、「長恨歌」から『源氏物語』に受け継がれた物語世界が意識されているということである。

但し「草の原」が歌語として用いられる上で、『狭衣物語』も典拠として意識されるものだった。それを示すのが、次の『千五百番歌合』恋三の「草の原とへば白玉とればけぬはかなの人の露のかごとや」（2551通具、千二百七十六番・右・持）に付された顕昭判詞である。

右歌は、『源氏の物語』には「うき身よにやがて消なば尋ねても草のはらをばとはじとや思」、『狭衣物語』

には「たづぬべき草のはらさへ霜枯てたれにとはまし道芝の露」。（下略）

顕昭はここで、「草の原」の典拠として『源氏物語』ならば朧月夜詠、『狭衣物語』なら狭衣詠、と二首を挙げている。どちらが典拠なのか断言せず二首を並記しているのは、どちらの可能性もあると保留しているのだろう。または、「草の原」という歌語の中に、『源氏物語』から『狭衣物語』への展開を看取しているとも考えられる。

後代の記述ではあるが、頓阿『愚問賢注』で「本説をとる事、詩の心をもよめり。又、漢家の本文勿論歟。源氏・狭衣の詞又子細なきをや」と述べた後に、俊成の『六百番歌合』判詞を「源氏見ざらん歌よみは口惜事」という本文で引いて、「しからば源氏の詞など幽玄ならんをも本歌にはとるべきをや（下略）」という質問がある。それに対する二条良基の答えに「蓬生の『本の心』、狭衣の『草のはら』、目なれて侍歟」とあるのに注目される。寺本直彦(13)はこの『愚問賢注』の記述から「その本歌である源氏物語の「うき身世に」にまして狭衣の「尋ぬべき」の歌がもてはやされていたことを物語っているようにも思われる」と指摘している。付言すると、良基は本歌として最も頻繁に用いられる作中和歌として、『源氏物語』なら蓬生巻の光源氏詠「たづねてもわれこそとはめ道もなく深き蓬のもとの心を」、『狭衣物語』なら「尋ぬべき…」を挙げているのだ。「尋ぬべき…」は単なる先例ではない。『狭衣物語』を代表する作中和歌であることを強調しておく。

俊成も「草の原」の背景に『狭衣物語』を意識しなかったとは考えづらい。俊成自身も十九〜二十歳頃の『為忠家初度百首』において、『狭衣物語』の当該場面を踏まえた「あかなくにおきつるだにもあるものをゆくゑ（へ）もしらぬみちしばのつゆ」（620恋・後朝隠恋）を詠んでいた。さらに、俊成の『狭衣物語』取りの和歌は、生涯にわたって飛鳥井女君関連の場面から集中的に取られており(14)、飛鳥井女君譚に関心が高かったことを示している。

俊成が「草の原」の典拠として『狭衣物語』ではなく花宴巻を指摘する理由として、花宴巻への特別な関心や、

『源氏物語』を歌人にとって必読の書として位置付けるという意図が指摘されているが、[15]俊成と『狭衣物語』の関わりという面からはほとんど考究されてこなかったと思われる。俊成が『狭衣物語』を摂取した和歌は寺本直彦[16]により指摘されているが、当該判詞については久保田淳[17]が「狭衣の歌に気付かなかったとは考え難い」という以上の言及はなされていない。しかし、俊成が『狭衣物語』に寄せた関心や、狭衣詠「尋ぬべき……」が後代に与えた影響の大きさを考えると、積極的な意味を狭衣詠に介在させてよいのではないかと思われる。それを裏付けるのが、「法性寺の墓所にてよめる」の詞書を持つ哀傷歌の三首目である。

三首目の「苔の下とゞまる玉もありといふゆきけん方はそことをしへよ」（181）の結句が『源氏物語』桐壺巻の桐壺帝詠「たづねゆくまぼろしもがなつてにても魂のありかをそこと知るべく」を踏まえていることを、寺本が指摘している。但し先行研究では指摘されていないが、この「そこと教へよ」は、より直接には『狭衣物語』巻二の狭衣詠「うきふねのたよりにゆかむわたつみのそことをしへよあとのしらなみ」に依拠している。しかもこの歌を踏まえて、俊成は『為忠家初度百首』で「おきつなみそことをしへよくれはつるとしのとまりにわれもとまらん」（556冬・舟中歳暮）と詠んでいる。主題は恋ではないが、歌題から「舟中」における詠である点と「波」を詠んでいる点が狭衣詠と一致し、恋人の行き着く先を年の果てへと転換したものである。

狭衣詠は、出家の願いを抱きながら高野・粉河参詣に向かう狭衣が、紀ノ川の豊かな水量を見ながら詠んだ歌である。巻一で誘拐された飛鳥井女君の詠「行方なく身こそなり行けこの世をば跡なき水のそこを尋ねよ」[18]「よせかへるを（お）きのしらなみたよりあらばあふせはそことつげもしてまし」に呼応する形で、入水した女君を思い詠んだものだ。「そこと教へよ」とは、川の「底」に「其処」を掛け、入水した飛鳥井女君の行方を問い掛ける表現である。この狭衣詠の「そこと教へよ」も、かつて愛し、今は亡き女性の行方を尋ねる表現である点が桐壺帝詠と共通する。[19]但し、桐壺帝詠が「幻」すなわち幻術士の存在を求め、幻術士がいたならば〝魂のありかがどこかを知ることができるだろうに〟と詠んだのに比べると、狭衣詠は「そこと教へよ」と、直接的に相手の行方を求める。また飛鳥井女君の夢告による「行方なく…」への答歌として、女君の願望に寄り添う形で「そこと教へよ」と詠んでおり、愛した女性の魂に対する呼び掛けとなっている。

『狭衣物語』の狭衣詠では〈死者の在処〉を指す「そこ」であるが、愛した女性の死後の行方を求めるという点から、俊成はこの「そこと教へよ」を桐壺帝詠と重ね合わせる形で用いたのだ。さらに桐壺帝詠もまた、「長恨歌」を踏まえたものである。それぞれの詞が持つ『源氏物語』から『狭衣物語』への発展的継承を踏まえながらも、『源氏物語』さらには「長恨歌」へと遡る形で用いるという意識があったと考えられる。

つまり、この「法性寺の墓所にて」の詞書を持つ哀傷歌三首における「草の原」「そこと教へよ」は、ともに『源氏物語』から『狭衣物語』に継承され、物語の文脈において〈かつて愛し、今は亡き女性の墓所または居場所〉を求める詞なのだ。俊成は、それぞれの詞の背景に一連の物語で継承されてきた文脈を意識しながら詞を使用しており、その意識は『六百番歌合』判詞の背景にもあったと考えられるのである。

三、俊成の読解と新風歌人の「草の原」

但し、『六百番歌合』判詞において俊成が、典拠として『狭衣物語』ではなく『源氏物語』を挙げる上で、「艶」という評語が用いられている点は看過できない。俊成が良経の「草の原」に花宴巻の作中和歌における意味、また物語的文脈を含んで読解・鑑賞し、評価していることを示すからである。花宴巻が良経詠に直結しないとしても、俊成としては、『源氏物語』を始発として作り物語において形成された「草の原」の物語的文脈を読み取った上で読解し、またそのような読解に導くように判詞を付したのだろう。

俊成の読解については、渡部泰明[20]の論が最も詳細である。渡部は俊成が「何に残さむ」を評価していることに着目した上で、以下のように読み解いている。

「（かつて見た花花の咲き乱れる美しい秋の名残を）何に残すだろう、この草の原は」という解になる。しかし、『源氏物語』花宴巻を提示され、それを前提に一首を読むように促されてみると、読み手はいやおうなく、既往の日々を求めあぐねて草の原に佇む人物を想定することになり、「残さむ」をその人物の行為として捉えることもできるようになる。この場合ならば、「残さむ」は「名残としてしのべばよいのか」というほどの内容になるであろう。（中略）この「なにに残さむ」には、霜枯れ一色となった風景の中に華やかな秋の幻影を追う、一途な心の傾斜が籠められていることはまちがいなかろう。愛しみ合った人への思いは、かつて馴れ睦んだ野辺への思いへと転ぜられている。それがもはや得られないものであるだけに、昔日の心の昂揚がいっそう痛切に身に迫ってくる――。作中人物の思いを強調し、以上のような読みに導こうという俊成の意志を感じるのである。

渡部の読解に付け加え、俊成のように「草の原」が墓所、しかも〈かつて愛した女性の墓〉であるという前提に立つと、「見し」とは単純に「見る」の意だけではなく、恋人と逢瀬を持ったことまで含意すると読める。また、喪失感の中で草の原（墓所）を探し求めて野辺をさまよう主人公の姿を描き出すことになる。そして、特に花宴巻を背景に置くならば、墓所を探し求める主人公の行動こそが、生前の恋人の望みに沿う、愛情の深さを表すものにもなるだろう。

以上を踏まえ、俊成の理解に立った現代語訳は〝かつて私があの人と愛し合い、ともに見た美しい秋の風景の記憶を何に残すのだろうか。草の原――今は亡きあの人の墓は、枯色一色に変わってしまった野辺の景色の中では区別も付かなくなってしまった〃と試訳しておく。

但し、こうした俊成の「草の原」の理解および読解が、良経の詠作意図とずれるものであったことを、すでに谷知子[21]が指摘している。谷は良経の「草の原」の他の使用例二首（後掲）を検討した上で、良経が「草の原」を「むしろ、色とりどりの草花が咲き乱れる草原を表現することばとして用いていたのではないか。そしてその色が失せたために野辺が一色になってしまったという、野辺の色の変化に歌の眼目はあるのではないか」、「藤原良経の『六百番歌合』枯野題の歌における「草の原」は、『源氏物語』花宴巻の用例とはかなり隔たった意味を持つことばであると思う」と結論づけている。

谷の指摘を踏まえ、さらに良経詠の背景と意図を探りたい。良経詠に先行する新風歌人の用例は、以下の二例がある。

閑居百首（文治三年冬）・秋

草のはらをざゝがするもつゆふかしを(お)のがさま〴〵秋たちぬとて　（『拾遺愚草』337）

初心百首（文治五年頃）・秋・虫

草のはら夜ぶかききりのしたつゆをわれのみわけてまつむしのこゑ　（『壬二集』52）

特に定家詠は、『源氏物語』花宴の光源氏の答歌「いづれぞと露のやどりをわかむまに小篠が原に風もこそ吹け」を合わせて取っている。また第四句は「いままでに忘れぬ人は世にもあらじおのがさまざま年の経ぬれば」（『伊勢物語』八六段）から取ったもので、物語の詞をちりばめ、それを結句「秋立ちぬとて」に収斂させる構成である。『伊勢物語』八六段は、好意を抱き合いながらも親に憚って別れ、その後、何年も経った後に男から女に詠んだ歌である。「おのおの親ありければ、つつみていひさしてやみにけり」という状況は、光源氏と朧月夜が、対立する家の状況により別れを余儀なくされる点と共通している。恋人同士が家の事情により引き裂かれ、亡くなってしまった相手の女性の墓所を訪ねてゆくが、小篠に露が深く置いてはいても、もはや露を吹き散らす風もなく、噂にもならない。めいめいに秋は立っている――そうした悲恋の情景を秋の景色に含ませたものであると一応解することができる。しかし、ここでその解釈を妨げるのが、定家詠には「問ふ」「尋ぬ」の語が無い点である。

後世の言ではあるが、『正徹物語』の記述が参考になる。正徹は朝霜題の自詠「草の原誰に問ふともこの頃や朝霜置きて枯るとこたへん」を挙げ、これが狭衣詠の本歌取りであると自注し、また朧月夜詠も「草の原」の典拠として挙げている。そして「霜がれはそこともも見えぬくさのはらたれにとはまし秋のなごりを」（『新古今集』冬617俊成卿女「題しらず」）を挙げた後に、以下のように記す。

かやうに皆「草の原」には「問ふ」といふ事をよみたり。これらは皆「問はまし」といへるを、今は「誰に問ふとも」と引き替へたるなり。（『正徹物語』111）

狭衣詠だけではなく、朧月夜詠を並記しているのは、先述したように、「草の原」の背景に朧月夜詠から狭衣詠への発展的継承を指摘しているのだろう。その後、『新古今集』歌を挙げ、「草の原」には「問ふ」という詞をともに詠むのだ、と説明している。

これは朧月夜詠から狭衣詠へ受け継がれたのが、「草の原」だけでなく「問ふ」もであり、この二つを共に用いることで、本説取りであること、そして本説に基づく物語的文脈を喚起しうることを示している。「草の原」が単なる草原ではなく墓所であると意味するのは、そこを訪れる人の存在が不可欠である。墓所を訪れるという行為が亡き人への愛情と哀悼の心の深さを示すからである。

それを顧みると、定家詠には「問ふ」が用いられていない。それに代わる「分く」「尋ぬ」も無い。また、死を象徴する表現も無い。それゆえ、亡き人の墓を探し求め訪れるという要素が見いだせない。朧月夜詠と光源氏詠に詞として密着しているのは確かだが、物語の文脈をあてはめて読んでよいのかどうか決め手が無い。読もうと思えば物語的に読めるが、基本的には叙景歌であると読んでなんら問題は無いという両義的な歌になっている。むしろ、定家歌の新しさとは、直接には秋と結びつかない本歌三首を取りながら、物語的文脈に沿って読ませる決定的な要素を省き、本歌の詞を秋の風情ある情景として再構築した点にあると思われる。

『源氏物語』『狭衣物語』の文脈から距離を置いた用い方は、『松浦宮物語』での作中和歌「草の原影定まらぬ露の身を月の桂にいかがまがへん」（巻二・鄧皇后）にも共通している。これは氏忠が夢うつつの中で逢った女に「手に取ればあやなく影ぞまがひける天つ空なる月の桂に」と、女と皇后の相似を詠んだのに対する返歌であり、贈答の眼目は皇后に譬喩される「月の桂」に置かれている。「草の原」はそこに置く露のはかなさと「月の桂」を対比するために詠まれた詞であり、墓所の意を取ることはできない。

次の家隆詠は、「草の原」を「分けて」という詞は確かに用いられている。光源氏詠と共通する「分く」が用いられているものの、その目的は結句「松虫の声」にある。「草の原」に置く「露」を「分けて」来るという行動は、確かに花宴巻の贈答歌を思わせるが、そこに詠まれているのは、あくまで秋に虫の声を求める行動なのだ。「草の原」の詞を用いてはいても、そこに墓所の意を取るのは困難で、また「露」は草・原の縁語として一般的である。家隆詠もやはり、『源氏物語』に由来する詞をちりばめながら、物語の文脈を離れて秋の叙景歌に用いるという方向性が認められる。

良経に先行する新風歌人の「草の原」の用例はこの二例であるが、『源氏物語』の文脈に密着しない点に注目される。定家や家隆は「草の原」が『源氏物語』に典拠を持つ詞であることを熟知しながら、それを秋の叙景へと転じる方向性を打ち出していた。乾澄子は中世和歌において、歌語「草の原」の多くが「〔くさはら〕そのものを意味し、「虫の音」「露」「風」などと結びついて、秋から冬への叙景歌の中に多く詠み込まれている」こと、さらに「これらの「草の原」は特殊な意味（たとえば、死のイメージをともなうといったような）を持ってはいない、一般性のある歌語だと思われる」と指摘する。この「草の原」の性格は、意図的に『源氏物語』の文脈から離れようとする方向性のもとに形成されたものだった。乾が「『源氏物語』、『狭衣物語』が共有の体験としてその基盤にあったからこそ、諒解のもとに「草の原」という語に抒情を感得できたとも考えられる。さらに、そこから『源氏物語』や『狭衣物語』に直接に寄りかかった形ではない。独立した歌語としての「草の原」の成長ということも重要であろう」[22]と論じるとおり、物語に典拠を持ちつつも、その文脈から離れた用い方をする点に、新風歌人の挑戦はあった。「草の原」に〈愛した女性の墓〉の意を積極的に持ち込むと、朧月夜詠または狭衣詠の物語的文脈に過度に依存することになり、和歌としての自立性を保てず[23]、また用いる場面も限定されるという問題意識が存在したのかもしれない。

良経詠は、定家・家隆と同じ路線にある。詞としては明らかに物語作中和歌を踏まえながら、詠出するのは冬の草原の風景である。物語的文脈に基づく読解を求める決定的な詞を詠み込まず、物語から外れて叙景歌を構築しようとしたと考えられる。良経は「見し秋を…」で、定家・家隆が『源氏物語』花宴巻に依拠して詞を取ったのを、『狭衣物語』の「草の原」へと転換した。詞の上では『狭衣物語』に密着しつつ、霜枯れた冬の野辺の景の中に、かつて見た秋の景色を幻視するという二重構成に主眼があったと考えられる。

谷は、以下の良経の「草の原」の他例二首、

院句題五十首（建仁元年九月）／野径月

ゆくすゑはそらもひとつのむさしのにくさのはらよりいづる月かげ　（『秋篠月清集』秋部976）

秋のくれに（詠歌年次不明）

ながめのすゑばの丶べはうらがれてくさのはらよりかはるいろかな　（同・秋部1266）

を挙げ、良経が「草の原」を墓所の意ではなく、秋の風情漂う草原の意で用いていると論じている。『六百番歌合』の後も「草の原」を草原の意で用いるのは、定家・家隆も同様である。定家と家隆の他例を、詠歌年次順に掲出する。

【定家】

正治元年左大臣家冬十首歌合／山家夜霜

ゆめぢまで人めはかれぬくさのはらをきあかすしもにむすぼ丶れつ丶　（『拾遺愚草』冬部2435）

院句題五十首（建仁元年）／月前草露

草の原月のゆくゑにをくつゆをやがてきえねと吹嵐哉　（『拾遺愚草』1866）

建暦二年十二月、院よりめされし廿首／恋

草のはらつゆをぞ丶でにやどしつるあけてかげ見ぬ月のゆくゑに　（『拾遺愚草』1975）

建保五年韻字百首／春／節属煙霞風景好、香袂細馬互相尋

世にしらぬおぼろ月夜はかすみつゝ草の原をば誰かたづねん　（『拾遺愚草員外』615）

【家隆】

御室五十首（建久九年）／秋

くさのはらひかりも露もひとつにてはわけの月にぬるゝそでかな　（『壬二集』1666）

正治初度百首（正治二年）／秋

いつしかとさびしかりけりくさのはらけさふくかぜに秋やきぬらん　（同436）

建暦二年仙洞廿首歌奉し中に、冬歌

くさの原もとよりあとはなけれどもなを(ほ)あらましのにはのしらゆき　（同・冬部2567）

建暦三年内裏歌合、冬歌

草のはらかれにし人はおともせであらぬと山のまつのゆふぐれ　（同・冬部2583）

為家卿家会百首／秋

くさのはらくるゝよごとのあきかぜに人をやたのむ松むしのこゑ　（同1287）

定家の「世に知らぬ…」のみが「朧月夜」「誰か尋ねん」と、明らかに花宴巻および朧月夜詠に沿った詠み方をしているが、他は秋から冬の叙景に主眼が置かれている。「世に知らぬ…」は建保五年（一二一七）の詠で、定家の用例の中で最も後のものである。それ以外は、物語的文脈における墓所の意味を敢えて含ませない方向で用いているのだ。

この傾向は、定家・家隆・良経の三者に共通するが(24)、ここには、俊成の『六百番歌合』判詞に対する三者の反応も看取できる。つまり、俊成は「草の原」を『源氏物語』に典拠を持つ歌語として用い、読者も物語的文脈を読み込むべきであると考えた。しかし、定家・家隆・良経は、物語に典拠を持つ歌語であるという権威と情趣を担保しつつ、敢えて物語的文脈から離れた新鮮な歌語として使おうという意図を持っていた。物語的文脈に過度に依存せず、しかし物語的背景を揺曳する断片化した詞として「草の原」を使おうとする姿勢を、『六百番歌合』以後も崩さなかったのである。

結びに

広く捉えれば、『六百番歌合』で顕在化した俊成の物語への傾斜は、新風歌人たちの物語に対する関心の深化を促し、それを取り入れる表現技法の開拓への方向性を推進するものだった。おそらくは、俊成自讃歌「夕されば野べのあきかぜ身にしみて鶉鳴なりふか草のさと」（『千載集』秋上259）を物語に密着する形で自注を付けた『慈鎮和尚御自歌合』判詞も[25]、建久期に物語との密着へと向かう俊成歌論のあり方と無関係ではない。

しかし「草の原」を〝草の生い茂った野原〟の意の新しい歌語として用いようとする良経および定家・家隆の狙いと、「草の原」とは物語の文脈に沿った歌語である（もしくは、あるべき）と考える俊成の間には齟齬がある。良経の意図は、狭衣が眼前の景としていた邸の庭から、題の「枯野」に沿って「野辺」へと舞台を移し、より広大な場面を設定して、霜枯れた野を表現するために「草の原」を用いるところにあった。俊成の判詞によって、良経詠を物語的文脈で読解するという方向付けがなされたために、良経自身の意図とは異なる解釈が施された点は否定しえない。但し、良経歌（定家・家隆歌も同様に）が詞・情景を物語に依拠しており、物語的文脈に沿って読解することが可能な、両義的な側面を持つのも確かだ。

ここには、本歌取りという技法の持つ問題が内包されている。本歌取りとは、読者の知識や理解に依存して成立する技法であるという点である。そのため、読者がどのように理解し、読解するか——何を本歌・本説と認識し、さらにはどこまで歌の背景に本歌・本説の文脈を読み取るかは、作品が読者を獲得した時点で、読者に委ねられる。俊成や正徹など、自詠の意図を別の機会に開陳した歌人もいるが、そうしたケースは稀だ。とはいえ、作者・良経の意図とは異なるとしても、俊成の読解を単なる誤読・深読みとは断じえない。当時、「草の原」を叙景の詞として再生しようとした試みが新風歌人たちにあったとしても、物語的文脈を含んで良経歌を読むことは、俊成以外にも、物語に親炙した読者であれば充分に可能だったからである。

作品が作者から切り離され自立したものとして解釈・読解の歴史を築いてゆくことは、文学作品の必然である。本歌取りを研究する立場としては客観的・論理的に読み解き解釈することが必要不可欠であるのは言うまでもない。しかし本歌取りとは、読者の状況・歌論・本歌本説への思い入れが解釈の揺らぎを招く相対的なものであることを、「源氏見ざる歌詠みは遺恨の事也」は照射しているのである。

注

（1）峯村文人「源氏物語と藤原俊成の歌論」（『小樽商科大学人文研究』1、一九五〇年）、久保田淳『新古今歌人の研究』（東京大学出版会・一九七三年）第二篇第三章第一節「源氏物語評論」、小西甚一「源氏物語と新古今的表現」（『むらさき』12、一九七四年六月）、上條彰次『藤原俊成論考』（新典社・一九九三年）第一章第一節「藤原俊成の『源氏物語』受容」

（2）日本古典文学大系74『歌合集』（岩波書店・一九六五年）「（六）建久四年六百番歌合（抄）」補注（中世篇）四五「草の原」

（3）乾澄子『源氏物語の表現と展開——寝覚・狭衣の世界——』（翰林書房・二〇一九年）Ｉ第二部第六章「物語

と和歌――『源氏物語』花宴巻の「草の原」を手がかりに――」、久下裕利『物語の廻廊――『源氏物語』からの挑発』（新典社・二〇〇〇年）Ⅱ六「イメージ言語「草の原」について」、斎木泰孝「うつほ物語から狭衣物語へ（上）――「道芝の露」と「草の原」をめぐって――」（『安田女子大学紀要』27、一九九九年二月）参照。

（4）注（3）乾著書。以下、乾の論はこの論文による。

（5）後藤康文『狭衣物語論考――本文・和歌・物語史』（笠間書院・二〇一一年）第Ⅲ部3「『浜松』は『狭衣』のあとか」脚注4

（6）なお『長秋詠藻』354には「おなじ人の十首の題の中、恋二首」の二首目に「寄源氏名恋」題が見える。この「おなじ人」とは352番詞書にある「左大将」すなわち実定を指す。実定が源氏物語巻名を歌題としたことを示しているが、同題の歌林苑十首歌会との関連が問題となっている。注（1）久保田著書第二篇第二章六「好士達の諸会」、松野陽一『藤原俊成の研究』（笠間書院・一九七三年）第二篇第四章(3)「実定家十首会」、和歌文学大系『長秋詠藻・俊忠集』（川村晃生校注、明治書院・一九九八年）204番脚注参照。

また『原中最秘抄』の聖覚奥書にも、『水原抄』成立に関わった人物として実定が挙げられている。曽沢太吉「原中最秘鈔聖覚の奥書について」（『国語と国文学』45―3、一九六八年三月）、田坂憲二『源氏物語享受史論考』（風間書房・二〇〇九年）第五章一五「中世源氏物語享受史の一面――『原中最秘抄』を中心に――」参照。こうした点から、実定が『源氏物語』に強い関心を持っていたのは確かと考えられる。

（7）森本元子『私家集の研究』（明治書院・一九六六年）第四章「上西門院兵衛とその背景――平安末期女流の活動に関する一試論――」

（8）寺本直彦『源氏物語受容史論考』（風間書房・一九七〇年）前編第一章第一節六「俊成の源氏物語に対する本歌取の歌」

（9）藤平泉『新古今時代後期和歌表現の研究』（武蔵野書院・二〇二三年）第三部6「新古今時代の哀傷歌（三）――美福門院加賀哀傷歌と『源氏物語』――」、渡部泰明『中世和歌史論――様式と方法』（岩波書店・二〇一七年）第三編第四章「『源氏物語』と中世和歌」、高柳祐子「中世和歌の哀傷表現――建久四年（一一九三）美福門院加賀哀傷歌群に見る死と生」（『死生学研究』9、二〇〇八年三月）

（10）注（9）渡部著書
（11）上野英二「長恨歌から源氏物語へ」（『国語国文』50―9、一九八一年九月）
（12）注（9）高柳論文
（13）注（8）寺本著書前編第一章第七節三「新古今時代における源氏物語の本歌取の情況」
（14）俊成に限らず、全般的に『狭衣物語』を取った和歌は飛鳥井女君譚が関わる歌の影響が大きいことは、注（5）後藤著書第Ⅱ部6「『狭衣物語』作中歌と中世和歌」に指摘がある。
（15）注（1）久保田著書。なお、判詞で『狭衣物語』に言及されなかった点については、濵本倫子「歌合における『狭衣物語』摂取をめぐって」（『清心語文』5、二〇〇三年八月）に、公の場の判詞で証歌として用いるには『源氏物語』のほうが説得力があると考えたためと指摘がある。
（16）注（8）寺本著書前編第一章第二節一「源氏物語およびその他の物語に基づく和歌」
（17）注（1）久保田著書
（18）底本として使用した伝慈鎮筆本にはこの歌無し。日本古典文学大系本に依る。
（19）野村倫子「飛鳥井女君をめぐる「底」表現――流離と入水の多重性――」（『論叢狭衣物語3引用と想像力』〈新典社・二〇〇二年〉所収）に、桐壺帝詠との関連が指摘されている。
（20）渡部泰明『中世和歌の生成』（若草書房・一九九九年）第二章第三節「艶と六百番歌合」
（21）谷知子『中世和歌とその時代』（笠間書院・二〇〇四年）第二章第二節「良経と「草の原」」。以下、谷の論はこの論文による。
（22）作り物語作中和歌にも「むしの音も秋はてがたの草の原かれはの露はわがなみだかも」（『風葉集』秋下358風につれなきよしのの院「だいしらず」）のように叙景歌に用いた例がある。『風につれなき』は鎌倉時代成立の物語であり、新風和歌以後の「草の原」の叙景表現を踏襲したものと考えられる。第一節に挙げた哀傷歌の「草の原」が平安時代後期成立の作り物語に集中しているのと対照をなしている。
（23）松村雄二「源氏物語歌と源氏取り――俊成「源氏見ざる歌よみは遺恨の事」前後――」（『源氏物語研究集成』14〈風間書房・二〇〇〇年〉所収）が、物語取りの和歌が物語の文脈に過度に依存する危険性について指摘している。

(24) ちなみに慈円の用例は「霜がれのしづがあらたの草の原春なつかしき色をまつ哉」(『拾玉集』2936送佐州百首)の一例のみ。これも叙景歌で、墓所の意は取れない。

(25) 本書第三部第一章参照。

第四部　新古今的表現と本歌取り

第一章　本歌取りと時間
――藤原良経の建久期の詠作から――

はじめに

本歌取りが技法として成立するためには、歌人たちが古歌（および物語・漢詩文）を古典として定位し、規範とする意識が必要である。古典の詞・心を取ることが、単なる模倣ではなく、確かな技法として積極的に称揚される上で、古歌とは既知のものであり、共有されるものでなくてはならない。但し、そこで考えたいのが、本歌取りがその基底に、古典に対する憧れ、古典を王朝文化の理想として捉える意識を強固に有するものである、という点である。本歌取りがペダントリーにとどまらず、中世和歌の表現技法の核であり続けたのは、古典が単なる教養や知識ではなく、規範・理想として創作の源泉であったためである、とひとまず考えられる。

本章では、古典を核として新たな和歌を創出する上で、歌人たちの「現在」までの時間の流れを、新古今時代の本歌取りの中でどのように表現しているか、という問題を考えたい。そこで本章では、和歌の特徴として〈古〉への関心や憧憬が指摘される藤原良経[1]の和歌表現の展開の上から、その問題を考察する。本歌取りが最も端的に用いられる歌枕詠を中心とし、また「昔」[2]という詞をはじめとする時間表現を鍵として、良経の詠作に見られる歴史意識や時間意識、その表現方法を通じて、新古今的表現における本歌取りの深化を考察する。

一、「花月百首」冒頭歌

良経の家集『秋篠月清集』百首愚草の冒頭に置かれる「花月百首」は、次の一首から始まる（以下、歌集名を示さない歌は『秋篠月清集』所収歌）。

昔誰かゝるさくらの花をうへ（ゑ）てよしのをはるの山となしけむ　（1花月百首・花）

「花月百首」は建久元年（一一九〇）九月に、良経が主催したものである。その前年、文治五年冬から歌会の主催を始めた良経にとって、本格的な歌壇始発を飾る、記念碑的な詠作であった。それ以前にも良経は百首歌を詠んでいたと考えられるが（文治三年句題百首）、百首愚草を「花月百首」から始めたのは、自らが自発的に和歌に取り組み始めたこの「花月百首」から、自身の詠歌を並べたかったという意識があるのだろう。そうした記念碑的な「花月百首」の冒頭が、ここに挙げた一首なのである。この歌は、「花月百首」の翌年もしくはその次年に編纂された私撰集『玄玉集』に採られ、更には後年『新勅撰集』（春上58）にも入集している。良経自身、建久九年（一一九八）成立の『後京極殿御自歌合』や、建久末年『三十六番相撲立詩歌合』にも自撰していることから、自信作であり、また自分の歌歴の上でも記念となるべき詠であったものと考えられる。

この歌は、吉野山の桜の起源を問うている。吉野山では平安時代、吉野修験道が隆盛を迎えた。吉野修験道の人々は、吉野山の原始林を切り払って桜樹だけを残し、桜を植え足して育成した。吉野修験道の神木である桜を植林することで、蔵王堂を中心とする吉野修験道の根拠地は桜の美林となったのである。(3) 良経は、春、桜の咲く吉野山を眼前にして、桜樹を植えた修験者たちの存在を想起する。「昔誰……けむ」という疑問形は、見ぬ世の人々へ思いを馳せるとともに、見事な景を作り出した人々への感嘆の念を表しているのだろう。単に眼前の景を詠むに留まらず、その背景にある歴史意識を包含して詠まれたものである。

さて、この1番歌について、その発想源や表現の形成過程を考えたい。この歌には、先行歌が影響を与えていることが指摘されている。(4) 特に「岩戸あけしあまつみことのそのかみに桜を誰か植初けん」（『御裳濯河歌合』1一番・左・持／『西行法師家集』605(5)「みもすそ川のほとりにて」）については、「花月百首」が同年春に入寂した西行を回顧する情に基づいた企画であること、吉野山とは西行が住み花を愛でた場所であること、西行歌が自歌合『御裳濯河歌合』冒頭歌であることからも、良経が強く意識しながら詠んだものであるのは確かであると考えられる。(6) 但し、一首に表出する歴史意識を表現する上で重要な「昔誰……けむ」については、俊成、特に「花月百首」の直前、同年春に詠まれた『五社百首』からの影響が顕著であると考えられる。

a　むかし誰うへ（ゑ）はじめてか山ぶきの名をながしけんゐでの玉水　（『五社百首』19伊勢・春・款冬）

b　むかし誰宇治の網代をうちそめていまもこゝろを人によすらむ　（同165賀茂・冬・網代）

aの井手の玉水は「かはづなくゐでのやまぶきちりにけりはなのさかりにあはまし物を」（『古今集』春下125読人不知「だいしらず」）を、bの宇治川は「物乃部能（モノノフノ）　八十氏河乃（ヤソウヂガハノ）　阿白木尓（アジロキニ）　不知代経浪乃（イサヨフナミノ）　去辺白不母（ユクヘシラズモ）」（『万葉集』巻三264「柿本朝臣人麿従二近江国一上来時至二宇治河辺一作歌一首」／『新古今集』雑中1650）をそれぞれ本歌として、山吹・網代を景物として有する。俊成も、良経歌と同様に、井出の玉水の山吹、宇治川の網代を眼前にしながら、それは誰が始めたものであるのか、歌枕の本意として定着している景物の起源を問うている。(7) そして、a「名を流しけむ」——今に至るまで著名であり続けるのか、b「今も心を人によすらむ」——今なお人々の心を捉えるものとなっているのかと、それが人の心を感動させるものであり続けていることを詠む。

なおこの『五社百首』には、「昔」を用いる歌枕詠が他にも散見する。

c ひれふりし昔をさへやしのぶらんまつらの浦をいづる舟人　（『五社百首』91伊勢・雑・海路）

↓　大伴佐提比古郎子、特被二朝命一、奉二使藩国一、艤棹言レ帰稍赴二蒼波一、妾也松浦［佐用嬪面］、嗟二此別易一歎二彼会難一、即登二高山之嶺一、遥望二離去之船一、悵然断レ肝黙(黯)然銷レ魂、遂脱二領巾一麾レ之、傍者莫レ不レ流レ涕、因号二此山一曰二領巾麾レ之嶺一也、乃作歌曰

得保都必等(トホツヒト)　麻通良佐用比米(マツラサヨヒメ)　都麻胡非尓(ツマゴヒニ)　比例布利之用利(ヒレフリシヨリ)　於返流夜麻能奈(オヘルヤマノナ)　（『万葉集』巻五871）

d ふりにけるおぼろの清水結あげてむかしの人の心をぞくむ　（『五社百首』134賀茂・夏・泉）

↓　良暹法師大はらにこもりゐぬときゝてつかはしける　素意法師

みくさゐしをぼろのしみづそこすみて心に月のかげはうかぶや

かへし　良暹法師

ほどへてや月もうかばんおほはらやをぼろのしみづすむな許ぞ　（『後拾遺集』雑三1036・1037）

e ながをかやおちぼひろひし山里に昔をかけて尋にぞ行　（『五社百首』195賀茂・雑・田家）

↓むかし、心つきて色好みなる男、長岡といふ所に家をつくりてをりけり。（…略…）この女ども、「穂ひろはむ」といひければ

うちわびておち穂ひろふと聞かませばわれも田づらにゆかましものを　（『伊勢物語』五八段）

f難波津はむかしも梅のさきければあまのとまやも風かほ（を）りけり　（『五社百首』307住吉・春・梅）
↓なにはづにさくやこのはなふゆごもりいまははるべとさくやこのはな　（『古今集』仮名序）

いま、矢印以下に本歌本説を示した。これらの歌の「昔」は、本歌本説の時代を示している。ここに詠まれるのは、一貫して「昔」を偲び、古き時代と感動を共有しようとする姿勢である。特に、破線を付したc「昔をさへやしのぶらむ」・d「昔の人の心をぞ汲む」にそれが顕著である。またe「昔をかけて尋ねにぞ行く」は、往古の跡を自身で確認しようとする姿勢を示している。また、このうちa・b・c・dの本歌は、『古来風体抄』万葉集・勅撰集抄出歌に採られ、fは同書巻上にも記される。俊成が自身で名歌と位置づけた和歌を、強く意識しながら詠んだものであることがわかる。

久保田淳(8)は『五社百首』に万葉の古風摂取の跡が著しく、一種蒼古な趣を狙ったのではないかと指摘し、またこの方法が古い神々への奉納和歌であることによると論じている。この傾向が、「昔」の多用にも表れていると考えられる。俊成は神代だけに限らず、本歌本説の時代、すなわち古典の世界を「昔」と示し、「昔」と「今」との間に流れる時間の隔たりを意識しながら、その流れの中に自身が存在することを確認する。それはまた、歴史と自身の関係を問い直す営みでもある。

良経の1番歌は、俊成が『五社百首』で詠んだ「昔」と共通する姿勢を持つ。しかし、こうした俊成と良経の表現の一致について、俊成からの影響だけを強調するわけにはいかない。良経は、「花月百首」に先だって、前年の文治五年（一一八九）十二月「良経邸雪十首歌会」において、やはり同様に「昔」を用いた歌を詠んでいた。

みかさやまむかしの月をゝ（お）もひいでゝふりさけ見ればみねのしらゆき　（冬部1325「社頭雪」）

ここで詠まれる「昔」とは、本歌の「あまのはらふりさけみればかすがなるみかさのやまにいでし月かも」(『古今集』羇旅406安倍仲麿「もろこしにて月をみてよみける」)の時点を指す。本歌に付された長文の左注にも「この歌は、むかしなかまろをもろこしに物ならはしにつかはしたりけるに、……」とあり、「昔」の詞を用いるのは自然な発想であっただろう。「昔の月を思ひいでて」とは、仲麿の詠んだ本歌を想起するのであり、それを追体験するように、同じく「ふりさけ見れば」という行動を取ったということである。〝ここ三笠山で、仲麿が昔に詠んだ月を思い出して、私も同様に振り仰いで望み見てみると、三笠山の嶺に白雪が積もっていた〟の意となる。本歌と同じ行動を取る、それは本歌を追体験することである。その上で契機となったのが、歌枕「三笠山」であり、その景物の「月」であった。

大岡賢典(9)は、良経が過去を想起しそれを心の中で現在と重複させていること、「昔」の一語を中核として美的小世界を構築していることを指摘する。良経の自主的な和歌活動は、「みかさやま…」を詠んだ「良経邸雪十首歌会」から始まる。この歌会は俊成『五社百首』よりも前に催されたものだから、良経の「昔」の用い方は、単純に俊成から影響されたものとみるよりも、それ以前から良経に内包されていた志向によるものと考えるべきであろう。但し、和歌師範である俊成の詠作によって、明確に方法を与えられ、「花月百首」の冒頭歌へと結びついたという過程を想定できる。

二、歌枕の文学的記憶

以後、良経は様々な歌枕において、「昔」によって本歌本説を想起させる歌を詠んでいる。

さるさはのたまもの水に月さえていけにむかしのかげぞうつれる　（67花月百首・月）
↓わぎもこがねくたれ髪を猿沢の池の玉藻と見るぞかなしき　（『大和物語』一五〇段／『拾遺集』哀傷1289人麻呂）
むかしおもふすみだがはらにとりもゐば我もみやこのことゝはでやは　（161二夜百首・寄㆑河恋）
↓なほゆきゆきて、武蔵の国と下つ総の国とのなかに、いと大きなる河あり、それをすみだ河といふ。（略）
名にしおはばいざ言問はんみやこどりわが思ふ人はありやなしやと　（『伊勢物語』九段）
やくもたついづもやへがきけふまでもむかしのあとはへだてざりけり　（289十題百首・神祇）
↓やくもたついづもやへがきつまごめにやへがきつくるそのやへがきを　（『古今集』仮名序）
なにはづにさくやむかしのむめの花いまもはるなるうらかぜぞふく　（503南海漁父百首・春）
↓なにはづにさくやこのはなふゆごもりいまははるべとさくやこのはな　（『古今集』仮名序）

67番歌は、月に照らされた猿沢池の玉藻に、人麻呂と同様、良経も入水した采女の「昔の影」を思い浮かべるのである。161番歌「我も都の事問はでやは」は、私も業平と同様に都鳥に質問せずにはいられないと、業平の都への思慕の強さに共感と理解を示している。業平の行動をなぞるだけではなく、その心情をも共有しようとしているのである。289番歌「今日までも昔の跡はへだてざりけり」・503番歌「今も春なる」は、「昔」と対置される「今日」「今」においても、歌枕は変わらぬ様を示していることを詠む。

文学的な本歌本説だけではなく、歴史を意識したものもある。

せりかはのなみもむかしにたちかへりみゆきたえせぬさがのやまかぜ　（344歌合百首・冬・野行幸）
のこりける志がのみやこのひかりかなむかしかたりしはるのはなぞの　（412治承題百首・花）

344番歌は、直接には「嵯峨の山みゆきたえにしせり河の千世のふるみちあとは有けり」（『後撰集』雑一1075在原行平「仁和のみかど、嵯峨の御時の例にて、せり河に行幸したまひける日」）を本歌取りする。本歌では「行幸絶えにし」と一度絶えた鷹狩りの行幸が、光孝天皇の代になり復活したことが詠まれていた。良経は「行幸絶えせぬ」と、昔から続いていることに重点を置いている。412番歌は、旧都・志賀の桜花を詠む。(10) 天智天皇が天智元年（六六七）に遷都した大津宮は、壬申の乱後、天武天皇の即位とともに廃された。往事の記憶を、桜花に辿ろうとするのが412番歌である。

歌枕の本説や本歌とは、歌枕が有する文学的・歴史的記憶と言い換えることができる。すなわち、良経は歌枕を媒介として、歌枕の文学的・歴史的記憶を共有しようとしているのである。

次の一首は、良経の関心の持ちようが窺われる歌である。

心には見ぬむかしこそうかびけれ月にながむるひろさはのいけ　（334歌合百首・秋・広沢池眺望）

広沢池畔には、寛朝が永祚元年（九八九）に開いた遍照寺がある。遍照寺はこの「遍く照らす」という名から月を連想させるものであり、実際に風流人によって観月の名所となった。(11) 月を浮かべる広沢池を前にしても、良経が見ているのは、目の前の現実の景色ではない。心中に浮かぶ「見ぬ昔」、すなわち自身の体験しない過去を見ているのである。

さてこうした「昔」が詠まれる上で、良経にとって「昔」という時間がいかなるものとして意識されていたのか、ということを考えておきたい。その上で示唆的であるのが、次の一首である。

見ぬよまでおもひのこさぬながめよりむかしにかすむはるのあけぼの　（309歌合百首・春・春曙）

〝自分で見たことのない過去の世にまで思いを残すことのない眺望を目にしてから、「昔」という時間の中へと霞んでゆく春の曙よ〟――難解な歌であるが、このように訳しておく。この一首については、海老原昌宏(12)による詳しい解がある。海老原は、この良経歌には、「見ぬ世」すなわち生まれぬ先の世への無二の信があり、過去に理想の世界を希求していることを指摘する。美しい春曙を眺望した「昔」の一時点、それは得難い体験であった。しかしその美しさを表現する上で比べられるのは、〝絶対的に美しいもの〟という信の置かれた、理想の「見ぬ世」なのである。そしてその「昔」の体験は、時間の経過とともに、理想化された景として、明確な景色ではなく、心中に抽象的な美しさを留めるのみである、というのがこの歌の解であろう。

自身の体験の得難さ、眼前にした美しさを表現するにあたって、良経は理想を「見ぬ世」に置く。この歌における「昔」はあくまでも自身の体験した「昔」ではあるので、他の例とは用い方が異なる。しかし、良経が、まずは自身の過去の体験を観念的に美化し、さらに最大の理想として位置づけられるのが、自身の未だ生まれぬ過去の時代であるという認識が窺われるのである。一連の良経歌は、背景にこのような「昔」「見ぬ世」への憧憬、理想化を置いて考えると、理解しやすい。「昔」によって示される本歌本説とは、単なる過去ではない。理想化された憧憬の対象として位置づけられるのである。

それゆえに注目されるのが、歌枕を媒介として本歌本説と感動を共有しようという姿勢が、屈折を伴って表れたものである。

ものへまかりけるに、あまのかはらといふところをすぐとて

むかしきくあまのかはらにたづねきてあとなきみづをながむばかりぞ　（旅部1475／『新古今集』雑中1654）

詠歌年次は未詳であるが、建久九年（一一九八）成立の『後京極殿御自歌合』に採られていることから、それ以前の詠作であることが分かる。この歌の本歌は、「狩りくらしたなばたつめに宿からん天の河原にわれは来にけり」（『伊勢物語』八二段／『古今集』羇旅418）であり、良経がここで詠む「昔」とは、『伊勢物語』八二段に見られる、惟喬親王や業平が天河原で狩りをし、宴を開いたというエピソードである。〝昔、惟喬親王や業平が遊宴を開いたと聞く、この天河原を私も訪れて……、しかしその天河原に流れる水はもう、昔の跡を留めてはおらず、私はそれを眺めるだけだ〟というのが、一首の歌意である。

但し本説と良経歌の間には、西行の「かりくれし天の川原と聞からにむかしの波の袖にかゝれる」（『御裳濯河歌合』57二十九番・左・持、初句底本「かきくれし」諸本により校訂）を媒介として置くことができる。西行歌も、良経と同様に天河原を訪れ、目の前の景から本説へと思いを馳せる。惟喬親王や業平らが、かつてこの天河原で一日狩りをして暮れを迎えたのだ、という感慨で西行の袖は涙に濡れるのである。

この西行歌と良経歌を比較すると、視点や発想は共通しているが違いがある。西行は天河原の波を「昔の波」、すなわち惟喬親王や業平らと自分を、時間を超えて結び付けるもの、本説の時からずっと絶えることなく存在するものとして捉え、またその点を強調している。しかし良経にとって、その川水は「跡無き水」である。すなわち、本説の時と同様に川は流れていても、その水は決して同じものではない。水は刻々と流れ行き、記憶を留めてはいないものとして捉えられている。天河原の川水に文学的記憶を辿ろうとしてもできない、時間による断絶を詠んでいるのである。[13] 憧憬の対象である本歌本説の世界は、時間の経過とともに失われ、変化するという認識と屈折を詠出している点、良経の天河原詠は西行よりも一歩先を行っているといえよう。また、歌枕を媒介とした本説とのつながり、不変性を強調するのが、これまで取り上げたきた歌枕詠であった。一見、昔も今も変わらないように見えても、時間の経過により、本歌本説の時代とは異なっているのだ、理想とする「昔」と「今」とは切り離されていると詠むのが、この天河原詠なのである。

三、季節の進行と物語時間の経過

歌枕をめぐっての文学的記憶の共有が「昔」の詞に表れていること、またそれは共有することのできない断絶としても表れうることを前節で指摘した。こうした歌枕の「昔」との距離が、天河原詠のように観念的な認識として示されるのではなく、情景描写として表現される和歌が、建久期半ばの詠作から見いだせる。

うつのやまこえしむかしのあとふりてつたのかれはに秋かぜぞふく　（335歌合百首・秋・蔦）

『六百番歌合』（431秋下・六番・左・勝）における俊成判詞は「左、『宇津の山』の『昔の跡』を思出でて、『蔦の枯れ葉に秋風ぞ吹』といへる心、殊に艶に侍べし。仍、左、尤勝とすべし」。後年、『後京極殿御自歌合』（四十二番・左・勝）に採られた際にも、俊成は「左の、蔦のかれ葉に吹らん秋風、いみじく思やられ侍り。勝と可申哉」と同様の判詞を付している。良経は、本説では季節は夏であったのを秋に移し、「宇津の山にいたりて、（中略）蔦かえでは茂り」（『伊勢物語』九段）と青々と繁っていた蔦を枯葉として、そこに秋風を配して季節を表現している。ここで詠まれる歌枕の情景は、本歌本説と同じではない。本歌本説から季節が進行し、景物は変容している。夏から秋への季節の推移という本説の物語内部における時間進行に、本説から良経へという俯瞰的・歴史的な時間の経過が重なり合うという二重性を有している。俊成の評価はこの点に対するものである。

こうした歌枕の季節進行と本歌本説からの時間経過が重ね合わされる表現は、良経だけに見られるものではない。良経の周辺歌人、すなわち、九条家歌壇の新風歌人たちと共有されるものであった。新風表現として歌枕における季節・時間進行を考える上で重要であるのが、335番歌の詠まれた『六百番歌合』の詠進時期の少し後、建久五年（一一九四）に催された「良経邸名所題歌会」の「深草里冬」題詠であったと考えられる。この歌会については、本書第四部第四章でも検討しているので、詳細はそちらに譲り、ここでは要点を述べるに留める。

「良経邸名所題歌会」は、十二の名所を基本的にそれぞれが本意として有する季節や人事と組み合わせて歌題としたものである。その中で「深草里冬」題は、『伊勢物語』一二三段を本説にして、特に〝女〟が詠んだ「野とならばうづらとなりて鳴きをらんかりにだにやは君は来ざらん」を本歌としながらも、本説とは関係なく冬と組み合わせている。この発想には、本説だけではなく、俊成自讃歌として名高い「夕されば野べのあきかぜ身にしみてうづら鳴なりふか草のさと」（『千載集』秋上259「百首歌たてまつりける時、秋のうたとてよめる」）の影響が強い。俊成自讃歌が季節を秋に配しているのを、さらに冬に進めたものである。谷知子は[14]「深草里冬」題詠について、深草里の冬景色には、変身後の〝女〟の姿である鶉も存在していないが、そこには失われたイメージが背後に潜み、単なる冬景色とは異なる二重性があると述べる。さらに、「本歌の季節を転じて取っている」「本歌から時間を推移させることによって、本歌の世界の「消失」を詠んでいる」の二点の特徴を有することを指摘するのである。

本説に見られる景物の消失によって時間の推移を表し、本説の物語からの時間の進行を詠むという技法を、その後、良経は、建久期後半に繰り返し用いている。特に深草里を詠んだ歌をあげる。

ふかくさはうづらもすまぬかれのにてあとなきさとをうづむしらゆき　（冬部1321「深草里冬」）
ふかくさやうづらのとこはあとたえてはるのさとゝふうぐひ（底本脱落す）のこゑ　（409治承題百首・鶯）
ふかくさのうづらのとこもけふよりやいとゞむなしき秋のふるさと　（539南海漁父百首・秋）
秋ならでのべのうづらのこゑもなしたれにとはましふかくさのさと　（631西洞隠士百首・夏）

季節は冬だけではなく、春・夏・秋、様々な季節に置かれているが、いずれの場合も傍線を付した箇所にあるように、鶉は消失している。1321「深草里冬」題詠のバリエーションとして詠まれたものと位置づけられる詠作である。

さて先にあげた、秋の宇津山を詠んだ335番歌や、鶉の消失を詠む一連の深草里詠を、第一・二節で取り上げてきたような歌枕の「昔」を詠んだものと較べよう。良経の初期の詠作から見出せる「昔」への指向、それは〈古〉への憧憬を表す。眼前の「今」の景に「昔」の景を重ね合わせることによって得られる興趣、それは、景の中に文学的な記憶を辿ることであった。「昔」と同じ景を見ることにより得られる共感、一続きの歴史の上に自分も身を置くという認識のもとにあった。「昔」と「今」の断絶を詠んだ天河原詠も、川水が「昔」の跡を留めないものと認識されているが、見ている景色が本説と同じであるからこそ、一見同じでも実は違うのだという悲哀が生まれるのであった。しかし宇津山・深草里詠で主人公が眼前にしているのは、昔のままではなく、季節が進行したことで変容、もしくは消失してしまった景である。変容・消失した景に時間の進行を認め、さらには景の中に本歌本説を二重写しに見ることになる。335番の宇津山詠には、本説の時点を示す「昔」の詞が用いられていたが、深草里詠には直截的な詞は用いられておらず、もっぱら具象的な情景描写によって時間進行が表されている。鶉や深く茂った草は、本説と良経を結ぶよすがとなるはずの景物である。しかしそれらが失われたことで、時間の経過によって生まれた本説との距離・断絶を表しているのである。

そしてもう一点、重要であるのは、新古今歌人たちの「深草里冬」題詠が、季節を後の冬に置くことにより、本説『伊勢物語』一二三段の後日談を表現した俊成歌よりも、さらに物語の時間が進行した様を表すという文脈を持つことである。1321「跡無き里」・409「跡絶えて」・539「いとど空しき」・631「誰に問はまし」は、それぞれ本説の世界をしのぶよすがを失ったという、良経の「今」の視点からのみ詠まれているのではない。物語内部の登場人物の視点から、〝女〟の在処を示すものが無くなった、という喪失感も示している。前節までの歌枕の「昔」を詠んだ和歌では、「昔」から「今」の時間の流れとは、俯瞰的・客観的にとらえる歴史的な時間の経過であった。しかしそれが、歌枕の季節の進行を詠むことで、本歌本説の物語内部における時間の経過としても把握される、という点に注意されるのである。

四、本歌本説の後日談

そこで本節では、本歌本説の後日談という物語的展開の問題について検討する。「昔」によって「今」との対比を詠む歌は、歌枕を伴うものに限らない。本歌取りの中で、本歌の時点を「昔」と表現しながら、本歌の時点を起点として進行した時間を表現する歌がある。

しげきのはむしのねながらしもがれてむかしのすゝきいまもひともと　（240十題百首・草部）

↓　ふぢはらのとしもと（利基）のあそむの左近中将にてすみ侍けるざうしの、みまかりてのち人もすまずなりにけるに、あきの夜ふけて物よりまうできけるついでにみいれければ、もとありしせむざい（前裁）もいとしげ

くあれたりけるをみて、はやくそこに侍ければむかしをゝ(お)もひやりてよみける
みはる(御春)のありすけ(有助)

きみがうゑしひとむらすゝきむしのねのしげきのべともなりにけるかな

（『古今集』哀傷853）

本歌は、秋の深まりにつれて虫の鳴き声が繁く聞こえるようになるとともに、故人が植えた一群の薄も繁り、野原一面と見えるまでになった――故人の形見である薄の繁茂する様に時間の経過を感じ取り、また葬送の野辺を思わせる景色に悲しみを募らせている。

この本歌は、物語の始発からすでに時間が経過した時点で詠まれている。故人が生前に薄を植えた時点が、詞書で「昔」と表されているから、良経の「昔の薄」も、本歌の詞書を踏まえた表現となっている。良経歌は、本歌において進行した時間[15]を、さらに進行させる。秋は一層深まり、季節は冬に近い晩秋である。薄のもとで鳴き声を立てていた虫も、そして薄も、霜枯れてしまった。薄は「繁き野」から、かつて故人が植えた「一群薄」より更に少ない「一本(ひともと)」に戻ってしまっている。繁った薄、そのもとにすだく虫の音は、故人への哀悼の念を掻き立てるものであったが、時間の経過とともに季節は流れ、一本の薄と聞こえない虫の音が、一層深い寂寥感を表している。

さてここで詠まれる「昔」は、第一・二節で検討した歌枕詠のような、後世に生きる人間の視点から詠まれているものではない。本歌の時間の流れの中に自身の視点を据え、その中で継起する物語を体験する登場人物として自身が存在している。建久二年（一一九一）に詠まれた240番歌は、良経が本歌の後日談を詠んだものとしては早いものである。本歌が既に時間の経過を含む内容であるから、本歌取りによって更に時間を経過させるという発想は、生まれやすいものであったのかもしれない。なお240番歌では、「昔」の詞、さらには景物の変化によっ

て表された、物語内部における時間の進行は、その後、建久期後半の詠作では、時間経過を表す別の詞によって示される場合もある。

まきのとのさゝでありあけになりゆくをいくよの月とゝふ人もなし　（429治承題百首・月）

429番歌の本歌は「きみやこむわれやゆかむのいさよひにまきのいたどもさゝずねにけり」（『古今集』恋四690読人不知「だいしらず」）である。ここでは、本歌で詠まれた〝あなたが来るか、私が行こうか、迷っているうちに、真木の戸を鎖さないまま寝てしまった〟という状況が続く様が詠まれる。〝真木の板戸を鎖さないままに有明になってしまった、それが幾夜続いた月であるかと問う人もいないのだ〟——「幾夜」という詞によって、同じ状況の繰り返しが示され、恋人に会えずに過ごす時間が経過する様が詠まれているのである。

ありあけもしばしやすらへいまこむのひとまちえたるなが月のするゑ　（462治承題百首・初遇恋）
いまこむのよゐ（ひ）〳〵ごとにながむれば月やはを（お）そきながつきのするゑ　（556南海漁父百首・恋）

この二首は、「いまこむといひしばかりにながつきのありあけの月をまちいでつるかな」（『古今集』恋四691素性法師「だいしらず」）の本歌取りで、いずれも結句に「長月の末」を置く。〝今行こうとあなたが言ったがために、私は長い九月の夜の有明の月が出るまで待ってしまった〟という本歌から、462番歌は、更に時間が経ち、待ち続けて「長月の末」になってようやく「今来む」と言った人を迎えることができたという展開である。だからこそ、有明の月はしばらくの間、ゆっくりと佇んでいてほしいと詠むのである。556番歌は、不実な約束を信じて待ち続ける内容である。「有明の月を待ち出でつるかな」という本歌に対し、〝一夜の終わりを告げる有明の月が遅いというのか、毎夜待ち続けて、今やすっかり長月の末となったというのに〟という反問である。一夜のみならずその状況が月末まで続く自身の状況を、本歌と対比させて詠んでいる。この二首は「長月の末」という、時間の経過を明示する詞を置くことによって、本歌の後日談であることを明らかにしている。

さて、この462・556番歌を、同じ歌を本歌取りした建久元年（一一九〇）の旧作と比較しよう。

ながめのありあけの月のあけがたをたれまつ人のながめわぶらむ　（99花月百首・月）

同じ本歌を取ってはいても、この99番歌では、「長月の有明の月」を、誰を待つ人がながめわびているのだろうか、と推量して詠んでいる。つまり、恋人を待つ人物を客観的に外側から見ているのである。462・556番歌は、本歌の登場人物の視点から、本歌の物語を継起する。99番歌のように、本歌を客観的に捉え、自身の視点はその外側に置く和歌に比較すると、462・556番歌のように、本歌の主人公の立場で詠まれる和歌は、物語への参入の度合いが高い。俯瞰的・客観的な本歌の把握から、本歌の主人公の視点からの本歌取りへ――それは、本歌が〝かつてあった物語〟〝すでに完結した物語〟である絶対的なものとしてではなく、本歌が、物語の始発点として機能し、物語を継起しうる可塑的なものである可能性を見いだす過程、本歌から「今」への時間の幅を物語的展開に組み込む技法を発見する過程であるとも捉えうる。

建久期前半までの詠作においては、「昔」の詞を用いるもの以外でも、本歌の後日談を詠むものはほとんど見出せない。建久期前半までの良経にとって、本歌本説の世界とは、既に完結した過去のものとして認識され、振り返り憧憬の念で捉えられるものであったと考えられる。歴史的事象として共感する対象ではあっても、自らが参入して物語を創り出してゆくものではなかった。良経が自覚的に本歌本説の物語世界に参入し、後日談を詠む技法を用いるのは、建久期半ばのことであったと考えられる。[16]

紙宏行[17]は、新古今時代の本歌取りにおける時間の推移について、次のように指摘する。

本歌取は、引用の方法であるが、特に、受容・批評を基盤とするという性格を持っている。したがって、そのような特質を持つ引用を方法として創造された新しいテキストは、時間的に先立つプレテキストをも内部に含み込み、新しいテキストそのものが時間的な推移を内在する構造を持つということになる。本歌取は、本歌から時間が推移している、本歌と本歌取歌との間には時間的な幅があるのは、引用の方法としての本歌取の本質的な構造なのである。（中略）新古今の特質として、「物語的」ということも、常に指摘されてきたように思う。もちろん、「物語的」とは、『伊勢物語』や『源氏物語』を取った歌が数多く詠み残されたということではあるまい。「物語的」という特質は、新古今歌の読みの歴史のうちに定着してきたことであるように思われるのだが、本稿の文脈によれば、本歌取歌が時間的な幅を内在する構造を持っているということを指摘したものと言い換えることができよう。

紙は、本歌取りが本質的に時間的な幅を内在する表現技法であることを説いている。[18]私見を加えるならば、本歌取りにおける時間の推移とは、すでに完結した物語を外側から見る歴史的な時間の経過と、物語内部における時間進行とがある。本歌取りが基底に古典への憧憬を有する技法であるからこそ、「昔」から続く歴史の中に自らを位置づけるのが、第一・二節で見てきた歌枕の「昔」を詠んだ和歌だった。歌枕の「昔」を詠む和歌では、自身の視点は、あくまでも本歌本説の時間の流れの外側、本歌本説を客観的・俯瞰的に見る「今」に置かれていた。本歌取りに内在する時間的な幅が、本歌本説の「昔」から良経の「今」へという歴史的時間の経過であったのが、本歌本説の物語内部における時間の経過に展開してゆく。これは言い換えれば、本歌本説から「今」への時間の流れを、物語的な時間の幅として捉えることである。[19]紙の述べるように、時間の推移を内包する本歌取りは、意識的・無意識的に拘わらず、本歌取りが技法として用いられるのと同時に発生したと考えてよいだろう。しかし、本歌からの俯瞰的な時間の進行が、物語内部における時間進行と重ね合わされるという二重性を持つ、本歌本説の後日談としての和歌は、本歌の世界を客観的に外側から捉えるのではなく、そこに積極的に参入しようとする姿勢があるからこそ、表現技法として確立されていったものである、ということも強調しておきたい。本歌の追体験が、「今」に生きる他者としてではなく、本歌の内側から登場人物と同一化した視点から行われる、という自らの視点の置き方の変化、本歌へのより深い参入の姿勢が、物語的な本歌取りを生み出しているのである。

五、「西洞隠士百首」に見る時間経過表現

俯瞰的・客観的な時間経過の表現から、物語内部における時間進行の表現へ、という表現の展開を追ってきた。こうした表現技法が多用され、良経歌における到達点を示すのが、建久末年に詠まれた「西洞隠士百首」である。

ひぐらしのなくやまかげはくれはてゝむしのねになるはぎのしたつゆ　（645西洞隠士百首・秋）

645番歌の本歌は「ひぐらしのなきつるなへに日はくれぬとおもふはやまのかげにぞありける」（『古今集』秋上204

読人不知「だいしらず」）である。本歌が、〝山の陰で暗くなったのを、日が暮れたかと思った〟という内容であったのを、既に日が暮れてしまった中に、萩の下露が虫の鳴く（泣く）涙のように見えると詠んでいる。日中であってもほの暗い山陰が、暮れて更に暗くなった中で、虫の音と萩の下露という涙を喚起させる秋の景物を置き、寂しい情趣を強調している。

645番歌は、一日の中における本歌との時間のずらしであるが、「西洞隠士百首」においては、季節をずらすという方法が多く用いられている。

ゆきてみむとおもひしほどにつのくにのなにはのはるもけふくれぬなり　（619西洞隠士百首・春）

619番歌は、本歌「こゝろあらむ人にみせばやつのくにのなにはわたりのはるのけしきを」（『後拾遺集』春上43能因「正月許につのくにゝはべりけるころ、人のもとにいひつかはしける」）が〝情趣を解する人に見せたいものだ〟と詠んだ春の景色を、〝行って見たいと思いながらも、その季節が過ぎ去ってしまった〟と、無為に時間を過ごした悔いを詠む。季節は同じ春ではあるが、619番歌は春歌二十首の末尾に置かれる晩春の歌で、本歌が詠んだ春の季節は、既に終わろうとしている。

本歌の季節を次の季節まで進行させて詠んでいる歌は、更に多い。

つゆじものおくてのいなばかぜをいたみあしのまろやのねざめとふなり　（656西洞隠士百首・秋）
すみよしのまつのしづえをあらふなみこほらぬうへぞいとゞさむけき　（668西洞隠士百首・冬）

656番歌の本歌は「ゆふさればかどたのいな葉おとづれてあしのまろ屋に秋風ぞふく」（『金葉集』秋173源経信「師賢朝臣の梅津に人人まかりて田家秋風といへることをよめる」）である。初秋を詠んだ本歌から晩秋へと季節を進め、本歌の「門田の稲葉」は露霜の置く「晩稲（おくて）の稲葉」へと変容している。また、本歌では吹き始めた秋風が、すでに「風をいたみ」と激しい寒風に変わっている。668番歌の本歌は、「おきつかぜふきにけらしなすみよしの松のしづえをあらふしらなみ」（『後拾遺集』雑四1063源経信「延久五年三月に住吉にまい（ゐ）らせたまひて、かへさによませたまひける」）である。本歌の「松のしづえを洗ふ白波」が、冬となってはかえって寒々しいと詠む。この二首では、いずれも本歌では涼感や祝意の表現であった景が、晩秋・冬に季節が移り、寒々しさを感じさせるものとなっている。

次の二首は、景物の消失を詠んだものである。

ふるさとのもとあらのこはぎかれしよりしかだになかぬにはの月かげ　（661西洞隠士百首・冬）

しぐれこしとやまもいまはあられふりまさきのかづらちりやはてぬる　（667西洞隠士百首・冬）

661番歌は、「みやぎのゝもとあらのこはぎつゆおゝ（をお）もみかぜをまつごときみをこそまて」（『古今集』恋四694読人不知「だいしらず」）の本歌取りである。冬になって「鹿鳴草」の異名を持つ萩が枯れたため、鹿が鳴かないと詠む。667番歌の本歌「み山にはあられふるらしと山なるまさきのかづらいろづきにけり」（『古今集』神あそびのうた1077とりものゝうた）は、深山に霰が降り始め、外山の正木の葛が色付き始めた時期を詠むものであった。それが、季節が進んで外山にも霰が降る季節となり、正木の葛が散り果ててしまった景色を詠んでいる。二首とも、本歌で詠まれた景物は、季節の進行によって既に失われてしまったのである。

景物の変容・消失は、『伊勢物語』を本説とした次の三首にも詠まれる。

秋ならでのべのうづらのこゑもなしたれにとはましふかくさのさと　（631西洞隠士百首・夏）
↓年を経てすみこし里をいでていなばいとど深草野とやなりなむ
野とならばうづらとなりて鳴きをらんかりにだにやは君は来ざらむ
（『伊勢物語』一二三段／『古今集』雑下971・972）

みよしのゝさとはあれにし秋のゝにたれをたのむのはつかりのこゑ　（648西洞隠士百首・秋）
↓みよしののたのむの雁もひたぶるに君が方にぞよると鳴くなる
わが方によると鳴くなるみよしののたのむの雁をいつか忘れむ
（『伊勢物語』十段）

わかくさのつまもあらはにしもがれてたれにしのばむゝさしのゝはら　（663西洞隠士百首・冬）
↓武蔵野は今日はな焼きそ若草のつまもこもれりわれもこもれり
（『伊勢物語』一二段）

それぞれ、631番歌は秋から夏へ、648番歌は春から秋へ、663番歌は春から冬へと、本説から季節を移している。二重傍線を付したように、消失が詠まれるそれぞれの景物は、物語の内容と深く関わっているものである。深草里の草と鶉は〝女〟が〝男〟を待ち続けることを示すものであった。三芳野の雁は〝女〟が〝男〟を恃みにしていることを訴える媒介であった。武蔵野の草は〝妻〟が籠もる場所であった。それぞれの景物が失われるということは、登場人物の在処が分からなくなり、歌枕と物語を結ぶ媒介が失われることを意味する。その結果、「誰にとはまし」（631）・「誰をたのむの」（648）・「誰にしのばむ」（663）の表現によって、景と主人公とのつながりが断絶してしまったことを詠んでいるのである。『伊勢物語』という物語の作中和歌を本歌取りすると、和歌だけではなく章段全体の内容を踏まえることになる。そのため、通常の和歌の本歌取りよりも物語性が高く、和歌に詠まれた景物も、物語との関連・つながりが深い。それゆえに、これらの『伊勢物語』取りの和歌には、単なる変容ではなく消失が、そして景物との断絶を表す詞が集中して詠み込まれているのではないかと考えられる。また この三首は、単に物語世界の登場人物が、恋人のよすがを失ったことを嘆いているだけではない。物語世界に参入しようとしつつも、参入するためのよすがが失われているがゆえに、同じ歌枕でありながらも追体験することができない良経自身の「今」の視点とも重なり合う。ここでは、物語の後日談としての物語内部の登場人物の嘆きに、良経自身の「今」の悲哀が重ね合わされる。

さて、本節でみてきた本歌取り歌は、本歌から季節をずらすことで、時間を本歌よりも後へ進行させたものである。これらの本歌取り歌には、本歌の景を二重写しにするという効果が有るだけではない。時間の経過によって、景色は無為なまま失われたり、寒々しく荒涼としたものへと変化する。本書第四部第四章でも論じるように、本歌から時間を後へと進める場合、本歌よりも悲劇的・絶望的な段階への移行を示すことが基本である。本歌が喚起されることで、読み手は本歌と比較し、更に暗くもの寂しい景が詠出されていることに気付かされる。こうした本歌取り歌が数多く配列されることで、「西洞隠士百首」の基調は暗く陰鬱なものとなっている。石川一[20]は「西洞隠士百首」の良経の本歌取りについて、「時間の経過によって、本歌の世界を転換させ、全く様相の違った現実を詠出している。しかし、その転換は暗い現実を意識的に演出しようとしており、新しい歌境を創造しようとする態度は欠如していると言えよう」と指摘する。石川の述べる「暗い現実」とは、建久七年（一一九六）に源通親によって引き起こされた建久の政変による九条家の失脚と蟄居を指す。「西洞隠士百首」が蟄居中の失望や怒りを含んだものであることについては、久保田淳以来、諸氏によって指摘・考察されている[21]。それを顧みると、ここで詠じられた四季の景物とは、美しく心を楽しませるものとしてではなく、鬱屈した良経の心情の表現として機能するものであると考えられるのである。

ここで強調しておきたいのは、「西洞隠士百首」で多用されている季節のずらし、景の消失が、建久期半ばから良経および周辺歌人が取り組んできた新風表現であったことである。石川一は「新しい歌境を創造しようとする態度は欠如している」と位置づけているが、筆者は、良経が模索し続けてきた新風表現が、心情表現と重なり合ったところに意義を見出せると考えている。換言するなら、鬱屈し荒涼とした心情を表現するにあたって、本歌からの時間進行と景の変化という、新風歌人に好まれた表現技法が適していたのであり、態度と方法が一致したためにこの技法を多用していると位置づけられるのである。

結びに

建久期の良経の詠作を通じて、「昔」への志向から、時間の経過が物語的展開を有する新古今的表現へ展開してゆく様を辿った。

本歌取りとは、古典の時代への憧憬を基底に有する技法である。歌枕は固有性が強く、歴史意識が最も強く表れる歌語である。そのため、古代との結び付きを感じる上で有効に機能する装置となりうる。歌枕が「昔」を喚起させ、「今」の自分と感動を共有させるものであることを、良経は、俊成と同様に表現していた。しかし、歌枕を媒介として共有される感動ではなく、共有しようとしながらも、時間の経過によって既に「昔」――本歌本説の時代とは切り離されていることを詠むようになったのが、新風歌人の世代であった。

本歌本説との距離は、建久期前半までの良経の詠作においては、歴史的な時間の流れとして意識され、表現されていた。本歌本説の追体験といっても、それは、〝かつて起こった物語〟、換言するならば〝すでに完結した物語〟を振り返り、同じ感慨を味わおうという性質のものであった。しかし、建久期後半に至ると、本歌本説を外側から取るのではなく、その内側へと入り込み、自身を本歌本説の登場人物と同一化して、物語そのものを継起する詠作へと向かわせる。

その際に、景物は、変わらず存在して主人公と本歌本説を結び付けるものではなく、変化もしくは消失した様によって本歌本説との距離を示すものとして機能するのである。しかしそれは、物語的な感興のためだけではなかったのではないか。第二節で取り上げた天河原詠のように、本歌本説の世界は、時間の経過によって自身とは隔たったものであるという認識があり、それを表現しようとする方向性が新古今時代にあることも無視できないのである。「昔」に対する憧憬の強さゆえに、「今」との隔たりを意識せざるをえなかったのも、新風歌人たちの意識であった。

本歌取りが新古今的表現、および中世以後の和歌表現において核であり続けたのは、古典を取ることによって自らも和歌の歴史、文学の歴史に連なる身であることを宣言する営みであったからとも言えよう。そのような視点から新古今和歌を見る時、時間の流れを含み詠む和歌が、歴史的時間を詠んだものから物語内部の時間の経過へと展開する様は、本歌本説の〝不変〟から〝変容〟へと表現の軸を移し、一見、本歌本説から遠離ったように見える。しかしその一方で、本歌本説の物語世界へより深く参入しようとする方向性も見出だせる。歴史的・俯瞰的には断絶した過去として、隔たり・断絶を感じつつも、しかしその物語的世界に同一化して寄り添うという、新古今歌人たちの本歌本説に対するアンビバレントな距離の置き方がある。本歌本説を内部から辿り物語を継起してゆく試みも、古典を追体験しようとする姿勢から生まれたものと考えるならば、これもまた古典への憧憬に基づいたものであり、本歌との感動・心情の共有を根底に持つものと考え得るのである。

注

（1）大岡賢典「定家と良経――新古今の前衛と後衛」（和歌文学の世界13『論集 藤原定家』〈笠間書院・一九八九年〉所収）、海老原昌宏「良経と時間」（『日本文学論究』58、二〇〇九年三月）

（2）「昔」の語義については、多くの先行研究がある。望月郁子「イニシヘ・ムカシ考」（『常葉女子短期大学紀要』2、一九六九年一一月）、細川純子「ムカシの意味」（『万葉研究』15、一九九四年一二月）、白井清子「イニシへとムカシをめぐって」（『学習院大学上代文学研究』23、一九九八年三月）、吉野政治「イニシへとムカシの違い――古今集を中心とする考察――」（『同志社女子大学 日本語日本文学』19、二〇〇七年六月）参照。上代においては、「ムカシ」は歴史的過去を、「イニシへ」は経験的過去を指すという違いがあるとされる。但し中世においては、「ムカシ」と「イニシへ」の語義の違いは明確ではなく、和歌における用法も、特に違いを見出せない。経験的過去に対しても、また歴史的過去に対しても、「ムカシ」も「イニシへ」もともに用いられるため、本章では特に「ムカシ」と「イニシへ」の違いを問題とはしなかった。

（3）奥村恒哉『歌枕考』（筑摩書房・一九九五年）所収「歌枕序説 起源と前史」

（4）『新勅撰和歌集全釈一』（神作光一・長谷川哲夫校注、風間書房・一九九四年）は類歌として「いその神ふるの山べの桜花うへ（ゑ）けむ時をしる人ぞなき」（『後撰集』春中49遍昭「やまとのふるの山をまかるとて」）を、和歌文学大系6『新勅撰和歌集』（中川博夫校注、明治書院・二〇〇五年）は参考歌として後撰歌と、本論であげた西行歌をあげている。

（5）久保田淳『新古今歌人の研究』（東京大学出版会・一九七三年）第三篇第二章第三節三「花月百首」

（6）稲田利徳『西行の和歌の世界』（笠間書院・二〇〇四年）第四章第二節「西行と良経」、君嶋亜紀『中世和歌の情景　新古今集と新葉集』（塙書房・二〇二三年）Ⅱ第五章「良経「花月百首」の西行摂取」、大野順子「藤原良経『花月百首』について――初学期における本歌取りの状況を中心として――」（『古代文化』57―7、二〇〇五年六月）が指摘している。

（7）なお『六百番歌合』において、顕昭の「昔誰志賀の山路を踏みそめて人の心を花に見すらん」（141春下・十一番・志賀山越・左勝）に対して、俊成は「左ノ歌、下ノ句は花をを（お）ろかに思たる人もあれとにや侍らん。（中略）

但、なを（ほ）、『家づと』よりは、『昔誰』などいへる姿、左、勝り侍らん」と判詞で評し、勝を与えている。初句に「昔たれ」と置き、歌枕の景物や本意の起源を問い掛けるという表現が、俊成にとって自讃できるものであったことが窺われる。

（8）注（5）久保田著書第二篇第二章第四節六「五社百首」

（9）注（1）大岡論文

（10）志賀の桜を「昔」と「今」を結ぶものとして詠むのは、『千載集』所収の次の二首の影響が強いだろう。

さゞ浪や志がのみやこはあれにしをむかしながらの山ざくらかな

故郷花といへる心をよみ侍ける　よみ人しらず

日吉社の歌合とて人〳〵よみ侍ける時、よめる

祝部宿禰成仲

さゞ浪や志賀の花ぞの見るたびにむかしの人の心をぞしる

（『千載集』春上66・67）

「志賀」が「昔」と結び付いて詠まれるのは、『万葉集』の時代からであった。持統朝の歌人であった柿本人麿は、廃された大津宮を偲んで、「過近江荒都時柿本朝臣人麿作歌」（『万葉集』巻一29）を詠んでいる。なお、この長歌に添えられた反歌のうち、「左散難弥乃　志我能一云、比良乃大和太　与杼六友　昔人二　亦母相目八毛一云、将会跡母戸八」（31）には「昔」の詞が用いられており注目される。但し、人麿歌には、まだ志賀の桜は詠まれていない。志賀が桜と結び付くのは、平安時代に入ってから、「あづさゆみ春のやま辺をこえくればみちもさりあへずはなぞちりける」（『古今集』春下115紀貫之「しがのやまごえに、をんなのおほくあへりけるによみてつかはしける」）に由来する。

（11）広沢池の詠歌史については、安藤美保「「志賀山越」と「広沢池眺望」——六百番歌合四季題の花月——」（『国文』74、一九九一年一月）に詳しい。

（12）注（1）海老原論文

（13）良経の天河原詠について、窪田空穂『完本新古今和歌集評釈 下巻』（東京堂・一九六五年）は「伊勢物語によってあこがれを持たせられた天の川を、実際に見ると、ただ水が流れているばかりだというので、だれもが経験

させられる、いわゆる幻滅のさみしさである」、久保田淳『新古今和歌集全注釈 五』（角川学芸出版・二〇一二年）は「文学名所を訪れて懐古の情に浸っている文学青年の感慨である。風流才子の輩出した『伊勢物語』の時代を憧憬の念をもって偲んでいるのである」と述べている。

(14) 谷知子『中世和歌とその時代』（笠間書院・二〇〇四年）第三章第四節「「消失」の景――イメージの重層法の形成――」

(15) 良経には、同じ本歌を取った建久年間の詠「一むらのむかしのすゝきおもひいでゝしげきのわくる秋のゆふぐれ」（秋部1218「二三句のかみにすへ（ゑ）て秋歌よみける」）がある。これは本歌と同じ時点から詠んだものである。

(16) 注（14）谷著書第二章第一節「「治承題百首」「南海漁父百首」の世界――『新古今集』巻頭歌の生成――」にも、建久期後半の「治承題百首」「南海漁父百首」に、本歌の後日談として詠まれる本歌取りが見いだせることが指摘されている。

(17) 紙宏行「本歌取の表現構造」（『文教大学女子短期大学部研究紀要』38、一九九四年一二月）

(18) 本歌取りにとどまらず、引用のレトリックが時間的な機能を有していることは、宇波彰『引用の想像力』（冬樹社・一九七九年）所収「引用のレトリックと記憶」にも指摘がある。

(19) 内藤まりこ「記憶にないほど古い歌　本歌取りの問題機制」（『言語態』7、二〇〇七年一〇月）においても、〈全き過去〉として捉えられる本歌取りの時間が、空間化・構造化される本歌取り以前の様態であると指摘されている。

(20) 石川一『慈円和歌論考』（笠間書院・一九九八年）Ⅱ第二章第六節「『四季雑各廿首都合百首』――『源氏物語』・俊頼などの受容を中心に――」

(21) 前掲注（5）久保田著書第三篇第二章第三節「南北百番歌合と治承題百首」、寺田純子『古典和歌論集――万葉から新古今へ――』（笠間書院・一九八四年）所収「建久末年の藤原良経――その述懐歌をめぐって――」、片山享「建久期における藤原良経の述懐歌」（『私学研修』96、一九八四年七月）、岡部寛子「建久末年における藤原良経――「西洞隠士百首」雑歌について「詠百首和歌」との比較における考察――」（『富山商船高等専門学校研究集録』29、一九九六年七月）、島内景二「藤原良経の人と歌12――「西洞隠士百首」に残されたもの、消え果てたもの――」（『炸』37、一九九六年九月）、内野静香「良経「治承題百首」「西洞隠士百首」考――九条家失脚を軸として――」（『日本研究』13、一九九九年一一月）、本書第二部第三章

第二章　本歌の凝縮表現
――『後京極殿御自歌合』を中心に――

はじめに

『後京極殿御自歌合』（以下、自歌合と略称）は、藤原良経が自詠二百首を選び出し、それを百番の歌合形式で番えたものである。この自歌合は、部立てを有する点から、秀歌撰の性格を有していることが指摘されている。(1) 自歌合が成立した建久九年（一一九八）当時、良経がそれまで叔父である慈円と率いていた九条家歌壇は、いわゆる建久の政変によって活動を停止しており、また良経自身も篭居中であった。良経がこの時期に自歌合を企画したのは、公の作歌活動が不可能となった中で、それまでに詠んだ歌を集成する秀歌撰を編み、作歌活動に区切りを設ける目的があったものと推測される。

この自歌合には、良経の和歌師範である藤原俊成の判詞が付けられている。建久期の良経の歌に俊成が判詞を付けたものには、他に『六百番歌合』がある。『六百番歌合』判詞は俊成歌論の中でも、質量ともに優れたものであり、新風歌人の表現の特徴を考察する上でも、多くの材料を提供してくれる。本章では、自歌合が、『六百番歌合』で詠まれた歌に、五年の歳月を経て再び判を付けられている点に、特に注目する。『六百番歌合』から

『新古今集』へという和歌史の上で、自歌合はちょうど中間に位置する。『六百番歌合』を経て、新風へ接近する時期における俊成が、良経の表現にどのような評価をしているかを検討し、特に本歌の詞を凝縮する表現について考察するのが、本章の目的である。

一、俊成の加判態度

自歌合の判詞から、良経に対する俊成の評価を探る前に、自歌合という特殊な歌合に、俊成がどのような態度で判詞を付けているかを検討する必要がある。通常の歌合の判詞は、場によって左右され、判に作者の身分や立場が影響する場合も少なくない。判詞とはあくまでも相対的な、極めて場に左右されやすいものである。従って、判詞をそのまま歌に対する絶対的な批評とみなすことは危険である。まず俊成がこの自歌合に、どのような態度で判詞をつけているのかを具体的に分析する。

判詞の叙述の仕方によって分類すると、「この『きよ瀧川の春風』も、かみしも相応して見え侍れど、左の住吉の松風霞に残らん、ことに（殊）や侍らん。仍左を勝と可ㇾ申」（三番判詞）というように、負歌を褒めた上で勝歌を更に褒め、勝負を付けたものが四十八例。また「左の歌『下草も』といへる、すべて始終をろ（お）かなる所なし。右の歌『袖にちる』とをきて、『涙ならはす』といへる末の句まで、いみじくいふ（優）におぼえ侍れば、又勝劣難ㇾ分侍れど、さのみ持と申すも又無念に侍る上に、『なみだならはす』心、いますこし可ㇾ勝哉」（二十五番判詞）と、持にしたいが、敢えて勝負を付けたという体裁のものが七例。負歌に対しても賛辞を与えている例が、百番のうち五十五番にも及んでいる。つまり、負とする際にも、一旦歌の長所を見出そうとしている番が、半数を超えているのである。

こうした俊成の態度を具体的に検証するために、建久期の良経の詠作に俊成が判詞を付けているもう一つの作品、『六百番歌合』の判詞と比較検討してみる。

『六百番歌合』は、良経が企画し、俊成が判者をつとめた歌合である。自歌合の二百首のうち、『六百番歌合』から採られた歌は三十四首で最も多い。つまりこの三十四首について、俊成は二度判を付けているのである。五年の年月を隔てて付けられた判詞に、どのような変化が有るのか、また性格を異にする二つの歌合の判詞の間に、どのような違いがあるかを検討し、それを通じて自歌合の判詞の性格を考察する。

その三十四首の、『六百番歌合』における成績は、勝二十四首、持九首、負一首である。つまり、良経が自撰した作品は、概ね『六百番歌合』で俊成から好評価を受けた作であることが知られる。自歌合の判詞と比較すると、ほとんどの作品については、ほぼ同じ箇所が好評価の対象とされており、大きな問題はない。しかし、『六百番歌合』で俊成が批判を加えた歌も、この自歌合に撰入されている。ここから良経の採歌の基準が、俊成の判にあるのではなく、俊成の判詞を参考にしながらも、自信作であるかどうかの良経自身の判断によることが窺われる。

『六百番歌合』で負になりながら、自歌合に採られている六十九番右については後述する。ここではまず、『六百番歌合』で負になってはおらずとも、俊成が良経の表現について批判を加えた歌に、自歌合ではどのように判詞を付けたかを比較する。

俊成によって批判を受けた表現を含む三例について、それぞれ『六百番歌合』と自歌合の本文を掲出する。

①『六百番歌合』秋中

十八番　秋田　左勝　　女房（良経）

山遠き門田の末は霧晴て穂波に沈む有明の月

右　　　　　　　隆信

夕月夜ほのめく影も哀なり稲葉の風は袖に通ひて

右方、左ノ歌、申二ス宜之由一ヲ。左方、右ノ歌、無二シ可レキ難ズ事一。

判云、左、「有明の月」、右、「夕月夜」、共に哀も深く見え侍によりて、左、「門田の末は霧晴て」といへるわたり、殊に被二レ甘心一セ侍り。「穂波に沈む」や、月の浪に沈むかたは巧みに侍れど、聊不レル可二カラ庶幾一ス之方も侍らん。然ども、「山遠き」とおける五字、殊に深智に見え侍り。尤可レシ為レス勝ト。

『自歌合』

三十四番

左　同（月の歌あまたよみける中に）

雲消る千里の外に空寒て月よりうづむ秋の白雪

右　秋田

山とを（ほ）き門田の末は霧晴れてほなみにしづむ在明の月

此番も、「山遠きかど田の末は」などいへるわたりも心ことばいみじくをかしくは侍るを、(2)又「月よりうづむ」と侍るすがた心、猶勝るべくとや見え侍にや。

二種の判詞を比較すると、まず『六百番歌合』で褒めた上句を、自歌合でも同様に高く評価している。第一句「山遠き」から始まり、その山裾まで広がった田の端の方まで見渡す、詠出された情景の広大さを第一に評価する姿勢は同じである。そして、傍線を付した部分が、俊成の批判を示した箇所である。「穂波に沈む」は、『新編国歌大観』『新編私家集大成』の範囲で先例を見ない、良経の独自表現である。この表現について『六百番歌合』では、月が波に沈んでゆくという趣向の巧みさは評価しながらも、「聊不レ可二庶幾一之方も侍らむ（好ましくない点もありましょう）」と批判した。俊成の批判は、月が波に沈むというだけでも趣向を凝らしているのに、稲穂を波に見立てた上で、その波に月が沈むとは、技巧的に過ぎると判断したと考えられる。この批判は、自歌合の判詞には見られない。

②『六百番歌合』秋下

三十番　暮秋　左持　女房（良経）

竜田姫今はの比の秋風に時雨をいそぐ人の袖かな

右　信定（慈円）

あはれなる身のたぐひとも思来し秋も今はの夕暮の空

右方申云、「時雨を急ぐ」、無レ術。左方申云、不レ悪之由。

判云、両方の「今は」の詞、共に秋を惜しむ心、切成べし。而、左ノ方人は「不レ悪之由」を申、右ノ方人は「無レ術」云々。但、「竜田姫今は」の心の条、秋の内ばかりにやはと覚え侍、如何。右の「秋も今はの夕暮の空」に術ありても覚え侍らぬにや。仍、勝劣可レ不二分明一。

『自歌合』

四十四番

左　暮秋

しげき野は虫のねながら霜がれてむかしのすゝきいまも一もと[3]

右　同

立田姫いまはの心秋かぜに時雨をいそぐ人の袖かな

左の歌、「虫のねながら霜がれて」と侍る上の句、右の歌の、「時雨をいそぐ人の袖かな」といへる下の句、両方共に勝劣なく思侍れば、仍持とすべし。

『六百番歌合』の判詞は、左右ともに「今は」の詞に惜別の心の深さを一旦認めている。しかしその後に批判が続く。傍線を付した「『竜田姫今は』の心の条、秋の内ばかりにやはと覚え侍」とは、秋の神である竜田姫が去って行くのは、暮秋だけに限ったことではないのではないかという批判である。一方、自歌合の判詞は、下句「時雨をいそぐ人の袖かな」を評価の対象としている。この表現は、晩秋に吹く秋風の音を、時雨の音かと聞き紛えて、袖を笠のようにかざして時雨に備えるという意であると解せる。[4] 袖を笠のかわりにするのは、「ひぢかさ雨」という詞があるが、それを王朝歌語の範囲で表現した下句を評価したものと考えられる。しかし自歌合の判詞では、『六百番歌合』で批判を加えた「立田姫いまはの心」にはやはり言及していない。

③『六百番歌合』恋三

六番　顕恋　左勝　　女房（良経）

袖の波胸の煙は誰も見よ君が憂き名の立つぞ悲しき

右　　寂蓮

うとからぬ人こそ今は恨みけれ忍びしほどの心強さを

右申云、左ノ歌、無二シ指セル難一。左申云、親昵、人の心を為レス先ト、恋の心と聞えず。

判云、左ノ歌、上ノ句は宜しく聞え侍を、終の「悲しき」や余りに侍らむ。右ノ歌、左方の難も相当之

上、すべて風体殊なる事無かるべし。以レテ左ヲ為レス勝ト。

『自歌合』

七十番

左　夜恋

みし人のねくたれがみの面影に涙かきやるさ夜の手枕

右　顕恋

袖のなみ胸の煙は誰も見よ君がうき名を立ぞかなしき

「なみだかきやるさよの手枕」、殊に艶に見え侍り。まさると申べく哉。

この歌について『六百番歌合』では、第五句を「余りに侍らむ」と批判している。「余り」とは、表現が大仰で誇張が過ぎていること、表現が極端であることを批判する評語である。俊成の恋歌でも、「悲しき」で終わる例が見られる(5)ので、末句を「悲しき」で結ぶことそれ自体に対する批判ではないと考えられる。新日本古典文学大系『六百番歌合』(6)脚注は、恋人の浮いた名が立ってしまうことに同情を寄せるのではなく、「悲しき」とまで思うのは行き過ぎである、という批判であると指摘している。『六百番歌合』では一応勝を収めているが、自歌合では負とされており、この歌に関しては表現に対する言及すら見られない。

①②③の自歌合の判詞で、俊成はそれぞれ、『六百番歌合』で批判した箇所に関しては言及を避けている。『六百番歌合』での俊成の判は、主催者の良経を他の歌人に比べて優遇しているが、勝負は別としても、良経の表現に対して批判すべき部分は批判している。それと比較すると、自歌合における俊成の判詞は、良経の作品の優れた部分を指摘し、それに対する自分の感慨を述べるに終止している感が拭えない。俊成自身の歌観に立脚して、批評を加えるという姿勢は稀薄である。これは、この自歌合に、元来勝負付が付されてはいなかったと見られることと、共通の理由に依るのであろう。片山享は勝負付けが無い理由を、この自歌合が私的なものであり、また主家九条家嫡男右大臣としての良経への遠慮からであろうと述べている。(7)『六百番歌合』で加えた批判が自歌合判詞に見られないのも、勝負付が無い理由と同じく、自歌合が良経が自信作を自分で選んで番えた秀歌撰であるという性格に配慮した結果と考えられる。

自歌合の判詞から、俊成の良経の詠作に対する率直な批評を探ることは難しい。しかし、触れていないとはいえ、以前批判した表現をやはり同様に好ましくないと感じていたであろうことは、①③を負、②を持と付けていることから窺われる。俊成が良経の歌に対して抱いていた評価は、歌合の勝負から相対的に窺える程度となっているいることを確認しておく。

二、「いつも聞く」歌の本歌取り技法

『六百番歌合』と自歌合の判詞を比較して、注目されるのが、『六百番歌合』で負となりながら、自歌合に採られた唯一の歌である「いつも聞く物とや人の思らむ来ぬ夕暮の秋風の声」の歌である。この歌は、従来から『六百番歌合』で負となりながら、後に『新古今集』に入った歌として注目されてきた。『六百番歌合』と『新古今

集』の間に自歌合が位置しているので、自歌合の判詞も含めて検討することは、良経の表現と俊成の判詞について考察する上で、手がかりになると考えられる。以降、この歌を中心として、この歌に見られる良経の表現、特に本歌取りの技法についてと、それに対する俊成の判詞とを考察したい。

まず、『六百番歌合』の本文を掲出する。

恋六　十七番　寄レ風恋　左　女房（良経）

いつも聞く物とや人の思らむ来ぬ夕暮の秋風の声

右勝　信定（慈円）

心あらば吹かずもあらなむ宵〳〵に人待つ宿の庭の松風

左右共ニ、心得られたり。

判云、「来ぬ夕暮」、何の来ぬ共聞えずや。「秋風の声」も、事新しくや。右の「庭の松風」、宜しく聞ゆ。勝とすべし。

方人は「心得られたり」つまり、左右ともに内容を理解できるとあるが、俊成は第四句「来ぬ夕暮」と第五句「秋風の声」に厳しい批判を下している。

「いつも聞く…」歌は、その後『新古今集』（恋四1310）に入集した。この歌が『六百番歌合』において俊成から批判されていることに注目したのは契沖であった。契沖は、『新古今集』に、以下のように書き入れている。

「秋風の声」とよみ給へるを、判者俊成卿、「秋の声」といひてたれば、「秋風の声」とは読まじきよし難ぜられける故、「松風の声」とは改て入られけるなるべし。しかるに『六帖』に「こひ〳〵て後あふ物と思はずは今はけぬべき秋風の声」(8)

契沖は『六百番歌合』で第五句「秋風の声」とあったのが、契沖が見ていた正保版本の『新古今集』では「松風の声」となっていることから、俊成に批判されたために改作したのではないかと考えた。改作の問題については、後ほど検討する。契沖を初めとして、「いつも聞く…」歌を考察する際に、『六百番歌合』の俊成判詞は必ず言及されるものとなっているが、研究史上、俊成のこの判詞は妥当性が疑われてきた。(9) しかし、この歌に対する俊成の批判は、単なる語句の続け方に対する問題だけではないと考えられるのである。まずは、「いつも聞く…」歌の解釈に再検討を加え、俊成の批判について考えたい。

「いつも聞く…」の本歌は、『古今集』の「こぬひとをまつゆふぐれのあきかぜはいかにふけばかわびしかるらむ」(恋五777読人不知「だいしらず」)である。良経は本歌の、〝来ない恋人を待ちわびながら秋風を感じる〟という場面設定を借りている。

そこに付加した要素として、第二句「物とや人の」があげられる。これは、定家が文治三年(一一八七)「閑居百首」において詠んだ「かへるさのものとや人のながむらんまつよながらのありあけの月」(『拾遺愚草』379恋)から摂取した表現であると考えられる。第三句の「らん」と、末句の体言止めも、両者に共通している。定家歌は女性の立場で詠まれており、〝訪れて来ない恋人を一夜待ち明かした末に眺めている有明の月を、当の恋人は別の女性のもとから帰って来る、その帰り際のものとして眺めているのだろうか〟の意である。定家がこの歌で試みたのは、一つの景物を媒介として、恋人の状況や心境を推し量るという、視線を二つ設定する手法である。その要になるのが、第二句「物とや人の」である。定家が有明の月を見ていたのを、良経は、「秋風の声」を聞く聴覚に転換した。

ここで、従来の注釈書ではほとんど触れられることのない、初句「いつも聞く」に注目したい。諸注釈書では、「いつも聞く」は単に「いつも聞いている」と解され、第四句「来ぬ夕暮」と対応し、「いつも」は恋人が訪ねてくる時を指すと考えられている。一首の歌意は、〝恋人が来ない夕暮れに吹く秋風の声は、常日頃聞くそれよりも、一層わびしくつらく聞こえる〟である。

この「いつも聞く」という表現のもととなったのは、紀貫之の「いつもきく風とはきけどをぎのはのそよぐ音にぞ秋はきにける」（『古今和歌六帖』第六3715、草・をぎ）であると考えられる。この歌は『貫之集』385に「天慶二年四月右大将殿御屏風の歌廿首、秋の風荻の葉を吹く」の詞書で収められている。また、藤原実定が文治六年（一一九〇）『女御入内御屏風和歌』で、「秋、七月　秋風　山野弁人家に秋風吹きたる所荻有」の屏風に「いつもきくふもとのさととおもへども昨日にかはる山おろしのかぜ」（146／『新古今集』秋上288）と、貫之の歌を参考にしたとおぼしき歌を詠んでいる。なお、実定の歌が詠まれた『女御入内御屏風和歌』は、良経の妹・任子が入内する際に詠まれたものであり、良経もこれに出詠しているので、良経は当然目にしていたと考えられる。「いつも聞く」の、良経歌に先行する例は、この二例のみである。

この二首は、〝夏の間聞いていた風の音が、同じ音だと思っていたのに、知らぬ間に秋の風の音となった〟と詠んでいる。つまり夏から秋への季節の推移を、風の音の変化で表現している。これらの表現の背景には、「孟秋之月…涼風至」（『礼記』月令）を初めとして、風によって秋の訪れを感じるという認識、更には、藤原敏行の「あきゝぬとめにはさやかにみえねども風のおとにぞおどろかれぬる」（『古今集』秋上169「あきたつ日よめる」）に表れているように、秋の到来を知らせるのが風の音であるという認識がある。つまり、風の音の違いから立秋を表現している。これらを踏まえて考えると、貫之・実定歌の第一句「いつも聞く」とは、単に「いつも聞いていた」というだけではなく、「夏の間いつも聞いていた」の意味となる。

良経歌における初句「いつも聞く」は、直接は第四句「来ぬ夕暮」と対応して、恋人が来ない夕暮れのわびしさを強調する。「いつも」とは、恋人が訪れて来る時のことを指す。しかし、背景に貫之の古歌を置いた時、第五句の「秋風の声」とも対応して、「夏の間いつも聞いていた」の意を含み、吹いている風が、秋の訪れを告げる立秋の風の音であると暗示しているのではないか、と考えられるのである。第四句との対応も併せて考えると、「いつも」とは、夏の間、恋人が訪れて来てくれ、恋が順調であった頃のことを指す。「秋風の声」とは、夏に吹いていた風とは音が変わった「秋風」に、動詞の「飽き」を掛けて、秋の到来とともに恋人の心変わりを告げるような秋風の音、の意味となる。本歌の「こぬ人を…」は、〝来ない恋人を待つ夕暮れに秋風が吹くと、いったいどのように吹くからといって、こんなにつらいのであろう〟という意であった。良経はこの本歌に「いつもき く風とはきけど…」の貫之歌を合わせ、本歌の「秋風」が吹く時間を立秋に設定したと考えられるのである。

ここで、俊成の批判について考えたい。俊成は、第四句「来ぬ夕暮」を、何が来ないのかが分からない、と述べている。良経の意図としては、本歌の第一・二句「来ぬ人を待つ夕暮れの」の「人を待つ」の部分を、本歌から推測できるとして省略し、「来ぬ夕暮」にその意味を含めた凝縮表現を取った推測できる。その表現を俊成は、詞を省略したために、一首だけを聞いたときには対象が不明確となったことを指摘している。

そして俊成は、第五句「秋風の声」を「事新しくや」と批判している。「新し」は『六百番歌合』判詞において、多くは否定的な価値意識を示す語として用いられており、新味を追求するあまりに新奇な詞となったことを批判する時に使用される。(10)「事新しくや」と批判された「秋風の声」に、「こひこひてのちあふ物と思はずはいまはけぬべき秋風の声」(『古今和歌六帖』418あきの風)の先例があると指摘したのは、先掲の契沖であった。俊成にとっては、先例の有無に関わらず批判した理由があったと見られるが、(11)ともかく良経の「秋風の声」は、まず本歌「来ぬ人を…」の恋人を待ちわびながら秋風を感じる趣向を、秋風を聴覚で感じ取る場面設定に据えること、更に、貫之と実定の歌が第二句から第五句で詠んだ〝荻（または山颪）の風が秋になって音が変わった〟という内容と同じく、秋の訪れを告げる風の音を詠み込み、初句「いつも聞く」と対応させる意図が含まれている。その内容を一句七音で詠んだ結果が「秋風の声」であったのだろう。しかし、その表現が俊成には、新奇な表現と映ったのではなかったか。

特に、俊成の第四句に対する批判は、良経が本歌から詞を省略し、凝縮したために生じた不明瞭さに対する批判だと考えられる。しかし、第四句「来ぬ夕暮の」は、本歌の『古今集』の歌を想起し、それを凝縮した表現であると考えると、決して理解できない表現ではない。「いつも聞く…」の歌が、本歌を凝縮して句を形成しているのは、むしろ進んだ本歌取りの技法といえるのではないか。しかし、その技法が俊成には、斬新すぎる技法として映ったのではないか、と考えられるのである。

その後この歌は、自歌合に採られた。

『自歌合』
六十九番
　左　遇不﹂逢恋
うつろひし心の花の春暮れて人も梢に秋風ぞふく
　右　寄﹂風恋
いつも聞物とや人の思ふらんこぬ夕暮の松風の声
此つがひ又、「心の花に」といひ「物とや人の」などいへるこゝろ、おの〳〵ゆふ（優）にして勝劣分がたし。

仍持とすべし。

第五句が『六百番歌合』では「秋風の声」、自歌合では「松風の声」と本文に異同があるが、これについては後述する。

自歌合の判詞では、俊成は『六百番歌合』に見られた批判を述べていない。自歌合の判詞では、第二句「物とや人の」について、「優」であると述べている。

しかし、最初に自歌合の判詞の性格について検討したとおり、「いつも聞く…」歌に対して、自歌合の判詞では『六百番歌合』での批判が見られないからといって、俊成が以前の批判を翻したのではないと考えられる。自歌合が良経の自信作を集めたものであるという性格に配慮して、以前のような厳しい批判を避けたと推測できる。できるだけ長所を見出そうとする姿勢を取って、第二句「物とや人の」の工夫に対しては好意的に評価できても、やはり第四句と第五句には、以前と同様に好ましくないと感じていたと考えられるのである。

三、凝縮表現

「いつも聞く…」と同様に、本歌を凝縮する表現技法を使用していると見られる歌と、それについての判詞を見てゆこう。

『六百番歌合』冬下の「椎柴」題で、良経は「山里のさびしさ思ふ煙故たえ〴〵立てる嶺の椎柴」(565)と詠んでいる。この歌に対して、俊成は「判云、左、『さびしさ思ふ煙故』といへる、『椎柴』が心有て、たえ〴〵立つるやうに聞え侍り、如何。」と、第二・三句の「さびしさ思ふ煙故」を批判している。この歌の本歌は、「さびしさにけぶりをだにもたゝじとてしばをりくぶるふゆの山ざと」（『後拾遺集』冬390和泉式部「題不レ知」）である。俊成から批判された「さびしさ思ふ煙故」は、本歌の上句、〝寂しさの余り、せめて煙だけでも絶やさずにおこうと思って〟と詠んでいるのを凝縮した表現である。つまり主人公が、山里の「寂しさ」を厭い、せめて煙だけでも絶えないようにしようと「思ふ」、その「煙」を、という意を、詞を省略して詠んでいる。しかし俊成は、本歌の表現を凝縮したために、まるで椎柴が自らの意志で立っているように聞こえ、歌意を誤解されかねないことを指摘しているのである。本歌を想起して読解することができるならば、良経の「寂しさ思ふ煙ゆゑ」の意味も理解できる。この本歌は、『古来風体抄』に勅撰集抄出歌として採られている。数多の勅撰集入集歌の中から、特に秀歌として取り上げた歌であることからも、俊成がこの本歌に気付いていなかったとは考えにくい。本歌に気付いており、良経の意図を理解しながらも、歌一首だけを聞いたときには、不自然な表現であることは否めないと感じたと考えられる。

こうした、本歌にあった詞を省略したために、主語や対象が不明確となったことに対する批判は、「いつも聞く…」の第四句「来ぬ夕暮」に対する、「何の来ぬ共聞えずや」という批判と重なるものである。しかし俊成の批判は、本歌の詞を省略し、凝縮した表現としたがゆえに起こった、歌意の不明確さだけに対するものなのであろうか。

本歌を凝縮する技法について、俊成が言及していると考えられる例が、自歌合にもう一つある。

『自歌合』
七十三番
左　別恋

忘じの契をたのむ別かな空行月の末をかぞへて

右　舟中恋

浮舟のたよりもしらぬ浪路にもみし面影のたゝぬ日ぞなき

此番勝劣難レ分侍り。大方は申も恐は侍れ共、歌はよそへ(12)其よりえむ（艶）なる所の名などの侍らねど、左の、「忘じの」といひ、右は「たよりもしらぬなみぢにも」なんどいへる姿詞づかひに、なにとなく艶にもゆふ（優）にも聞え侍るを、よの人は心えず侍るなるべし。いづかたもを（お）とると難申、可レ持。

左歌の「忘じの契をたのむ別かな空行月の末をかぞへて」は、『六百番歌合』で詠まれた歌である（719恋二・三十番・左・勝）。番えられた右歌は、家隆の「風吹かば峰に別れん雲をだにありし名残の形見とも見よ」であった。『六百番歌合』の判詞で俊成は、「左ノ歌は、空行く月に末を数へ、右ノ歌は、嶺に別るゝ雲を形見とせり。両首、姿詞、共に優に侍を、右は、『雲をだに』といへるや、末に叶はぬ様に侍らん。左、『忘れじの』と置けるより首尾相応せるにや。仍リテ以テレ左ヲ為スレ勝ト。」と述べている。ここでは、第一句「忘れじの」が高い評価を得ており、特に下の句との対応が成功していると述べている。

この歌の本歌は「忘るなよほどは雲居になりぬとも空ゆく月のめぐりあふまで」（『伊勢物語』一一段／『拾遺集』雑上470）である。良経の左歌「忘れじの…」は、第四句に「空行く月の」とあることで、本歌が『伊勢物語』一一段の歌であることが示されている。それによって「忘れじの契」が、〝空行く月が巡り会うように再び会える日まで忘れない〟という本歌の一首全体の内容を含意することが理解できる。そして本歌で「空行く月のめぐりあふまで」と詠まれたことを踏まえて、月が巡り会う時に恋人同士の再会を約束しているのだから、その時を過ぎゆく日を数えながら待っていることを、良経は「空行く月の末をかぞへて」と詠んでいる。

またこの歌は、『伊勢物語』一一段の本歌以外にも、『伊勢物語』歌の影響下に作られたと見られる、『狭衣物語』巻四の「めぐりあはむかぎりだになきわかれかなそらゆく月のはてをしらねば」から詞づかいを摂取している。この歌は、帝位に就いた狭衣が、斎院となった源氏宮に送ったものである。空を行く月の行方に狭衣自身の命運を重ね合わせ、〝月の行方が分からないように再び会える時が来るのかもはっきりしない〟と詠んでいる。狭衣と源氏宮の別れは、再会を期すことが出来ない別れであり、また「空行く月のはて」は、狭衣の命運とともに帰結する先が明らかでないものとして詠まれている。良経は『狭衣物語』歌から詞の続け方を借りながらも、内容をもとの『伊勢物語』の本歌に戻し、「忘れじの契」があるから再会を期することができる、それゆえ「空行く月」は確実に過ぎてゆく時間を表すものとなると、狭衣と源氏宮の別れとは対照的な別れを詠んだ、と解せる。俊成の判詞は、「忘れじの契」があるために、「空行く月の末を数へ」ることができると詠んだ点を評価しているのである。

自歌合の、一方の右歌「浮舟のたよりもしらぬ浪路にもみし面影のたゝぬ日ぞなき」は、『秋篠月清集』恋部(1420)に「舟裏恋」の題で収められている。自歌合成立以前というほかは、詠歌年次が未詳の歌である。この歌は、「浮舟のたより」という措辞、そしてそれを「波」に求める趣向が一致し、また他に先例を見ないことから、『狭衣物語』巻二の「うきふねのたよりにゆかむわたつみのそこをしへよあとのしらなみ」(『物語二百番歌合』五十番・右にも採られる)を本歌としていると考えられる。本歌は、主人公の狭衣が吉野川の水面を見ながら、虫明の瀬戸で入水した飛鳥井女君のことを思い詠んだ歌である。飛鳥井女君が海の底のどこにいるのか行方を教えてほしいと、舟の跡に立つ白波に呼びかけている。この歌を本歌取りして良経が詠んだ右歌は、〝恋しい人がいる所へと案内してくれるはずであった舟の航跡も残っておらず、それゆえ最早拠り所とならない波路ではあるが、その波路にかつて睦んだ人の面影が立たない日はない〟の意である。

自歌合判詞で評価されている「たよりも知らぬ波路」について考えたい。「たよりもしらぬ」という表現は、本歌で「たよりにゆかむ」と波に呼びかけたことが前提となっている。[13] 本歌の表現では、「たよりにゆかむ」と呼びかける対象は第五句「跡の白浪」であり、第三・四句「わたつうみのそことおしへよ」は、その「たより」の内容を説明する挿入句となっている。つまり、「たより」とは入水した女君が海底のどこにいるのかを教えてくれるものとして求めた手がかりであった。それゆえ、本歌を踏まえて第二句「たよりもしらぬ」の内容を考えたとき、〝海底のどこに女君がいるのかを教えてくれる頼みとなるかと望みを持った白波――女君が入水した跡を留める白波は、結局頼みとはなり得なかった〟の意となる。「たよりもしらぬ」は、直接には本歌の第二句を否定する形で詠んだものであるが、本歌で「たより」の内容を説明した第三・四句「わたつうみのそことおしへよ」を踏まえて詠まれている。つまり、「たより」の一語に、本歌の第三・四句の意味を含ませた上で、それを打ち消すことで本歌の結末を詠んだ表現となっているのである。この表現が意味するところは、本歌で狭衣が「浮舟のたよりにゆかむ」及び「そこと教へよ」と呼びかけた「跡の白波」が、消え果ててしまい、結局「浪路」は「たより」とはなりえなかったという内容である。従って、本歌を全て想起しないと、良経の歌の「たよりもしらぬ波路」の意は正しく理解できない。

この番は、左の「忘れじの…」が『伊勢物語』を、右の「浮舟の…」が『狭衣物語』を本歌取りしており、物語性の強い二首を番えている。俊成の判詞「なにとなく艶にも優にも聞え侍る」[14]は、物語から本歌取りした表現についての評価である。特に「艶」の語は、物語性との関わりが強い評語である。本歌取りであることが理解できれば、この歌の艶であり優である優れた点が分かる。また、本歌・本説に用いられた歌枕や見立てを使用するならば、本歌・本説取りであることも、読者にとって理解しやすいものとなる。しかし、本歌の内容を「忘れじの契」「たよりも知らぬ波路」と凝縮した詞に込めて表現する技法をとったことで、世間の人にはこの歌が本歌取りしたものであることが理解されないのではないか、という危惧を、「よの人は心えず侍るなるべし」とある判詞は示しているのである。つまり本歌取りは、本歌が読者に理解できるように詠まなければならない、そうでなければ、作者が意を凝らした、歌の優れた点は伝わらない、と良経を戒めたものと考えられるのである。

本歌を凝縮する技法を、良経は『六百番歌合』で批判を受けてから以降、「南海漁父百首」でも用いている。

それもなを（ほ）かぜのしるべはあるものをあとなきなみのふねのかよひぢ　（『秋篠月清集』551南海漁父百首・恋）

この歌の本歌は、「しらなみのあとなきかたにゆくふねも風ぞたよりのしるべなりける」（『古今集』恋一472藤原勝臣「題不ㇾ知」）である。本歌は、〝船の航跡が波に残らなくても、風が案内してくれるように、風の便りだけを道しるべとしている〟の意である。良経はそれを踏まえた上で、その風の便りすらないと、何の導き手もない恋の不安を詠んだ。本歌の第一・二句「白波の跡なきかたにゆく舟」を「跡なき波の舟」、第四・五句の「かぜぞたよりのしるべ」を「かぜのしるべ」と、本歌の詞を省略した凝縮表現をとっている。つまり良経は、『六百番歌合』で批判された技法を放棄せずに、その後も用い続けていたのである。

したがって自歌合の七十三番判詞は、『六百番歌合』での自分の批判が受け入れられないまま、良経が、本歌の表現を凝縮して本歌取りする技法を用い続けていることに対する、俊成の危惧と逡巡を表していると考えられる。その危惧は自歌合で、俊成自身がかつて負を付けたにも関わらず、良経が敢えて自信作として採った「いつも聞く…」歌を評価し直す際にも、同じく有っただろう。「大方は申すも恐は侍れ共」という前置きに見られるのは、主家筋にあたる良経に対する、俊成の極めて遠慮がちな態度である。自歌合は良経の籠居中に編まれた私的な企画であることからも、元来はそれほど多くの読者を想定していたものではないと推測でき、それゆえ、これは良経自身に対する戒めと解釈できるのである。自歌合の判詞で俊成は、良経の表現の長所を指摘することに気を配っており、批判はほとんど見られない[15]。そうした中で、敢えて批判しているこの七十三番判詞が、良経の本歌取り凝縮表現に対するものであることには注目される。本歌を凝縮する技法が、俊成にとっては決して看過することのできないものであったことを物語っているのである。

本歌の表現を凝縮する技法は、本歌の詞を句の単位で引用したり、本歌の季節や時間設定をずらす方法とは違い、本歌から詞を省略し、本歌よりも遙かに短い詞でそれと同じ内容を表現しようとするものである。凝縮した表現を理解するためには、読者は短い詞の中に本歌の詞を全て連想しなくてはならない。それは、三十一文字という限られた字数の中で多くを表現するためには、有効な技法であるが、本歌を想起できないと歌そのものを理解できないという危険も伴う。それが、俊成には行き過ぎたものと感じられたのではなかったかと考えられるのである。

結びに

第三節の最初にあげた椎柴題の歌は、自歌合には採られなかった。これは、『六百番歌合』で負となったからだけではなく、良経自身も秀歌だと認めなかったためと推測できる。しかし、「いつも聞く…」歌は、俊成には許容できない点を持った歌でありながらも、良経にとってはあくまでも自信作であり続けた。それは、『六百番歌合』の負歌の中から、この歌を唯一自歌合に採った事に窺われる。また、この歌に対する自信は、決して良経の独りよがりではない。『新古今集』に入集する際に、「いつも聞く…」は定家・家隆・有家・雅経四人の撰者名注記を持っている[16]。自歌合が『新古今集』の出典資料として用いられた、または良経自身によって提出されたとの指摘もなされているのだが(17)、この歌に関しては、『新古今集』恋四で「いつも聞く…」の次に、『六百番歌合』で番えられた右の慈円の「心あらば…」を配列している点から、直接の出典資料は『六百番歌合』だったと推定できる。しかし、番えられ勝を収めた慈円の右歌「心あらば…」は、定家一人の撰者名注記である。つまり良経の「いつも聞く…」歌は、『六百番歌合』の厳しい批判にもかかわらず、『新古今集』撰者、新風歌人から高い評価を得ていたのだ。そして、『六百番歌合』での俊成の評価とは違い、『新古今集』撰者らは、勝を収めた慈円の歌よりも、負だった良経の歌をより高く評価していたのである。

なお、自歌合の本文は、第五句が「松風の声」となっている。自歌合は現存する諸本は全て同一系統であり、伊達家本一本を除き他の全ての本が「松風の声」の本文を有している(18)。これは、『六百番歌合』で俊成から「事新しくや」と批判された「秋風の声」を良経が改作した可能性を示している。「松風の声」は、定家や慈円にも作例が見られる他、俊成自身も「ちとせとも中〳〵さゝじみかさ山松吹風にこゑきこゆなり」（『長秋詠藻』539右大臣家百首・祝）と詠んでいる。しかしこの改作では、本歌との関わりが稀薄になり、更には、第一句「いつも聞く」と対応して、風の音によって立秋を感じるという暗示が機能しない(19)。これは、自分の歌の表現技法が俊成に理解されなかったことに対する、良経の妥協を示すものとも考えられる。俊成の自歌合判詞も、負ではなく持となっている。歌合である以上、相対評価でとらえる必要があるのはいうまでもないが、自歌合で番えられた左歌「うつろひし心の花に春暮て人も梢に秋風ぞふく」も、後に『新勅撰集』（恋五1010）に入集した歌であり、また、教家本『秋篠月清集』には俊成・慈円の合点である朱墨点が付されている。従って左歌は、俊成も評価していた秀歌であると言いうるもので、これと番えられて持とされていることから、「いつも聞く…」も『六百番歌合』の時ほど厳しい評価でないことが窺われる。これは俊成が、「秋風の声」よりも「松風の声」の形の方が、改善されていると受け入れたためだろう。しかし『新古今集』には、自歌合での改作を踏まえずに、第五句「秋風の声」の形で採られている。[20] この点からも、『新古今集』の撰者である新風歌人たちは、俊成が良しとしなかった表現を、肯定的に受け入れていたことが窺われる。第五句が「秋風の声」であることは本歌と照応させる上で必要だったし、本歌を凝縮する技法も、新風歌人にとっては高く評価できるものであったからだろう。

良経の家集『秋篠月清集』は良経の晩年に編纂された。先にも触れたが、教家本系統の『秋篠月清集』には、俊成・慈円の合点が付されており、「いつも聞く…」には、俊成の合点である朱点が付けられている。なお、『秋篠月清集』でも、第五句は「秋風の声」である。[21] つまり、良経自身の決定稿としては、第五句は「秋風の声」だった。『秋篠月清集』の合点は、俊成にとっても最晩年に付されたことになるが、この時点では俊成も、以前の厳しい批判を翻し、この歌を評価していたのである。

本歌を凝縮する技法は、新古今時代の本歌取りの、一つの特徴となる。『新古今集』には、良経の歌のほかにも、本歌を凝縮した上で本歌取りした歌が見られる。中でも、次の一首は名歌の誉れが高いものである。

つゆしぐれもる山かげのしたもみぢぬるともおら(を)むあきのかたみに　（『新古今集』秋下537家隆「千五百番歌合に」）

この歌の初句「つゆしぐれ」は、本歌「しらつゆもしぐれもいたくもるやまはしたばのこらずいろづきにけり」（『古今集』260貫之「もるやまのほとりにてよめる」）の傍線部を、第四句「ぬるともをらむ」は「ぬれつつぞしひて折りつる年のうちに春はいく日もあらじと思へば」（『伊勢物語』八〇段／『古今集』春下133業平）の破線部を凝縮したものである。『千五百番歌合』（秋四・八百十三番）における家隆歌に対する定家判詞には、「下ばのこらず紅葉する山に、『ぬるともおら(を)ん』といへる秋のかたみ、本歌の心にかなひていとおか(を)しくもみえ侍るかな」と評されている。暮春を詠んだ『伊勢物語』歌を晩秋に取りなし、春の形見に藤の花を「濡れつつぞしひて折りつる」と詠んだのを、秋の形見に紅葉を時雨に「濡るとも折らむ」と詠んだ点を評価しているのである（家隆歌については本書第四部第五章で詳述する）。ここでは、本歌の詞を凝縮した点を、評価こそすれ、批判の対象とはしていない。(22)『六百番歌合』の時点で、俊成が難色を示した表現技法は、後鳥羽院歌壇において、斬新で進んだ本歌取り技法として、認知され受け入れられたのである。

『六百番歌合』は、後鳥羽院歌壇前夜の、九条家歌壇の活動の中でも、最も規模が大きなものであり、旧風から新風への転換点となった。『六百番歌合』における俊成の位置は、新風歌人を擁護し、時にその斬新すぎる技法をいさめる、理解者であると捉えられてきた。しかし、俊成が受け入れられず批判した表現技法が、俊成の批判にかかわらず、新風歌人から受け入れられ、新古今的表現の先駆けとなることもあるのだ。『後京極殿御自歌合』の判詞は、俊成が新風に接近する、もしくは接近して受け入れざるをえなくなる過程での、逡巡と危惧を示していると考えられる。

また、現代の研究においても、本歌取りの規定は、定家『近代秀歌』に見られる記述に沿っている。すなわち、古歌から句の単位でそのまま取り入れることで、古歌の詠出した内容を重層させるのが、本歌取りの基本である、と。しかしこれらの記述は、最も活発に、そして実験的に本歌取りが用いられた新古今時代を経た後の記述である。定家の記述が、そのまま新古今時代の本歌取りを反映しているわけではなく、むしろ多様な様相を呈した本歌取りに対して、準則を設けようとしているのである。俊成の自歌合の判詞は、本歌取りがまだ実験的に多様な様相を呈している段階において、俊成と、その門弟に当たる新風歌人との間にある、本歌取り表現、あるいはそれに対する認識の違いを示すものだと考えられるのである。

注

（1）松野陽一『藤原俊成の研究』（笠間書院・一九七三年）第1篇第2章「(26)建久九年（一一九八）五月二日後京極殿（良経）自歌合」

（2）底本「わたりも心ことばいみじくをかしくは侍るを」欠。群書類従本で補う。

（3）「むかしの」、底本「むなし」。群書類従本『後京極殿御自歌合』・『秋篠月清集』により改めた。

（4）大谷雅夫氏の御教示による。

（5）暮をまつ命さりともなからめや今朝の別のなどやかなしき　（『俊成五社百首』275春日社、後朝恋）
忍びにはしのびそめけむ恋のみちゆるしましけん程ぞかなしき　（『祇園百首』70忍恋）

（6）久保田淳、山口明穂校注（岩波書店・一九九八年）

（7）片山享『校本秋篠月清集とその研究』（笠間書院・一九七六年）

（8）『契沖全集　第十五巻』（岩波書店・一九七五年）

（9）第四句に対する批判について、『美濃の家づと』の「六百番歌合判に、『こぬ夕暮』何のこぬとも聞えずや、とあるはいかゞ。上に『人』とある、其人の来ぬなること、あらはなる物をや」や、谷山茂の「この評はやや酷か」（日本古典文学大系『歌合集』岩波書店・一九六五年）の疑義が挟まれている。また片山享は「「こぬ夕暮」の批難はともかく、「秋風の声も事新しくや」の判詞から俊成判は本歌取であることに気づかなかった評といえよう」（『新古今和歌集入門』有斐閣・一九七八年、1310番歌注）と述べている。

（10）なお、「ことあたらし」は、『角川古語大辞典』によると、「「言う」など、発言行為を表す語とともに用いる。わかりきった事柄で言う必要がないものを、その必要があるとして改めて言い立てるさま」と説明されている。しかし、歌合判詞においては、「あたらし」と同義で用いられている例が見出せる（「あたらし」については、上條彰次『藤原俊成論考』〈新典社・一九九三年〉第二章第六節「『六百番歌合』の歌評態度「あたらし」考」参照）。最も端的なものとして、『関白内大臣歌合』で、「うづらなくかたのにたてるはじもみぢちりぬばかりに秋風ぞ吹く」（21親隆、野風・四番・左・勝）に対して、判者の基俊は、「左歌、『はじもみぢ』こそ、むげにみみなれず、ことあたらしうはべれ」と評し、後日判においても「左歌、『はじもみぢ』ぞあたらしきやうにきこゆれど」と、同じ意味で用いている例がある。『六百番歌合』でも、「賤の男が山田の庵の苫を粗み漏る稲妻を友とこそ見れ」（328経家、十四番・稲妻・左・持）に対して、『漏る稲妻』も又、事新しくや侍らん」と評している例がある。これは稲妻とははかない瞬時の光を詠むことが本意であるのに、庵の隙間から漏れる光を詠んだことに対して、新奇だと評していると考えられる。また他の評語に「事」が冠された場合（「事古」「事浅し」など）も、意味に違いが認められなかったので、この「秋風のこゑ」に対する「事新し」も、やはり同様に「新奇である」「斬新すぎる」と評していると解した。

（11）拙稿「「風の声」の表現――和歌における「おと」「こゑ」試論――」（『京都大学国文学論叢』6、二〇〇一年六月）で、その理由について考察した。

（12）「よそへ」底本脱落。群書類従本他によって補う。

（13）良経は『正治初度百首』において、ふたたびこの「たよりもしらぬ」を用いて、「かぢをたえゆらのみなとにゆくふねのたよりもしらぬおきつしほかぜ」（『秋篠月清集』773院初度百首・恋／『新古今集』恋一1073）と詠んでいる。この歌における「たよりもしらぬ」は、本歌の「しらなみのあとなきかたにゆくふねも風ぞたよりのしるべなりける」（『古今集』恋一472藤原勝臣「題不レ知」）の下句を踏まえた表現である。「たよりもしらぬ」だけでは固有の文脈を持たず、本歌を背景において、始めて理解できる表現であることがわかる。

（14）特にこの自歌合における俊成の「艶」を論じた研究に、梅野きみ子「俊成最晩年の「艶」《続一》――『後京極殿御自歌合』『新宮撰歌合』を中心に――」（『和歌史論叢　後藤重郎先生卆寿記念』〈和泉書院・二〇〇〇年〉所収）がある。梅野は左歌が「艶」と表された理由を、建礼門院右京大夫の「わすれじのちぎりたがはぬ世なりせばたのみやせましきみがひとこと」から、平家滅亡の悲話を俊成が想起したためと理由付けている。しかし、右歌と併せて考え、物語からの本歌取りについて述べていると考えられる。また大野順子『新古今前夜の和歌表現研究』（青簡舎・二〇一六年）第三章第三節「良経の正治初度百首における本歌取の機能と方法」は、この自歌合判詞から『狭衣物語』の本歌を探り、筆者と同じ本歌を指摘している。考察の方向は逆であるが、自歌合判詞を物語性と関わらせて解している。

（15）自歌合判詞の中で、良経の表現に対する俊成の批判が見られるのは、この七十三番と四十番左の二例のみである。四十番左は、「あづまよりけふ相坂の関越て都に出る望月の駒」で、判詞は「左の歌、『都に出る』と侍末句など、いみじくをかしく侍を、初の五文字やすこしたしかに聞ゆらんとおぼえ侍を、(下略)」と付けられている。この歌は、文治六年『女御入内御屏風和歌』で詠まれた歌で『秋篠月清集』祝部(1361)に「女御入内月次御屏風の中、第八帖、会坂関に駒迎に行向ふ所、しみづあり」の詞書で収載されている。

　批判されているのは第一句「あづまより」で、俊成は「すこしたしかに聞ゆらん(少々露骨に聞こえるでしょうか)」と指摘している。駒牽の駒を養う御牧は甲斐・信濃・武蔵・上野であるから、文字通り「あづま」つまり東国である。しかし、東国から逢坂に引かれてやって来た駒を詠むのに「あづまより」と始めるのは、単純であると俊成には感じられたのであろう。また、俊成は『広田社歌合』において、「ひろたよりあかしをかけてながむればゑじまがいそにさわぐしらなみ」(113姓阿・海上眺望・二十八番・左・持)に対して、「左こころことばをかしくは侍るを、『ひろたより』とおかれたるはじめのく、あまりたしかなる心ちやすらん」と述べている。「(場所)+より」の表現を、直接的すぎると俊成が感じていたことが窺われる。

　俊成は東国のことを表す際には、「あづまぢやひきもやすめぬ駒のあしのやゝなづみぬる身にこそ有けれ」(『長秋詠藻』150述懐百首・秋・駒迎)「東路やいく山こえし駒なれや関のいはかどなづまざるらむ」(『俊成五社百首』249春日社・秋・駒迎)と、「あづま」ではなく、「あづまぢ」の形を用いている。「あづまぢ」は、「あづまぢのさやのなかやまなか〳〵になにしか人をおもひそめけん」(『古今集』恋二594紀友則「題不知」)以来の伝統的な表現である。また、『梁塵秘抄』二句神歌に、「東より昨日来れば妻(め)も持たず、この着たる紺の狩襖に女換へたべ」(473)と、東国から来た男の言葉遣いをそのままに模して、揶揄した歌があるのも参考まで挙げる。「あづまより」という形は、俊成の意識の中で、歌語としてふさわしくない表現だったと考えられる。

　この歌を詠んだ文治六年当時、良経は二十三歳で、九条家歌壇の活動も本格化していない。この歌は良経の作歌活動において初期の作品である。「あづまより」という単純な詠み出しは、確かにこの歌の欠点であろう。しかしこの難は、良経の作品の未熟な点を指摘するにとどまるものであり、新風歌人としての、時に新奇と映りかねない斬新な表現に対する批判ではない。つまり良経の新風表現に対する批判は、七十三番の判詞だけということになる。

(16) 冷泉家時雨亭叢書『新古今和歌集 文永本』(朝日新聞社・二〇〇〇年)による。後藤重郎『新古今和歌集の基礎的研究』(塙書房・一九六八年)撰者名注記一覧表によると、『新古今集』諸本間の撰者名注記の異同は、以下の通り。前田家蔵伝二条為親書写本、京都女子大学図書館谷山文庫蔵寿本は有家・家隆・雅経、武田祐吉蔵柳瀬福市旧蔵本・武田祐吉蔵一本・武田祐吉蔵近藤盛行旧蔵本は通具・家隆・雅経の撰者名注記を有する。

(17) 辻森秀英「後京極殿御自歌合の批判」(『国文学研究』15、一九五七年三月)、青木賢豪「『後京極殿御自歌合』について――特に新古今集重出歌をめぐって――」(『語文(日本大学)』44、一九七八年三月)

(18) 青木賢豪「校本『後京極殿御自歌合』上・下」(『日本大学農獣医学部一般教養紀要』24・25、一九八八・八九年)

(19) 「松風の声」が秋の到来を表すものとして「池冷水無三伏夏　松高風有二声秋一」(『和漢朗詠集』夏部・納涼164源英明)の例もある。しかし「松風の声」そのものが、秋の到来を告げる風の音を表現しているわけではない。

(20) 契沖は、『六百番歌合』で俊成によって批判された「秋風の声」を、良経が「松風の声」と本文を改変して『新古今集』に入集したのではないかと考えた。契沖の説を踏まえて、注(17)青木論文が注の中で、自歌合と『新古今集』の密接な関係から、本文の改変を自歌合の段階で検討する要を唱えた。

それを継いで小林強「『いつもきく物とや人の』少考――第五句の異文をめぐって――」(『解釈』34―7、一九八八年七月)が、この本文の問題を考察した。小林が論拠として挙げているのは次の二点である。第一に、鎌倉期の古写本の『新古今集』が「秋風の声」の本文を有する。第二に、「いつも聞く…」歌が、次に挙げる恋三の「松風の声」の語を有した「風に寄せて待つ恋」歌群に配列されていない。

(題しらず)

いかゞふく身にしむいろのかはるかなたのむるくれのまつかぜのこゑ　(1201八条院高倉)

たのめを(お)く人もながらの山にだにさよふけぬればまつかぜのこゑ　(1202鴨長明)

小林はこの二点から、『新古今集』の本文を「秋風の声」であったと決定した上で、自歌合本文は『新古今集』と同じ「秋風の声」、『六百番歌合』本文を「松風の声」であったと推測した。小林の論が提出された後、この歌の本文は考察の必要を意識されながらも、その後に出版された上條彰次『藤原俊成論考』（新典社・一九九三年）、新日本古典文学大系『六百番歌合』（岩波書店・一九九八年）では、『六百番歌合』本文は「秋風の声」であったとする考え方を採っている。

私見では、自歌合諸本において「松風の声」本文の優勢は疑い得ないこと、また本論でも考察したように、本歌との関連、初句「いつもきく」との対応、俊成にも「松吹風にこゑきこゆなり」（『長秋詠藻』539）の表現が見られること、『新古今集』の直接の出典資料が『六百番歌合』であると推測できることから、『六百番歌合』での本文は「秋風の声」であったと考えられる。

（21）『秋篠月清集』諸本間の異同は、片山享蔵明応二年奥書本・神宮文庫本が「松かぜのこゑ」、宮内庁書陵部桂宮本が「秋（松イ）風の声」の本文を有する。なお、以上三本はいずれも教家本系統に属し、他の教家本系統の本（今治市河野美術館蔵本・日本大学図書館本・蓬左文庫本）と定家本系統（天理図書館蔵定家自筆本・静嘉堂文庫本・広島大学国文研究室蔵嵐行斎自筆本）は、いずれも「秋風の声」である（注（7）片山著書による）。

（22）岩崎禮太郎「新古今歌人の歌の凝縮的表現」（梅光女学院大学公開講座論集27『文体とは何か』〈笠間書院・一九九〇年〉所収）は、定家の新風表現の中で凝縮表現があることを指摘し、語句の省略が多い場合は読者に意味が通じにくくなる晦渋な表現であると述べている。そして、定家の凝縮表現が文治・建久期に偏在し、正治・建仁期になると影を潜めて無理な凝縮よりも巧みな詞続きを重視するようになると指摘している。

【補記】

なお、本章の初出後、大野順子『新古今前夜の和歌表現研究』（青簡舎・二〇一六年）第三章第二節「良経『六百番歌合』の表現技法」（初出：二〇一一年）が、拙論を引きつつ、良経の凝縮表現の他例を挙げて検討を加えている。

第三章　本歌の否定表現
――藤原良経『正治初度百首』を中心に――

はじめに

新古今和歌を読む時、われわれは否応なく古典の世界との対峙を迫られる。新古今和歌に踏まえられる古典は何であるか、そしてその古典をどのように利用し取りなし、自詠をものにしているのか。新古今時代は、本歌取りが自覚的な技法として確立し、様々に模索され、実験的な試みが続けられてきた時代であった。

また、代表的な新古今的表現の一つとしてあげられるのが、否定表現である。定家の代表歌「見わたせばはなもゝみぢもなかりけりうらのとまやのあきのゆふぐれ」（『新古今集』秋上363）など、存在と非存在を二重写しにする重層性を生み出すのが、否定表現の効果であるとされている。定家の否定表現については、赤羽淑(1)・和泉久子(2)によって考察があり、特に前掲の「見渡せば……」については数多の論が出されている。

そこで本章では、否定表現の中でも、本歌取りにおいて否定表現を用いるという、二つの新古今的表現が結び付いた技法について検討する。その上で、本歌取りの否定表現が多用されている藤原良経の『正治初度百首』詠を取り上げる。良経の『正治初度百首』詠（以下、本百首と略称）については少なからぬ研究があり(3)、良経の本歌取り全般についてもたびたび俎上にあげられている。(4) これらの先行研究を本歌の指摘などについて参考にしてゆくが、特に否定表現について言及した研究は管見に入らなかった。なお、本書で言うところの否定表現とは、打ち消しの詞を用いるもの、または「無し」を用いるもの、反語表現を用いるものを指す。その表現効果を検討し、この表現技法の形成過程や良経の詠作史における位置付け、そして新古今的表現としての新しさや問題点について考察することを目的とする。

一、否定表現の意図

まず、本歌取りに際して否定表現を用いる三首を取り上げ、その表現の意図するところを具体的に検討してゆこう。

①かぢをたえゆらのみなとにゆくふねのたよりもしらぬおきつしほかぜ　（773恋／『新古今集』恋一1075）

二重傍線を付したのが本歌の詞を否定する箇所、一重傍線・波線が本歌から引く他の詞であり、歌集名を示さないのは『秋篠月清集』所収歌である（以下同）。この歌の本歌としては、「しらなみのあとなきかたにゆくふねも風ぞたよりのしるべなりける」（『古今集』恋一472藤原勝臣「題不レ知」）と「ゆらのとをわたるふな人かぢをたえゆくへもしらぬこひのみちかな」（『新古今集』恋一1071曾禰好忠「だいしらず」）の二首が指摘されている。二首の本歌は、いずれも浪上を行く舟の不安定さに自身の恋の不安を重ねて読む点で共通する。好忠歌からは、「梶緒絶え」「由良の湊」の詞を引き、主に上句を依っている。

この古今歌は、舟のたよりは風だけ、すなわち、恋の導き手となるのは風の便りだけという内容である。良経の①は、本歌の第四句にある「たより」の詞を用いながら、それを「たよりも知らぬ」と否定する表現を取っている。「たよりも知らぬ」とは、上句に好忠歌を踏まえることから、「行方も知らぬ」ということを前提に置きつつ、それに加えて「たよりも知れぬ」——風の便りすらない、と詠む。すなわち、古今歌で詠まれるような風の便りを恋の導き手とする本歌とは異なり、自分にはその風の便りすら無いと詠んでいるのだ。

ここでは、本歌以上の恋の不安を強調し、訴えているのである。本歌と対比して、自身の立場や心情を強調する効果を、この本歌取りの否定表現は持っている。

②もにすまぬのばらのむしも我からとながきよすがらつゆになくなり　（741秋）

この②の本歌は、「あまのかるもにすむゝしのわれからとねをこそなかめ人はうらみじ」（『古今集』恋五807典侍藤原直子「だいしらず」／『伊勢物語』六五段・結句「世をば恨みじ」）である。②の初句「藻に住まぬ」は、本歌の第二句「藻に住む」を打消の助動詞「ず」で否定している。本歌の「藻に住む虫の」とは、第三句の「我から」を導く序詞である。良経はそれを「藻に住まぬ」とすることで、〝海藻に住む海の虫ではない、野原の虫も、海藻に住む虫と同じように「我から」と泣いている〞と詠んでいる。

なお②には、俊成による約二年前の詠「秋はこれいかなる時ぞ我ならぬ野原のむしも露になくなり」（『御室五十首』275釈阿、秋）も影響を与えている。俊成の歌は、「我ならぬ野原の虫」も鳴いている、つまり自分と野原の虫を対置し、同様に鳴いているとする。俊成歌から「野原の虫も」「露になくなり」を摂取しつつ、「我」「虫」という詞から『古今集』（および『伊勢物語』）に結び付ける。そして、〝主人公〞対〝野原の虫〞の関係で詠まれていた「露になくなり」を、〝本歌＝藻に棲む虫〟対〝本歌以外＝藻に棲まない野原の虫〟の関係に転じたのである。ここでは「藻に住む虫」は「我から」と鳴く、という本歌の内容を前提として用いながら、「藻に住まぬ野原の虫」も「藻に住む虫」と同様に「我から」――自らが招いた不幸だと泣いていると詠んだのである。

③やすらはでねなむものかはやまのはにいざよふ月をはなにまちつゝ　（716春）

この③の本歌は、次の一首である。

中関白少将にはべりけるとき、はらからなる人にものいひわたり侍けり。たのめてまうでこざりけるつとめて、をむなにかはりてよめる　赤染衛門
やすらはでねなましものをさよふけてかたぶくまでの月をみしかな
（『後拾遺集』恋二680／『馬内侍集』162詞書「こよひかならずこんとてこぬ人のもとに」）

③の初・第二句「やすらはで寝なむものかは」は、本歌の初・第二句を反語によって否定した表現となっている。本歌は、「来る」と約束したまま来なかった男に対して、ぐずぐずせずに寝てしまえばよかったとなじる内容である。それに対して③は、〝ぐずぐずせずに寝てしまえばよいなんて、そんなはずはない〟と反語を用いて詠んでいる。それは何故か、理由は第三句以降に示される。春の月が花に近づく明け方の美しい時間を、主人公は待っているからである。本歌は、男を待ちながら明け方の月を見てしまったという状況で詠まれている。「待つ」のはつらく苦しいこと、明け方の月とは待ち続けた挙げ句に見る、悲しく落胆に満ちたものであるというの

が、恋歌における本意である。良経はそれを翻し、「待つ」心情を、春の美しい明け方の月と花が作り出す情景を待つ楽しみへと転換している。寝られずに明け方まで過ごすことはつらい、ということを前提にしつつ、本歌の男を待つ女の心情と、春の美しい情景を待つ心情とを対比させ、自身の視点が本歌とは異なる所にあることを強調するのである。

このように本百首には、本歌の詞を否定する表現が用いられていることが確認される。しかしこれはもちろん、本百首において初めて生まれた表現ではなく、建久期の詠作における類似表現の下地の上に成り立っている。建久期の本歌取りから、関連する表現を見よう。本歌との対比を際立たせるものをあげる。ここでは、特に①②と同じ本歌を取る「南海漁父百首」の二首をあげる。

それもなを(ほ)かぜのしるべはあるものをあとなきなみのふねのかよひぢ　（551南海漁父百首・恋）

これは①と同じく「しらなみのあとなきかたにゆくふねも風ぞたよりのしるべなりける」（『古今集』恋一472藤原勝臣「題不ㇾ知」）を本歌取りし、自分には風のたより、恋の導き手が無いという嘆きを、本歌との対比によって詠んだものである。但し、①が「たよりも知らぬ」と、本歌の詞を用いて否定していたのと比較して、ここでは初句「それもなほ」・第三句「あるものを」の逆接表現によって本歌と対比する手法になっている。

おもほえずいさやもにすむゝしのねも人をうらみのねにかへりつゝ　（561南海漁父百首・恋）

これも②と同じく「あまのかるもにすむゝしのわれからとねをこそなかめ人はうらみじ」（『古今集』恋五807典侍

藤原直子「だいしらず」／『伊勢物語』六五段・結句「世をば恨みじ」）の本歌取りで、やはり本歌との対比が意識されているものである。初句に「思ほえず」と詠むことによって、本歌のように〝自分のせいだと泣くのであって、人を恨みはしない〟という内容には同意できない、すなわち、〝藻に住む虫の「我から」も、結局は人を恨むという根源へと帰って行く、自分もやはり人を恨んでしまう〟と詠む。本歌との対比は、初句「思ほえず」による本歌の総括的な否定によって、また「人は恨みじ」を肯定へと転換した「人を恨みの音」によって表現されている。551「それもなほ…」・561「思ほえず…」の二首は、①②と同じ本歌を取り、また対比を示す点でも共通している。しかし、その対比の方法は、「それもなほ…あるものを」「思ほえず」という、本歌の内容全てを総括的に否定する詞を置くことによって表現されている。本歌の詞を用いながらも、打消・反語・「無し」などによって直接否定する本百首の方法と比較すると、間接的な否定の仕方となっている。本歌の否定について、ここでは「南海漁父百首」の二首を取り上げたが、良経の詠作においては、おおよそ、建久四年の「六百番歌合百首」から見いだせる技法である。(5) 但し本百首における否定表現は、それまでの否定表現とは違い、たった一句で鮮やかな転換を見せるものとなっている。

なお、本歌取りを考える際に、基本となるのは藤原定家『近代秀歌』の「古きをこひねがふにとりて、昔の歌の詞を改めずよみすゑたるを、即ち本歌とすと申すなり」が指針となる。極めて粗々ではあるが、本歌からの詞（後続の部分や『詠歌大概』が句の単位で引用すべき詞を挙げていることから判断しても、本歌からの「句」と言い換えてもよい）の引用、すなわち、詞を改めずに詠み込むことが基本である。しかし、否定表現の場合は、本歌の詞を打ち消しの詞や反語表現によって変えて用いることになる。これは、本歌を喚起させるという点で、やや不安が生じる。(6) それについては、良経は本歌から否定表現を含む句だけではなく、一重傍線を付して示したように、他の句や詞も引用し、また共通する題材を置くことで、本歌を想起しやすくさせている。換言すれば、本歌と密着度の高い本歌取りであることにも注意しておきたい。詞の多くを本歌に依り、密着度を高めながら、否定表現によって鮮やかに対比を際立たせているのが①～③の本歌取りである。

二、否定表現の基層

ここで、①～③までの三首から、否定表現の有する基本的な効果や表現意図について確認しておく。①～③はいずれも、本歌の詞を引用しながらも、打消の助動詞「ず」や反語表現によって、本歌を踏まえてはいるがそのまま本歌の内容を踏襲するわけではないことを示している。具体的には、①は本歌で詠まれた恋の状況よりもさらに困難な状況にいることを示し、②は本歌で詠まれた範囲をさらに拡げ、③は本歌の状況を別の視点から捉えている。これらは、詠もうとする対象を、感じたままに詠出するものではない。対象と詠歌の間に本歌というフィルターを通し、対象のとらえ方をまず本歌と同じ視点に置く。しかし、否定表現によって、本歌と自らの間にある違いが浮かび上がる。本歌という〈もと〉を土台としながらも、否定表現によって〈もと〉との差異を提示するのである。

川平ひとしは、本歌取りの原理について、次のように述べる。(7)

〈本歌取的方法〉とは、簡略に言えば、未知・未生の〈新〉に属する作品を創作するために、既知・既在の〈古〉もしくは〈旧〉に属するテキストを〈もと〉とし、摂取して、これに依拠する手法であるから、既に方法自体の中に、相反する志向もしくは反対命題を併存させているということができる。

では、本歌取りが〈旧〉に依拠しつつも〈新〉を生み出すという相反する志向を両立させるには、どうすればよいか。本歌取りが単なる懐古主義・模倣に終わらず、〈新〉を生み出す営為となるためには、本歌を超克しなくてはならない。本歌を超克するためには、本歌を相対的にとらえ、批判してゆく観点が必要となる。それがもっとも端的に表出するのが、本歌の否定表現と位置づけられると考えられるのである。その意味では、本歌の否定表現とは、本歌取りの本質に根ざした技法であるとも言いうる。

但し、本歌取りが技法として成立する以前から、既存の認識に対する批判による発想は既にあった。それは主に、『古今集』時代の和歌の特徴として指摘される、「理智的発想」である。一般的観念・慣習的観念を前提としながら、それと相違する現実の相を発見し、その矛盾や疑問を提示するという方法で詠出された和歌は、『古今集』に散見する。一般的観念・慣習的観念が人々の間に確固として存在するがゆえに、それを揺るがせることで、新鮮な驚きや意外性が生まれるのである。こうした理智的発想の和歌が、『古今集』時代より後世にも、長く系脈を保っていることを指摘したのが、稲田利徳だった[8]。稲田は、『古今集』時代の理智的発想が一般的命題に対する批判・疑問・矛盾を提示するものであるのに対し、新古今和歌の理智的発想は、本歌が一般的命題に当たるもの、本歌を通念として疑問・矛盾・逆行・転換をはかるものであることを指摘する。稲田の指摘する理智的発想による新古今和歌に、良経の否定表現はまさにあてはまる。

古今的な理智的発想から、本歌取りと不可分の新古今的な否定表現へ。良経の本歌取り否定表現がこの流れに立つことを示すのが、次の一首である。

④ときはなるやまのいはねにむすぶこけのそめぬみどりにはるさめぞふる　（709春／『新古今集』春上66）

④は、『古今集』春上に並んで配列される次の二首を踏まえている。

寛平御時きさいの宮の歌合によめる
ときはなるまつのみどりも春くればいまひとしほのいろまさりけり
（『古今集』春上24源宗于）

うたゝてまつれとおほせられし時に、よみてたてまつれる
わがせこがころもはるさめふるごとに野辺のみどりぞいろまさりける
（同25紀貫之）

宗于は、常緑樹の松も春になれば緑の色がまさる、貫之は、冬の間は枯野であった野辺も、春になって春雨が降るごとに緑の色がまさってゆくと詠んでいる。前者の〝春が来ると常緑樹である松も緑の色が濃くなる〟という趣向、そして後者の〝春雨が降れば野辺の緑の色が濃くなる〟という趣向を合わせると、〝春雨が降れば常緑樹でも緑が濃くなる〟という趣向が生まれる。しかし④は、〝常緑である山の岩根の苔は、もともと深い緑色であり、春雨が降ってもその緑色が濃くなることはない〟と詠んでいる。それが第四句「染めぬ緑」の意である。春雨が植物の生命力を増し、緑色を色濃く染めるという本意を踏まえながらも、それを否定することにより、その春雨によっても左右されることのない、苔の堅固な常緑性を強調することになっている。

そもそも、宗于歌も、「すべての常磐木は四季を通じて色を変えない」→「松は常磐木である」→「故に松は春が来ても色を変えない」という三段論法を前提にしつつ、それに対して「すべての樹木は春が来ると緑になる」→「松も樹木の一種である」→「故に松も春が来ると、濃い緑色になる」という新しい観念を提起する、論理的・理智的発想の一首である。(9) その論理を、良経は再び覆す。それは、宗于が提起した新しさを否定し、再びありふれた「すべての常磐木は四季を通じて色を変えない」という慣習的認識へと戻すだけにも見える。しかし、

あくまでも宗于歌と貫之歌が、『古今集』に入集する確固とした規範(カノン)として、既知の認識として確立しているからこそ、この二首を踏まえた良経歌は、『古今集』歌に対する批判としての新しさを有するのである。④は明らかな本歌取りというよりは、本意という一般的通念を踏まえながらそれを否定するものと見るべきであろう。しかしここに踏まえられる本意とは、やはり『古今集』の宗于歌による〝常緑樹も春が来れば緑色を増す〟という観念を含み込んでいるのである。

否定表現によって提示された、良経の視点の奇抜さ、斬新さは、本歌や本意を踏まえることによってより一層際だつ(10)。本歌という〈もと〉が作者と享受者の間に共通認識として存在するがゆえに、批判・否定が成立する。つまり、批判・否定が〈新〉を生み出していると享受者に評価されるためには、その〈もと〉となる〈旧〉が既存の価値観、美意識、事象の把握として認識されていなくてはならない。但し、良経は本歌の詞や内容を否定するといっても、本歌を根本的に否定していないという点を強調しておきたい。例えば、次の一首と比較してみよう。

おぼつかなみやこにすまぬみやこどりこと〻ふ人にいかゞこたへし

(『新古今集』羇旅977宜秋門院丹後／『正治初度百首』2197鳥)

この歌の本歌は「名にしおはばいざ言問はむみやこどりわが思ふ人はありやなしやと」(『伊勢物語』九段／『古今集』羇旅411在原業平)である。宜秋門院丹後は、「おぼつかな都に住まぬ都鳥」――すなわち、〝都鳥は例え名前に「都」を冠していても、その実は東国の隅田川にいる鳥であって、都には住んでいない、だから業平が都の事を尋ねてもどのように答えたのか心許ない〟と詠んでいる。これは、都鳥が名に「都」を持つがゆえに、旅人が都の事を懐かしみ尋ねる対象となる鳥だ、という都鳥の本意に疑問を差し挟む内容である。「都に住まぬ都鳥」という否定表現によって、〈名〉と〈実〉の間にある矛盾を突いている。いわば、和歌の常識や前提に対して、現実と論理によって挑戦・反論する姿勢である。この丹後歌の機知による奇抜さは、評価され、『新古今集』に入集する。しかし現実暴露的なこの一首は、和歌において培われてきた「都鳥」の本意を、そして規範（カノン）となる古典を破壊しかねない。

①〜④で取り上げた良経歌も、丹後歌と同様に、本歌の否定表現である。しかし、本歌の打ち出す内容や本意に対して疑問を差し挟んだり、根本から否定するという立場で詠まれていない。①〜④で取り上げた良経の本歌取りは、あくまでも、本歌の内容や本意は前提として踏まえている。本歌が築いた一つの認識を土台とし、その上に、自分自身の異なる立場や視点を提示し、本歌と対比させて強調することに狙いがある。否定表現が、新たな視点や価値観の提示、自らの詠出したい事象の強調に作用することにより、「本歌が創り出した美的小世界を、いま新たに創ろうとする世界の中に吸収する」(11)という営為となる。本歌の内容や本意を否定することに終止しては、単なる機知的な面白さや意表を突く奇抜さに留まるのであり、規範（カノン）の破壊という方向性を有する危険も伴う。良経の本歌取り否定表現は、あくまでも本歌を取り込みつつも、それを超克してゆこうとするものであって、本歌そのものを拒絶するものではないのである。

川平ひとしは(12)、本歌取りが「前・先・旧を、後・新との対比の中でより一層有意味なものと認める――簡略に言えば、旧を本とし、新を末とする――価値観が籠められている」と指摘する。そして、懐旧と尚古の心情は「〈古〉の中に、〈今〉を相対化するより本質的で卓越した意味を認めるという価値観」に繋がること、「ただし人はいつも新たな未知へ先へ先へと進み入ることを宿命づけられており、（中略）仰ぐべき〈本〉は現存するものによって裏切られ打ち消されもする。（中略）〈古・旧〉と〈今・新〉とは現在に生きる者の思念の中で共在しながら拮抗し合っている」と述べる。本歌の否定表現が、本歌という〈もと〉を提示しつつ、それを否定することによって〈新〉を生み出してゆく営為であることの根底には、〈もと〉すなわち〈古・旧〉が確固とした意味、規範（カノン）としての位置を持つという、川平の指摘する価値観がある。否定すること、打ち消すことによって〈古・本〉との強烈な対照が生まれ、〈本・古〉はより強く意識されるのである。

新古今和歌における否定表現は、負の表現、中世的な否定の美意識、重層性といった観点から論じられてきた。(13)保元の乱、平氏の凋落、武士の台頭など、旧来の体制や価値観の崩壊やそれに伴って表出する無常観、しかしそれゆえに希求される〈古〉という方向性は、本歌取り及び新古今和歌の本質を考える上で重要な問題である。本歌の否定が、本歌の詞を否定することによって、鮮やかに〈本・古〉から〈今・新〉への転換を提示するものである点で、本歌の否定表現は、理智的である。と同時に、〈古〉への回帰的傾向、尚古主義に強く裏打ちされた技法でもあることも、確認しておきたい。

三、本歌の後日談

さて、ここまで取り上げてきたのは、本歌の詞を否定することによって、本歌との対比を示すという効果をあげているものだった。本歌取りにおいて、本歌の詞を否定することが、単なる対比にとどまらない例を、次にあげたい。

⑤かぜをいたみたゞよふいけのうきくさもさそふ水なくつらゝゐにけり　（760冬）

⑤は「わびぬればみをうきくさのねをたえてさそふみづあらばいなむとぞをも(お)ふ」(『古今集』雑下938小野小町「ふむやのやすひで(文屋康秀)がみかはのぞうになりて、『あがたみ(県見)にはえいでたたじや』といひやれりける返事によめりける」)の本歌取りである。⑤の第四句「誘ふ水無く」とは、本歌の第四句「誘ふ水あらば」という仮定表現を否定する表現である。それによって、本歌で〝浮き草のように憂き身で、根の無い私は、誘う水があれば行ってしまおうと思います〟と詠まれた「誘ふ水」が結局無かったことが示される。時間は経過して冬を迎え、激しい寒風のために池は凍てつき、根が無く漂う浮き草も閉じこめられてしまった様を詠んでいる。

⑥からころもすそのゝきゞすうらむなりつまもこもらぬおぎ(を)のやけはら　(708春)

この⑥は、「武蔵野は今日はな焼きそ若草のつまもこもれりわれもこもれり」(『伊勢物語』一二段／『古今集』春上17読人不知「題不知」・初句「かすが野は」[14])の本歌取りである。⑥の第四句「妻もこもらぬ」は、本歌第四句「妻も籠もれり」の否定表現である。

但し、この「妻もこもらぬ」には先行例がある。寂蓮の文治二年(一一八六)詠「かさぬべきつまもこもらぬむさしのにそでをばよきよしののをふぶき」(『寂蓮結題百首』92ざふ「たびのうちにかぜすさまじ」)である。また良経には、詠歌年次未詳であるが、「むさしのゝしのゝをふゞきさむきよにつまもこもらぬをしかなくなり」(秋部1181「鹿」)があり、この歌は「篠の小吹雪」[15]を用いていることからも、寂蓮歌の影響下にあることが明らかな歌である。この二首は、「篠の小吹雪」の吹く寒い季節を詠み、妻がいない旅路、もしくは牡鹿の孤独を「妻もこもらぬ」によって表している。この二首と比較すると、⑥の場合、『伊勢物語』に加え、「春ののにあさるきぎすのつまごひにおのがありかを人にしれつつ」(『拾遺集』春21大伴家持「題しらず」／原歌『万葉集』巻八1446)などに見られる雉の妻恋を、本歌の「妻」に重ねている。(16) そして、結句「荻の焼原」があることで、本歌第二句「今日はな焼きそ」という願いにもかかわらず、結局は焼かれてしまった、それゆえに「妻も籠もらぬ」という状況が生まれたことが詠まれている。寂蓮歌や自詠「武蔵野の…」とは異なり、焼け原を詠んでいる点、本歌との密着度が高い。また、本歌で詠まれた願望が叶わなかった結果の情景として、時間を後へとずらした表現になっている。

⑤⑥の二首は、四季歌であり、表だっては冬の氷に閉じられた池水、春の焼原を叙景する歌である。しかし、「誘ふ水無く」「妻も籠もらぬ」という本歌を取りつつ否定する表現があることで、描かれた景が本歌の後日談としてのものでもあるという二重性を有するのである。

次の一首は、本百首における詠作ではないが、ほぼ同時期のものなので、ここで取り上げる。

　　おなじころ、三位入道のもとより
かぎりなきおもひのほどのゆめのうちはをどろかさじとなげきこしかな　（哀傷部1562／『新古今集』哀傷828）
　　返事
⑦見しゆめにやがてまぎれぬわが身こそとはるゝけふもまづかなしけれ　（哀傷部1563／『新古今集』哀傷829）

詞書の「おなじころ」とは、その前の1560・1561番歌詞書「としごろのちぎりはかなくなりてのち、その墓所にゆきてよめるとか」を踏まえる。すなわち、良経の妻であった一条能保の娘が亡くなった折に、俊成と交わした贈答歌である。⑦の本歌は、『源氏物語』若紫巻の光源氏詠「見てもまたあふよまれなる夢の中にやがてまぎるるわが身ともがな」だ。光源氏の本歌は、藤壺との逢瀬を「夢」と詠み、その夢の中にまぎれてしまいたいと詠んだものである。良経は、本歌から「夢」という詞を取りながらも、その内容は、光源氏が幸福の絶頂として用いたのを、妻を亡くした悲しみの極みへと転じている。第二・三句「やがて紛れぬ我が身」とは、〝その夢の中に紛れてしまいたかった、しかし現実にはそれは叶わなかった我が身〟の意であり、これは光源氏が本歌で詠んだ「夢の中にやがてまぎるる我が身ともがな」という願望が叶わなかった形で詠まれている。なお一条能保の娘は、本百首の直前、正治二年七月十三日に死去している。良経は『正治初度百首』の八月十五日の第三次下命により詠進歌人に加えられたと推測されており[17]、この哀傷歌は、本百首とほぼ同時期に詠まれたことになる。題詠ではなく実詠ではあるが、本百首と同じ技法の見られるこの歌は、本歌取りの点からも注目することができるのである。

ここで取り上げた三首に共通しているのは、本歌の中に、「誘ふ水あらば」「今日はな焼きそ」「やがてまぎるる我が身ともがな」と、仮定・命令・願望表現が含まれているという点である。このように、本歌に仮定・命令・願望が詠み込まれている場合、本歌の時点では状況が決着していなかったことになる。本歌の詞を否定することによって、良経は、未決着であった仮定・命令・願望が、結果的に叶わず虚しく終わったことを提示している。それは、本歌よりも後に時間をずらした情景を詠出することになるのである。確かに、⑤⑥は、物語そのものの後日談というよりも、情景描写に本歌本説の物語性を揺曳するという技法である。しかし、物語で詠まれ願望が叶わなかった決着点としての意味を、情景描写が担うのである。またこの否定表現により、本歌で詠まれた時点での仮定・命令・願望と、その後の時間における結果・現実が対比的に表される、本歌との対比構造も有している（この点については後述する）。但し、単なる対比に留まらず、そこに時間の流れが意識されている点に注目され、また本歌の後日談を表現するという技法は、後述するように、良経および新風歌人の好んだものであるので、ここでは別に分けてあげた。

こうした否定表現が複雑かつ効果的に用いられている例として、注目されるのが、次の一首である。

⑧いはざりきいまこむまでのそらのくも月日へだて〻物おもへとは（779恋／『新古今集』恋四1293）

⑧の本歌は、「いまこむといひしばかりにながつきのありあけの月をまちいでつるかな」（『古今集』恋四691素性法師「だいしらず」）と「忘るなよほどは雲居になりぬとも空ゆく月のめぐりあふまで」（『伊勢物語』一一段／『拾遺集』雑上470）の二首が指摘されている。ここでは前者「今来むと」との関係に焦点を絞って述べる。⑧の初句「言はざりき」とは、本歌の第二句「言ひしばかりに」の「言ひし」を否定する表現である。それによって、あなたは「今来むと」つまり「今行くよ」と言ったのであって、〝空の雲が月や日を隔てるように、月日を隔てて物思いをしろとは言わなかった〟の意となっている。本歌の詞を引用した「今来むと」は、言った内容すなわち約束を本歌取りによって表す。しかし「言ひし」を「言はざりき」と打ち消すことによって、言わなかった内容――「今来むと」の裏返し、つまり恋人が長らく訪れない状態が、すなわち現在の結果であることを示すという二重構造となっているのである。

四、時間の進行

第三節で検討したような本歌の後日談を詠む和歌は、建久期の良経及び新風歌人が好んだものであった。[18]本歌取りの否定表現が、時間意識と結びついた⑤～⑧の四首については、単に否定表現の面からのみならず、本歌から時間や季節を進行させるという技法とも結びついている。

本歌から時間・季節を後にずらす和歌は、良経の建久期の詠作の中に、数多く見出すことができる。それについては、本書第四部第一章にて詳しく論じたので、重複は避け、要点のみを記す。良経が本歌から時間を後にずらして詠む和歌には、次のような技法が認められる。

A「昔」の詞で本歌・本説の時点を示し、自分自身の視点が「今」にあることを詠むもの。

B時間の経過を示す詞（「暮る」「末」等）や反復を示す詞（「幾」「又」等）によって、本歌からの時間の連続性と経過を表すもの。

C季節・時間の進行を景物の変化・消失によって表し、それによって本歌からの時間進行を詠むもの。

良経が歌人としての初期からAの技法を用いて、本歌本説の世界を憧憬し追体験しようとしていたこと、それが建久期半ばから、本歌の世界に自ら参入し、物語内人物の視点から自身が和歌を詠むBの技法を獲得していること、更に建久期後半から、Cの技法によって、本歌本説へとより深く参入する姿勢を示しながらも、本歌本説との断絶を詠もうとしていることを、本書第四部第一章で指摘した。特に、本歌からの時間の経過を詠む和歌が多いのが、建久末年に詠まれた「西洞隠士百首」である。建久末年の「西洞隠士百首」において、良経の、本歌からの時間の進行を詠む技法は完成されていたと言ってよい。

このように建久期後半に多い、本歌よりも後に時間を移して詠む和歌は、本百首においても見出すことができる。否定表現をともなわないものをあげる。

⑨いさり火のむかしのひかりほのみえてあしやのさとにとぶほたるかな　（727夏／『新古今集』夏255）

この⑨には、Aの技法が用いられている。「昔」とは本説である『伊勢物語』八七段の時点を示し、「晴るる夜の星か河べの蛍かもわがすむかたのあまのたく火か」（『伊勢物語』八七段／『新古今集』雑中1591）で、星なのか蛍なのか漁り火なのか判然としないと詠まれた光を、眼前に飛ぶ蛍に重ね合わせて見ている歌である。

⑩さをしかもわけこぬのべのふるさとにもとあらのこはぎあれまくもおし（756冬）

これは、「みやぎのゝもとあらのこはぎつゆおゝもみかぜをまつごときみをこそまて」（『古今集』恋四694読人不知「だいしらず」）の本歌取りである。⑩は本歌の「本あらの小萩」が荒れるのを惜しむと詠んでいる。また「さ牡鹿も」と、鹿も野を分けて来ないと詠むことで、本歌で詠まれた「君」の訪問が無いことが暗示されている。これは冬歌で、本荒の小萩が荒れる、つまり変化・荒廃する様で、本歌からの時間・季節の推移を表す。それと同時に、本歌で詠まれた「待つ」状況が虚しく続いていることも含意されている。Cの技法に該当する。

本百首において、こうしたCの本歌の景物の変化・消失という技法は、建久期のものよりも複雑化して用いられている。

⑪しもがれのこやのやへぶきふきかへてあしのわかばにはるかぜぞふく（707春）

これは、「つのくにのこやとも人をいふべきにひまこそなけれあしのやへぶき」（『後拾遺集』恋二691和泉式部「題不レ知」）の本歌取りである。本歌で「葦の八重葺き」とはぎっしりと茂った葦の形容であるが、⑪ではその八重葺きが「霜枯れ」た様が一旦詠出される。しかしその霜枯れの「昆陽の八重葺き」は、その後、春の訪れとともに葺き替わり、葦の若葉となって、春風が吹いている。ここでは、本歌の葦の八重葺きを用いて、その変化を詠むことで季節の推移を表現しているが、単に葦が枯れるだけではなく、それが再び若葉として芽吹く様まで詠まれている。それによって、本歌で詠まれたようなぎっしりと茂る葦の八重葺きが見られるまで、そう長くは掛からないことを予感させ、葦の消長に季節の循環を詠もうとしていると解することができる。

次の二首は、否定表現を用いるものではあるが、本歌から引用した詞を直截的に否定するのではなく、別の詞を用いるものなのでここに挙げる。技法としては、第三節で検討したものに近い。

⑫けふもまたとはでくれぬるふるさとのはなはゆきとやいまもちるらむ　（717春）

⑬わすれじの人だにとはぬやまぢかなさくらはゆきにふりかはれども　（789山家）

この二首は、ともに『伊勢物語』一七段の次の贈答を踏まえ、特に返歌を本歌取りする。

年ごろおとづれざりける人の、桜のさかりに見に来たりければ、あるじ、

あだなりと名にこそ立てれ桜花年にまれなる人も待ちけり

返し、

今日来ずは明日は雪とぞふりなまし消えずはありとも花と見ましや

（『伊勢物語』一七段／『古今集』春上62・63）

⑫は、「訪れざりける人」の立場から詠んだもので、〝今日もまた訪問しないままに暮れてしまった〟と、本歌で詠まれた「今日来ずは」という仮定が結局現実となってしまったことを詠む。初・第二句「今日もまた訪はで

暮れぬる」によって、訪問しないままに時間が過ぎたことを詠み、そのために桜は雪となって今頃散っていることだろう、と、桜から雪へという見立てに基づく景物の変化が、訪問しなかった古里で起こっていることを想像している、という凝った構成である。⑬は、訪問されなかった〝主〟の立場で詠まれたもので、こちらは下句「桜は雪に降り変はれども」と、桜から雪への変化によって、時間の進行が表現されている。

⑨〜⑬の例から、良経が否定表現以外でも、建久期の技法を発展させて、積極的に用いていることが窺われる。本百首における、本歌取りの否定表現による後日談の表現は、本百首において突然生まれた技法ではなく、建久期、それも特に建久期後半に良経が繰り返し試みてきた和歌表現を下地として、発展・延長させたものと位置づけられる。⑤⑥は特に、否定表現とともに「池水は……つららゐにけり」「荻の焼原」という、Cの景物の〝変化〟〝消失〟とともに用いられていることからも、技法の発展であることが窺われる。但し、本歌本説からの時間進行の表現を景物描写に依っていた建久期の詠作と比較すると、本歌の否定表現を裁ち入れることによって、その景物描写の意味するところが、本歌本説の決着点であることが明確に示されることになっているのである。

五、「千五百番歌合百首」との比較

本百首からは、百首中の十七首が『新古今集』に入集し、五十首が勅撰集入集和歌となる。良経の定数歌の中でも出色の出来映えであり、本章で取り上げる否定表現も、その出来映えを支える大きな要素である。否定表現を用いた①⑦⑧（⑦は本百首ではなく実詠であるが）、また、否定表現ではなくとも、本歌からの時間進行を詠む⑨は『新古今集』に入集している。

しかし、本百首の次、約二年後に詠まれた良経の百首歌「千五百番歌合百首」における本歌取りを見ると、良経は本歌の否定表現を全く用いていない。「千五百番歌合百首」における本歌取りの全てをここで検討することは紙幅に限りがあってできないので、『新古今集』に入集する一首を、傾向を端的に示す例として取り上げる。

ふかくさのつゆのよすがをちぎりにてさとをばかれず秋はきにけり　（835院第二度百首・秋／『新古今集』秋上293）

この歌は、『伊勢物語』一二三段および俊成の自讃歌を踏まえたものである。『伊勢物語』一二三段は、深草里に住む〝女〟に飽き始めた〝男〟が、「年を経てすみこし里をいでていなばいとど深草野とやなりなん」と詠む。しかし、それに対して〝女〟が詠んだ「野とならばうづらとなりて鳴きをらんかりにだにやは君は来ざらん」に、〝男〟は感動して〝女〟のもとに留まった、という話である（『古今集』雑下971・972にもこの贈答歌は収められている）。それを本歌取りして、俊成は「夕されば野べのあきかぜ身にしみてうづら鳴なりふか草のさと」（『千載集』秋上259「百首歌たてまつりける時、秋のうたとてよめる」）を詠んだ。俊成歌では、深草里で鶉が鳴いている。これは「鶉となりて鳴きをらむ」と詠んだ深草里の〝女〟が、自身が詠んだ和歌のとおりに鶉と化している、つまり、結局は男に捨てられてしまった後の光景として設定されているのである。この本歌の後日談を詠出するという俊成の技法は、新風歌人たちに強い影響を与えた(19)。特に建久五年（一一九四）の「良経邸名所題歌会」以後、建久期後半に新風歌人および良経は、繰り返し『伊勢物語』一二三段を本説取りしてきた。この『伊勢物語』一二三段をめぐる、俊成自讃歌から新風歌人への本歌取り技法の発展については、本書第四部第四章で論じるので、詳細はそちらを参照されたい。ここでは、良経の詠作から例を挙げ、「千五百番歌合百首」の一首との違いを確認したい。

ふかくさはうづらもすまぬかれのにてあとなきさとをうづむしらゆき　（冬部1321「深草里冬」）

ふかくさやうづらのとこはあとたえてはるのさとゝふうぐひ（す）底本脱落のこゑ　（409治承題百首・鶯）
ふかくさのうづらのとこもけふよりやいとゞむなしき秋のふるさと　（539南海漁父百首・秋）
秋ならでのべのうづらのこゑもなしたれにとはましふかくさのさと　（631西洞隠士百首・夏）

これらの詠作は、深草里の様々な季節を詠出する。その際、俊成自讃歌で詠まれた「鶉＝女」は、既に存在していない。本歌で「鶉となりて鳴きをらむ」と詠まれた仮定は、俊成自讃歌に至り「鶉鳴くなり」と、鶉が鳴いている――すなわち、女は捨てられ鶉となった、という結末が詠まれていた。その鶉が姿を消していることにより、時間と物語のさらなる進行と、存在していたものの非在という喪失感が表現されているのである。

では、「千五百番歌合百首」の一首はどうであろうか。建久期後半の本歌取りと異なり、ここでは鶉の消失は詠まれていない。それどころか、鶉すら取り上げられていない。ここでは、鶉になる前の〝女〟が、深草の里を離れずに〝男〟を待ち続ける様に焦点が当てられている。第四句「里をばかれず」は、「いまぞしるくるしきものと人待たん里をば離れずとふべかりけり」（『伊勢物語』四八段／『古今集』雑下969在原業平）から取ったものである。ここで良経は、『伊勢物語』四八段の〝男〟の立場から詠まれた歌を本歌取りしながら、それを「里をばかれず」待ち続ける〝女〟の立場から詠んでおり、さらにその〝女〟とは、一二三段の深草の里の女であると設定している。なお、〝男〟と〝女〟の縁のはかなさを表す第二句「露のよすが」は、『源氏物語』薄雲巻「（梅壺女御）まして、いかが思ひ分きはべらむ。げにいつとなき中に、『あやし』と聞きし夕こそ、はかなう消えたまひにし、露のよすがにも思ひたまへられぬべけれ」に依る詞である。「露」は秋の景物であり、また「里をばかれず」の「かれ」には、「離（か）れる」の意だけではなく、深草の草が「枯れる」の意も掛けられてる。

この歌には、否定表現や消失表現は用いられていない。様々な古典の場面から切り出された「深草」「露のよすが」「里をばかれず」の詞がそれぞれ絡み合い、男の女に対する「飽き」を示す「秋」の季節へと収斂してゆく。秋にまつわる詞が、背景としてその本歌・本説を揺曳させながら、重なり合い、女の待ち続けるわびしさや寂しさを強調し表現しているのである。

「千五百番歌合百首」における本歌取りは、同じ本歌を取るものであっても、否定表現、ないしは建久期以来用い続けてきた、景物の消失・変化や季節の推移に表現の重点が置かれておらず、複数の本歌を重ねて取ることによって、重層性を生み出し、主題を強調するという技法が取られている。

本百首においても、共通する主題を持つ複数の和歌を重ねて本歌取りする方法は用いられている。但し本百首における二首本歌取りは、共通点を有する本歌を重ねることにより、二首に共通する要素を強調して一首の核に置きながらも、本歌の内容を深めてゆくというよりは、複数の本歌本文の差異を際だたせる方向性を持っていることを、本書第二部第四章で述べた。これは、本百首において否定表現や本歌の後日談を用いることにより、本歌との違いや対比を強調して、自らの新しさを打ち出すという方向性とも共通している。

但し一方で、大野順子[20]は、本百首で良経が、特に物語摂取和歌で、よく似た内容を持つ二首を重ねて本歌取りする技法を用いていることを指摘している。良経の本百首における二首本歌（・佳句）取りが、大野の指摘する、本歌・本説の内容や情趣、心情を深めてゆく種類のものがあることを考えると、良経は本百首において、建久期に培った様々な技法を発揮し、一様でない本歌取りへの挑戦を試みていることが窺われる。しかし、次の「千五百番歌合百首」にまで継承されたのは、本歌との対比やずらしに重点を置いた和歌ではなく、本歌と共通した内容を持つ別の本歌を併せて取ることによって、情趣や心情を強調するという方法であった。本歌本説を深めゆく志向と、本歌との違いや対比を強調する消失・否定表現は、相容れないものである。本歌の否定は、本百首を頂点として、良経の詠作からは影を潜めるのである。

六、否定表現の一回性

但し、本歌取りの否定表現が、失敗に終わった訳ではないことは、先述したように①⑦⑧が『新古今集』に入集しており、評価されたものであったことからも明らかである。むしろ、冒頭で述べたように、本歌取りと否定表現という、新古今的表現として代表的な二つを合わせたこの技法は、新風表現として新古今時代に好まれ、斬新なものとして受け止められていたと推測される。

また、ここまで主に本歌の詞を否定する表現が、本歌との対比を示したり、本歌の後日談を語ることになるという、内容面からの検討をしてきたが、この否定表現は、詞の面からも新しい表現を生み出す可能性を持つ技法である。本歌の持つ優れた表現を、否定表現によって自身のものとして取り込み新たな表現として再生する。それは内容面のみならず、詞の面でも、「新しきを求め」られる本歌取りである。古典主義に立脚しながら、否定表現によって内容も詞も鮮やかに転換させ、新しさを生み出すことができる、それが、この本歌取りにおける否定表現が新古今時代に高く評価された理由であったと考えられるのである。

では、良経がこの本歌取りにおける否定表現を本百首を頂点として用いなくなった理由は、どこに求められるだろうか。それを、本歌取りにおける否定表現がどのように位置づけられるかという視点から考えてみたい。

たった一句の中で、本歌との対比や重層性を作り出す、それが本歌の詞を否定する表現によって可能になる。こうした本歌の詞を否定する本歌取りは、例えば次にあげる二条為世『和歌用意条々』にも、「本歌に贈答したる体」として取り上げられている。

> 又古歌に贈答したる体あるべし。「有り」といふに「無し」といひ、「見る」といふに「見ず」といへる、是

也。古歌にいはく、

心あらむ人に見せばや津の国のなにはわたりの春のけしきを

これを答へて、故禅門、

霞ゆく難波の春の夕暮は[21]心あれなと身を思ふかな

「心あらむ人に」といへるを、答て我「心あれな」と贈答せられたる、無㆓比類㆒者歟。

ここでは例歌として、能因歌を本歌取りした為家歌を取り上げている。能因が詠んだ「心あらん人」に自身を想定して「心あれな」と詠む、それが、能因の歌を贈歌と見て、自身がそれに答える形であるとしているのである。贈答歌における答歌は、相手の言葉尻をとらえ、相手の表現を巧みに用いなおして、機知的にやりこめるのが基本である（本書第一部第三章参照）。贈歌の詞を用いた切り返しの中心にしばしば置かれるのが否定表現である。本歌の詞を否定する本歌取りは、本歌の内容を踏まえ、同じ詞や題材を用いながらもそれを否定することによって切り返す技法である。それゆえに、本歌を否定する本歌取りを、本歌を贈歌とし、〈本・古〉に対する〈今・新〉からの答歌であると位置づけているのである。

但しここで、贈答歌とは、基本的に相手と自身による一回限りのやり取りであることにも、改めて注意したいのである。答歌に求められる機知とは、意表を突き、それによって相手（読み手）をうならせるものであるが、それはいわば、その場限りで発揮される輝き、一度きりで終わるものとも言えるのではないだろうか。

本歌を否定する表現は、本歌の詞を用い、本歌を喚起させながらも打ち消すことで、一首に重層性と対比構造を作り出すことのできる技法である。しかし、その新しさとは、先に第二節で述べたように、本歌に対する懐疑・逆転・転換の発想に根ざす、理智的なものであり、本歌を契機として意表を突く奇抜さをもって新しさを生むものである。こうした奇抜さは、意外性と驚きを旨とするゆえに一回性が高い。しかも、良経が本百首で用いたような否定表現は、内容の多くを本歌に依りながら、本歌の詞を引用しつつ否定する一句によってがらりと内容を転換させる。本歌取りであることを示す句、いわば一首の要となる部分に否定表現を用いるということは、その一句を再び用いる場合、本歌取りとしての一首の構想まで前作と共通してしまうことになりかねない。それゆえ、二度三度と使い回しのできない表現でもあるのである（この点については本書第四部第五章でも詳述する）。

また、本歌本説の後日談という側面からいえば、景物の〝変化〟〝消失〟は、連続する物語の一段階における相を描き出すものである。しかし、否定表現は、未決着の状態であった本歌本説の物語を、否定することによって決着させる。連続性は断ち切られ、物語はそこで結末を迎え、それ以上の物語の継起を望めない。同じ本歌本説を取ると、もはやバリエーションを生み出しがたいのである。

本歌取りの技法として、否定表現は斬新さを持つ有効なものである。その斬新さは、新古今時代に高く評価され、また従来指摘されてきた「新古今調」の範囲に収まりきらない、理智的表現として注目されるものである。しかし、その斬新さとは、一回性の高いものでもあった。一回性が高いということは、同じ本歌を取って和歌を詠もうとすれば、それ以上の展開を望めない技法でもあったのではないだろうか。それゆえに、本歌取りの否定表現は、極めて新古今的な新風表現であり、高い評価を受けたとはいえ、本百首を頂点として、以後の良経の詠作に多用されることが無くなったと考えられるのである。

結びに

ところで、先に第二節で、否定表現とは本歌を一般的命題として、それに対する疑問・矛盾・転換をはかる理智的表現であることを述べた。一方、第三・四節で取り上げた物語性の濃い本歌・本説取りは、その虚構性や背後に揺曳する恋情など、余情妖艶な新古今調の代表と位置づけられてきたものである。否定表現を理智的と位置づける見方と、本歌からの時間進行を含み込む物語的発想とは、一見、相反するものであるようにも思われる。最後に、この点について考えたい。

本歌本説からの時間進行を含み込む本歌取りは、本歌本説を自詠のスタート地点に設定し、本歌本説の〈古・本〉から歌人の〈今・新〉への時間進行を、本歌取りの構造に組み込み、物語世界の時間進行に重ね合わせるものである。〈古・本〉と〈今・新〉の共存を、物語世界においてはかるのが、本歌の後日談を詠出する本歌取りである。建久期後半の新風歌人たちは、〈古・本〉から〈今・新〉への時間の幅を、〝変化〟〝消失〟という景物描写によって表現する方法を獲得した。本歌本説が持つドラマ性が重ねられることで、描かれた情景の美しさや寂寥感はより一層深味を与えられるのである。

〝変化〟〝消失〟という景物描写は、基本的に、その景物が変化し、また失われて行く様相に、時間の進行を見ようとするものである。しかし、本歌の否定表現は、その時間進行を断ち切り、物語に決着を与え、その決着の様を、物語の始発点にあたる本歌本説と対比させることになる。本歌本説に対する論理的な疑問・矛盾・懐疑を差し挟むという理智的表現とは異なるが、否定によって本歌本説を断りつけ、その切り口を本歌本説と対比するという点では共通するのである。後日談の詠出という物語的発想・虚構性は確かにあっても、否定によって本歌・本説との対比を生み出すという表現方法（⑦は光源氏の幸福と自身の悲傷を、⑧は「言はざりき」によって、約束とそれが違えられた現実を対比する）は、理智的、知的な操作によるもの、知的な本歌本説の把握の仕方であると考えられる。

また、こうも言えようか。本歌を否定するという技法は、理智的な発想によるものである。しかし、第二節の末尾に述べたように、否定表現を用いても、本歌の内容や本意を否定することに終始しては、単なる機知的な面白さや意表を突く奇抜さに留まる。機知に傾きすぎると、情感に乏しい和歌になるきらいがある。(22) そうした奇抜さや面白さのみで一首を構成するのではなく、良経は、恋歌の情感や本説の物語性を本歌取りによって取り込みながら（なお①〜⑧までの例で、四季歌からの本歌取りは④のみである）、否定表現を用いることにより、理智的発想と優艶を両立させようとしているのである。またそれは、理智のみに傾いた情趣の乏しい和歌とならないために必要な措置であったと考えられるのである。(23)

理智と余情優艶とは、決して対立し矛盾するものではない。例えば、鈴木日出男(24)は、否定を契機とする切り返し、反発や批判を内在させるのが女歌の特徴であり、その批評性が内省へと結び付くと論じている。切り返しの批評性から生まれる情趣の問題は、新古今和歌の特性を考える上で、重要な視点であると思われる。そもそも本歌取りが、古典摂取による新たな表現の開拓というきわめて知的な技巧でありながら、結果的に余情優艶を生み出すものである。それを考えると、理智と余情優艶の両立というのは、新古今時代の歌人たちにとって大きな課題であったととらえておきたい。

注

（1）赤羽淑『藤原定家の歌風』（桜楓社・一九八五年）第二章第七節「否定的表現」

（2）和泉久子「定家の歌における「なかりけり」「なし」の用法の一面」（『鶴見女子大学紀要』6、一九六八年一二月）

（3）久保田淳『新古今歌人の研究』（東京大学出版会・一九七三年）第三篇第二章第四節二「正治初度百首」、山崎桂子『正治百首の研究』（勉誠出版・二〇〇〇年）第四章第一節四「藤原良経」、大野順子『新古今前夜の和歌表現研究』（青簡舎・二〇一六年）第三章第三節「良経『正治初度百首』における本歌取りの機能と方法」、内野静香「良経の詠歌方法――「正治初度百首」を中心に――」（和歌文学会第七十三回関西例会（二〇〇〇年七月一日）口頭発表、『和歌文学研究』81〈二〇〇〇年一二月〉掲載要旨）

（4）辻森秀英「新古今時代古典影響の一断面」（『国文学研究』22、一九六〇年一〇月）、伊東成師「藤原良経の本歌取りについて」（『学習院大学国語国文学会誌』23、一九八〇年）、君嶋亜紀「本歌取分類論の試み――藤原良経の歌を題材として――」（『平安文学研究 生成』〈笠間書院・二〇〇五年〉所収）

（5）谷知子『中世和歌とその時代』（笠間書院・二〇〇四年）第二章第一節「「治承題百首」「南海漁父百首」の世界――『新古今集』巻頭歌の生成――」

（6）本歌の喚起性という点からは、本章第四部第二章において取り上げた「うきふねのたよりもしらぬなみぢにもみしおもかげのたゝぬひぞなき」（恋部1420「舟裏恋」）についても触れておきたい。この歌は詠歌年次未詳であるが、建久末年成立の『後京極殿御自歌合』七十三番・左に自撰している。『後京極殿御自歌合』で俊成は、「右は『たよりもしらぬなみぢにも』なんどいへる姿詞づかひに、なにとなく艶にもゆふにも聞え侍るを、よの人は心えず侍るなるべし」と判詞を付けている。この判詞は、「うきふねのたよりにゆかむわたつうみのそことをしへよあとのしらなみ」（『狭衣物語』巻二・狭衣）を本歌取りし、「浮舟のたよりにゆかむ」という表現を否定して「浮舟のたよりもしらぬ」と詠んだのを、本歌取りであることが分かれば表現の優れていることに気づくが、世間の人にはそれが理解できないだろう、という批判であることを指摘した。このように、本歌取りであることに気づけなければ、本歌を共有してその重層構造を理解することができない、という批判を建久末年に受けたことが、本百首において、本歌から他にも多くの詞を取り密着度を高めるという方法に活かされていると考えられる。

（7）川平ひとし『中世和歌論』（笠間書院・二〇〇三年）Ⅰ3「本歌取と本説取――〈もと〉の構造――」

（8）稲田利徳「理智的発想歌の系脈――中古和歌から中世和歌へ――」（『国語と国文学』81―5、二〇〇四年五月）

（9）前掲注（8）稲田論文

（10）古典和歌からの本歌取りではなく、周辺歌人から趣向と詞を摂取した例については、本論では挙げなかったが、同様に否定表現が本意との対比による強調となっているものを、ここで挙げる。

きよみがた心にせきはなかりけりおぼろ月よのかすむなみぢに　（712春）

この詠は、その名から「清く見る」を本意として有し、澄明な月と合わせて詠まれることが定型の清見潟を中心に据えている。しかし良経は、「心に関は無かりけり」と詠む。その理由は下句で示される。春の朧月夜で波路はぼんやりと霞んでおり、目の前の光景は「清く見る」の名に反している。だから、清見潟をそれと意識することは無いというのである。

この歌は直截には、俊成の治承二年（一一七八）詠「きよみがた浪ぢさやけき月を見てやがて心やせきをもるべき」（『長秋詠藻』549右大臣家百首・旅）を踏まえている。俊成の歌は、清見潟がその名に「清く見る」を含み、澄明な月を本意としていることから、波路に反射する澄明な月を見て、清見関の存在を意識するというものである。しかし良経は、「心に関はなかりけり」と、俊成歌の「心や関を守るべき」を「無し」によって打ち消し、今、自分は清見関の存在を心に留めることは無い、と詠むのである。

古典和歌とは異なり、周辺歌人からの摂取であるので、本歌取りの規定には沿わない。俊成歌を想起せずとも理解できる歌ではあるが、清見潟の本意は強固に意識されている。それを否定する形で、清見潟の本意となる澄明な光景を背後に揺曳しながら、それに反する眼前の霞んだ情景を強調する趣向となっている。

また、近い時代の歌人からの摂取で否定表現を用いたものに、次の一首もある。

しぐれよりあられにかはるまきのやのをとせぬゆきぞけさはさびしき
（764冬、結句底本「ひさしき」、教家本・『正治初度百首』により校訂）

これは西行の「山郷は時雨し比のさびしさにあられの音はやゝまさりけり」（『西行法師家集』307「冬の歌どもよみ侍しに」）を踏まえ、時雨よりも霰の音の方が寂しいと詠んだ西行に対し、時雨から霰に変わり、更に「音せぬ」雪こそが今朝は寂しいのだと、否定表現によって強調している。

（11）藤平春男著作集第2巻『新古今とその前後』（笠間書院・一九九七年）第一章II三「本歌取」
（12）注（7）川平著書
（13）注（1）赤羽著書、山崎敏夫「新古今集の歌に見られる否定表現」（『椙山女学園大学研究論集』4、一九七三

年三月）

（14）『伊勢物語』と『古今集』で第五句に異同があるが、良経のこの本歌の享受が『伊勢物語』に依るものであることが、「わかくさのつまもあらはにしもがれてたれにしのばむゝさしのゝはら」（663西洞隠士百首・冬）から窺われる。

（15）「篠のをふぶき」は、催馬楽・逢路（あふみぢ）の「近江路の　篠の小蕗（をふぶき）　早引かず　子持　待ち痩せぬらむ　篠の小蕗や　さきむだちや」から摂取した詞である。「しのゝをふゞき」については解釈が分かれており、近代の注釈では近江の篠という地に生えている蕗のことで、女（もしくは子ども）の譬喩と解しているが、和歌の用例では風の名として詠まれている。植木朝子「催馬楽と和歌」（『国語国文』74―1、二〇〇五年一月）参照。

（16）良経は⑥に先だって、『六百番歌合』で「武蔵野に雉も妻やこもるらんけふの煙の下に鳴なり」（81春中・十一番・雉・左・負）を詠んでいる。この歌について、右方人は「頼政が歌に、『霞をや煙と見えん武蔵野に妻もこもれる雉鳴くなり』といへる歌に似たり」と難じた。ここに上げられる頼政歌とは、『別雷社歌合』24霞・十二番・右・勝の一首である（第二句「煙とみらむ」）。『別雷社歌合』で判者の俊成は「右歌、かの『むさし野は今日はなやきそ』といへる歌を本として、『つまもこもれる雉鳴くなり』といへる心ばえにこそおぼえ侍れ」と記している。⑥の『伊勢物語』一二段と雉の妻恋を重ね合わせる趣向は、頼政歌から学んだものと考えられる。

（17）有吉保『新古今和歌集の研究　基盤と構成』（三省堂・一九六八年）第一編第二章Ｉ「後鳥羽院初期歌壇の形成――正治初度百首を中心に――」

（18）注（5）谷著書、谷知子「藤原良経」（島津忠夫編『新古今和歌集を学ぶ人のために』〈世界思想社・一九九六年〉所収）、大岡賢典「定家と良経――新古今の前衛と後衛――」（『論集　藤原定家』〈笠間書院・一九八八年〉所収）、海老原昌宏「良経と時間」（『日本文学論究』58、一九九九年三月）、加藤睦「藤原良経「六百番歌合百首」覚書」（『立教大学日本文学』83、二〇〇〇年一月）

（19）注（5）谷著書第三章第四節「「消失」の景――イメージの重層法の形成――」、小林一彦「歌をつくる人々」（『野鶴群芳　古代中世国文学論集』〈笠間書院・二〇〇二年〉所収）

（20）注（3）大野著書

（21）第三句「夕暮は」、『愚問賢注』『井蛙抄』「あけぼのに」

（22）たとえば第二節に挙げた宜秋門院丹後歌は、「才のみの歌といへる」（窪田空穂『完本新古今和歌集評釋 中巻』東京堂出版・一九六四年）、「理に過ぎて、本歌の雅情に遠くおよばない」（日本古典文学全集『新古今和歌集』峯村文人校注、小学館・一九七四年）、「知的興味に基づく作品で、情趣には乏しいといわざるをえない」（久保田淳『新古今和歌集全評釈 第四巻』講談社・一九七七年）と、理知に傾き情趣の乏しい歌という評価を受けている。

（23）この点については、『古今集』の誹諧歌の特質として、反語・逆接的な発想が指摘されていることも考え合わされるところである（『折口信夫全集第十巻』〈中央公論社・一九六六年〉所収「連歌俳諧發生史」参照）。『古今集』の誹諧歌に「いわゆる現実暴露的な詠みぶりを示し、その意味で詩情のないもの」（渡辺秀夫『平安朝文学と漢文世界』〈勉誠社・一九九一年〉第一篇第七章〈付説〉「『古今集』における「誹諧歌」の意義と本質」）が含まれることを考えると、否定を契機とする機知にのみ傾くと、詩情を旨とする正格の和歌から外れかねない。本歌の否定表現の臨界地点は、詩情・情趣にあるという見方もできよう。

（24）鈴木日出男『古代和歌史論』（東京大学出版会・一九九〇年）序第三章「女歌の本性」

第四章　『最勝四天王院障子和歌』の歌枕表現

はじめに

承元元年（一二〇七）、後鳥羽院は現在の京都市東山区三条白河に御願寺を建立した。最勝四天王院である。この寺院の内部の障子には、日本全国から選び出した四十六カ所の名所を描き、絵には和歌と漢詩を書いた色紙が付された。漢詩は古くに詠まれた詩を用いたが、和歌は障子絵のために新たに詠進させた。障子和歌を詠んだのは、後鳥羽院自身を含め、慈円・通光・俊成女・有家・定家・家隆・雅経・具親・秀能という、当代を代表する歌人十名であった。

本障子絵および和歌の制作の過程については、定家の『明月記』が詳しく追って記録しており、定家自身が制作に深く関わっていたことを知ることができる。四月二十一日条には和歌所で有家・家隆・通具が集まり、名所のことを相談し「名所の景気幷びに其の時節」すなわち、各名所に何の景物を描き、どの季節に設定するかを清範の執筆で書き出した。そこでは、「予大略相㆓示之㆒、須㆑待㆓衆議㆒、然而人皆賢者也、互憚㆓忌言㆒、又無㆓殊思得事㆒、不㆑出㆑詞、予本自至愚、雖㆓軽微事㆒、猶思㆓国忠㆒、不㆑顧㆑犯㆓龍鱗㆒、仍不㆑顧㆓傍難㆒、出㆓微言㆒畢」とあるように、他の歌人たちは発言を控えがちで、専ら定家が案を出したようである。

その後も、後鳥羽院は定家を中心に障子絵の計画を進めさせたことが、五月十一日条の「此等事、偏被レ仰二一身一、如何」などから知ることができる。また、五月十六日条には、絵師の一人である兼康が、「伝々説」では描くことが難しいために実地に名所を見た上で絵様を進上したいが、遅れることが危惧される、どうすればよいかと、定家に指示を仰いでいたり、六月八日には大井河の絵を絵師の光時と定家が相談している。こうした記述から、和歌所における話し合いのみにとどまらず、定家が絵師を監督する立場にあったことが窺われるのである。

本障子絵については、中世初期のやまと絵が写実性を重んじるようになることと合わせて、先述したように、兼康が「伝々説」だけではなく実地に名所を見て来たいと申し出たことからも、写実性が求められていたと考えられている(1)。また、五月十四日には、絵師に指図をする役目に、秀能と雅経が加えられている。雅経は鎌倉幕府に蹴鞠の名手として招かれて下向したことがあり、実地に東国を目にしたことがある経験を買われてのことである。これも伝統に則して名所を描くだけではなく、写実を重んじた表れと考えられる。しかし定家は、自身が「至愚之性、本自不レ見二洛外一、又無二絵骨一、旁不レ当二其仁一之由、雖レ恐申」（五月十四日条）と記すように、京都から出て遠国を旅した経験があるわけでもなく、絵の素養があったわけでもない。それでも後鳥羽院から「有二思食様一被二仰下一由」があったのは、定家の豊かな歌学の知識と、俊成亡き後の歌壇の指導者としての才覚を認められてのことであったと推測できる。

本障子和歌の歌枕については、これまでにも幾つかの研究が発表されており、障子絵に描かれた歌枕が、新古今時代以前に培われてきた伝統に立脚するものと、当代に特に注目され、好まれたものがあることが指摘されている(2)。更には、歌枕の中に後鳥羽院という制作主を強く意識したものがあり、後鳥羽院を寿ぐ意図が本障子絵および和歌にあることが、吉野朋美(3)・渡邉裕美子(4)によって明らかにされている。本障子絵・和歌に関するこれまでの研究は、本障子絵が「そのまま治天の主後鳥羽院が統治する日本国全体の縮図」(5)と位置づけられることから、後鳥羽院を中心として進められてきた。しかし本章では、後鳥羽院の信任を受け、制作の現場で絵師たちに指示を与えていた定家の立場から歌枕の表現を検討したい。本障子和歌は、『新古今集』切継期の最末期の催しで、『新古今集』に十三首が切り入れられている。この数は、一資料からの切入としては最大の数であり、本障子和歌が新古今時代末期に生み出された出色の和歌であることを示している。(6)本障子絵および和歌の「名所の景気弁に其の時節」、すなわち歌枕の景物と季節がどのように表現されているか、新古今時代末期の歌枕表現の一環として捉え直すことが、本章の目的である。

一、障子和歌の歌枕と伝統・本意

紙幅の都合により全ての歌枕について検討を加えることはできないので、幾つかの歌枕を例として、本障子絵に描かれた景物と季節がどのような理由に基づいて選ばれ決定されているのかを検討して、概観したい。

まず宮城野を例に、歌枕と景物・季節の関わりを検討する。本障子和歌で詠まれたのは、次の十首である。(7)

宮城野やあかつき寒くふく風になく音もよわききりぎりすかな　（院）
草枕またみやぎのの露にして浅くも秋をながめつるかな　（慈円）
旅人の袖の嵐の秋更けてしらぬ露散るみやぎののはら　（通光）
宮城のの秋にみだるる虫の音に露とふ風をそでにまがへて　（俊成女）
宮城のの木のした分くる旅の袖露をたよりの秋の花ずり　（有家）

移りあへぬ花のちくさにみだれつつ風のうへなるみやぎのの露　（定家）
宮城野は宿かる袖も松虫の鳴く夕かげのはぎのうはつゆ（家集「うゑの」）　（家隆）
ふる里をしのぶもぢずり露みだれ木下しげきみやぎのの原　（雅経）
宮城のの草葉の露をあらそひてまた故郷をたれおもふらん　（具親）
みやぎののうつろふ秋に足引の山立ちならし鹿ぞ鳴くなる　（秀能）

障子和歌には慈円の作が撰定された。それぞれ、傍線を付したのが障子絵に描かれていたと推測できる景物である。宮城野には、萩をはじめとする花々・虫・鹿が描かれていたらしい。こうした景物から、宮城野は秋の歌枕として描かれていることが分かる。

宮城野が秋の季節に設定されているのは、宮城野が萩と深く結びついた歌枕であったからである。宮城野と萩の結びつきは、『和歌色葉』野に「みやぎの　はぎおほくあり」、更には『和歌初学抄』には所名に「みやぎ野　ハギアリ」、また読習所名には「萩　ミヤギノ」という記述があることから、宮城野といえば萩、萩といえば宮城野、という強固な結び付きを知ることができる。(8) これは「みやぎのゝもとあらのこはぎつゆをおゝ(を)もみかぜをまつごときみをこそまて」（『古今集』恋四694読人不知「だいしらず」）が本歌として意識されてきたからだ。露もこの本歌から導き出されている。本障子絵においても、この本歌が踏まえられているのである。

それでは絵に萩だけではなく、虫や鹿がともに描かれていたのは何故であろうか。それは、単に絵を描くにあたって、萩だけでは画面を構成するのが難しいという理由のみではない。虫は「さまぐに心ぞとまるみやぎ野の花のいろ〳〵むしのこゑ〴〵」（『千載集』秋上256源俊頼「堀河院御時百首歌たてまつりける時よめる」）を踏まえていると考えられる。また、この俊頼歌を背景に置いて本障子和歌を読むと、定家が直接萩を詠むのではなく、「花のちくさ」と様々な花の中に萩を連想させる詠み方をしている理由が理解できる。また鹿は、古来萩と組み合わされて和歌に詠まれるのが多い景物ではあるが、これも勅撰集に「みやぎのにつまよぶしかぞさけぶなるもとあらのはぎにつゆやさむけき」（『後拾遺集』秋上289藤原長能「題不レ知」）という歌があり、宮城野と鹿の結び付きはこの歌に依っているのであろう。

　障子和歌に描かれた景物のいずれを選択して和歌を詠むかは、歌人の選択に依る。それは換言すれば、障子和歌に描かれた景物が基づくどの歌を本歌取りするかという選択でもある。宮城野の和歌で、鹿を詠んだのは秀能のみだった。これは宮城野の障子和歌を詠む際に、鹿は優先して選択される題材ではなかったからだと考えられる。

　宮城野は『古今集』歌を中心に、俊頼・長能歌を付加的に本歌として用いることで、景物を加えて描かれているのである。この場合、中心となる『古今集』歌が萩を詠んでいるため、すでに宮城野の季節は秋に設定される。しかし、歌枕の中には、中心となる本歌に、季節を特定する景物が詠まれていない場合がままある。次は、そういった歌枕の中で、三輪山について見てみよう。

三輪やまの杉の木がくれ行く月に涼しくなのる郭公かな　（院）
三輪の杉を尋ねてきなけ郭公山本しめし契ならねど　（慈円）
郭公三輪の神杉過ぎやらでとふべきものとたれを待つらん　（通光）
ほととぎすいかに尋ねてみわの山杉のふる枝にむかし問ふらん　（俊成女）
千早振三輪の神杉年ふともたえずこととへ山ほととぎす　（有家）
今日こ（底本「み」）ずは三輪の檜ばらの時鳥行手の声を誰かきかまし　（定家）

過ぎがてにをりはへてなけかざしをる三輪の檜原の山ほととぎす　（家隆）
郭公一声すぎの木の本に尋ねぬみわのやまぢくらしつ　（雅経）
ほととぎす又も待ちみん三輪の山名残もすずし杉の下陰　（具親）
ほととぎすなごりを袖に留置きてむらさめはるる三輪の茂山　（秀能）

三輪山に描かれた景物は、杉・檜原・時鳥、季節は夏である。障子和歌には通光歌が撰定された。
三輪山について、歌学書では『和歌初学抄』に「みわの山　スギノシルショム、神マス」、『綺語抄』下・植物部に「みわのやま　しるしのすぎ　人のやどたづぬるによむ」、『和歌色葉』山に「三和の山　神御すすぎあり」とあり、三輪山は杉を景物とする歌枕であった。これは、「わがいほはみわのやまもとこひしくはとぶらひきませすぎたてるかど」（『古今集』雑下982読人不知「だいしらず」）が三輪山の本歌として意識されてきたからである。また『和歌初学抄』万葉集所名には「原　みわのひばら」とあり、檜も三輪山の景物である。これは「古尓有険人母　如レ吾等架　弥和乃檜原尓　挿頭折兼」（『万葉集』巻七雑歌1118詠レ葉）と「往河之　過者人之　手不折者　裏触立　三和之檜原者」（同1119）に基づく。特に1118番歌は『拾遺集』雑上491にも収められており、王朝歌人にもよく知られた歌だった。定家の『五代簡要』万葉集巻七にも「名山みわのひばらにかざしをりけん」と掲出されている。

しかし、杉や檜は特定の季節とは結びつかず、これらの本歌は無季である。三輪山を夏と決定しているのは時鳥である。この時鳥は、何故描かれたのであろうか。それは「みわの山すぎがてになけ時鳥尋ぬるけふのしるしと思はん」（『金葉集』夏・二度本異本28清原祐隆・初度本171清原深養父「郭公といふことをよめる」）にもとづくものと考えられる。この歌を副次的な本歌とすることで、三輪山の季節を決定する時鳥を景物として付加し、更にはそれが歌学の上でも三輪山の本意から離れないように配慮しているのである。中心となる本歌が季節を持たない場合、副次的な本歌によって景物を付加し、季節を設定している例である。(9)

具体例を示すことはこれ以上できないが、本障子絵が本歌として用いている和歌は、『万葉集』・三代集を中心に、三十六人集や、『千載集』にいたる勅撰和歌集、『伊勢物語』『源氏物語』の物語などから採択している。後に定家が『近代秀歌』で古典と規定した範囲から外れるものもあるが、概ね当時の歌人たちにとって、和歌の伝統・本意として共有されていたからところから離れないように、周到に配慮されて景物が選ばれ、そして季節が設定されていたと考えられるのである。

しかし、歌枕の本意という視点からだけでは説明ができない例がある。次はそうした歌枕の景物と季節、そして本意との関係を検討する。

二、本歌と異なる季節の歌枕——泉川・清見関・宇津山

本歌や本説で設定されている季節からずらして本障子絵に描いている例がある。その一つが泉川である。障子和歌を掲出する。

いづみ川かは浪しろく吹く風に夕べ涼しきさほ（家集「かせ」）(10)山のまつ　（院）
和泉川いくみかの原過ぎぬとも夏はおもはぬ衣かせやま　（慈円）
涼しさに秋ぞ打出づる和泉川柞の森のきしの下水　（通光）
柞原森の下風おのづから立ちよるばかりあきやとふらむ　（俊成女）

秋のいろをややみかの原和泉川結べば露の玉の井の水　（有家）
和泉川かはなみきよくさす棹のうたかた夏［底本「浪」］をおのれけちつつ　（定家）
しろた［底本「き」］への夕浪涼し和泉川柞の森の竹の下道　（家隆）
いづみ川いく瀬の水もふかみどり茂る柞の森の下陰　（雅経）
暮るる間はかはらず秋に和泉川柞の森も月ぞもりくる　（具親）
いづみ川かは浪すずし水鳥の柞の森の夏の夕陰　（秀能）

泉川の景物は鹿背山・瓶原・柞・松・竹・水鳥、季節は夏である。[11] 障子和歌に撰定されたのは定家歌だった。泉川の本意をなす本歌は、「みやこいでゝけふみかのはらいづみがはかは風さむしころもかせ山」（『古今集』羈旅408読人不知「題しらず」）である。この本歌は、旅人が泉川を吹く川風によって寒さを覚え、鹿背山に、上から着る衣をその名の通り貸してくれと呼びかける歌である。瓶原は泉川の北岸に位置する歌枕である。また、泉川西岸に位置する祝園神社の森は「柞の杜」と呼ばれ、紅葉の名所だった。すなわち、泉川と柞の杜は、川風と紅葉する柞を景物に持つことによって秋の歌枕であるという本意があった。しかし本障子絵では、まだ青葉の柞が描かれ、夏の情景として描かれている。泉川の本意は秋であるのに、夏に設定している意図はどこにあるのであろうか。

ここで障子和歌の表現を見てみると、夏とはいえ通光「涼しさに秋ぞ打出づる和泉川」、俊成女「立ちよるばかりあきやとふらむ」、有家「秋のいろをややみかの原」と、秋の気配が見え始めた晩夏として詠んでいる。また、後鳥羽院「夕べ涼しきさほ山のまつ」、通光「涼しさに秋ぞ打出づる」、家隆「しろたへの夕浪涼し和泉川」、秀能「いづみ川かは浪すずし」と、「涼し」の語が多用されている。

泉川を夏歌に詠むのは、本障子和歌が初例ではなく、新古今時代に先例がある。「いづみ川はゝその陰にすゞみきて秋もまだきの袖の露哉」（『御室五十首』269釈阿、夏）「いづみ河ははその杜は青葉にて月は秋なるなみのうへかな」（『影供歌合 建仁三年六月』69大江公景、水路夏月・十七番・左・持）「月影もなつのよわたるいづみ川河かぜすずし水のしらなみ」（『影供歌合 建仁三年六月』50俊成女、水路夏月・七番・右・負）である。特に俊成女歌の第四句「かは風すずし」は、本歌の「かは風さむみ」を踏まえた表現であり、秀能の第二句と一致している。秀能が俊成女の表現を摂取したものと考えられる。

こうした表現は、川風が涼気もしくは寒気を持つものであることを踏まえている。川風は、「かはかぜのすゞしくもあるかうちよするなみとゝもにやあきはたつらむ」（『古今集』秋上170貫之「秋のたつ日、うへのをのこどもかものかはらに河せう（逍遥）えうしけるともにまかりてよめる」）に表れているように、その涼しさによって秋の到来を認識させる題材である。そしてその涼感が夏歌で詠まれるのは、納涼を主題とする場合である。納涼が和歌において、屏風歌を通じて定着したことは川村晃生[12]・岩井宏子[13]によって指摘されている。その屏風歌とは、月次屏風の六月の題画「納涼」を主題としたものであったと岩井は推測する。それを踏まえて考えると、屏風絵では伝統的な題材である納涼を本障子絵に描くにあたっては、川風を本意として持つ泉川が効果的な歌枕だった[14]。また泉川は、その名に「泉」を有することから、納涼の題材としての「泉」を連想させる効果がある。更には、納涼の題材に用いられる木陰をもたらす木が、柞、つまり来るべき秋に紅葉する木であることによって、紅葉を想像させ、近づく秋をより強く意識させるのである。歌人たちもそれを意識して障子和歌を詠進したのである。

泉川は古来より、京と奈良をつなぐ奈良街道の要所である。暑気の中旅する旅人が、京と奈良の境に位置する泉川で、一服の涼気を味わい、秋の到来を予感する。秋から冬の川風の寒さを詠んだ泉川の本歌「都いでて…」が喚起されることで、一層その効果を強めているのである。

同様の例は清見関にも見出せる。清見関は富士山の裾の海辺にある東海道の関所であると同時に、「よもすがらふじのたかねに雲きえてきよみがせきにすめる月かな」（『詞花集』雑上303顕輔「家に歌合し侍りけるによめる」）に見られるように、その名の「清見」に掛けて月が景物として詠まれる歌枕であった。澄明な月が景物ということは、季節は秋になるのが通例であるが、本障子絵・和歌では夏に設定されている。柳澤良一氏(15)は、夏月の美しさが、短夜の中で瞬間の美を放つところと、暑さに涼感をもたらすところにあると指摘している。そうした短夜の夏月の美しさは、本障子和歌では清見関で詠まれることで、清見関という月の名所で見るものであるという付加価値が備わる。更に月光の涼感が、来るべき秋、つまり清見関が本意として有する澄明な秋月の季節の到来を予感させるのである。清見関の夏月は、やはり新古今時代から詠まれており、建仁元年（一二〇一）四月に行われた『鳥羽殿影供歌合』の「海辺夏月」題に、定家・家隆・公継が清見関を詠んでいる。これらの清見関の夏月を詠んだ歌は、清見関が月を景物として有するという伝統を踏まえながらも、故意に秋から夏に季節をずらしているのである。

泉川と清見関は、本意として有する景物が、本来ならば秋の景物であることを利用して、夏に秋の涼しさを予感させる、更に涼感を詠出するという効果を想定しているのだ。では、本歌・本説よりも後に季節をずらす場合は、どのような効果が表れているかを、宇津山から検討しよう。

日暮るればあふ人もなしうつの山現もつらし夢はみえぬに　（院）
蔦のいろむかしを今に分けなして心ぼそきはうつの山みち　（慈円）
夕月夜露吹きむすぶ秋風にわが袖ひぬやうつのやま本　（通光）
いろいろの木葉しぐるる露分けてうつつともなき宇津の山道　（俊成女）

蔦のいろも移りにけりな宇津の山秋も更行くしぐれ（底本「る」）せし間に　（有家）

宇津の山うつるばかりに嶺（家集「の」）のいろは分きてしぐれやおもひ染めけん　（定家）

踏分けてさらにやこえん宇津の山うつろふ蔦の岩のほそ道　（家隆）

ふみ分けし昔は夢かうつの山跡ともみえぬ蔦のした道（家集「露」）　（雅経）

誰にかは風の便りもしらすべき紅葉ふりしく宇津の山道　（具親）

しられじな今も昔も宇津の山蔦よりしげき思ひ有りとは　（秀能）

障子和歌に撰定されたのは雅経の歌である。障子絵に描かれていたらしい景物は蔦（紅葉）・時雨で、季節は秋である。

この宇津山の本説は、『伊勢物語』九段である。

（略）ゆきゆきて、駿河の国にいたりぬ。宇津の山にいたりて、わが入らむとする道はいと暗う細きに、蔦かえでは茂り、もの心細く、すずろなるめを見ることと思ふに、修行者あひたり。「かかる道は、いかでかいまする」といふを見れば、見し人なりけり。京に、その人の御もとにとて、文かきてつく。

駿河なるうつの山辺のうつつにも夢にも人にあはぬなりけり

富士の山を見れば、五月のつごもりに、雪いと白うふれり。（以下略）

障子絵の蔦は、この業平の東下りの章段に依る。しかしこの九段は、直前に八橋の杜若を見て和歌を詠む場面があり、更には二重傍線を付したように、直後の記述に「五月のつごもり」とあるので、章段全体が夏の物語として設定されていることが明らかである。本障子絵は、この九段に依りながらも、時雨によって紅葉した蔦を描き、秋の歌枕として設定されている。これは本説から乖離した表現である。本説が夏の物語であるにもかかわらず、宇津山を秋の歌枕として設定しているのは、どのような理由によるものであろうか。

宇津山が新古今時代に注目を集め、更に秋の季節に詠まれることが好まれた経緯については、田尻嘉信[16]・竹下豊[17]・渡邉裕美子[18]の論に詳述されている。ここでは重複を避けて、概要を述べるに留めたい。宇津山を秋の季節で詠んだ早い例は、『六百番歌合』の良経「宇津の山越えし昔の跡古りて蔦の枯れ葉に秋風ぞ吹く」（秋下431六番・蔦・左・勝）であり、この歌について俊成は「左、『宇津の山』の『昔の跡』を思出でて、『蔦の枯れ葉に秋風ぞ吹』といへる心、殊に艶に侍べし」と、秋の宇津山の表現を評価した[19]。しかし同歌合で顕昭が詠んだ「宇津の山ゆふこえくればみぞれふり袖ほしかねつあはれこのたび」（冬上527二十四番・霙・左・持）や、後の建仁元年（一二〇一）三月に行われた『新宮撰歌合』で宮内卿が詠んだ「古郷のたよりおもはぬながめかな花ちる比のうつのやまごえ」（12六番・羇中見花・左・持）に対しては、霙や桜花が本説の『伊勢物語』には無い景物であると批判している。俊成は一貫して、本説に見られる蔦が、時間の移り変わりによって変化した紅葉や枯葉を詠むことで秋の宇津山を表現することを評価している。蔦という本説にある景物を利用した季節の変化は認めても、本説にない景物を加えた歌については、本意から乖離しすぎた表現と批判し、許容していない。その後、建仁二年（一二〇二）九月の『水無瀬殿恋十五首歌合』の俊成判詞（三十三番・羇中恋）で「近来うつの山越あまたきこえ侍にや」という言及が見られるほど、宇津山は新古今時代に数多く詠まれていた。

渡邉は、『伊勢物語』絵の中で宇津山越えに秋の紅葉を描いた例が見られることをあげ、美術史の面からもこの問題について考察している。千野香織[20]も、紅葉した蔦・楓を描く伊勢物語屏風絵について、蔦や楓を紅葉させたいという欲求が描く側にも見る側にもあり、視覚的な効果を重視したと述べる。そうした伊勢物語絵の美術史上の表現史を考えることは、本障子絵を考察する上でも有効であるが、その上で、本説から季節を秋へと移すことで、障子和歌の宇津山詠にどのような表現が立ち現れているかという問題を考えねばならない。更に、田尻や渡邉が指摘したように、俊成が宇津山越えを秋に詠むことを評価したのは何故であろうか。単純にその趣向を好んだという以外に、もっと本質的な俊成と新古今歌人の表現意識に根ざした理由が考えられるのではないか。本歌にない季節の設定、そして本歌からの季節の変化を考えるには、新古今時代の表現という視点から再検討する必要がある。そこで次節では、本歌取り技法の観点から、新古今和歌における「歌枕―本歌―景物―季節」のつながりと、本説の時間との関係をもう一度考えてみよう。

三、本歌の季節からのずらし

本障子絵・和歌に見られる、本歌からの季節の変化を考えるにあたって、新風歌人によって建久五年（一一九六）に催された「建久五年良経邸名所題歌会」から検討する。参加した歌人は、良経・慈円・定家・家隆・寂蓮・隆信・顕昭・二条院讃岐が確認できる。[21]この歌会は、九条家歌壇の名所和歌に対する高い関心から生み出されたものである。歌枕に対する関心は、その後の後鳥羽院歌壇まで継承されており、本障子絵や名所題詠の先蹤として注目されるものである。

この歌会では、志賀浦春・泊瀬山春・竜田川夏・宮城野秋・須磨関秋・深草里冬・春日山祝・三島江恋・清見潟旅・浮田杜述懐の十題が設けられた。これは絵を伴わない和歌のみの歌会とはいえ、題の時点で歌枕と季節が結びつけられているところが共通点だ。それぞれの歌題は、歌枕が本意として持つ景物または地名が喚起する状況によって、季節もしくは人事と結びつけられている。しかし、伝統から外れる歌枕と季節の結びつきがある。

「竜田川夏」と「深草里冬」である。この二つは、本来は秋の歌枕であるにもかかわらず、それぞれ夏と冬に設定されているのである。

まず、「竜田川夏」から見てみよう。各歌人の家集によって、それぞれの歌を掲出する。

ゆふぐれは山かげすゞしたつた河みどりのかげをくゞるしらなみ　（『拾玉集』3978）

荒和（みなづき）のそらにもあきやたつたがはせによるなみのむらさめのころ　（『壬二集』夏部2293）

たつ田川いぐしのしでに浪こえて秋風かよふゆふ暮の空　（『拾遺愚草』夏部2222）

竜田川を夏に詠んだ先例としては、「なつごろもたつたがはらのやなぎかげすゞみにきつゝならすころかな」（『後拾遺集』夏220曾祢好忠「だいしらず」）がある。しかし、本歌会の「竜田川夏」題詠は、この初夏を詠んだ歌を本歌としていない。先述の泉川と同様に、晩夏の竜田川を詠み、既に秋の気配が感じられる様子を詠んでいる。特に定家の歌は、在原業平の「ちはやぶる神代もきかず龍田河からくれなゐに水くゝるとは」（『伊勢物語』一〇六段／『古今集』秋下294）を本歌取りし、竜田川の本意である紅葉、つまり本歌の「唐紅」を意識させた上で、夏の竜田川を染める木々の緑陰を詠み、色彩の鮮やかな対象を二重写しに想像させる。竜田川が紅葉の名所であるという強固な本意があることで、眼前の緑の景、つまり夏の情景が一層鮮やかに浮かび上がるという手法である。本意である秋から夏へ移すことで、来るべき秋の到来を強く意識させる表現は、障子和歌の泉川詠と共通している。

次に「深草里冬」を見る。

ふかくさはうづらもすまぬかれのにてあとなきさとをうづむしらゆき　（『秋篠月清集』1321）

冬がれはいとど物こそさびしけれうづらになれし深草の里　（『拾玉集』3981）
すみたえぬうづらのとこもあれにけりかれ野となれるふか草の里　（『壬二集』2593）
ゆきをれの竹のしたみちあともなしあれにしのちのふかくさのさと　（『拾遺愚草』2460「深草雪」）
なぐさめしはなのいろいろゆきつみてのとだに見えず深草の里　（『隆信集』291）
秋のいろのあはれまでこそおもひしを霜がれわたるふか草の里　（『寂蓮集』180）

ここで歌人たちは、深草里を枯野もしくは雪に埋もれた野として表現し、良経・慈円・家隆は、既に姿を消した「鶉」を詠んでいる。これらの歌の本説は『伊勢物語』一二三段である。

むかし、男ありけり。深草にすみける女を、やうやう飽きがたにや思ひけん、かかる歌をよみけり。
　年を経てすみこし里をいでていなばいとど深草野とやなりなむ
女、返し、
　野とならばうづらとなりて鳴きをらんかりにだにやは君は来ざらむ
とよめりけるにめでて、ゆかむと思ふ心なくなりにけり。

なお、この贈答歌は、『古今集』雑下（971・972）に「ふかくさのさとにすみ侍て、京へまうでくとて、そこなりける人によみておくりける」の詞書で収められている。
本説と「深草里冬」の歌の間にあるのが、新古今歌人たちにとって指導者であった藤原俊成の次の一首である。

百首歌たてまつりける時、秋のうたとてよめる

夕されば野べのあきかぜ身にしみてうづら鳴なりふか草のさと（『千載集』秋上259）

久安六年（一一五〇）に、崇徳院の命で詠進した『久安百首』の中の一首である。この歌は、俊成が『千載集』に自撰したのみならず、『古来風体抄』の勅撰集抄出歌として自詠から唯一選び、また鴨長明『無名抄』の「俊成自讃歌事」の記事によっても、俊成の自讃歌であったことがよく知られている歌である。この歌の本説が『伊勢物語』一二三段であることは、後年の『慈鎮和尚御自歌合』八王子七番判詞で、俊成自身が「たゞ『いせ物がたり』にふか草の里の女の『うづらとなりて』といへる事をはじめてよみいで侍しを」と言明していることからも判明する。

この本説と俊成の本歌取りについては、現在に至るまで様々な視点から多くの研究が積み重ねられているが[22]、ここでは次の点を確認しておきたい。まず、俊成は本説にない〝秋〟という季節を設定していること。そしての〝秋〟とは、あくまでも本説の物語よりも更に進んだ時点として設定されていることである。

本説にない〝秋〟の季節を一首に設定した理由については、鶉が秋の景物として意識されていたこと、更に鶉が故里の景物であったことを指摘した鈴木徳男の論[23]、「秋の夕暮」の詠作史を追った田中幹子の論[24]が提出されている。鶉や「秋の夕暮」は、秋の物悲しさや恋の情趣を表現する上で適した題材であり、それを利用した上で、俊成は本歌取りという技法を用いながら新たな一首を創出したのである。しかしここで本歌取りの技法として重要であるのは、本説では〝女〟が詠んだ歌によって感動した〝男〟は、一度は捨てようとした〝女〟のもとにとどまる、いわばハッピーエンドとして物語は結ばれるが、俊成歌では〝男〟は結局〝女〟のもとを去り、〝女〟は自らが詠んだ歌の通り「鶉」と化して深草の里で男を待っている様が詠まれていることである。俊成が一首の

中で詠出した内容は、本説そのものからは乖離している。「秋―飽き」の到来が〝女〟を「鶉」と化したと、本説が語った物語のその先の物語を、秋の季節の中に置いて創造したのである。

こうした技法を、錦仁[25]は本のテキストを変容することで、より悲しい愛の物語を構築していると述べる。五月女肇志[26]は、章段の結末部「ゆかむと思ふ心なくなりにけり」にこだわりすぎることを危惧し、むしろこの章段の独自性を贈答歌の内容に認めるべきであると論じている。五月女の論の通り、結末の一文にこだわりすぎるのは危険であるが、俊成自讃歌の眼目が、この本説の枠組みの中であくまでも悲恋を表現する点にあることはやはり強調してもよい。一首の中心は、捨てられても深草の里を去らず、鶉となってその地に留まり、待ち続ける〝女〟の有り様に向けられているのである。

俊成の表現は、その後、深草里の詠に大きな影響を与えた。深草里には、〝女〟の変身した鶉が鳴く地、すなわち悲恋の歌枕そして秋の歌枕としての性格が付与されたのである。「建久五年良経邸名所題歌会」で新風歌人たちが詠んだ「深草里冬」題の歌は、いずれも俊成と同じく『伊勢物語』一二三段を本説としており、直接には俊成「夕されば…」歌から強い影響を受けて詠まれている。新風歌人たちは、季節を秋から冬へと進め、俊成が本説の後日談として詠んだ「夕されば…」歌よりも、更に後の時間を設定しているのである。季節と時間を進めることで、草深い深草里は霜枯れ、もしくは雪に埋もれ、そして〝女〟が化した鶉は姿を消し、残像として鶉を意識させる技法を取っている[27]。俊成は、〝女〟が鶉と化したことによって、悲恋を詠出した。新風歌人たちは、鶉が消失したことによって、俊成が描いたよりも更に絶望的な状況を詠出しているのである。季節の推移が物語の時間進行に重ねられ、深草里の本意をなしている〝女〟が化した鶉と、草深い野の更なる変貌も物語の進行による。つまり、本歌取りする際に季節を後へ移すことは、物語の進行、それもより悲劇的な、より絶望的な段階への進行を意味するのである。俊成自讃歌と「建久五年良経邸名所題歌会」の「深草里冬」題詠が、新古今的本歌取りであり新古今的名所詠である点はそこに求められる（本書第三部第一章・第四部第一章参照）。「建久五年良経邸名所題歌会」の「深草里冬」の題は、その題が既に、『伊勢物語』一二三段を本説取りすること、そして本説よりも、俊成「夕されば…」歌よりも、絶望的な状況となった物語を、俊成歌から更に後へ時間を進めて詠出することを前提としているのである。

本障子絵・和歌の秋の宇津山が、俊成の意向を反映しているという田尻・渡邉の論は、名所詠における季節の推移は、あくまでも名所の本意である景物の変容によって表され、物語の時間進行と重ねられているという、新古今的本歌取りの表現の中において考えるべきであると考えられる。

四、本歌の後日談としての表現

新古今時代の本歌取りの特徴として、その本歌が恋歌（もしくはその要素の強い歌）である場合、本歌から時間を後へ進めるということが、すなわち悲恋へと、またはより一層絶望的な状況へと物語を進めることを意味することを、前節で見てきた。そして俊成自讃歌と同様に、本歌にはない〝秋〟という季節を本歌に付加し、悲恋の性格を持たせた歌枕が、本障子絵・和歌にも見られる。それが因幡山である。障子和歌を掲出する。

天の戸や明けばいなばの嶺にしも待つよなふけそ秋のよの月　（院）
嶺の松もすそのの萩もなびききていなばの山はただ秋の風　（慈円）
立別れたれかいなばの山の端に契りし跡はまつ風ぞふく　（通光）
更に又まつにしつらきゆふべかはいなばの山の秋風のこゑ　（俊成女）

よそにみていなばの山の嶺の松待つらんとかは頼みわたらむ　（有家）
これもまた忘れじものを立別れいなばの山のあきのゆふぐれ　（定家）
秋もまたいなばの山の嶺の松かはらじいろをしをるあらしに　（家隆）
いつとてかいなばの松のあき風に身をまかせたる山の夕暮　（雅経）
いかでかは待つともきかんはるばるといなばの山のみねのあきかぜ　（具親）
別れてもよしやいなばの嶺の木にまつとな告げそこころづくしに　（秀能）

障子和歌に撰定されたのは、後鳥羽院の歌である。描かれている景物は松・月・萩、季節は萩によって秋と決定できる。

因幡山は、「たちわかれいなばの山のみねにおふるまつとしきかばいまかへりこむ」（『古今集』離別365在原行平「だいしらず」）を本歌として、そこに生える松を景物として有する歌枕であった。但し、この本歌は無季である。因幡山を秋と決定する萩を詠んだ歌を探しても、本障子和歌以前に、例を見出すことはできない。

そもそも因幡山が、本歌の後、和歌に詠まれることがほとんどなかった歌枕だった。この歌枕が再発見され、積極的に和歌に詠み込まれるようになったのは、新古今時代に入ってからのことである。特に、定家がその先鞭を付けたらしい。

摂政太政大臣家歌合に、秋旅といふ事を　　定家朝臣
わすれなむまつとなつげそなか〳〵にいなばのやまのみねのあきかぜ　（『新古今集』羇旅968）

『新古今集』に入集したこの歌は、正治二年（一二〇〇）良経邸で行われた散逸歌合で詠まれたものである。定家の歌は、行平歌を本歌取りしている。

本歌と本障子和歌の間に詠まれたこの定家歌は、本障子和歌と同じく、秋の因幡山を詠んでいる。定家歌は、〝忘れてしまおう、私を「待つ」とはかえって告げないでおくれ、因幡の山の峰を吹く秋風よ〟という意味である。ここで定家は、行平が因幡山の松に言寄せて恋人に呼びかけた「待つとし聞かば今帰りこむ」を、禁止表現によって反転している。なぜ、恋人に「待つ」とは告げないでくれと訴えているのか、その理由は結句に表れている。結句「峰の秋風」は、恋人が自分に「飽き」ていることを告げているからである。それゆえ、「待っている」という言葉は、偽りに満ちたものにしかならないから、そのように告げられて都に帰ることは、主人公にとって悲しくつらいだけである。ここには、行平歌の後日談ともいうべき内容が歌われている。この定家の趣向は、同時代歌人にも注目されたらしい。宮内卿が翌年の『老若五十首歌合』で「おもひこしいなばの山のみねにしもたのめぬ松の嵐をぞきく」（490雑・二百四十五番・左・負）と、やはり「松」が「たのめぬ」ものとなってしまったと、行平歌の後日談を詠んでいる。

定家の「わすれなむ…」歌が本障子和歌に影響を与えていることは、特に秀能歌の第四句が、定家歌の第二句「待つとな告げそ」を摂取していることに最もはっきりと表れている。それだけではなく、本障子和歌において、因幡山には、恋人の「飽き」を示す秋風が吹き、「松」は待っていても甲斐のないものであると表現される。本歌の行平歌を始発点として、時間を進め、恋人の心変わりと恋の終焉を主人公が感じているという状況のもとで、歌人たちは因幡山を表現しているのである。因幡山の季節を秋に据え、恋人の心変わりを感じる場とする設定は、定家「忘れなむ…」歌の影響下にあると考えられる。

因幡山の本意を形成している松は、季節による変化がない常緑樹である。因幡山を秋の歌枕として絵画として表現する上で、松によって秋らしさを描くのは困難である。それゆえ、秋の季節を明示できる萩を付け加えて、因幡山を秋の歌枕として絵に描いたのではなかったかと考えられる。因幡山は、「松」を中心の景物として本意が形成されている。そこに本歌にはない「秋」という季節を設定することで、本歌から物語が進行したことを示し、恋の終焉を予感させている。因幡山の本意を形成する「松」に吹く風は、単なる風ではなく「松―待つ」ことの甲斐のなさを表す「秋―飽き」風となる。「松とし聞かば今帰り来む」と呼びかけた本歌の言葉は、空しいものとなり果てているのである。本歌にない季節を付与することで、因幡山を悲恋の歌枕と設定する、それは定家「忘れなむ…」歌から影響を受けて形成された因幡山の新古今的表現を、障子絵として絵画で表現した上で、障子和歌が詠まれているということである。

こうした新古今時代の本歌取り技法との関わりを踏まえて、もう一度、業平の宇津山越えを背景に置きながら、本障子和歌の宇津山の表現を再見しよう。

注目されるのは、本障子和歌の宇津山詠に、業平の宇津山越えを「昔」と表した歌があることである。本障子和歌は、業平自身の視点で詠まれたのか、その跡を追う視点で詠まれているのかはっきりしないものもあるが、慈円「蔦のいろむかしを今に分けなして」、秀能「今も昔も宇津の山」は、ともに「昔」の語で本説を喚起させ、「昔」と「今」を対比して、業平の宇津山越えを追体験する視点で詠まれている。雅経「ふみ分けし昔は夢かうつの山跡ともみえぬ蔦のした道」も、業平が踏み分けた「跡」を求めながら旅するように詠まれている。また中でも本説との関わりで注目されるのは、後鳥羽院「日暮るればあふ人もなしうつの山現もつらし夢はみえぬに」である。この歌の初二句は、俊頼の「日くるればあふ人もなしまさきちるみねのあらしのをとばかりして」（『新古今集』冬557「深山落葉といへる心を」）から摂取したものである。俊頼歌が、「ひもくれぬ人もかへりぬ山ざとはみねのあらしのおとばかりして」（『後拾遺集』雑五1145源頼実「山庄にまかりて日くれにければ」）の本歌取りであり、いずれも、日暮れに行き通う人も無い山路を歩む孤独を詠んだものである。しかし後鳥羽院歌を、業平の宇津山越えを踏まえて読む時、「逢ふ人もなし」とは、業平が京への便りを言づてた修行者の存在を揺曳する表現であることがわかる。つまり後鳥羽院は、旅の途上で業平のように京の恋人に便りを託そうにも、日暮れの山路では誰にも会わないから、都と旅路を結ぶものが何もないと嘆くのである。業平は、修行者に文を託すことで、夢が現れない、恋人は自分を想っていてくれているのかと怨じることができた。しかし、後鳥羽院は、現実でも夢でも恋人に逢えない嘆きを伝える手段すらないと、旅路と都との断絶をより深いものとして表現しているのである。つまり、業平以上の旅路の孤独を詠もうとしている。具親「誰にかは風の便りもしらすべき」も、同様の嘆きを詠んでいる。おそらく、障子絵に描かれたのはすれ違う人もない宇津山越えであったのであろう。業平の追体験は、業平以上につらくわびしいものとして表現されねばならないのである(28)。

本説からの時間の経過は、夏から秋への季節の推移と重ねられている。秋の宇津山越えは、時雨や露が涙を喚起し、またそれによって染められる紅葉は紅涙を思わせる。これらの景物は、旅路のつらさと都への思慕を一層深いものとする。ここでも、本説からの時間の経過は、本説以上につらく悲しい状況への変化を表すものとして意識されているのである。時間の進行は、夏(過去)から秋(現在)への季節の推移に、業平(過去)から歌人(現在)への時間の流れが重ね合わせて表現されている。業平が夏に越えた宇津山を、今、歌人たちは、秋に越えて行くのである。いわば、ここには二重の時間の進行がある。

泉川と清見関は、本来ならば秋に本意があるにもかかわらず、夏に設定されていた。宇津山は夏から秋へと季節が移され、因幡山は無季であったところに秋の季節が付加され、本歌・本説の後日談を表現していた。こうした表現の先例を、全て新古今時代に見ることができることは、先に述べた通りである、しかし、単に新古今時代に好まれた趣向、または歌枕と季節の組み合わせの新しさと片づけるのではなく、それがどのように新古今時代の和歌表現を反映しているかを考えなければならない。つまり、泉川と清見関を本歌と異なる季節に設定しても、歌人も、そして障子絵・和歌の鑑賞者も、本歌を必ず意識して、本歌の季節を二重写しに連想するのである。物語性の強い宇津山や因幡山は、秋に設定されることで、物語の後日談という性質を付与される。吉野は、定家が定めた「景気弁に其の時節」の枠組みは、絵に描かれる歌という前提に基づき、障子和歌が絵に規制された詠であると論じる。しかしその一方で、絵の図柄が当時の本歌取り技法を反映しており、本歌取りと切り離して考えられない性質のものであるのも、本障子絵と和歌の関係なのである。

結びに

本障子絵に見られる歌枕と景物・季節の設定に、歌枕に対する新古今的表現が既に内包されていることを確認してきた。冒頭に述べたように、本障子絵の絵柄の決定に大きく関与し、絵師たちを指導する立場にあったのは定家であった。換言するなら、障子絵の景物や季節を決定することで、定家が本障子和歌の枠組みを定めたともいえるのである。そして一方で、障子絵の構図によって歌人たちがその枠組みを理解し、各々が詠めるほど、歌枕と本歌取りに対する共通認識が確立していたということでもある。しかし、そうした視点から、もう一度定家の詠作を振り返ってみると、自らが設けた枠組みを、故意に無視するようなものが少なくない。

たとえば、蘆屋里の障子絵には、蛍・海人・漁火・藻塩焼・五月雨が描かれ、季節は夏と設定されている。これは「晴るる夜の星か河べの蛍かもわがすむかたのあまのたく火か」（『伊勢物語』八七段／『新古今集』雑中1591在原業平「題しらず」）を本歌としたもので、歌人の障子和歌もおおむねこの本歌を踏まえている。しかし定家は「蘆のやのかりねの床のふしの間にみじかく明くる夏のよなよな」と、『伊勢物語』の面影が感じられない歌を詠んだ。

他にも松浦山の和歌は、他の歌人が『万葉集』巻五に見られる松浦佐用姫の伝承を踏まえて詠んでいるのに、定家はそれを詠まず、「たらちめ（家集「や」）のまたもろこしに松浦舟今年も暮れぬ心づくしに」と、松浦で待つのは恋人ではなく親であると詠む。

　障子絵の歌枕の本歌・本説を定め、それによって絵柄を決定するのに大きく関与したのが定家自身であることを考えると、こうした定家の姿勢は一見疑問に思われる。渡邉は、この定家の表現を、障子和歌の表現として、障子絵と一体に鑑賞すべきものである点に起因すると論じている。絵とともに生まれ、享受される障子絵である以上、渡邉の論は定家の障子和歌表現を考える上で重要な視点であろう。しかし、それだけが定家の表現意図であろうか。やはり、定家は自らが課した本歌・本説の枠組みを、故意に破ろうとしているのではないかと考えられる。こうした歌枕表現の模索は[29]、七年後の『内裏名所百首』の設題および定家の和歌表現にも見いだせるものである[30]。指導者として、和歌師範家である御子左家の柱として、和歌表現の枠組みを作ることを求められ、自らはその枠を逸脱することで新しい和歌表現を模索してゆく、そうした定家の歌壇指導者としての在り方を、この『最勝四天王院障子和歌』を通して見ることができるのである。

注

（1）家永三郎『上代倭絵全史（改訂重版）』（名著刊行会・一九九八年）、武田恒夫『日本絵画と歳事　景物画史論（新装版）』（ぺりかん社・一九九四年）

（2）半田公平「『最勝四天王院障子和歌』についての一考察——春日野・竜田山・宇津の山・飾磨市の名所題をめぐって」（『二松学舎大学論集』一九八三年度）、同「作品に見る風土　新古今集」（『解釈と鑑賞』48―12、一九八三年九月）

（3）吉野朋美『後鳥羽院とその時代』（笠間書院・二〇一五年）第一篇第二章第三節「後鳥羽院御所の空間的特質（二）――最勝四天王院をめぐって――」

（4）渡邉裕美子『新古今時代の表現方法』（笠間書院・二〇一〇年）第四章第一節「後鳥羽院関連名所歌」、同第四節「テキストとしての『最勝四天王院障子和歌』」

（5）久保田淳『藤原定家　乱世に華あり』（王朝の歌人9、集英社・一九八四年）第五章「最勝四天王院障子和歌」

（6）有吉保『新古今和歌集の研究　基盤と構成』（三省堂・一九六八年）第一編第四章「Ⅲ　最勝四天王院障子和歌」

（7）本障子和歌の本文は『新編国歌大観』に依り、安井明子「『最勝四天王院障子和歌』伝本考」（『神女大国文』7、一九九六年三月）及び注（4）渡邉著書第四章第五節「基礎的考察」によって校訂を加えた。

（8）『無名抄』「為仲宮城野萩」の逸話から、現実でも宮城野の萩は名高い名物であったことが知られる。

（9）本章の初出後に刊行された渡邉裕美子『最勝四天王院障子和歌全釈』（風間書房・二〇〇七年）31頁が、大神神社の四月の祭礼によって、三輪山の夏の景が詠まれた例があることを指摘している。

（10）『後鳥羽院御集』では「かせ山」となっていることについて、注（7）安井論文は、大和国の歌枕である佐保山がここで詠まれるのは不適当であり、家集ではその誤りを正す意味で「かせ山」と改作したと述べている。

（11）泉川の季節について、注（3）吉野論文は一九九六年の初出時に夏秋を並記しており、注（7）安井論文も同様の旨を述べているが、寺島恒世『後鳥羽院和歌論』（笠間書院・二〇一五年）第一編第四章第二節「歌書としての性格――場との関わり――」は泉川の和歌に詠まれる「秋」は夏の涼しさをいうためのものであるとし、季節は夏であると述べており、吉野も注（3）著書に論文を収める際に修正している。

（12）川村晃生『摂関期和歌史の研究』（三弥井書店・一九九一年）第二章第二節二「歌人たちの夏」

（13）岩井宏子『古今的表現の成立と展開』（和泉書院・二〇〇八年）第一章第三節「納涼詠の生成――新歌材の受容と展開――」

（14）なお、松・竹・水鳥を泉川と合わせて詠んだ先例は管見に入らない。これは松・竹・水鳥が納涼の伝統的な題材であったから付け加えたものと考えられる。

（15）柳澤良一「夏の月の美――『本朝麗藻』夏の詠月詩をめぐって――」（『講座平安文学論究』9〈風間書房・一九九三年〉所収）

（16）田尻嘉信「名所歌『宇津の山』考」（『跡見学園国語科紀要』19、一九七一年三月）

（17）竹下豊「中世和歌における王朝物語――『伊勢物語』の享受を中心として――」（『王朝物語を学ぶ人のために』〈世界思想社・一九九二年〉所収）

（18）注（4）渡邉著書第四章第三節「『伊勢物語』関連名所歌」。以下、渡邉の論はこの論文による。

（19）建久九年（一一九八）成立の良経の自歌合『後京極殿御自歌合』四十二番判詞で、同じ歌について俊成は「蔦のかれ葉に吹らん秋風、いみじく思やられ侍り」と評している。

（20）日本の美術301『伊勢物語絵』（千野香織編、至文堂・一九九一年）

（21）久保田淳『藤原家隆集とその研究』（三弥井書店・一九六八年）所収「藤原家隆作歌年次考」

（22）俊成自讃歌および先行研究については、本書第三部第一章参照。

（23）鈴木徳男「鴨長明『無名抄』「俊成自讃歌事」の段をめぐって」（『国文学論叢』30、一九八五年三月）

（24）田中幹子『和漢・新撰朗詠集の素材研究』（和泉書院・二〇〇八年）第一章三「「夕されば野辺の秋風身にしみて」歌の「鶉」について」

（25）錦仁『中世和歌の研究』（桜楓社・一九九一年）第三篇第二章2「『伊勢物語』の本歌取り」

（26）五月女肇志『藤原定家論』（笠間書院・二〇一一年）第二編第一章「藤原俊成自讃歌考」。また同論文は、国立歴史民俗博物館蔵俊成永暦本古今集に収められる「野とならば…」の第二・三句に、「ナキテトシハヘム」と異文傍記があること、そして俊成建久本には「なきてとしはへむ」の本文を持つことを指摘し、この本文に依るならば、鶉と〝女〟は別である、そして『伊勢物語』の「なりてなきをらむ」の本文は、鶉と〝女〟の一体化と、それによる〝女〟のけなげな愛情や〝男〟が去ってしまった後の荒れ果てた光景を視覚的に意識させることを指摘する。但し私見では、『慈鎮和尚御自歌合』判詞で「『いせ物がたり』に」とあり、さらに「『うづらとなりて』といへる事を」とあることから、やはり俊成自身は『伊勢物語』を本説として読むことを要請しており、こちらの本文を重視するべきであると考える。

（27）谷知子『中世和歌とその時代』（笠間書院・二〇〇四年）第三章第四節「「消失」の景――イメージの重層法の形成――」に詳しい。

（28）同様の表現は、『伊勢物語』を踏まえて宇津山を詠んだ早い例として注（16）田尻論文にあげられている治承三年（一一七九）『右大臣家歌合』の「宮古へはいまもことづけやるべきにうつの山べに逢ふ事ぞなき」（頼政、旅・二十四番・右・勝）にも見られる。それを考えると、本歌取りが本格的・意識的に技法として用いられる頃から、本歌をより悲しく辛く表現するという方向性は内包されていたと考えられる。

（29）本章の初出後に発表された、溝端悠朗「『最勝四天王院障子和歌』定家詠の構想――〈文化的理想空間〉を創出するための和歌――」（『国文学論叢（龍谷大学）』61、二〇一六年二月）において詳しく論じられている。

（30）拙稿「『内裏名所百首』四季部の設題と名所表現」（『和歌文学研究』93、二〇〇六年一二月）、同「藤原定家『内裏名所百首』四季歌考――伝統と独創性――」（『京都大学国文学論叢』30、二〇一三年九月）で考察した。

第五章 「主ある詞」と本歌取り

はじめに

藤原為家『詠歌一体』には、「歌の詞事」として「近代の事、ましてこのごろの人のよみいだしたらん詞は、一句も更〳〵よむべからず」と述べ、四十三句（冷泉家系統本による。二条家系統本では四十五句）[1]を掲出する箇所がある。この四十三句は、句の掲出後に「か様詞はぬし〳〵ある事なればよむべからず。古歌なれども、ひとりよみいだしてわが物と持たるをばとらず、と申めり」と書かれていることから、「主ある詞」と呼ばれている。「主ある詞」は、「制詞の一種。持主のある詞、所有者のある表現、の意。中世歌学において、先人が初めて詠んだ苦心の独創的秀句表現に敬意を表し、その使用を制限したり禁じたりしたもの」（『和歌文学大辞典』〈古典ライブラリー・二〇一四年〉「ぬしある詞」項目執筆・佐藤恒雄）と説明される。つまり「主」とはその表現を創出した者を指す。「主ある詞」に指定されている句は、『金葉集』から『新勅撰集』までの和歌から取り上げられたものであるが、四十二句中の三十一句が『新古今集』を出典とする。中心は『新古今集』で、「主ある詞」に選ばれた句は、新古今的表現の精華とも言うべき優れた表現であると言うことができる。「主ある詞」のそれぞれの独創性、優れた表現として認められる理由の在処は、それぞれの詞によって異なる。先行研究では、主に「霞に落つる」や「空しき枝に」など、斬新な詞続きを持ち、その表現の特異さが明らかなものが考察の対象となってきた。(2) しかし「主ある詞」の中には、一見、さして斬新に見えないような句も含まれている。こうした句が「主ある詞」に指定されている理由は、必ずしも明確に説明されていない。

また、新古今的表現を代表する特徴である本歌取りとの関連から「主ある詞」を検討した先行研究は、管見に入らない。佐藤恒雄(3)が「空しき枝に」「霞に落つる」の表現基盤を漢詩的表現の摂取という切り口から明らかにしたように、古典和歌から摂取した表現を佳句表現として結実させる過程を検討することも、必要であると考えられる。これは、本歌取り研究の視点から、本歌取りが新古今和歌の新たな「詞」を生み出す上で果たした役割を考えることへと繋がる課題でもある。

一、凝縮表現

「主ある詞」とは、先述のように、その詞の創出者に所有権(プライオリティー)が認められ、他人が安易に真似てはならないほどに独創性の高い句であると、ひとまずは定義できる。しかし、その句が本歌取りと密接に関わり、本歌に多くを依って形成されたものだとすれば、独創性(オリジナリティー)が十全に認められないのではないか(4)、という疑問が生じる。本歌の詞を利用しながら、新たな句を創り出している例として、まず「濡るとも折らむ」から検討する。

①　千五百番歌合に
つゆしぐれもる山かげのしたもみぢぬるともおらん(を)あきのかたみに　（『新古今集』秋下537家隆）

この①は『千五百番歌合』において、判者の定家から「下ばのこらず紅葉する山に、『ぬるともおらん（を）』といへる『秋のかたみ』、本歌の心にかなひていとおかし（を）くもみえ侍るかな」（秋四・八百十三番判詞）と賞されている。ここで定家が本歌として指摘しているのは、次の一首である。

A　むかし、おとろへたる家に、藤の花植ゑたる人ありけり。三月のつごもりに、その日、雨そほふるに、人のもとへ折りて奉らすとてよめる。

ぬれつつぞしひて折りつる年のうちに春はいく日もあらじと思へば（『伊勢物語』八〇段／『古今集』春下133）

さらに諸注釈書で、①には本歌がもう一首指摘されている。

B　もるやまのほとりにてよめる

しらつゆもしぐれもいたくもる山はしたばのこらずいろづきにけり（『古今集』秋下260貫之）

家隆は、Bの波線部「露」「時雨」「もる山」「下」の詞を取り、露と時雨によって山一面、下葉にいたるまで真っ赤に色づく様を上句で詠んでいる。Aから上句「濡れつつぞ強ひて折りつる」を取りながら「濡るとも折らむ」と詠み換え、〝過ぎゆく春を惜しむために、春雨に濡れながら藤を折る〟という行為を、Bと合わせることで、〝秋の露と時雨に濡れながら紅葉を折る〟へと、季節と景物を転換している。家隆は、いわば〝雨に濡れる植物〟という共通点を持つA・Bの二首を、合わせて本歌取りしているのだ。定家が先掲の判詞で評価しているのも、Aを本歌として踏まえつつ加えた季節の転換だった。

さて、このAは、俊成によって注目された歌だった。(5) 俊成は『古来風体抄』勅撰集抄出歌にAを取り、左注に『しゐ(ひ)て』といふことばに、すがたもこゝろも、いみじくなり侍なり。うたは、たゞひとことばに、いみじくもふかくもなるものに侍なり」と記している。藤花を贈る相手への誠意と、春を惜しむ心の強さが、「強ひて」の一語によって表されているという指摘である。なお、「強ひて」が本歌の要となる詞だという『古来風体抄』における指摘は、俊成の実作にも反映されている。建久九年（一一九八）に俊成は「暮ぬべししゐ(ひ)てもお(を)らむ藤花雨そほふれば春のつくる日」（『御室五十首』262春）を詠んでいる。俊成はAを本歌取りする上で、Aを喚起させるキイワードの一つとして「強ひて」を取っているのだ。この姿勢は定家にも引き継がれている。定家は「しひて猶袖ぬらせとやふぢのはな春はいく日の雨にさくらむ」（『通親亭影供歌合 建仁元年』82雨中藤花・一番・右・持）「けふのみとしひてもおらじ(を)藤の花さきかゝる夏の色ならぬかは」（『千五百番歌合』春四581二百九十一番・右・勝）を詠んでいる。後者について、判者の俊成は、「右歌、『しゐ(ひ)てもお(を)らじ藤の花』といへる、『春はいくかも』といへる心は業平朝臣の歌の心よろしくや侍らん」と、Aを踏まえる「強ひても折らじ」を評価している。

このように、俊成・定家父子は一貫して、Aを本歌取りする際に「強ひて」を要となる詞として取っている。それと比較すると、家隆の「濡るとも折らむ」は、Aを本歌取りする上で「強ひて」を用いていないのが、俊成・定家と明らかに異なる。(6) しかし、「強ひて」の意味は、「濡るとも」の「とも」という逆接の接続助詞によって表されている。すなわち、「つつぞ強ひて」を「とも」の一語に置き換え、同じ意味を担わせたのだ。なお初句「露時雨」も、Bの初二句「白露も時雨も」を五音句に省略・凝縮した詞である。本歌の詞を凝縮し、二句の内容を一句に縮める技法は、同じ意味を本歌よりもはるかに短い詞で表し、一首の構成を密度の高いものとする。こうした表現は、新古今的表現の一つ特徴として指摘される凝縮表現である。(7)

なお、「みなそこにしづめるえだのしづくにはぬるともをらん山吹のはな」（『散木奇歌集』春部・三月169「水辺款冬」）は、家隆に先行する「濡るとも折らむ」の例である。しかしこの俊頼歌の「濡るとも折らむ」では、濡れるのは枝の雫にであり、雨に濡れるわけではない。確かに山吹の花も晩春の花だから、季節を惜しむ心情がここに含まれていると解釈する余地はあるが、Aとの関わりは明確でない。その後、Aを踏まえて、季節を惜しむ心情を「濡るとも折らむ」によって詠んだのが、家隆自身の旧作「はなもはなつゆよりのちの露もあらじぬるともおらん秋のしらぎく」（『壬二集』53初心百首・秋・菊）である。この歌は「不㆑是花中偏愛㆑菊　此花開後更無㆑花」（『和漢朗詠集』秋部・菊267元稹）を踏まえ、菊が秋の終わり、すなわち一年の最後に咲く花であるために、秋を惜しんで、露に濡れても構わずに菊花を折り取ろうという内容だ。このような先行例の上に、①の「濡るとも折らむ」はあると考えられる。そして①では、Aを本歌取りすることをはっきりと示すために、他の場所にもAと共通する要素、すなわち時雨という「雨」、季節を惜しむものであることを示す「形見」の詞を詠み入れている。それによって、「濡るとも折らむ」がAの「濡れつつぞ強ひて折りつる」に依拠する詞であることが理解されるのである。

「濡れつつぞ強ひて折りつる」が持つ、〝季節を惜しむために、雨に濡れたとしても構わずに植物を折り取る〟という内容を、省略・凝縮した語構成によって同様に表現するのが「濡るとも折らむ」である。本歌取りという観点からこの「濡るとも折らむ」を見る時、本歌の内容を踏まえると同時に、凝縮表現によって、家隆自身の新たな句となっていることが判明する。この点に、「主ある詞」とされる高い評価の理由を求めることができるのである。

二、本歌取り歌としての構想

凝縮表現は、本歌の詞を用い、さらには同じ意味を担いながらも、遥かに少ない詞でそれを表現する技法だ。限られた字数の中で、重層する内容を表現するのが本歌取りの基本的方法だから、その点において凝縮表現は有効な技法であり、かつ詞続きとしても斬新である。しかし「主ある詞」の中には、凝縮表現ほどの新味が認められず、また本歌からのアレンジが単純なものがある。

②　秋山鹿といへる心をよみ侍ける
あさぢやまいろかはりゆくあきかぜにかれなでしかのつまをこふらん
（『新勅撰集』雑四1339知家）

②の「かれなで鹿の」が踏まえているると考えられるのは、『伊勢物語』二五段である。

むかし、男ありけり。「あはじ」ともいはざりける女の、さすがなりけるがもとに、いひやりける。
秋の野にささわけし朝の袖よりもあはで寝る夜ぞひちまさりける
色好みなる女、返し、
C　みるめなきわが身をうらとしらねばや離れなで海人の足たゆく来る
（『伊勢物語』二五段／『古今集』恋三622・623）

「かれなで鹿の」は、Cの第四句「かれなで海人の」に基づく表現である。「かれなで鹿の」の優れた点が、

「鹿のかれなで」の倒置表現であり句割れを持つことや、「離れなで」が掛詞となっている点にあるとするならば、これらの特徴はすでにCが持っている。であるから、「かれなで鹿の」とは、「かれなで海人の」の主語を海人から鹿に変える単純なアレンジで、作者の独創的な句だとは言いがたいと思われる。「かれなで鹿の」が高く評価される理由は、何辺に求められるのだろうか。

「かれなで海人の」は、Cの特徴的な句であり、本歌として踏まえることを示す「詮とおぼゆる詞」である。そこに「海人の」ではなく「鹿の」を続けた。「かれなで」に海人ではなく動物の「鹿」が続くという意外性を、まずは認めることができる。「かれなで〜」は新古今時代から用例が見え、「ことの音にかよひてけりなうしとてもかれなで人を猶やまつ風」（『仙洞句題五十首』292宮内卿、寄琴恋）「しもははやふるのなか道なか〳〵にかれなで人をなにしたふらん」（『水無瀬殿恋十五首歌合』32雅経、十六番・冬恋・右・勝）の先行例がある。雅経歌は判者の俊成から「『かれなでひとを』などいへるすがたおか（を）しきにて」と、本歌を踏まえつつ加えたアレンジが評価され勝を収めている。しかし人間以外を「かれなで」に続けるのは、新編国歌大観・新編私家集大成の範囲で、知家が嚆矢だ（以下、「かれなできくの」『新後撰集』461良教・「かれなで年の」『続千載集』346為相・「かれなで月や」『文保百首』2557為定などがある）。

一方、一首の内容面から見てもこの変化は重要である。②にはCだけでなく、「毛母布祢乃（モヽフネノ）　波都流対馬能（ハツルツシマノ）　安佐治山（アサヂヤマ）　志具礼能安米尓（シグレノアメニ）　毛美多比尓家里（モミタヒニケリ）」（『万葉集』巻十五3697挽歌、底本訓「モタヒニケリ」。諸本により校訂）が参考歌として指摘されている。(8) 浅茅山という歌枕で植物の色が変化する様を詠む趣向は、この万葉歌に依る。しかし、Cにせよ万葉歌にせよ、いずれにも「鹿」は詠まれていない。歌題の「秋山鹿」を表現する上で要となる句でもあり、ここに知家が新たに加えた要素を認められる。「鹿」を入れたことにより、季節が秋であることが強調される。それにより「かれなで」は、上句「浅茅山色変はり行く秋風に」と呼応し、草木が「枯れなで」の意味も持つことになる。また秋の季節は、『伊勢物語』一二五段の〝男〟からの贈歌の初句「秋の野に」とも響き合い、贈歌までをも含み込んだ広がりを持つ。さらにCでは、振り向かない相手に対する〝男〟の求愛の様が「かれなで」と表現されていた。一方、知家歌では、上句「浅茅山色変はりゆく秋風に」に恋人の心変わりを象徴させている。にも拘わらず、牡鹿は妻を慕っている、つまり関係の変化を潔く認めてしまえない主人公の未練が「かれなで」に籠められているのである。秋に妻を恋い慕って鳴く牡鹿は、『伊勢物語』の〝男〟の姿と重なり、Cの結句「足たゆく来る」という疲れ果てた様子も、鹿の姿として喚起される。「かれなで」という本歌の特徴的な「詮とおぼゆる詞」に「鹿」を続けることで、人事詠が季節詠へと転じ、その景に恋歌の背景が投影される重層性を生み出していると解せるのだ。

このように見ると、一句の詞遣いの多くを歌に拠っており、独創性という評価軸からのみでは高く評価できずとも、その句が、本歌取りする上で本歌の詞を巧みに取りなしながら、本歌に新たな要素を付加する重要な役割を担う句となっているものも、「主ある詞」に含まれていることが判明する。つまり、その句が優れた表現となっている理由は、本歌取りの構想に深く関わっていると換言できるのである。

三、否定表現

本歌の詞を取りながら、一句引用ではなく、本歌の詞を変更して利用する。さらに、その変更が一首の構想に深く関わる例として、②「かれなで鹿の」を検討した。このように、本歌の句を引用しながら部分的にアレンジし、さらにはその変容が一首の構想に深く関わる例は、「主ある詞」に他にも見いだすことができる。中でも多用されているのが、本歌の詞を取りながらそれを否定する表現だ。まず、代表的なものとして「渡らぬ水も」から検討する。

③（百首歌たてまつりしとき）　　宮内卿
たつた山あらしやみねによはる（わ）らむわたらぬ水もにしきたえけり　　（『新古今集』秋下530）

「渡らぬ水も」は、次の本歌を踏まえた表現である。

Dたつたがはもみぢみだれてながるめりわたらばにしきなかやたえなむ　（『古今集』秋下283読人不知「だいしらず」）

本歌Dは、竜田川の水面に散り敷いた紅葉を錦に見立て、そこを人が渡って行ったならば、紅葉の錦を裁ち切ってしまうことになるだろう、と詠む。宮内卿はそれを踏まえ、〝竜田山の嵐が峰に吹き付ける勢いが弱まったらしい。紅葉の散る量が少なくなったために、たとえ人が竜田川を渡らなくても、紅葉の錦は裁ち切れてしまっている〟と詠んだ。

この③を本歌取り歌として読み解く時に中心となるのが、第四句「渡らぬ水も」である。「渡らぬ水も」はDの第四句にある「渡らば」を打ち消しの助動詞「ず」で否定したもので、さらには「渡らぬ水も」と、言外に他を類推させる係助詞「も」を用いている。これは、〝本歌で詠まれているように、人が渡ったならば紅葉の錦は裁ち切れる。しかし、たとえ渡らなくても同じ結果となる〟と、本歌の内容を敷いた上で、異なる理由であっても同様の状況が生じることを示している。佐藤恒雄は、③の「表現の特異さ」が「「渡らぬ水も」という否定を含む逆説的表現」にあること、そして「否定を契機とする発想や表現は、最も新古今的なものであ」ると指摘している。(9) 本歌の詞を否定する表現によって、一句の中で、本歌との対比や重層性を作り出すことが可能になっているのだ。

「渡らぬ水も」を詞遣いの面から見る時、〝水を渡る〟という表現が殊更に特別なものでないため、「水」に「渡らぬ」が上接するのは、さして斬新な詞続きには見えない。しかし「渡らぬ水も」の背景にDを置いて見る時、本歌の詞を踏まえながらも、それを打ち消すことによって新たな詞続きを生み出していることが了解されるのである。

こうした否定表現は、他の「主ある詞」にも見いだすことができる。

④　千五百番歌合に

けふみれば雲もさくらにうづもれてかすみかねたるみよしのゝやま　（『新勅撰集』春上72家隆）

④は次のEを本歌とする。

E　平さだふんが家歌合によみ侍りける

はるたつといふばかりにや三吉野の山もかすみてけさは見ゆらん　（『拾遺集』春1壬生忠岑）

但し家隆は、本歌Eで「山も霞みて」と詠まれていたのを、「霞みかねたる」――霞むに霞むことができず、という形で否定している。上句で〝今日見ると、空の雲も桜に埋もれている〟と詠み、下句に〝霞むに霞むことができずにいる御吉野の山よ〟と続く。下句に「霞み」「み吉野の山」があることで、本歌の存在に気付かされるという構成である。本歌Eは、立春の「今朝」に見ると吉野山も霞んで見える、という内容だった。それと対比する形で、家隆は〝霞むに霞むことができない〟吉野山を詠む。それは上句で詠まれているように、「今日」が本歌で詠まれる立春ではなく、盛春の季節、桜の花盛りであり、雲も花に埋もれてしまう程だからだ。本歌と同じように、霞んでいるのかどうかさだかでない吉野山を詠みながらも、「霞みかねたる」と本歌の詞を用いながら否定することにより、本歌とは似て非なる光景を表現しているのである。

次の一首は、否定を肯定へと転じたものである。

⑤　五首謌人〴〵によませ侍けるとき、夏歌とてよみ侍ける

うちしめりあやめぞかほる(を)ほとゝぎすなくやさつきのあめのゆふぐれ　（『新古今集』夏220良経）

⑤の第二句「あやめぞ薫る」(10)、第五句「雨の夕暮」は、ともに主ある詞に指定されているが、ここでは「あやめぞ薫る」について検討する。⑤の本歌は次の一首である。

Fほとゝぎすなくやさ月のあやめぐさあやめもしらぬこひもするかな　（『古今集』恋一469読人不知「題不ㇾ知」）

Fの初二句「時鳥鳴くや五月の」を第三四句に置き、本歌では「あやめも知らぬ」を同音反復で導く序詞だった上句を、夏の景物として用いている。Fにおいて、第三句の「あやめ草」から同音反復で導かれた「あやめも知らぬ」とは、〝条理が分からなくなる〟の意であり、第四句の「あやめ」は植物の菖蒲ではなく条理を意味する。しかし⑤で「あやめぞ薫る」と詠まれる時、その「あやめ」はFの第四句「あやめも知らぬ」から引用され

た詞となる。Fにおいて「あやめも知らぬ」と否定された「あやめ―菖蒲」だったが、⑤の主人公が直面する〝今〟すなわち五月雨の降る夕暮れ時には、しっとりと湿った空気の中で香り立っている。これが、「あやめぞ薫る」という、係助詞「ぞ」を用いた強調表現の意図するところだろう。⑤の初二句を一読する時、しっとりと湿った空気の中で菖蒲が香りを漂わせる、という意味しか持たないが、Fの初二句の引用である第三四句まで読み進むと、この歌がFの本歌取りであることに気付く。本歌の存在に気付いた時、第二句「あやめぞ薫る」の強調表現によって、本歌を念頭に置いた対比を生んでいることが浮かび上がる。否定を肯定へと転じているが、表現効果は否定表現と同じである。

本歌の内容が詞から喚起されながら、否定表現によって鮮やかに反転される。本歌の内容を踏まえ前提としつつも、それとは異なる作者自身の視点や価値観、または情景を提示することができる。本歌の否定は、内容面から見ると、如上の理智的発想に基づく表現方法である。(11)一方、詞の面でも、本歌の持つ優れた表現を、否定表現によって再構築し自身のものとする、自身の詠に本歌を取り込み、新しさを生み出すことのできる本歌取りである。(12)本歌の詞を引用しながらも否定へと（本歌が否定表現の場合は、肯定へと）転換する技法は、本歌からの一句引用とは異なり、その句はあくまで作者自身の創出したもの、独創的な表現となるのだ。

四、本歌と贈答する体

肯定から否定へ、または否定から肯定へ。本歌の発想を基盤にしながらも転換させ、自身の詠もうとする内容を打ち出す効果を、本歌の否定表現は持っている。そもそも、本歌取りの形成過程において、本歌を批判的に捉え否定するという発想は、原初的なものである。(13)このように、本歌を否定することを契機として生まれる発想や表現は、後世、「本歌に贈答する体」として分類される。「又古歌に贈答したる体あるべし。「有り」といふに「無し」といひ、「見る」といふに「見ず」といへる、是也」（二条為世『和歌用意条々』）と説明されるように、本歌の肯定を否定に、否定を肯定に取りなすことで、本歌から変化を付ける。贈歌に対する切り返しの発想をもって返歌が詠まれるのが、贈答歌の基本である。本歌を贈歌と見て、それに対する切り返しの発想から生まれるのが「本歌に贈答する体」だ。

③と同じくDを取りながら、否定表現は含まないが、「本歌に贈答する体」で詠まれていると解せるのが、次の一首である。

⑥　百首歌たてまつりしとき

ちりかゝるもみぢのいろはふかけれどわたればにごる山がはのみづ　（『新古今集』秋下540二条院讃岐）

⑥には、「としをへてはなのかゞみとなる水はちりかゝるをやくもるといふらん」（『古今集』春上44伊勢「みづのほとりにむめのはなのさけりけるをよめる」）も参考歌として指摘されている（新大系・ソフィア[14]）。「散りかかる」に「塵」が掛けられている点や、花（紅葉）が塵となって散りかかり水が曇る（濁る）という趣向がこの歌と一致する。しかし、「主ある詞」に指定されている第四句「渡れば濁る」を考える際に重要なのは、紅葉の流れる川を「渡る」という表現を持つ、D「たつたがはもみぢみだれてながるめりわたらばにしきなかやたえなむ」（『古今集』秋下283読人不知「だいしらず」）である（全評釈・集成・全注釈の他、加藤磐斎『新古今増抄』が参考歌として指摘する）。

Dは、下句で「渡らば錦中や断えなむ」すなわち〝川を渡ったとしたら紅葉の錦は中から裁ち切れてしまうのだろうか〟と仮定条件が提示されたが、実際に渡った時にどのような結果になったのか、それが⑥の「渡れば濁る」の確定条件が意味するところである。すなわち、Dと同様に紅葉が散り水面を覆っている景色を上句で詠み、〝本歌は「渡ったならば紅葉の錦は中で断ち切れてしまうだろう」と詠んでいたが、私が川を徒渡りしたところ、錦が断ち切れるのではなく、濁ってしまった山川の水よ〟と詠む。Dの詠んだ仮定を贈歌と捉え、その予想を裏切る結果となったと答えを返しているのだ。紅葉の色は確かに深い、しかし川が浅いために、本歌が推測したのとは異なる結果が生じたのだ、ということを答歌として詠んだと解せるのである。

このような「本歌に贈答する体」が、物語的な発想のもとに詠まれているのが、次の「浪に荒らすな」だ。

⑦　守覚法親王家に、五十首歌よませ侍ける、旅歌
たちかへりまたもきて見むまつしまやをじまのとまやなみにあらすな　（『新古今集』羈旅933俊成）

⑦について新大系が指摘する本歌は、次の一首である。

Gまつしまやをじまのいそにあさりせしあまのそでこそかくはぬれしか　（『後拾遺集』恋四827源重之「題不ㇾ知」）

なおGを、集成・ソフィアは参考歌として掲出している。このGから「松島や雄嶋の」の詞続きを取り、一首の舞台が松島の雄嶋に設定されていることについて、特に異論は無い。

但し、「主ある詞」に指定されている結句「浪に荒らすな」の背景として重要なのは、全評釈・集成・全注釈が参考歌として挙げる、『源氏物語』明石巻の一首である。

立ちたまふ暁は、夜深く出でたまひて、御迎への人々も騒がしければ、心も空なれど、人間(ひとま)をはからひて、

源氏うちすててたつも悲しき浦波のなごりいかにと思ひやるかな

御返り、

H　明石年へつる苫屋も荒れてうき波のかへるかたにや身をたぐへまし

とうち思ひけるままなるを見たまふに、忍びたまへど、ほろほろとこぼれぬ。

（『源氏物語』明石）

これは、赦されて京へ帰ることになった光源氏が、出立の朝に明石上との別れを惜しむ場面である。Hは、光源氏が詠んだ歌に対して、明石上が〝あなたが出立した後では、長年経った苫屋も荒れてつらいことでしょう。波が返る方角、つまりあなたがお帰りになる京の方へと、できることならこの身を投げて一緒に添いたい〟という返歌だ。このHから、俊成は「苫屋」「荒れ」「浪」「帰る」の詞を取っている。⑦の歌意は、〝私はすぐに再び帰って来てこの場所を見よう、だから苫屋を浪に荒らさないでほしい〟である。つまり⑦は、光源氏の立場から、明石上のHに対する重ねての返歌として構想されていると解せる。「浪に荒らすな」は、明石上の用いた「浪」「荒れる」を禁止表現によって切り返すもので、本歌取りとして、一首の構想の鍵となる表現なのである。

Gから詞続きを摂取することによって、一首の舞台は、明石ではなく松島の雄島に移されている。一首の構想が『源氏物語』に依拠するならば、俊成はなぜ「松島や雄島」の地名を用いたのか。それは、同じ『源氏物語』の須磨巻で光源氏が藤壺中宮に送った次の歌が重ね合わされているからだと考えられる（新大系・ソフィアが参考歌として掲出）。

I　松島のあまの苫屋もいかならむ須磨の浦人しほたるるころ

（『源氏物語』須磨）

Ｉの光源氏歌の場合、「松島の海人」には「待つ」「尼」が掛けられており、京で光源氏の帰りを待つ藤壺中宮を指している。明石巻のＨ明石上歌と須磨巻のＩ光源氏歌は、ともに光源氏と関係のある女君の住まいを「苫屋」と表現している共通点がある。明石巻の光源氏と明石上との別れの場面に則しながら、「待つ」を響かせる「松島」をＩ光源氏歌によって連想し、Ｇの「松島や雄島」の措辞を用いたという道筋が想定できる。それによって、明石上一人に限らず、光源氏と関係を持ち、帰りを待ち続ける女性を広く念頭に置き、一首を構想したと解しておく。一首の構想を考える上では、措辞を摂取したＧよりも、『源氏物語』、特にＨが重要な位置を占めているのである。

⑥⑦ともに、「主ある詞」の表現の形成過程と意味を考えることで、その句の背景にある歌が一首の本歌として重要なものであることが浮かび上がる。本歌との贈答として、本歌の表現と内容を前提とし包含しつつ、新たな表現を創出しているのである。

結びに

ここまで、本歌の詞を取りながらも、アレンジを加えて自身の句とする表現を取り上げてきた。これらの句は、詞の面でも内容面でも本歌と切り離せない。こうした表現は、「主ある詞」に指定されるほど高く評価されたものだった一方で、本歌取りとしては、定家が『近代秀歌』で述べる本歌取りの規定、「古きをこひねがふにとりて、昔の歌の詞を改めずよみすゑたるを、即ち本歌とすと申すなり」には抵触する。本歌取りが成立する上では、本歌を読者にも等しく喚起させせなくてはならない、そのためには本歌を取っていると明瞭に理解されるよう、本歌から詞を「改めず」引用し、本歌取りであることを明示する必要がある。ここまで検討してきた「主ある詞」

は、本歌の詞を句の単位でそのまま引用していないため、本歌を喚起する力が弱まる。(15) しかし例えば、①は、Aを本歌として想起させるため、〝過ぎゆく季節を惜しむ〟というAの主題を表す「秋の形見」の詞を詠み込んでいる。③は「竜田」「錦」「絶え」を、④は「み吉野の山」を、⑤は「時鳥鳴くや五月」を、⑦は「苫屋」「帰る」を合わせて摂取し、他の部分でも本歌との関わりを強め、享受者が本歌を想起できるよう導いている。そのため、本歌取りとして一首を見る時、「主ある詞」が、本歌の詞を用いながらも改めたものであることが了解できる。「主ある詞」に指定された句が、本歌取りする上で肝要となる句でありつつ、歌人の創意をこめた句でもあるという両面が示されるのである。

本歌取りと関わって表現が形成された「主ある詞」七例を取り上げ、評価の理由の在処を検討してきた。その句に用いられるのが本歌から引用された詞であれば、その詞は背景に本歌で詠まれた内容を待つ。一つの詞が、語義的な意味だけでなく、本歌の内容を背負うものであるがゆえに、一見何気ないありふれた詞続きであっても、その句が持つ意味は重層的かつ理智的なものになるのだ。「主ある詞」の中でも、本歌取りと切り離せないこうした例は、一句のみを見ても創意や優れた点は浮かび上がらない。本歌を背景に置き、一首における本歌取り句としての役割とともに、本歌を踏まえて創出した詞遣いの妙を見て初めて、「主ある詞」である理由が理解できる。古歌から取りつつも新たに再構成された「詞」であり、また一方で「心」も新しいものへ転換されている。これらの歌は、定家が提唱した「詞は古きを慕ひ、心は新しきを求め」(『近代秀歌』)や「情以㆑新為㆑先[求㆓人未㆑詠之心㆒詠㆑之]、詞以㆑旧可㆑用[詞不㆑可㆑出㆓三代集先達之所㆒㆑用。新古今古人歌同可㆑用㆑之]」(『詠歌大概』)にまさしく合致する。古典主義に基づきつつ新しさを打ち出す、新古今時代の本歌取りの達成と見なせるのである。

「主ある詞」とは、新古今時代の後、詞を摂取することによって新味が無くなり、使い古されていった結果、所有権（プライオリティー）の在処が分からなくなることを誡めたものであるという、基本的な認識がある。こうした考え方は、鴨長明『無名抄』「近代歌体ノ事」や順徳院『八雲御抄』第六・用意部など、定家と同時代の言説にも見いだせるが、それらはあくまで詞続きに関して言及したものだ。しかし「主ある詞」は、単なる詞続きの位相での秀逸さ・斬新さに対するものではなく、一首の構想に深く関わるがゆえに模倣を誡められたものという側面がある。「主ある詞」のうち、五音句は「やよ時雨」のみで、ほぼ全てが七音句であるのも、一首の要となる第四句に集中しているのも(16)、一首に果たす役割の重さから考えると当然だろう。特に、本章で検討した七例の「主ある詞」の新しさ・秀逸さは、詞・心の両面から本歌取りと切り離せず、一首の構想に深く関わるものだ。これらの句を、本歌取りと関わらせずに摂取すると、単なる詞の摂取に終始し、句が本来持つ優れた点が活かされない。一方、同じ本歌を取る上でこれらの句を摂取して用いると、本歌取りとしての一首の構想までなぞりかねない危険を孕む。その意味で、一回性の高い表現であり、摂取が困難なのである。

　制詞は後に形骸化し、硬直した規定として悪名高い。しかし、為家が「主ある詞」を定めたのは、単に詞続きを真似ることを戒めたのではなかった。勅撰和歌集に入集し、権威を認められた和歌の表現は、初心者にとって依拠しやすいものである。しかしその表現が、古典との格闘の上に、古典との拮抗から生み出されたものであることを十全に理解せずに安易に摂取すれば、その句が持つ本来の独創性や一句の重みが見失われる。もしくは、一句の持つ本歌取りとしての意味までをもなぞって和歌を作れば、空虚な縮小再生産を繰り返す。このような二面にわたる危険性は、古典主義が生んだ本歌取り歌が新たな権威となってゆく、その過程で必然的に生じたものであったと考えられるのである。

注

（1）佐藤恒雄「詠歌一体 解題」〈冷泉家時雨亭叢書6『続後撰和歌集・為家歌学』〈朝日新聞社・一九九四年〉〉は、二条家系統本を初稿本、冷泉家系統本を定稿と位置づけている。

（2）佐藤恒雄『藤原定家研究』（風間書房・二〇〇一年）第四章「新古今的表現成立の一様相」、久保田美紀「寂蓮の秀句表現――「霧たちのぼる」と「あらしになびく」をめぐって――」（『光華日本文学』5、一九九七年八月）、川野良「家隆の「主ある詞」について」（『大学院開設十周年記念論文集』〈ノートルダム清心女子大学・二〇〇五年〉所収）

（3）前掲注（2）佐藤著書

（4）なお、所有権（プライオリティー）が問題となるのが、「霧立ちのぼる」である。これは「むらさめのつゆもまだひぬまきのはにきりたちのぼるあきのゆふぐれ」（『新古今集』秋下491寂蓮「五十首謌たてまつりしとき」）を出典とするが、そもそも「天漢（アマノガハ）　霧立上（キリタチノボル）　棚幡乃（タナバタノ）　雲衣能（クモノコロモノ）　飄袖鴨（カヘルソデカモ）」（『万葉集』巻十2063・秋雑歌）に依る句である。しかし為家が「主ある詞」に指定するのは、近代歌人によって創出された句だから、為家が『万葉集』ではなく、寂蓮歌を念頭に置いて、寂蓮を「主」と規定しているのは確かである。為家はこの『万葉集』2063番歌を『続後撰集』に採っているが、本文は「天の河霧たちわたるたなばたのくもの衣のかへるそでかも」（秋上260人麿「七夕のこゝろを」）である（冷泉家時雨亭叢書6『続後撰和歌集・為家歌学』〈朝日新聞社・一九九四年〉所収為家自筆本に依る）。廣瀬本万葉集は2063番歌を欠き本文を確認できないが、為家は同歌を「霧立ちわたる」の本文で享受していたと考えられる。なお『万葉集佳詞』に「霧立ちのぼる」は立項されていないが、同歌から「くものころも七夕の雲の衣」は立てられている（なお定家『五代簡要』でも「たなばたの雲の衣」が立項されている）。但し『校本萬葉集』によると、類聚古集が「きりたつうへに」とする以外、諸本の訓は「キリタチノホル」。『夫木抄』秋一3983は同歌を「同（題不知）、万十／同（読人不知）」として収めるが、第二句は「霧立ちのぼる」。寂蓮は2063番歌を「霧立ちのぼる」の本文で享受し表現を摂取したが、為家はそれに気付かなかったと考えておく。

（5）本書第三部第二章参照。

（6）但し家隆にも、Aを本歌取りする上で、「なきとむる花や藤なみ鶯のしひてぞ来ゐる雨にぬれつつ」（『内裏百

番歌合 承久元年』44廿二番・暮春雨・右・勝）「昨日こそしいて（ひ）をりしかふぢのはなけふはかたみのむらさめのそら」（『壬二集』2215「夏の歌とて」）と、「強ひて」を用いる例がある。本歌と同様に、春を惜しむ心情を藤に寄せて詠む場合は、本歌に密着して「強ひて」を用いたと考えられる。

（7）岩崎禮太郎「新古今歌人の歌の凝縮的表現」（『文体とは何か』〈笠間書院・一九九〇年〉所収）、本書第四部第二章参照。

（8）和歌文学大系『新勅撰和歌集』（中川博夫校注、明治書院・二〇〇五年）補注、神作光一・長谷川哲夫『新勅撰和歌集全釈 七』（風間書房・二〇〇七年）。なお万葉歌の結句の訓は、底本「モタヒニケリ」。諸本により改めた。

（9）上條彰次・片山享・佐藤恒雄『新古今和歌集入門』（有斐閣・一九七八年）530番歌解説

（10）なお「あやめぞ薫る」は二条家系統本のみに見られ、冷泉家系統本には掲出されていない。

（11）理智的表現については、稲田利徳「理智的発想歌の系脈――中古和歌から中世和歌へ――」（『国語と国文学』81―5、二〇〇四年五月）に詳しい。

（12）本書第四部第三章参照。

（13）本書第四部第三章参照。

（14）『新古今集』関連の注釈書は、以下に挙げる略称で示す。全評釈…久保田淳『新古今和歌集全評釈一～九』（講談社・一九七六～七七年）、集成…新潮日本古典集成『新古今和歌集上・下』（久保田淳校注、新潮社・一九七九年）、新大系…新日本古典文学大系『新古今和歌集』（田中裕・赤瀬信吾校注、岩波書店・一九九二年）、ソフィア…角川ソフィア文庫『新古今和歌集上・下』（久保田淳校注、角川学芸出版・二〇〇七年）、全注釈…久保田淳『新古今和歌集全注釈一～六』（角川学芸出版・二〇一一～一二年）

（15）凝縮表現が本歌の喚起力を弱める問題については、本書第四部第二章参照。

（16）加賀谷一雄「二條為家の歌論の研究「その二」――主として制詞を中心に――」（『秋田大学学芸学部研究紀要』2、一九五一年一〇月）に指摘がある。

終　章

本書では、本歌取りがどのように形成・展開していったのか、そして新古今的表現としての本歌取りとはどのようなものかという問題意識から、四部十七章にわたり論じてきた。最後に、それぞれの問題意識について、本書で何をどこまで明らかにできたのかを整理する。

一、本歌取りの形成について

本書では一貫して、本歌取りの成立条件を、①同時代読者に古歌を踏まえたものであることが理解され、本歌を想起することによって生じる二重性を持つ読解を作者・読者が共有できること、②踏まえた歌が〈古歌〉であるという歴史意識を有するものであること、以上二点に置きながら論を進めた。第一部では、如上の本歌取りの方法が成立している作を、三代集時代から見いだして検討した。

既存の作品から表現や発想を借り、自身のものとして再生する試みは、本歌取りよりも早く、漢詩文摂取において見いだせるものだった。早くは大江千里『句題和歌』に、漢詩句を題として和歌を詠む試みがなされていた。しかし句題和歌が和歌の詠法として評価され、広く行きわたるのは、『後拾遺集』以後のことである。『古今集』『後撰集』には和歌が入集しても詞書に句題和歌であることが示されなかった理由を、佳句取りが和歌として評価される条件を欠いていたからと考えた。つまり、佳句取りが和歌として評価されるには、踏まえられた漢詩句が和歌に取り入れられる過程——歌人が直面する状況に漢詩句が一致し、その一致から漢詩句を想起して和歌に取り入れるという、即事性が必要だった。即事性が無く、純粋な題詠として詠まれた千里の『句題和歌』が評価されるには、即事性を持たずとも和歌が詠まれることが通例となる時代まで待たねばならなかったと考察した。逆に言えば、『古今集』『後撰集』時代においては、既存の表現を利用したことが評価されるためには、即事性に依存する面があることを照射するものでもある(第一部第一章)。

早い時期の本歌取りの例としてしばしば取り上げられる『古今集』時代の紀貫之の万葉摂取歌については、当時、『万葉集』を繙読することが難しい状況にあり、貫之が当時において突出した『万葉集』に関する知識を身に付けていたとしても、貫之の方法を読者が理解できるものではなかったことを指摘した。つまり、貫之という作者主体で考えるならば、方法としては確かに本歌取り的な方法であるとはいえ、読者にそれが理解されない点で本歌取りとして成立しない作なのである。では、作者が本歌を敷いて作ったことを読者が理解しつつ、新歌を享受することができるような歌は無かったのかというと、『古今集』にはどの古歌を踏まえたのかを詞書に記載して和歌を収める藤原興風の歌がある。古歌を乗り越え、新たな歌を創出しようという意識は、古歌を題としてそれと「同じ心」を詠むという詠歌方法を生んだ。しかし、喚起しうる本歌との類似や詞の重なりを避け、類似に陥らないようにしており、和歌一首では本歌を踏まえたことに気づきえない。そこで拠り所を明らかにするために、本歌を詞書に記していると考えた（第一部第二章）。以下、従来の本歌取りの基準には当てはまらないが、踏まえた本歌による二重性を有し、引用としての効果が発揮されている和歌をプレ本歌取りと称して、考察を進めた。

贈答歌と本歌取りが関わることについては、既に指摘されているが、それをより具体的に検討したのが、第一部第三章である。「本」は元来、贈答歌における贈歌を指すものであった。古歌を踏まえつつ新たな展開を生み出すことを、贈答歌形式で試みたのが『陽成院一親王姫君達歌合』だった。また同時代には、『後撰集』撰者の源順による「万葉集に和し侍る歌」が詠まれている。これも、『万葉集』歌を「本」とし、それに返歌する形式で詠まれた歌だった。こうした詠作が生まれた背景としては、『後撰集』時代が贈答歌の形式の完成期だったこと、また実詠においても古歌を引用し、それに対する返歌を詠んで心情を表現したり機知を発揮していたことを述べた。『後撰集』時代は、『古今集』や既存の和歌を利用する詠法が発達した時代であり、本歌取りと見なせる歌も詠まれていた。しかしそうした古歌利用は、独創性を欠き、類型的・非個性的な詠歌を生んだと指摘されている（第一部第四章）。『後撰集』時代のプレ本歌取りが、従来の指摘のように非個性的・類型的なものであるという評価が、作者の姿勢を問題とする時に妥当なものであったとしても、後世、本歌取りが技法として完成した後にも同様の評価を得たかどうかは、今後さらなる検討が必要だろう。

『後撰集』時代に、『古今集』を中心とした和歌の基礎的教養基盤が築かれたことを踏まえ、十世紀後半から十一世紀前半に掛けて、散文作品で引歌が方法として完成した。引歌が暗示引用の方法の一つであるということから、物語研究においては引用の視点からの研究が進展してきた。既知の和歌を引用することによって比喩性や〈もと〉の文脈を投影する二重性が生じることや、それに対する理解を読者に求め、理解できない読者を排除する選別作用を持つことなど、引歌と本歌取りの間に共通点が認められることを確認した。十一世紀には、和歌の詠作において古歌の個性的な表現を用いて自身の和歌を詠むことが模倣として戒められていた。その一方で、散文と和歌では文章の性質が違うために、引歌では古歌の表現を文章に取り入れることは忌避されず、むしろ文章をより高度で磨かれたものにする方法と捉えられていた。しかし十三世紀に至ると、歌人にとって古典の和歌は自身たちが生きる〈今〉とは異なる〈古〉の時代のものであり、さらには古典とは絶対的な価値を有するものと位置付けられ、競合意識を持つ対象ではなくなった。引歌の方法と融合することで、踏まえる和歌を明確に示しつつ引用する本歌取りの方法が成立したと考察した（第一部第五章）。

第一部での検討を通じて、平安時代中期のプレ本歌取りが、「同じ心」を詠みつつも詞の重なりを避ける「心を取る」詠法から始まり、贈答歌の返歌として構想するという形で展開し、勅撰和歌集という権威や和歌に関する知識教養体系が確立していったことで、本歌取りが暗示引用としての機能を発揮する基盤が形成された。そして、すでに散文で発達・洗練していた引歌の方法を積極的に和歌に応用することで「引用」としての本歌取りが完成されたと考察した。また、プレ本歌取りの実態を通して、定家の準則のみではそれらを把捉しえないこと、定家の準則が本歌取りを方法として確立させる上で、必然的に要請されたものであった側面についても述べた。これまで曖昧だった平安中期の本歌取りについて、見通しを立てることができたが、先行研究によって論じられてきた院政期の歌論書や歌合判詞における言説との接続については、さらに考える必要がある。そして、本書では「引用」のレトリックが効果を発するという点に重きを置いて検討してきたのだが、和歌が「類型の文学」であるという側面が、本歌取りの形成にどのように関わるのかについては考察を加えることができなかったことも付言しておく。

二、漢詩文摂取について

第二部では、漢詩文摂取が漢文訓読による新たな歌ことばの獲得の位相から、本格的に発想・趣向・内容まで取る佳句取りへと展開してゆく過程を、藤原良経の詠作からたどった。藤原良経については、これまで、摂関九条家という環境から身につけた豊かな漢詩文の知識を背景にして、自然に獲得したものとされてきたように思われるのだが、その方法が自覚化され、深まってゆく過程を明らかにした。それによって、本歌取りと共通する技法である、特定の漢詩文の佳句を踏まえ二重性を投影する佳句取りが歌人に獲得されてゆく様を浮かび上がらせた。

まず、良経の初学期から「花月百首」「二夜百首」における漢詩文摂取の検討を通じて、漢文訓読による新たな語句の獲得から、漢語の意味と日本語としての意味のずれを表現に活かす方法、さらには特定の佳句や本文を踏まえて詠む佳句取りの方法へと展開してゆく様相を明らかにした（第二部第一章）。

佳句取りの方法を獲得した良経が、さらなる挑戦をしたのが『六百番歌合』恋歌である。『六百番歌合』恋歌では、恋に無関係の本文をあえて踏まえることで、意外性を出そうとする意図が窺われる。和歌の本歌取りにおいては本歌からの主題の転換が推奨されているが、佳句取りでは、漢語から和語への転換という一段階が加わるため、主題の転換が困難であると考察した（第二部第二章）。

次に、建久末年の「西洞隠士百首」では、佳句取りおよび漢詩文摂取によって、題材の持つ寓意性が和歌にもたらされていること、さらにはその寓意性が政治批判へと結びついていることを明らかにした。花鳥風月の風雅や個人的な心情を表現することを旨とする和歌は、本来、政治批判や社会批判を主題として扱わない。しかし漢詩文を摂取することによって、和歌で政治批判を表現することが可能となっていると論じた（第二部第三章）。

建久期に模索を続け、深化した良経の漢詩文摂取は、『正治初度百首』において、本歌取りとの融合を見せる。良経は漢詩文という〈漢〉の文学と、〈和〉の文学である和歌を同一線上で扱うという意識を有していた歌人であるが、共通する題材や詞を連結点として、本歌取りと漢詩文摂取を一首の中で行うという方法でそれを実現している。趣向や季節感は漢詩文から摂取し、叙情面は本歌取りに依拠する形で、〈漢〉と〈和〉双方を活かす古典摂取が行われているのである（第二部第四章）。

漢詩文摂取と本歌取りは、別々に論じられる傾向が強いが、新古今時代においては一続きの方法として論じる必要がある。異なる言語・形式で表現された漢詩を、本歌と重ねて取り入れることは、本歌からの変化を付けるにも有効である。本書では、新古今時代の漢詩文摂取を示す好例として藤原良経という一人の歌人を対象にしたが、果たしてそれを新古今時代の一般論と考えてよいのかは、他の歌人たち、特に本歌取りの完成者である定家の詠からも検討する必要がある。

三、物語摂取について

『伊勢物語』『源氏物語』等、物語を摂取して和歌を詠むという詠法は、背景の物語を喚起させることで三十一文字だけでは本来表現しがたい豊かな内容を盛り込むことができるものだった。新古今時代の本歌取りの特徴として物語性が豊かなことが指摘されているが、その先鞭を付けた藤原俊成をめぐって、物語を摂取した和歌（物語取り）について論じた。

まず、俊成の本歌取り歌としての達成と位置づけられている自讃歌「夕されば野べのあきかぜ身にしみてうづら鳴なりふか草のさと」（『千載集』秋上259）の発想過程を、詠み出された場である『久安百首』の配列から検討した。『久安百首』秋歌の配列から「野辺の鶉」を詠む必然性があったこと、そして鶉を題材として選択した時に、「深草の里」と結び付き、本説として『伊勢物語』一二三段が手繰り寄せられたのではないかという仮説を提示した。従来、俊成自讃歌は『慈鎮和尚御自歌合』判詞の俊成自注によって、『伊勢物語』一二三段を本説取りしたものであるという前提から論じられてきたが、『慈鎮和尚御自歌合』判詞の自注は、読者をそのような読解へと誘導しようとするものであり、また当時流行していた物語取りの先鞭を付けたのが自身であると位置づけたいという意図があった可能性を考えた。この自讃歌の発想過程および『慈鎮和尚御自歌合』判詞における自注は、自注というものを絶対視しがちな危うさも照射するものだ（第三部第一章）。

次に、俊成の『伊勢物語』取りを、建久末年の歌論の実作の双方から考察した。正治・建仁期の『伊勢物語』四段を踏まえた物語取り歌の流行が、建久末年の俊成による業平歌を評価する言説と、『御室五十首』の俊成自身の物語歌に端を発していることを明らかにした。また、俊成の『伊勢物語』取りが、業平の個人的な恋愛事件を踏まえるというよりも、『伊勢物語』を背景にした景物・情景と心情の結び付きを重視したものだったと論じた。さらに八〇段の「ぬれつつぞしひて折りつる年のうちに春はいく日もあらじと思へば」について、「強ひて」の語への俊成の高い評価が、物語取り歌にも反映していることを明らかにした。こうした俊成の本歌取りの実作と歌論は、本歌取りが本歌に対する批評意識に裏付けられたものであることをよく示すものである（第三部第二章）。

また、俊成の物語取りに関する言説として有名な「源氏見ざる歌詠みは遺恨の事也」（『六百番歌合』冬部・十三番・枯野の判詞）について、作者である良経の表現意図と、俊成判詞の意図をともに明らかにすることで、両者の間に乖離があることを明らかにした。俊成の読解は、作者・良経の表現意図と食い違うことから考えれば、誤読と言いうるものである。しかし、どの歌を本歌（本説）と認定し、どこまで本歌（本説）の文脈を投影して読解するかは、読者の本歌（本説）に対する思い入れに左右されること、また俊成の読解も『源氏物語』に親しんだ読者であれば俊成と同様に可能なものであったことを述べた。本歌取り歌において作者の意図がそのまま読者に理解されることの難しさを浮かび上がらせるとともに、作者の意図とは異なる読解が和歌史の上で重要な位置を占めることになるという例としても位置づけた（第三部第三章）。

第一章・第三章は作者と読者の問題、第二章は本歌取りが持つ批評性という、本書の問題意識に最も深くつながるものである。本歌取りの本質に関わる部分についての問題提起であるが、残された課題としては、物語を取ることによって物語の文脈に依存した内容の和歌を詠むことがどこまで許容されたかという、松村雄二「源氏物語歌と源氏取り――俊成「源氏見ざる歌よみは遺恨の事」前後――」（『源氏物語研究集成』14〈風間書房・二〇〇〇年〉所収）が指摘する問題だ。歌人によっても姿勢は異なるものと予想されるが、物語場面を喚起させることが物語取り歌の和歌としての独立性の問題に抵触する可能性については、さらに考究する必要がある。

四、新古今的本歌取りについて

第四部では、新古今時代の本歌取りで、句の単位での引用以外の方法で本歌取りを行っている歌を取り上げ考察した。

まず藤原良経の建久期の詠作から、本歌取りに本歌からの時間の推移を含み込む歌を取り上げた。歌枕を詠む本歌を「昔」の語で表し、歌枕に付随する記憶を喚起させる方法から、景物の変化によって時間経過を表現する方法へと展開することを指摘した。こうした本歌取りは、そもそも本歌取りされるプレテクストが時間的に先行するものであり、プレテクストからテクストの間に存在する時間を内包するという本歌取り（および引用）の本質に根ざしたものであるとも考えた（第四部第一章）。

次に、新古今的な本歌取りとして、本歌の詞を凝縮する表現を藤原良経『後京極殿御自歌合』から取り上げ、俊成の批判と合わせて考察した。俊成の批判は、凝縮表現が本歌の詞をアレンジしたものであるために本歌を喚起する力が弱まっている点に対するものだったが、『新古今集』に入集していることから、新古今時代には高く評価されたことを明らかにした（第四部第二章）。

詞を凝縮する表現と同様に、本歌の詞を引きつつもアレンジを加えるのが否定表現である。しかも否定表現は、本歌の内容を反転させる効果も持つ。本歌を否定することで、本歌に対する批判的視座を設け、自身のものの見方、心情を強調する効果がある。さらには、仮定や願望の形で未完結なままの内容を持つ本歌が、否定表現によって決着していることが示される。このような表現効果を持つことを、否定表現を多用する藤原良経『正治初度百首』から明らかにした（第四部第三章）。こうした否定表現は、第一部第三章で論じた贈答歌における切り返しと深く関わるものである。

第二章・三章では藤原良経という一人の歌人の詠作方法の展開から凝縮表現・否定表現を考察したが、新古今時代全体に視野を広げて論じたのが第四・五章である。

第四章では、歌枕詠に見る新古今的本歌取りの発想について考察した。著名な古歌の内容を踏まえそれが読者にも喚起可能な本歌取りが、いち早く詠まれたのが歌枕詠だった。歌枕詠は著名な古歌を発想の基盤に置くことが基本である。『新古今集』切継期に催された最大の催しで、新古今時代の歌枕詠としても高い評価を得ているのが、承元元年（一二〇七）『最勝四天王院障子和歌』である。『最勝四天王院障子和歌』は、後鳥羽院が統治した日本の縮図として、政治性から注目される催しであるが、歌枕と季節・景物との結び付きを分析し、伝統との関係を考察した。そして、『最勝四天王院障子和歌』では、新古今的な歌枕表現にもとづく発想によって歌枕と季節が結びつけられており、特に本歌・本説から季節をずらす例には、和歌表現にも新古今的表現が表出していることを明らかにした(第四部第四章)。

新古今的本歌取りの評価および新しさの在処について考えたのが、第四部第五章である。凝縮表現・否定表現を用いてアレンジを加えた本歌取り句は、本歌を句の単位で引用するという準則からは外れており、不完全な引用であるようにも思われる。しかし、こうした方法から生まれた表現が藤原為家『詠歌一体』で「主ある詞」に指定されているのは、独創性の高い優れた表現として評価されたためである。本歌取りについては、本歌から内容面における二重性をもたらし新しい展開を持つことに論点が置かれることが主であったが、詞の面でも新しさをもたらす方法だったことを指摘した(第四部第五章)。

第四部での検討を経て、定家の準則には当てはまらない、本歌から詞を取りつつもアレンジを加えた表現が、新古今的表現として高い評価を受けていたことが明らかになった。本歌取りには本歌を喚起するキイワードとして、特定の和歌を本歌として特定できるほどに個性的かつ優れた「詮とおぼゆる詞」を改めずに引用することが必要だというのが、定家の準則が意味するところだった。しかし、本歌を踏まえつつ凝縮したり否定する表現は、本歌を喚起させる力が弱まるというのが、第二・三章に共通する問題意識だった。本歌を喚起しうるキイワードとして働かせるために、本歌から別の詞も重ねて取るなどの工夫が凝らされていることも見てきた。しかし本歌を踏まえつつ新たな詞続きを得て、斬新な表現として高い評価を得たことは、逆に言えば、その句自体が独創性の高い、歌人が創作した「詮とおぼゆる詞」ともなったが、新古今時代以後の歌人たちがその詞を用いると、本歌取りとしての縮小再生産に陥ることも、第四部第四章に述べた。

第四部第五章での考察は、定家の本歌取り準則から外れる実例の確認でもある。新古今歌人たちによる本歌取りの模索と展開は、定家の準則ではむしろ戒められるものに相当する。しかしそれは、定家がこうした凝縮表現・否定表現を受け容れなかったことを意味しない。いわば熟練の歌人たちによる先鋭的・実験的な本歌取り表現は、たとえ優れていたとしても模範とするにはふさわしくなかったのである。

五、定家準則という終着点

本書での検討を踏まえ、定家の『近代秀歌』における本歌取りの準則を挙げ、それが持つ意味を考えたい。まずは、『近代秀歌』の記述を挙げる。

詞は古きを慕ひ、心は新しきを求め、及ばぬ高き姿をねがひて、寛平以往の歌にならはば、自らよろしきこともなどか侍らざらむ。古きをこひねがふにとりて、昔の歌の詞を改めずよみすゑたるを、即ち本歌とすと申すなり。かの本歌を思ふに、たとへば、五七五の七五の字をさながら置き、七々の字を同じく続けつれば、新しき歌に聞きなされぬところぞ侍る。五七の句はやうによりて去るべきにや侍らむ。（中略）たとへば世になくとも、昨日今日といふばかり出で来たる歌は、一句もその人のよみたりしと見えむことを必ず去らまほしく思う給へ侍るなり。（『近代秀歌』）

ここで問題になるのは、定家が「本歌を取る」という表現ではなく、「本歌とす」と記していることである。定家歌論・歌合判詞には「古歌を取る」はあっても、「本歌を取る」という言い方はしない。この点については、川平ひとし『中世和歌論』（笠間書院・二〇〇三年）Ｉ３「本歌取と本説取——もとの構造——」（川平の論は以下これによる）が問題提起しており、土田耕督『「めづらし」の詩学　本歌取論の展開とポスト新古今時代の和歌』（大阪大学出版会・二〇一九年）序章「本歌取とは何か」（土田の論は以下これによる）・今井明『毎月抄』の位置、あるいは定家に「本歌取り」はあったか」（『研究と資料』87、二〇二四年一二月）も考察を加えている。定家の中で「本歌取り」「本歌を取る」という言葉および概念は存在しなかったということになり、定家はあくまで「本歌とす」という言葉によってその方法を説明していた。

また、定家がここで述べているのは、「古きをこひねがふ」ための方法である。「古き」が冒頭の「詞は古きを慕ひ」に対応したものであると読むのが自然で、日本古典文学全集『歌論集』（小学館・一九七五年）の藤平春男による頭注にあるように、「ここは古き詞をいう」という理解が妥当だと考えられる。定家はあくまで、古典的な詞を理想としてそれを用いることを「本歌とす」としている。ここでいう「本歌」とは、その内容や文脈を自詠に投影するために用いられるものではなく、自詠の表現に根拠をもたらす手本・権威としての「本歌」であると、ひとまずは読める。

しかし川平は、この「本歌とす」という言葉の定家の他例を検討し、「本歌とす」が指す方法とは、「想起された「本歌」を新たな作品の中に摂取する詠作主体の行為について云」うこと、さらには『京極中納言相語』の「歌を取りて本歌として歌を詠まん料」という記述から、「抜き取られた原歌を、新たに詠出される作品の時空と共に想起されるべき時空として布置すること」であると指摘する。

また、この「本歌とす」という言葉は、俊成判詞にも見いだすことができる。中でも、承安三年（一一七三）『三井寺新羅社歌合』の「里はあれて人はふりにしあはれをもしりがほになく時鳥かな」（25十三番・古郷郭公・左・勝・賢辰）に対して、俊成は「左歌、かの『庭もまがきも』といへる歌を本歌とせるこころはをかしくは見ゆ。但、古今の本歌の五七の句をそのままおかんことや、歌合のときは猶思惟あるべく侍らん」と述べている。ここで指摘される「本歌」は「さとはあれて人はふりにしやどなれや庭もまがきも秋のゝらなる」（『古今集』秋上248遍昭）である。本歌から初・二句を取り、荒廃した秋の風情を読んだ本歌を夏の時鳥へと転じたことを評価している。「本歌とせるこころはをかしくは見ゆ」の記述から、俊成も定家と同様に「本歌とす」を、新歌の背景として設定することを指していると考えられる。「本歌とす」とは、詞の摂取の位相で考えるべきものではなく、詞の摂取利用を梃子として本歌の「心」をも取り、読者に本歌を想起させ、新歌の拠り所ないし表現基盤として強く意識させる形で読解を導く方法なのである。「本歌とす」への意識の萌芽は俊成からあったものと考えられるが、より自覚的に、方法論へと結実させたのが定家だったと位置づけられる。

定家の「本歌とす」とは、現在、我々が考えるところの――藤平春男が考察したところの、定家的本歌取りを指すと考えてよい。『詠歌大概』においては「取二古歌一詠二新歌一事」とした後に、『近代秀歌』で「本歌とす」について述べる部分の後続の記述と同様の主旨を記しているから、一見、「取二古歌一詠二新歌一事」とは「本歌とす」と同じことを意味するように思える。しかし土田耕督は、定家の「本歌とす」が「古歌を取る」方法に包含されるものであると論じ、本歌取り全般の中で〈狭義の本歌取〉と位置づけている。定家は「本歌を取る」という言い方をせず、「本歌とす」と表した。「古歌を取る」という表現は平安中期から存在したが、この「取る」という言い方では、詞の摂取利用の範囲を出ない。たとえば、贈答歌において、贈歌を踏まえて答歌を詠む行為を指して、「贈歌を取る」とは言わない。贈歌の詞を利用するとしても、それは贈答歌における一面であり、答歌の中核となるのは贈歌の内容そのものだ。贈歌との照応を示すために、贈歌の詞を利用するのである。こうした詠歌は、ある歌を「贈歌として」答歌を詠むと表現するしかない。換言すれば、ある歌を贈歌であると位置づけ、それを踏まえて詠むのが答歌である。これと同様に考えると、「本歌とす」とは、ある歌を〈もと〉となる本歌と位置づけ、それを踏まえて自らの新しい歌を詠むことになる。詞を摂取利用するだけではなく、本歌を新歌の正統性・古典主義を担保する拠り所として一首の中核に置き、〈もと〉となる本歌の存在と内容を前提として和歌を詠む行為までをも指し示すために、「取る」ではなく「本歌とす」という言葉を用いたのではなかったかと考えられるのである。

定家が「本歌とす」る詠法の基本として考えていたのが、二句の利用であったことは、続く部分に七五、七々、五七の句の置き方に言及していることから判明する。二句を基本としてそれを「詠み据ゑたる」ことが、「本歌とす」なのである。さて、この「詠み据ゑたる」という表現に注目したい。「詠み据ゑたる」という言葉は、前掲『歌論集』の藤平春男による現代語訳には「詠みこんで定着せしめる」とある。しかし歌合判詞における用例を見ると、別の解釈があるのではないかと思われるのである。

『院当座歌合 正治二年十月』

哀とも千種の花は故郷とかれ行くのべをみてぞあさたつ　（36範光、枯野朝・六番・左・持）

【衆議判詞】右歌、又、かれ行く野べをみて朝の心みえ侍らぬを、よみすゑむとかまへたる「朝たつ」、心字ささへてききにくく侍れば、なずらへて持とすべきにや。

『千五百番歌合』

よと〻もにうき人よりもつれなきはおもひもきえぬいのちなりけり　（恋二2421惟明親王、千二百十一番・右・勝）

【顕昭判詞】右歌は、はじめをはりあひかなひ、心こと葉たしかによみすへられて侍めれば、うたがひなきかちに侍めり。

『影供歌合 建長三年九月』

めぐりあへばみしよの月もつらきかな空だのめうき人の心に　（395有教、百九十八番　左・持）

【衆議判詞】「めぐりあへば」といひいでたるより、句ごとにつよくよみすゑて侍るにや。

これらの例から、「詠み据ゑ」るという語は、目立つように強調して詠むことを意味していると考えられる。であるならば、定家『近代秀歌』における「改めずよみすゑたる」とは、昔の歌の詞を改めず、それがそうであると目立つようにはっきりと詠む、という意味であると解釈できるのである。

さらには、『近代秀歌』の「詠み据ゑたる」という語には、後続の記述と合わせて考えるならば、「昔の歌の詞」すなわち二句を「改めず」に詠むこと自体が「詠み据ゑたる」ことだ、という意識があったのではないか。この「詠み据ゑ」の定家の他例が『千五百番歌合』判詞にもあるので、合わせて見てみよう。

深草や秋さへこよひいでゝいなばいとゞさびしき野とやなりなん　（秋四1627雅経、八百十四番・右・持）

【判詞】右、ふるき歌を本歌としてよむ時、おほくとりすぐすは昔よりのならひに侍れど、上句をしもにもすへ（ゑ）下句を上にもひきちがへ、又五七句はさながらよみすへ（ゑ）侍事も、歌のさまにしたがひてはつねに侍めれど、「いでゝいなばいとゞ」「野とやなりなん」、文字のを（お）き所いたくかはれるところなくや。

この記述には「古き歌を本歌として詠む時」とあり、「本歌とす」の他例としても、また五七句をそのまま利用することについて触れる部分が『近代秀歌』の「五七の句はやうによりて去るべきにや侍らむ」と重なるところからも、『近代秀歌』へと至る過程の重要な記述と位置づけられる。ここでも五七句をそのまま目立つように詠む、とある。「さながら」は「改めず」と同じ意と解してよいと考えられる。二句の詞を改めずそのまま詠み込むことが、一首の中で強調され目立つものになるという意識が垣間見える。

定家の本歌取り論が二句の利用を基本とすることは、田中裕『後鳥羽院と定家研究』（和泉書院・一九九五年）第七章「定家における本歌取――準則と実際と――」に指摘されているが、定家の「本歌とす」とは、本歌の二句をそのまま改めず目立つように詠み込むことが基本である、ということを確認しておく。では、なぜ二句を改めず目立つように詠み込むことを基本としたのか。それは、引用であることを示さずとも本歌があることに読者が気づき、本歌の内容を背景とした読解を可能にできるよう、本歌を確実に喚起させられる方法が二句の引用だったからである。よほど個性的な句であれば、一句のみの引用でも本歌を喚起させることができるかもしれない。しかし特定の和歌が本歌であることに気付けるよう読者を導くためには、二句引用することが確実な方法だったのである。

本書で論じてきた本歌取りの形成と展開を経て、辿り着いたのが藤原定家の準則である。本書の第四部で検討したように、新古今時代の本歌取りは必ずしも句の単位の利用に限らず、詞を改めて複数句にわたる詞を凝縮して一句を作り、時に、本歌の詞を途中まで引用しつつ否定表現で覆すという方法も用いられていた。こうした方法は、読者に本歌を喚起させる力が弱まるため、暗示引用の効果が発揮されない危険性がある。他の部分で本歌から取った別の詞を散りばめ、確実に読者に本歌を喚起させられるようにして、暗示引用が働かない危険を避けるのが、実際的な解決法だった。

暗示引用の修辞技法としての本歌取りを考える上で、どのように本歌を取れば確実に読者に本歌を喚起させられるか。定家が基本とした二句を本歌から引用するという方法は、作者主体の見方では本歌の優れた詞遣いを摂取する上での上限の設定ということになるが、作者と読者双方を視野に収める時、読者に本歌の喚起を促しうるキイワードの設定として、二句を「改めず詠み据ゑ」る引用が最も有効だったのである。

結びに

最後に、古典の範囲について述べる。これは、『詠歌大概』に記されている。

情以レ新為レ先「求二人未レ詠之心一詠レ之」、詞以レ旧可レ用「詞不レ可レ出二三代集先達之所レ用。新古今古人歌同可レ用レ之」。風体可レ効二堪能先達之秀歌「不レ論二古今遠近一、見二宜歌一、可レ効二其体一」。（中略）常観二念古歌之景気一可レ染レ心。殊可二見習一者、古今・伊勢物語・後撰・拾遺・三十六人集之中殊上手歌、可レ懸レ心「人麿・貫之・忠岑・伊勢・小町等之類」。雖レ非二和歌之先達一、時節之景気・世間之盛衰為レ知二物由一、白氏文集第一・第二帙常可二握翫一「深通二和歌之心一」。

（『詠歌大概』）

定家は和歌に用いる詞の範囲を、三代集と『新古今集』入集の「古人の歌」に限定している。さらに、見習うべき対象として挙げるのが、三代集・『伊勢物語』・三十六人集の名手の歌・『白氏文集』である。この記述は、基本的にはまず、和歌詠作の方法および修養を説くものである。これらがすなわち本歌とすべき歌の範囲として設定されているわけではないし、新古今時代の本歌取りの中には、ここから外れる歌集からの本歌取りの例も多い。『源氏物語』『狭衣物語』といった物語も含まれていないので、新古今時代の本歌取りの実態に必ずしも即したものではない。

とはいえ、手本とするべき歌書の範囲を指定しているという点には、大きな意味がある。まずはこれらの歌集・詩集から学習することを求めている。定家が指定した歌書を学ぶところから和歌の修養が始まるとすれば、それらが歌人には必読の書となり、知識が共有されることになるからである。『近代秀歌』は承元三年（一二〇九）、『新古今集』の切継期の末期に成立している。『詠歌大概』は承久三年（一二二一）年以後ほどなく成立したもので、承久の乱の後に執筆されたものだ。ここで『近代秀歌』が冒頭に「或る人の『歌はいかやうによむべきものぞ』と問はれて侍りしかば、愚かなる心に任せて、わづかに思ひ得たることを書きつけ侍りし」とある点に注目される。この「或る人」とは源実朝を指し、『近代秀歌』は源実朝のために書かれた書だった。このことに象徴されるように、当時は和歌を読み、詠みたいという欲求が、京の宮廷社会だけではなく鎌倉の武家社会にまで広まっていた。『詠歌大概』は承久の乱後、後鳥羽院皇子・尊快法親王に献上されたと推測されているが、和歌を生み出す場は拡大の一途だった。

川平ひとしは、新古今時代の後、建保期以後は、本歌取り的方法を支えた〈共同性〉の力が弛んで凝縮度を喪い、〈方法〉が亜流と通俗化、拡散と頽落へと至ったと捉えている。川平は〈方法〉の問題として〈共同性〉を取り上げたのであるが、古典の範囲の明示という点からも、この〈共同性〉の問題が投げかける意味は小さくない。京の宮廷社会の外にも歌人が増え、安定的で均質な教養基盤を持たない、宮廷・貴族社会の外にいる歌人たちが作者／読者として本歌取りに取り組む上で、本歌取りが技法として成立するため——つまり暗示引用を成立させる上で、共通知となる古典を指定し、取るにはどのように取るのが効果的で、一方で何を・どう取ると模倣と見なされるのを、明確にしなくてはならない。さらに言えば、定家たちが詠んだ本歌取り歌を理解する上で、最低限に必要な知識・教養の範囲を指定したという側面もあろう。

宇波彰は「プレテクストが集団的記憶の回路に入っている場合は特に引用のレトリックが効果的に機能しうる」（宇波彰『引用の想像力』〈冬樹社・一九七九年〉所収「引用のレトリックと記憶」）と述べている。「プレテクストの神話度」とは、本歌取りにおいては、本歌として取られる〈もと〉の規範性・古典性である。つまり定家は『詠歌大概』で、本歌取りが暗示引用として安定的に機能するための「集団的記憶性」を構築しようとしているのではないだろうか。

新古今時代は、前半は藤原良経、後半は後鳥羽院を主催者とする歌壇のもと、歌人たちによって本歌取りが盛んに行われた。特に後鳥羽院歌壇では、歌人たちが〝後鳥羽院の嗜好に適う和歌を詠む〟という共通する意識のもとに和歌表現や本歌取りに取り組んでいた。和歌を提示する時、読者としてまず想定されるのは、良経を主催者とする良経歌壇、後鳥羽院を核とする後鳥羽院歌壇の歌人たちだった。さらにその周辺に、和歌を教養として詠み、読む宮廷・公家社会があった。宮廷という詠歌の場は、基盤とする教養も共通していた。相互の関係が緊密な歌壇において、いわば、宇波が言うところの「集団的記憶性」が保証される中で、歌人たちは本歌取りに取り組むことができたのだ。同質の教養・知識基盤の持ち主が作者・読者であり、さらには本歌取りを駆使して詠んだ歌を理解できる人のみを読者として選別する意識もあっただろう。特に、後鳥羽院が定家の和歌に傾倒し、新風和歌が主流となって新たな表現を模索し続けた後鳥羽院歌壇は、志向を共有する傾向がはっきりしており、読者の選別作用も強く働いたと考えられる。そうした中で、本歌取りは暗黙の了解として成立しえた。

『近代秀歌』が定家の理想として庶幾する歌の方向性を明示する歌論書であるのは無論である。本歌取りに関する記述も、まずはその枠内で読むことを要請していよう。しかしそれとともに、実践的な歌作の教科書という側面を持つのも確かで、方法を明文化した定家の意識の中に、従来の安定した受容共同体の外部に存在する対象に本歌取りを方法として解説しなくてはならなくなったという背景を考える必要がある。拡大する新たな歌人層、特に鎌倉歌人たちは、京都という空間、宮廷文化という等質の基盤から離れた相手である。書物の流通の上でも、京都と鎌倉では事情がまったく違う。どんな和歌を取るか。どの時代の、誰の和歌を取るべきか。そうしたところから解説しなくては、本歌取りが成立しない時代・詠歌環境の到来があったことを、『近代秀歌』『詠歌大概』の記述の背景に見なくてはならない。『近代秀歌』の本歌取り論は、本歌取りの受容共同体を、宮廷の外にも構築する上で必要な言説であったと位置づけられるのである。『詠歌大概』の記述は、歌人層の拡大という問題と不可分なものであり、またこうした範囲の規定があったことによって、以後の和歌文学が安定的な「古典」を得たのだ、と考えられる。

『近代秀歌』『詠歌大概』で定家が示したのは、本歌取りが成立する上での具体的な方法と理念であった。それは、本歌取りを宮廷社会からより広い対象へ、より広い階層の作者と読者へと広く開かれたものにするために必然的に要請されたものだったのである。

あとがき

　最初の論文を活字にしてから二〇年以上が過ぎ、ようやく単著として研究をまとめることができた。興味の赴くままに研究分野を広げてきたが、修士論文（本書第四部第二章の原形）以来、一貫して取り組んできたのは「本歌取りとは何か」という問題だった。「本歌取り」を題に冠した本を出したいという目標を叶えられたことに、まずは安堵している。

　本書は京都女子大学から令和六年度出版助成を受けて刊行された。本書の刊行にあたり、京都大学大学院で指導してくださった大谷雅夫先生、木田章義先生をはじめとして、御礼を申し上げたい方は数多い。両親、そして家族は、私が自分自身を優先して研究と仕事を続けられるよう、常に応援し支えてくれた。オーバードクター時代に始めて今なお続いている勉強会（あすなろ会）のメンバーからは、研究を続けてゆくうえで様々な意見と刺激をもらい続けている。京都女子大学の同僚からの励ましや助言は、刊行に際してに限定されるものではないが、本当にありがたかった。大学院生の大石華央さん・古川彩佳さんには校正を、大学院研修者の北條暁子さん・森下成海さんには索引作成を助けてもらった。また、勉誠社の代表取締役社長・編集部部長の吉田祐輔氏は、本書の刊行にあたり、多大なお力添えをくださった。ここにお名前を挙げ尽くすことはできないが、周りの皆様に心より御礼申し上げます。

本書のあとがきに、特に記しておきたい人が二人いる。

一人目は、京都府立大学で教えを受け、大学卒業後も様々に導いて下さった赤瀬信吾先生である。和歌研究へと導いて下さっただけでなく、京都大学大学院への進学も赤瀬先生の勧めによる。研究者として私が今いられるのも、赤瀬先生との出会いがあったからだと断言できる。赤瀬先生は二〇二四年一〇月一六日にご逝去なさった。研究書を出す予定であると電話でお話したのが、最後の会話となった。完成した本をお見せすることができずじまいになったことが、何よりの心残りである。

もう一人は、京都府立大学時代の学友・橘隆君だ。以下、私的な思い出話となるが、ご容赦いただきたい。

一九九九年一月の寒い夜、京都府立大学の同窓生から電話が掛かってきた。橘君が急逝したという訃報だった。当時、私は京都大学大学院の修士課程に進学しており、橘君は卒業が一年遅れていた。大学院進学を希望していた彼と、一足先に進学していた私は、和歌や研究の話に花を咲かせたものだった。橘君は歌学に関心を持っており、卒業論文では『難後拾遺』を取り上げていた。振り返ると、個人的な話は互いにほとんどしなかったように思うが、ウィットに富んだ軽口にいつも笑わせてもらい、一方では真面目な研究の話をした。研究を続けたい、けれど自分の能力に自信は無い、大学院に進学したばかりで希望と不安でいっぱいだった。そんな時期、希望と不安だけではなく、和歌への関心と研究への熱意をともにできる橘君との会話やメール、励ましに、どれほど支えられたか分からない。研究上での親友とも言うべき、かけがえの無い存在だった。

夏休み中のことだったと記憶している。橘君が私の頼みを聞いてくれたのだが、想定外に負担を掛けてしまったことがあった。それに対してお詫びとお礼を伝えると、「礼は、小山さんが本を出す時に『橘隆氏に捧ぐ』って書いてよ。あれっていいよね」という言葉が返ってきた。「そんな時が来たらそうする」と答えたと思う。論文を活字にすることさえ遠い夢だった頃の、他愛ない冗談である。けれど冗談交じりのこの約束は、その後、研究を続ける上でずっと心にあった。いつか初めての研究書を出す時には、必ず橘君のことを「あとがき」に書こう、そう決めていた。時間が掛かったが、ようやく約束を果たせることを、彼に伝えたい。

この本を、橘隆氏に捧ぐ。

二〇二五年二月一四日

小山順子

初出一覧

序　章　書き下ろし
和歌文学会第144回関西例会における口頭発表「レトリックとしての本歌取り論」（二〇二四年四月二十日於京都精華大学）にもとづき成稿。

第一部　本歌取り成立前史

第一章　佳句取りと句題和歌
初出「漢詩文の受容と和歌独自の創造的機能――『大江千里集』所載句題和歌の享受から――」中世文学と隣接諸学6『中世詩歌の本質と連関』（竹林舎・二〇一四年）所収

第二章　古今集時代の〈本歌取り〉
初出「『古今集』時代の〈本歌取り〉考」（『国語国文』93―5、二〇二四年五月）

第三章　贈答歌と本歌取り――返歌形式の歌合・題詠――
「本歌取り成立前史」（総合研究大学大学院文化科学研究科日本文学研究専攻・二〇一五年）の前半に加筆・改稿

第四章　『後撰集』時代の〈本歌取り〉
　初出「『後撰集』時代の〈本歌取り〉について」（『国文論藻』22、二〇二三年三月）

第五章　引歌と本歌取り
　「本歌取り成立前史」（総合研究大学大学院文化科学研究科日本文学研究専攻・二〇一五年）の後半に加筆・改稿

第二部　漢詩文摂取

第一章　藤原良経の初学期
　初出「藤原良経の漢詩文摂取――初学期から「二夜百首」へ――」（『国語国文』74―9、二〇〇五年九月）

第二章　藤原良経『六百番歌合』恋歌における漢詩文摂取
　初出「藤原良経『六百番歌合』恋歌における漢詩文摂取」（『和歌文学研究』89、二〇〇四年一二月）

第三章　藤原良経「西洞隠士百首」の寓意と政治性
　初出「藤原良経「西洞隠士百首」考――四季歌の漢詩文摂取を中心に――」（『人文知の新たな総合に向けて』2―4、二〇〇四年）

補説一　「時失へる」の持つ重み
　初出　同題『和歌文学大系月報（第40巻付録）』（明治書院・二〇一四年五月）

第四章　藤原良経「正治初度百首」の漢詩文摂取
初出「藤原良経『正治初度百首』考――漢詩文摂取の方法をめぐって――」(『山邉道』51、二〇〇八年二月)

補説二　「人住まぬ不破の関屋の」小考
初出「藤原良経「人住まぬ不破の関屋の」小考」(日本古典文学会々報別冊『日本古典文学会のあゆみ』財団法人日本古典文学会・二〇〇六年一二月)

第三部　物語摂取

第一章　藤原俊成自讃歌「夕されば」考
初出　同題『国語国文』86―4、二〇一七年四月)

第二章　『伊勢物語』と藤原俊成の歌論・実作――建久期後半、特に『御室五十首』をめぐって――
初出　同題(『伊勢物語　享受の展開』竹林舎・二〇一〇年五月)

第三章　「源氏見ざる歌詠みは遺恨の事也」考――歌語「草の原」と物語的文脈――
初出　同題(『日本文学研究ジャーナル』16、二〇二〇年一二月)

第四部　新古今的表現と本歌取り

第一章　本歌取りと時間――藤原良経の建久期の詠作から――

初出「藤原良経の本歌取りと時間――建久期の詠作から――」（『和漢語文研究』7、二〇〇九年一一月）

第二章　本歌の凝縮表現――『後京極殿御自歌合』を中心に――

初出「藤原良経の本歌取り凝縮表現について――『後京極殿御自歌合』を中心に――」（『国語国文』70―5、二〇〇一年五月）

第三章　本歌の否定表現――藤原良経『正治初度百首』を中心に――

初出「本歌の否定――藤原良経『正治初度百首』をめぐって――」（『山邊道』53、二〇一一年三月）

第四章　『最勝四天王院障子和歌』の歌枕表現

初出「『最勝四天王院障子和歌』の歌枕表現――「名所の景気幷に其の時節」をめぐって――」（『国語国文』72―9、二〇〇三年九月）

第五章　「主ある詞」と本歌取り

初出　同題（『和歌文学研究』112、二〇一六年六月）

終　章　書き下ろし

索　引

人　名

凡　例

・本書にあらわれる人物名を、五十音順に配列した。
・近世以前の人物は、原則として通行の読みに従って名をあげ、(　)内に姓を示した。近代の人物は姓名をあげた。天皇・上皇・女性・僧は通行の読みで配列した。
・別の呼称・表記が見られる場合は〈　〉内に示した。
・「良経(藤原)」「俊成(藤原)」「定家(藤原)」は多数に上るので立項していない。

【あ行】

【さ行】

【た行】

【な行】

【は行】

【ら行】

【わ行】

書　名

凡　例

・本書で取り上げた近代以前の書物の名を、通行の読みに従い、五十音順に配列した。
・『万葉集』『古今集』『新古今集』および各章題に登場する歌集は、多数に上るので立項していない。

【あ行】

【か行】

【た行】

【な行】

【は行】

【ま行】

【や行】

【ら行】

【わ行】

事　項

和　歌

凡　例

・本書で引用した和歌・連歌・催馬楽・今様の初句を、歴史的仮名遣いによる五十音順に配列した。各歌の初句が同一の場合は、第二句以降も掲げた。

【な行】

【は行】

【ま行】

【や行】

【わ行】

漢詩句

凡　例

・本書に取り上げた漢詩句および章句を、一字目の漢字の音読みによって、五十音順に配列した。

【あ行】

【か行】

【さ行】

【た行】

著者略歴

小山順子（こやま・じゅんこ）

京都女子大学教授。専門は古典和歌。主な著書・論文に『藤原良経』（笠間書院、2012年）、『和歌のアルバム――藤原俊成 詠む・編む・変える』（平凡社、2017年）、「『新古今和歌集』における藤原俊成」（『中世文学』67、2022年）、「日本文学と鸚鵡――歌論用語「鸚鵡返し」をめぐって」（河添房江・皆川雅樹編『「唐物」とは何か――舶載品をめぐる文化形成と交流』アジア遊学275、勉誠社、2022年）などがある。

本歌取り表現論考

著者　小山順子
発行者　吉田祐輔
発行所　㈱勉誠社
〒101-0061　東京都千代田区神田三崎町二-一八-四
電話　〇三-五二一五-九〇二一㈹

二〇二五年三月二十五日　初版発行

印刷製本　中央精版印刷

ISBN978-4-585-39050-3　C3095

中世和歌論
歌学と表現と歌人

和歌の学理と表現、それを担う歌人たちの営為は、どのような意識・観念のもとに展開したのか。中世和歌の史的変遷を紐解き、個々の特質と連続性を多面的に解明。

中川博夫 著・本体一二〇〇〇円（＋税）

王朝物語論考
物語文学の端境期

言語表現やプロット、絵画表現へも視角を広げ、相互に干渉し、響き合う物語相互の関係性を動態として捉え、新たな王朝文学史構築のための礎を築く画期的著作。

横溝博 著・本体一二〇〇〇円（＋税）

和歌を読み解く 和歌を伝える
堂上の古典学と古今伝受

室町期〜江戸初期の学問形成の過程とその内実を、諸資料の博捜により考察。「古典」の解釈を記し伝えるということ、知の伝達や蓄積という行為の史的意義を解明する。

海野圭介 著・本体一一〇〇〇円（＋税）

俊頼髄脳全注釈

定家本を底本にして顕昭本・略本系本を対校した本文に、先行資料および同時代歌論書などの文献を網羅した語釈を付す。約半世紀ぶりに書き換えられた完全注釈。

家永香織・小野泰央・鹿野しのぶ・舘野文昭・福田亮雄 著
本体一五〇〇〇円（＋税）

和漢韻文文学の諸相

これまで単行本未収録であった二十二編の論考を収載。幅広い知見と深い読解と考察により研究を領導してきた泰斗による珠玉の論文集。

村上哲見 著／浅見洋二・松尾肇子 編
本体一二〇〇〇円（＋税）

平安朝詩文論集

平安朝の文人たちが残した漢文資料と真摯に向き合い、内容を読解。彼らの学問環境、史的位置づけと重ね合わせ、平安朝の漢詩文をめぐる歴史的状況を明らかにする。

後藤昭雄 著・本体一二〇〇〇円（＋税）

日本古典文学と中国の古伝承
物語形成の比較文学的考察

東アジア諸地域の資料を博捜し、比較文学的視点より日本古典文学と中国の古伝承の影響関係を追及、物語形成の局面を描き出す。

三木雅博 著・本体一〇〇〇〇円（＋税）

増訂新版 和漢朗詠集とその享受

『和漢朗詠集』の成立と享受を論じ、日本と中国の流れが交錯し生み出され、日本の文化創造の過程で現れる、一つの典型的な現象を明らかにしていく。

三木雅博 著・本体一五〇〇〇円（＋税）

日本人の読書
古代・中世の学問を探る〔新装版〕

注釈の書き入れ、識語、古記録や説話に残された漢学者の逸話など、漢籍の読書の高まりを今に伝える諸資料から古代・中世における日本人の読書の歴史を明らかにする。

佐藤道生 著・本体一二〇〇〇円（＋税）

句題詩論考
王朝漢詩とは何ぞや

これまでその実態が詳らかには知られてこなかった句題詩の詠法を実証的に明らかにし、日本独自の文化が育んだ「知」の世界の広がりを提示する画期的論考。

佐藤道生 著・本体九五〇〇円（＋税）

重層と連関
続 中国故事受容論考

平安期を中心に、公文書や詩歌、物語や学問注釈の諸相を精緻に読み解くことで、日本文化における思考の枠組みを明らかにする。

山田尚子 著・本体六五〇〇円（＋税）

京都文化および動植物の国文学的探究
矢野貫一著作集

古代から近現代に及ぶ博覧強記の知識より京都各所の地名や伝承を考察。また、幅広い視角から古典文学における生き物たちを論じた、碩学・矢野貫一の珠玉の著作集。

矢野貫一 著・本体一五〇〇〇円（＋税）

日本人にとって教養とはなにか
〈和〉〈漢〉〈洋〉の文化史

日本人が「人としてどう生きるか」を模索してきた歴史を、日本由来の文化〈和〉、中国由来の文化〈漢〉、欧米由来の文化〈洋〉の交錯の中から描き出す画期的な一冊。

鈴木健一 著・本体三五〇〇円（＋税）

廃墟の文化史

文学・美術・芸能など様々な視点から、古代以来連綿と人々が廃墟と共存した様相や、廃墟が文化の再生・胚胎を可能とする機能的な場であることを明らかにする。

木下華子・山本聡美・渡邉裕美子 編・本体三二〇〇〇円（＋税）

源実朝 虚実を越えて

実朝はその生涯で何を為し得、後世の人々は実朝に何を投影してきたのか。歴史・文学・文化などの諸領域からの新知見を示し、日本史上における実朝の位置を明らかにする。

渡部泰明 編・本体二八〇〇円（＋税）

無住道暁の拓く鎌倉時代
中世兼学僧の思想と空間

無住が生きた土地・場、各地での僧侶間ネットワークに着目し、宗教者としての内実を読み解くと同時に、無住をとりまく文芸活動を考察。

土屋有里子 編・本体二八〇〇円（＋税）